Auto de fé

Elias Canetti

Auto de fé

Tradução
Herbert Caro

Apresentação
Hans Mayer

Ensaio
Elias Canetti

COSACNAIFY

Elias Canetti: um contrapensador por Hans Mayer

Nada jamais foi tão determinante para mim como o teto da capela Sistina. Dela aprendi o quanto a obstinação pode ser criativa, se aliada à paciência.

ELIAS CANETTI, *A língua absolvida*

Tudo é notável nessa trajetória de vida e nessa obra de uma vida. Comparar as circunstâncias particulares dos primeiros anos desse importante escritor de língua alemã a sua posição atual em nossa literatura e sociedade bem poderia nos fazer crer num acúmulo de acasos. Causas e efeitos parecem incongruentes.

Canetti nasce na cidade búlgara de Ruschuk em 1905, filho de pais judeo-espanhóis ou sefarditas. Dentro do judaísmo, essa é uma minoria bastante respeitada e que, ademais, tem a si própria em altíssima conta. Ela provém de ancestrais expulsos da Espanha ao término do século XV pelos "reis católicos" Fernando e Isabel, os contratantes de Cristóvão Colombo. Haviam se negado à conversão ao cristianismo católico. Chegaram, assim, ao Império Otomano, no qual, segundo a tradição islâmica de outrora, receberam tratamento cordial. Ali, ninguém se esquecera de que, além dos judeus, Fernando e Isabel haviam expulsado também os mouros de uma

Espanha reconquistada para o cristianismo. Canetti, é verdade, cresce num Império Búlgaro bastante jovem, sob dinastia alemã, mas tem muitos contatos com parentes e amigos que seguem vivendo – e, aliás, de bom grado – no grande e moribundo império do sultão de Constantinopla: tanto em Adrianópolis como na própria Constantinopla.

Nas famílias paterna e materna de Elias Canetti, vive-se uma vida próspera e orgulhosa. E, de resto, tão fortemente hierarquizada que, aos olhos do patriarca materno, a família paterna não é considerada à altura. Isso tudo, a criança de Ruschuk descreveu em detalhes em seu livro contendo as memórias da infância e da juventude: *A língua absolvida*.

Os judeus sefarditas de Ruschuk haviam conservado seu espanhol. Decerto, falavam um espanhol antigo, impregnado de peculiares influências eslavas e hebraicas, mas, de modo geral, um espanhol bastante puro. A tradição da literatura espanhola revelou-se fecunda para o leitor voraz e multisciente Elias Canetti. A principal figura de seu único e singular romance, *Auto de fé*, o "Homem de Livros" e sinólogo dr. Peter Kien, foi deliberadamente concebida como variação do Dom Quixote – homem dos livros e cavaleiro da triste figura que Cervantes lançou pelo mundo da literatura universal.

O menino Canetti falava espanhol na casa paterna, além do búlgaro utilizado com as governantas, mas afirma ter mais tarde perdido grande parte de seu conhecimento da língua eslava. Em compensação, aprendeu inglês muito cedo e rápido, quando, aos seis anos de idade, foi levado para Manchester, onde o pai precisou assumir um posto nos negócios do poderoso tio, um irmão da mãe. Após a morte súbita do pai, vitimado ainda jovem por um derrame, fato jamais superado pelo filho Elias, o garoto de oito anos parte com a mãe e os dois irmãos mais novos primeiramente para Viena e, depois, para Zurique. Agora, ainda antes de entrar para a escola, tem, por assim dizer, quatro línguas à disposição: o espanhol da família, o búlgaro das canções e dos ditados dos empregados domésticos de Ruschuk, o inglês de Manchester e o alemão. Essa última era a língua empregada pelos pais, quando desejavam conversar em particular. Elias Canetti era filho de pais ainda jovens e que se queriam muito bem. Tinham se conhecido em Viena. O menino escutava as conversas em alemão sobre livros alemães e espetáculos no Burgtheater vienense, tendo se decidido, então, a aprender sobretudo aquela língua secreta dos pais, para poder participar de seus segredos.

A decisão final, o garoto de oito anos tomou-a por si próprio na primavera de 1913. A mãe preparara a mudança de Manchester para Viena. De certo modo, desejava retornar ao local da felicidade de outrora. Antes, porém, foram feitas visitas a parentes em Lausanne, e parentes muito ricos, naturalmente. Ali, uma quinta língua veio se juntar às demais: o francês. O que se passou com o menino de então, Canetti descreve da seguinte forma em sua "história de uma juventude": "Em todo caso, em Lausanne, onde por toda parte ao meu redor eu ouvia falar francês, que aprendi espontaneamente e sem complicações domésticas, renasci, sob a influência materna, para a língua alemã, e sob a dor desse parto surgiu em mim a paixão que me uniu a ambas, a esssa língua e a minha mãe. Sem as duas, que eram uma e a mesma coisa, o decurso posterior de minha vida teria sido incompreensível e sem sentido".

O resultado dessa decisão é, mais uma vez, espantoso. O menino escolheu uma língua dentre várias, sem, no entanto, jamais negligenciar as outras. Pelo contrário: mais adiante, Canetti veio a adquirir ainda o conhecimento das línguas clássicas e daquelas do Extremo Oriente. Com os irmãos, em Paris, sentia-se tão à vontade quanto em Londres, onde ainda hoje [1981] costuma trabalhar, embora tenha residência em Zurique. A língua alemã, porém, foi escolhida de uma vez por todas, como expressão de identidade e de uma força criadora sentida logo cedo, mas desenvolvida lentamente até o amadurecimento. *O alemão tornou-se a língua do escritor Elias Canetti.* Era, no sentido literal da expressão, sua "língua materna", mas foi também, ao mesmo tempo, uma língua adquirida e aprendida de forma deliberada e consciente.

Contudo, as singularidades não terminam aí. Há o sefardita detentor da ordem "Pour le Mérite" alemã. O ganhador do prêmio

Buchner, como mestre numa língua adquirida. O Prêmio Nobel de Literatura de 1981, que, com passaporte inglês, é acompanhado em Estocolmo pelo embaixador britânico. Há ainda o indubitável e inquestionável *autor de sucesso*, criador de obra rigorosa, composta de um misto peculiar de reflexão filosófica, de estudos de língua e literatura e das "belas-letras". Autor de um único romance, justamente *Auto de fé*. De uma obra extensa sobre *Massa e poder* (1960). De três peças teatrais que ele próprio mandou imprimir – e circulam rumores, sobre os quais o autor não deseja se manifestar, de que haveria uma série de peças não publicadas, na gaveta. Autor também de ensaios sobre Franz Kafka e Karl Kraus. De um relato de viagem intitulado *Vozes de Marrakech* (1967). De um volume de anotações e aforismos estendendo-se por trinta anos e publicado em 1972 com o título *A província do homem*. E, por fim, de dois volumes de autobiografia: a história de sua juventude, intitulada *A língua absolvida* (1977), seguida da continuação *Uma luz em meu ouvido. História de uma vida,* 1921-31 (1980).

Em essência, isso é tudo. Tem-se aí o caso raro de um autor cujos novos livros são, de fato, "aguardados" por muitos leitores. Na verdade, isso é algo que não se via no mundo da literatura e dos leitores de língua alemã desde Thomas Mann. Canetti escreve uma prosa clara e precisa, na qual se nota o aprendizado com os mestres da língua alemã – com Johann Peter Hebel e o aforista Lichtenberg, com Heinrich von Kleist e Franz Kafka. Com isso, posiciona-se expressamente no interior de uma tradição literária. Com Georg Christoph Lichtenberg, o professor de física experimental da universidade de Göttingen no século do Esclarecimento, o XVIII, revela parentesco já na escolha da profissão original: Canetti formou-se e doutorou-se em química. Em suas anotações, alinha-se com frequência a Lichtenberg: tanto à humanidade do aforista quanto ao exagero satírico da crítica à imbecilidade e à frieza de coração humanas.

A escrita de Canetti, porém, escolou-se também desde cedo na prosa a um só tempo popular e cuidadosamente estilizada das "histórias renanas" de Johann Peter Hebel. Ainda menino, descobre o conto "Kannitverstan" e fica fascinado: o que lê lhe fala a toda sua existência de garoto. E, além disso, apresenta-se escrito numa linguagem aparentemente infantil, que jamais se esquece. Tendo aprendido de Hebel a própria maestria, Canetti nos conta na história de sua juventude: "A descoberta de 'Kannitverstan', enquanto meus pais se falavam numa língua que me era desconhecida, havia dado início a minha vida [...]. Quando a pomposa moral iâmbica que dominava minha superfície naqueles anos desmoronou e se desfez em poeira, cada frase de Hebel que eu trazia em mim permaneceu intacta. Não escrevi um único livro que não tenha tido por parâmetro secreto a linguagem dele [...]".

Decerto ele sabe o que a criança e o jovem ainda não podiam imaginar – ou seja, que um tal aprendizado com Hebel sgnifica uma continuidade: um sucessor. De forma idêntica, também Franz Kafka aprendera com a prosa de Hebel na Praga do início do século XX, bem como com a exatidão das narrativas de Heinrich von Kleist. É, de fato, peculiar que três mestres judeus da língua alemã no século XX tenham sido aprendizes do prelado protestante, Hebel: Kafka, Canetti e também Ernst Bloch, cujas narrativas reunidas no volume *Spuren*, talvez seu livro mais belo, hão de ser compreendidas como homenagem expressa às "histórias renanas".

Foram bons professores. Aliás, Kafka, Hebel e Karl Kraus, ao pé do qual o jovem Canetti se senta numa palestra em Viena, a memória extraordinária capaz de evocar ainda hoje cada frase que Kraus escreveu ao longo dos muitos anos de sua *Die Fackel* [*A tocha*]. É notável que, nos dois volumes acerca de sua juventude e de seus anos de aprendizado, Canetti não registre uma única reação à leitura de uma obra de Thomas Mann. O encontro com Brecht em Berlim, em 1928, é relatado com frieza e distanciamento. O jovem Canetti é capaz de distinguir entre a apaixonada leitura dos poemas brechtianos da *Hauspostille* [*Breviário doméstico*] e a conversa com seu autor. O capítulo sobre Brecht em *Uma luz em meu ouvido* principia da seguinte maneira: "A primeira coisa que me chamou a atenção em Brecht foi o disfarce". Canetti refere-se ao disfarce de proletário. Muito se zombou dele à época, inclusive Ernst Bloch. Brecht, no entanto, agia de forma muitíssimo planejada quando procurava estilizar-se com boné de proletário, cachimbo e aparência pouco burguesa. Durante a vida inteira, quis demonstrar que ele, Bertolt Brecht, havia rompido com o mundo burguês de seus pais. Canetti interpretou corretamente seu mecanismo psíquico: "Fazia parte das contradições, na aparência de Brecht, que seu aspecto fosse um tanto ascético. A fome podia também tomar a forma de jejum, como se ele se abstivesse propositalmente de coisas que fossem objeto de sua cobiça". De resto, Brecht nem sempre era ascético. Naquela Berlim, o jovem Canetti, sete anos mais moço, talvez não demorasse a descobrir que também o augsburguiano Brecht havia aprendido com Johann Peter Hebel. Suas *Kalendergeschichten* [*Histórias de almanaque*] também constituem uma homenagem ao grande mestre badense da língua e do esclarecimento.

Canetti se diferencia de muitos dos autores contemporâneos pela pureza da linguagem, pela exatidão do olhar e do relato, pela ausência de qualquer modismo. Sobretudo nos volumes autobiográficos, a capacidade como escritor é perceptível também pelo êxito constante na manutenção de um equilíbrio preciso entre o relato acerca de si próprio – a subjetividade, portanto – e a narrativa voltada para outras pessoas, circunstâncias e acontecimentos. Por isso são tão fascinantes esses relatos da história de uma juventude povoada de pessoas que se vai encontrando: as memórias de Elias Canetti são o oposto das de qualquer general ou diplomata aposentado, de um ator aclamado do passado ou de uma não menos aclamada cortesã. Em livros assim predominam as figuras proeminentes, porque proeminente é também o autor. O leitor impressiona-se já à menção de personalidades cujos nomes ele próprio conhece: Churchill, Picasso ou mesmo o dr. Goebbels.

Elias Canetti não pretende regalar o leitor com tais nomes. É quase com hesitação que, no segundo volume de memórias, ele fala dos encontros com Brecht e com George Grosz, a quem tanto admirava. Esse mundo artístico berlinense do ocaso (e, pouco depois, da ruína) da República de Weimar parece-lhe sinistro. Até que Canetti encontra o grande escritor russo Isaac Bábel e consegue enfim respirar aliviado na conversa com um homem a quem o ambiente berlinense também apavora. Chega-se mesmo a sentir a gratidão de outrora, quando, na conclusão do relato sobre Bábel, se lê: "Sei que Berlim me teria corroído como barrela, se eu não o tivesse encontrado". Hoje, redescobrem-se entre nós os livros de Isaac Bábel; sua peça *Maria* [1] foi muito encenada há alguns anos, com grande sucesso. Mas ninguém sabe quando e onde a vida de Bábel se extinguiu. Em 1939, foi preso, e Stalin cuidou de exterminar também a ele. Supõe-se que tenha morrido em 1941, aos 47 anos.

Tais relatos sobre os encontros do jovem Canetti com importantes figuras da época são apenas ocasionalmente "encaixados", por assim dizer, no relato épico da vida de um jovem tão talentoso quanto ameaçado em sua existência. Na maior parte das vezes – e, aliás, de forma quase exclusiva –, as descrições de Canetti têm por objeto pessoas desconhecidas, mas que desempenharam papel decisivo em sua juventude e aprendizado. A maioria dos leitores acolheu com gratidão esses relatos, retratos da vida de contemporâneos ainda desconhecidos, nada bem-sucedidos e menos ainda famosos. Quem, portanto, como alguns críticos mal-humorados, julga "supérfluos" esses livros de memórias de Elias Canetti decerto haverá de saber muito bem – ao contrário de nós todos – o que é relevante ou irrelevante. De resto, são críticas que censuram precisamente aquilo que constitui o mérito dessas memórias.

A mais singular das objeções levantadas queixa-se de uma suposta "vaidade" por parte do autor e de seu relato. Também aí fica claro que o crítico frustrou-se com a leitura. Decerto, esperava uma narrativa excitante sobre pessoas famosas e, ao lê-la, viu-se de volta ao uni-

1 Peça publicada pela Cosac Naify, em 2003. [N. E.]

verso da mediocridade social, na companhia de pequenos-burgueses numa pensão familiar em Frankfurt, entre estudantes desimportantes de química em Viena, um dos quais, talvez o único talentoso, de repente decide tomar cianureto. Em Canetti, ao contrário, o crítico mergulha num mundo de loucos e estropiados. Se não compreende isso, é porque não compreendeu nem o modo de narrar nem o tipo de imagem que o autor faz da espécie humana.

Canetti nunca fez segredo de nenhuma dessas duas características. Ao término do relato sobre o período escolar em Zurique – esse feliz Paraíso da infância –, fala-se também dos professores. Cada um deles é lembrado com exatidão. Não há aí um único nome famoso. Contudo, o narrador fundamenta sua exatidão e o carinhoso cuidado, presente também nas derrotas do estudante Elias Canetti: "São os primeiros representantes daquilo que mais tarde constituiu para mim a essência do mundo, a sua população. [...] A interpretação da fluidez que existe entre indivíduos e tipos é, verdadeiramente, uma das tarefas do escritor".

Faz-se, pois, nítida a razão pela qual Canetti haveria de prover sua coletânea de anotações, aforismos e reflexões de trinta anos (1942-72) com um título de certo modo programático: *A província do homem*.

De fato, como nos livros de memórias, também em todas as suas demais obras, tanto as literárias quanto as de cunho mais científico-ensaístico, estabelece-se um equilíbrio entre a subjetividade daquele que escreve e seus contemporâneos, as outras pessoas – as famosas e as não famosas, as bem-sucedidas e as de alguma forma estropiadas.

Como desde a mais tenra infância, Canetti, o leitor voraz, esperava dos livros uma resposta para questões complexas – em vez de diversão ou mesmo "prazer" –, foram os poetas do mundo e os moralistas que, dentre os escritores, se tornaram de particular importância para ele. Também Lichtenberg e Hebel, conhecedores e mestres do ser humano, preferiram ensinar por meio de histórias a fazê-lo com base numa forma qualquer de catecismo mundano. Ou o pastor suíço Albert Bitzius, de Emmental, que escreveu sob o pseudônimo de Jeremias Gotthelf e foi, a um só tempo, um mestre e um professor rigoroso. Sua narrativa "A aranha negra", uma das grandes da literatura universal, ocupou de tal maneira – e com razão – o jovem Canetti que quase o fez romper com a mãe, a quem amava e odiava profundamente.

No caso de Canetti, seria fácil, é claro, pôr em ação a psicanálise e recorrer ao complexo de Édipo. Uma criança que chegou ainda a conhecer e admirar o pai, mas cuja morte súbita colabora para o surgimento de um superego. Nos anos decisivos de sua vida, o jovem filho, na companhia da mãe, é apartado quase hermeticamente do restante do mundo. Quando a mãe, bonita e inteligente, parece aproximar-se demasiado de outros homens, o filho dá início a intrigas e sabotagens, visando a cortar na raiz as nascentes simpatias dela por quem quer que seja.

Por outro lado, Elias Canetti cresce, durante os anos mais importantes para seu desenvolvimento intelectual e emocional, na cidade de Viena, e na condição de contemporâneo do professor Sigmund Freud. Pode escolher posicionar-se entre os seguidores apaixonados dele ou entre uma oposição não menos apaixonada. Sua admiração por Karl Kraus decide a questão. Canetti se torna (e permanece) um opositor da psicanálise. Kraus zombara dela, julgando a psicanálise a própria doença cujo diagnóstico ou cura ela almeja encontrar. O Canetti de hoje é mais cauteloso. Não o incomoda nem um pouco que muitos episódios de suas memórias pareçam casos exemplares da obra freudiana. É evidente que sua vida apresenta elementos como a fixação na figura paterna e uma relação edipiana. Mas Canetti julga que tais elementos não foram determinantes em sua obra em si, nem, portanto, em sua identidade.

Mais decisivo foi para ele a *experiência vivida da massa*. Também aí, diria Freud, sob a forma de uma relação ambivalente: por um lado, há o horror diante da massa, e sobretudo diante daquilo que, mais tarde, no extenso *Massa e poder*, o autor definiria como a "malta"; por outro, o processo misterioso de súbita união do indivíduo com a massa humana em ação ou agitação. Analisando suas experiências com a massa, que remontam à infância e à juventude, Canetti chega a uma interpretação desse fenômeno que, em essência, só podia distanciar-se das conhecidas concepções de Sigmund Freud sobre a massa e sua psicologia.

Assim, apresenta-se em Canetti uma distinção fundamental entre "massa aberta" e "massa fechada". A chamada massa aberta surge de forma repentina e espontânea, "pois tão subitamente quanto nasce a massa também se desintegra. Nessa sua forma espontânea, ela é uma construção delicada. Seu caráter aberto, que lhe possibilita o crescimento, representa também um perigo para ela". Diferente é o que ocorre com a massa fechada: "Esta renuncia ao crescimento, visando sobretudo a durabilidade. O que nela salta aos olhos é, em primeiro lugar, sua *fronteira*. A massa fechada se fixa. [...] A fronteira é respeitada, seja ela de pedra ou de alvenaria. Talvez um ato particular de admissão seja necessário; talvez tenha-se de pagar uma certa quantia pelo ingresso. Uma vez preenchido o espaço, apresentando-se ele denso o suficiente, ninguém mais pode entrar [...]". Tem-se aí uma abordagem que é a um só tempo nova e atual. Décadas se passaram desde que o jovem Canetti tomou a decisão de investigar o fenômeno em si, a partir de experiências com a massa aberta vividas ao assistir a uma demonstração em Frankfurt, após o assassinato de Walther Rathenau, em 1922, e, depois, como indivíduo na massa, ao presenciar o incêndio do Palácio da Justiça vienense, em 1927. Hoje, sabemos pelos relatos diários dos jornais da existência tanto do fenômeno da massa aberta – que, por vezes, se forma espontaneamente, ao passo que essa formação espontânea é, outras vezes, apenas aparente, porque resultado de "ira popular" organizada – como daquele da massa fechada de seitas, ordens e grupos com um "núcleo radical".

A imagem que Canetti tem do ser humano diferencia-se daquela de Sigmund Freud em virtude das experiências históricas antagônicas de ambos. Canetti, em sua constante procura por justiça, formulou-o de maneira precisa: "Freud estava sob a impressão repulsiva de outra espécie de massa. Presenciara, em Viena, o entusiasmo pela guerra, como homem maduro de sessenta anos. É compreensível que ele se defendesse contra essa espécie de massa, que eu também conhecera em criança. Mas Freud não dispunha de nenhuma ferramenta útil para seu empreendimento. Durante toda a sua vida estudara os processos nas pessoas, individualmente. [...] Sua vida se desenrolava em seu consultório e em sua sala de estudos. Ele participava tão pouco da vida do soldado quanto da vida da igreja. Esses dois fenômenos, exército e igreja, não coincidiam com os conceitos que ele até então havia desenvolvido e aplicado". Sua *própria* abordagem investigativa, Canetti explica da seguinte maneira: "Embora eu não tivesse nenhuma experiência teórica, conhecia a massa por *dentro*. Em Frankfurt eu sucumbira a ela pela primeira vez, sem oferecer resistência. Desde então, sempre estive ciente do quanto se *gosta* de sucumbir à massa. Era isso, precisamente, o que me causara tanto espanto. Eu via a massa ao meu redor, mas também via a massa dentro de mim, e uma delimitação explicativa não satisfaria a minha curiosidade. No ensaio de Freud, falta-me, sobretudo, o *reconhecimento* do fenômeno. Este pareceu-me não menos elementar do que a libido e a fome".

Assim, pois, a obra ensaístico-filosófica capital, dedicada ao fenômeno da massa e do poder, surgiu em contraposição consciente a Sigmund Freud. No segundo volume de suas memórias, abarcando com os olhos o período de tempo pelo qual se estendeu o desenvolvimento de seu pensar e do seu trabalho, de 1925 a 1960, Canetti conclui: "Minha rejeição a Freud veio no começo de meu trabalho no livro que só viria a entregar ao público trinta e cinco anos depois, em 1960". Não é segredo que, de 1960 em diante, Canetti estava disposto a, num novo volume, interpretar as novas e atuais formas de expressão da massa e seu comportamento em relação ao poder. Decerto, ele se ocuparia aí das novas formas de "massa espontânea organizada" – se é lícito ousar semelhante formulação paradoxal – desenvolvidas por intermédio dos meios de comunicação ou de outros instrumentos de doutrinação. Ao que parece, contudo, Canetti enfim desistiu desse projeto, como de muitos outros ao longo da vida.

Uma vez ou outra, comentou em conversa que seu tempo de vida já não permitiria um estudo aprofundado da complicada mudança nas interações atuais da massa com o poder.

O resultado, porém, de todos os estudos e experiências vividas revelou-se fecundo para o artista e escritor Elias Canetti. Quando ele fala em "província do homem", está se referindo à interação da unidade formada pelo sujeito e pelos outros (não, decerto, sob a forma de uma "malta"), por um lado, com uma descrição distanciada dessa relação da massa com o eu, por outro. É-se, a um só tempo, participante e espectador.

Desse equilíbrio muito delicado nasceu a principal obra narrativa de Canetti: seu romance *Auto de fé*. O livro veio a público originalmente em Viena, em 1935. Foi, na realidade, a primeira obra literária publicada pelo Canetti escritor. A primeira edição passou quase despercebida, e também uma edição posterior, publicada depois da guerra, enfrentou de início reação negativa e incompreensão. Contudo, exceções verificaram-se já desde cedo. Thomas Mann, por exemplo – que curiosamente demorou a descobrir Kafka –, leu *Auto de fé* tão logo o romance foi publicado, e o leu com muita atenção, como confirma o volume contendo seus *Diários* de 1937 a 1939. Já em 12 de dezembro de 1936, em resenha intitulada "Uma experiência narrativa", o sociólogo e crítico literário Peter von Haselberg escreveu no *Frankfurter Allgemeine* de então, em pleno Terceiro Reich: "O que o romance realista jamais logrou apresentar – as fronteiras difusas entre o acontecido e o vivido, por um lado, e, por outro, o poder supremo do mundo ao redor, que o homem erige para si mesmo e que, depois, lhe parece estranho, hostil e em contínua expansão –, o romance de Canetti busca tornar visível valendo-se de um novo exemplo e de recursos extremos".

Hoje, *Auto de fé* pode ser lido em todas as principais línguas do mundo. Trata-se de um dos grandes romances do século XX. E de uma narrativa a um só tempo assustadora e de grande comicidade. Canetti conta uma história banal, corriqueira em aparência. Um erudito que vive inteiramente no mundo dos livros, o dr. Peter

Kien – intelectual obstinado e arrogante, o mais famoso sinólogo de seu tempo, alguém que poderia ocupar uma cátedra onde quisesse –, vive apenas no mundo de sua gigantesca biblioteca. "Cabeça sem mundo" intitula-se a primeira parte do romance. Em virtude de seu desconhecimento do mundo, de sua arrogância e de seu desdém, ele se casa com sua governanta, a qual, por sua vez, se mostra encerrada em cobiça e despotismo brutais. E de tal forma que ela sequer odeia ou despreza o marido: deseja apenas saqueá-lo e mandá-lo embora. A cabeça sem mundo é, então, confrontada com um "mundo sem cabeça". O dr. Kien enreda-se cada vez mais no próprio desvario e no desvario de sua Therese. Quando explode a loucura, ele passa a enxergar – como o Édipo da tragédia grega, depois de se haver cegado. Do cegamento e do deslumbramento brota uma nova visão.

No segundo volume de suas memórias, Canetti fala sobre a influência exercida pelos romances de Balzac sobre sua decisão de escrever ele próprio um romance, ou mesmo um novo ciclo de romances semelhante à *Comédia humana*. Ainda que não se tenha lido essa informação, é possível constatar o parentesco com o escritor francês. Em Balzac, há romances ou narrativas nos quais, por exemplo, a luta de dois prelados da catedral de Tours por um quarto mobiliado e pelas graças da senhoria é descrita com tamanha inexorabilidade e com um tal desencadeamento de paixões que somos lembrados das grandes tragédias shakespearianas.

Por outro lado, *Auto de fé* não é apenas um romance balzaquiano, mas também uma narrativa cômico-absurda na tradição de Cervantes. O germanista inglês David Roberts escreveu um livro interessante sobre o romance de Canetti, no qual chega à seguinte conclusão: "O herói que cavalga em direção ao mundo sem cabeça, com o intuito de dar vida a seus livros, e o herói que vive para seus livros, isolado da vida, são duas grandes criações cômicas do romance. Embora um viva na Espanha do século XVII e o outro, na Viena do século XX, o resultado final é o mesmo: os golpes desferidos pelo mundo e a degradação da cabeça mediante punição pelo corpo".

Canetti limitou-se a esse único romance. A série planejada de início, contendo narrativas sobre pessoas vivendo uma forma de vida apartada do mundo exterior – a que vulgarmente se poderia chamar loucura, mas que Canetti leva a sério como possibilidade humana –, jamais foi escrita. Para Canetti, que, ao contrário de Thomas Mann, Brecht ou Döblin, sempre se recusou a interpretar a própria obra, importava aí investigar e demarcar *as fronteiras da humanização possível do homem*. Que ninguém se iluda com as descrições assaz cômicas de comportamentos humanos em *Massa e poder* ou *Auto de fé*: Canetti nutre grande simpatia pelo ser humano. Não foi sem razão que fez seu aprendizado com as "histórias renanas" de Johann Peter Hebel. Em meio aos trinta anos de anotações de *A província do homem* (1942-72), encontramos a contraposição de duas possíveis posturas em relação ao ser humano e a sua existência. Canetti viveu o horror da guerra exilado na Inglaterra, sob os bombardeios a Londres. Em plena guerra, em 1942, ele escreve: "Não existe ato, não existe pensamento que não pergunte: 'quando terá fim a matança?'". Recém-terminada a guerra, outra anotação pondera que, em tudo quanto acontecia, se podia verificar um movimento entre dois juízos de mérito incompatíveis: "1) Para a morte, cada um de nós ainda é demasiado bom. 2) Para a morte, cada um de nós é bom o bastante [...]. Não há conciliação possível entre esses dois juízos. Um deles sairá vitorioso. Não está decidido qual será". Canetti se decidiu. Todo ser humano ainda é demasiado bom para morrer. O humanista Canetti desconfia de toda concepção otimista da sociedade. Nem Rousseau nem Hegel. A ladainha de uma "astúcia da razão" histórica, capaz de se impor mesmo com a humanidade trabalhando na direção contrária, ele a considera um embuste.

Como criação divina, Canetti considera nosso mundo um fracasso. Um deus, como ele gostaria de concebê-lo, teria visto no sétimo dia da criação "que nem tudo era bom". Em seus escritos e anotações, esboça-se seguidas vezes a ideia de uma forma de vida que parece absurda em comparação com a realidade, mas que seria concebível. É o caso, por exemplo, da concepção de "uma cidade em que as classes caminham por ruas diferentes. As superiores e as inferiores jamais se defrontam". Uma lei de trânsito perfeita, portanto, que elimine todo e qualquer conflito social mediante um "desvio". O escritor norte-americano Norman Mailer brincou com ideia parecida. Esboçou uma cidade gigantesca, na qual – típico de Mailer, aliás – as pessoas com um desejo sexual específico são distribuídas por bairro também específico, previsto especialmente para elas.

Tais esboços, desenhos alternativos, são necessários, acredita Canetti, uma vez que o desenho do mundo fracassou. O pecado original foi cometido por Deus, quando soltou a morte no mundo e, para esse fim, empregou a serpente. Até hoje, a serpente não traiu seu empregador. "E qual é o pecado original dos animais?", pergunta Canetti. "Por que os animais suportam a morte?"

A veemente negativa em tributar à morte qualquer reverência vai muito além da morte física. Com frequência, inclui também o *matar*. Um episódio na história de *A língua absolvida* descreve a reação do jovem escolar, Elias Canetti, em visita com sua classe e professor ao matadouro de Zurique. O horror – e, então, articulada involuntariamente, a palavra "assassinato".

Um contrapensador. Quem se embrenha pelas anotações de *A província do homem* precisa, como leitor, atuar em colaboração com o autor. Canetti fornece apenas o resultado do pensamento. Como se chegou até ele, esse percurso o próprio leitor precisa – refletindo – completar. Também ao odiar, Canetti muitas vezes tinha a si próprio por objeto. Um contrapensador que leva a sério o pensamento. Em 1963, escreveu: "Nuvens negras, não me deixem agora. Permaneçam sobre mim, para que minha idade não se faça insossa; fique comigo, veneno do rancor, para que eu não me esqueça da humanidade mortal". Escritas por Elias Canetti, há que se dar crédito a essas palavras.

Ensaio publicado originalmente em Lui, *jan. 1981, pp. 74-77.*

Tradução de Sergio Tellaroli

Auto de fé

A Veza Canetti

Primeira parte

Uma cabeça sem mundo

O passeio

– Que é que você está fazendo aqui, garoto?
– Nada.
– Então, por que está aqui?
– Porque estou.
– Já sabe ler?
– Sei.
– Quantos anos tem?
– Nove.
– Que é que você prefere: um chocolate ou um livro?
– Um livro.
– É mesmo? Muito bem. Então é por isso que está aqui?
– É.
– Por que não me disse logo?
– Papai briga comigo.
– Hum. E quem é seu pai?
– Franz Metzger.
– Você gostaria de viajar por outros países?
– Gostaria de ir à Índia. Lá tem tigres.
– E que outro país?
– A China. Lá tem uma muralha enorme.
– Você gostaria de subir nela?

– É muito alta e larga. Não dá para subir. Construíram assim de propósito.

– Você sabe muitas coisas! Deve ter lido muito.

– Sim, senhor, leio sempre. Papai me toma os livros. Eu queria ir para uma escola chinesa. O alfabeto deles tem quarenta mil letras. Mais do que em qualquer livro.

– É o que você pensa.

– Fiz meus cálculos.

– Pois estão errados. Deixe esses livros aí na vitrina. Não prestam. Tenho coisa melhor na minha pasta. Vou lhe mostrar. Conhece esta escrita?

– É chinês! É chinês!

– Você é mesmo um garoto inteligente. Já tinha visto um livro chinês antes?

– Nunca. Mas adivinhei.

– Estes dois caracteres significam Meng Tse. O filósofo Meng. Foi um grande homem na China. Viveu há 2250 anos, e ainda o leem. Vai se lembrar disso?

– Vou, sim. Mas agora preciso ir para a escola.

– Sei. E a caminho da escola vai olhando as livrarias, não é? Como é seu nome?

– Franz Metzger. Mesmo nome do meu pai.

– E onde mora?

– Na Ehrlichstrasse 24.

– Ora, eu também moro nesse prédio. Mas não me lembro de você.

– O senhor sempre olha para o outro lado, quando cruza com alguém na escada. Conheço o senhor há muito tempo. Chama-se Kien, professor Kien, mas não ensina em nenhuma escola. Minha mãe diz que o senhor não é professor. Mas eu acho que é, porque tem uma biblioteca. Marie diz que ninguém pode calcular quantos livros o senhor tem. Marie é nossa empregada. Quando for grande, também vou ter uma biblioteca. Com todos os livros que existem, em todas as línguas. E um também em chinês, como esse aí. Agora preciso ir embora.

– Quem escreveu este livro? Ainda se lembra?

– Meng Tse, o filósofo Meng. Há exatamente 2 250 anos.

– Muito bem. Pode visitar minha biblioteca quando quiser. Diga à governanta que dei ordem. Vou lhe mostrar estampas da Índia e da China.

– Que maravilha! Vou visitar o senhor sem falta! Pode ser hoje à tarde?

– Não, hoje preciso trabalhar. Talvez daqui a uma semana.

O professor Peter Kien, alto, macilento, erudito de profissão e especialista em sinologia, enfiou o livro chinês na pasta cheia que carregava debaixo do braço. Fechou-a cuidadosamente e acompanhou o garoto com os olhos até que ele desaparecesse. Calado como era, quase censurava a si próprio por aquela conversa, assim gratuita.

Toda manhã, entre as sete e as oito, costumava dar uma caminhada, enquanto olhava as vitrinas das livrarias. Observava com um certo prazer que a cada dia havia mais sujeiras e banalidades. Quanto a ele, era o dono da maior biblioteca particular da cidade. Carregava sempre alguns livros consigo. Sua paixão de bibliófilo, a única que se permitia em uma vida austera e cheia de trabalho, obrigava-o a ser cauteloso. Qualquer livro, mesmo os ruins, dava-lhe vontade de comprar. Felizmente, a maioria das livrarias não abria antes das oito. Às vezes, um empregado mais interessado em agradar o patrão chegava mais cedo e aguardava frente à porta fechada a chegada do gerente, para dizer: "Estou aqui desde as sete horas!". Tamanho zelo comovia Kien. Tinha vontade de entrar imediatamente. Nas livrarias pequenas, muitas vezes às sete e meia já se podiam ver os donos trabalhando. Kien confiava na sua pasta atulhada de livros como forma de resistir à tentação. Segurava-a embaixo do braço, de um jeito especial que permitia pô-la em contato com o corpo. Podia senti-la contra as costelas, através do casaco leve e puído. O braço ficava apoiado na concavidade lateral, adaptando-se perfeitamente a ela. O antebraço servia de escora inferior. Os dedos estendidos podiam apalpar todas as áreas que lhes apetecessem. O valor do conteúdo justificava o excesso de cuidado. Se a pasta caísse casualmente e o fecho, apesar de ter sido examinado antes do passeio matinal, se abrisse nesse momento, obras preciosas cairiam também. Mais do que tudo, Kien odiava livros sujos.

Nesse dia, a caminho de casa, parara diante de uma vitrina, e no mesmo instante um garoto se colocou entre ele e a vidraça. Para Kien, tal atitude parecia um desaforo. Não faltava espaço. Ele costumava plantar-se a um metro de distância do vidro. Mesmo assim, lia sem o menor esforço os títulos e as chamadas de capa. Seus olhos funcionavam muito bem – dado importante no caso de um quarentão que passava o dia inteiro debruçado sobre livros e manuscritos. Todas as manhãs, os olhos davam-lhe prova de sua sanidade. Ao manter-se afastado daqueles livros comerciais, ordinários, expressava seu desdém por aquelas obras tão diferentes das obras profundas e difíceis que compunham sua biblioteca. O garoto era baixo, e Kien, extraordinariamente alto, olhava facilmente por cima do menino. Contudo, gostaria de merecer maior respeito. Mas, antes de repreendê-lo, deu um passo para o lado, a fim de observá-lo. O garoto, que fitava os títulos dos livros, movia os lábios lenta e silenciosamente. Sem se cansar, seu olhar resvalava de volume em volume. Passados alguns minutos, o pequeno ainda virava a cabeça. No outro lado da rua, um enorme relógio mostrava que faltavam vinte para as oito. O garoto parecia preocupado em fazer algo importante. Não prestava atenção no cavalheiro atrás dele. Talvez se exercitasse na arte de ler. Ou talvez decorasse os títulos. Tratava-os de modo uniforme, equitativo. Percebia-se nitidamente o lugar em que parava em determinado instante.

Kien tinha pena dele. Aquela subliteratura estragaria seu intelecto jovem, talvez já ávido de leituras. Talvez no futuro ele viesse a ler um livro miserável só por conhecer seu título desde a infância. Como orientar essa receptividade dos jovens? Uma criança mal começa a caminhar e a soletrar, e já está sujeita à mercadoria de um negociante qualquer, que só o diabo sabe por que se especializou em livros. As crianças deviam ser educadas em contato com grandes bibliotecas particulares. A convivência diária com espíritos sérios, o ambiente sábio, escuro, silencioso, a contínua adaptação à ordem mais meticulosa, no espaço e no tempo – que meio seria mais indicado para ajudar criaturas sensíveis a atravessar a juventude? Ora, a única pessoa dessa cidade a possuir uma biblioteca particular digna desse nome era precisamente o próprio Kien. Ele não permitia crianças em sua casa. Seu trabalho não admitia desvios. Crianças fazem barulho, requerem atenção. É preciso uma mulher para cuidar delas. Para a cozinha, basta uma simples cozinheira. Para crianças, é necessário uma mãe. Ah, se a mãe apenas se limitasse a ser mãe... Mas qual delas se contentaria com esse papel precípuo? Em primeiro lugar, cada mãe é também uma *mulher*, com exigências que um autêntico erudito não pode atender. Kien não queria saber de mulher. Até agora elas lhe tinham sido indiferentes, e indiferentes ficariam. Para azar do garoto de olhos fixos e cabeça movediça.

Contra o seu hábito, por mera compaixão, Kien dirigiu-lhe a palavra. Com muito prazer compensaria seus conselhos com uma barra de chocolate. Mas há garotos de nove anos que preferem um livro a um chocolate. O que aconteceu em seguida causou ainda maior surpresa a Kien. O menino interessava-se pela China. Lia contra a vontade do pai. O que se dizia a respeito das dificuldades da escrita chinesa atraía-o, em vez de desanimá-lo. Identificou-a à primeira vista, sem nunca ter tido contato com ela. Passara com distinção pelo teste de inteligência. Não tocou no livro que lhe mostravam. Talvez tivesse vergonha de seus dedos sujos. Kien examinou-os. Estavam limpos. Qualquer outro teria agarrado o livro, até mesmo com os dedos sujos. O garoto tinha pressa. A aula começava às oito. Contudo, ficara até o último segundo. Devorou o convite como se morresse de fome. Na certa o pai torturava-o severamente. Com o maior prazer o pequeno visitaria Kien logo de tarde, na hora do mais intenso trabalho, pois morava no mesmo prédio.

Kien se perdoou por essa conversa. A exceção que acabava de abrir parecia-lhe valer a pena. Em pensamento, saudava no menino, já longe, o futuro sinólogo. Quem mais tinha interesse por essa matéria inacessível? Meninos jogavam futebol; adultos iam atrás do ganha-pão;

as horas vagas eram dedicadas ao amor. A fim de dormirem durante oito horas e de vadiarem outras tantas, entregavam-se o resto do tempo a fainas odiosas. Elegiam como seu deus não só o ventre mas o corpo inteiro. O deus celeste dos chineses era mais austero e mais digno. Mesmo que o garoto deixasse de comparecer na semana seguinte, o que era pouco provável, já sabia de cor um nome difícil de esquecer, o do filósofo Meng. Impulsos ocasionais, inopinadamente recebidos, imprimem às pessoas rumos que perduram pelo resto da vida.

Sorridente, Kien começou a voltar para casa. Não sorria com muita frequência. Era muito raro alguém manifestar o desejo supremo de possuir uma biblioteca. Ele próprio, quando tinha nove anos, queria ter uma livraria. A ideia de andar entre os livros como dono parecia-lhe ímpia naqueles dias. Um livreiro é um rei; um rei não é um livreiro. Para balconista, sentia-se muito criança. O moço de recados era apenas mandado para um ou outro lugar. De que lhe adiantariam os livros se apenas os carregasse em forma de pacotes? Durante muito tempo procurou encontrar uma solução. Certo dia, não voltou para casa depois da escola. Entrou na maior livraria da cidade; seis vitrinas cheias de livros. Pôs-se a chorar em altos brados. "Preciso ir ao banheiro. Depressa! Tenho medo!", gemia. Mostraram-lhe o lugar. Ele o gravou na memória. Ao voltar, agradeceu e perguntou se não podia ser útil em alguma coisa. Seu rosto radiante, que pouco antes estivera crispado pela angústia, agora parecia divertido. Começaram a conversar com ele. Notaram que sabia muito a respeito de livros. Acharam-no inteligente para a idade. À tardinha, mandaram-no entregar um pacote pesado. Foi de bonde, ida e volta. Guardara o dinheiro necessário para pagar a passagem. Ao escurecer, pouco antes do fim do expediente, comunicou ter feito a entrega e colocou o recibo na mesa. Para recompensá-lo, alguém lhe deu uma bala. Enquanto os balconistas vestiam os sobretudos, penetrou clandestinamente naquele refúgio seguro. Encerrou-se ali. Ninguém percebeu. Ficou aguardando muito tempo. Só depois de longas horas, em plena noite, atreveu-se a sair. A loja estava escura. Procurou a chave da luz. De dia, não se lembrara dela. Quando a encontrou, não ousou acender as lâmpadas. Podia ser que alguém o visse da rua e o levasse para casa.

Seus olhos se acostumaram à escuridão. Apenas não dava para ler. Que tristeza! Desceu um tomo após outro. Folheou-os e realmente conseguiu decifrar alguns títulos. Em seguida, subiu na escada. Queria saber se lá em cima o pessoal escondia algum segredo. Caiu e disse: "Não me machuquei!". O assoalho era duro, mas os livros eram macios. Numa livraria, a gente cai sobre livros. Ele poderia ter construído uma escada com os livros, mas, detestando a desordem, recolocava cada tomo em seu lugar antes de retirar outro. As costas doíam. Talvez estivesse apenas cansado. Em casa, a essa hora, já estaria dormindo há muito. Nesse lugar, era impossível: a excitação mantinha-o acordado. Seus olhos, porém, já não reconheciam as letras mais graúdas dos títulos. Isso o agastava. Fez um cálculo dos anos que uma pessoa poderia passar naquele local, lendo continuamente, sem nunca sair à rua e ir àquela estúpida escola. Por que não permaneceria sempre ali? Com suas economias poderia comprar uma caminha. A mãe teria medo. Ele também, por causa do silêncio. Na rua, os lampiões de gás foram apagados. Sombras rastejavam pelo chão. Havia fantasmas, de fato. À noite, vinham voando, todos eles. Acocoravam-se sobre os livros e liam-nos. Não necessitavam de luz. Tinham olhos muito grandes. Agora ele não tocaria em livro algum lá em cima. Tampouco nos de baixo. Rastejando, escondeu-se sob o balcão. Seus dentes estalavam. Dez mil livros, e sobre cada um deles um fantasma acocorado! Por isso o silêncio era tão profundo. Às vezes, ouvia-os virarem as páginas. Liam tão depressa como ele. Poderia habituar-se a eles, mas eram dez mil, dos quais um ou outro seria capaz de mordê-lo. Fantasmas irritam-se quando alguém os roça. Pensam que a pessoa zomba deles. Encolheu-se todinho. Assim voariam por cima. A manhã só viria depois de muitas noites. Adormeceu. Não notou o pessoal abrir a loja. Encontraram-no embaixo do balcão. Sacudiram-no até acordá-lo. Inicialmente fingiu continuar dormindo. Depois começou a chorar aos berros. Afirmou ter sido trancado por eles.

Disse que estava preocupado com a mãe, que certamente o procurava em toda parte. O dono da livraria fez-lhe perguntas. Depois de saber o seu nome, enviou-o para casa, em companhia de um balconista, que devia pedir desculpas à senhora e explicar que a criança ficara presa na loja em virtude de um engano, mas se achava bem. Que a senhora aceitasse os protestos de sua mais alta estima. A mãe, acreditando em tudo, rejubilou-se. E agora o pequeno mentiroso daqueles tempos possuía uma biblioteca imponente e um nome igualmente célebre.

Kien detestava mentiras. Desde criança, atinha-se à verdade. Não se recordava de ter proferido mentira alguma, a não ser aquela. Também ela caíra no esquecimento. O que a evocara fora unicamente a conversa com esse escolar, que lhe parecia uma reprodução de sua própria infância. "Arre!", disse para si mesmo. "São quase oito horas." Às oito em ponto, começaria o trabalho, seu serviço de verdade. Ciência e verdade eram para ele conceitos idênticos. Aproximamo-nos da verdade, apartando-nos dos homens. O cotidiano não passa de um trivial emaranhado de mentiras. Cada homem que passa é um mentiroso. Por isso, nem sequer os olhava. Qual dentre esses canastrões que constituíam a massa humana teria um rosto que o cativasse? Aquela gente alterava a fisionomia segundo o momento. Nem por um só dia permaneciam com o mesmo papel. Ele sabia de antemão. Nesse ponto, era desnecessário fazer experiências. Ele próprio tinha a ambição de ser obstinado. Era sempre o mesmo, não durante um mês, nem durante um ano, mas a vida inteira. O caráter determina o corpo da pessoa. Kien, desde que se entendia por gente, era alto e bem magro. Quanto a seu rosto, só o conhecia vagamente, pelo reflexo nas vidraças das livrarias. Não tinha espelho em casa. De tantos livros, não havia lugar para tal utensílio. Mas Kien sabia que seu semblante era oblongo, austero, ossudo, e isso lhe bastava.

Como não tinha o menor interesse pela presença de criaturas humanas, abaixava o olhar ou dirigia-o para o alto, por cima delas. De qualquer jeito, sentia com precisão onde se encontravam livrarias.

Podia entregar-se confiantemente a seu instinto. Tal como os cavalos, que conseguem trotar de volta à cocheira, também ele localizava seu lugar por instinto. Afinal de contas, dava passeios para respirar o ar de livros estranhos. Provocando a sua oposição, estes o animavam um pouco. Na biblioteca, tudo decorria automaticamente. Entre as sete e as oito, Kien se permitia algumas daquelas liberdades que são tudo na vida dos outros homens.

Apesar de saborear essa hora, fazia questão de ordem. Antes de atravessar uma rua movimentada, hesitava um pouco. Gostava de caminhar num ritmo uniforme. A fim de não ter de se apressar, aguardava o instante propício. Foi quando alguém perguntou em voz alta a outra pessoa: "Pode me dizer onde fica a Mutstrasse?". O interrogado não respondeu. Kien se admirou. Parecia que em plena rua existiam, além dele mesmo, outros seres taciturnos. Sem levantar o olhar, aguçava os ouvidos. Como reagiria o interrogador em face dessa mudez? "Perdão, o senhor não poderia me dizer, por gentileza, onde fica a Mutstrasse?" Apesar de ele intensificar a cortesia, não teve mais sorte que antes. O outro não disse nada. "Acho que o senhor não me ouviu. Rogo-lhe a fineza de me dar uma informação. Talvez tenha a bondade de me explicar onde posso encontrar a Mutstrasse." Em Kien despertou a avidez de saber. Por índole, não era curioso. Propunha-se, porém, a contemplar esse indivíduo calado, no caso de ele persistir na mesma mudez. Sem dúvida, o homem estava absorto em pensamentos e queria evitar qualquer interrupção. E ele não disse nada, mais uma vez. Kien aplaudiu-o. Entre milhares de pessoas, um caráter capaz de resistir às casualidades! "Então, é surdo?", gritou o primeiro. Agora o outro vai responder, pensou Kien, começando a perder o interesse por seu favorito. Quem controla a língua, ao ser insultado? Virou-se em direção à rua. Chegara o momento de atravessá-la. Mas hesitou, admirado com o ininterrupto silêncio. O outro continuava a não dizer nada. O que se devia esperar era uma explosão cada vez mais forte de ira. Kien previa uma briga. Se o interrogado se comportasse vulgarmente, ele, Kien, teria razão em achar que era a única pessoa de caráter nas redondezas. Ponderou se já podia olhar a cena que decorria à sua direita. Eis que o primeiro esbravejou: "O senhor não tem educação! Perguntei-lhe cortesmente uma coisa! Quem pensa que é? Seu grosseirão! Será que é mudo?". O outro permaneceu calado. "O senhor vai me pedir desculpas! Pouco me importa onde fica a Mutstrasse! Qualquer um pode me informar. Mas o senhor vai me pedir desculpas! Ouviu?" O outro não deu ouvidos, e isso aumentou o respeito de Kien. "Vou entregá-lo à polícia! Sabe quem sou? Seu esqueleto! E um homem desses pretende ter cultura! Onde arranjou essas roupas? Num prego? É o que parece! E o que tem aí debaixo do braço? Vou lhe mostrar uma coisa. Quem pensa que é?"

Nesse momento, Kien recebeu um forte empurrão. Alguém lhe agarrava a pasta, procurando arrancá-la. Com um puxão muito superior a suas forças, Kien libertou os livros das garras alheias. Energicamente voltou-se à direita. Seu olhar se destinava à pasta, mas também se fixou num baixinho gorducho, que furiosamente ralhava com ele. "Seu malcriado! Seu malcriado! Seu malcriado!" O outro, o taciturno, o caráter que se sabia conter mesmo na cólera, era o próprio Kien. Calmamente virou as costas ao grosseirão. Cortou-lhe a fala como se o fizesse com uma faca afiada. Um paspalhão obeso, cuja cortesia se transformava de chofre em insolência, não podia ofendê-lo. Em todo caso, Kien atravessou a rua mais depressa do que tencionara fazer. Quem carrega livros deve esquivar-se de rixas. Afinal, ninguém tem obrigação de prestar atenção às bobagens de um transeunte qualquer. Perder-se em palavreado é o pior perigo que pode ameaçar um sábio. Kien preferia expressar-se por escrito, em vez de falar. Dominava mais de uma dúzia de idiomas orientais, além de, obviamente, alguns ocidentais. Não ignorava nenhuma literatura humana. Pensava em termos de citações, e escrevia em períodos cuidadosamente formulados. Inúmeros textos deviam a ele sua reconstituição. Diante de trechos danificados ou adulterados de antiquíssimos manuscritos chineses, indianos, japoneses, vinham-lhe à mente tantas combinações quantas quisesse. Outros lhe invejavam tamanha capacidade. Ele tinha até de se defender contra essa abundância. Com a mais estrita meticulosidade, pesando tudo durante meses, avançando com excessivo vagar e tratando a si mesmo com extrema severidade, jamais firmava sua opinião a respeito de uma letra, uma palavra ou uma frase inteira, antes de ter certeza quanto à sua inatacabilidade. Os tratados que publicara eram poucos em quantidade, mas cada um era o fundamento para centenas de outros e lhe haviam granjeado a reputação de maior sinólogo de sua época. Os especialistas da matéria conheciam-nos muito bem. Quase que os sabiam de cor. Frases escritas por Kien eram consideradas decisivas, axiomáticas. No caso de questões controvertidas, os colegas apelavam para ele, que era autoridade suprema também nos campos limítrofes da sua ciência. Só raras vezes Kien dignava-se a escrever cartas. Mas os eleitos que as recebiam obtinham numa única missiva um sem-número de estímulos e teriam por muitos anos tarefas cujos resultados, devido à personalidade do remetente, estavam garantidos de antemão. Relações pessoais, não tinha com ninguém. Recusava convites. Onde quer que vagasse uma cátedra de filologia oriental, ofereciam-na a ele em primeiro lugar. Contudo, sempre rejeitava as ofertas com desdenhosa polidez.

Alegava não ter vocação para orador. Honorários pagos por suas atividades lhe tirariam o prazer que estas lhe propiciavam. Segundo sua modesta opinião, aqueles divulgadores improdutivos aos quais se confiava o ensino nos liceus deveriam ocupar as cátedras das escolas superiores para que os verdadeiros pesquisadores, os autênticos, os criativos, pudessem dedicar-se exclusivamente a seu trabalho. De qualquer jeito, não faltariam cabeças medíocres. As aulas dadas por ele só contariam com poucos ouvintes, já que forçosamente exigiria o máximo deles. Era de prever que nenhum candidato passaria nos exames. Por ele, reprovaria sempre esses jovens imaturos até que alcançassem a idade de trinta anos e já tivessem aprendido, ou por tédio, ou por uma nascente seriedade, alguma coisa, mesmo pouco. Acrescentava que até mesmo lhe parecia arriscado e, pelo menos, improfícuo acolher nas faculdades pessoas cuja memória não tivesse sido cuidadosamente testada. Dez estudantes, selecionados à base de dificílimas provas preliminares, realizariam, sem dúvida alguma, muito mais se permanecessem entre si, do que em meio a cem apáticos bebedores de cerveja, como os que predominam nas universidades. Suas objeções eram, portanto, graves e fundamentais. Rogava, assim, a fineza de não mais insistirem nesses convites que, apesar de não representarem uma honra para ele, Kien, eram feitos na intenção de honrá-lo.

Nos congressos, onde se costuma tagarelar muito, Kien figurava entre as personalidades mais faladas. Nessas ocasiões, que ocorriam de dois em dois anos, os participantes, que ficavam a maior parte da vida silenciosos, tímidos e míopes, soltavam excepcionalmente a língua. Elogiavam-se reciprocamente. Cabeças totalmente desencontradas aproximavam-se umas das outras, cochichando, sem nada dizer, e erguiam brindes desajeitados nos banquetes. Assim, com profunda emoção, exaltadamente mantinham no alto suas bandeiras e lustrosos seus brasões. Sempre e sempre, em tudo que era idioma, prometiam as mesmas coisas. Cumpririam com seus compromissos, até sem os terem assumido. Nos intervalos, faziam apostas. Será que Kien comparecerá dessa vez? Falavam mais sobre ele do que sobre qualquer outro. Seu comportamento estimulava a curiosidade. Mas ele preferia não negociar com a sua reputação. Por mais de dez anos vinha recusando sistematicamente cerimônias e homenagens, embora soubesse que seria acolhido calorosamente, apesar de sua pouca idade. A cada congresso anunciava uma conferência importante, cujo manuscrito acabava sendo lido por um colega. E todos achavam que qualquer dia, talvez dessa vez, ele surgiria de súbito para recolher os aplausos e ser eleito por aclamação presidente do conclave – cargo que lhe cabia por direito e que Kien, mesmo ausente, ocupava à sua maneira. Mas esses senhores estavam enganados. Kien não comparecia, e eles perdiam as apostas.

À última hora, recusava-se a participar. A remessa de seus trabalhos, endereçados a um eleito qualquer, vinha acompanhada de frases irônicas. Se os congressistas conseguissem subtrair ao vasto programa social algum tempo para o trabalho – coisa que ele, no interesse do bem-estar geral, absolutamente não desejava –, pediria para apresentar sua pequena contribuição, fruto de dois anos de labuta. Tinha o hábito de guardar para tais oportunidades novos e surpreendentes resultados de suas pesquisas. Quanto aos debates que pudesse provocar, preferia examiná-los a distância. Aceitavam seu desdém, porque muitos dependiam de sua opinião. A obra de Kien era de inestimável valia para eles. Desejavam que vivesse muito. Sua morte causaria um susto terrível à maioria.

Os poucos que haviam travado contato pessoal com ele, na sua juventude, já não se recordavam de sua fisionomia. Frequentemente lhe pediam fotografias, ao que ele replicava que não possuía e não tencionava possuir nenhuma. Uma e outra afirmação correspondiam à verdade. Mas, espontaneamente, fez uma concessão de outro tipo. Ao completar trinta anos, sem ter feito testamento de suas posses, legou o crânio, com tudo que contivesse, a um instituto especializado em pesquisas do cérebro. Para justificar tal procedimento, assinalou as vantagens que proviriam da possibilidade de se explicar sua memória fenomenal, através da estrutura peculiar ou do peso relativamente maior de seu cérebro. Segundo escreveu ao diretor do instituto, não acreditava que o gênio e a memória fossem a mesma coisa, ao contrário do que se supunha havia algum tempo. Ele mesmo não era em absoluto um gênio. Seria, porém, pouco científico negar a utilidade que sua incrível memória tinha para seu trabalho de pesquisador. Por assim dizer, trazia na cabeça uma segunda biblioteca, tão rica e tão digna de confiança como a real, a cujo respeito, pelo que ouvira dizer, muito se falava. Sentado à mesa de trabalho, redigia monografias, nas quais tratava dos mais minúsculos pormenores, sem jamais consultar outra biblioteca que não a de sua cabeça. Era bem verdade que posteriormente controlava a exatidão de citações e indicações de fontes à base da literatura real, mas só o fazia por meticulosidade. Asseverava não recordar nenhum erro de memória cometido por ele. Até mesmo seus sonhos eram mais precisos que os dos outros. Visões disformes, descoloridas, vagas não entravam em seus sonhos. A noite jamais lhe apresentava coisa alguma às avessas. Os sons que ele percebia tinham origem normal. As conversas que entabulava eram sempre sérias. Não saía do terreno do racional. Não lhe cabia investigar se o suposto nexo entre a exatidão de sua memória e a nitidez de seus sonhos tinha ou não razão de ser. Apenas registrava humildemente a hipótese, rogando que as informações pessoais dadas nessa carta não fossem consideradas como manifestações de arrogância ou de tagarelice.

Kien repassou na memória ainda outras ocorrências da sua vida, suscetíveis de elucidar adequadamente seu caráter reservado, taciturno, desprovido de qualquer vaidade. Mas o agastamento causado por aquele homem desaforado, insolente, que primeiro o interrogara acerca de uma rua e em seguida o insultara, crescia cada vez mais. "Acho mesmo que não há outra solução", disse consigo mesmo, parando no portão de uma casa. Tirou do bolso uma agenda comprida e fina. Na capa, em letras graúdas, lia-se: *Disparates*. Inicialmente, seu olhar se fixou nisso. Depois, Kien virou as páginas. Mais da metade da agenda continha anotações. Kien escrevia nela o que desejava esquecer, começando com a data, a hora e o lugar. Seguia-se o acontecimento que deveria ilustrar a tolice humana. Uma citação adequada, sempre diferente, concluía o item. Kien nunca lia essa coleção de tolices. Um olhar ao título da capa lhe bastava. Tinha, porém, a intenção de publicá-las noutra ocasião, sob o título de *Passeios de um sinólogo*.

Tomou de um lápis bem apontado e, na primeira página vazia, escreveu: "23 de setembro, às sete e quarenta e cinco. Na Mutstrasse, encontrei um homem que me perguntou onde ficava a Mutstrasse. A fim de não humilhá-lo, permaneci calado. Não se conformando, ele repetiu várias vezes a pergunta. Agira educadamente. Súbito, seu olhar fixou-se numa placa de rua. Deu-se conta da asneira cometida. Em vez de se afastar às pressas, coisa que eu teria feito em seu lugar, enfureceu-se e me insultou violentamente. Se eu não o tivesse tratado com tamanha consideração, não me teria acontecido tal cena desagradável. Qual de nós dois se comportou mais estupidamente?".

Com essa frase final, Kien demonstrou que não poupava nem sequer a si mesmo. Não tinha piedade de ninguém. Satisfeito, guardou a agenda no bolso e esqueceu aquele homem. Enquanto escrevia, os livros haviam-se deslocado para uma posição que o incomodava. Kien endireitou-os. Na próxima esquina, assustou-se com um cão pastor. Rápida e seguramente, o animal abria caminho. Pela trela esticada, puxava um cego que o seguia. Quem não visse o cão, podia perceber o defeito físico do dono pela bengala branca que este trazia na mão direita. Até mesmo os indivíduos mais apressados, que não tinham tempo de se preocupar com um cego, lançavam olhares curiosos ao cachorro, que pacientemente os arredava com o focinho. Tratando-se de um animal lindo e vigoroso, todos aturavam isso de bom grado. De repente, o cego tirou a boina e estendeu-a, junto com a bengala, em direção aos transeuntes.

– Para dar comida ao cão! – pediu. Começaram a chover moedas. No meio da rua, as pessoas aglomeravam-se em torno dos dois. O tráfego parou. Felizmente não havia nessa esquina nenhum guarda que o controlasse. Kien olhou o cego de perto. O homem trajava roupas intencionalmente pobres. Tinha fisionomia inteligente. O fato de ele movimentar incessantemente os músculos próximos aos olhos, pestanejando, erguendo as sobrancelhas, enrugando a testa, fez com que Kien desconfiasse e se decidisse a tomá-lo por impostor. Nesse momento surgiu um garoto de doze anos, aproximadamente. Afastando com energia o cão, atirou um botão na boina. Com os olhos fixos na sua direção, o cego agradeceu mais gentilmente do que antes. O som do botão parecia com o de uma moeda. Kien sentiu uma punhalada no coração. Agarrando o menino pelos cabelos, deu-lhe com a pasta um golpe na cabeça. "Não tem vergonha", gritou, "de enganar um cego?" Feito isso, lembrou-se do conteúdo da pasta. Livros! Sobressaltou-se, pois nunca antes incorrera em tamanho risco. O garoto fugiu, berrando. Para voltar ao plano comum, muito inferior, da compaixão, Kien jogou na boina do cego todas as moedas que possuía. Os que o cercavam davam sinais de aprovação. Sentiu-se mais prudente e mais mesquinho. O cão tornou a puxar na trela. Logo depois, quando surgiu um guarda, guia e cego continuaram sua jornada.

Kien jurou matar-se, caso o ameaçasse o perigo da cegueira. Cada vez que encontrava um cego, invadia-o o mesmo pavor excruciante. Gostava, porém, de mudos. Pessoas surdas, paralíticas ou aleijados de outra espécie eram-lhe indiferentes. Mas os cegos inquietavam-no. Não compreendia por que não punham termo à vida. Ainda que dominassem a escrita de Braille, teriam apenas reduzidas possibilidades de leitura. Eratóstenes, o grande bibliotecário de Alexandria, no terceiro século antes de Cristo, pesquisador de envergadura universal e que tinha à sua disposição meio milhão de rolos, descobriu na idade de oitenta anos um fato terrível. Seus olhos começavam a lhe recusar obediência. Ainda enxergava, mas já não era capaz de ler. Qualquer outra pessoa teria aguardado a cegueira total. Para ele, porém, a separação de seus livros era cegueira suficiente. Amigos e discípulos imploravam-lhe que não os abandonasse. Ele, com um sorriso circunspecto, expressou-lhes sua gratidão e dentro de poucos dias morria de inanição.

Esse grande exemplo, o pequeno Kien, com uma biblioteca contituída tão somente de vinte e cinco mil volumes, saberá imitar facilmente, quando vier a hora.

Estugando o passo, percorreu o resto do caminho até sua casa. Certamente já eram oito horas. Às oito começava o trabalho. Falta de pontualidade lhe causava nojo. Às vezes apalpava furtivamente os olhos, para ver se enxergava bem. A impressão que davam era agradável e não anunciava nenhum perigo.

No quarto e último andar do prédio 24 da Ehrlichstrasse, achava-se a sua biblioteca. O apartamento era protegido por três fechaduras complicadas. Destrancou-as, passou pelo vestíbulo, onde havia apenas um cabide, e entrou no gabinete de trabalho. Cuidadosamente depositou a pasta numa poltrona. Em seguida, percorreu diversas vezes o conjunto de quatro salas altas, vastas, que constituíam a biblioteca. Todas as paredes estavam revestidas de livros até o teto. Lentamente fez deslizar o olhar por sobre eles. No teto, havia janelas. Kien orgulhava-se da luz que vinha de cima. As janelas laterais tinham sido substituídas por paredes anos atrás, após longas lutas com o senhorio. Dessa forma, Kien obtivera em cada peça uma quarta parede. Espaço para mais livros! Além disso, achava que uma iluminação que inundasse uniformemente todas as estantes a partir do teto seria mais equitativa e se adaptaria melhor à sua relação com os livros. A tentação de observar o que acontecia na rua, vício que custa tempo e já nasce com as pessoas, foi aniquilada junto com as janelas laterais. Todo santo dia, antes de sentar-se à mesa, dava graças a Deus pela boa ideia e suas consequências, às quais devia a realização de seu desejo supremo: a posse de uma biblioteca rica, bem organizada, isolada em todas as direções, onde nenhum móvel supérfluo, nenhuma criatura desnecessária podiam desviá-lo de pensamentos sérios.

A primeira peça servia de gabinete de trabalho. Uma escrivaninha antiga, maciça; à sua frente uma poltrona; outra no canto oposto. Essa era toda a mobília. Além disso, existia um sofá, que parecia encolher-se. Kien preferia não se preocupar com ele, pois só o usava para dormir. Na parede estava presa uma escada móvel. Era mais importante que o sofá, já que o vazio das três outras peças não era perturbado sequer por uma cadeira. Em parte alguma havia mesa, armário ou estufa a interferir na colorida uniformidade das estantes. Belos e pesados tapetes, que cobriam por toda parte o assoalho, acaloravam a austera penumbra que, através das portas escancaradas, ligava os quatro compartimentos, fazendo com que formassem um único salão.

Kien tinha um modo de andar rígido, vigoroso. Nos tapetes pisava com particular firmeza. O fato de seus passos não produzirem o menor ruído causava-lhe prazer. Na sua biblioteca nem mesmo um elefante seria capaz de fazer barulho, sacudindo o chão. Por isso, Kien tinha os tapetes em alto apreço. Verificou que todos os livros haviam conservado a mesma ordem em que os deixara uma hora antes. Em seguida, pôs-se a esvaziar a pasta. Ao entrar no apartamento, costumava colocá-la na poltrona diante da escrivaninha. Se não agisse assim, talvez se esquecesse dela e, em vez de pôr em ordem seu conteúdo, fosse sentar-se para dar início ao trabalho que começava religiosamente às oito horas. Valendo-se da escada, distribuía os tomos, cada qual em seu lugar. Não obstante toda a sua diligência, o último deles – já que estava perto do fim, Kien se apressara em demasia – caiu no chão, à frente da terceira estante, onde não havia necessidade da escada. Era justamente aquele Meng Tse, que amava mais do que tudo. "Bobalhão!", exclamou Kien, ralhando consigo mesmo. "Bárbaro! Analfabeto!" Carinhosamente, levantou o livro. Encaminhou-se à porta, a passo rápido, mas, antes que a alcançasse, algo importante lhe veio à mente. Voltou ao local do desastre e aproximou dele a escada, que permanecera na parede oposta. Com ambas as mãos, depositou o Meng Tse no tapete, ao pé da escada. Só então permitiu-se ir à porta. Abriu-a e pediu: "O pano mais limpo que houver, por favor!".

Pouco depois, a governanta bateu na porta apenas encostada. Ele não respondeu. Discretamente, ela passou a cabeça pela fresta.

– Aconteceu alguma coisa? – perguntou.

– Nada. Me dê o pano.

Contra a vontade dele, ela percebeu na resposta um quê de queixa. Estava por demais curiosa, para suportá-la assim, sem mais nada.

– Ora, ora, professor – disse em tom de censura. Entrou e logo percebeu o que ocorrera. Como que deslizando, acercou-se do livro. Sob a saia azul engomada, que descia até o tapete, não se viam os pés. A cabeça estava inclinada para o lado. Tinha orelhas grandes, achatadas, despegadas. Como a direita roçava o ombro e ficava encoberta parcialmente por ele, a esquerda parecia ainda maior. Quando andava ou falava, a mulher abanava a cabeça. Os ombros acompanhavam alternadamente o ritmo. Abaixando-se, apanhou o livro. Uma dúzia de vezes esfregou-o cuidadosamente com o pano. Kien não fez nenhum gesto para se antecipar a ela. Detestava cortesias. Mantendo-se ao lado da mulher, fiscalizava atentamente a seriedade da operação.

– Pois é. Isso acontece, quando a gente está lá em cima da escada. Sim, senhor! – disse ela, enquanto lhe estendia o livro, como se fosse um prato enxugado. Com o maior prazer, encetaria uma conversa. Não o conseguiu, no entanto. Kien respondeu brevemente:

– Obrigado – e lhe virou as costas. Compreendendo, ela se afastou.

Mas, quando a governanta já estava com o trinco na mão, Kien deu subitamente meia-volta. Com fingida amabilidade, indagou:

– Isso já lhe aconteceu outras vezes?

Percebendo a intenção, a mulher mostrou-se genuinamente ofendida.

– Ora, ora, professor! Isso a mim! – replicou. Pontudo como um espinho, o "isso" parecia furar a fala oleosa. Ela é capaz de sair do emprego, pensou ele. Para tranquilizá-la, explicou:

– Só falei para lembrar-lhe quanto vale em dinheiro essa biblioteca.

A gentileza da frase pegou-a desprevenida. Não tendo o que responder, saiu do recinto, satisfeita. Kien repreendeu a si próprio. Falara da biblioteca à maneira do mais sórdido dos mercadores. Mas de que outro modo poderia induzir uma pessoa dessas a tratar os livros decentemente? O verdadeiro valor deles, ela não o entenderia. Devia pensar que para ele a biblioteca era um objeto de especulação. Que gente essa, que gente!

Finalmente sentou-se à escrivaninha, saudando com uma involuntária mesura os manuscritos japoneses que nela estavam empilhados.

O segredo

Oito anos antes, Kien mandara publicar no jornal o seguinte anúncio: "Estudioso, com biblioteca de invulgar magnitude, procura governanta de responsabilidade. Somente devem candidatar-se pessoas do mais elevado caráter. Favor não se apresentar quem não estiver em condições. Salário em aberto".

Naquele tempo, Therese Krumbholz tinha um emprego bom, no qual se sentia mais ou menos à vontade. Todos os dias, antes de preparar o café da manhã de seus patrões, lia cuidadosamente os anúncios classificados do *Tagblatt*, a fim de saber o que ocorria no mundo. Não tinha a menor intenção de passar o resto da vida na casa daquela família insignificante. Era moça ainda. Não tinha nem quarenta e oito anos. De preferência, trabalharia no lar de um solteirão. Lá, a gente pode fazer tudo a seu jeito, e com mulheres é sempre difícil lidar. Mas nem por nada largaria precipitadamente seu emprego seguro. Permaneceria nele até saber de quem se tratava. Conhecia muito bem aquelas promessas falsas que as pessoas faziam nos jornais e as maravilhas que elas ofereciam a mulheres honestas. Mal se achavam na casa desses homens, eram violentadas. Ela própria ganhava seu pão sozinha, havia trinta e três anos, mas tal coisa nunca lhe acontecera. E não lhe aconteceria, já que sempre se precavia.

Aquele anúncio, porém, deixou-a bastante intrigada. As palavras "Salário em aberto" fixavam-se em seu espírito. Várias vezes, lia e relia de trás para a frente as frases destacadas pelo tipo em negrito. O estilo a impressionava. Eis um homem autêntico! A ideia de apresentar-se como uma pessoa dotada de excelente caráter incensava-a. Podia imaginar as pessoas sem caráter sendo expulsas, e tal espetáculo lhe causava sincera alegria. Não receava em nenhum instante que pudesse ter o mesmo destino das canalhas.

Na manhã seguinte, bem cedinho, às sete horas, achava-se à frente de Kien, que a recebeu no vestíbulo e logo advertiu:

– Proíbo expressamente a pessoas desconhecidas entrarem no meu apartamento. A senhora sente-se em condições de assumir a responsabilidade pela coleção de livros?

Fitou-a atenta e desconfiadamente. Não queria formar uma opinião definitiva a respeito dela, antes de receber a resposta a essa pergunta.

– Ora, ora, o que é que o senhor pensa de mim? – Estupefata em face da grosseria de Kien, respondia de um modo que a ele parecia irrepreensível.

– É necessário que a senhora saiba – disse Kien – por que despedi a governanta que tive antes. Faltava um livro de minha biblioteca. Mandei dar busca em toda a casa. O livro não apareceu. Tive que despachá-la na mesma hora – calou-se, indignado. – A senhora deve compreender minha atitude – acrescentou em seguida, como se tivesse depositado excessivas esperanças na inteligência da mulher.

– É preciso que haja ordem – replicou ela prontamente. Kien ficou desarmado. Com um gesto majestoso, convidou-a a passar à biblioteca. Humildemente, Therese entrou na primeira sala e aguardou.

– Seus deveres – explicou ele grave e secamente – são os seguintes: diariamente tira o pó numa sala, de cima para baixo. No quarto dia, a senhora termina o ciclo. No quinto, volta a trabalhar na primeira peça. Sente-se capaz de assumir esse compromisso?

– Acho que sim.

Saindo novamente, ele abriu a porta do apartamento.

– Até logo mais – disse. – O serviço começa hoje.

Ela já se encontrava na escada. Mas ainda estava indecisa. Kien não falara do ordenado. Era preciso perguntar, antes que ela largasse o outro emprego. Não! Era melhor não fazê-lo. Do contrário, poderia prejudicar a si própria. Se não tocasse no assunto, podia ser que Kien espontaneamente desse mais. Na luta das duas forças opostas de cautela e de avidez, uma terceira, a curiosidade, resultou vencedora.

– Pois é, e quanto ao ordenado?

Constrangida por ter possivelmente cometido uma indelicadeza, até se esqueceu de iniciar a pergunta com um "por favor".

– Quanto quiser – disse ele negligentemente, enquanto batia a porta.

Aos seus patrões insignificantes, que nela se fiavam como numa peça de mobília que estivesse na casa há mais de doze anos, comunicou, para o maior espanto deles, que já não suportava essa vida, essa bagunça, e preferia ganhar seu pão na rua a fazê-lo desse jeito. Nenhuma objeção conseguiria demovê-la de seu propósito. Ela iria embora e já. A uma pessoa que estivesse doze anos no emprego, bem se poderia abrir uma exceção quanto ao aviso prévio. A honrada família aproveitou o ensejo para economizar o ordenado dos vinte primeiros dias do mês. Recusou pagá-lo, já que essa criatura não tinha dado aviso com antecedência. "Pois então ele deverá me indenizar", argumentava Therese consigo mesma. E se foi.

As obrigações assumidas com relação aos livros, ela as cumpria para a mais plena satisfação de Kien. Tacitamente ele lhe tributava elogios. Dirigir-lhe louvores em voz alta parecia desnecessário. A comida sempre estava pronta na hora. Ignorava se Therese cozinhava bem ou mal. Pouco se lhe dava. Durante as refeições, que ingeria sentado à escrivaninha, preocupavam-no meditações importantes. Via de regra, nem saberia dizer o que tinha na boca em determinado momento. A consciência deve ser conservada para pensamentos genuínos, que são o seu alimento. Num estado de inconsciência, estes não podem existir, ao passo que mastigar e digerir são processos automáticos.

Therese respeitava até certo ponto o trabalho de Kien, porque este lhe pagava regularmente um alto ordenado e não tratava a ninguém com gentileza. Nunca falava, nem mesmo com ela. Desde criança, porém, Therese desprezava intensamente pessoas de índole sociável, tais como sua mãe. Levava muito a sério o seu próprio trabalho. Ganhava seu dinheiro. E além disso, desde o primeiro dia, sentiu que havia um mistério a desvendar. E disso ela gostava.

Às seis em ponto, o professor levantava-se do sofá-cama. Os atos de lavar-se e vestir-se duravam pouco tempo. À noite, antes de recolher-se, ela lhe preparava o sofá e levava ao centro da peça um lavatório que corria sobre rodas. Durante a noite, esse utensílio era admitido ali. Um biombo de quatro caixilhos cobertos de letras estranhas era colocado de modo a poupar a Kien o aspecto desagradável. Ele não aturava móveis. O carro-lavatório, como o chamava, era invenção sua, feita para que aquela coisa nojenta desaparecesse imediatamente depois do uso. Às seis e quinze, abria a porta e empurrava o carro para fora com ímpeto violento. O impulso mantinha-o em movimento ao longo do corredor comprido. Junto à porta da cozinha, o lavatório batia ruidosamente na parede. Na cozinha, Therese estava à espera. Seu quartinho ficava logo ao lado. Descerrando a porta, gritava:

– Já se levantou?

Sem lhe dar nenhuma resposta, Kien voltava a enclausurar-se. Até às sete, permanecia em casa. Ninguém sabia o que fazia todo esse tempo até às sete. Fora disso, sempre se mantinha sentado à mesa de trabalho, escrevendo.

Aquela colossal escrivaninha, escura, pesada, estava cheia de manuscritos, e a tampa, sobrecarregada de livros. Cada vez que se movimentava esta ou aquela gaveta, por maior que fosse a cautela, o móvel emitia um assobio estridente. Kien, ainda que abominasse quaisquer ruídos, não modificava tal peculiaridade do antiquíssimo móvel, para que a governanta notasse imediatamente a presença de ladrões, se ele por acaso não estivesse em casa. Pois essa gente esquisita tinha o hábito de ir atrás de dinheiro antes de mexer nos livros. Em três frases concisas e explícitas, expusera a Therese o mecanismo da preciosa mesa. Insistentemente acrescentara que não havia nenhuma possibilidade de fazer cessar o assobio. Nem sequer ele próprio seria capaz de fazê-lo. De dia, ela o ouvia sempre que Kien procurava um manuscrito. Parecia-lhe estranho que ele aturasse esse tipo de barulho. À noite, o professor guardava todos os papéis. Até às oito da manhã a escrivaninha conservava-se muda. Quando a arrumava, só encontrava livros e papelada amarelecida. Nada de papel novo com a letra dele. Era evidente que das seis e quinze até às sete, durante três quartos de hora, portanto, ele não trabalhava de forma alguma.

Talvez rezasse? Não, isso lhe parecia improvável. Para que rezar? Therese não gostava de rezas. Não ia à igreja. Bastava ver aquelas pessoas que enchiam as igrejas. Que gente miserável! Também detestava a mendicância. Era preciso dar alguma esmola, uma vez que todos observavam, mas ninguém saberia explicar o que se fazia com esse dinheiro. Rezar em casa, para quê? Não valia a pena gastar tempo precioso com isso. Uma criatura decente não necessita de orações. E ela era decente por índole, ao passo que os outros se limitavam a orar. Mas uma coisa ela gostaria de saber: o que se passava naquele aposento entre as seis e quinze e as sete? Não era curiosa. Ninguém poderia acusá-la de tal defeito. Não se interessava por negócios alheios. As mulheres de hoje costumam fazê-lo. Metem o nariz em tudo. Ela se restringia a seu trabalho. Todas as mercadorias ficam cada vez mais caras. Batatas já custam o dobro de antes. Não é nada fácil arranjar-se com esses preços. E ele fecha todas as quatro portas! Caso contrário, a gente poderia espiá-lo, a partir da sala vizinha. Um patrão que sempre aproveita tão cuidadosamente o seu tempo, sem desperdiçar nenhum minuto!

Enquanto Kien dava seu passeio, Therese perscrutava os recintos confiados a ela. Supunha a existência de algum vício secreto. Qual, não saberia dizer. Primeiramente pensou que houvesse num baú um cadáver de mulher. Já que embaixo dos tapetes não caberia um corpo, afastou a hipótese de uma mulher esquartejada. E não existia nenhum armário que pudesse escondê-la! Como Therese teria desejado ver alguns armários, um em cada parede! Na ausência deles, o crime certamente fora ocultado num livro. Em que outro lugar poderia estar? Seu senso do dever talvez a induzisse apenas a passar o pano pelos dorsos dos livros. Mas o segredo criminoso que ela queria desvendar forçava-a também a dar uma olhada atrás dos volumes. Agarrava-os um a um. Batia neles, para ver se eram ocos. Estendendo os dedos grossos, calosos, até o apainelamento de madeira, apalpava tudo. Por fim, retirava a mão, pouco satisfeita, e sacudia a cabeça. Jamais sua curiosidade a fazia ultrapassar o horário prefixado. Cinco minutos antes de Kien abrir a porta de entrada, Therese já se achava na cozinha. Calmamente examinava uma estante após outra, sem precipitação, sem relaxamento, sem nunca perder inteiramente a esperança.

Durante os meses de incansáveis investigações, absteve-se de depositar o seu ordenado na Caixa Econômica. Não tocava nele. Quem sabia que dinheiro era esse? Punha as cédulas, assim como as recebia, num envelope limpo, que continha intacto o papel de carta tal como o comprara, havia vinte anos. Superando poderosos escrúpulos, guardava-o na mala que abrigava o seu enxoval, belas peças, cuidadosamente selecionadas, adquiridas por um dinheirão no decorrer de decênios.

Aos poucos verificou que não seria fácil descobrir a solução do mistério. Não fazia mal. Ela teria tempo. Poderia esperar. Tudo andava bem. Se um dia qualquer coisa saísse à luz, a culpa não seria dela. Devassara a biblioteca em todas as direções. Ah, se a gente tivesse um bom amigo na polícia, homem sólido, decente, que tivesse consideração para com seu excelente emprego, talvez fosse possível informá-lo cortesmente. Olhe, aguento muita coisa, mas não tenho apoio de ninguém. O que é que interessa aos homens hoje em dia? Dançar, tomar banho, divertir-se. Mas nunca coisa séria nem trabalho! O patrão, sujeito sério, também tem seus lados amorais.

Deita-se somente à meia-noite. O melhor sono é o de antes dessa hora. Homens de bem se recolhem às nove. Mas, provavelmente, isso não tem nenhuma importância.

Aos poucos, o crime diminuía de proporções, até transformar-se num mero enigma, envolto por um espesso e tenaz desdém. No entanto ela permanecia curiosa. Entre as seis e quinze e as sete, sempre estava à espreita. Seus cálculos incluíam possibilidades raras, embora plausíveis. Podia ser que um dia dores repentinas no estômago o fizessem sair. Então, ela se aproximaria rapidamente para perguntar se ele se sentia mal. Em poucos minutos, descobriria tudo. Mas a vida sóbria e metódica que Kien levava garantia-lhe uma saúde excessivamente boa. Nesses oito longos anos, nunca o acometera o menor problema estomacal.

Na manhã seguinte ao encontro com o cego, ocorreu que Kien necessitou urgentemente de algumas monografias antigas. Remexeu violentamente as gavetas da escrivaninha. Pilhas de papéis tinham-se acumulado ali. Rascunhos, emendas, cópias, tudo ele guardava cuidadosamente, desde que se relacionasse com seu trabalho. Encontrou folhas cujo conteúdo estava superado ou refutado. As origens do arquivo retrocediam até seus tempos de estudante. Para controlar uma ninharia, que ele de qualquer jeito sabia de cor, gastava horas. Lia trinta páginas por necessitar de uma única linha. Papelada inútil, há muito liquidada, lhe caía nas mãos. Amaldiçoou-a. Para que existia ela? Kien era incapaz de desconsiderar coisas impressas ou escritas que seus olhos avistassem. Outras pessoas teriam evitado leituras tão dispersivas. Ele, porém, persistia nelas, da primeira à última palavra. A tinta tornara-se pálida. Só com algum esforço conseguia decifrar os vagos contornos das letras. Vinha-lhe à mente o cego encontrado na rua. E ele mesmo a arriscar seus olhos, como se estes pudessem permanecer abertos por toda a eternidade! Em vez de restringir-lhes as incumbências, imprudentemente as fora aumentando todo mês. Cada folha de papel que agora recolocava em seu lugar custava-lhe uma parcela da vista. Cães têm vida breve. Cães não leem. Por isso, põem seus olhos à disposição dos cegos. Quem desperdiça a vista bem merece ser guiado por um cão.

Kien resolveu livrar a escrivaninha da papelada inútil na manhã do dia seguinte. Agora, estava trabalhando.

No outro dia, às seis em ponto, em meio a um sonho, levantou-se do sofá num pulo. Precipitou-se em direção ao colosso empanturrado. Com puxões violentos abriu todas as gavetas. Os assovios começavam a soar. Ecoando na biblioteca, aumentavam de intensidade. Era como se cada gaveta tivesse a sua própria garganta e procurasse superar as demais nos gritos de socorro. Roubavam-nas, atormentavam-nas, ameaçavam-lhes a vida. Elas não podiam saber quem ousava invadi-las. Não tinham olhos. Seu único órgão era a voz aguda. Kien revistou os papéis. Gastou muito tempo nisso. Aturou o barulho. Uma vez começada uma tarefa, ia até o fim. Com uma torre de papelório nos braços, encaminhou-se à última das quatro salas. Ali, a alguma distância dos assobios, rasgou entre pragas folha por folha. Alguém batia à porta. Ele rangia os dentes. Quando tornaram a bater, calcou o chão furiosamente. As batidas convertiam-se em marteladas. "Silêncio!", ordenou Kien, praguejando. Quanto à barulheira que ele mesmo desencadeara, bem queria que ela não existisse. Compadecia-se, no entanto, de seus manuscritos. Somente a raiva estimulava-o a destruí-los. Findo o trabalho, postou-se em meio aos papéis picados, como se montasse guarda. Com gestos acanhados, apalpou-os como se fossem moribundos, e expressou-lhes seu pesar. Como se fosse para não feri-los desnecessariamente, afastou-se dali com passadas cautelosas. Depois de ter deixado atrás de si aquele cemitério, respirou aliviado. Ao abrir a porta, topou com a governanta. Com um aceno resignado, apontou para a pilha. "Tire isso!", disse. Os assobios tinham emudecido. Kien retornou à escrivaninha e fechou as gavetas. Mantinham-se quietas. Ao abri-las com excessivo ímpeto, estragara o mecanismo.

Quando o barulho começou, Therese estava empenhada em enfiar-se na saia engomada que sempre rematava a sua toalete. Terrivelmente assustada, abotoou a saia às pressas e colocou-se à porta do gabinete.

– Pelo amor de Deus – perguntava com sua voz aflauteada –, o que é que está acontecendo?

Bateu à porta, primeiro de leve, depois com toda a força. Como não recebesse nenhuma resposta, ia de porta em porta, na ponta dos pés. Na última peça, ouviu o próprio Kien a dar gritos irados. Ali martelou com desespero.

– Silêncio! – berrou ele, furioso. Nunca antes demonstrara tamanha fúria. Entre agastada e conformada, Therese fincou na cintura as mãos calejadas, e como que se transformou num manequim de madeira.

– Que desgraça! – murmurou. – Que desgraça! – apenas por hábito ainda se conservava ali, quando Kien abriu a porta.

Por mais lento que fosse seu raciocínio, percebeu imediatamente a oportunidade que havia ali. Com certa dificuldade, respondeu:

– Já vai! – e se afastou rumo à cozinha. Mas, ao transpor a soleira da porta, pensou: "Deus meu, logo mais, ele vai trancar a porta de novo. É o que costuma fazer. Vai haver algum contratempo no último instante, sem dúvida. É sempre assim. Não tenho sorte mesmo!". Era a primeira vez que dizia isso para si mesma, já que geralmente se considerava digna de sorte e, portanto, feliz. Apavorada, meneou veementemente a cabeça e, com passos cautelosos, voltou ao corredor. Abaixou-se até quase dobrar o tronco em dois. As pernas bamboleavam, antes de se atreverem a pisar no chão. A saia engomada se punha a ondular. Se arrastasse os pés, teria realizado o seu propósito com maior facilidade, mas esse modo de andar lhe parecia muito vulgar. A solenidade da ocasião requeria um andar também solene. O aposento estava aberto. No centro da peça, jazia o monte de papel. A mulher introduziu uma dobra espessa do tapete entre a porta e o umbral, para que o vento não a fechasse subitamente. Em seguida, retornou à cozinha e se pôs à espreita, pá e vassoura na mão direita, até ouvir o costumeiro ruído das rodas do carro-lavatório. Teria preferido buscá-lo ela mesma, tão grande era a demora nesse dia. Quando o móvel finalmente se chocou contra a parede, Therese, distraída, gritou como sempre: "Já se levantou?".

Empurrou o carro até a cozinha. Abaixando-se ainda mais do que antes, retornou às escondidas à biblioteca. Colocou a pá e a vassoura no chão. Atravessando devagar as salas que a separavam do quarto, chegou ao seu limiar. Depois de cada passo, estacava e virava a cabeça para o outro lado, a fim de escutar com o ouvido direito, o menos deficiente. Gastou dez minutos para transpor uma distância de trinta metros. Tinha a sensação de estar cometendo um ato de louca audácia. Seu medo aumentava na mesma proporção de sua curiosidade. Mil vezes ensaiara em sua imaginação como se comportaria logo que alcançasse a meta. Encostou-se firmemente à ombreira da porta. Só atentou para o ruído que fazia a saia engomada quando já era muito tarde. Com um dos olhos procurou obter uma visão de conjunto. Enquanto o outro permanecesse na retaguarda, sentia-se segura. Era preciso notar tudo e não ser notada. O braço direito, que ela habitualmente fincava no quadril, foi forçado a permanecer imóvel.

Kien perambulava tranquilamente ao longo das estantes, proferindo sons inarticulados. Sobraçava a pasta vazia. Parou; meditou por um momento; foi buscar a escada; subiu nela. Da prateleira de cima, retirou um livro; folheou-o; meteu-o na pasta. Depois de voltar ao chão, mais uma vez se pôs a caminhar de cá para lá. Espantou-se; deu um puxão num tomo renitente; enrugou a testa e, quando se apoderou do livro, aplicou-lhe uma vigorosa palmada. Em seguida, fê-lo desaparecer na pasta. Selecionou cinco obras. Quatro tomos pequenos e um grande. De repente, apressou-se. Sem largar a pasta pesada, galgou o degrau mais alto da escada, a fim de recolocar o primeiro volume em seu lugar. As pernas compridas atrapalhavam-no. Por um triz não caiu.

Se caísse e se machucasse, seria o fim desse vício. O braço de Therese começou a levantar-se. Já não era possível dominá-lo. Agarrou a orelha e beliscou-a fortemente. Com ambos os olhos, observava a acrobacia do patrão. Quando os pés dele finalmente tocaram o espesso tapete, sentiu um alívio. Aqueles livros são apenas um pretexto. A verdadeira finalidade de tudo isso vai se manifestar depois. Ela conhecia a biblioteca muito bem, mas os vícios tornam a gente engenhosa. Há ópio, há morfina, há cocaína – quem será capaz de guardar tudo isso na memória? Ora, ela não admite que a enganem. A coisa está escondida atrás dos livros. Por que cargas-d'água ele nunca atravessa diagonalmente a sala? Está ao pé da escada e quer tirar alguma coisa da estante que fica em sua frente. O mais simples seria pegá-la diretamente. Não, senhor, prefere andar ao longo das paredes! Apesar de ter a pasta pesada embaixo do braço, faz um desvio enorme. A coisa está escondida atrás dos livros! O assassino é atraído ao lugar do crime. Agora a pasta está cheia. Não entra mais nada. Ela conhece a pasta. Espana-a todos os dias. Qualquer coisa está para acontecer. Já são sete horas? Às sete, ele sairá. Qual nada, ainda não chegou a hora. Não são sete horas ainda!

Atrevida e confiantemente, Therese dobrou o tronco para a frente. Fincou os braços nos quadris e aguçou o ouvido. Os olhos estão arregalados. Agarrando a pasta nas duas extremidades, Kien deposita-a diligentemente no tapete. Sua fisionomia revelava orgulho. Ele se inclina e permanece nessa posição. Therese está banhada em suor. Treme da cabeça aos pés. Lágrimas vêm-lhe aos olhos. Sob o tapete, vejam só! Ela sempre tivera esse palpite. Como é que uma pessoa pode ser tão estúpida? Kien endireitou-se, fazendo estalar os ossos. Escarra ou talvez diga apenas: "Pronto!". Apanha a pasta. Retira dela um volume e lentamente recoloca-o no lugar. Faz o mesmo com os outros.

Therese sente nojo. Arre! O espetáculo terminou. É esse o homem sério, que nunca ri e nunca fala? Ela mesma é séria e trabalhadora também. Mas fazer uma coisa dessas? A ela, poderiam cortar-lhe ambas as mãos, e não faria isso! Bancar o bobo diante da própria governanta, ora essa! E gente assim tem dinheiro! Muito, muito dinheiro! Devia estar preso. Isso é jeito de jogar dinheiro fora! Outra empregada que estivesse nessa casa, uma da laia das mocinhas de hoje, já lhe teria tirado o último lençol de baixo do corpo. Ele não tem sequer uma cama. O que é que faz com todos aqueles livros? Não pode ler todos de uma vez. Gente como ela chama um homem desses de maluco, confisca-lhe o dinheiro para evitar que o desperdice e manda-o plantar batatas. Ela vai mostrar-lhe que a pessoa que ele escolheu é honesta. Será que ele pensa que pode enganar todo mundo? A ela, não! Oito anos, talvez; mas por mais tempo, não! Nunca na vida!

Quando Kien acabava de reunir a segunda seleção de livros para o passeio, já tinha amainado o acesso de raiva de Therese. Ao notar que ele estava para sair, reassumiu sua postura normal, serena. Encaminhou-se silenciosamente ao monte de papéis, para recolhê-lo com a pá, num gesto cerimonioso. Nesse momento, sentia-se mais importante e mais interessante.

Não, resolveu, não largaria o emprego. Entretanto acabara de presenciar uma das maluquices do homem. E quando via alguma coisa interessante, sabia aproveitá-la. No tipo de vida que ela leva, não se vê muita coisa. Ela nunca fora além dos limites da cidade. Não dava passeios porque não valia a pena gastar dinheiro. Não ia à praia porque achava indecente. Não gostava de viajar, porque tinha receio de perder-se em terras estranhas. Se não tivesse de fazer compras, ficaria sempre em casa. De qualquer jeito, todo mundo explora a gente. Os preços aumentam a cada ano, e as coisas não são mais como antes.

Confúcio, o casamenteiro

No domingo seguinte, Kien retornou do passeio bastante animado. Nos domingos, de manhã cedo, as ruas estão sempre vazias. As pessoas aproveitam o dia livre para dormir um pouco mais. Depois vestem suas melhores roupas. Passam religiosamente diante do espelho as primeiras horas do dia. Nas restantes, recuperam-se de suas carrancas, olhando as dos outros. Na verdade, cada um se acha com melhor aspecto que o outro, e para tirar a prova misturam-se com seus semelhantes. Durante a semana, agitam-se para ganhar o pão. Aos domingos, agitam-se de graça. Noutros tempos, o dia de descanso tinha a finalidade de ser um dia de silêncio. O que se fizera dessa instituição, como aliás de todas as demais, fora exatamente o oposto, observava Kien com sarcasmo. O dia de descanso não tinha serventia para ele, que trabalhava sempre e nunca tagarelava.

Diante da porta de entrada, topou com a governanta. Notou que ela o aguardava havia muito tempo.

– O pequeno Metzger, do segundo andar, esteve aqui. Disse que o senhor lhe prometeu uma coisa. Disse também que o senhor já estava de volta, que a empregada tinha visto um homem alto subindo a escada. Ele vai voltar daqui a meia hora. Não quer incomodá-lo. É só por causa do livro.

Kien não prestara atenção. Mas ao ouvir a palavra "livro" tornou-se atento. Só depois de algum tempo percebeu do que se tratava.

– Ele está mentindo. Não prometi coisa alguma. Disse apenas que lhe mostraria estampas da Índia e da China, um dia, quando tivesse tempo. Nunca tenho tempo. Mande-o embora!

– Esse pessoal fica logo impertinente. Veja só que gente é essa. O pai era um simples operário. Gostaria de saber onde ele arrumou todo esse dinheiro. E já se vê o resultado. E essa mania de se dar tudo para as crianças. Não há mais aquela educação rigorosa. As crianças tornaram-se atrevidas. É incrível! Nas escolas brincam ou dão passeios com o professor. Tenha paciência! No meu tempo, não era assim. Se a criança não queria estudar, os pais tiravam-na da escola e mandavam aprender um ofício. Entregavam a um mestre bem rigoroso, para que lhe ensinasse alguma coisa. Hoje, já não se faz isso. Não, senhor! Será que os homens ainda têm vontade de trabalhar? Humildade não existe mais. Basta olhar esses jovens de hoje quando saem aos domingos. Toda operariazinha tem de vestir sua blusa nova. Bolas! Para que precisam dessas roupas caras? De qualquer jeito, vão às praias e lá tiram tudo. E tomam banho junto com os rapazes. Onde já se viu? Melhor seria que trabalhassem, muito melhor! Sempre digo: onde é que elas arranjam o dinheiro? Tudo fica mais caro a cada dia. As batatas já custam o dobro. Não é de admirar que as crianças se tornem insolentes. Os pais permitem tudo. Antigamente, com duas bofetadas em cada lado do rosto, faziam as crianças obedecer cegamente. Agora, já não há aquele antigo respeito. Enquanto são pequenas não aprendem nada; quando ficam adultas não querem trabalhar.

Inicialmente, Kien ficou irritado com o longo discurso que teve de escutar. Mas, aos poucos, as palavras de Therese começaram a interessá-lo. Então, essa pessoa inculta dava tanta importância à educação. Devia ter uma alma boa. Talvez de tanto lidar, todo dia, com os livros de sua biblioteca. Mas outras da sua classe social não tinham sido influenciadas pelos livros. Ela se mostrava mais receptiva. Talvez desejasse ser educada.

– A senhora tem toda razão – disse ele. – Seus pensamentos são corretíssimos. Não há nada mais importante do que aprender.

Nesse meio-tempo, já tinham entrado no apartamento.

– Espere aí! – ordenou Kien, enquanto mergulhava na biblioteca. Quando voltou, trazia na mão esquerda um livrinho. Enquanto o folheava, mexia com os lábios, finos e duros.

– Escute! – disse ele, enquanto com um gesto indicava-lhe um lugar. O que queria comunicar requeria espaço. Com uma ênfase que contrastava grotescamente com a simplicidade do texto, começou a ler:

– "Meu mestre me deu ordem de aprender todos os dias três mil letras e todas as noites escrever outras mil. Nos dias curtos do inverno, o sol se punha cedo, antes que eu concluísse minha tarefa. Por isso, levava o bloco para o terraço que dava para oeste e ali terminava meu trabalho. À tardinha, ao fazer a revisão do que escrevera, mal podia dominar o cansaço. Então colocava atrás de mim dois baldes d'água. Quando a sonolência se tornava excessiva, tirava as vestes e derramava o primeiro balde sobre meu corpo. Nu, continuava a trabalhar. A água fria mantinha-me desperto por algum tempo. Aos poucos, porém, tornava a me esquecer e a sentir sono. Então, jogava sobre o corpo o outro balde. Assim, com a ajuda de dois banhos, quase sempre conseguia cumprir meu dever. Naquele inverno, eu entrara no nono ano de estudos."

Entusiasmado, Kien fechou o livro.

– Assim se aprendia em outras épocas. Isso é um trecho das memórias de infância do sábio japonês Arai Hakuseki.

No decorrer da preleção, Therese achegara-se a ele. Sua cabeça marcava o compasso dos períodos. A comprida orelha esquerda ia espontaneamente ao encontro das palavras que Kien traduzia livremente do japonês. Sem querer, ele inclinara um pouco o livro. Certamente ela vira os caracteres estranhos e se admirava com a fluência da leitura. Ele lia como se fosse sua própria língua.

– Vejam só! – disse ela, quando Kien terminou. Respirou fundo. O espanto da mulher agradou a ele. "Já será tarde demais?", pensou.

"Que idade terá? Mas sempre se pode aprender. Deveríamos começar com romances simples."

Nesse instante, alguém tocou a campainha violentamente. Therese abriu. O pequeno Metzger enfiou o nariz pela porta.

– Posso entrar? – gritou. – O professor me convidou!

– Nada de livros! – berrou Therese, enquanto fechava a porta com estrondo. Do lado de fora, o garoto enfureceu-se. Berrou ameaças. Tinha tanta raiva que não se entendia palavra alguma.

– Que coisa! Dá-se a mão e ele logo quer o braço inteiro! Imagine como o livro ficaria manchado. Ele vive comendo sanduíches na escada.

Kien estava na entrada da biblioteca. Não fora visto pelo menino. Com um aceno de cabeça, aprovou jovialmente a atitude da governanta. Agradava-lhe que alguém defendesse tão ardorosamente os seus livros. A mulher merecia uma prova de gratidão.

– Se quiser ler alguma coisa, qualquer dia, pode me pedir.

– Aceito o oferecimento. Há muito que desejava lhe pedir esse favor.

Com que avidez ela aproveitou a oportunidade, ao se tratar de livros! Normalmente, não era assim. Até então, sempre demonstrara desinteresse. Ele não tinha o menor desejo de fundar uma biblioteca pública. Para ganhar tempo, respondeu:

– Está bem. Amanhã, vou escolher alguma coisa para a senhora.

Em seguida, sentou-se à mesa de trabalho. A promessa que acabava de fazer inquietava-o. Era verdade que ela espanava os livros todos os dias, sem nunca danificar nenhum. Mas espanar e ler são coisas diferentes. Essa mulher tinha dedos grossos e duros. Papel delicado requer tratamento delicado. A capa grossa naturalmente é mais resistente que as folhas finas dos livros. E quem garante que ela sabe ler? Já passou dos cinquenta e não aproveitou bem o seu tempo: "Um velho que aprendeu muito tarde". Assim qualificava Platão o seu oponente, o cínico Antístenes. Hoje, são velhotas que querem aprender tardiamente. Ela deseja saciar sua sede na fonte. Ou talvez se envergonhe, ao falar comigo, por se sentir totalmente ignorante. Está bem, a filantropia é uma coisa certa, mas nunca à custa dos outros. Por que os encargos disso deverão ser pagos pelos livros? Ela recebe um ordenado alto. Posso me permitir esse luxo. O dinheiro é meu. Seria, porém, uma covardia expor os livros, que ficam indefesos em suas mãos incultas. E eu não posso ficar sentado ao seu lado, enquanto ela lê.

Nessa noite, sonhou que um homem, confinado ao terraço de um templo, defendia-se com um pedaço de pau de duas feras que o acossavam furiosamente da esquerda e da direita. Ambas estavam enfeitadas com fitas multicoloridas. Arreganhavam os dentes, rosnavam e revolviam os olhos com tamanha fúria que causavam calafrios. O céu estava encoberto: encolhera e enfiara no bolso as suas estrelas. Bolas de vidro, brotando dos olhos do prisioneiro, estilhaçavam-se no chão em milhares de cacos. A luta não se modificava, o espectador, já cansado, bocejou. Eis que, por acaso, seu olhar se fixou nos pés das feras. Eram pés humanos. "Imaginem!", disse consigo mesmo o espectador, um cavalheiro alto e culto. "São sacerdotes mexicanos, oferecendo um sacrifício. Estão representando uma comédia sacra. A vítima sabe muito bem que deverá morrer. Os sacerdotes estão fantasiados de feras, mas eu os reconheço."

Nesse instante, a fera da direita levanta uma pesada cunha de pedra e a enterra no coração da vítima. A arma dilacera profundamente o peito. Horrorizado, Kien fecha os olhos, pensando que o sangue deve jorrar até o céu. Que absurda barbaridade! Aguarda um momento, até que o sangue tenha estancado, e reabre os olhos. Que horror! Do peito escancarado, salta um *livro*. Outro o segue; um terceiro; e muitos outros mais. Aquilo não tem fim. Eles caem ao chão e tornam-se presa de labaredas viscosas. O sangue acende uma fogueira que queima os livros.

"Feche o peito!", exorta Kien à vítima. "Feche o peito!" Gesticula com as mãos, como se ele próprio tivesse de fazê-lo. Depressa, depressa! O prisioneiro compreende. Num puxão violento, desembaraça-se das amarras e com ambas as mãos protege o coração. Kien respira, aliviado.

Mas, subitamente, a vítima escancara o peito e dele jorram livros e mais livros. Dúzias, centenas, milhares. O fogo lambe-os. Cada qual geme, pedindo socorro. De todos os lados, elevam-se gritos estridentes. Kien estende os braços em direção aos livros em chamas. O altar fica muito mais longe do que parecia. Kien dá saltos, mas não consegue se aproximar. Agora, precisa correr para que possa encontrá-los ainda vivos. Ele se precipita e cai. Raio de dispneia! É o que nos acontece quando descuidamos do corpo. De tanta raiva, gostaria de despedaçar a si próprio. Aqueles animais miseráveis! Já ouviu falar de imolações de criaturas humanas. Mas livros, livros! Nesse ínterim, chega às proximidades do altar. O fogo chamusca-lhe cabelos e sobrancelhas. Que fogueira imensa! De longe parecia pequena. Eles devem estar no meio das chamas. Entre nelas, covarde, miserável, ridículo paspalhão.

Mas por que insulta a si mesmo? Afinal, já está envolvido pelas chamas. Onde estão vocês? Onde estão? As labaredas ofuscam-no. Que é isso? Com os diabos, para onde quer que estenda as mãos, sempre apanha homens que gritam, que se agarram a ele com toda a força. Atira-os longe, mas voltam logo. Chegam de baixo, rastejando, cingindo-lhe os joelhos. De cima, tochas ardentes caem sobre ele. Sem levantar os olhos, enxerga-as nitidamente. Aqueles homens pegam nele pelos cabelos, pelas orelhas, pelos ombros. Aprisionam-no com seus corpos. Que barulheira louca! "Larguem-me!", berra. "Não conheço vocês. Que querem de mim? Como posso salvar os livros?"

Eis que um deles atira-se sobre sua boca, para segurar-se aos lábios comprimidos. Kien tenta continuar falando, mas já não consegue abrir a boca. No seu íntimo, suplica: "Assim vou perder todos eles! Vou perder todos eles!". Quer chorar, mas onde estão as lágrimas? Os olhos estão também cruelmente fechados. Também neles agarraram-se homens. Deseja dar um passo; com as mãos, a custo levanta a perna direita; ela torna a baixar, carregada de homens em chamas, como se fosse de chumbo. Detesta-os, a esses seres cobiçosos, que jamais se saciam da vida. Odeia-os. Queria tanto melindrá-los, torturá-los, insultá-los. Não pode fazê-lo, não pode! Em nenhum instante lhe sai da mente o motivo por que está ali. Cerram-lhe os olhos com toda a força, mas no espírito tem uma visão grandiosa. Vê um livro que cresce em quatro direções, enchendo o céu e a terra, o espaço inteiro, até o horizonte. Lenta e silenciosamente, as beiradas vão sendo consumidas por uma brasa rubra. Calmo, calado, resignado, o livro enfrenta o martírio. Os homens gemem; o livro arde, sem dar nenhum gemido. Mártires não se lamentam, santos não se lamentam.

Nesse instante, brada uma voz, que sabe tudo e pertence a Deus: "Aqui não há livros. Tudo é vaidade".

Imediatamente, Kien percebe que a voz acaba de proferir um vaticínio. Sem o menor esforço, sacode de si aquela gentalha em chamas. Num salto sai da fogueira. Está salvo. Doeu muito? Terrivelmente, responde ele para si próprio, porém menos do que poderia supor. A voz deixou-o imensamente feliz. Kien vê a si mesmo, que se afasta do altar em passos de dança. A alguma distância, vira-se, com ganas de zombar do fogo vazio.

Assim se conserva ele, absorto na contemplação da Roma ardente. Vislumbra membros que se debatem. Por todo lado, sente-se cheiro de carne queimada. Como são tolos os homens, pensa, esquecido da cólera anterior. Bastaria um pulo, e estariam salvos.

De repente, sem que ele saiba como, os homens se transformam em livros. Com um grito lancinante, instintivamente, ele se lança ao fogo. Corre, arfando, xingando-se, precipitando-se para dentro das chamas. Enquanto procura os livros, é agarrado por corpos desesperados. Invade-o a angústia de antes, liberta-o a voz de Deus. Ele escapa e, do mesmo lugar, observa o mesmo espetáculo. Quatro vezes se deixa iludir. As coisas se passam cada vez mais rapidamente. Sabe que está banhado em suor. Intimamente, anseia por uma pausa, para tomar fôlego, aquela pausa que medeia uma emoção e outra. Na quarta pausa, ele é surpreendido pelo Juízo Final. Vagões gigantescos, altos como casas, como montanhas, da altura do céu, vêm chegando de dois, de dez, de vinte lados, avizinhando-se do altar em chamas. E a voz potente, aniquiladora, ressoa zombeteira: "Agora são os livros!". Com um berro, Kien desperta.

Esse sonho, o pior de todos quantos recordava, deixou-o deprimido e tonto ainda meia hora depois de acordado. Um mísero fósforo, enquanto ele andasse na rua à cata de distração, e a biblioteca estaria perdida! Ele a pusera no seguro diversas vezes. Entretanto, duvidava da possibilidade de continuar vivo depois da destruição de vinte e cinco mil volumes. Tampouco teria a força necessária para se preocupar com o recebimento do seguro. Fechara os contratos num instante e logo envergonhara-se deles. Pagava pontualmente os prêmios, mas só para nunca mais pôr o pé naquele estabelecimento, que encarava da mesma forma livros e gado, e para não ter de enfrentar os cobradores que, sem dúvida alguma, seriam enviados à sua casa.

Depois de analisado, todo sonho perde seu poder. Dois dias antes, Kien tinha estudado ilustrações de manuscritos mexicanos. Uma delas reproduzia a imolação de um prisioneiro executado por dois sacerdotes fantasiados de tigres. De Eratóstenes, bibliotecário cego de Alexandria, lembrara-se, havia poucos dias, por ocasião do encontro com o cego. O nome de Alexandria evoca em todos a lembrança do incêndio da famosa biblioteca. Uma xilogravura medieval, cuja ingenuidade sempre o fazia rir, representava uns trinta judeus que, apesar das chamas que os consumiam, prosseguiam obstinadamente em meio ao holocausto a clamar suas orações. Kien admirava a obra de Michelangelo. Sobretudo o *Juízo Final*, onde cruéis demônios arrastam os pecadores ao Inferno. Um dos condenados, a própria imagem do medo e da desgraça, esconde com as mãos o rosto acovardado. Os demônios agarram-lhe as pernas, mas ele não consegue ver nesse momento a desgraça dos outros nem a própria. No alto, o Cristo, numa atitude nada cristã, profere sentenças condenatórias com o braço rijo, inflexível. De todos esses elementos o sono construíra um sonho.

Ao empurrar o carro-lavatório para fora do quarto, Kien ouviu, num tom mais agudo do que nunca, a pergunta: "Já se levantou?". Que direito tinha essa mulher de berrar com tanta força, de manhã cedinho? Ele nem bem acordara! Ah, sim! Ele lhe prometera um livro. Nada, a não ser um romance, poderia servir. Mas só à base de romances nenhum espírito consegue evoluir. O prazer que tal leitura pode oferecer não compensa o desgaste do caráter. Com os romances aprendemos a nos meter nos sentimentos de toda espécie de gente. Daí, adquire-se um gosto pela mudança contínua. Facilmente, convertemo-nos em personagens que nos agradam. Todo e qualquer comportamento passa a ser compreensível. Docilmente, entregamo-nos a propósitos alheios, e assim perdemos de vista, por muito tempo, os nossos próprios. Romances são cunhas que o autor – um comediante que escreve – faz penetrar na personalidade compacta de seus leitores. Quanto mais exatos seus cálculos sobre o tamanho da cunha e a capacidade de resistência, maior a fenda na personalidade. Os romances deviam ser proibidos pelo Estado.

Às sete horas, Kien tornou a abrir a porta. À sua frente estava Therese, animada e discreta como sempre, apenas mantendo a orelha um pouco mais inclinada.

– Tomo a liberdade... – começou, apelando atrevidamente para a memória dele.

Kien sentiu o pouco sangue que tinha subir-lhe à cabeça. A maldita criatura, com aquela saia grudando-se ao chão, aferrava-se àquilo que ele prometera num acesso de imprudência.

– A senhora quer um livro – gritou, esganiçando-se. – Vou lhe dar um!

Fechou a porta com violência, deixando-a de fora. Com passo inseguro, encaminhou-se para a terceira sala. Tirou da prateleira *As calças do sr. Von Bredow*. Possuía esse romance desde a época da escola. Naquele tempo, emprestara-o a todos os condiscípulos. Por causa do mau estado em que o livro se encontrava, não gostava dele. A encadernação manchada e as páginas sebentas despertavam-lhe uma alegria sarcástica. Calmamente voltou até onde o aguardava Therese e estendeu-lhe o tomo à altura dos olhos.

– Não era necessário – disse ela, enquanto tirava de baixo do braço grande quantidade de papel. Papel de embrulho. Somente nesse momento, Kien reparou nele. Cuidadosamente, a mulher escolheu uma folha e com ela encapou o livro, como se vestisse uma criança.

Em seguida, pegou outra folha, dizendo: "Melhor duas que uma". Achando a segunda sobrecapa pouco firme, retirou-a e colocou outra.

Kien observou-lhe os movimentos, como se a visse pela primeira vez na vida. Subestimara-a. Ela tratava os livros com mais cuidado do que ele próprio. Enquanto ele detestava esse traste velho, a mulher envolvia-o em duas sobrecapas. Mantinha distantes da encadernação as palmas das mãos. Para o trabalho, usava unicamente as pontas dos dedos. Dedos que não eram tão grossos assim. Kien sentia vergonha de si mesmo e alegria de vê-la. Talvez devesse buscar outro livro? Ela merecia ler uma obra menos encardida. Bem, para o começo, esta serviria. De qualquer jeito, Therese pediria outra em breve. Com ela, a biblioteca estivera em boas mãos, já fazia oito anos, e ele não soubera reconhecer isso.

– Preciso viajar amanhã – afirmou de repente, enquanto ela alisava a sobrecapa com os nós dos dedos.

– Então poderei fazer uma faxina em regra. Acha que só uma hora é suficiente?

– Que faria a senhora se houvesse um incêndio?

Ela tomou tal susto que os papéis caíram no chão. Mas manteve o livro na mão.

– Deus me livre! Procuraria salvar os livros!

– Olhe, não vou viajar. Foi apenas uma brincadeira – disse Kien, sorrindo. Emocionado pela extrema devoção – ele viajando e os livros sozinhos –, achegou-se a ela e, com os dedos ossudos, deu-lhe uma palmadinha no ombro. Quase amigavelmente, acrescentou: – A senhora é uma boa pessoa.

– Quero ver o que o senhor escolheu para mim – respondeu ela e abriu um sorriso até às orelhas. Voltou a capa e leu em voz alta: – *As calças...*

Estacou, mas não corou. O rosto se cobria de uma leve camada de suor.

– Ora, ora, professor! – exclamou. Triunfantemente, encaminhou-se às pressas para a cozinha. Durante os dias que se seguiram, Kien se esforçou por reencontrar a concentração anterior. Também ele tinha momentos em que se entediava de seu trabalho a serviço da palavra escrita e sentia uma secreta vontade de se relacionar, por mais tempo do que permitia seu caráter, com outras criaturas humanas. Se lutasse abertamente contra tais impulsos, perderia tempo. No combate, eles costumam aumentar sua força. Por isso, Kien inventara métodos mais astutos para lográ-los. Não deitava a cabeça na escrivaninha. Não se entregava a desejos lânguidos. Não saía à rua correndo, nem tampouco conversava com um bobalhão qualquer. Antes pelo contrário, animava a biblioteca com a presença de amigos selecionados. Os que mais o atraíam eram os chineses antigos. Pedia-lhes que se distanciassem do tomo e da parede aos quais pertenciam. Aliciava-os com um aceno. Oferecendo-lhes um lugar, saudava-os. Às vezes, segundo as circunstâncias, investia contra eles, fazendo com que defendessem seus argumentos. Então expunha sua opinião, até que se calassem. Os debates que lhe cabia travar por escrito tornavam-se dessa forma inopinadamente fascinantes. Ao mesmo tempo que se exercitava no chinês falado, orgulhava-se dos inteligentes raciocínios que fácil e incisivamente lhe brotavam dos lábios. Se eu fosse ao teatro, ouviria diálogos tolos, que só distraem em vez de instruir, e, sem me divertirem, me aborreceriam. Depois de sacrificar duas ou três horas valiosas, finalmente me recolheria mal-humorado. Meus colóquios levam menos tempo e são de alto nível. Assim ele justificava perante si mesmo essa inocente brincadeira, que a um espectador poderia parecer estranha.

Não raro, Kien encontrava na rua ou nas livrarias bárbaros que lhe causavam espanto por suas manifestações humanas. A fim de apagar impressões suscetíveis de contrariar o desprezo que sentia pelas massas, habituara-se a fazer nesses casos um pequeno cálculo. Quantas palavras pronuncia um sujeito desses por dia? No mínimo dez mil, das quais três têm sentido. Casualmente ouvi essas três. As palavras que diariamente lhe atravessam a cabeça, aquelas centenas de milhares que ele pensa e não diz, besteiras sobre besteiras, refletem-se nitidamente em sua fisionomia. Graças a Deus, não as ouvimos.

Era verdade que a governanta falava pouco, já que sempre estava sozinha. No entanto, ele e ela tinham algo em comum, para onde os pensamentos de Kien voltavam de hora em hora. Cada vez que a avistava, lembrava-se das cuidadosamente encapadas *Calças do sr. Von Bredow*. Durante muitos decênios, o romance achara-se na biblioteca. Sempre que passava por esse livro, o dorso desnudo lhe feria o coração. Todavia, deixara-o naquele estado. Por que não tivera a ideia de remediar isso com uma sobrecapa bonita? Fracassara miseravelmente. Eis que surgia essa governanta humilde para lhe ensinar como devia agir.

Ou será que simulava apenas para impressioná-lo? Queria, talvez, insinuar-se, para que ele se sentisse seguro. A biblioteca era famosa. Muitos antiquários já lhe haviam implorado que lhes vendesse certas obras raras. Talvez a mulher preparasse um furto em grande escala. Seria necessário averiguar o que ela fazia, quando ficava a sós com o livro.

Certo dia, Kien apanhou-a de surpresa na cozinha. A desconfiança atormentava-o. Precisava saber a quantas andava. Depois de desmascará-la, ele a despacharia imediatamente. Disse que queria um copo d'água. Evidentemente, ela não ouvira o chamado. Enquanto Therese se apressava em cumprir a ordem, ele examinou a mesa em que estivera sentada. Numa almofadinha bordada, achava-se o livro. Página vinte. Ela ainda não avançara muito. Estendeu-lhe o copo num prato. Usava luvas de pelica branca. Kien se esqueceu de apertar o copo com os dedos. Deixou-o cair no chão e o prato também. O barulho e a distração foram oportunos. Ele seria incapaz de dizer coisa alguma. Lia desde a idade de cinco anos, trinta e cinco ao todo, mas jamais pensara em pôr luvas para a leitura. Seu acanhamento parecia ridículo a si mesmo. Dominando-se, perguntou displicentemente:

– A senhora ainda está bem no começo, não é?

– Leio cada página dúzias de vezes. Caso contrário, a gente não tira nenhum proveito.

– O livro lhe agrada? – Kien fez um esforço para continuar conversando, a fim de não cair no chão, tal e qual o copo d'água.

– Um livro sempre é uma coisa bonita. É preciso compreendê-lo. Havia nele manchas de gordura. Experimentei tudo. Elas não saem. O que é que devo fazer?

– São muito antigas.

– É uma lástima. Sim, senhor, com o valor que um livro desses tem!

Ela não falava do "preço", falava do "valor". Referia-se ao valor intrínseco e não ao custo. E ele, nas conversas que tivera com Therese, sempre insistira no capital empatado na biblioteca. Essa mulher devia ter desprezo por ele. Que alma boa! Lutava noites inteiras com manchas antigas. Preocupava-se com elas, em vez de dormir, ao passo que ele lhe dera seu livro mais vil, mais surrado, mais sebento, por pura maldade. E ela cuidava carinhosamente da obra. Compadecia-se, não de criaturas humanas, o que seria fácil, mas de livros! Condoía-se do último, do mais desamparado, do mais solitário de todos os seres do mundo!

Profundamente emocionado, Kien saiu da cozinha. Não dirigiu nenhuma palavra àquela santa. Mas Therese ouviu os murmúrios que ele proferia no corredor e sabia muito bem como iam as coisas.

Nas altas salas da biblioteca, andando de um lado para outro, Kien invocou Confúcio. Este se aproximou, vindo da estante oposta, sereno, comedido, o que afinal não era de estranhar numa pessoa que tinha toda a sua vida atrás de si. A passos largos, Kien foi ao encontro dele, sem se lembrar do devido respeito. Sua exaltação contrastava estranhamente com a postura solene do chinês.

– Creio ter certa cultura! – bradou a cinco metros de distância. – Também creio ter algum tato. Houve quem me quisesse convencer de que cultura e tato são inseparáveis, que uma não pode existir sem o outro. Quem tentou me persuadir disso? Você!

Não se inibia por tratar Confúcio de você.

– Eis que aparece subitamente – continuou – uma pessoa totalmente desprovida de cultura, mas que tem mais tato, mais coração, mais dignidade, mais sentimento humano do que eu e você e toda a sua escola da sabedoria!

Confúcio não permitia que Kien o fizesse perder a calma. Nem sequer se esquecera de se inclinar cerimoniosamente antes da alocução de Kien. Apesar dos insultos, não franzia as espessas sobrancelhas, sob as quais miravam os vetustos olhos negros, perspicazes como os de uma águia. Ponderadamente, abriu a boca e falou:

– "Aos quinze anos, minha vontade visava ao estudo. Aos trinta, eu me sentia firme no meu caminho. Aos quarenta, já não tinha dúvidas. Mas, somente aos sessenta, meus ouvidos se abriram."

Kien sabia essa frase literalmente de cor. Mas, como réplica à sua investida, ela o irritava. Às pressas, conferiu o texto da citação, para ver se tudo estava certo. Quando tinha quinze anos, devorava livro por livro, clandestinamente, contra a vontade da mãe, à noite, sob o cobertor, à luz escassa de uma minúscula lanterna. Georges, seu irmão mais moço, fora encarregado pela mãe de controlá-lo. Quando, por acaso, acordava às altas horas da noite, jamais deixava de tirar a prova, levantando o cobertor do mais velho. Da rapidez com que este escondia a lanterna e o livro embaixo do corpo dependia a possibilidade de leituras nas noites seguintes. Aos trinta, Kien já se firmara na ciência. Desdenhosamente, rejeitava quaisquer cátedras. Com os juros da herança paterna, poderia ter vivido confortavelmente até o fim de seus dias. Preferiu, porém, gastar o capital na compra de livros. Dentro de poucos anos, talvez apenas três, não restaria mais nada. Nunca pensava nas ameaças do futuro, e por isso não o temia. Agora, estava com quarenta anos. Até então, nunca se vira acossado por dúvidas. Na verdade, não conseguia tirar da cabeça *As calças do sr. Von Bredow*. Ainda não chegara aos sessenta. Do contrário, manteria abertos seus ouvidos. Mas a quem deveria abri-los?

Como se adivinhasse a pergunta, Confúcio deu mais um passo em direção a Kien e, apesar de este ser mais alto, inclinou-se gentilmente sobre ele, para segredar-lhe o seguinte conselho:

– "Observe a índole dos homens. Atente nos motivos das suas ações. Examine aquilo que lhes dá prazer. Como poderia um homem esconder-se? Como poderia um homem esconder-se?"

Nesse momento, Kien sentia-se muito triste. Que adiantava decorar essas frases? Era preciso aplicá-las, comprová-las, corroborá-las. Durante oito anos, um ser humano viveu em vão na mais estreita proximidade comigo. Eu conhecia a sua índole, mas não me preocupei com seus motivos. Não ignorava o que essa mulher fazia em prol de meus livros. Diariamente, tinha diante dos olhos os resultados de seu trabalho. Pensava que ela agisse assim por causa do dinheiro. Desde que sei o que lhe causa prazer, conheço melhor os seus motivos. Ela tira manchas de livros miseráveis, refugados, para com os quais ninguém tem simpatia. Eis a distração, eis o repouso dela. Se não a houvesse apanhado na cozinha, de surpresa, por uma reles desconfiança, jamais se teriam revelado seus feitos. Às escondidas, bordou uma almofada para seu filho de criação. Durante oito anos, nunca usou luvas. Mas, antes de se decidir a abrir um livro, aquele livro, saiu para comprar, com seu dinheiro laboriosamente obtido, um par de luvas. Não é tola. Via de regra, é uma criatura prática, que sabe que, pelo preço das luvas, poderia adquirir três vezes esse livro. Cometi um grave erro. Durante oito anos, andei cego.

Confúcio não lhe deu oportunidade de pensar duas vezes:

– "Errar, sem emendar-se, é o que verdadeiramente se chama errar. Se cometeu um erro, não tenha vergonha de corrigi-lo."

– Ele será corrigido – bradou Kien. – Hei de indenizá-la dos oito anos perdidos. Vou desposá-la! Não há melhor recurso para manter minha biblioteca em ordem. Em caso de incêndio, posso me fiar nela. Se eu tivesse de construir uma pessoa conforme minhas ideias, não conseguiria fazê-la mais adequada. Ela tem boas qualidades. Nasceu para cuidar das coisas. Tem o coração no lugar certo. Nele não se abrigam analfabetos ordinários. Bem poderia ter um amante, um padeiro, um magarefe, um alfaiate, um bárbaro, um macaco qualquer. Não é capaz de cometer um ato desse gênero. Seu coração pertence aos livros. Que seria mais simples do que desposá-la?

Já não prestava atenção a Confúcio. Quando seus olhos casualmente se dirigiram ao ponto onde estivera o sábio, este acabara de sumir. Apenas se lhe ouvia a voz que dizia, débil mas claramente: "Ver o bem e não praticá-lo é falta de coragem".

Kien não teve tempo de agradecer essa exortação final. Precipitou-se para a cozinha. Agarrou violentamente o trinco da porta, que se partiu. Therese, sentada diante da almofada, fingia ler. Ao pressentir que ele se achava atrás dela, levantou-se, permitindo que o livro se tornasse visível. Não lhe escapara a impressão causada pela conversa anterior; por esse motivo, voltara à página três. Por um instante Kien hesitou. Não sabendo o que dizer, contemplava as próprias mãos. Notando o trinco quebrado, atirou-o ao chão com um gesto furioso. Em seguida, plantou-se à sua frente e disse solenemente:

– Dê-me sua mão.

– Desculpe – suspirou ela, enquanto a estendia. Agora, vai começar a sedução, pensou. O suor brotava de todos os seus poros.

– Não – explicou Kien que desejava a mão num sentido menos literal. – Quero me casar com a senhora!

Therese não esperava tal decisão. Virando para o outro lado a cabeça, respondeu orgulhosamente, reprimindo a gagueira:

– Desculpe a liberdade!

A concha do mexilhão

O enlace foi realizado sem nenhuma pompa. Como testemunhas, um velho carregador de malas, que alugava o alquebrado corpo para servicinhos leves, e um sapateiro jovial, beberrão, que, esquivando-se do próprio casamento, se lambia todo ao participar do de outros. Com fregueses da alta, costumava insistir em que casassem cedo as filhas ou os filhos. Sabia proferir argumentos convincentes quanto à utilidade de casamentos temporões. "Quando os filhos estão juntos na cama, vêm logo os netos. Cuidem para que também os netos não demorem a se casar, para que haja bisnetos!", dizia, mencionando ao fim seu traje de cerimônia, que lhe permitia estar presente em qualquer ocasião. Explicava que, para os casamentos grã-finos, mandava passá-lo a ferro, enquanto, para os comuns, ele mesmo o fazia em casa. Pedia apenas que o avisassem com antecedência. Não havendo durante muito tempo ensejo para participar desse tipo de cerimônias, prometia até executar de graça consertos rápidos, ainda que, por índole, trabalhasse devagar. Obrigações assumidas nesse sentido, cumpria-as religiosamente, por mais relaxado que fosse em geral, e de fato se contentava com recompensas baixas. Filhos degenerados o bastante para se casarem contra a vontade dos pais, porém não tão degenerados que renunciassem ao matrimônio – na maioria dos casos, tratava-se de mocinhas –, às vezes se valiam da ajuda dele. Nesses casos, não obstante sua costumeira loquacidade, mostrava-se circunspecto. Jamais incorria na menor indiscrição, quando contava longa e pormenorizadamente a mães ingênuas as ocorrências do casamento das filhas. Antes de entregar-se àquilo que chamava de "seu ideal", pendurava na porta da oficina uma tabuleta enorme. Nela se lia, em letras arrevesadas, negras como azeviche: "Saí para uma necessidade. Talvez volte. Assinado: Hubert Beredinger".

Foi ele o primeiro a saber da felicidade de Therese. Manifestou tantas dúvidas acerca do que lhe comunicava, que ela, melindrada, o convidou a comparecer ao cartório. Depois da cerimônia, as testemunhas acompanharam o casal até a rua. Com gratidão servil, o carregador recebeu uma gorjeta. Murmurando felicitações, afastou-se. Os ouvidos de Kien captaram algo parecido com "... precisar de mim outra vez...". A dez passos de distância, a boca desdentada continuava ainda sorridente. Hubert Beredinger, porém, estava profundamente decepcionado. Não valera a pena deslocar-se por causa desse enlace. Mandara passar a fatiota, mas o noivo aparecera vestido como em qualquer dia útil, saltos tortos, casaco puído, sem prazer, sem amor, a contemplar ininterruptamente, não a noiva, mas a papelada. Dissera "sim" como se dissesse "obrigado". Terminado tudo, não oferecera o braço à coroa, e o beijo com o qual o sapateiro sonhara semanas a fio, ele que preferia um beijo alheio a vinte que recebesse, o beijo pelo qual gastava dinheiro, o beijo qualificado de "necessidade" na tabuleta de sua oficina, o beijo público, observado por um tabelião, o beijo honesto, o beijo dado para a eternidade, esse beijo não acontecera. Na despedida, o sapateiro recusou apertar as mãos do casal. Ocultava seus melindres atrás de um riso amarelo, rancoroso.

– Um momentinho, por favor – disse, como um fotógrafo. Os Kien ficaram parados. De repente, o homem inclinou-se sobre uma mulher, acariciou-lhe o queixo, cacarejou ruidosamente e, com um gesto lúbrico, pôs-se a examinar as formas sinuosas do corpo dela. Seu rosto redondo tornava-se cada vez mais obeso. Esticavam-se as bochechas. Vulgarmente projetava-se a papada. Ao redor dos olhos, cobrinhas ágeis pareciam serpentear. As mãos rijas descreviam curvas cada vez mais vastas. A mulher engordava de segundo em segundo. Dois olhares foram dedicados a ela, ao passo que o terceiro devia estimular o noivo. Eis que a agarrou todinha, com um movimento brusco, para apalpar-lhe desaforadamente o seio com a mão esquerda.

É claro que a mulher com a qual o sapateiro se divertia era imaginária, mas Kien compreendeu o significado dessa mímica obscena. Arrastou consigo Therese, que a contemplava atentamente.

– Esse sujeito já anda bebendo em pleno dia! – comentou ela, enquanto segurava com força o braço do marido. Estava indignada da mesma forma que este.

Aguardaram o bonde na parada mais próxima. A fim de acentuar que esse era um dia como qualquer outro, Kien não tomou um táxi. Chegado o veículo, galgou os degraus de um pulo, antes dela. Quando já se achava na plataforma, lembrou-se de que a esposa deveria ter a primazia. Desceu, sem olhar para trás, e esbarrou violentamente em Therese. Furioso, o condutor deu sinal de partida, e o bonde se pôs em movimento sem os dois.

– O que foi que houve? – perguntou Therese em tom de censura. Evidentemente, ele a magoara bastante.

– Eu queria ajudar a senhora... perdão, você, a subir.

– Qual o quê! – replicou ela. – Seria o cúmulo.

Quando finalmente tomaram uma condução, Kien pagou as passagens de ambos, esperando dessa forma poder corrigir sua falta de jeito. O condutor entregou os bilhetes a ela. Em vez de agradecer, Therese esboçou um largo sorriso e cutucou o marido com o ombro.

– O que foi que aconteceu? – indagou ele.

– As pessoas pensam em cada coisa! – respondeu Therese, zombeteira, agitando os bilhetes atrás das costas do condutor. Ela debocha do homem, pensou Kien, mas permaneceu calado.

Começou a sentir certo mal-estar. O carro ficou cada vez mais cheio. Uma mulher ocupou o lugar à frente de Kien. Levava consigo nada menos do que quatro crianças, cada uma menor que a outra.

Mantinha duas no colo, segurando-as firmemente. As outras duas permaneciam de pé. Um senhor, que estivera sentado à direita de Therese, desembarcou. "Vão para lá, lá!", gritou a mãe, fazendo um sinal para os filhos. As crianças precipitaram-se na direção apontada, um menino, uma garotinha, nenhum dos dois em idade escolar. Do outro lado aproximava-se um senhor de idade. Therese mantinha as mãos acima do lugar vazio, num gesto protetor. As crianças passaram por baixo delas. Queriam pegar o lugar. Suas cabeças surgiram junto ao banco. Therese afastou-as, como se espanasse poeira.

– São meus filhos! – gritou a mãe. – Onde já se viu?

– Tenha paciência! – tornou Therese, lançando ao marido um olhar significativo. – As crianças vêm depois.

Nesse ínterim, chegara o senhor de idade. Agradecendo, sentou-se.

Kien percebeu o olhar da esposa. Desejava que seu irmão Georges estivesse presente. Este se instalara como ginecologista em Paris. Com menos de trinta e cinco anos, gozava de uma boa reputação, conquanto suspeita. Sabia mais de mulheres do que de livros. Dois anos depois de formado, seu consultório andava cheio de pessoas da alta sociedade, que sempre estavam doentes, sobretudo as mulheres. Esse êxito superficial já bastava para granjear-lhe o merecido menosprezo de Peter. Talvez este tivesse perdoado a beleza física de Georges, beleza inata, da qual o irmão não tinha culpa. Fraco por índole, infelizmente o irmão não demonstrava suficiente força de caráter para deformar-se artificialmente, a fim de evitar os defeitos molestos de tamanha formosura. A extensão de sua fraqueza manifestava-se no fato de ele ter traído a especialidade inicialmente escolhida, para aderir de corpo e alma à psiquiatria. Dizia-se que nesse ramo da medicina obtivera algum sucesso, mas, no fundo do coração, permanecia ginecologista. Afinal de contas, tinha no sangue esse tipo de vida imoral. Havia cerca de oito anos, aproximadamente, Peter, por repulsa à inconstância de Georges, cessara, sem mais nem menos, de corresponder-se com ele. Rasgara várias cartas preocupadas do irmão. Tinha o hábito de não responder às cartas que rasgava.

O casamento poderia oferecer excelente oportunidade para reatar as relações. Ao estímulo de Peter, Georges devia o amor pela carreira de cientista. Recorrer aos conselhos do irmão, num caso que fazia parte da sua especialidade original, natural, não seria em absoluto vergonhoso. Como convinha tratar essa criatura tímida! Therese já não era jovem e levava a vida a sério. Aquela mulher que estava sentada na sua frente, certamente muito mais moça, já tinha quatro filhos. "As crianças vêm depois." Palavras que pareciam muito claras. Mas o que queria dizer com elas? Podia ser que ela não desejasse ter filhos. Tampouco ele os queria. Nunca pensara em tê-los. Para que pronunciara Therese essa frase? Talvez o considerasse um homem imoral. Mas conhecia a vida que ele levava. Em oito anos, familiarizara-se com os hábitos dele. Sabia que o marido tinha força de caráter. Acaso ele saía à noite? Recebera ele algum dia a visita de uma mulher, nem que fosse por um mísero quarto de hora? No dia em que Therese começara a trabalhar na casa, ele lhe explicara expressamente que por princípio não admitia visitas, nem masculinas nem femininas, desde crianças de fraldas até anciãos. Dera-lhe ordem para mandar embora quem quer que fosse. "Não tenho tempo para ninguém!" Essas tinham sido suas palavras. Que demônio tomara conta dessa mulher? Talvez aquele sapateiro pândego? Therese era uma pessoa ingênua, inocente. Que outro motivo poderia tê-la induzido a apegar-se tanto aos livros, apesar de sua falta de cultura? Mas aquele sujeito sórdido fora por demais explícito nas suas mímicas. Seus gestos eram tão claros que até mesmo uma criança, sem saber a razão da conduta dele, compreenderia que se tratava do contato com uma mulher. Gente dessa laia, que em plena rua perde a linha, tinha de ser trancada num hospício. Gente que provoca pensamentos feios em criaturas trabalhadoras. E ela é trabalhadora! O sapateiro contagiou-a. Só assim podia Therese chegar a se referir a crianças. Contudo, existia a possibilidade de ela ter ouvido falar desse assunto. Mulheres tagarelam muito entre si. Talvez tenha assistido a um parto, num emprego anterior. Que mal faria se ela soubesse de todas essas coisas? Isso seria melhor do que a necessidade de explicar tudo a ela. No olhar de Therese há algo de pudor que, na idade dela, parece quase cômico.

Nunca me veio a ideia de exigir dela atos obscenos, nem em sonho. Não tenho tempo para isso. Necessito de seis horas de sono. Trabalho até meia-noite. Preciso me levantar às seis. Cães e outros animais podem se preocupar com essas coisas também de dia. Será que ela espera encontrá-las no matrimônio? Dificilmente. As crianças vêm depois. Bobalhona! Ela queria dizer que está a par de tudo isso. Conhece a sequência em cujo fim aparecem crianças bem-acabadas. Expressa de modo elegante o que sabe, partindo de um pequeno incidente. As crianças se comportaram insolentemente. A reação era óbvia, mas o olhar procurava apenas a mim, substituindo qualquer confissão. É lógico. Essas coisas são, na verdade, escabrosas. Eu me casei por causa dos livros. As crianças vêm depois. Talvez essa frase não signifique nada. Naquele dia, ela opinou que as crianças não aprendem bastante, e eu li para ela um trecho de Arai Hakuseki. Therese ficou tonta de alegria. Foi desse modo que se traiu pela primeira vez. Sabe Deus quando eu teria percebido seu apego aos livros. Nesse momento, estabeleceu-se o contato entre nós. Talvez ela queira apenas chamá-lo à minha memória. Com relação às crianças, a opinião dela não se modificou desde então. Meus amigos são meus amigos. Meus inimigos continuam sendo os dela também. Eis o significado inocente daquela frase breve. De outras relações Therese não tem a menor ideia. Preciso proceder cuidadosamente. Ela poderia assustar-se. Agirei com prudência. Como lhe explicarei aquilo? Falar é difícil. Não tenho livros sobre o assunto. Comprar um? Nunca! Que pensaria o livreiro? Não sou devasso. Mandar alguém à livraria? Mas quem? Ela, talvez? Arre! Minha própria esposa! Como se pode ser tão covarde assim? É necessário que eu faça uma tentativa. Eu mesmo. E se ela não quiser? É capaz de gritar. Vizinhos! Zelador! A polícia! Vagabundos! Não poderão me fazer nada. Sou casado. É o meu direito. Que coisa nojenta! Como cheguei a pensar em tudo isso? O sapateiro me contagiou, a mim, não a ela! Que vergonha! Quarenta longos anos, e agora de repente... Hei de poupá-la. As crianças vêm depois. Se fosse possível saber o que ela realmente queria dizer. É uma esfinge!

Nesse instante, levantou-se a mãe das quatro crianças. "Atenção!", advertiu-as, enquanto mandava que avançassem pelo lado esquerdo. À direita, junto a Therese, mantinha-se ela mesma feito um oficial intrépido. Contra a expectativa de Kien, fez um aceno de cabeça, saudando gentilmente a inimiga. "A senhora tem sorte. Ainda é solteira", disse, rindo, e na despedida resplandeciam dentes de ouro na boca aberta. Só depois de ela ter desembarcado, Therese entendeu a ironia. Em tom de desespero, gritou:

– Por favor, este é meu marido! Este é meu marido! É que não queremos ter filhos! É meu marido! – apontou para Kien. Agarrou-o pelo braço. Preciso acalmá-la, pensou ele. A cena causava-lhe mal-estar. Therese necessitava de sua proteção. Continuava a gritar. Finalmente, ele se ergueu e, das alturas, comunicou a todos os passageiros:

– É isto mesmo.

Ela fora ofendida. Tinha de se defender. Seu revide foi tão indelicado quanto o ataque. Mas a culpa não era dela. Therese tornou a sentar-se. Ninguém lhe deu apoio, nem sequer o cavalheiro seu vizinho, para quem guardara o lugar. Esse mundo estava contaminado pelo amor à criançada. Duas paradas após, os Kien desceram. Therese tomou a dianteira. Subitamente, ele ouviu alguns comentários feitos às escondidas: "Nela, o que há de melhor é a saia... É uma fortaleza... Coitado do homem... Pois é, que estrepe!...".

Todos riram. O condutor e Therese, que já descera do transporte, não ouviram as piadas. Mesmo assim, o condutor ria também. Na rua, Therese achegou-se ao marido com alegria, dizendo:

– É um sujeito bem-humorado.

O sujeito inclinou-se para fora do bonde em marcha. Mantendo a mão em funil diante da boca, berrou duas sílabas incompreensíveis. Sacudia-se de tanto rir. Therese acenou para ele e, ao perceber a estranheza do marido, desculpou-se:

– O homem é capaz de cair do carro.

Entrementes, Kien contemplava de soslaio a saia da mulher. Esta era mais azul do que de costume e mais engomada do que nunca. Tal saia fazia parte dela, como a concha faz parte do mexilhão. Tente quem quiser descerrar à força o invólucro fechado de um mexilhão! De um mexilhão gigante, tão grande como essa saia. É preciso pisar nele para que se desfaça em cacos e massa viscosa, assim como ele o fizera na praia, nos seus tempos de infância. A concha não se fendera de forma alguma. Ele nunca tinha visto um molusco a descoberto. Qual era o bicho que, com tamanha energia, conservava unidas as partes de sua concha? O menino desejava saber. Segurava nas mãos aquela coisa dura, obstinada. Esforçava-se, usando dedos e unhas. A concha também se esforçava. Ele jurara não se arredar daquele lugar antes de tê-la arrombado. Ela jurara o contrário, uma vez que não queria ser vista. "Por que se acanha?", pensara ele. "Vou largá-la em seguida. Quanto a mim, vou fechá-la de novo. Não vou magoá-la, prometo. Se ela não consegue me ouvir, talvez Nosso Senhor possa lhe dar o recado." Discutira com ela durante várias horas, mas suas palavras não eram mais fortes que seus dedos. Avesso a rodeios, gostava de alcançar suas metas pelo caminho direto. Ao entardecer, um navio grande passara ao longe. Rapidamente, o menino decifrara as enormes letras pretas pintadas no casco. *Alexandre* era o nome. Isso o fizera rir, não obstante a raiva. Rapidamente, ele calçara os sapatos. Depois de atirar a concha ao solo com toda a força, encenara uma dança de triunfo górdio. Daí em diante, a concha se tornara totalmente inútil. Os sapatos esmagaram-na. E logo ela jazia em sua frente, desnuda, a própria imagem da miséria, massa viscosa, pura burla – nem mesmo um verdadeiro animal.

Therese sem concha, sem saia, não existia. A saia está sempre impecavelmente engomada. É a sua encadernação, toda em linho azul. Por que não se desmancham as dobras com o tempo? Evidentemente, ela sempre a passa a ferro. Talvez possua duas. Não se percebe diferença alguma. Ela é muito habilidosa. Não tenho direito de amassar a saia dela. Therese desmaiaria de desgosto. O que é que vou fazer se ela desmaiar de repente? Pedirei desculpas de antemão.

Logo depois, poderá passar a saia. Nesse meio-tempo, irei para a outra sala. Mas por que não vestiria em seguida a outra saia? Ela me cria muitas complicações. Era minha governanta. Casei-me com ela. Que vá comprar uma dúzia de saias e trocá-las quando quiser. Nesse caso, não seria necessário meter tanta goma. Essa dureza excessiva é ridícula. O pessoal do bonde tinha razão.

Não era fácil subir a escada. Sem se dar conta, começou a caminhar mais devagar. No segundo andar pensou que já chegara em casa. Espantou-se. O pequeno Metzger vinha descendo, cantarolando. Mal avistou Kien, apontou para Therese e queixou-se:

– Ela não me deixa entrar! Sempre fecha a porta. O senhor deve repreendê-la, professor!

– Que é isso? – perguntou Kien, em tom de ameaça. Estava satisfeito por ter encontrado um bode expiatório, surgido em boa hora.

– Mas o senhor me deu licença. Expliquei a ela.

– Quem é ela?

– Essa aí.

– Essa aí?

– Pois é. Minha mãe disse que ela devia deixar de ser insolente. É apenas uma criada.

– Que guri malcriado! – bradou Kien, levantando o braço para esbofeteá-lo. O garoto abaixou-se. Tropeçou, caiu e, a fim de não rolar escada abaixo, agarrou-se à saia de Therese, provocando um ruído de roupa amarrotada.

–Vejam só – berrou Kien. – Ainda diz desaforos! – O menino zombava dele. Fora de si. Kien deu-lhe vários pontapés. Arfando, levantou-o pelos cabelos e, com as mãos ossudas, deu-lhe duas ou três bofetadas, antes de jogá-lo longe. Chorando, o pequeno correu escada acima.

–Vou contar tudo a minha mãe! Vou contar tudo a minha mãe!

No andar de cima abriu-se uma porta que se fechou em seguida. Uma voz feminina pôs-se a ralhar:

– Tenho pena da saia bonita – comentou Therese, para desculpar o rigor da surra. Permanecia parada, lançando um olhar sem jeito ao seu protetor. Urgia preveni-la. Devia-se dizer alguma coisa. Kien estacou também.

– Pois é, a saia bonita. O que perdura neste mundo? – citou, feliz em poder recorrer às palavras de um belo e conhecido poema, para exprimir a marcha inexorável do tempo. Um poema é sempre a melhor maneira de expressar algo. Poemas adaptam-se a todas as situações. Dão às coisas nomes um tanto cerimoniosos, mas, mesmo assim, os compreendemos. Enquanto voltava a caminhar, Kien dirigiu-se a ela, perguntando:

– É lindo esse poema, não acha?

– Claro, poemas são sempre lindos. Mas a gente precisa entendê-los.

– A gente precisa entender tudo – replicou ele, lenta e acentuadamente. Ruborizou-se.

Therese deu-lhe uma cotovelada nas costas. Seu ombro direito estremecia. Virando a cabeça de um modo bem diferente do habitual, disse, mordaz e provocante:

– Vamos ver. As águas paradas são as mais fundas.

Kien tinha a impressão de que isso se referia a ele. Julgava notar nas palavras dela uma pontinha de censura. Arrependeu-se daquela insinuação despudorada. O tom irônico da resposta de Therese privou-o do derradeiro resto de ânimo.

– Eu... eu não me referi àquilo – gaguejou.

A porta do apartamento salvou-o da contaminação do constrangimento. Ele sentia-se confortado pela possibilidade de mexer no bolso, à procura das chaves. Isso lhe permitia baixar os olhos sem que parecesse algo bizarro. Não as achou.

– Esqueci as chaves – disse. Agora tinha de arrombar a porta, assim como fizera com a concha outrora. Dificuldades sobre dificuldades! Nada dava certo! Cabisbaixo, enfiou a mão no outro bolso da calça. Não, as chaves também não estavam ali. Ainda estava procurando, quando ouviu o ruído da fechadura. Ladrões! Como um raio, o susto lhe passou pela cabeça. No mesmo instante, porém, percebeu a mão de Therese junto à fechadura.

– Em compensação, tenho as minhas – respondeu ela, radiante de contentamento.

Ainda bem que ele não clamara por socorro. Estivera a ponto de fazê-lo. Teria ficado com vergonha pelo resto da vida diante dela. Comportara-se como um menino. Andar sem as chaves era coisa que lhe ocorria pela primeira vez.

Finalmente, encontravam-se no apartamento. Therese abriu a porta do quarto de Kien e, com um aceno, fê-lo entrar.

– Volto logo – disse. Deixou-o sozinho.

Olhando em redor, ele respirou aliviado, como se saísse da penitenciária para a liberdade.

Pois esse era seu canto, onde nenhum mal lhe poderiam causar. A simples ideia de algum mal que lhe pudesse acontecer ali até o fazia sorrir. Evitou olhar em direção ao sofá-cama. Todo ser humano necessita de um canto, não no sentido que os patrioteiros dão a essa palavra, nem tampouco no que lhe atribui a religião, ao conferir-lhe a ideia de algum lugar no Além, mas um canto suscetível de unir solo, trabalho, amigos, repouso e ambiente espiritual num todo natural, bem organizado, num cosmo próprio. A melhor definição de tal canto é: biblioteca. O mais prudente seria manter as mulheres distantes desse canto. Entretanto, quem se decidisse a acolher nele uma delas deveria empenhar-se em aclimatá-la completamente, assim como ele o fizera. Em oito longos, silenciosos, tenazes anos, os livros tinham conseguido, no interesse dele, a subjugação dessa mulher. Ele mesmo não levantara um dedo para obtê-la. Seus amigos lhe haviam conquistado a esposa em seu nome. Certamente, muita coisa se poderia dizer contra as mulheres. Somente um tolo se casaria sem nenhum período de experiência. Ele tivera tino suficiente para esperar até a idade de quarenta anos. Que outro homem seria capaz de igualar esse tempo de espera? O que devia realizar-se amadurecera aos poucos. Só o homem é dono de seu destino. Estudando de perto a situação, Kien dava-se conta de que nada lhe tinha faltado, a não ser uma mulher. Não era nenhum estroina – a palavra evocava nele a visão de seu irmão Georges, o ginecologista –, era tudo menos um estroina! Aqueles sonhos sinistros que nos últimos dias o haviam acossado provinham possivelmente da sua vida por demais austera.

Seria ridículo continuar esquivando-se de sua incumbência. Ele é um homem. Qual a próxima tarefa? Próxima? Isso já estava indo longe demais. Em primeiro lugar, seria preciso resolver quando aquilo devia ser feito. Agora. Ela vai se debater desesperadamente. Ele não deverá importar-se com a resistência, que é compreensível numa mulher que defende seu derradeiro segredo. Feita a coisa, ela o admirará, porque é homem. Dizem que todas as mulheres são assim. Pois, então, aquilo será feito agora. Caso liquidado. Palavra de honra.

Em segundo lugar: onde será feita a coisa? Que pergunta feia! Na verdade, durante todo esse tempo, já tivera diante dos olhos a visão de um sofá. Seu olhar deslizara pelas estantes, e o sofá o acompanhara. Nele estava estendida a concha da praia, gigantesca, azul. Onde quer que repousassem seus olhos, o sofá se colocava, humilhado e tosco. Parecia carregar o peso das estantes. Sempre que Kien se achava nas proximidades do sofá real, virava a cabeça ao lado oposto e empreendia mais uma vez o longo caminho de volta. Agora, depois de ter assumido um compromisso de honra, examinava o móvel mais demoradamente. Não há dúvida de que seus olhos, talvez por hábito, ainda se desviam de vez em quando. Mas finalmente se fixaram. O sofá, o autêntico, o sofá vivo está vazio, não carrega nem concha nem peso. E se alguém pusesse nele, propositadamente, alguma carga? Se o cobrisse de uma camada de belos livros? Se ele ficasse totalmente escondido debaixo de livros, para que se tornasse quase invisível?

Kien obedeceu ao impulso de sua inspiração. Juntou boa quantidade de livros e cuidadosamente empilhou-os no sofá. Teria preferido selecionar alguns das prateleiras de cima. Mas o tempo corre. Therese disse que voltaria logo. E ele abandona essa ideia. Deixando a escada onde está, restringe-se a obras seletas encontradas na parte baixa das estantes. Coloca cinco ou seis volumes pesados, um sobre outro, e apressadamente os acaricia, antes de buscar mais. Não escolhe obras inferiores, a fim de não magoar a esposa. É bem verdade que Therese não entende grande coisa disso, mas, mesmo assim, Kien se esmera na seleção, porque ela demonstrou compreensão e tato com os livros. Logo mais, ela há de surgir. Quando se deparar com o sofá sobrecarregado, vai se aproximar dele, dado o seu senso de ordem, e em seguida perguntará pelo lugar certo daqueles livros. Dessa forma, ele atrairá a criatura desprevenida para a armadilha preparada. Aos títulos dos livros se ligará facilmente uma conversa. Passo a passo, ele avançará, guiando-a lentamente pelo caminho. O choque que a aguarda é o acontecimento supremo na vida de uma mulher. Ele não quer assustá-la, mas ajudá-la. Há um único modo de agir, enérgica e decididamente. Kien detesta qualquer precipitação. Intimamente, abençoa os livros. Tomara que ela não comece a gritar!

Há pouco, Kien ouviu um leve ruído, como se alguém abrisse a porta da quarta peça. Não prestou atenção, já que tinha de executar um trabalho mais importante. Do lado da escrivaninha, contempla o sofá fortificado, e seu coração transborda de amor e devoção aos livros. Nesse instante a voz de Therese:

– Aqui estou.

Ele se vira. Lá, no limiar da sala vizinha, acha-se ela, numa anágua de uma alvura obcecante, com um largo debrum de rendas. Inicialmente, o olhar de Kien procura o azul, o perigo. Espantado, passa pelo corpo. Ela não despira a blusa.

Graças a Deus! A saia se foi. Agora não preciso amassar coisa alguma. Será que isso é decente? Mas que sorte! Eu ficaria com vergonha. Como é que ela pode fazer uma coisa dessas? Eu teria dito: tire-a. Não, seria incapaz de dizer isso. E ela está ali, numa pose tão natural. Como se nos conhecêssemos há muito tempo. Claro, é minha esposa. Mas onde aprendeu essas coisas? Em outro emprego. Em casa de algum casal. Lá deve ter visto tudo. Como os animais! Estes sabem o que fazer, por índole. Ela não pensa em livros.

Therese avizinha-se dele, rebolando as ancas. Não desliza, caminha gingando. Esse jeito de deslizar é simplesmente o efeito da saia engomada. Alegremente, diz: "Tão pensativo! Ah, esses homens!".

Levanta o mindinho, esboça um aceno ameaçador, aponta para o sofá. Devo encaminhar-me para lá, lembra-se Kien e, sem saber como, já se encontra ao lado dela. Que deverá ele fazer agora? Deitar-se sobre os livros? Tiritando de medo, dirige uma oração aos livros, sua última barreira. Therese percebe o olhar. Inclina-se e, com um golpe vigoroso do braço esquerdo, empurra todos os livros ao chão. Kien faz um gesto desajeitado em direção a eles. Deseja dar um grito, mas o horror sufoca-o. Engole o desespero, sem um pio. Lentamente se cria nele um ódio terrível. Ela se atreveu a fazer isso! Aos livros!

Therese tira a anágua. Dobra-a cuidadosamente antes de depositá-la em cima dos livros que se encontram no assoalho. A seguir, refestela-se no sofá. Encurvando o mindinho, diz com um largo sorriso: "Pode vir!". Kien sai precipitadamente do quarto. Fecha-se no banheiro, a única peça da casa onde não há livros. Automaticamente, abaixa as calças. Sentado no vaso sanitário, chora como uma criancinha.

Móveis obcecantes

– Não pense que vou comer na cozinha que nem uma criada. A dona da casa come à mesa.

– Não existe mesa.

– Pois é, precisamos ter uma mesa. Onde já se viu numa casa decente alguém fazer refeições na escrivaninha? É uma coisa em que andei pensando todos esses oito anos. E agora deve ser dita de uma vez!

A mesa foi comprada, junto com a sala de jantar, tudo de nogueira. Os homens instalaram-na na quarta sala, a que ficava mais distante da escrivaninha. Todos os dias, os dois almoçavam e jantavam ali, quase sempre em silêncio, servindo-se dos móveis novos. Mal se passara uma semana, Therese disse:

– Quero lhe pedir uma coisa. Temos quatro peças. Marido e mulher têm direitos iguais. Hoje em dia, as leis são assim. Cada um tem duas salas. O que vale para um, vale para o outro. Eu fico com a sala de jantar e a sala pegada a ela. O dono da casa fica com o lindo gabinete e a sala grande ao lado. É a solução mais simples. A mobília permanece onde está. Dessa forma, não teremos de fazer cálculos detalhados. Não vale a pena perdermos tempo com isso. É preciso liquidar o assunto. Assim, ambas as partes deixarão de se incomodar. O marido senta-se à escrivaninha, e a esposa dedica-se ao seu trabalho.

– Sim? E os livros?

Kien pressente o plano da mulher. Não se deixa enganar. Mesmo que tivesse de proferir duas frases, continuaria tentando descobrir as intenções dela.

– Eles ocupam quase todo o espaço nas minhas peças.

–Vou transferi-los para as minhas.

Sua voz era de raiva. Deus meu, ele não gosta de privar-se de suas coisas. E lamenta a perda de alguns móveis.

– Ora, ora. Por quê? Mexer muito nos livros não é bom para eles. Vou lhe dar um conselho. Deixe os livros onde estão. Não tocarei neles. Em compensação, ficarei com a terceira peça. Assim estaremos quites. De qualquer jeito, não há nada nela. E o belo gabinete pertencerá todo ao marido.

–Você assumiria o compromisso de ficar calada durante as refeições?

Os móveis não têm importância para ele. Poderia vendê-los por qualquer preço. Ela, de vez em quando, gostaria de falar à mesa.

– Como não? Gosto muito de ficar calada.

– Prefiro ter isso por escrito.

Seguindo-lhe os passos, Therese encaminhou-se à escrivaninha com extraordinária agilidade. O contrato redigido por Kien ainda não estava seco quando ela o assinou.

–Você sabe bem o que assinou? – perguntou ele, levantando o documento. Por via das dúvidas, leu em voz alta o que escrevera:

–"Declaro por meio desta que todos os livros existentes nas três peças que me pertencem são propriedade legítima de meu marido e que nunca e sob circunstância alguma alterarei essa situação legal. Em troca da transmissão de três salas, assumo a obrigação de permanecer calada durante as refeições que fizermos juntos."

Ambos estavam satisfeitos. Pela primeira vez, desde o cartório, deram-se as mãos.

Foi assim que Therese, que antes se calava por hábito, inteirou-se do valor que seu silêncio tinha para ele. Cumpriu religiosamente as condições do pacto, do qual dependia a doação. À mesa, estendia-lhe os pratos, sem abrir a boca. Renunciou espontaneamente a um velho desejo que por longos anos guardara em seu coração: o desejo de explicar ao marido tudo o que se fazia na cozinha quando se preparava uma refeição. Não se esquecia jamais dos termos do acordo. Para ela, ter de ficar calada era mais difícil de suportar do que o próprio silêncio.

Certa manhã, quando Kien, já pronto para o passeio, saía do quarto, Therese interceptou-o, dizendo:

– Agora posso falar. Não é hora da refeição. Eu não poderia dormir aí nesse sofá-cama. Ele não combina com a escrivaninha. Um móvel antigo, valioso, ao lado de um sofá miserável! Numa casa decente deve haver uma cama decente. A gente fica envergonhada quando vêm visitas. Sempre me irritou esse sofá. Queria falar sobre isso desde ontem. Mas me contive, pois a dona da casa não gosta de receber uma resposta negativa. O sofá é muito duro. Onde já se viu sofá tão duro? Isso é desagradável. Não sou impudica. Ninguém pode me censurar de imoralidade. Mas uma criatura humana tem o direito de dormir. Dormir cedo e numa cama boa, assim deve ser. E não num traste duro como esse aí!

Kien deixou-a tagarelar. Sentindo-se seguro quanto ao silêncio que Therese manteria pelo resto do dia, cometera um erro ao estipular silêncio apenas durante as refeições. Do ponto de vista jurídico, ela não violara o pacto. Na verdade, acabava de revelar certa fraqueza moral, mas isso não preocupava uma pessoa como Therese. Na próxima oportunidade, ele se mostraria mais prudente. Se respondesse, daria ensejo para que ela replicasse. Como se a mulher fosse muda e ele mesmo surdo, contornou-a e prosseguiu a caminhada.

Mas Therese voltou à carga. Manhã por manhã, plantava-se diante da porta. Nas suas descrições, o sofá tornava-se cada vez mais duro. Enquanto a lábia da mulher se prolongava, piorava o humor de Kien. Este, meticuloso que era, escutava-a, sem pestanejar, até o fim. Quanto ao sofá, Therese parecia muito bem-informada, como se nele dormisse há anos. O sangue-frio com que emitia suas opiniões impressionou-o. O sofá, na realidade, era mais macio do que duro. Kien tinha vontade de fechar-lhe a boca com uma única frase incisiva. Perguntando a si mesmo até onde ela avançaria em seu atrevimento, arriscou, para certificar-se, uma pequena experiência ardilosa.

Quando Therese começava a criticar mais uma vez o sofá duro, duro e duro, Kien fitou-lhe sarcasticamente o rosto, as bochechas gordas, a bocarra negra.

– Como é que você sabe disso? – perguntou. – Quem dorme nele sou eu.

– Mesmo assim, sei que o sofá é duro.

– Realmente? E como sabe?

Therese sorriu maliciosamente.

– Não digo. Cada um tem suas recordações.

Subitamente, ela e seu sorriso evocaram em Kien uma reminiscência. Surgia diante de seu olho íntimo uma anágua de deslumbrante alvura, com debrum de rendas. Um braço roliço investia contra livros. Eis que eles jaziam no chão, como defuntos. Um monstro seminu, semicoberto por uma blusa, dobrava energicamente a anágua e a deitava em cima deles, à guisa de mortalha.

Nesse dia o trabalho não deu prazer a Kien. Não conseguia realizar coisa alguma. A comida causava-lhe asco. Em outra ocasião, teria sido capaz de esquecer. Justamente por isso, a lembrança se tornava agora cada vez mais nítida. Durante a noite, não pregou olho. O sofá parecia maldito, empestado. Ah, se ele fosse duro! Uma recordação sórdida grudava-se nele. Kien levantou-se várias vezes, a fim de remover a carga. Mas a mulher era pesada. Permanecia ali, onde se sentia bem. Kien jogou-a literalmente no chão. Mas, apenas voltara a recolher-se, a imagem de Therese surgia novamente diante dele. De tanto ódio, não lograva adormecer. Necessitava de seis horas de sono. Seu trabalho de amanhã seria o mesmo fracasso do de hoje. Kien percebeu que todos os seus pensamentos maldosos giravam exclusivamente em torno do sofá. Pelas quatro da madrugada, salvou-o uma ideia feliz. Resolveu sacrificar o sofá.

A toda a pressa, correu até o quarto da esposa, que ficava ao lado da cozinha. Martelou a porta com os punhos, fazendo com que ela se assustasse. Therese não tinha dormido. Dormia pouco desde que casara. Noite por noite, aguardava secretamente o grande acontecimento. Agora chegava o momento. Precisou de alguns minutos para convencer-se. Lentamente saiu da cama. Despiu a camisola. Em seguida, vestiu a anágua debruada de rendas. Todas as noites retirava-a da mala e estendia-a sobre a cadeira ao pé da cama, para qualquer emergência. Envolveu os ombros num largo xale tricotado, o segundo mais valioso de seu enxoval. Aquela primeira derrota, ela a atribuía à blusa. Os enormes pés chatos estavam abrigados em chinelinhos vermelhos. Diante da porta, cochichou com toda a força:

– Pelo amor de Deus, você quer que eu abra? – na realidade, quisera dizer: "O que foi que aconteceu?".

– Pelo amor do Diabo – berrou Kien. – Não! – a ideia de que Therese estivera dormindo sossegadamente deixava-o furioso.

Ela percebeu que se enganara. O tom imperioso da voz do marido fez, porém, com que a esperança continuasse viva por mais um instante.

– Amanhã compraremos uma cama para mim! – urrou ele. Therese não deu nenhuma resposta.

– Entendeu?

Lançando mão de todas as suas artes, ela sussurrou através da porta:

– Como você quiser.

Kien deu meia-volta. Para selar o compromisso, fechou estrondosamente a porta do seu quarto. Logo depois, adormeceu.

Com um gesto brusco, Therese tirou o xale. Desdobrou-o carinhosamente por cima da cadeira. A seguir, deitou-se apertando contra o colchão os seios pesados.

Que maneiras! Que comportamento! Quem visse, poderia pensar que sou eu quem dá importância àquilo. O topete desse homem! Mas será ele realmente um homem? Botei minhas lindas calcinhas de rendas, e ele nem se mexeu. Não é homem, não! Eu bem poderia ter arranjado outros amores. Aquele cavalheiro elegante que costumava visitar meus patrões no outro emprego! Quando eu abria a porta, sempre me acariciava o queixo, dizendo: "Você está cada vez mais jovem!". Aquele, sim, era homem, alto e vigoroso, um bonitão, não um esqueleto como esse aí. E seu jeito de me olhar! Bastava que eu dissesse uma só palavra. Certa vez, quando ele estava lá, entrei na sala e perguntei:

"Que é que os senhores gostariam de comer amanhã, cozido com repolho e batatas fritas ou assado com couve e bolinhos?"

Os dois velhinhos nunca chegavam a um acordo. Ele preferia os bolinhos, ela, o repolho. Então me dirigi à visita, dizendo:

"Quem decide é o senhor seu sobrinho."

Ainda me vejo como se fosse hoje: eu plantada diante daquele rapaz atrevido e ele a levantar de um pulo, e a me dar com ambas as mãos palmadinhas nos ombros. Que força a daquele homem!

"Cozido com repolhos e bolinhos!", sugeriu.

Que coisa ridícula! Cozido com bolinhos! Onde já se viu! Isto não existe!

"Está sempre bem-humorado, o senhor seu sobrinho", respondi.

Ele trabalhava num banco. Fora demitido. Não tinha emprego. Recebera uma boa indenização, isso sim, mas que é que a gente faz depois de gastar a indenização? Não, eu só topo um indivíduo sério, com uma aposentadoria, ou um cavalheiro distinto com alguma propriedade. Bem, cheguei a conseguir isso. Seria uma estupidez estragar a vida por causa de um namorico. Temos de ser sisudos. Na minha família, todos morrem muito velhos. Não é de admirar, com a vida rígida que levamos. Vale a pena deitar cedo e ficar sempre em casa. Até mesmo aquela vagabunda da minha mãe só faleceu aos setenta e quatro. E, na realidade, não morreu de morte natural. Esticou a canela de tanta fome, porque não tinha o que comer na velhice. Era mão-furada. Todos os invernos aparecia com uma blusa nova. Uns seis anos depois da morte de meu pai, amigou-se com um sujeito. Que tipo! Um açougueiro! Batia nela e andava o tempo todo atrás das raparigas.

Arranhei a cara dele, e como! Ele queria me faturar, mas eu o achava nojento. Só deixei que chegasse perto de mim para aborrecer a velha. "Tudo para meus filhos!" Era o que ela sempre dizia. Ficou embasbacada, quando voltou do trabalho e encontrou o sujeito junto com a filha! Ainda não acontecera nada! O açougueiro tentou pular da cama, mas eu o segurei, para que não pudesse se afastar, antes que a velha estivesse no quarto, ao nosso lado. E a gritaria que houve, então! Aos socos, mamãe enxotou o homem. A mim me agarrou, chorando. Até quis me dar um beijo. Mas não deixei. Arranhei o rosto dela.

"Você é uma madrasta, sim, uma madrasta!", gritei. Até o dia de sua morte, ela acreditou que aquele indivíduo tivesse me deflorado. Mas não era verdade. Sou uma pessoa honesta, e nunca tive relações com homem nenhum. Ah, se a gente não se defendesse, teria dez em cada dedo. Mas e depois? Tudo fica mais caro, todos os dias. As batatas já custam o dobro. Ninguém sabe como é que isso vai acabar. Comigo não! Agora sou mulher casada e tenho de enfrentar uma velhice solitária...

Dos anúncios classificados, que constituíram sua única leitura, Therese conhecia diversas locuções floreadas, que costumava entremear em seus pensamentos, nas horas de exaltação ou quando tomava decisões importantes. Palavras desse gênero produziam um efeito tranquilizador. Repetindo "Tenho de enfrentar uma velhice solitária", adormeceu.

No dia seguinte, quando Kien estava trabalhando, dois homens trouxeram a cama recém-adquirida. Desapareceu o sofá, com tudo quanto ficara grudado nele. A cama ocupou o seu lugar. Ao saírem, os homens não se lembraram de fechar a porta. Voltaram depois, carregando um lavatório.

– Onde vamos colocar isso? – perguntou um ao outro.

– Em parte alguma – respondeu Kien. – Não encomendei nenhum lavatório.

– Já está pago – replicou o mais baixo dos dois. – E a mesa de cabeceira também! – acrescentou o outro. E foi buscá-la como prova de sua afirmação.

Therese surgiu na porta do quarto. Tinha feito compras. Antes de entrar, bateu na porta aberta.

– Dá licença?

– Pois não! – gritaram os homens em lugar de Kien, dando uma gargalhada.

– Já estão aqui, cavalheiros? – Cerimoniosamente, aproximou-se do marido. Saudando-o com um carinhoso aceno de cabeça, como se houvesse entre eles uma grande e antiga amizade, disse: – Veja como sou jeitosa! Tudo incluído no preço. O dono da casa espera receber um único móvel, e a esposa lhe traz logo três.

– Não quero. Só necessito da cama.

– Mas por que não? A gente tem de se lavar.

Os homens acotovelaram-se mutuamente. Com certeza, achavam que Kien até então nunca se lavara. Therese obrigava-o a conversar sobre assuntos domésticos. Ele não tinha vontade de cair no ridículo. Se começasse a falar do carro-lavatório, talvez o tomassem por idiota. Por isso, preferiu admitir o móvel novo, apesar da fria tampa de mármore. Seria possível esconder boa parte dele atrás da cama. Para livrar-se imediatamente daquela situação antipática, ele mesmo ajudou os homens.

– O criado-mudo é desnecessário – disse então, apontando para o pequeno móvel que se achava no centro do quarto.

– E o urinol?

– O urinol? – Pasmava-o a ideia de que na biblioteca pudesse haver um urinol.

– Tenciona guardá-lo assim, embaixo da cama?

– Que quer dizer com isso?

– Vai humilhar sua esposa na presença de estranhos?

Via-se que tudo isso era para ela apenas um pretexto para poder falar. Falar, falar, falar, e nada mais! Com essa finalidade ela abusava da presença dos operários. Kien, porém, não se deixaria coagir a aturar tanta tagarelice. Em comparação com o falatório de Therese, um urinol equivalia quase a um livro.

– Coloque a mesinha aí – ordenou asperamente aos homens. – Está bem. Podem ir embora.

Therese acompanhou-os até a porta. Tratou-os com especial amabilidade e, contra seus hábitos, deu-lhes uma gorjeta, do dinheiro do marido. Ao voltar, encontrou Kien a virar-lhe as costas da cadeira, na qual tornara a se instalar. Ele só desejava não ter nada em comum com ela, nem sequer uma troca de olhares. Uma vez que a escrivaninha se achava à frente dele, Therese não conseguia chegar mais perto, de modo que teve de se limitar a mostrar-lhe o perfil encolerizado. Sentindo a necessidade urgente de uma justificativa, começou a se queixar do velho carro-lavatório.

– Duas vezes por dia a mesma trabalheira. Uma vez de manhã e outra à noite! É uma bobagem! Uma esposa merece consideração. Uma empregada recebe pelo menos...

Kien levantou-se de um pulo. Ainda sem se virar, ordenou:

– Silêncio! Não quero ouvir mais nada. A mobília fica como está. Qualquer discussão é supérflua. Daqui em diante, manterei fechada a porta de ligação com a sua parte da casa. Proíbo-a de entrar nesta peça enquanto eu estiver nela. Se eu precisar de algum livro guardado numa de suas salas, irei buscá-lo. À uma em ponto e às sete em ponto, apresento-me para as refeições. Faço questão de não ser chamado, já que sei ver as horas sem ajuda de ninguém. Reagirei contra quaisquer incômodos futuros. Meu tempo é precioso. Saia daqui, por favor!

Dito isso, bateu as pontas dos dedos umas nas outras. Acabava de pronunciar palavras adequadas, falando com clareza, objetividade e altivez. Que poderia ela, com seu linguajar ordinário, replicar a isso? Therese foi-se. Fechou atrás de si a porta de ligação. Até que enfim Kien conseguira pôr o ponto final na tagarelice da mulher. Em vez de estabelecer contratos que ela nunca cumpriria, mostrara-lhe quem era o patrão. Tivera de sacrificar alguma coisa, como a vista das estantes cheias de livros e a ausência de móveis no seu gabinete de trabalho. Mas o que obtivera em troca valia mais para ele: a possibilidade de continuar sua faina, para a qual a tranquilidade era primordial e suprema condição. Kien respirava silêncio como as outras pessoas o ar.

Precisava acostumar-se logo às graves alterações ocorridas no ambiente. Durante algumas semanas, o espaço agora ainda mais reduzido causou-lhe mal-estar. Restringido à quarta parte do espaço anterior, começou a compreender o drama dos prisioneiros, que antes, ao contrário da opinião geral, considerara afortunados, já que gozavam da rara oportunidade de aprenderem algo, já que em liberdade os homens nunca aprendiam coisa alguma. Já não existia a possibilidade de passear de cá para lá, ventilando ideias grandiosas. Outrora, quando todas as portas ainda estavam escancaradas, ventos propícios tinham atravessado a biblioteca. As claraboias permitiam a entrada de ar e pensamentos. Nos momentos de exaltação, podia-se levantar para percorrer várias vezes quarenta metros numa e noutra direção. A visão livre que tinha para cima harmonizava com aquela vastidão reconfortante. Através do vidro das janelas, sentia a disposição geral do céu, que assim se apresentava mais sereno, mais suave do que era na realidade. Um azul tênue dizia: "O sol brilha, porém não me alcança". Um cinza igualmente tênue: "Vai cair chuva, mas não sobre mim". Um ruído brando anunciava a queda dos pingos de chuva. Tomava conhecimento deles, mas eles não o atingiam. Apenas sabia que resplandecia o sol, singravam nuvens, caía chuva. Era como se alguém tivesse erguido barricadas contra o mundo. Como se para proteger-se contra todo o complexo das relações meramente materiais, contra tudo o que fosse apenas peculiar ao planeta, alguém houvesse construído uma cabina, uma imensa cabina, suficientemente grande para abrigar as poucas coisas que nesta Terra são mais do que terra e mais do que poeira na qual a vida tornará a desfazer-se; era como se a cabina hermeticamente fechada estivesse cheia dessas poucas coisas. A viagem pelo desconhecido causava a sensação de não viajar de forma alguma. Bastava verificar através das janelas do observatório a subsistência de certas leis da Natureza, tais como a alternância do dia e da noite, as caprichosas e ininterruptas vicissitudes do clima, o fluxo do tempo, e assim o avanço se produzia automaticamente.

Mas, a essa altura dos acontecimentos, a cabina se tinha encolhido. Sempre que Kien afastasse o olhar da escrivaninha colocada num canto da peça, seus olhos se chocariam com uma porta absurda. Certamente, encontravam-se atrás dela três quartas partes da biblioteca. Ele poderia senti-las até através de cem portas. Contudo, apenas sentir o que em outros tempos tinha podido tocar parecia-lhe penoso. Às vezes, repreendia a si mesmo por ter mutilado espontaneamente um organismo uno, sua própria criação. Livros não tinham vida, sem dúvida, faltava-lhes a capacidade de sentir; por isso não sentiam aquelas dores de que sofrem os animais e provavelmente também as plantas. No entanto, quem já conseguira apresentar uma prova real da insensibilidade do que é inorgânico? Quem sabia dizer se um livro tinha ou não saudade de outros, com os quais convivera durante longos anos, de uma maneira que não é a nossa e que, por essa razão, não notamos? Na vida de qualquer ser pensante, ocorrem momentos nos quais parece artificial e obsoleta aquela divisão tradicional que a ciência traçou entre os mundos orgânico e inorgânico; artificial e obsoleta como todas as divisões humanas. O nosso protesto secreto contra tal divisão já se revela no termo "matéria morta". O que está morto viveu. Tendo de admitir, com relação a uma matéria, que ela não vive, admitimos pelo menos que tenha vivido em outra época. O fato mais esquisito de todos para Kien era o de o povo apreciar mais os animais do que os livros. Ao elemento mais poderoso, aquele que determina nossas metas e com elas nossa existência, caberia uma parcela menor de vida do que à nossa indefesa vítima, que é o animal? Se bem que essas dúvidas o acossassem, Kien se submetia à opinião corrente. A força de um erudito consiste em limitar à sua especialidade todas as suas dúvidas. No seu próprio campo, há de largá-la, em ondas incessantes e obstinadas. Fora dele e quanto ao resto, conformar-se-á com aquilo que estiver em voga. Kien tinha bons motivos para pôr em dúvida a existência do filósofo Lao-Tsé, mas ao mesmo tempo se fiava na afirmação de que a Terra gira ao redor do Sol e a Lua em torno de nós.

Além disso, havia coisas mais essenciais, que lhe cumpria ponderar e resolver. Os móveis lhe causavam repugnância. Incomodavam-no por sua presença constante. Prendiam-se aos tratados dele, feito ganchos. O espaço que ocupavam contrastava com a exiguidade de seu significado. Kien estava entregue a eles, a esses lerdos blocos. Que lhe importava um lugar para se lavar ou dormir? Em breve, talvez começasse a falar de comida, como fazem nove décimos da humanidade, os que a têm em demasia ainda mais que os que não a têm.

Nesse instante, estava absorto na restauração de um texto. As palavras crepitavam. Ávido qual um caçador de olhos vigilantes, nervoso e todavia frio, abria caminho de frase em frase. Precisou de um livro e levantou-se para buscá-lo. Mas, antes que o tivesse na mão, a maldita cama lhe penetrou na cabeça. Desfazia-se o nexo coeso. Colocava milhas de distância entre Kien e a caça. Lavatórios apagavam as pegadas mais nítidas. Em pleno dia, ele tinha a sensação de dormir. Reinstalado na cadeira, via-se forçado a recomeçar, a se encaminhar outra vez à estante, para recuperar o ânimo. Para que essa perda de tempo? Para que tamanho desperdício de energia e atenção?

Aos poucos foi-se criando nele um ódio contra aquela cama grosseira. Não a trocou pelo sofá, porque este era ainda pior. Não mandou tirá-la do quarto, já que as outras peças pertenciam à mulher, que jamais consentiria em ceder alguma coisa sua. Disso Kien tinha certeza, mesmo sem nunca ter discutido o assunto com ela. Nem sequer queria entabular negociações a esse respeito, pois obtivera uma vantagem inestimável em relação a ela. Havia semanas, nenhum diálogo se travara entre ambos. Kien evitava prudentemente quebrar o silêncio. Antes de cometer a loucura de incitá-la a novos palavrórios, preferia suportar o criado-mudo, o lavatório, a cama. A fim de sancionar a situação existente, esquivava-se dos aposentos dela. Cada vez que necessitava dos livros ali guardados, levava-os consigo depois das refeições do meio-dia ou da noite, porquanto, como dizia para si, de qualquer jeito teria de passar algum tempo na sala de jantar. Enquanto comiam, evitava olhar Therese, embora nunca se livrasse do secreto medo de que ela pudesse subitamente pôr-se a falar. Mas, por mais que a mulher o desgostasse, era inegável que se atinha à letra do pacto.

Enquanto se lavava, Kien fechava os olhos para protegê-los da água. Tratava-se de um velho hábito. Cerrava as pálpebras com força muito maior do que seria necessário para impedir a infiltração da água. Quanto aos olhos, nenhuma precaução lhe parecia demasiada. Ora, diante do lavatório novo, o hábito mostrava-se útil. De manhã, ao acordar, Kien alegrava-se com a possibilidade de se lavar. A que outra hora podia estar livre da visão dos móveis? Encurvando-se sobre a bacia, não enxergava nenhum daqueles objetos pérfidos. (Tudo quanto o distraía do trabalho afigurava-se-lhe como perfídia.) Mergulhado na bacia, com a cabeça debaixo d'água, sonhava com os tempos passados. Naquela época, havia um vazio confortável e silencioso. Conjecturas felizes adejavam pelo recinto, sem se chocarem em parte alguma. O sofá fazia tão pouco alarde de sua presença que quase podia crer que ele não existia, qual miragem a surgir logo acima do horizonte para desaparecer em seguida.

Era perfeitamente natural que Kien começasse a encontrar certo prazer em manter os olhos fechados. Mesmo depois de se lavar, ainda os conservava assim. Mantinha por mais algum tempo ainda a fantástica visão dos móveis subitamente sumidos. E, já antes de chegar ao lavatório, ao sair da cama, cerrava os olhos, antegozando o alívio. Sendo desses homens que combatem as próprias fraquezas, prestam contas a si mesmos e se empenham em enobrecer o caráter, afirmava perante o seu foro íntimo que isso não demonstrava nenhuma debilidade e sim uma força. Cumpria fomentá-la, ainda que a partir dela se desenvolvesse uma esquisitice considerável. Quem poderia tomar conhecimento dela? Ele vivia sozinho. O que trazia proveito à ciência tinha maior importância do que a opinião das massas. Therese dificilmente poderia apanhá-lo. Não ousaria, contrariando a proibição, surpreendê-lo no quarto dele.

Inicialmente, Kien prolongava a cegueira para além do processo de se vestir. Mais tarde, conseguia encontrar às cegas o caminho da escrivaninha. Durante o trabalho, esquecia o que se achava atrás dele, tanto mais que não o tinha enxergado. Diante da mesa, dava livre curso aos olhos. Estes se alegravam quando ficavam abertos. Sua agilidade aumentava. Talvez haurissem vigor do tempo de repouso que ele tão generosamente lhes concedia. Kien os protegia dos assaltos repentinos. Só os usava onde fossem fecundos, ao ler ou escrever. Os livros de que necessitava eram procurados às cegas. No começo, essas excentricidades curiosas o faziam rir de si mesmo. Quantas vezes não se enganava ao agarrar determinada obra e voltava à escrivaninha, com os olhos fechados, sem perceber o erro. Nesses casos, notava então que tinha apanhado três tomos mais à direita ou mais à esquerda, ou ainda lhe ocorrera errar a prateleira ou mesmo a estante. Isso não o preocupava. Não lhe faltava paciência. Percorria o trajeto pela segunda vez. Muitas vezes tinha desejo de dar uma espiada no título, de vislumbrar o dorso, antes de alcançar o lugar certo. Nesses momentos, pestanejava, e assim ocorria-lhe lançar um olhar furtivo antes de desviar os olhos. Mas, na maioria das vezes, lograva dominar-se, à espera da escrivaninha, onde não fosse perigoso ver.

Adestrando-se na arte de caminhar às cegas, transformou-se num autêntico mestre. Passadas três ou quatro semanas, achava num segundo o que queria, sem trapaça nem ardis, de olhos realmente cerrados. Nenhuma venda o teria tornado mais cego. Até mesmo com a escada, Kien confiava no seu instinto. Colocava-a no lugar preciso. Segurando-a de ambos os lados com os dedos compridos e nervosos, galgava os degraus às cegas. Também em cima ou na descida, conservava com toda a facilidade o equilíbrio. Os empecilhos que, quando andara de olhos abertos, nunca conseguira vencer totalmente, porque não os achava importantes, eram superados agora com toda a facilidade. Fingindo-se cego, habituou-se ao uso das pernas. Outrora, elas o haviam incomodado a cada passo, por serem muito finas em comparação com seu comprimento. A essa altura, porém, pisavam o chão firme e calculadamente. Era como se tivessem adquirido músculos e gordura. Kien podia confiar-se a elas, sabendo que o escorariam. Para ele, o cego, as pernas executavam a tarefa de enxergar, e ele, por sua vez, fornecia-se pernas novas e mais fortes.

Enquanto ainda não tinha absoluta certeza do funcionamento da arma que seus olhos lhe forjavam, abriu mão de alguns hábitos. Já não levava aos passeios matinais a pasta cheia de livros. Durante a hora em que se mantivesse indeciso, à frente das estantes, seu olhar bem poderia roçar a 'maldita trindade', como Kien chamava os três móveis, que infelizmente só a muito custo iam-se afastando de sua consciência. Posteriormente, em face dos êxitos, ele se tornou audacioso. Atrevidamente, enchia a pasta às cegas. Se depois o conteúdo não lhe agradasse, esvaziá-la-ia e voltaria a procurar, como se nada se tivesse modificado, nem ele, nem a biblioteca, nem o futuro, nem a prática e exata distribuição de seu tempo.

Quanto ao seu quarto, este pelo menos estava em seu poder. A ciência florescia. Tratados brotavam da escrivaninha como cogumelos. Era bem verdade que Kien, em outros tempos, menosprezara e ironizara tanto os cegos como a alegria de viver que estes demonstravam, não obstante o defeito físico. Mas, depois de ele ter trocado tal preconceito por uma vantagem, despontou automaticamente a filosofia adequada.

A cegueira é uma arma contra o tempo e o espaço. Nossa existência é uma única, imensa cegueira, exceção feita às poucas coisas que nos são transmitidas por nossos míseros sentidos, míseros por sua índole e por seu alcance. O princípio dominante do cosmo é a cegueira. Ela permite a justaposição de coisas que seriam impossíveis se se vissem umas às outras. Possibilita a interseção do tempo onde este seria insuportável. Um esporo, por exemplo, nada mais é do que um pedacinho de vida que, até receber uma contra-ordem, está em estado de cegueira. Para escaparmos do tempo, que é contínuo, há um só meio: fragmentá-lo para obtermos as parcelas que dele conhecemos.

Kien não inventara a cegueira. Apenas se servia dela, aproveitando uma possibilidade natural, da qual vivem os que veem. Não usamos hoje todas as energias de que nos apoderamos? De que recursos os homens ainda não lançaram mão? Qualquer idiota maneja a eletricidade e os mais complicantes átomos. Formas que outras pessoas não enxergariam enchem o quarto de Kien: dedos e livros. Esta página impressa, clara e coordenada como nenhuma outra, é na realidade uma aglomeração infernal de desenfreados elétrons. Se Kien se desse conta disso ininterruptamente, as letras dançariam diante de seus olhos. Os dedos sentiriam a pressão do movimento pernicioso, como se recebessem picadas de agulhas. Num dia inteiro ele conseguiria escrever, no máximo, uma linha. É seu direito transferir a cegueira, que o protege contra excessos sensoriais dessa espécie, para todos os elementos suscetíveis de lhe incomodar a vida. Os móveis não existem para ele, como tampouco o exército de átomos dentro e ao redor dele. *Esse est percipi*, ser significa ser percebido. Aquilo que não percebo não existe. Ai das criaturas fracas, que admitem ser vistas e se entregam a seus caprichos, ao sabor do acaso!

Disso resultava com perfeita lógica que Kien absolutamente não se enganava a si mesmo.

Caríssima madame

A cada semana, a sensação de segurança intensificava-se em Therese. Das suas três peças, só uma, a sala de jantar, tinha móveis. As duas outras, infelizmente, por enquanto estavam vazias. Mas era justamente nessas que ela passava a maior parte do tempo, a fim de não gastar a mobília da sala. Geralmente, mantinha-se atrás da porta que dava para a escrivaninha dele. Escutava. Permanecia ali durante horas, durante metade do dia, com a cabeça colada a uma fresta, através da qual não se enxergava coisa alguma, e com os cotovelos a apontarem na direção do marido, sem cadeira na qual pudesse repousar, escorando-se unicamente em si mesma e na saia. Aguardava algo e sabia muito bem o quê. Não se cansava nunca. Surpreendia-o nos momentos em que subitamente se punha a falar, apesar de estar sozinho. A esposa não lhe servia? Então conversava com as paredes. Antes do almoço e do jantar, Therese retirava-se para a cozinha.

Ele ficava feliz e satisfeito quando trabalhava longe dela. Mas na maior parte do tempo a mulher estava a apenas dois passos dele.

No entanto, acometia-o às vezes o pressentimento de que ela planejava um colóquio com ele. Therese, porém, prosseguia calada, sempre calada. Kien resolveu controlar mensalmente o acervo de livros guardado nas salas da esposa. Ninguém tem garantia contra furtos de livros.

Certo dia, às dez horas, justamente quando Therese estava à escuta, ele iniciou a inspeção, abrindo de golpe a porta. Ela se sobressaltou. Por um triz não caiu.

– Que maneiras são essas? – gritou, agressiva de tão assustada. – Sempre se deve bater à porta antes de entrar. Até se poderia pensar que vivo espiando meus próprios aposentos. Que me adiantaria espiar? Um homem acha que se pode permitir todas as liberdades só porque é casado! É uma vergonha, lhe digo, uma falta de educação! Uma vergonha!

Mas como? Ele deveria bater à porta para ter licença de chegar aos seus livros? Que topete! Ridículo! Grotesco! Ela ficou maluca. Melhor seria dar-lhe uma bofetada. Assim, possivelmente, ela voltará a si.

Já imaginava os sinais que seus dedos deixariam na gorda, cevada, lustrosa bochecha. Seria injusto dar preferência a uma das faces. Ele deveria golpeá-las com ambas as mãos ao mesmo tempo. Se não as acertasse corretamente, as linhas vermelhas de um lado não teriam a mesma altura das do outro. Ficaria feio. O estudo da cultura chinesa despertara em Kien a paixão pela simetria.

Therese notou que ele examinava suas faces. Esquecendo-se da omissão de bater à porta, virou-se. – Não há de ser nada – disse em tom de convite. Ora, ele acabava de vencer, mesmo sem a aplicação de bofetadas. Com a extinção do interesse pelas bochechas, Kien encaminhou-se satisfeito rumo às estantes. Therese permanecia à espera de alguma coisa. Por que não proferia ela nenhuma palavra? Ao lançar-lhe cautelosamente um olhar de esguelha, percebeu a alteração ocorrida na fisionomia do marido. Nesse caso, era preferível ir logo à cozinha, onde costumava resolver seus enigmas.

Oh, por que deixou escapar aquelas inventivas? Agora, mais uma vez, ele perdeu a vontade. Ela é recatada demais, qualquer outra mulher se teria atirado imediatamente nos braços dele. Esse homem não serve para nada. Ora, ela é assim mesmo. Se fosse mais velha, teria continuado furiosa. Pode esse sujeito ser qualificado de homem? Quem sabe se ele é realmente homem? Há homens esquisitos que não são homens. As calças não têm nada a ver com isso. Eles apenas as usam. Tampouco são mulheres. Há dessas coisas. Sabe Deus quando ele terá novamente vontade. Com esse tipo de indivíduo, isso pode durar anos. Ela não é velha, mas também não é um brotinho. Dá-se conta disso. Ninguém precisa dizê-lo a ela. Aparenta trinta anos, mas vinte não. Na rua, todos os homens olham atrás dela. E o que disse aquele balconista na casa de móveis? "Pois é, quando entram na casa dos trinta, todos gostam de casar, tanto as mulheres quanto os homens!" E ela sempre pensando que aparentava quarenta. Tendo cinquenta e seis, não precisaria envergonhar-se. Mas, para falar assim, um moço como aquele deve entender dessas coisas. "Perdoe-me, mas o que é que o senhor sabe disso?", respondera ela. Que rapaz interessante! Adivinhou logo que era casada e não só quantos anos tinha. E ela tem de viver com um velhote desses! Era de crer que ele não a amava.

"Amar" e "amor", em todas as formas de derivação ou conjugação, faziam parte das palavras que Therese aprendia nos anúncios. Na sua juventude, habituara-se a ouvir termos mais lapidares. Mais tarde, quando os seus patrões lhe ensinavam, entre outras coisas, também o radical dessas palavras, "amor" continuava para ela um estrangeirismo digno de admiração. De seus lábios, porém, jamais saía esse substantivo, capaz de trazer um sublime conforto. No entanto, Therese aproveitava todas as boas oportunidades que se oferecessem, e onde quer que avistasse o verbo "amar" detinha-se para estudar meticulosamente o contexto. Tempos houve em que brilhantes ofertas de empregos foram eclipsadas por propostas amorosas. Ela lia: "Excelente ordenado" e já estendia o braço. Alegremente dobrava a mão sob o peso do esperado dinheiro. Mas, em seguida, o olhar, deslizando por sobre as colunas vizinhas, fixava-se em "amor". Ali descansava, ali se demorava por longos minutos. Mesmo assim, Therese não esquecia seus propósitos. Nunca largaria o dinheiro depositado em suas mãos. Apenas o escondia sob o amor, por um breve e fremente lapso de tempo.

Em voz alta, repetiu:

– Ele não me ama.

Ao proferir a palavra crucial, entreabriu os lábios e sentiu neles o sabor de um beijo. Isso a consolou. Fechou os olhos. Arredou as batatas descascadas, enxugou as mãos no avental e abriu a porta de seu cubículo. Algo que cintilava a fez cerrar as pálpebras. Subitamente, foi invadida por uma onda de calor. Bolinhos dançavam no ar, vaga-lumes rubros. Tudo se estreitava. O chão escancarava-se diante dela. Os pés afundavam-se no vão. Brumas, brumas e mais brumas estranhas, ou talvez fosse fumaça, em toda parte, tudo vazio, despojado, tanto espaço! Ela se agarra em qualquer objeto. Estava com náuseas terríveis. A mala, o enxoval! Quem levou as coisas? Socorro!

Quando voltou a si, encontrava-se deitada na cama. O cubículo emergiu, limpinho e em boa ordem, cada peça em seu lugar. Isso lhe causou medo. Naquele momento, o quartinho estava vazio, e agora está cheio! Incompreensível! Ela não ficará ali. O calor tortura a gente. Tudo muito pequeno, tudo muito pobre. Qualquer dia, ela se consumirá naquela solidão estreita.

Endireitou as roupas amarfanhadas e dirigiu-se à biblioteca.

– Quase morri – disse simplesmente. – Desmaiei. O coração parou. Tanto trabalho, e esse quartinho vagabundo! Claro que é possível morrer desse jeito.

– Mas como? Logo depois de ter saído daqui, sentiu-se mal?

– Não me senti mal. Desmaiei.

– Faz muito tempo. Já estou aqui há uma hora, mexendo nos livros.

– Tanto tempo? Não diga! – Therese engoliu em seco. Até onde se lembrava, nunca estivera doente.

– Vou chamar o médico.

– Não preciso de médico. Prefiro me mudar. Por que razão não terei direito de dormir? É necessário que eu durma bem. O quartinho ao lado da cozinha é o pior de todo o apartamento. É um quarto de empregada. Se eu tivesse uma criada, ela é que deveria dormir ali. Não se pode dormir nele. Você escolheu o melhor quarto de todos.

Então cabe a mim o segundo melhor, o que fica ao lado. Um homem pensa que só ele necessita de sono. Se eu continuar assim, vou ficar doente, e então quero ver como você vai-se arranjar. Você nem sabe quanto custa uma empregada!

O que deseja ela obter? Nas suas peças podia fazer o que bem lhe aprouvesse. A Kien pouco importava onde Therese dormia. Se não a interrompia, era só por causa do desmaio. Felizmente, desmaios não ocorrem com frequência. Por compaixão – compaixão falsa, como dizia a si próprio – consentiu em lhe prestar novamente atenção.

– Não se trata de aborrecer você. Cada um terá seu quarto. Assim, nada pode acontecer. Eu não ligo para essas coisas. Outras mulheres se comportam que é uma vergonha. Fico ruborizada quando penso nelas. Não preciso disso. Preciso, sim, de móveis novos. Naquela sala grande cabem muitos. Será que sou uma mendiga?

Agora Kien sabia o que ela desejava. Móveis outra vez! Ele lhe batera com a porta na cara. Tinha, portanto, culpa daquele desmaio. Não convém abrir portas com tanta violência. O choque abalara Therese. Uma vez que ela lhe poupara o desgosto de ouvir impropérios, era justo que ele lhe concedesse os móveis a título de indenização.

– Tem razão – disse Kien. – Vá comprar a mobília nova para seu quarto.

Logo depois do almoço, Therese deslizava de lá para cá, rua a rua, à procura da melhor loja de móveis. Ali se inteirou dos preços de conjuntos de móveis de quarto de dormir. Nada lhe parecia excessivamente caro. Quando os donos de uma loja, dois irmãos gorduchos, ultrapassando-se mutuamente, chegaram finalmente a um preço que, sem dúvida alguma, era demasiado alto para qualquer pessoa honesta. Therese virou a cabeça num gesto veemente e, dirigindo-se à porta, declarou desaforadamente:

– Tenho a impressão de que os senhores pensam que meu dinheiro é capim!

Saiu da loja sem nenhuma palavra de despedida. Foi diretamente para casa e encaminhou-se ao gabinete do marido.

– O que é que você quer? – perguntou ele, encolerizado por ela ter entrado no seu aposento às quatro da tarde.

– Preciso preparar meu marido para que conheça os preços atuais das coisas. Caso contrário, ele se assustará quando a esposa lhe pedir muito dinheiro de uma vez só. Você nem imagina quanto custa a mobília de um quarto hoje em dia! Se eu não tivesse visto os preços com meus próprios olhos, não acreditaria. Escolho móveis sólidos, mas nada de especial. E os preços são os mesmos em toda parte.

Pronunciou a cifra com reverência. Kien não tinha a menor vontade de repisar assuntos liquidados havia muito, desde o almoço. Apressadamente, preencheu um cheque, escrevendo a cifra pedida por ela. A seguir, apontou para o nome do banco onde receberia o dinheiro, e logo depois para a porta.

Somente quando já se achava fora do gabinete, Therese convenceu-se de que o preço absurdo pleiteado por ela estava de fato escrito no papel, e a ideia de gastar esse dinheiro desde já lhe causava dó. Ela não necessitava do quarto mais elegante da cidade. Até então, tinha levado uma vida sólida e decente. Será que no matrimônio, de repente, iria cair na imoralidade? Não precisava de luxo. Melhor comprar outro que custasse a metade e depositar o resto do dinheiro na Caixa Econômica. Assim lhe sobraria alguma coisa com a qual sempre poderia contar. Quanto tempo não teria de trabalhar para ganhar todo esse dinheiro! Era quase incalculável! E ela deveria labutar para ele durante muitos anos ainda. Alguém lhe paga pelo trabalho? Não, ninguém! Qualquer criada ganha mais que a dona da casa. A dona tem de cuidar de si mesma e, se não faz, nunca arranja nada. Por que cometeu essa besteira? Lá no cartório deveria ter combinado com ele que continuaria a receber o mesmo ordenado de antes. O trabalho ainda é o mesmo. É até mais, pois foram acrescentados a mobília da sala de jantar e os móveis do quarto dele. Tudo isso precisa ser espanado. Não é brincadeira! Ela deveria receber um ordenado maior. Não há justiça no mundo.

O cheque em sua mão tremia de tanta indignação.

À mesa de jantar, Therese esboçou o mais malicioso de seus sorrisos. As comissuras dos olhos e da boca encontraram-se nas proximidades das orelhas. Pelas estreitas fendas, os olhos verdes miravam, penetrantes.

– Amanhã não se cozinha. Não tenho tempo. Não posso fazer tudo de uma vez.

Interrompeu-se, curiosa de ver o efeito de suas palavras. Vingava-se da maldade dele. Violava o pacto, ao falar durante a refeição.

– Será que devo comprar uma mercadoria inferior qualquer, só por causa de um almoço? Almoçar é coisa que se pode fazer todos os dias, mas uma mobília de quarto se compra uma vez só. Tenha paciência. Amanhã não vou cozinhar. Não, senhor!

– Realmente? – uma ideia grandiosa começava a surgir em seu cérebro, devorando as necessidades e os direitos do dia a dia. – Realmente? – repetiu, e sua voz soava como se ele risse.

Muitíssimo bem-humorado, cortou-lhe o discurso, prosseguindo:

– Seja cautelosa. Entre em todas as lojas que puder. Compare os diferentes preços, antes de tomar uma decisão. Comerciantes são velhacos por índole. Ao meio-dia, precisará descansar num restaurante, pois hoje você não se sentiu bem. Recomendo-lhe uma refeição abundante. Não volte para casa. Faz calor, e a caminhada seria estafante. Depois do almoço, ainda poderá continuar a escolher com toda a calma. Não se precipite! E não se preocupe com o jantar. Acho aconselhável que você passe fora o dia inteiro, até as lojas fecharem.

Kien se esforçava por esquecer que ela já escolhera a mobília do quarto e lhe pedira a importância exata que esta custaria.

– Pois é, podemos comer alguns frios na janta – disse Therese, pensando. Agora, ele quer me iludir mais uma vez. Vê-se logo quando um sujeito tem vergonha de sua conduta. Explorar assim a esposa é coisa que não se faz. Com uma criada, eles podem fazer o que lhes der na veneta. Claro, ela é paga para isso. Mas a esposa, não. Afinal de contas, ela é a patroa.

Ao sair de casa, na manhã seguinte, Therese já estava firmemente decidida a comprar a mobília lá onde se achava o rapaz interessante que, logo à primeira vista, adivinhara tudo a respeito dela, tanto a idade quanto o casamento.

No banco, recebeu o dinheiro do cheque. Em seguida, depositou na Caixa Econômica metade da importância. A fim de se informar melhor dos preços do mercado, visitou diversas casas especializadas. Passou a maior parte da manhã pechinchando obstinadamente. Percebeu que não era difícil poupar dinheiro. Sobraria ainda mais para a Caixa Econômica. A nona loja na qual entrou era aquela contra cujos preços protestara na véspera. Logo a reconheceram. Seu modo de inclinar a cabeça e sua fala brusca gravavam-se indelevelmente na memória de quem a visse uma só vez. Em virtude da experiência do dia anterior, mostraram-lhe mobílias mais baratas. Therese examinava as camas de cima para baixo; batia na madeira; colava a orelha à armação, para verificar se esta não era oca, pois "frequentemente a madeira já está carcomida quando a gente a compra". Abria todas as mesinhas de cabeceira; abaixando-se, metia o nariz nelas, a fim de verificar se eram novas ou usadas. Soprava os espelhos e os enxugava várias vezes com um pano, que tomava aos donos da loja. Todos os guarda-roupas desagradaram-lhe.

– Nesse aí não cabe nada. Vejam só que tipo de armário se fabrica hoje em dia! Só para gente pobre! Gente que não tem nada. Pessoas como eu necessitam de espaço.

Tratavam-na solicitamente, apesar de sua aparência modesta. Achavam-na estúpida. As bobalhonas têm vergonha de ir embora sem comprar coisa alguma. Com relação à psicologia dos fregueses, os conhecimentos dos irmãos não eram lá muito profundos. Limitavam-se a jovens casais, para quem seus conselhos ambíguos, ora cínicos ora paternais, davam excelentes resultados. Mas pouco interessava a esses galãs envelhecidos a exaltação de uma simples velhota. Após meia hora de promessas de garantias pessoais, esfriou o zelo dos chefes. Therese esperara ansiosamente um ultraje dessa espécie. Abrindo a enorme carteira que trazia debaixo do braço, agarrou o volumoso maço de cédulas e disse em tom mordaz:

–Vou ver se tenho bastante dinheiro comigo.

Sob os olhares dos dois irmãos gorduchos, que jamais teriam suspeitado que a bolsa pudesse conter tanto dinheiro, contou lentamente as notas, uma a uma. "Puxa vida, ela *tem* dinheiro!", pensavam os dois, entusiasmados. Mas, terminada a contagem, Therese abrigou as cédulas carinhosamente na bolsa. Fechou-a e se foi. Ao chegar à porta, virou-se para exclamar:

– Já se vê que os senhores não apreciam fregueses decentes!

Tomou a direção da loja onde trabalhava o balconista interessante. Já era uma hora da tarde. Por isso, estugou o passo, para que pudesse estar lá antes que fechassem para o almoço. Causou certa sensação. Entre todos esses homens de calças e as mulheres de saias curtas, era ela a única cujas pernas funcionavam invisíveis, sob a saia azul, engomada, que descia até os pés. Deslizando também se avança, constatavam os transeuntes. Avançava-se, sim, e muito bem, já que Therese ultrapassava todo mundo. Sentiu os olhares que lhe dirigiam. "Aparento trinta!", pensava. Alegria e pressa faziam com que começasse a transpirar. Custou-lhe algum esforço não menear a cabeça. Esboçou um sorriso triunfante. Carregados pelas orelhas, como se fossem vastas asas, os olhos voaram rumo ao céu, onde aterrissaram num quarto de dormir barato. Therese, anjo debruado de rendas, ali se acomodou. E, todavia, não caiu das nuvens, quando subitamente se encontrou à frente da mencionada loja. O sorriso altivo transformou-se numa risada jovial. Entrou e, deslizando pelo assoalho, aproximou-se do moço. Enquanto isso, rebolava tanto as ancas que a ampla saia se pôs a ondular.

– Estou de volta! – disse singelamente.

– Às suas ordens, madame. Que honra inesperada! O que é que a senhora deseja, se me permite a pergunta?

– Uma mobília de quarto. O senhor se lembra.

– Foi o que pensei logo, madame. Para duas pessoas, naturalmente, se me permite perguntar?

– Mas tudo é permitido ao senhor.

Ele sacudiu a cabeça com ares de profunda tristeza.

– A mim, não, madame. Será que sou o felizardo? Comigo, a senhora não se teria casado nunca na vida. Um pobre balconista!

– Por que não? Nunca se sabe. Pobres também são gente. Não gosto de esnobismo.

– É porque a madame tem um coração de ouro. O senhor seu marido é digno de inveja.

– O senhor me desculpe, mas os homens de hoje...

– Ora, ora, madame não vai me dizer que... – ao pronunciar essas palavras, o moço interessante alçou as sobrancelhas com uma expressão de espanto. Seus olhos pareciam o focinho úmido de um cão, e ele os esfregava em Therese.

– Os homens pensam que a gente é criada deles. E, no entanto, não nos pagam nenhum tostão. Uma empregada, sim, recebe seu ordenado.

– Em compensação, a madame vai escolher agora um lindo quarto. Venha comigo, por favor. Excelente, primeiríssima qualidade. Eu sabia que a madame voltaria, reservei-o exclusivamente para a senhora. Teríamos podido vendê-lo meia dúzia de vezes, palavra de honra. O senhor seu marido vai ficar contente. Quando a madame retornar a seu lar, o senhor seu marido dirá: "Boa tarde, meu tesouro". E a madame responderá: "Como vai, querido? Acabo de comprar a mobília de nosso quarto". A madame me compreende, não é? É a senhora que diz isso, e então senta no colo do senhor seu marido. Perdão, madame, não tenho papas na língua. Mas, numa situação como essa, nenhum homem poderá resistir, nunca na vida, e o esposo tampouco. Se eu estivesse casado, não me refiro à senhora, madame, que direito teria eu, um pobre balconista, de pensar nisso, mas, vamos dizer, até mesmo com uma mulher de certa idade, digamos de quarenta anos... Bem, a madame certamente será incapaz de imaginar uma coisa dessas...

– Ora, ora, eu mesma já não sou muito jovem.

– Não posso concordar com a senhora, não me leve a mal. Ainda aceito que a madame acaba de entrar na casa dos trinta, mas isso não tem importância. Digo sempre: o essencial numa mulher são os quadris. Ela deve ter quadris, e é necessário que a gente os veja. Que me adianta que ela tenha quadris, se não os vejo? E, madame, tenha a bondade de se convencer que tem realmente os mais maravilhosos...

Therese estava a ponto de proferir uma exclamação, mas, em seu êxtase, não encontrava palavras adequadas. E ele, após um instante de hesitação, completou a frase, dizendo: "... colchões!".

Até então ela nem se dignara dar uma olhada nos móveis. O moço despertara nela a excitação oportuna, conduzindo a mão até quase tocar nos seus trêmulos quadris e substituindo-a pelos maravilhosos e práticos colchões. O resignado gesto, com o qual ele, balconista pobre, se despedia dos inalcançáveis quadris, talvez intensificasse ainda mais a comoção de Therese. Nesse dia, ela não parava de transpirar. Como que enfeitiçada, acompanhava os movimentos da boca e da mão do rapaz. Seus olhos, que normalmente faiscavam em muitas cores maldosas, passavam agora, obedientes, pacatos, aquosos e quase azuis, pelos colchões. Maravilhosos, realmente! Esse moço interessante sabe tudo. Como entende de móveis! Ela sentia-se envergonhada diante dele. Graças a Deus, não precisava falar. O que pensaria dela? Que não sabia patavina de móveis. Quanto aos outros, felizmente ninguém notara nada. Por quê? Porque os outros são uns bobalhões. Mas esse moço interessante percebe tudo imediatamente. O melhor será não falar. Ele tem uma voz que nem manteiga derretida.

– Insisto com a senhora para que nunca se esqueça do mais essencial! Quanto mais confortável a cama, mais obsequioso se mostrará o senhor seu marido. Quando o senhor seu marido estiver deitado comodamente, a madame poderá fazer com ele o que quiser. Creia-me, madame. A felicidade conjugal não provém apenas do estômago. A felicidade conjugal tem sua origem nos móveis, sobretudo nos do quarto e, na minha opinião, principalmente nas camas, nos leitos conjugais, por assim dizer. Compreenda-me, caríssima madame, o senhor seu marido é humano, apenas humano. Pode ter a mais linda madame, uma esposa na mais bela flor dos anos, mas para que lhe servirá ela se ele dormir mal? Se dormir bem, então é claro que gostará de se aproximar um pouquinho. Vou lhe dizer uma coisa, madame. A senhora pode ter confiança em mim. Entendo desse negócio. Trabalho nesse ramo há doze anos. Oito anos aqui na loja. De que adiantam os quadris quando a cama não presta? Nesse caso, qualquer homem os desprezará, por mais formosos que sejam. Mesmo que se trate de um esposo. A madame pode tentar seduzi-lo com danças do ventre à moda oriental, madame pode exibir os últimos requintes de sua formosura, pode até se plantar na frente dele toda despida, nuazinha, por assim dizer – mas eu lhe garanto que nada adiantará se o senhor seu marido estiver mal-humorado, absolutamente nada, nem sequer em se tratando da madame, e isso quer dizer muita coisa. Sabe a senhora o que fará o senhor seu marido, se for velha e feia, quero dizer, a cama? O senhor seu esposo vai sair de casa em busca de camas melhores. E que camas, diga-me? Camas vendidas por nossa loja. Eu lhe poderia mostrar cartas de agradecimentos, minha lindíssima madame, cartas de madames como a senhora. A madame ficaria admirada se soubesse a quantidade de matrimônios felizes cujo peso nós carregamos orgulhosamente em nossa consciência tranquila. Conosco não há divórcios. Não conhecemos divórcios. Fazemos o que é humanamente possível, e a freguesia fica satisfeita. O que mais aconselho, madame, é esse conjunto. Todos são bons, palavras de honra, madame, mas esse aí recomendo especialmente, ao coração de ouro da minha caríssima madame.

Therese achegou-se àqueles móveis, só para satisfazê-lo. Consentiria em tudo que ele lhe dissesse. Tinha medo de perdê-lo. Olhava o elogiado conjunto, mas era incapaz de notar quaisquer pormenores. Esforçava-se por encontrar no seu íntimo uma possibilidade de provocar mais uma vez o som da voz amanteigada. Se dissesse "sim" e pagasse, teria de sair, e isso significaria perder o moço interessante. Em troca do seu bom dinheiro, ela bem podia pretender alguma coisa mais. Aquela gente tirava seu lucro à custa dela. Assim, não era vergonhoso fazê-lo falar um pouco mais. Outras pessoas vão embora sem comprar nada. Não se preocupam. Therese é por demais decente para comportar-se desse modo. Além disso, não tem pressa.

Estava desnorteada e, apenas a fim de dar-lhe alguma resposta, opinou:

– O senhor me desculpe, mas todos dizem a mesma coisa.

– Permita-me, madame, para não dizer minha encantadora madame. Eu não seria capaz de lhe mentir. Quem recomenda essa mercadoria ao coração da senhora sou eu. Creia-me, madame. Todos têm confiança em mim. Não lhe ficarei devendo a prova, madame. Venha cá, patrão!

O sr. Gross, o chefe, o homem minúsculo, de cara achatada e olhinhos nervosos, surgiu na porta do escritório, separado do resto da loja. Por pequeno que fosse, dobrava-se em duas metades ainda menores.

– O que é que há? – perguntou. Constrangido, como um menino temeroso, avizinhou-se da ampla saia de Therese.

– Patrão, o senhor mesmo deve dizer à madame. Já houve algum freguês que não tivesse confiança em mim?

O chefe permaneceu calado. Não se arriscava a mentir na presença da mãe, que poderia bater nele. Na sua fisionomia, digladiavam-se a ganância e o respeito. Therese percebia a luta íntima, mas a interpretava mal. Comparou o funcionário com o chefe. Este também queria meter a sua colher, mas não tinha coragem. A fim de incrementar o triunfo do moço interessante, ela o acudiu com uma clarinada:

– Mas o que é isso? Para que precisamos de outra pessoa? Basta ouvir a voz do senhor para acreditar em tudo o que diz. De que adiantaria mentir? Ninguém precisa desse homem aí. Nele eu não acreditaria nunca.

Apressadamente, o baixinho refugiou-se no escritório. Era sempre a mesma história. Ele nem sequer abria a boca, e a mãe já dizia que era um mentiroso. E com todas as mulheres lhe acontecia a mesmíssima desgraça. Na infância, fora a mãe. Depois, a esposa, uma ex-funcionária. Quando a sua então datilógrafa se queixava de alguma coisa às vezes acontecia de ele a tratar de "mamãe", e assim começara o matrimônio. Desde que se casou, não podia mais contratar empregadas. Mas, a todo instante, "mães" entravam na loja. Aquela ali era certamente uma delas. Por essa razão, instalou seu escritório nos fundos da loja. Só devem chamá-lo em caso de absoluta necessidade. Ah, ele se vingará de Grob. Esse sujeito sabe muito bem que não lhe cabe bancar o chefe perante uma "mãe". Grob quer se tornar sócio e, para amaciar o patrão, humilha-o diante dos fregueses. Mas o verdadeiro chefe da Casa de Móveis Gross & Mãe é ele, o sr. Gross. Sua verdadeira mãe ainda vive, e parte do negócio pertence a ela. Duas vezes por semana, às terças e sextas, aparece para fiscalizar a contabilidade e repreender os funcionários. Controla meticulosamente todas as cifras; por isso, é muito difícil lográ-la. Mesmo assim, ele consegue. Sem alguns logros, não se poderia sustentar. Devido a eles, considera-se chefe genuíno da firma, tanto mais que o pessoal simpatiza com ele, precisamente por causa das gritarias da mãe. Às vésperas dos dias em que esta costuma apresentar-se, isto é, às segundas e quintas, ele pode mandar à vontade. Todos obedecem e correm, pois no dia seguinte ela poderia ficar sabendo que alguém se comportou mal. Às terças e sextas, a mãe de qualquer jeito passa o dia inteiro na loja. Então reina o mais completo silêncio. Ninguém se atreve a abrir a boca. Ele tampouco. Contudo, gosta de calmaria. Somente às quartas e aos sábados o pessoal se torna desaforado. Hoje é quarta-feira.

Sentado na cadeira do escritório, o sr. Gross procura ouvir o que se diz lá fora. Grob voltou a pronunciar cascatas de frases. O moço vale ouro, mas nunca chegará a ser sócio. O que é isso? Ela o convida para almoçarem juntos?

– O chefe não me dará licença para sair, de modo algum, madame. Seria, no entanto, o meu mais ardente desejo, madame.

– Mas como? Deve haver exceções. Pagarei o almoço.

– Seu coração de ouro me deixa profundamente comovido, madame. Mas é impossível, totalmente impossível. Com o chefe não se brinca.

– Imagine! Será que ele é realmente tão bruto?

– Se madame soubesse como me chamo, ia dar uma boa risada. Meu prenome é Bruto.

– Não há nisso nada de ridículo. Bruto é um nome como qualquer outro, e o senhor não é bruto.

– Muitíssimo obrigado pelo cumprimento. Gostaria de beijar a mão da senhora. E, se a nossa conversa continuar assim, madame, beijarei mesmo a sua graciosíssima mãozinha.

– Ora, ora, se alguém nos ouvisse, poderia crer...

– Não me acanho, madame. E não preciso me acanhar. Como já disse, diante dessas maravilhosas cadeiras, perdão... dessas maravilhosas mãos... Madame já se decidiu por algum desses conjuntos? Será esse aí, não é?

– Mas antes o convido para almoçar comigo.

– Madame faria de mim o homem mais feliz do mundo. Mas, sendo apenas um pobre balconista, tenho de lhe pedir desculpas. O chefe...

– Ele não lhe pode proibir coisa alguma.

– A madame está enganada. A mãe dele tem mais força do que dez chefes. E o senhor Gross também não é fácil não!

– Mas que tipo de homem é ele? Nem sequer é homem! Em comparação com ele, até meu marido lá em casa é muito mais homem. Então, o que resolveu o senhor? Estou quase achando que não lhe agrado.

– Não diga isso, madame. Mostre-me um homem que não goste da senhora. Aposto o que quiser que não encontrará ninguém, porque simplesmente não existe. Amaldiçoo minha sina cruel, madame. O chefe jamais permitiria a um empregado como eu um triunfo desses. "O quê?", dirá ele. "A freguesa sai com um mísero balconista e subitamente é surpreendido pelo senhor seu marido. O senhor seu marido, perdão, vai ficar furioso. Há de explodir um escândalo sensacional. O balconista voltará à loja, mas a freguesa não. Quem terá o prejuízo? Eu. Que saidinha mais cara!", dirá o chefe. É o ponto de vista dele, madame. A senhora conhece a canção do "Pobre gigolô, belo gigolô"? Ela diz: "E se a dor te oprime o coração...". Não convém ir mais longe. Madame vai ficar satisfeita com essas camas.

– Já vejo que o senhor não quer. Pago o almoço, ora essa!

– Oh, se madame tivesse tempo hoje à noite. Mas posso imaginar que nesse ponto o senhor seu marido é inexorável. Devo dizer que o compreendo muito bem. Se eu tivesse a sorte de ser o esposo de uma linda mulher... Nenhuma palavra, minha belíssima senhora, seria suficiente para expressar a intensidade de meus sentimentos. "E, se a dor te oprime o coração, não te darei licença, não!" O segundo verso é de minha autoria. Tenho uma grande ideia, madame. Vou escrever uma canção sobre a senhora, sobre como se deita na cama nova, só de pijama, com os maravilhosos qua... Madame, perdoe, mas eu não vou mais adiante. Posso pedir à senhora para me acompanhar ao caixa?

– Nem pense nisso. Antes vamos almoçar juntos.

O sr. Gross escutara o diálogo com crescente indignação. Por que teima Grob em usar como pretexto a pessoa do chefe, em vez de ficar feliz da vida pelo convite daquela matrona? Esses balconistas têm megalomania, todos eles! Toda noite, há uma garota a aguardá-lo na porta da loja, uns brotinhos, poderiam ser filhas dele. Aquela 'mãe' vai sair sem comprar a mobília. Nenhuma "mãe" admite que alguém rejeite um convite seu. Grob toma liberdades excessivas. Começa a bancar o manda chuva na casa. Hoje é quarta-feira. Por que não poderá um Gross ser o chefe numa quarta-feira também?

Enquanto aguçava os ouvidos, sentia aumentar o seu ânimo. Parecia-lhe que a "mãe", que lá fora discutia obstinadamente com o balconista, no fundo referia-se a ele próprio. Quanto à pessoa de Gross, afinava ao diapasão de todas as mães. Que deveria ele dizer a Grob? Se falasse demais, receberia certamente uma resposta desaforada, era quarta-feira, e perderia um bom negócio. Se não falasse bastante, podia ser que Grob não o entendesse. O melhor seria dar uma ordem ríspida. Olhar a cara da matrona, enquanto o fizesse? Não. Era preferível plantar-se à sua frente, de costas para ela. Ao defrontar os dois, Grob talvez se mostrasse mais respeitoso.

Gross aguardou mais algum tempo, até se certificar de que não haveria um acordo amigável entre ambos. Cautelosamente, levantou-se da cadeira do escritório e, com dois passos largos, alcançou a porta envidraçada. Abriu-a de golpe e, passando por ela a cabeça, que era a parte mais volumosa de seu corpinho, gritou com sua voz esganiçada:

– Pode ir, Grob!

A intervenção do chefe fez com que seu pretexto, usado centenas de vezes, ficasse atravessado na garganta.

Therese virou-se bruscamente.

– Pois então – sussurrou ardorosamente. – Eu não lhe disse?

Ela teve vontade de brindar o chefe com um olhar cheio de gratidão, antes de saírem para o almoço. Mas o senhor Gross voltara a sumir no escritório.

Nos olhos de Grob despontava um brilho hostil. Sarcasticamente, eles se fixavam na saia engomada. Teve todo o cuidado em não olhar para Therese. Nesse instante, a manteiga derretida de sua voz provavelmente teria um gosto de queimado. Sabendo disso, Grob permaneceu calado. Só quando chegaram à porta da loja, ele a fez sair em primeiro lugar, movendo o braço e a boca mecanicamente:

– Tenha a bondade, caríssima madame.

Mobilização

Há longos anos, o prédio nº 24 da Ehrlichstrasse estava a salvo da visita de mendigos e mascates. Em seu cubículo, logo ao lado do saguão de entrada, o zelador permanecia à espreita, todos os dias, pronto para apanhar qualquer intruso decadente. Pessoas que pensavam encontrar nesse edifício alguma alma compassiva tremiam de medo ao depararem com o olho mágico, embaixo do qual se lia: *Porteiro*. Cada vez que passavam por ele, inclinavam-se profundamente, como se tivessem recebido uma grande esmola e expressassem sincera gratidão. Mas tal precaução era debalde. O zelador não prestava nenhuma atenção ao olho mágico. Notava a presença dessa gente muito antes de elas rastejarem por baixo dele. Tinha um método particular, já comprovado. Como policial aposentado, era astuto e experiente. Conseguia ver perfeitamente aqueles sujeitos através de outro olho mágico, que não era o que eles tentavam evitar.

Meio metro acima do chão, furara ele a parede do cubículo, para obter um segundo olho mágico, e ali, de onde ninguém o pressentia, ficava de joelhos, a vigiar. Para ele, o mundo era formado de calças e saias. As que os moradores do prédio usavam, conhecia muito bem. Quanto às estranhas, classificava-as segundo o corte, o valor e a distinção. Nesse pormenor, procedia com a mesma perícia que outrora demonstrara quando se tratava de prender alguém. Raras vezes se enganava. Ao surgir um indivíduo suspeito, estendia, ainda ajoelhado, o braço curto e vigoroso em direção à maçaneta da porta, a qual – outra invenção do zelador – estava colocada em lugar diferente do normal. O ímpeto com que se levantava fazia com que a porta se abrisse. Em seguida, partia para descompor o sujeito e surrá-lo, até deixá-lo quase morto. No dia 1º de cada mês, quando recebia sua aposentadoria, permitia a todos que entrassem livremente. As pessoas interessadas, conhecendo esse hábito, iam aos enxames ao encontro dos habitantes do prédio, que já sentiam a falta dos mendigos durante todo o mês. Nos dias 2 ou 3 do mesmo mês, um ou outro ainda lograva passar, ou pelo menos não tinha de enfrentar o mesmo tratamento cruel dos outros. A partir do dia 4, porém, só os novatos tentavam a sorte.

Em virtude de um pequeno incidente, Kien travara amizade com o zelador. Certa tarde, ao regressar de um passeio, encontrou o saguão às escuras. Súbito, alguém o insultou aos berros:

– Vou entregar você à polícia, seu bosta fedorento!

De um pulo, o zelador saíra do cubículo e agarrara-o pela garganta. Esta ficava a grande altura e não era fácil alcançá-la. O homem deu-se conta do grave equívoco em que incorrera e, envergonhado, sentindo periclitar seu prestígio, rogou a Kien que entrasse no quartinho, onde lhe explicou o segredo de sua invenção. A seguir, deu ordem a seus quatro canários para cantarem, mas eles não estavam com vontade. Kien começou a compreender a quem devia sua tranquilidade. (Fazia alguns anos, mendigo algum tinha tocado a campainha do apartamento.) O homenzarrão robusto, forte como um touro, mantinha-se muito perto dele, no seu compartimento apertado. Kien prometeu uma gratificação mensal a esse sujeito que, à sua maneira, lhe era útil. A importância proposta ultrapassava o total das gorjetas dadas pelos demais moradores. O zelador, de tanta alegria, teve ganas de esmurrar as paredes do cubículo com seus punhos cobertos de pelos ruivos, a fim de mostrar ao seu benfeitor o grau de reconhecimento que este merecia. Contudo, conseguiu dominar os músculos e limitou-se a declarar:

– Pode confiar em mim, professor! – E abriu de par em par a porta que conduzia ao vestíbulo.

A partir desse instante, nenhum morador do edifício se teria atrevido a falar sobre Kien sem atribuir-lhe o título de 'professor', embora este não tivesse direito a ele. Inquilinos novos tinham de inteirar-se imediatamente dessa obrigação, de cujo cumprimento o zelador fazia questão cerrada, se é que quisessem continuar habitando no prédio.

Mal Therese saíra do apartamento, para passar o dia inteiro fora, Kien engatou a corrente da porta. Tentou saber a data. Era dia 8. Já passara o começo do mês. Não precisava recear a presença de mendigos. Nesse dia, Kien desejava gozar de uma tranquilidade ainda maior que em outras ocasiões. Preparava-se para uma festa. Por essa razão, insistira em que Therese saísse. O tempo seria escasso. Às seis, depois de fecharem as lojas, ela reapareceria. Os preparativos, por si só, requereriam horas. Seria preciso executar diversos trabalhos braçais. Durante a faina, ele poderia esboçar mentalmente o discurso oficial, que se tornaria um prodígio de erudição, nem excessivamente árido nem muito popular, entretecido de alusões e acontecimentos atuais: o tipo de resumo dos resultados obtidos no curso de uma vida, que os quarentões gostam de fazer. Pois, nesse dia, Kien ia abandonar o silêncio habitual.

Depositou numa cadeira o casaco e o colete e apressadamente arregaçou as mangas da camisa. Se bem que desprezasse peças de roupas, costumava protegê-las do contato com os móveis. Em seguida, jogou-se na cama, dando gargalhadas e rilhando os dentes. Esta lhe parecia estranha, embora dormisse nela toda noite. Em seu foro íntimo, achava aquele móvel mais e mais vulgar.

– Como vai você, minha amiga? – gritou. – Você se refez totalmente!

Desde a véspera, andava muitíssimo bem-humorado.

– Mas agora saia! E já, compreendeu?

Com ambas as mãos, agarrou a armação pela cabeceira e pôs-se a empurrá-la. O monstro nem se mexia. Kien encostou os ombros nele, na esperança de melhor êxito no segundo ataque. A cama deu um estalo, mas, evidentemente, tinha apenas a intenção de zombar dele. Kien suspirava, gemia, socava-a com os joelhos. O empreendimento ia além de suas escassas forças. Ele estremeceu. Apesar de se sentir tomado por uma imensa cólera, procurou resolver o assunto em bons termos.

– Seja sensata! – pediu em voz suave. – Você vai voltar depois. É só para hoje. Hoje é meu dia livre. Ela não está em casa. Por que tem medo? Ninguém vai roubá-la.

As palavras que desperdiçava para apaziguar uma peça de mobília custavam-lhe tamanho esforço que se esquecia de empurrá-la. Insistiu demoradamente com o móvel. Enquanto isso, seus braços pendiam para baixo, fatigados e doloridos. Assegurou à cama que não lhe queria mal, que apenas nessa hora não necessitava dela. Suplicou que tivesse alguma compreensão. Afinal, quem dera, no outro dia, ordem para que ela fosse comprada? Ele, Kien. Quem fornecera o dinheiro para a aquisição? Também ele, e com prazer. Acaso não a tratara desde então com o mais elevado apreço? Só por consideração para com ela, fizera propositadamente como se não a visse. Nem sempre uma pessoa está disposta a demonstrar o respeito que sente. A ira, no entanto, passa, e o tempo cura quaisquer feridas. Seria ela capaz de censurá-lo da menor manifestação de hostilidade? Quanto aos pensamentos, bem, estes ficavam isentos de fiscalização. E ele prometia-lhe o retorno ao lugar conquistado, garantia, jurava.

Quem sabe se a cama não teria acabado por ceder? Kien, porém, transferiu para a alocução toda a sua energia, de modo que, para os braços, não sobrava nada, absolutamente nada. A cama obstinava-se, indiferente e muda. Kien ficou furioso.

– Ó pedaço de lenha insolente! – gritou. – A quem pertence você, afinal? – Impelido pelo desejo de desabafar, ansiava por castigar o móvel atrevido.

Eis senão quando se lembrou do poderoso amigo que era o zelador. A passo alado, saiu do apartamento. Desceu pela escada, como se esta tivesse apenas dez e não cem degraus, e retirou do seu cubículo os músculos que a ele próprio faltavam.

– Preciso do senhor! – O som da voz e a forma do corpo despertavam na mente do zelador a associação com um trombone. O homem dava preferência a clarins, já que possuía um, mas seu grande amor pertencia aos instrumentos de percussão. Enquanto acompanhava Kien, limitou-se a bradar:

– Oh, essas mulheres!

Pois estava firmemente convicto de que teria de investir contra a esposa do professor. A fim de ter motivo para desejar isso, afirmava a si próprio que ela já estava de volta, uma vez que observara a saída dela através do olho mágico. Odiava-a, porquanto Therese, apesar de ser uma reles governanta, tinha agora direito ao tratamento de "sra. professora". Com relação a títulos, o zelador era incorruptível, como convinha a quem fora funcionário público. Tirava partido do fato de ele mesmo ter promovido Kien a professor. Desde a morte de sua filha tuberculosa, não repreendia uma mulher. Vivia sozinho. Sua profissão cansativa nem lhe deixava tempo para as fêmeas, nem lhe permitia fazer conquistas. Ocorria-lhe passar a mão por baixo da saia de alguma criadinha, para beliscar-lhe a coxa. Executava, porém, tal ato com tamanho vigor que logo estragava por completo suas chances já de si exíguas. Nunca surgia a possibilidade de surrar alguma delas. Havia anos, almejava a oportunidade de esmurrar novamente uma carne feminina qualquer. Tomou a dianteira, batendo alternadamente na parede com um dos punhos e no corrimão da escada com o outro. Assim se exercitava um pouco. Devido ao barulho, os vizinhos abriam as portas e contemplavam a dupla desigual, porém concorde: Kien, em mangas de camisa, e o zelador, de punhos cerrados. Ninguém ousava proferir palavra. Apenas se trocavam olhares seguros, atrás das costas dos dois. Quando o zelador estava em dia agressivo, nem as moscas tinham coragem de zunir na escadaria, e o mais pontudo dos alfinetes evitaria cair.

– Onde está ela? – gritou ele jovialmente, quando chegaram ao patamar. – Vamos logo liquidar esse caso.

Foi conduzido ao gabinete de trabalho. Mantendo-se no limiar da porta, com um sorriso cheio de maliciosa satisfação, o professor levantou o indicador comprido e apontou a cama, dizendo:

– Leve isso para fora!

O zelador encostou diversas vezes as espáduas no móvel, a fim de avaliar a resistência que encontraria. Esta lhe parecia bastante reduzida. Desdenhosamente, cuspiu nas mãos, antes de enfiá-las nos bolsos. Não tinha necessidade delas. Em seguida, apoiou a cabeça na armação da cama e num instante empurrou-a para fora.

– É o que se chama cabecear – brincou.

Cinco minutos após, todos os móveis do apartamento encontravam-se no corredor.

– Livros não lhe faltam – tartamudeou o dono do obsequioso crânio. Queria resfolegar-se sem que ninguém notasse, e por isso dizia alguma coisa, sem falar mais alto do que uma pessoa normal. Dito isso, foi embora. Já na escada, depois de tomar alento, berrou em direção à porta do apartamento: – Se o senhor precisar outra vez de alguma coisa, professor, pode contar comigo.

Kien achava desnecessário dar uma resposta. Até se esqueceu de engatar a corrente. Com um único olhar roçou a multidão de trastes que jaziam empilhados no corredor escuro, como um monte de bêbados desacordados. Evidentemente, eles não sabiam que pé pertencia a quem. Se alguém lhes aplicasse umas chicotadas nas costas, certamente se poriam em ordem. Agora, seus inimigos estavam ali, pisando um no pé do outro e arranhando-se mutuamente as cabeças envernizadas.

Com grande cautela, para não profanar a cerimônia com ruídos desagradáveis, fechou atrás de si a porta do gabinete. Audacioso, deslizava ao longo das estantes. Carinhosamente, apalpava os dorsos dos livros. Arregalava os olhos larga e convulsivamente, para que não piscassem. Sentia-se tomado por uma espécie de êxtase, um êxtase alegre pela união há tanto tempo esperada. Na confusão inicial, proferiu palavras imprevistas e incoerentes. Dirigindo-se aos livros, disse que acreditava na lealdade deles. Deviam sentir-se em casa. Tinham caráter. Assegurou-lhes que os amava. Pediu que não levassem a mal o que fizera. Tinham toda razão de se melindrar, uma vez que ele se apossava deles pela força brutal. Mas já não se fiava exclusivamente em seus olhos, desde que os usava de maneira diferente. Segredou-lhes que isso era uma coisa que só revelava a eles, porque eram discretos. Duvidava dos olhos, como também duvidava de muitas outras coisas. Dúvidas dessa espécie provocariam o júbilo de seus inimigos, e ele os tinha muitos. Não queria citar nomes. Pois esse dia era um dos grandes dias do Senhor. Por isso, convinha perdoar. Reinstalado em seus direitos, queria amar.

Quanto mais se encompridavam as fileiras pelas quais passava, quanto mais intacta e completa se erguia a velha biblioteca, mais ridículos se lhe afiguravam os inimigos. Como podiam eles atrever-se a dilacerar um organismo, uma vida por meio de portas? Mas nenhuma tortura tinha sido capaz de consumar esse ato. Na realidade, os livros continuavam invictos, apesar de serem agrilhoados traiçoeiramente, apesar dos tormentos que lhes foram infligidos no curso de tristes, terríveis semanas. Uma atmosfera saudável animava os membros outra vez unidos de um só corpo, e estes se alegravam por estarem finalmente juntos. O corpo tomava alento, e o dono do corpo também respirava profundamente.

No entanto, as portas ainda oscilavam em suas dobradiças, perturbando a solenidade do momento e imiscuindo-se prosaicamente entre ele e os livros. De algum lugar vinha uma corrente de ar. Ele olhou para cima. As claraboias estavam abertas. Com ambos os braços, Kien agarrou a primeira das portas internas. Tirou-a dos gonzos – como tinham aumentado as suas forças! –, levou-a para o corredor e depositou-a na cama. As outras tiveram o mesmo destino. Em seguida notou que numa cadeira que o zelador por engano levara para fora, embora fizesse parte da escrivaninha, ainda estavam pendurados o casaco e o colete. Só então se deu conta de ter iniciado a cerimônia em mangas de camisa. Um tanto envergonhado, vestiu-se corretamente, antes de retornar à biblioteca, agora bastante mais calmo.

Compungido, desculpou-se pelo seu comportamento anterior. A alegria induzira-o a desrespeitar o programa preestabelecido. Só uma pessoa ordinária se aproximaria sem mais aquela de sua bem-amada. Uma alma de valor não se dá ares de grande homem diante dela. Não havia a menor necessidade de asseverar uma afeição que era óbvia. A uma bem-amada concedia-se a proteção necessária, sem maiores gabolices. Podia-se abraçá-la em momentos solenes e não apenas nos de embriaguez. O genuíno amor confessa-se diante do altar.

Era precisamente isso que Kien tencionava fazer agora. Depois de empurrar a velha e leal escada até um lugar apropriado, escalou-a às avessas, de modo que as costas tocavam nas prateleiras, a cabeça no teto e o prolongamento das pernas, ou seja, os pés da escada, no assoalho. Os olhos abrangiam todo o recinto. Em seguida, dirigiu à sua bem-amada biblioteca a seguinte alocução:

– Há algum tempo, para sermos mais exatos, desde que uma potência estranha irrompeu na nossa vida, ventilo a ideia de alicerçar a nossa relação numa base sólida. Vossa existência está garantida por contrato mas, segundo acredito, somos bastante inteligentes para não nos iludirmos quanto ao perigo que vos ameaça, não obstante aquele pacto juridicamente inatacável.

– Não preciso chamar-vos à memória os pormenores da antiquíssima e gloriosa história de vossos sofrimentos. Seleciono um único fato, a fim de demonstrar-vos cabalmente que o amor e o ódio moram muito perto um do outro. Na história de um país ao qual todos nós devotamos igual veneração, de um país onde sempre se vos tributava atenção sobre atenção, carinho sobre carinho, e até mesmo o culto sagrado que mereceis, houve um acontecimento horroroso, um crime de dimensões míticas, cometido contra vós por um poderoso demônio, por sugestão de um conselheiro muito mais diabólico ainda. No ano 213 a.C., por ordem do imperador chinês Shi-Hoang-Ti, usurpador brutal que ousou arrogar-se os títulos de "o Primeiro, o Sublime, o Divino", foram queimados todos os livros existentes na China. Esse celerado, cruel e supersticioso, era por demais inculto para compreender a importância dos livros que continham argumentos contra o seu regime despótico. Seu primeiro-ministro Li-Si, embora criado entre os livros, e portanto desprezível traidor, conseguiu, mediante hábil arrazoado, levá-lo a essa medida estranha. Simples conversas sobre o clássico cancioneiro e o clássico manual de história chinesa eram punidas de morte. Queria-se exterminar a tradição oral junto com a palavra escrita. Excluída do confisco permanecia apenas uma pequena minoria de livros; podeis imaginar de que se tratava: obras de medicina, farmacologia, adivinhação, agricultura e arborização; numa palavra, somente a ralé dos tratados práticos.

– Confesso que ainda hoje me sobe ao nariz o cheiro de queimado daqueles dias. Pouco adiantava que três anos tocasse o merecido destino àquele bárbaro imperador. Ele morreu, sim, mas os livros defuntos não tiraram proveito disso. Estavam para sempre consumidos pelo fogo. No entanto, não quero deixar de mencionar o que aconteceu ao renegado Li-Si logo depois do trespasse do imperador. O sucessor do potentado, percebendo o caráter pérfido do primeiro-ministro, alijou-o do cargo que este mantivera por mais de trinta anos. O homem foi algemado, encarcerado e condenado a sofrer mil bastonadas. Não lhe perdoaram nenhuma. Por meio de torturas, conseguiram que confessasse os crimes cometidos. Além do assassínio de centenas de milhares de livros, pesavam na sua consciência ainda outras atrocidades. Uma tentativa posterior de revogar a confissão malogrou totalmente. Na praça pública da cidade de Hien-Yang, Li-Si foi serrado em duas partes, lentamente, ao longo do corpo, porque assim o suplício levava mais tempo. O derradeiro pensamento dessa fera sanguinária dirigiu-se à caça. Depois disso, ele nem sequer se envergonhou de rebentar em pranto. Toda a sua prole, desde os filhos até um bisneto de apenas sete dias, tanto as mulheres quanto os varões, foi extirpada. Mas, em vez de sofrerem a morte por holocausto, tal como seria justo, obtiveram o privilégio de serem simplesmente decapitados. Nenhuma estirpe conservou a recordação do chacinador Li-Si, e isso na China, país da família, do culto dos ancestrais, das lembranças pessoais. Unicamente a História o fez, essa História que aquele patife, mais tarde partido em dois, tivera a intenção de destruir.

– Cada vez que leio na obra de um historiador chinês a descrição da queima dos livros, costumo compulsar também todas as fontes existentes com respeito ao edificante final de vida do chacinador Li-Si, e que felizmente tem sido narrado por muitos. Somente depois de vê-lo morrer dezenas de vezes sob a serra, consigo repousar e adormecer.

– Frequentemente me pergunto, cheio de mágoa, por que tal atrocidade teve de acontecer precisamente na China, terra prometida de todos nós. Os nossos inimigos, que nunca esmorecem, costumam citar a catástrofe do ano 213 cada vez que encomiamos as revelações vindas da China. E nós só podemos replicar que também lá o número de pessoas cultas é reduzidíssimo, em comparação com a multidão dos outros. Às vezes, a lama do pântano dos analfabetos submerge os livros e seus eruditos autores. Nenhum país do mundo está garantido contra os fenômenos da Natueza. Por que se pretende da China uma coisa impossível?

– Sei que o susto daqueles dias ainda circula em vosso sangue, da mesma forma que o de muitas outras perseguições. O que me impele a vos falar dos mártires de vosso glorioso passado não é nem crueza do coração nem tampouco falta de sensibilidade. Não, apenas desejo alertar-vos e solicitar vossa ajuda na realização das medidas que devemos tomar para enfrentarmos o perigo.

– Se eu fosse traidor, bem poderia fazer uso de belas palavras, a fim de vos iludir quanto à iminente catástrofe. Mas eu próprio sou responsável pela situação em que nos encontramos. Tenho suficiente força de caráter para confessar isso diante de vós. Se me perguntásseis como pôde acontecer que eu me omitisse a tal ponto – e tendes pleno direito de indagar –, precisaria responder, ruborizado: descuideime porque me descuidei do nosso grande mestre Meng, que disse: "Eles agem e ignoram o que estão fazendo; têm seus hábitos e não sabem por quê; caminham através de toda a sua vida e, no entanto, desconhecem a sua senda; assim são eles, os homens da massa".

– A cada instante e sem nenhuma exceção, convém precavermo-nos contra a massa. Eis o que o mestre nos comunica nesse trecho. A massa é perigosa, porque não tem cultura e por isso não tem siso. Ora, uma única vez ocorreu-me antepor a preocupação com vossos corpos e o tratamento humano que se vos deve aos conselhos do mestre Meng. Essa minha falta de previsão nos trouxe graves prejuízos. O caráter, e não o espanador, faz o homem.

– Mas guardemo-nos de cair no extremo oposto. Por enquanto, não se vos danificou nenhuma letra, e eu jamais me perdoaria se alguém pudesse censurar-me o relaxamento de cumprir as obrigações que tenho para convosco. Se um de vós tiver qualquer queixa, que se apresente.

Fazendo uma pausa, Kien olhou em redor, numa atitude de desafio e ameaça. Também os livros permaneciam calados. Já que nenhum deles dava um passo à frente, Kien prosseguiu o discurso cuidadosamente preparado:

– Contei com esse resultado de minha exortação. Vejo que continuais fiéis a mim. Uma vez que mereceis confiança, pretendo revelar-vos os planos de nossos inimigos. Mas antes tenho de transmitir uma interessante e importante notícia, que sem dúvida vos causará espanto. No decorrer de uma inspeção geral, verifiquei que na parte da biblioteca que foi ocupada pelo inimigo houve deslocamentos ilícitos. A fim de evitar que nas vossas fileiras pudessem surgir confusões ainda maiores, não dei voz de alarme. Para contradizer, desde já, quaisquer boatos suscetíveis de criar pânico, declaro solenemente que até agora não temos baixas a lamentar. Empenho minha palavra de honra, ao afirmar que a assembleia aqui reunida está completa e tem *quorum* para funcionar. Ainda somos capazes de nos armar para a nossa própria defesa, como organismo incólume, compacto, um por todos e todos por um. Pois o que ainda não aconteceu, talvez aconteça, no futuro. O dia de amanhã poderá desfalcar nossas fileiras.

– Sei o que o inimigo planeja obter por meio desses deslocamentos. Quer dificultar-nos o controle das nossas forças. Pensa que não nos atreveremos a anular suas conquistas no território ocupado, de modo que, fiando-se no nosso desconhecimento da situação atual, e ainda antes da declaração de guerra, possa executar sequestros não percebidos por nós. Podeis ter certeza de que ele se apossará em primeiro lugar dos mais nobres dentre vós, daqueles pelos quais poderá exigir o mais alto resgate. Jamais lhe virá a ideia de utilizar os reféns no combate contra os próprios camaradas destes. Conhece as suas reais possibilidades de sucesso e, para guerrear, necessita de dinheiro, dinheiro e mais dinheiro. Para ele, os acordos vigentes são apenas um pedaço de papel.

– Se quereis ser tirados de vossa terra e dispersados por todas as partes do mundo como escravos, cujo preço se fixa e que são apalpados e adquiridos, aos quais não se dirige a palavra, que mal são ouvidos quando prestam seus serviços, escravos cujas almas ninguém procura desvendar, que são possuídos mas nunca amados, escravos que o dono deixa apodrecer, a não ser que os revenda com lucro, escravos que ele usa, porém não compreende – se quereis tal destino, conservai-vos inertes e entregai-vos ao inimigo! Entretanto, se ainda tendes em vosso corpo um coração destemido, uma alma intrépida, um espírito generoso, levantai-vos a meu lado para travarmos a guerra santa!

– Não superestimeis as forças do inimigo, ó meu povo! Haveis de esmagá-lo entre vossas letras; vossas linhas serão clavas que se abaterão sobre sua cabeça; vossos caracteres se transformarão em pesos de chumbo presos a seus pés; vossas capas são arneses que vos protegem contra ele. Dispondes de milhares de ardis suscetíveis de enganá-lo, milhares de redes nas quais podereis apanhá-lo, milhares de raios que o fulminarão, ó meu povo, vigor, grandeza, sabedoria de séculos!

Novamente, Kien se interrompeu. Exausto e extasiado, agachou-se na escada. Suas pernas tremiam, ou talvez fosse a escada? As armas glorificadas por ele executavam uma dança guerreira diante de seus olhos. Corria sangue. Já que era sangue de livros, Kien sentiu-se acometido de náuseas terríveis. Cumpria-lhe, todavia, não desmaiar, não perder a consciência. Eis senão quando desencadeou-se um turbilhão de aplausos, como se uma tempestade se abatesse sobre um bosque frondoso. De todos os lados vinham jubilosas aclamações. Pelas palavras proferidas, ele reconhecia uma ou outra obra: a fala *dela*, a voz *dela mesma*. Sim, estes eram seus livros, seus amigos, seus companheiros leais. Eles estariam ao seu lado na guerra santa! Subitamente, uma força tornou a endireitá-lo na escada. Kien fez diversas mesuras e, desorientado devido à emoção, colocou a mão esquerda sobre o lado direito do peito, ali onde, não mais do que no outro, ele não tinha o coração. As palmas não cessavam. Tinha a impressão de embeber-se delas com os olhos, os ouvidos, o nariz, a língua, com toda a epiderme úmida, eletrizada. Nunca pensara que pudesse pronunciar um discurso tão exaltador. Lembrava-se de como ficara nervoso antes de iniciá-lo. As desculpas que pedira a seu auditório tinham sido consequência de sua insegurança, e isso o fez sorrir.

No intuito de pôr fim às ovações, desceu da escada. No tapete, notou uma poça de sangue. Apalpou o rosto. Aquela agradável umidade provinha de sangue. Nesse momento, recordou-se de que por algum tempo estivera deitado no chão. Ao recobrar a consciência, em virtude da tempestade de aplausos, voltara a alcançar o topo da escada. Correu à cozinha na ânsia de sair da biblioteca, uma vez que, possivelmente, o sangue já manchara alguns livros. Lavou-se cuidadosamente, removendo quaisquer marcas vermelhas. Preferia que ele mesmo estivesse ferido e não um de seus camaradas. Reconfortado, vibrante de novo ânimo belicoso, retornou ao campo de batalha. O turbilhão de aplausos emudecera. Somente o vento assobiava melancolicamente pelas claraboias. A essa altura, não temos tempo para lamentações, pensou Kien, senão vamos cantá-las em breve na beira dos rios da Babilônia. Com ímpeto fogoso, galgou a toda a pressa a escada e, crispando o rosto, a fim de arvorar uma expressão extremamente severa, bradou em voz de comando, que fez estremecer de medo as vidraças da claraboia:

– Folgo em ver que todos vós voltastes à razão a tempo e a hora. O entusiasmo não basta para ganharmos a guerra. De vossa aprovação deduzo que estais dispostos a lutar sob a minha chefia. Declaro, pois, o seguinte:

"1. Nós nos encontramos em estado de guerra.

"2. Traidores serão julgados sumariamente.

"3. O comando será centralizado. Sou o comandante em chefe, líder único e oficial supremo.

"4. Ficam abolidas todas e quaisquer desigualdades resultantes do passado, da reputação, do tamanho e do valor dos combatentes. A democratização do exército manifestar-se-á claramente pelo fato de que, a partir de hoje, todos os tomos terão os dorsos contra a parede. Tal medida intensificará o nosso sentimento de solidariedade, como também privará o inimigo, tão ignorante quanto rapace, de seus meios de avaliação.

"5. A senha é Kung."

Com isso, Kien encerrou a breve proclamação. Não prestou atenção ao efeito de suas palavras. O sucesso do discurso bélico anterior aumentara nele a confiança em seu poder. Sabia-se apoiado pelo afeto unânime de todas as suas forças armadas. Sem pedir mais do que aquela demonstração de conformidade, passou a agir.

Retirou um a um todos os volumes e os colocou de costas para a parede. Enquanto assim sopesava na mão todos os seus velhos amigos – às pressas, obviamente, sem interromper o trabalho –, entristecia-o a necessidade de relegá-los ao anonimato de um exército preparado para a guerra. Alguns anos antes, nada poderia tê-lo induzido a cometer um ato tão cruel. *À la guerre comme à la guerre*, justificou-se Kien perante si próprio e suspirou.

Os discursos de Gautama Buda, de índole altamente pacífica, ameaçaram em voz branda se recusar a prestar o serviço militar. Mas Kien bradou, dando uma risada sarcástica:

– Tentai fazer isso, quero ver!

Mas, por mais confiantes que soassem essas palavras, ele não se sentia muito seguro. Pois os mencionados discursos enchiam dúzias de tomos. Lá se achavam eles enfileirados, uns ao lado dos outros, em páli, em sânscrito, em traduções chinesas, japonesas, tibetanas, inglesas, alemãs, francesas, italianas, um regimento inteiro, uma força que impunha respeito. Essa atitude afigurava-se a Kien como pura hipocrisia.

– Por que não me comunicastes mais cedo essa vossa decisão?

– Nós não vos aplaudimos, senhor nosso.

– Poderíeis ter feito apartes.

– Calamo-nos, senhor nosso.

– É típico de vós! – tornou ele, impedindo qualquer réplica ulterior.

Porém o aguilhão do silêncio de todos esses tomos prosseguia ferindo-o dolorosamente. Quem, senão ele, Kien, erigira, fazia decênios, o silêncio em princípio supremo da vida? E quem o fizera compreender o valor do silêncio, quem dera o rumo decisivo da sua evolução? Buda, o Iluminado. Este quase sempre permanecia calado. Talvez devesse sua glória justamente a seus longos silêncios. Não tinha predileção pelo saber. Ao receber perguntas de toda espécie, mantinha-se mudo ou dava a entender que não valia a pena responder – o que, naturalmente, provocava a suspeita de que não soubesse a resposta. Pois aquilo que ele sabia, sua famosa cadeia das causalidades, forma primitiva da lógica, era aplicado por ele próprio a cada instante. Quando não se calava, sempre dizia as mesmas coisas. Se extirpássemos dos discursos as parábolas, o que sobraria? Justamente a cadeia das causalidades. Um pobre de espírito! Um espírito que engordou de tanta inércia. Pode-se imaginar um Buda magro? Há silêncios e silêncios!

Para vingar-se desses inauditos insultos, Buda conservou-se calado. Kien apressou-se em virar os discursos, a fim de sair daquela atmosfera desmoralizante e derrotista.

Propusera-se uma tarefa difícil. É fácil tomar decisões belicosas. Contudo, em seguida, surge o problema de conservar coesos todos os indivíduos. Os que por princípio refutavam toda e qualquer guerra constituíam, na realidade, uma minoria. A mais intensa resistência opunha-se ao ponto quatro do manifesto, o da democratização do exército, que seria a primeira medida prática. Que enorme quantidade de vaidades teriam de ser vencidas! Os tolos preferiam ser roubados a renunciar ao seu prestígio particular. Schopenhauer manifestou sua vontade de viver. Depois da morte, esperava-o o pior de todos os mundos possíveis. Antes de mais nada, recusava ele terminantemente combater lado a lado com Hegel. Schelling, repetindo suas tradicionais acusações, afirmava a identidade da doutrina de Hegel com a sua própria, que, segundo ele, era mais antiga. Fichte clamava heroicamente: "Eu!". Immanuel Kant defendia a paz eterna ainda mais categoricamente do que fizera em tempos de vida. Nietzsche, em tom de declaração, enumerou todos os seus pretensos títulos: Dioniso, Anti-Wagner, Anticristo, Salvador. Outros se intrometiam, abusando desse momento, logo desse momento crítico, para se queixarem da negligência que lhes coubera como sorte. Finalmente, Kien virou as costas ao fantástico pandemônio da filosofia alemã.

Esperava refazer-se com o apoio dos franceses, menos grandiosos e talvez um pouco claros demais. Entretanto, o que recebia era uma saraivada de malícias. Eles zombavam da ridícula figura dele. Diziam que ele fazia a guerra por não saber servir-se de seu próprio corpo. Diziam que sempre se mostrara modesto e por isso agora passava a humilhar a eles, no intuito de enaltecer a si mesmo. Afirmavam que esse era o jeito de todos os enamorados: criavam uma oposição imaginária para que pudessem vencê-la. Atrás da guerra santa, havia apenas uma mulher, uma governanta inculta, velha, imprestável, insípida. Kien enfureceu-se.

– Não sois dignos de mim! – exclamou, raivoso. – Abandono-vos todos ao vosso destino!

– Vá procurar os ingleses! – aconselharam eles. Estavam por demais preocupados com sua espirituosidade para arriscarem uma luta séria com Kien. O conselho era útil.

Entre os ingleses, achou o que necessitava nesse momento: o sólido terreno dos fatos, no qual eles sempre se davam muito bem. As objeções que faziam, as poucas que sua fleuma lhes permitia, eram sóbrias, proveitosas e bem pensadas. É verdade que, ao fim, não puderam evitar uma acusação ponderada. Por que usara ele para a senha uma palavra tirada de um idioma de gente de cor? Ao ouvir isso, Kien se levantou de um pulo e descompôs os ingleses também.

Amaldiçoou a sina que lhe reservava decepção sobre decepção.

– É melhor ser um cule do que comandante em chefe gritou. Deu ordem de silêncio a seus milhares de infantes. O trabalho de virá-los a todos levou horas. Teria sido fácil golpear-lhes levemente os flancos, mas Kien não se atrevia a tirar todas as consequências do novo regulamento disciplinar. Não feria ninguém. Fatigado e carrancudo, terrivelmente desanimado, mais por persistência do que por convicção, já que eles lhe haviam solapado a fé, arrastava-se ao longo das estantes. Para as prateleiras mais altas recorria ao auxílio da escada, mas também esta o tratava sem carinho e até com hostilidade. Diversas vezes ela saltava do trilho e obstinadamente se deitava no tapete. Kien, com os braços fininhos, débeis, erguia-a, e a labuta se lhe tornava cada vez mais dura. Ele já não tinha suficiente orgulho para insultá-la como ela merecia. Quando a galgava, devotava especial cautela aos degraus, para que estes não lhe pregassem peças. Sua situação tornou-se tão precária que ele tinha de transigir até com a escada, uma simples auxiliar. Terminada a mudança de posição dos livros da antiga sala de jantar, Kien contemplou a obra de seus braços. Intercalou três minutos de descanso, que passou estendido no tapete, arfando, com o relógio na mão. Em seguida, pôs-se a enfrentar a peça vizinha.

A morte

A caminho de casa, Therese deu livre curso à sua indignação, rememorando os acontecimentos dessa tarde.

Convidou o sujeito para almoçar com ela e em paga ele se tornou impertinente. Acaso ela lhe solicitava algum favor? Ora, não precisava correr atrás de moços desconhecidos. Era uma senhora casada, e não uma criadinha dessas que saem com o primeiro que se oferece.

No restaurante, ele logo apoderou-se do cardápio. Perguntou o que devia pedir "para nós". Então ela cometeu a bobagem de insistir: "Mas quem paga sou eu!". Quanta coisa não pediu o sujeito! Ela teria vergonha de se comportar assim na presença de toda aquela gente. E ele ainda jurava ser um cavalheiro distinto, que não nascera para ser apenas um pobre balconista. Quando ela o consolava, acrescentou: "Pois é, mas em compensação tenho sorte com as mulheres". Em seguida, explicou que isso, todavia, pouco lhe adiantava, que necessitava de um capital, um capital não muito grande, porém suficiente, pois, como todo mundo, queria trabalhar por conta própria. E as mulheres não dispunham de capital nenhum, só tinham pequenas economias. Com bagatelas assim não se podia abrir uma loja. Outros talvez o fizessem, mas ele não, porque queria tudo ou nada. Mixarias não lhe bastavam.

Antes de avançar no segundo escalope, disse, agarrando-lhe a mão:

– Esta é a mão que me ajudará a encontrar minha fortuna. – Então fez-lhe cócegas, nisso o rapaz era um mestre. E nunca ninguém dissera a ela que podia trazer sorte. Perguntou então se ela não tinha vontade de ser sua sócia num negócio.

– Mas onde arranjou o senhor, de um momento para outro, o dinheiro necessário?

Ele deu uma risada e respondeu que quem lhe daria o capital era sua amante.

Ela sentiu o sangue subir-lhe à cabeça de tanta raiva. Para que tinha ele uma amante, quando ela estava a seu lado? Não era ela, Therese, tão boa como qualquer outra?

– Quantos anos tem sua amante? – indagou.

– Trinta – respondeu ele.

Ela perguntou se a moça era bonita.

– É a mais bonita de todas – afirmou ele.

Então ela pediu para ver uma fotografia dela.

– Como não, num instante. Às ordens. – E subitamente enfiou-lhe um dedo na boca, um dedo tão lindo, tão carnudo! – É essa aí! – disse.

Como ela não reagia, pôs-se a acariciar-lhe o queixo. Que sujeito atrevido! Embaixo da mesa, fez qualquer coisa com a perna. Apertou a dela. Onde já se viu uma coisa dessas? E com os olhos fixos em sua boca, murmurava que estava ardendo de amor. Queria saber quando poderia experimentar aqueles quadris maravilhosos. Que ela tivesse confiança nele. Conhecia o negócio. Com ele, não perderia nenhum vintém.

Ela replicou que amava a verdade mais do que qualquer outra coisa. Por isso, achava conveniente confessar logo que era uma mulher sem capital. Seu marido casara-se com ela por amor.

– Eu era uma simples empregada, assim como você. A você posso dizê-lo.

E, quanto àquela coisa de "experimentar", seria preciso dar um jeito. Admitiu que também ela tinha muita vontade.

– Assim são as mulheres, disse. – Normalmente eu não sou assim, mas dá para fazer uma exceção. Não pense que preciso de você. Na rua, todos os homens se voltam para me olhar.

Confirmou, porém, que também ela sentia alegria com a possibilidade de um novo encontro. Seu marido costumava recolher-se à meia-noite em ponto. Adormecia logo. Era metódico até nisso. E havia lá um quarto separado, no qual em outra época dormia a empregada. Esta já saíra do emprego.

– E eu não suporto meu marido, pois quero ter a minha tranquilidade. Ele só me incomoda e, na realidade, nem é homem! Por isso, prefiro dormir sozinha no quarto que antigamente pertencia à empregada. À meia-noite e quinze, vou descer com a chave do portão e deixarei você entrar. Não precisa ter medo. O zelador tem sono de pedra. Fica cansadíssimo, depois de trabalhar o dia todo. E eu durmo sempre sozinha. Estou comprando mobília do quarto apenas para dar à casa uma aparência decente. Tempo não me falta. Vou dar um jeito para que você possa vir todas as noites. Uma mulher também quer gozar a vida. Mais dia menos dia a gente faz quarenta anos, e acabou-se a festa.

– Ótimo – disse ele e prometeu que despacharia seu harém. Quando estava apaixonado, fazia tudo pela mulher. Mas seria preciso que ela, em compensação, pedisse ao marido que pusesse o dinheiro à sua disposição. Ele, Grob, só o aceitaria das mãos dela e nunca de outra mulher, uma vez que à noite o aguardavam a felicidade suprema, o êxtase do amor.

Ela objetou que amava a verdade mais do que qualquer outra coisa e por isso preferia informá-lo desde já. Seu marido é avarento e não dá nada a ninguém. Não abre mão de coisa alguma, nem sequer de um livro. Se ela tivesse o capital necessário, logo o empataria nesse negócio. Qualquer mulher acreditaria na simples palavra de Bruto e confiaria num homem como ele. Que não deixe de vir. Ela aguarda ansiosamente a sua visita. Antigamente existia um belo provérbio que rezava: "O tempo é o melhor remédio". Toda a gente tem de morrer um dia. É o nosso destino. Ela não se casou com aquele velhote por amor. Convém pensar no futuro.

Eis que ele, por baixo da mesa, afastou o pé.

– Está tudo bem, minha cara – disse. – Porém quantos anos tem esse seu marido?

– Já passou dos quarenta, disso tenho certeza – respondeu Therese.

Nesse instante, ele retirou a outra perna também e, levantando-se, exclamou:

– Tenha paciência, madame, mas acho isso escandaloso.

Ela implorou que voltasse a comer. Não é por culpa dela, mas o marido parece um esqueleto e, sem dúvida alguma, não goza de boa saúde. Todas as manhãs, ao sair da cama, espera encontrá-lo morto. Mas, quando entra para lhe trazer o café, ainda está vivo.

– Com minha mãe, benza-a Deus, foi a mesmíssima coisa. Aos trinta, já andava doente, e faleceu aos setenta e quatro. E só porque morreu de fome! Coisa incrível, aquela bruxa esfarrapada!

A essa altura, o moço tornou a depositar o garfo e a faca no prato. Afirmava que não queria comer mais nada, que tinha medo. De início recusava-se a dizer o motivo, mas depois abriu a boca para explicar:

– Como é fácil envenenar uma criatura humana! Nós, por exemplo, estamos sentados aqui, felizes e alegres, antegozando as delícias de uma noite de amor. Mas o dono do restaurante ou um garçom deita, por pura inveja, algum pozinho secreto na nossa comida, e logo mais nós dois já nos encontramos na fria sepultura. Então, acaba-se o sonho de amor, ainda antes de alcançarmos o auge do prazer. Não acho, no entanto, que eles se atreverão a fazer uma coisa dessas, uma vez que num estabelecimento público ela viria à luz imediatamente. – Ele, porém, se estivesse casado, viveria aterrorizado. As mulheres são capazes de tudo. Ele as conhece melhor que a seu próprio bolso, por dentro e por fora, não só os quadris e as coxas, se bem que estes, para um entendido, sejam a melhor parte delas. As mulheres são "jeitosas". Primeiramente, esperam até que o testamento corresponda em todos os seus pormenores às suas intenções; em seguida, dispõem do marido a seu bel-prazer. Por cima do cadáver ainda quente estendem a mão ao fiel amante, para novas núpcias. Este, por sua vez, retribui naturalmente a gentileza, e nada vem à luz.

Ela, porém, não ficou devendo a resposta. Nunca faria uma coisa dessas. É mulher honesta. E às vezes essas coisas vêm à luz, apesar dos pesares. Então trancafiam a gente. Estar trancafiada não convém a uma mulher que se preza. Muita coisa poderia ser melhor, se não metessem as pessoas logo no xadrez. Não se pode nem levantar um dedo. Basta que se descubra uma coisinha de nada, e já vem a polícia para prender a gente. Não lhes importa que uma mulher talvez não aguente essa vida. Têm de meter o nariz em tudo. Por que querem saber como uma esposa vive com seu marido? A esposa deve suportar qualquer coisa. A esposa não é um ser humano. E se o marido não serve para nada? Será que aquilo pode ser chamado de homem? Não é homem, nunca na vida! Não fará falta a ninguém. Melhor seria que o amante pegasse de um machado e desse um golpe na cabeça dele enquanto dormisse. Mas aquele sujeito sempre fecha a porta à noite, porque tem medo. O amante deve encontrar um jeito de fazer isso com suas próprias mãos, uma vez que acha que nada virá à luz. Ela, por si mesma, não o fará. É mulher honesta.

Nesse ponto, o moço interrompeu-a. Que não falasse tão alto. Que ele lamentava esse deplorável mal-entendido. Queria ela insinuar, por acaso, que ele tentara instigá-la a envenenar uma pessoa? Ele é uma boa alma e seria incapaz de fazer mal até a uma mosca. É justamente por isso que todas as mulheres o adoram.

– Elas sabem o que é bom – respondeu ela.

– Eu também – tornou ele, e subitamente se levantou para tirar do cabide o sobretudo dela. Fez como se ela estivesse com frio, mas, na realidade, tencionava apenas beijá-la na nuca. Os lábios desse rapaz são macios, tal e qual sua voz. Em seguida, ele disse: – Gosto de beijar uma bela nuca. Pense bem naquele assunto.

Depois de sentar-se novamente, deu uma risada:

– É assim que se faz a coisa. Gostou? Mas agora temos de pagar a conta.

Ela pagou os dois almoços. Por que cometera essa besteira? Tudo estava tão bem encaminhado. Mas na rua começou a complicação. Por muito tempo ele ficou calado e ela não sabia como reiniciar a conversa. Quando chegaram à casa de móveis, Grob perguntou:

– Sim ou não?

– Mas claro, está combinado. À meia-noite e quinze em ponto!

– Eu falo do capital – disse ele.

Ingenuamente, ela lhe deu uma bela resposta:

– O tempo é o melhor remédio.

Então, ambos entraram na loja. Ele desapareceu nos fundos. De repente, surgiu o chefe e disse:

– Bom proveito. Amanhã de manhã entregaremos o quarto. Ou não está de acordo?

– Estou sim – respondeu ela. – E prefiro pagar já.

O chefe recebeu o dinheiro e passou o recibo. Nesse momento, o moço interessante voltou dos fundos e lhe disse na cara, em voz alta, na presença de todos:

– Para a função de seu amante, a senhora terá de escolher outra pessoa, madame. Tenho ofertas de outras mais jovens. E muito mais bonitas do que a madame...

Ela saiu da loja às pressas e fechou a porta com raiva. Na rua, perante todos os transeuntes, começou a chorar.

Será que pediu alguma coisa dele? Ela lhe paga a refeição, e ele se mostra insolente. É uma senhora casada. Não tem necessidade de correr atrás de outros homens. Não é nenhuma criadinha que sai com qualquer um. Poderia ter dez em cada dedo. Na rua, todos os homens se viram quando ela passa. E quem tem culpa de tudo isso? O marido! Ela anda de cá para lá pela cidade, a fim de comprar móveis para ele. E, em vez de receber agradecimentos, ainda tem de aturar insultos. Por que não vai ele fazer as compras? Mas esse homem não presta para nada. O apartamento é dele, afinal de contas. Por isso, pelo menos deveria se interessar pelos móveis que serão colocados à frente de seus livros. Ela tem uma santa paciência. Aquele sujeito pensa que pode tratar a esposa a pontapés. A gente lhe dedica o maior carinho, e ele permite que a esposa seja insultada em público. Suponham que uma coisa dessas aconteça à esposa daquele moço simpático! Mas este não tem esposa. Por que não tem? Porque é homem. Um homem de verdade não tem esposa. Não se casa antes de ser algo na vida. Aquele sujeito lá em casa não é nada. O que pretende ser? Apenas um esqueleto! Dá a impressão de estar morto. Para que vive uma criatura dessas? E continua viva! Um indivíduo como ele simplesmente não presta. Apenas priva os outros de um bom dinheirinho.

Ela entrou na casa. O zelador apareceu na porta de seu cubículo e gritou:

– Hoje há novidades, senhora professora.

–Vamos ver – respondeu ela, e desdenhosamente lhe deu as costas.

Ao chegar ao último andar, abriu a porta. Ninguém se mexia. No saguão estavam empilhados todos os móveis. Sem fazer barulho, descerrou a porta da sala de jantar. Assustou-se terrivelmente. As paredes, de repente, tinham outro aspecto. Antes eram marrons, agora são brancas. Acontecera alguma coisa. Mas o quê? Na peça vizinha, ela constatou a mesma alteração. Na terceira, aquela que devia ser transformada em quarto de dormir, percebeu finalmente o que ocorrera. Aquele homem virara todos os livros!

Livros devem estar colocados de tal forma que seja possível agarrar a lombada deles. Só assim se pode espaná-los. De outro modo, não é possível tirá-los da prateleira. Para ela, tanto faz. Já anda farta desse interminável trabalho de espanar cada um. Para espanar a biblioteca é preciso contratar uma empregada. Dinheiro não falta a ele. Para móveis, ele gasta à larga. Melhor seria se desperdiçasse menos. A dona da casa também tem um coração no peito.

Andou à procura dele, a fim de atirar-lhe isso na cara. Achou-o no gabinete de trabalho. Lá jazia ele no chão, estatelado sob a escada, que ultrapassava um pouco a sua cabeça. O lindo tapete, ao redor, estava manchado de sangue.

Não é nada fácil tirar manchas de sangue. O que deverá ela usar para obter o melhor efeito? Ele nunca pensa na trabalheira que dá aos outros. Teve muita pressa e por isso caiu da escada. Exatamente como ela disse: esse homem não tem boa saúde. Aquele moço interessante deveria vê-lo. O acidente não lhe causa alegria; isso não. Mas, que morte é essa? Quase sente compaixão desse homem. Ela gostaria de trepar na escada e levar um tombo fatal. Tamanha imprudência, onde já se viu? Durante oito anos, todo santo dia, ela subiu e desceu a escada para espanar os livros. Alguma vez aconteceu-lhe alguma coisa? Uma pessoa séria segura-se bem. Para que fazia ele essas besteiras? Agora os livros pertencem a ela. Nessa peça, ele só virou a metade. Eles representam um capital, dizia o homem. Devia conhecer o valor, uma vez que foi ele quem os comprou. Ela não mexerá no cadáver. Teria muito trabalho com a escada pesada, e poderia ter encrencas com a polícia. Melhor deixar tudo no lugar. Não é por causa do sangue. Com ele não se importa. Nem se pode falar de sangue. Onde é que um homem desses tem sangue? Manchas de sangue ele pode fazer, mas só isso, nada mais! Ela tem pena é do tapete. Em compensação, agora tudo lhe pertence, e esse belo apartamento também vale ouro. Os livros, ela os venderá logo. Quem teria imaginado ontem uma coisa dessas? Mas assim é a vida. Num dia, o sujeito tem o topete de dizer desaforos à esposa, e no outro, de súbito, cai morto. Ela sempre achou que isso ia terminar mal. Mas ele lhe proibia que falasse. Um sujeito desses pensa que além dele não há mais ninguém no mundo. Deitar-se à meia-noite e ainda incomodar a esposa, isso não se faz! Um homem decente deita-se às nove e deixa a mulher em paz.

Por compaixão com a desordem em que se encontrava a escrivaninha, Therese encaminhou-se a ela. Acendeu a lâmpada da mesa e pôs-se a procurar um testamento em meio à papelada. Supunha que ele, antes do tombo, o tivesse colocado cuidadosamente bem por cima.

Tinha certeza de ser a herdeira universal, já que nunca ouvira falar de nenhum parente. Contudo, nos apontamentos eruditos que leu de fio a pavio, não se fazia menção de dinheiro. Sempre que topava com páginas cobertas de caracteres estranhos, separava-as sistematicamente. Elas deviam ter muito valor e poderiam ser vendidas mais tarde. Certa vez, durante uma refeição, ele lhe dissera que aquilo que escrevia valia ouro, mas que o ouro não lhe interessava.

Depois de uma hora de meticulosa procura e leitura, constatou, indignada, que ali não existia nenhum testamento. Ele não preparara coisa alguma. Até o último minuto, permanecera igual, um homem que só pensava em si mesmo e não se preocupava com a esposa. Entre suspiros, resolveu devassar o interior da escrivaninha também, todas as gavetas, uma após outra, até que aparecesse o testamento. Mas já o primeiro puxão decepcionou-a profundamente. A escrivaninha estava fechada a chave. Ele sempre trazia as chaves na algibeira. Que história mais aborrecida! E agora? Ela não podia retirar nada. Se por acaso tocasse no sangue, a polícia poderia pensar qualquer coisa. Aproximou-se o mais possível do cadáver. Inclinou-se sobre ele, mas não conseguiu descobrir a posição dos bolsos. Tinha receio de se ajoelhar simplesmente. Nos momentos críticos, costumava despir a saia. Dobrou-a corretamente e colocou-a num canto distante do tapete. Em seguida, pôs-se de joelhos, a um passo do cadáver. Para ter mais firmeza, apertou a cabeça à escada e, bem devagar, enfiou o indicador esquerdo no bolso direito dele. Não avançou muito. Ele se achava numa posição pouco propícia. Parecia-lhe sentir, bem nos fundos do bolso, alguma coisa dura. Nesse momento, lembrou-se, apavorada, de que talvez houvesse sangue na escada também. Levantou-se depressa e levou a mão à testa. Não encontrou sangue nenhum. Mas a frustrada procura do testamento e das chaves acabou por tirar-lhe o ânimo.

– Preciso fazer alguma coisa – disse em voz alta. – Não é possível deixá-lo assim deitado no chão.

Vestiu novamente a saia e foi chamar o zelador.

– O que é que há? – perguntou ele em tom ameaçador. Não permitia tão facilmente que uma criatura ordinária o importunasse no seu trabalho. Além disso, não compreendeu o que ela lhe disse, pois Therese falava bem baixinho, como convém na presença de um defunto.

– O senhor me desculpe: ele está morto!

Eis que ele entendeu. Recordações remotas começaram a agitar-se nele. Estando aposentado havia muito, não lhes deu confiança imediatamente. Só aos poucos suas dúvidas deram lugar à certeza de que se descortinava para ele um crime maravilhoso. E, com a mesma lentidão, mudou a sua atitude. Tornou-se inofensivo e manso, como naqueles dias, quando na polícia lhe cabia apanhar um bicho todo especial. Quase parecia magrinho. Os urros ficavam trancados na sua garganta. Os olhos, que normalmente fitavam duramente o adversário, retraíam-se docilmente aos cantos, para dali espreitarem. A boca tentou esboçar um sorriso, dificultado pelo bigode rijo, encerado, por demais basto. Mas dois dedos grossos intervinham lealmente, imprimindo às comissuras da boca uma espécie de sorriso.

A assassina está acabrunhada. Não dá nenhum sinal de vida, enquanto ele, trajando seu uniforme, apresenta-se aos juízes para explicar-lhes como se deve agir num caso desses. É ele a testemunha principal nesse sensacional processo. O promotor público estará perdido sem ele. A assassina, logo depois de a entregarem a outras mãos, começou a negar tudo.

"Senhores!" diz ele em voz retumbante, e os jornalistas anotam cada palavra. "As pessoas precisam ser tratadas de modo especial. Também o criminoso é uma criatura humana. Estou aposentado há muito tempo. Mas, nas horas vagas, estudo o comportamento desses sujeitos, sua alma, como se diz. Basta tratar bem uma pessoa dessa classe e logo a assassina vai confessar o crime. Mas, atenção, senhores, se a tratarem com dureza, a assassina vai-se pôr a mentir descaradamente, e o Tribunal terá de arranjar as provas. No caso desse homicídio sensacional, podem contar comigo, senhores. Sou testemunha da acusação. Porém, pergunto-lhes, senhores, quantas testemunhas dessa qualidade existem? Sou a única. E agora prestem atenção. Essas coisas não são tão fáceis como pensam os senhores. Primeiramente, nos vem alguma suspeita. Então, a gente não diz nada e apenas observa cuidadosamente a criminosa." Na escada, começa-se a comentar:

– Foi um homem brutal.

Desde o momento em que o zelador se empenhara em mostrar aquela fisionomia gentil, Therese sentia-se terrivelmente assustada. Não sabia explicar a alteração havida. Queria fazer tudo para que ele voltasse a urrar. Não ia à frente dela, em passo marcial, como era seu hábito. Não, humildemente se mantinha a seu lado e, quando repetiu a pergunta, como para encorajá-la: "Um homem brutal, não é?", ela ainda não entendeu a quem se referia. Em outras ocasiões, era tão fácil entender as palavras do zelador. Para conseguir que ele voltasse ao seu costumeiro eu, ela disse:

– Sim.

Ele a acotovelou e, enquanto seus olhos lhe dirigiam um olhar astuto, incitou-a com todo o seu corpo à defesa contra a brutalidade do marido.

– Numa situação dessas, a gente se defende.

– Sim.

– Então, pode acontecer qualquer coisa.

– Sim.

– Num instante, o homem se vai.

– Pois é.

– São circunstâncias atenuantes.

– Circunstâncias, sim.

– A culpa é dele.

– Só dele.

– E se ele esqueceu de fazer um testamento.

– Isso seria o cúmulo!

– Mas a gente precisa de um pouco de dinheiro para viver.

– Precisa, sim.

– Para que usar veneno?

Nesse mesmo instante, Therese tivera a mesmíssima ideia. Já não proferia nenhuma palavra. Quis dizer que certo moço interessante tentara induzi-la a fazer aquilo, mas que ela se recusara. De um momento para outro, a gente teria encrencas com a polícia. Lembrou-se, no entanto, de que o próprio zelador fazia parte da polícia. Ele sabe tudo. Daqui a pouco vai dizer: "É proibido envenenar uma pessoa. Por que fez uma coisa dessas?". Contudo, ela não aguentará sem mais aquela essa acusação. A culpa é do moço interessante. Ele se chama Grob e é um simples balconista da firma Gross & Mãe. Primeiramente, insistiu em visitá-la em casa à meia-noite e quinze em ponto, só para incomodá-la. Depois, disse que pegaria um machado e mataria o marido na cama. Ela não aceitou nenhuma das suas propostas, tampouco a de usar veneno, e agora vêm essas encrencas. O que é que ela tem a ver com a morte do marido? O testamento lhe cabe por direito. Tudo pertence a ela. Esteve à disposição dele dia e noite. Trabalhou para ele como uma criada. Não era possível deixá-lo sozinho. Uma única vez, ela saiu para comprar uns móveis para o quarto dele. Pois o homem não entendia nada de móveis. E ele logo sobe na escada, leva um tombo e morre. Realmente, ela tem pena dele. Mas, afinal de contas, não é imoral que a esposa herde alguma coisa, ou é?

A cada andar, Therese recuperava aos poucos a velha coragem. Convencia a si mesma da sua inocência. Que a polícia viesse! Ela abriu a porta do apartamento, sentindo-se dona de tudo que estava guardado ali. O zelador percebeu muito bem a atitude despreocupada que ela de repente assumiu. Nele essas manobras não surtiam nenhum efeito. Ela já confessou. Ele antegozava a confrontação entre assassina e vítima. Therese deixou-o entrar antes dela. O zelador agradeceu, lançando-lhe um olhar ladino, mas não cessou de observá-la.

Num abrir e fechar de olhos, ainda na entrada do gabinete de trabalho, obteve uma ideia clara da situação. A mulher colocou a escada em cima do cadáver depois do crime. É impossível enganar um homem como ele, que conhece todos os truques.

"Senhores, eu me encaminho ao lugar do crime. Então me dirijo à assassina e lhe digo: 'Ajude-me a retirar a escada!'. Que os senhores não pensem que eu não posso levantar uma escada sozinho." (Ele mostrará o bíceps.) "Mas queria ver a cara da ré. O mais importante é a expressão da cara. Nela se percebe tudo. As pessoas mostram a cara."

Enquanto ainda ensaiava esse discurso, notou que a escada se movimentava. Ficou boquiaberto. Por um instante, lastimou que o professor estivesse com vida. As últimas palavras da vítima seriam capazes de privar a testemunha principal de grande parte da sua glória. Com um andar oficial, aproximou-se da escada e retirou-a com uma única mão.

Kien acabava de voltar a si. Contorcia-se de tanta dor. Fez uma tentativa de se erguer, mas não conseguiu.

– Ele não está morto! – gritou o zelador, voltando a seu eu costumeiro, e o pôs de pé.

Therese mal acreditava no que via. Somente quando Kien, um tanto encolhido, porém mais alto do que aquele que lhe servia de esteio, achou-se diante dela em posição ereta e disse em voz débil: "Essa maldita escada!", compreendeu que o homem estava vivo.

– Que infâmia! – exclamou. – Isto não se faz! Um homem decente não se comporta assim. Tenha paciência! A gente poderia crer...

– Cale a boca, sua bosta – interrompeu o zelador. – Vá buscar o médico. Eu vou deitá-lo na cama.

Depois de atirar o magro professor por cima do ombro, carregou-o até o corredor, onde se achava a cama em meio aos demais móveis. Enquanto o homem o despia, Kien não parava de explicar: "Não desmaiei, não!". Não queria aceitar o fato de ter perdido a consciência, nem que fosse por pouco tempo.

"Onde é que esse cabide tem músculos?", perguntou o zelador a si mesmo, incrédulo. A compaixão para com o desgraçado esqueleto fez com que se esquecesse da miragem da gloriosa cena do tribunal.

Entrementes, Therese foi buscar o médico. Na rua, tranquilizou-se aos poucos. Três peças pertenciam a ela. A esse respeito ela possuía uma declaração escrita. Só esporadicamente soluçava baixinho.

– Onde já se viu? Estar vivo depois de morrer! Onde já se viu?

O leito de enfermo

Depois daquele tombo feio, Kien ficou acamado durante seis semanas. Após uma de suas numerosas visitas, o médico falou com Therese em particular, para pô-la a par da situação:

– Dos cuidados da senhora dependerá se seu marido vai ou não sobreviver. Por enquanto, não posso fazer prognósticos definitivos. Ainda não vejo com clareza os pormenores desse caso um tanto estranho. Por que não me chamou antes? Com a saúde não se brinca.

– Meu marido sempre teve mau aspecto – replicou ela. – A ele nunca acontece nenhum mal. Conheço-a há oito anos. Como ficariam os médicos se ninguém adoecesse de repente?

Depois dessa constatação, o doutor não insistiu mais. Sabia que o paciente estava em boas mãos.

Mas Kien absolutamente não se sentia bem na cama. Contra a sua vontade, as portas tinham sido fechadas outra vez, permanecendo aberta unicamente a que dava para a peça vizinha, onde doravante dormia Therese. Desejava saber o que ocorria no resto da biblioteca. No começo, estava demasiado fraco para se levantar. Depois, conseguiu inclinar o tronco para a frente, não obstante as fortes pontadas que isso lhe causava, e dar uma olhada em parte da parede do quarto vizinho, onde, segundo lhe parecia, não houvera grandes alterações. Certo dia, arrastou-se para fora da cama e, a passo trôpego, alcançou o limiar.

Cheio de impaciência, bateu com a cabeça na beirada da ombreira, antes de lobrigar os livros. Caiu no chão e desmaiou. Therese encontrou-o em seguida, mas, para castigá-lo pela desobediência, deixou-o deitado ali durante duas horas. Então, puxou-o até a cama, colocou-o em cima do colchão e atou-lhe as pernas com uma corda forte.

No fundo, estava muito satisfeita com a vida que levava a essa altura dos acontecimentos. O quarto ficara bonito com os móveis novos. A recordação do moço interessante fazia com que ela os encarasse com certo carinho e gostasse de se deter nesse recinto. Conservava as demais salas fechadas a chave. Guardava as chaves num bolso secreto, costurado por ela expressamente com essa finalidade no interior da saia. Assim, carregava sempre consigo pelo menos uma parcela de suas posses. Entrava no quarto do marido quando bem lhe aprouvesse. Arrogava-se o direito de fazê-lo, já que era necessário cuidar dele. E realmente cuidava dele dia a dia, segundo as indicações do prudente e confiante médico. Enquanto isso, perscrutava o conteúdo da escrivaninha, sem, todavia, encontrar nenhum testamento. Pelos devaneios febris de Kien, soubera da existência de um irmão. O fato de ele tê-lo ocultado até então apenas reforçava nela a suspeita de propósitos fraudulentos. O tal do irmão existia tão somente para esbulhá-la, quando se tratasse de apanhar a herança que lhe cabia em virtude da árdua labuta que realizara. Sob o efeito da febre, o homem acabava de se trair. Ela não lhe perdoaria a maldade de ainda viver, apesar de, no fundo, já ter morrido, mas resolveu fazer vista grossa a essa omissão, uma vez que era preciso que Kien redigisse um testamento. Onde quer que estivesse, sempre parecia achar-se ao lado dele, pois falava ininterruptamente em voz tão alta que ele não podia deixar de ouvi-la a cada momento. Kien andava muito debilitado e, de acordo com os conselhos que lhe dera o médico, devia calar a boca. Dessa forma, ele não a incomodava, quando ela tinha vontade de lhe dizer alguma coisa. O linguajar de Therese aperfeiçoava-se no decorrer das semanas. Tudo quanto lhe passasse pela cabeça, ela o dizia com toda franqueza, enriquecendo o seu vocabulário de expressões que em outros tempos certamente tencionara usar, sem nunca pronunciá-las. Entretanto, silenciava sobre qualquer assunto relativo à morte dele. Limitava-se a aludir em termos gerais ao crime cometido pelo marido.

– Há certos homens que nem merecem que a esposa faça tantos sacrifícios para curá-los. A mulher faz tudo por seu homem, mas o que é que o homem faz pela mulher? O homem se comporta como se só ele existisse em todo o vasto mundo. É por isso que a mulher se defende e lhe lembra seus deveres. Omissões podem ser reparadas. Querer é poder. Devia ser obrigatório que ambas as partes fizessem logo os seus testamentos no Cartório de Registro Civil, para evitar que um passe fome quando o outro falecer. Todos têm de morrer um dia. É o destino das criaturas humanas. Acho que tudo deve estar bem organizado. Não tenho filhos, mas existo. E sou um ser humano! Não se pode viver só de amor. Homem e mulher formam uma parelha, afinal de contas. A mulher não é rancorosa, não. Não pode descansar nem por um minutinho, porque sempre precisa ver como vai o marido. Ele pode desmaiar mais uma vez, e então quem fica com as encrencas sou eu...

Depois de terminar a sua arenga, Therese voltava ao início. Dúzias de vezes, todo santo dia, dizia a mesmíssima coisa. Kien sabia o discurso dela de cor, palavra por palavra. Conforme as pausas intercaladas entre as frases, podia-se prever esta ou aquela variante que ela preferiria. A ladainha punha em fuga a capacidade de pensar. No começo, Kien procurava induzir seus ouvidos a movimentos de defesa, mas com o tempo eles se habituavam a certas convulsões improfícuas, executadas ritmicamente. Flácido e inerte, como lá jazia, não conseguia conduzir os dedos aos ouvidos para tapá-los. Certa noite, inopinadamente, cresceram-lhe pálpebras por cima das conchas auditivas. Podia abri-las e fechá-las à vontade, tais e quais as dos olhos. Centenas de vezes, dando boas risadas, punha-as à prova. Funcionavam, não deixavam passar nenhum som. Tinham chegado a propósito, perfeitas desde o primeiro instante. A alegria levou-o a beliscar as orelhas. Eis que acordou e verificou que as pálpebras das orelhas se haviam transformado em simples lóbulos. Tudo aquilo fora um sonho. "Que injustiça!", pensava ele. "Posso cerrar a boca a meu bel-prazer, e para que serve uma boca? Só para ingerir alimentos, e mesmo assim está cuidadosamente protegida. Mas as orelhas, as orelhas estão expostas a qualquer lenga-lenga!"

Cada vez que Therese se aproximava do leito, Kien fingia dormir. Se estivesse bem-humorada, ela diria: "Está dormindo". Em momentos de mau humor, porém, bradaria: "Que desaforo!". Não controlava suas disposições de ânimo. Estas dependiam do trecho do monólogo a que chegara em determinado instante. Vivia totalmente absorta em suas palavras. Quando dizia: "Omissões podem ser reparadas", sorria. Ainda que o homem que terá de reparar sua omissão esteja dormindo, ela há de cuidar dele até que fique bom, e querer é poder. Em seguida, ele poderá morrer outra vez. Mas, sempre que o homem se comportava como se só ele existisse em todo o vasto mundo, esse sonho do marido a exasperava ainda mais. A essa altura, mostrava-lhe que também ela era um ser humano e o despertava com o grito de "Que desaforo!". De hora em hora, atormentava-o para que lhe dissesse o saldo de sua conta bancária. Queria saber se o dinheiro estava depositado num único banco. Talvez fosse melhor não deixar tudo num lugar só. Quanto a ela, bem poderia ter uma parte num banco e outra em outro.

Desde o dia do acidente, do qual Kien não gostava de se lembrar, a suspeita de que Therese tivesse os livros em mira perdera a força. Kien percebia claramente que ela desejava obter um testamento no qual dispusesse exclusivamente do dinheiro. Justamente por essa razão, Therese permanecia para ele um mistério, embora a conhecesse muito bem, da primeira à última de suas palavras. A mulher tinha dezesseis anos a mais do que ele. Segundo todas as previsões possíveis, morreria antes dele. Que valor tinha esse dinheiro, que ela certamente nunca obteria? Se Therese, de um modo igualmente absurdo, procurasse apossar-se dos livros, poderia contar, não obstante a inimizade natural, com a compreensão dele. Mas o insistente, contínuo interesse pelo dinheiro que ela demonstrava constituía para ele um enigma. Dinheiro era a coisa mais impessoal, mais insignificante, mais desprovida de caráter que se podia imaginar. Bastava pensar na extrema facilidade com que ele mesmo o obtivera, por herança, sem mérito nem esforço.

Às vezes, a curiosidade vencia a sua reticência e o levava a reabrir os olhos, que ele fechava ao ouvir os passos da esposa. Esperava que se houvesse produzido alguma alteração nela, um gesto desconhecido, um olhar diferente, um som inaudito, que lhe revelassem por que Therese não parava de falar de testamentos e dinheiro. Ele se sentia mais à vontade quando encontrava para ela um lugar numa categoria em que cabia tudo o que ele, apesar de sua inteligência e cultura, não lograsse entender. Com relação aos loucos, Kien tinha uma ideia crua e simples. Costumava defini-los como pessoas que agiam do modo mais contraditório possível e todavia usavam para todos os assuntos as mesmas palavras. Segundo essa definição, Therese, ao contrário dele próprio, estava louca, sem a menor dúvida.

O zelador, que visitava o professor todos os dias, divergia dessa opinião. Daquela mulher ele certamente não receberia coisa alguma. Receios relacionados com a gratificação mensal começavam a preocupá-lo. O bom dinheiro parecia-lhe garantido enquanto vivesse o professor. Mas quem se podia fiar numa fêmea? Modificando o curso habitual do seu dia a dia, passava, todas as manhãs, uma hora inteira ao lado da cama de Kien, a fim de controlá-lo pessoalmente.

Therese levava-o para dentro, sem falar. Em seguida, saía do quarto, já que o considerava muito vulgar. Antes de se sentar, o zelador fixava na cadeira um olhar irônico. Ou dizia então: "Eu numa cadeira!". Ou dava no espaldar umas palmadinhas compassivas. Enquanto o homem estava sentado nela, a cadeira rangia e estalava como um navio que naufraga. O zelador desaprendera a permanecer sentado. Diante do seu olho mágico, mantinha-se ajoelhado. Ao surrar alguém, ficava de pé. Quando dormia, ficava deitado. Assim, não lhe sobrava tempo para se sentar. Sempre que a cadeira silenciava por um instante, o homem ficava inquieto e punha-se a olhar suas coxas com visível apreensão. Não, elas não pareciam mais fracas do que antes. Continuavam impressionantes. Somente quando voltavam a produzir ruídos, o zelador retomava o fio da alocução interrompida.

– A gente devia matar as mulheres a pancadas. Todas, sem exceção. Conheço as fêmeas. Tenho cinquenta e nove anos. Estive casado vinte e três, quase metade de minha vida. Sempre com a mesma mulher. Conheço as fêmeas. São todas umas criminosas. Pois sim, professor, basta que o senhor faça a conta das mulheres que envenenaram os maridos. O senhor tem aí seus livros, onde pode ler tudo isso. As mulheres são umas covardes. Sei o que digo. Quando um sujeito me diz desaforos, dou-lhe um soco que ele nunca vai esquecer. Bosta fedorento, miserável, digo então, deixe eu ver se tem coragem! Mas, quando se trata de uma mulher, ora bolas! Logo ela procura dar o pira. Aposto meus punhos que ela vai chispar, e olhe, professor, meus punhos valem ouro. A uma mulher posso dizer qualquer coisa, e ela não se mexe. Por que não se mexe? Porque tem medo. E por que tem medo? Porque é covarde. O senhor deveria ter visto as surras que dei em algumas fêmeas. Minha mulher passou a vida toda cheia de manchas azuis. E a coitada da minha filha! Gostei dela, realmente. Era um pedaço, como se costuma dizer. Com ela, comecei quando ainda era bem pequena. "Preste atenção", explicava à minha mulher, quando ela se metia a gritar cada vez que eu tocava na garota, "quando ela se casar, vai ter de viver com um homem. Agora que é jovem, pode aprender as coisas. Só assim não se mandará logo. Nunca a entregarei a um homem que não dê nela. Tenho nojo de molengas. Um homem precisa saber usar os punhos, e eu gosto dos meus." Mas acha o senhor que minhas palavras produziram o menor efeito? Absolutamente! A velha se colocava na frente da filha, e eu tinha de espancar as duas. Pois não admito que uma fêmea meta o bedelho nos meus assuntos. Comigo não! O senhor certamente ouviu como elas gritavam. Todos os inquilinos ficavam acordados e chegavam pertinho para escutar. Todo mundo me respeita nesse prédio. "Parem vocês", dizia eu, "então paro também." E elas não se mexiam. Por fim, eu fazia a prova para ver se berrariam outra vez. Era preciso que reinasse o mais completo silêncio. Com a mão direita eu ainda dava um tapa. Não paro de um momento para outro. Senão perco a prática. Sempre digo que dar uma surra é uma arte. A gente tem de aprendê-la. Um colega meu dá logo um soco na barriga. Quem o recebe cai no chão e não sente mais nada. Pois é, diz o colega, então posso bater nele à vontade. Ora, meu amigo, respondo, de que me adianta espancar um sujeito que não sente nada? Não dou socos numa pessoa inconsciente, porque ela não sente coisa alguma. Em toda a minha vida conservei esse princípio. Costumo dizer que um homem deve aprender a bater de tal forma que aquele que apanha nunca perca a consciência. Inconsciência é coisa que não deve ocorrer. É isso que se chama de arte de bater. Matar alguém a socos é coisa que qualquer um sabe fazer. É fácil. Basta dar um golpe assim, no crânio, e acaba a festa. O senhor acredita? Não sou convencido. Qualquer um pode fazer isso, é o que lhe digo. Até o senhor pode, professor. Talvez não agora, porque está moribundo...

Kien tinha a impressão de ver os punhos do homem crescerem durante a narrativa dos seus feitos heroicos. Ficavam maiores do que o homem do qual faziam parte. Em breve, encheriam todo o quarto. Os cabelos ruivos cresciam na mesma proporção. Espanavam energicamente os livros. O punho avançava até a peça vizinha, para esmagarem Therese na cama, onde ela se encontrava. De qualquer modo, o punho golpeava a saia, que se despedaçava com enorme fragor. "Como é bela a vida!", exclamou Kien em voz jubilosa. Sentia-se tão magro, tão insignificante que não precisava ter receio. Prudentemente, porém, tentou ocupar ainda menos espaço do que o normal. Ele era delgado como o seu lençol, e nenhum punho do mundo seria capaz de atingi-lo.

A robusta e leal criatura cumpria rapidamente com suas obrigações. Estava ali sentada, havia um quarto de hora apenas, e isso bastava para que Therese deixasse de existir. Nada podia resistir a tamanha força. Mas, infelizmente, esquecia-se de sair em seguida.

Sem nenhum propósito perceptível, quedava-se por mais quarenta e cinco minutos na cadeira. Não molestava os livros, mas, aos poucos, sua presença começava a causar um certo mal-estar em Kien. Um punho não devia falar tanto, senão nota-se que ele não tem nada a dizer. Sua única obrigação é bater. Depois de ter desferido seus golpes, cabe-lhe ir embora ou pelo menos silenciar. O punho, porém, pouco se importava com os nervos e os desejos de um enfermo. Prosseguia discorrendo enfaticamente sobre o seu tema exclusivo. É bem verdade que no começo ainda se restringia um pouco e, em consideração para com o professor, tratava demoradamente da índole criminosa das mulheres. Mas, ai de Kien! Esgotado o assunto das mulheres, sobrava tão somente o punho em si. Este continuava vigoroso como nos áureos tempos, apesar de já ter alcançado a idade na qual gostamos de nos abandonar a repetidas e pormenorizadas recordações. Desse modo, Kien inteirava-se de toda uma história gloriosa. Não tinha o direito de fechar os olhos, para que o punho não o amassasse completamente. As próprias pálpebras nas orelhas teriam sido inúteis, uma vez que não havia proteção contra esse tipo de urros.

Ao fim de metade da hora de visita, Kien gemia de dores antigas, aparentemente esquecidas. Desde a infância, jamais tivera firmeza nas pernas. No fundo, nunca aprendera a caminhar corretamente. Na aula de ginástica sempre caía da barra fixa. A despeito do comprimento das pernas, era o pior corredor do curso. Para os professores, a debilidade física do menino simplesmente contrariava a natureza. Em todas as matérias, Kien era o melhor da turma, graças à sua excelente memória. Mas do que lhe adiantava isso? Na realidade, devido a seu corpo ridículo, ninguém o respeitava. Davam-lhe inúmeras rasteiras, que invariavelmente o faziam tropeçar. No inverno, transformavam-no em boneco de neve. Atiravam-no ao chão e rolavam-no pela neve, até que seu corpo adquirisse a grossura normal. Esses eram os tombos mais gélidos, mas também os mais macios de sua vida. Quanto a eles, Kien guardava reminiscências contraditórias. Toda a sua existência fora uma cadeia ininterrupta de quedas. Ele se refizera delas. Não padecia de dores. Sofria grave e desesperadamente apenas quando começava a desenrolar no seu íntimo uma lista a cujo respeito mantinha, via de regra, o mais estrito sigilo. Tratava-se da lista dos inocentes livros que ele deixara cair, lista que representava o autêntico registro de seus pecados, o protocolo redigido com a mais absoluta precisão, no qual ficavam fielmente anotados dia e hora da respectiva queda. Então surgiam diante dele os arcanjos trombeteiros do Juízo Final, doze zeladores iguais ao de seu prédio, com as bochechas enfunadas e os braços musculosos. Dos instrumentos soprados por eles irrompia nos ouvidos de Kien o teor da lista. Malgrado, porém, o seu pavor, ele não podia deixar de sorrir, ao se lembrar do mísero naipe de sopros de Michelangelo. Estes se agachavam timidamente num cantinho, escondendo atrás de si suas trombetas. Humilhados em face desses atrevidos zeladores, depunham logo as compridas armas.

Na lista dos livros caídos, figurava sob o número 39 um tomo grosso, bem antigo, sobre *Armamentos e táticas dos lansquenetes*. O tijolo ainda estava caracolando escada abaixo, com estrondo retumbante, quando os zeladores trombeteiros se metamorfoseavam em lansquenetes. Kien sentia-se presa de imenso entusiasmo. O zelador era um lansquenete; sem dúvida! Com o corpo robusto, a voz tonitruante, a lealdade obtida a peso de ouro, a audácia que não temia nada, nem mesmo as mulheres, as fanfarronices e as vociferações ilógicas – um lansquenete perfeito!

A partir de então, o punho já não assustava Kien. Na sua frente, estava sentado um vulto histórico que lhe era familiar, do qual se sabia como ia agir ou deixar de agir. A incrível estupidez fazia parte de seu natural. Ele se comportava como convinha a um lansquenete. Um pobre coitado, tardiamente nascido, chegado ao mundo em pleno século XX, para ser lansquenete, para passar o dia inteiro num cubículo escuro, sem nenhum livro, totalmente solitário, enxotado da época para a qual fora criado e encalhado em outra, na qual sempre permaneceria um estranho! Na inofensiva distância do incipiente século XVI, o zelador se reduzia a nada, por mais que se exibisse. Para dominar uma criatura humana, basta classificá-la historicamente.

Às onze em ponto, o lansquenete se levantava. No que tangia à pontualidade, harmonizava inteiramente com o professor. Repetia as palavras proferidas no momento da chegada. Lançando à cadeira um olhar compassivo, afirmava:

Ela não quebrou!

A fim de comprovar o que acabava de dizer, dava com a mão direita uma palmadinha no assento, que aguentava pacientemente também isso.

– Não preciso pagar nada! – acrescentava, entre gargalhadas sonoras, provocadas pela ideia de ter de indenizar o professor por uma cadeira desmantelada.

– Não me dê a mão, professor! Eu seria capaz de esmagá-la. Adeusinho! E não mate sua mulher! Detesto caixões.

Belicosamente, espiava em direção à peça vizinha, ainda que soubesse que Therese não se achava ali.

– Eu prefiro as jovens. Olhe, a coitada de minha filha me servia muito bem. Por que não? Por que era minha filha? Era jovem, era mulher, e eu podia fazer com ela tudo o que queria, porque era eu o pai. Agora está morta, e aquele bucho continua vivo.

Saía do quarto, meneando a cabeça. Nunca e em nenhum outro lugar, a injustiça reinante neste mundo descortinava-se-lhe com tanta nitidez como nas horas que passava ao lado do professor. Quando estava de plantão no seu cubículo, não tinha tempo para meditações. Mas, cada vez que abandonava aquele sarcófago, para entrar nos altos recintos de Kien, acometiam-no ideias fúnebres. Recordava-se da filha. Diante dele jazia o falecido professor. Com os punhos desocupados, ele não se sentia suficientemente temido.

Na hora da despedida, o homem se afigurava a Kien simplesmente ridículo, a farda de lansquenete ficava-lhe indiscutivelmente bem, mas os tempos tinham mudado. Kien lamentava que seu método histórico não pudesse ser aplicado a todos os demais casos. Therese, por exemplo, não caberia em nenhum lugar na história das civilizações e dos barbarismos que ele conhecia.

A rotina dessas visitas decorria todos os dias, sempre na mesma sequência. Kien era por demais inteligente para abreviá-la. Antes que Therese estivesse derrubada e enquanto existisse uma meta justa, proveitosa para o punho, não havia motivos para receá-lo. Antes que o medo se tornasse tão violento que a lista secreta das dores viesse à tona, não se recordava ele dos lansquenetes e o zelador ainda não era um deles. Quando, às dez horas, o homem passava pela porta, Kien dizia de si para si, cheio de alegria: é um homem perigoso; ele vai despedaçá-la. Todo santo dia, rejubilava-se, ao prelibar o caso de Therese, e nos seus pensamentos enaltecia a vida, a cujo respeito já colhera certas experiências em outros tempos, sem que estas o tivessem induzido a louvá-la. Não omitia nem o Juízo Final nem as ocasionais zombarias dirigidas aos trombeteiros da Capela Sistina; ironias que, a essa altura, já estavam devidamente registradas e faziam parte obrigatória do currículo cotidiano. Talvez fosse unicamente tal descoberta, diariamente repetida, que lhe dava a força e coragem necessárias para aguentar o tédio, a rigidez e a opressão das longas semanas vividas sob o signo dessa mulher. Numa vida de pesquisador, as descobertas figuravam entre os acontecimentos grandiosos, essenciais. Presentemente, por estar acamado, sentia falta de seu trabalho. Eis por que se obrigava a descobrir sempre de novo o que era o zelador, a saber, um lansquenete. Precisava desse homem mais do que de pedaços de pão, dos quais comia muito pouco. Precisava dele como se fosse uma etapa de seu trabalho.

Durante as horas de visita, Therese estava ocupada. Era somente por necessitar de tempo que admitia em seu apartamento esse zelador, indivíduo ordinário, de cujas arengas já se inteirara logo da primeira vez. Fazia ela o inventário da biblioteca. O fato de o marido, naquele dia, ter virado os livros causava-lhe estranheza. Também receava que aquele irmão novo pudesse aparecer e levar consigo as obras mais valiosas. A fim de saber o que realmente havia ali e de evitar que a esbulhassem, empreendeu certo dia a importante faina, começando na sala de jantar, enquanto no quarto do enfermo o zelador falava mal das mulheres.

De alguns jornais velhos cortou as estreitas margens brancas e com elas aproximou-se dos tomos. Agarrou um deles, leu o título, pronunciou-o em voz alta e anotou-o numa das longas tiras de papel. Sempre que escrevia uma letra, repetia o título inteiro, para não esquecê-lo. Quanto mais sinais houvesse, quanto mais palavras tivessem de ser proferidas, mais se modificariam na boca de Therese. Consoantes brandas no início de um nome, tais como os b, d, g, tornavam-se cada vez mais duras. Tinha uma predileção por tudo que fosse duro, e não rasgar o papel de jornal com o lápis duro custava-lhe algum esforço. Seus dedos informes só produziam maiúsculas. Títulos longos, de caráter científico, agastavam-se porque não cabiam no espaço de uma margem à outra. Para cada livro, uma linha – assim decidira ela, para que se tornasse mais fácil somar o conteúdo de uma tira e obter uma aparência mais bonita. Ao alcançar o limite do papel, truncava o nome e mandava às favas o resto desnecessário.

Sua letra predileta era o o. Ainda possuía dos tempos de escola a prática na arte de escrever o o. A professora costumava dizer: "Vocês devem arredondar os o tão bem como Therese". Fora reprovada três anos seguidos, mas não tinha culpa disso. Caíra no desagrado da professora, só porque acabara por desenhar o o de forma mais bela do que esta. As alunas pediam que Therese escrevesse o o para elas; ninguém pedia isso à professora. Assim, ela conseguia agora formar ós muito pequenos, cujos círculos corretos e regulares como que se afogavam em meio aos vizinhos três vezes mais altos. Quando um título longo continha grande quantidade de ós, Therese verificava primeiramente quantos havia e, em seguida, escrevia todos ao fim da linha, aproveitando o espaço que sobrasse à frente deles para a anotação do título adequadamente reduzido.

Ao pé de cada tira completa, traçava uma linha e fazia a soma dos tomos. Guardava tudo na cabeça, porquanto tinha boa memória para algarismos, e tomava nota das somas para depois tirar a prova e verificar se dava o mesmo resultado.

De semana em semana, suas letras se tornavam menores e os ós também. Depois de ter preenchido dez tiras, costurou-as cuidadosamente na parte superior. Então guardou-as no bolso inferior da saia, ao lado das chaves, e o inventário de seiscentos e três volumes passou a constituir mais uma parcela laboriosamente obtida do seu patrimônio.

Após três semanas, aproximadamente, topou com o nome de Buda, que devia ser anotado inúmeras vezes. As consoantes brandas agradavam a Therese. Assim se deveria chamar aquele homem interessante, e não Bruto. Fechando os olhos, lá em cima da escada, sussurrou ela com toda a suavidade de que era capaz: "senhor Puda". Desse modo, a palavra que ela antes pronunciara com o som de "puta" convertia-se em "puda". Sentia-se conhecida daquele personagem e orgulhava-se disso, já que a fileira dos livros que tratavam dele não acabava nunca. Como ele sabia falar bem, e ainda tinha escrito tudo aquilo! Ela teria gostado de dar uma olhada nas páginas desses livros. Mas sobraria tempo para isso?

A presença do sr. Puda instigava-a a se apressar. Therese percebia que avançava muito devagar. Uma hora por dia não bastava. Resolveu sacrificar o sono. Passou na escada noites inteiras, sem dormir, lendo e escrevendo. Nem se lembrava de que pessoas decentes deviam cair na cama às nove horas. Na quarta semana, terminou o inventário da sala de jantar. Estimulada por seu êxito, criava gosto pela vida noturna e só ficava à vontade quando gastava muita luz elétrica. Suas atitudes para com Kien tornavam-se cada vez mais firmes. As frases habituais adquiriam entonações diferentes. Em geral, Therese falava mais espaçadamente, porém com ênfase e certa dignidade. As três peças, ele cedera a ela espontaneamente, mas os livros, Therese os obtinha por mérito.

Ao encetar a catalogação em seu próprio quarto, já não sentia o menor resquício de medo. Em pleno dia, enquanto o marido jazia acordado no quarto vizinho, subia a escada, apanhava uma tira de papel e cumpria com seu dever em relação aos livros. A fim de permanecer calada, cerrava os dentes. Já não tinha tempo para falar. Era preciso que se concentrasse, para evitar que lhe escapasse um livro e a faina tivesse de ser reiniciada. Sem esquecer o assunto principal, que era o testamento, prosseguia cuidando de Kien solícita e dedicadamente. Quando o zelador se achava com ele, Therese interrompia as suas atividades e retirava-se para a cozinha. De todo modo, aquele homem barulhento a teria perturbado em seu trabalho.

Na sexta e última semana de sua enfermidade, Kien começou a respirar um pouco mais aliviado. A exatidão de seus pressentimentos revelava-se falha. A mulher subitamente parava de falar e silenciava em meio à sua lenga-lenga. Daí por diante, somado o tempo, tagarelava apenas metade do dia. Como sempre, repetia ininterruptamente as mesmas frases. Mesmo assim, Kien estava preparado para quaisquer surpresas e aguardava ansiosamente algum acontecimento impressionante. Quando ela se calava Kien fechava os olhos, feliz da vida, e então adormecia realmente.

Jovem amor

No momento em que o médico lhe disse: "Amanhã poderá levantar-se", Kien sentiu-se curado. Contudo, não saltou logo da cama. Era noite, e ele tencionava iniciar sua vida de homem sadio às seis da manhã e de modo ordenado.

Iniciou-a no dia seguinte. Fazia anos que não se sentia tão jovem e robusto. Enquanto se lavava, teve repentinamente a impressão de dispor de músculos. O repouso forçado lhe fizera bem. Depois de fechar a porta que dava para o quarto vizinho, Kien, com o tronco entesado, sentou-se à escrivaninha. Seus papéis tinham sido mexidos, com certa precaução sem dúvida, mas de tal modo que Kien percebia claramente o que ocorrera. A ideia de ter de organizar aquilo alegrava-o. O contato com os manuscritos causava-lhe prazer. Um sem-número de trabalhos estendia-se à sua frente. Fora nesse lugar que a mulher procurara um testamento, enquanto a febre, imediatamente após o tombo, deixara-o em completa inconsciência. Por mais que as disposições de ânimo de Kien alternassem durante a enfermidade, um propósito conservara-se constante: não fazer nenhum testamento, apesar da insistência dela. Resolveu atacá-la asperamente, tão logo a avistasse, a fim de fazê-la recuar rápida e eficientemente para seus limites antigos.

Ao lhe trazer o café da manhã, ela quase disse: "A porta deve ficar aberta". Mas, uma vez que planejava um procedimento amável que lhe propiciasse o testamento e ignorava se ele estava bem ou mal-humorado, agora que saíra da cama, dominava-se para não irritá-lo prematuramente. Apenas se inclinou e colocou embaixo da porta um pedacinho de madeira, no intuito de evitar que ele pudesse fechá-la sem dificuldade. Tinha a intenção de se mostrar conciliadora e propunha-se chegar à sua meta por um desvio. Kien ergueu-se de um pulo. Encarando-a energicamente, explicou-lhe em voz cortante:

– Nos meus manuscritos, reina uma desordem incrível. Quero saber como aconteceu de a chave ir parar em mãos impróprias. Reencontrei-a no bolso esquerdo de minha calça. Lamento muito ter de suspeitar que alguém a tenha retirado indevidamente, para se aproveitar dela e em seguida devolvê-la.

– Seria o cúmulo.

– Pergunto pela primeira e última vez: quem mexeu na minha escrivaninha?

– Vejam só!

– Quero saber!

– Ora essa! Acha que roubei alguma coisa?

– Exijo uma explicação!

– Exigir qualquer um pode.

– Que significa isso?

– É assim que se diz.

– Quem?

– O tempo é o melhor remédio.

– A escrivaninha...

– É o que sempre digo.

– O quê?

– O bem-estar da gente depende da cama.

– Isso não me interessa.

– Ele disse que as camas são boas.

– Que camas?

– Essas camas de casal são maravilhosas.

– Camas de casal?

– É a expressão que se usa.

– Não levamos uma vida de casal!

– Será que me casei por amor?

– Eu preciso de minha tranquilidade!

– Um homem decente se deita às nove...

– Daqui em diante, esta porta permanecerá fechada.

– O homem põe e Deus dispõe.

– Essa doença me fez perder seis semanas inteiras.

– E a esposa se sacrificou dia e noite.

– Assim não podemos continuar.

– E que faz o marido para a mulher?

– Meu tempo é precioso.

– No Cartório de Registro Civil ambas as partes deveriam...

– Não farei testamento!

– Quem pensa em veneno?

– Um homem de quarenta anos...

– E uma mulher que parece ter trinta.

– Cinquenta e sete!

– Nunca ninguém me disse isso!

– Mas se pode ler na sua certidão de nascimento.

– Qualquer um sabe ler.

– Pois é.

– A esposa pode exigir que se ponha o preto no branco. Que outros prazeres tem ela na vida? Três salas pertencem à mulher, e o homem tem uma. Assim está escrito no papel. A mulher deixa o marido entrar, e o que fica dela? Por que fez essa besteira? É melhor ter as coisas por escrito. Prometer é fácil. De um momento para outro, o homem desmaia. Nem sequer se sabe qual é o banco dele. A esposa tem o direito de conhecer o banco. Sem o banco, ela recusa tudo. Diga-me se ela não tem razão! Que lhe adianta o homem, sem o banco? E o marido não lhe diz o nome do banco. Onde já se viu um homem que não diz o nome do banco? Não é homem. Um homem tem de dizer o nome do banco!

– Saia daqui!

– Todo mundo pode gritar "Saia daqui!". A mulher não tira nenhum proveito disso. O marido tem de fazer seu testamento. A esposa nunca pode saber o que vai acontecer. O homem não vive sozinho no mundo. A mulher existe também. Na rua, todos os homens se viram quando eu passo. Numa mulher, o que conta são os belos quadris. "Saia daqui!" é coisa que não se diz. O quarto fica aberto. Eu tenho as chaves das portas. Sem as chaves, o homem não pode fechá-las. Pode procurá-las em toda a parte. As chaves estão aqui!

E, batendo na saia, acrescentou:

– Lá onde o homem não quer meter a mão. Ou talvez queira, mas eu não permito.

– Saia daqui!

– A mulher salvou a vida dele, e depois o homem a manda sair. O homem já estava morto. Quem foi buscar o zelador? O homem? Ele estava lá deitado no chão embaixo da escada. Me diga por que não foi buscar o zelador! Nem podia se mexer. Estava morto, sim, e agora não quer deixar nada para a esposa. Aquele irmão novo nunca saberia do assunto. O banco deve me informar. Uma mulher quer se casar de novo. De que me valeu meu marido? Qualquer dia terei quarenta anos, e os homens vão parar de se virar quando passo. A mulher também é um ser humano. A mulher tem coração, sim, senhor!

A gritaria transformou-se em soluços. Quem ouvisse o som de sua voz pensaria que seu coração estava despedaçado. Ali se mantinha ela, encostada no umbral da porta, inclinando todo o corpo para o lado, assim como normalmente só fazia com a cabeça. Seu aspecto era de desamparo total. Therese estava firmemente decidida a não recuar. Aguardava uma agressão violenta. Conservava a mão esquerda por cima da saia, em posição protetora, justamente no lugar onde, apesar da quantidade de goma, salientavam-se as chaves e as tiras do registro de biblioteca. Ao se sentir segura de suas propriedades, repetiu:

– Um coração! Um coração! – E voltou a soluçar, dessa vez por causa da singularidade e da rara beleza dessa palavra.

Kien começou a compreender. Já não pensava no odioso testamento. Via-a à sua frente, muito pobre, mendigando um pouquinho de amor. Ela queria seduzi-lo. Não a conhecia assim. Casara-se com ela por causa dos livros. Mas Therese o amava. Os soluços dela enchiam-no de intenso medo. "Vou deixá-la sozinha", pensou. "A sós, ela se acalmará mais facilmente." E, a toda a pressa, Kien abandonou a sala, o apartamento e a casa.

Então fora a ele e não ao livro que se dirigira aquele tratamento carinhoso dela para com *As calças do sr. Von Bredow*. Para ele Therese se deitara no sofá-cama. As mulheres são sensíveis em relação ao estado de espírito do bem-amado. Ela percebera o constrangimento dele. Os pensamentos que o haviam acometido, ao saírem juntos do cartório, ela os lera na testa dele como num livro aberto. Desejava ajudá-lo. Mulheres que amam perdem a força de caráter. Ela almejara dizer: "Vem!". Mas tivera vergonha e, em vez de pronunciar o convite, empurrara os livros ao chão. Traduzido em palavras, isso significava: "Os livros pouco me importam; quem me importa é você". Um gesto simbólico com o sentido de uma declaração de amor. Desde então ela procurou incessantemente conquistá-lo. Obrigou-o a tomar as refeições em sua companhia. À força, conseguiu móveis novos para ele. A cada instante, roçava nele a saia engomada. Uma vez que procurava a oportunidade para lhe falar sobre camas, substituiu o sofá dele por uma cama. Depois de transferir o seu próprio quarto, foi comprar a mobília de um quarto de casal. Durante a enfermidade, o testamento lhe serviu de mero pretexto para poder dirigir-lhe a palavra. Não repetia Therese sempre o adágio: "Quem quer alcança"? Pobre criatura obcecada! Desde o casamento, passaram-se meses, e ainda espera obter o amor do marido. Tem dezesseis anos a mais do que ele, sabe que vai morrer antes dele e, todavia, insiste em que ambos façam seus testamentos. Certamente possui algumas economias que deseja legar-lhe. A fim de evitar que ele recuse aceitá-las, pleiteia dele um testamento. Que proveito tal documento poderá trazer-lhe, já que ela deve morrer muito antes? Mas, sem dúvida alguma, ele lucrará com isso. Para demonstrar seu amor, ela usa o dinheiro. Há solteironas que de um minuto para outro entregam a um homem todas as economias de sua vida, economias de decênios inteiros, ou melhor, os mais valiosos fragmentos de todos aqueles dias que, justamente por causa dele, nunca puderam ser vividos em sua plenitude. Como poderia Therese alçar-se acima de sua esfera puramente econômica? Entre analfabetos, o dinheiro é considerado como a prova decisiva de todas as coisas, desde a amizade, a bondade, a cultura e o poder até o amor. No caso de uma mulher, esse fato normalmente simples complica-se devido à fraqueza de seu sexo. Porque deseja doar suas economias ao homem, é preciso que o torture, proferindo durante seis semanas sempre as mesmas palavras. Não lhe diz claramente na cara: "Eu amo você e lhe dou meu dinheiro". Esconde a chave da porta de ligação. O homem não consegue achá-la, e assim ela pode respirar o mesmo ar dele. Já que ele evita outros contatos com ela, a mulher se contenta com esse ar. Quando o homem esquece de perguntar a si próprio se o banco onde está depositado seu dinheiro é ou não é seguro, treme a mulher diante da possibilidade de que ele possa perdê-lo. As economias dela são por demais exíguas para sustentá-lo por muito tempo. Por circunlóquios, fingindo-se preocupada a respeito de si mesma, não para de pedir informações acerca do banco. Tenciona proteger o homem de uma catástrofe. As mulheres costumam inquietar-se quanto ao futuro de seu bem-amado. A ela, só lhe restam poucos anos de vida. Por isso, empenha tudo o que lhe sobra de forças na tentativa de deixá-lo numa situação segura, antes que ela morra. Desolada, perscrutou a escrivaninha durante a enfermidade do marido, na esperança de encontrar dados mais precisos. A fim de poupar ao marido quaisquer emoções, não deixou a chave na fechadura. Ao contrário, recolocou-a no lugar onde a achara. Por ser uma pessoa ignorante, não tinha nenhuma ideia da meticulosidade e da ótima memória de seu homem. É a tal ponto inculta que a mera recordação de seu modo de falar causa-lhe asco. O ser humano não nasce para amar. Não foi por amor que se casou com Therese. Queria garantir a biblioteca, e ela lhe parecia a pessoa adequada para realizar tal propósito.

Kien tinha a sensação de estar pela primeira vez numa rua. Entre os transeuntes que avistava, distinguia homens e mulheres. As livrarias pelas quais passava certamente o detinham, mas justamente as vitrinas outrora abominadas o faziam parar. Os montes de livros imorais pouco lhe importavam. Lia os títulos e, sem sacudir a cabeça, prosseguia sua caminhada. Na calçada corriam cães, encontravam seus semelhantes e, felizes da vida, cheiravam-se mutuamente. Retardando-se um pouco, Kien observou-os com espanto. Junto a seus pés, um pacotinho caiu ao chão. Um moço precipitou-se em sua direção e, ao levantá-lo, chocou-se com Kien, mas não pediu desculpas. Kien prestou atenção aos dedos do rapaz enquanto estes abriam o embrulho. Aparecia uma chave, e no papel estavam escritas algumas palavras. O leitor sorria, lançando um olhar para cima, pela fachada. Numa das janelas do quarto andar, uma garota inclinava-se para a frente, por sobre os cobertores que ali estavam expostos ao ar. Acenou vivamente e, com a mesma rapidez com que a chave desaparecia em seu bolso, sumiu também. "O que é que ele vai fazer com a chave?" Na próxima travessa havia livraria importante, mas Kien deixou de visitá-la. Na esquina oposta, um guarda dirigia-se a uma mulher em tom apaixonado. As palavras que Kien via apenas de longe atraíam-no. Tinha vontade de ouvi-las também. Quando chegou bastante perto, os dois se separaram. "Passar bem!", crocitou o guarda, cujo rosto rubicundo brilhava à luz do dia. "Até logo, inspetor, até logo!", sussurrou a mulher. Ele era gordo, e ela, roliça. Kien não conseguia esquecer-se do casalzinho. Quando passou pela catedral, chegaram a seus ouvidos uns sons cálidos, descomunais. Ele próprio teria cantado nessa mesma tonalidade, se sua voz o obedecesse com a mesma docilidade de seu espírito. De repente, alguém o sujou de esterco. Entre curioso e assustado, olhou para cima, ao longo das arcadas. Lá se beijavam uns pombos, arrulhando carinhosamente. A culpa da sujeira não podia ser atribuída a ninguém. Havia vinte anos, Kien não ouvia esses sons, apesar de passar todos os dias pela igreja. Mas, por suas leituras, os arrulhos se tinham tornado familiares para ele. "Pois é", murmurou ele de si para si e, como sempre fazia quando um fato real correspondia ao original impresso em tipografia, anuiu satisfeito. Nesse dia, porém, a sóbria constatação não lhe causava prazer. Na cabeça do Cristo, que, enfermiço e macilento, crescia de um pedestal, sentou-se uma pomba. Não gostava de ficar sozinha, um pombo percebia e logo se juntava a ela. O povo acha que esse Cristo sofre demais. Dizem que Ele tem dor de dentes. Certamente não é essa a razão. O que Ele não suporta são os pombos, que provavelmente fazem suas brincadeiras o dia todo. Então Ele se lembra de Sua solidão. Não se deve pensar nela, pois, caso contrário, não se arruma nada. Para quem teria Ele morrido, se na cruz tivesse pensado na Sua solidão?

Sim, Kien era realmente muito solitário. Seu irmão já não lhe escrevia. Durante vários anos deixara de responder às cartas do parisiense. Então este, por sua vez, se desgostara e cessara de escrever. *Quod licet Jovi, non licet bovi.* Desde que Georges começara a se preocupar tanto com as mulheres, julgava ser Júpiter. Georges era mulherengo. Nunca ficava solitário. Não aguentava a solidão; por isso, rodeava-se de mulheres. Mas também ele, Kien, era amado por uma mulher. Em vez de permanecer ao lado dela, saía correndo e agora se afligia por causa de sua solidão. Deu meia-volta imediatamente e em passo ligeiro, esperançoso, dirigiu-se para casa pelas mesmas ruas de antes.

Pensamentos compassivos impeliam-no mais depressa do que convinha a seu estado de ânimo. Dele dependia uma vida. Podia amargurar e abreviar os últimos anos da existência dessa mísera criatura que se consumia de amor por ele. Urgia encontrar uma solução conciliatória. As esperanças de Therese eram vãs. Ele nunca se tornaria um homem mundano. Seu irmão gerara filhos em número suficiente. A continuidade da estirpe dos Kien estava garantida. Dizem que as mulheres não têm senso crítico, o que está certo. Elas não sabem com quem estão lidando. Faz mais de oito anos que Therese convive com ele no mesmo apartamento. Seria mais fácil seduzir Cristo do que a ele. Pombos podem trair o desígnio de sua vida, já que não têm nenhum. Ocupar-se com uma mulher, ao lado de tanto trabalho, seria um crime contra a natureza da ciência. Ele sabe apreciar devidamente a lealdade de Therese. Ela faz o que lhe permite sua reduzida capacidade. Kien detesta ladroeiras e apropriações indébitas. A propriedade não é uma questão de avidez e sim de ordem. Ele não pensa em menosprezar tudo quanto possa falar a favor dela. Apesar de ser mulher, Therese amou-o durante oito longos anos, mantendo um silêncio simplesmente espantoso. Ele nunca percebeu coisa alguma. Somente depois do casamento, os lábios dela começaram a transbordar. Para se esquivar do amor de Therese, Kien fará tudo o que ela exigir, na intenção de ser útil a ele. Ela receia a falência do banco onde ele tem sua conta? Pois bem, ele lhe dirá de que banco se trata. Therese conhece-o de qualquer jeito, já que certa vez foi lá para receber o pagamento de um cheque. Então poderá informar-se à vontade quanto à segurança do banco. Ela deseja legar-lhe suas economias? Pois bem, ele não lhe negará esse inocente prazer. Fará um testamento a fim de que Therese tenha um pretexto para fazer o dela também. De quão pouca coisa necessita um ser humano para se sentir feliz! A decisão que ele acaba de tomar lhe servirá para se livrar do barulhento e excessivo amor de Therese.

Mas hoje é seu dia de fraqueza. No seu íntimo, tinha esperanças de fracassar. O verdadeiro amor jamais arrefece. Cria novas inquietações, ainda antes de se apagarem as antigas. Ele nunca tinha amado. Seus sentimentos pareciam-se com os de um menino que nada sabe, mas em seguida saberá, e que tem o mesmo modo do saber tanto quanto da ignorância. A confusão invadia-lhe o cérebro. Em pensamento, Kien tagarelava qual uma mulher. Apossava-se de toda e qualquer ideia que lhe passasse pela cabeça, sem examiná-la, e, em vez de acompanhá-la até a sua conclusão, abandonava-a logo depois, já que outra, apenas diferente e não melhor, se apresentava a ele. Duas visões o dominavam: a da mulher amorosa, devotada, e a dos livros, que almejavam trabalhar. Quanto mais se aproximava de casa, mais perturbado se sentia. Seu intelecto, percebendo do que se tratava, enchia-se de vergonha. Apontando a arma contra o amor, dirigia a este palavras ásperas. Empregava os recursos mais sórdidos. Até se utilizava da saia de Therese. A falta de cultura da mulher, sua voz, sua idade, seus chavões, suas orelhas – tudo isso produzia efeito, mas a saia dava o golpe de misericórdia. Quando Kien alcançou a entrada da casa, a saia jazia ali, esmagada pelo ímpeto dos livros que já se mantinham nas proximidades.

– Que ideia! – disse Kien com seus botões. – Solitário? Solitário, eu? E os livros?

De andar em andar, mais se acercava deles. Ainda do vestíbulo, gritou em direção ao gabinete de trabalho:

– O Banco Nacional!

Therese quedava-se diante da escrivaninha.

– Quero fazer meu testamento – ordenou ele, enquanto a arredava com maior veemência do que fora sua intenção. Durante a ausência dele, Therese tinha escrito no alto de três belas folhas novas a palavra "Testamento". Mostrou-as a ele, tentando esboçar um sorriso malicioso. Mas este lhe saía um tanto débil. Propunha-se retrucar: "Eu não lhe disse?". Mas sentiu que sua voz falhava. Quase desmaiou. Aquele moço interessante apanhou-a em seus braços e ela voltou a si.

Judas e o Salvador

Ao ver o testamento tal como ele o escrevera, Therese suspeitou inicialmente de que se tratava de um erro de redação. Depois, aquilo se lhe afigurou como uma piada idiota e, por fim, como uma armadilha qualquer. O capital que ainda se encontrava depositado no banco daria no máximo para pagar as despesas da casa por mais dois anos.

Enquanto lia o montante, observou ingenuamente que ali faltava um zero. Parecia-lhe óbvio que Kien se enganara. Enquanto ele controlava a exatidão da cifra, Therese fazia seus cálculos à base do décuplo e ainda ficava amargamente desapontada. Onde estava a fortuna? Tencionava financiar a casa de móveis mais linda de toda a cidade para aquele moço interessante. O testamento mal bastaria para uma loja do tamanho da de Gross & Mãe. A essa altura, Therese já entendia o suficiente de negócios. Há várias semanas que, antes de adormecer, computava o preço de custo de certos móveis. Afastara a ideia de uma fábrica própria, porquanto não entendia disso e desejava meter sua colher nos assuntos da firma. Diante do que via, porém, ficava estupefata, porque a firma Grob & Esposa – essa razão social era para ela a condição fundamental – não seria no começo maior do que a de Gross & Mãe. Em compensação, aquele moço interessante era a alma da casa Gross & Mãe. Quando ela tivesse aquela alma, os negócios iriam tão bem que seria possível reaplicar na firma a maior parte dos lucros. Para si mesmos, eles não necessitariam de nada, uma vez que se amavam. Dentro de alguns anos, Gross & Mãe teriam de se retirar do mercado. Therese já antevia o chefe baixote atrás da porta envidraçada, a dar suspiros e a coçar a calva, quando ouviu a voz de Kien: "Não falta nenhum zero. Uns vinte anos atrás, havia um".

Ela não acreditou. Replicou em tom quase zombeteiro:

– Mas onde foi parar todo esse dinheiro?

Sem responder, Kien fez um gesto em direção aos livros. Não mencionou a parte do dinheiro que despendera para custear seu próprio sustento. Por exígua que fosse, envergonhava-se dela.

Therese estava farta de brincadeiras. Altivamente, asseverou:

– O resto manda-se logo àquele irmão novo. Nove décimos recebe o irmão em tempos de vida, e só um a mulher depois da morte.

Desmascarara-o. Esperava que diante disso ele se arrependesse e acrescentasse o discutido zero, antes que fosse tarde. Ela não se contentaria com uma ninharia. Queria tudo. Cabia-lhe defender aquele moço interessante e nos seus pensamentos usava os argumentos dele.

Kien não prestava muita atenção ao que ela dizia, já que seu olhar continuava fixo nos livros. Finalmente, impelido pelo senso do dever, releu rapidamente o documento, e com as palavras: "Amanhã iremos ao cartório!", dobrou-o cuidadosamente.

Therese sumiu para evitar uma briga. Desejava conceder-lhe o tempo necessário para que voltasse atrás. Afinal de contas, ele teria de verificar que isso era coisa que não se fazia. A esposa é uma relação mais próxima do que um irmão que surge de repente. Ela nem sequer pensava no capital empatado nos livros, visto que três quartas partes deles já lhe pertenciam de qualquer jeito. O que lhe importava no momento era a fortuna existente fora da biblioteca. Seria preciso protelar o máximo possível a visita ao tabelião. Quando o testamento estivesse registrado no cartório, nada mais se poderia fazer com respeito ao capital. Um homem honesto não faz testamentos a cada instante. Teria vergonha do tabelião. Por isso, era melhor que se redigisse logo um que estivesse certo, para que não houvesse necessidade de outro.

Kien preferiria liquidar desde já todas as formalidades. Mas, nesse dia, sentia certo respeito por Therese, porque ela o amava. Bem sabia que ela, como analfabeta, gastaria horas inteiras na redação de um documento oficial. Não lhe oferecia ajuda por não querer humilhá-la. Os sentimentos dela mereciam ser levados em consideração. Qualquer complacência da sua parte só teria cabimento se não a deixasse perceber que conhecia as intenções dela. Receava que Therese começasse a chorar, quando ele aludisse à doação por ela pretendida. Por isso, pôs mãos à obra, arredando o testamento e todos os pensamentos ligados a ele. Deixou aberta a porta que dava para o quarto de Therese. Dedicou-se com a máxima energia a uma velha tese intitulada *A influência do cânon páli sobre a forma do Busoku Sekitai japonês.*

Durante o almoço, ambos se observaram recíproca e abertamente, sem pronunciarem uma só palavra. Therese a avaliar as possibilidades de uma correção do testamento que recebera, Kien a examinar o dela, à cata dos erros ortográficos que certamente encontraria. Devia escrevê-lo ou apenas emendá-lo? Dessas duas medidas, uma seria inevitável. A delicadeza de Kien, apesar de consideravelmente atenuada após essas horas de trabalho, bastava ainda para protelar a decisão até o dia seguinte.

Therese ficou acordada toda a noite, assaltada por preocupações financeiras. Enquanto o marido trabalhava até a meia-noite, o desperdício de luz causava-lhe mágoa. Diante da iminente realização de seus desejos, qualquer vintém gasto à toa afligia-a duas vezes mais do que antes. Na cama, estendia-se cautelosamente, procurando diminuir o peso de seu corpo, visto que tencionava vender os lindos móveis na futura loja como novos em folha. Por enquanto, não havia neles nenhum arranhão. Seria uma pena se fosse necessário envernizá-los outra vez. A inquietação com a cama e o receio de danificá-la continuavam a mantê-la desperta, quando Kien já dormia e todos os cálculos estavam certos. Ela se aborrecia, sim, por não ter mais nada em que pensar, mas amanhã não se aborreceria.

Passou o resto da noite aumentando o montante da herança,

mediante a sua habilidade na arte de escrever os ós. As mulheres rivais nem chegavam perto dela. Algumas surgiam em lugares onde não tinham nada a fazer. Mas nenhuma trajava saia engomada. Nenhuma aparentava trinta anos. A melhor já tinha entrado na casa dos quarenta, mas os ós que traçava eram simplesmente ridículos, e o moço interessante enxotou-a em seguida. Na rua, os homens nem virariam a cabeça quando ela passasse. "Você tem bastante dinheiro, estrepe de uma figa!", gritou Therese, enquanto se afastava a insolente criatura. "Por que não manda engomar a saia? Com preguiça de trabalhar e ainda por cima avarenta! Onde já se viu?"

Dito isso, dirigiu-se ao moço interessante, para lhe expressar sua gratidão. Queria chamá-lo pelo apelido carinhoso que lhe dera. Bruto não combinava com ele. Mas já não se lembrava do outro nome. Levantou-se; acendeu, sem fazer ruído, a lâmpada de cabeceira; retirou o inventário do bolso da saia e perscrutou-o até encontrar esse nome que valia qualquer dispêndio de luz elétrica. De tanta emoção, quase teria bradado a palavra "Puda", se bem que cumprisse arrulhar um nome tão meigo. Voltou a apagar a luz e, omitindo os cuidados devidos à cama, deixou-se cair sobre ela. Inúmeras vezes, disse ao moço: "senhor Puda". Mas esse rapaz era inteligente e não apenas interessante. Não permitia que alguém o perturbasse durante o trabalho. Olhava as mulheres uma a uma. Algumas fingiam andar dobradas pelo peso dos zeros. "Atenção!", disse Therese. "Isso é da idade e não dos zeros!" Pois amava a verdade mais que qualquer outra coisa. À frente do sr. Puda jazia uma folha de papel bela e lisinha, na qual ele anotava corretamente os zeros. Ora, nesse homem, tudo é belo e correto! A seguir, seus olhos amorosos percorriam o papel de cima para baixo e se ouvia aquela sua voz: "Lamento imensamente, madame, mas isso não entra em questão, madame". E, logo depois, aquele bucho já estava na rua. Mas, e o topete dessa mulher! Acha que, por ter um pouquinho de dinheiro, pode conquistar o homem mais bonito de todos. O fato de o sr. Puda dar suprema importância ao dinheiro agradava sumamente a Therese. Às vezes ele dizia: "Vejam só! Tenha a bondade de sentar, madame!". Não é difícil imaginar a idade da tal mulher. E, apesar disso, se sentava. Logo o moço lhe dizia: "Minha belíssima senhora!". Therese assustava-se um pouco, ficava esperando até que ele tornasse a abrir a boca. Então dava um passo para a frente e se intrometia na conversa. Na mão direita, tinha um lápis bem apontado. Limitando-se a dizer: "Um momento, por favor!", desenhava no papel, atrás da cifra de seu capital, mais um zero perfeito. Tal cifra encontrava-se bem no topo da lista, já que ela era a primeira capitalista que se apresentara a ele. Nesse momento, Therese poderia ter dito qualquer coisa, mas, recuando modestamente, permanecia calada. O sr. Puda falava em seu lugar: "Lamento imensamente, madame, mas isso não entra em questão, madame". Várias daquelas velhotas debulhavam-se em prantos. Não é brincadeira ver a felicidade fugir, depois de chegar tão próximo a ela. Mas o Sr. Puda não se importava com as lágrimas. "Antes de mais nada, uma mulher deve aparentar trinta anos. Só então terá o direito de chorar", dizia ele. Therese ficava toda faceira, uma vez que compreendia a quem se dirigiam essas palavras. Aquela gente vai oito anos à escola e não aprende coisa alguma. Por que não sabem escrever direitinho os ós? Porque isso é uma arte.

Ao amanhecer, Therese andava tão nervosa que já não se aguentava na cama. Estava pronta havia muito tempo quando Kien acordou às seis horas. Mantinha-se bem quieta, a espiar os movimentos que ele fazia, enquanto se lavava, se vestia e dava palmadas nos livros. O isolamento em que ela vivia e o modo peculiar que possuía Kien de caminhar sem produzir nenhum ruído tinham intensificado anormalmente a sensibilidade do ouvido de Therese com relação a determinados sons. Reconhecia claramente em que direção o marido avançava, não obstante a maciez do tapete e o pouco peso do homem. Este empreendia uma série de caminhadas totalmente inúteis. Apenas deixara de se preocupar com a escrivaninha. Somente pelas sete horas, foi ter com ela e se conservou ali por algum tempo. Therese tinha a impressão de ouvir o leve rangido da pena. "Que homem desajeitado!", dizia com os seus botões. "A pena range, quando ele escreve um o." Ficava a aguardar um segundo rangido. Após os acontecimentos da noite, contava com dois zeros no mínimo. Mesmo assim, sentia-se muito pobre.

– Durante a noite, tudo era mais bonito – murmurou.

Então ele levantou-se. Empurrou a cadeira para trás. Já terminara o trabalho, sem produzir o segundo rangido da pena. Precipitadamente, Therese aproximou-se dele. No limiar da porta, ambos se entrechocaram. Kien perguntou: "Está preparada?". E ela: "Já está pronto?".

O sono fizera-o perder os derradeiros restos de sua delicadeza. Já não lhe interessava o falatório idiota dessa mulher. Só se lembrara do testamento ao topar com ele entre os manuscritos. Relera-o, enojado, e descobrira então um lapso inexplicável: no penúltimo algarismo do saldo de sua conta bancária havia um 7 em vez de um 5. Com visível agastamento, corrigira o erro, sem compreender como uma pessoa podia confundir um 5 com um 7. Talvez porque em ambos os casos se tratasse de números primos. Essa explicação engenhosa, a única possível, porquanto fora disso o 5 e o 7 nada tinham em comum, bastava para tranquilizá-lo.

– É um dia ideal – disse baixinho. – Urge trabalhar para aproveitá-lo.

Mas antes seria preciso liquidar o assunto daquele papel de Therese, para que esta não o perturbasse durante o trabalho. Na colisão, ela não se machucou por estar protegida pela saia, ao passo que Kien, obviamente, se contundiu.

Ele esperava receber uma resposta, e ela também. Já que Kien se conservava silencioso, Therese empurrou-o para o lado. Deslizou em direção à escrivaninha. Sim, senhor, lá estava o testamento. Ela notou que o penúltimo algarismo era um 5, em lugar de um 7. Mas não descobriu nenhum zero a mais. Esse sujeito sovina acabava de surrupiar-lhe mais alguma coisa. Tal como se lê ali, a diferença perfaz vinte xelins, mas, quando se botar aquele zero, serão duzentos, e com mais um zero, dois mil. Ela não admitirá ser esbulhada em dois mil xelins. Que diria o moço interessante se viesse a saber dessa perda?

"Tenha paciência, madame, mas isso prejudica o nosso negócio!" Será preciso que ela se cuide, para não ser posta na rua. Àquele moço só serve uma pessoa correta. As desonestas ele nem olha.

Virando-se, disse a Kien, que se mantinha atrás dela:

– Esse 5 aí deve ser corrigido.

Ele não prestou atenção às palavras dela. – Dê-me o seu testamento – ordenou, mal-humorado.

Therese ouviu-o muito bem. Desde o dia anterior, vigiava-o, tomando nota de qualquer gesto dele. Nunca na vida, somando tudo, demonstrara tamanha presença de espírito como nessas últimas horas. Ela percebia que Kien exigia dela um testamento. Imediatamente lançou mão da parte teórica de sua ladainha de longas semanas: "No Cartório de Registro Civil, marido e esposa deveriam...". Não passara um segundo desde que ele lhe dera a ordem, e Therese já desferia o contragolpe:

– Por favor, estamos no Cartório de Registro Civil?

Sinceramente indignada, em virtude da exigência absurda de Kien, saiu do quarto.

Kien não se empenhou em entender os motivos dessa resposta agressiva. Apenas constatou que ela por enquanto não tinha vontade de abrir mão do documento. Assim, não haveria necessidade de fazer logo a enfadonha visita ao tabelião. Tanto melhor! Satisfeito, conformou-se com a situação e, em seguida, dedicou-se à tese.

A muda contenda travada entre os cônjuges prolongou-se por vários dias. Enquanto Kien, em face do silêncio de Therese, acalmava-se aos poucos, a ponto de voltar a seu eu anterior, aumentava de hora em hora o nervosismo dela. Não falar durante as refeições custava-lhe um grande esforço físico. Na presença do marido, não punha nenhum pedacinho de comida na boca, já que tinha medo de deixar cair uma palavra. Sua fome crescia na mesma proporção dos seus receios. Antes de se sentar à mesa, saciava o apetite na cozinha. O menor movimento dos músculos da face de Kien fazia-a tremer. Quem podia saber se esse movimento não se transformaria subitamente na palavra "tabelião"? De vez em quando, Kien pronunciava uma frase. Suas frases eram bastante raras. Therese temia todas elas como se fossem sentenças de morte. Se ele falasse com maior frequência, esses temores se teriam desfeito em milhares de outros pequenos temores. Mas Kien era muito taciturno, e isso a consolava. Contudo, permanecia grande e poderosa a sua angústia. Quando ele começava uma frase com "Hoje...", Therese já dizia com os seus botões, rápida e resolutamente: "Ao cartório? Não!". E repetia essa negativa de si para si com uma velocidade que a ela mesma parecia nova e inacreditável. Seu corpo estava banhado em suor, o rosto também, ela sabia, e desejava ardentemente que o rosto não a traísse. Saía correndo para buscar um prato. No rosto do marido lia apetites que este não tinha. A essa altura, Kien poderia obter dela tudo o que quisesse, desde que não começasse a falar. A solicitude de Therese visava aos zeros, mas quem tirava proveito dela era Kien. A mulher pressentia a iminência de uma desgraça terrível. Na cozinha, trabalhava com singular esmero. Tomara que ele goste da comida, pensava e chorava. Talvez quisesse apenas cevá-lo, a fim de lhe infundir a força necessária para escrever os zeros. Ou talvez tencionasse demonstrar a si própria que realmente merecia esses zeros.

Sua contrição era profunda. Na quarta noite, Therese se deu conta do que representava para ela aquele moço interessante: um pecado. Já não o chamava pelo nome. Quando ele lhe cruzava o caminho, olhava-o severamente e dizia: "Tempo bom não é o que foi, mas o que vem", e tocava nele com o pé para que a compreendesse. Os negócios já não andavam bem. A gente precisa ser digna de uma loja, para obter êxito nos negócios. Um único refúgio restava a Therese: a cozinha. Ali se sentia singela e modesta como outrora. Ali quase esquecia que era dona de casa, porque não a rodeavam aqueles móveis caros. Mas também havia uma coisa ali que a incomodava, a lista de endereços, que ali jazia, totalmente inútil, e lhe pertencia. Por precaução, recortou dela os endereços de todos os tabeliões e fê-los desaparecer do apartamento junto com o lixo.

Kien não percebeu nada disso. Bastava-lhe que Therese permanecesse calada. Certa vez, entre a China e o Japão, afirmou a si mesmo que esse era o resultado de sua sábia política, uma vez que a privara de qualquer pretexto para falar e removera dela o aguilhão do amor. No curso desses dias, surgiam em seu espírito muitas conjecturas felizes. Após três horas de trabalho, conseguiu reconstruir um período incrivelmente adulterado. As letras certas choviam de sua pena. No terceiro dia, despachou a velha tese. E já estavam ameaçadas duas novas. Enquanto se apresentavam ladainhas mais antigas, Kien olvidava as de Therese. Pouco a pouco retornava aos tempos pré-matrimoniais. A saia às vezes lhe recordava a existência dela, porquanto perdera muito de seu anterior comedimento e da costumeira rigidez. Movimentava-se mais depressa e certamente já não estava tão cuidadosamente engomada como antes. Kien verificou essa alteração sem quebrar a cabeça quanto aos motivos. Por que não deveria deixar aberta a porta que dava para o quarto de Therese? Ela nunca abusava da complacência dele. Tratava cuidadosamente de não perturbá-lo. Nas refeições, a presença do marido tranquilizava-a. Ela temia que ele pudesse realizar a ameaça de acabar com as refeições em comum. Para uma mulher, mostrava surpreendente discrição. Kien teria preferido um pouco menos de obsequiosidade. Mas, com o tempo, ela perderia esse hábito. Não havia necessidade de tantos pratos, que apenas lhe interrompiam o fluxo dos melhores pensamentos.

Quando Kien, no quarto dia, às sete da manhã, saiu de casa para iniciar o passeio de sempre, Therese – que mais uma vez mostrava aparência de recato – deslizou rumo à escrivaninha. Não ousou aproximar-se dela imediatamente. Rodeou-a diversas vezes e, sem ter conseguido nada, pôs-se a arrumar o quarto. Tinha a sensação de ainda não ter alcançado o que almejava e protelava o máximo possível a decepção. De repente, lembrou-se de que se pode identificar um criminoso pelas impressões digitais. Retirou da mala suas belas luvas, as mesmas que lhe haviam proporcionado um marido. Vestiu-as e, com cautela para não sujá-las, procurou o testamento. Os zeros ainda não tinham aparecido.

Therese receava que já estivessem ali, mas tão fininhos que ninguém conseguisse enxergá-los. Mas um exame mais detido sossegou-a. Muito antes do regresso de Kien, ambas, ela e a sala, já não revelavam o que acontecera. Therese sumiu, encaminhando-se à cozinha, e ali reatou o fio da amargura geral, que fora rompido às sete horas.

No quinto dia, tudo se repetiu. Sem poupar nem tempo nem luvas, ela se preocupou mais demoradamente com o testamento.

O sexto dia era domingo. Therese levantou-se de mau humor. Aguardou o passeio do marido e, como sempre fazia, examinou a maldita cifra do testamento. Não somente o montante de 12 650, mas também as formas de todos os algarismos haviam entrado na sua carne e no seu sangue. Foi buscar uma tira de papel de jornal e escreveu nela a soma, tal como a via anotada no testamento. Os algarismos pareciam os de Kien, cuspidos e escarrados. Nenhum grafólogo seria capaz de distingui-los. Ela aproveitou o comprimento da tira para ter lugar para mais alguns zeros. Conseguiu colocar no mínimo uma dúzia. Seus olhos brilhavam em face do resultado imponente. Acariciando a tira várias vezes com a mão calejada, disse: "Está lindo, não?".

Em seguida, agarrou a pena de Kien, inclinou-se sobre o testamento e transformou os 12 650 em 1 265 000.

Conseguiu realizar com a pena um trabalho tão limpo e tão exato como antes ensaiara com o lápis. Depois de arrematar o segundo zero, não lograva endireitar-se. A pena apegava-se ao papel e se punha a traçar mais um zero. Por falta de espaço, este teria de ser menor e mais apertado. Therese reconheceu o perigo que a ameaçava. Qualquer penada ulterior representaria um erro, dadas as proporções diferentes das demais letras e cifras. Chamaria forçosamente a atenção para esse ponto. Ela quase teria aniquilado a sua própria obra. A tira com grande número de zeros ainda estava ali ao lado. O olhar de Therese, que, para ganhar tempo, se afastava do testamento, fixou-se nela. O desejo de se tornar de um momento para outro mais rica do que todas as casas de móveis deste mundo crescia cada vez mais. Se essa ideia lhe tivesse vindo antes, ela poderia ter feito menores os dois primeiros zeros, de modo que ainda caberia um terceiro. Por que cometera essa besteira? Tudo estaria agora em perfeita ordem.

Desesperadamente, Therese lutava com a pena desejosa de escrever. O esforço ia além de sua resistência. Avidez, raiva e fadiga faziam-na arfar. A respiração convulsa influía sobre o braço. A pena ameaçava derramar tinta sobre o papel. Assustada, Therese levantou-a às pressas. Notou que acabava de soerguer o tronco e com alívio pôs-se a respirar mais compassadamente. "A gente fica modesta", murmurou. Em memória dos milhões perdidos, interrompeu seu trabalho por uns três minutos. Então verificou que a tinta já estava seca. Meteu a bela tira no bolso. Dobrou o testamento e colocou-o no mesmo lugar onde o encontrara. Absolutamente não se sentia satisfeita. Suas aspirações iam mais longe. Como obtivera apenas parte do possível, mudou de ânimo. De súbito, tinha a impressão de ser uma impostora. Resolveu então ir à igreja. Era domingo. Na porta de entrada do apartamento, deixou um aviso: "Estou na igreja. Therese". Era como se costumasse, havia anos, deter-se numa determinada igreja regular e naturalmente.

Escolheu a maior igreja da cidade, a catedral. Outra menor apenas a faria recordar-se de que lhe cabia muito mais. Na escada, lembrou-se de que não estava convenientemente vestida. Bastante deprimida, voltou para trocar a primeira saia azul pela segunda, cujo aspecto era exatamente o mesmo. Na rua, empenhou-se em não notar que os homens se viravam quando ela passava por eles. Na catedral, ficou envergonhada, porque as pessoas riam dela. É inconveniente rir na igreja, não é? Ela não se importa com isso, uma vez que é uma mulher honesta. De si para si, pronunciava com muita ênfase as palavras "mulher honesta" e as repetia, enquanto se refugiava num recanto quieto da catedral.

Lá havia um quadro da Santa Ceia, pintado a óleo com tintas caras. A moldura era dourada. Therese não gostou da toalha da mesa. Essa gente não sabe o que é belo. Além do mais, a toalha estava suja. Quase que se podia agarrar o saco que continha as trinta moedas de prata. As pessoas não as viam, mas o saco parecia natural. Judas segurava-o na mão. Não o largaria. Era muito avarento. Não daria nada a ninguém. Era tal qual seu marido. Por isso, traiu o Salvador. Seu marido é magro. Judas é gordo e tem barba ruiva. No centro de todos, está sentado aquele moço interessante. Que rosto lindo ele tem, todo pálido, e os olhos assim como devem ser. Ele sabe tudo. É interessante e também inteligente. Observa atentamente o saco. Claro, quer saber quanto dinheiro há dentro dele. Outro homem deveria contar os xelins. Ele não precisa fazê-lo. Reconhece a soma de fora. Seu marido é unha de fome. É capaz de trair alguém por vinte xelins. A ele ninguém engana. Antes se lia ali um sete, e ele, a toda a pressa, fez dele um cinco. Agora, a diferença é de dois mil. O moço interessante vai ficar bravo. Mas será que ela tem culpa? Ela é a pomba branca que voa logo acima da cabeça dele. Brilha de tanta inocência. Assim a representou o pintor, e este entende disso, porque é seu negócio. Ela é a pomba branca. Que Judas se atreva! Nunca a agarrará. Ela voa para onde quiser. Voa em direção ao moço interessante, já que sabe o que é belo. O Judas não se pode meter. Tem de se enforcar. Então, o saco tampouco lhe trará proveito. Deverá deixá-lo atrás. O dinheiro caberá a ela, à pomba branca. Judas não compreende isso. Só pensa no saco. Para guardá-lo, dá um beijo no nosso querido Senhor e comete a traição. Daqui a pouco virão os soldados para prendê-lo. Que se atrevam! Ela há de avançar e dizer: "Esse aí não é o Salvador. É o senhor Bruto, um simples balconista da firma Gross & Mãe. Os senhores não têm o direito de maltratá-lo. Sou a esposa dele. O Judas quer sempre lográ-lo. Mas ele não tem culpa disso". Ela terá de evitar que façam algum mal ao rapaz. Que Judas se enforque. Ela é a pomba branca.

Ajoelhada diante do quadro, Therese rezava. Ainda e sempre, ela era a pomba branca. Afirmava-o do fundo de seu coração e não a perdia de vista. Batendo as asas, voava rumo às mãos do moço interessante. Este a acariciava suavemente, porque ela o salvava sempre e sempre. É assim que convém tratar as pombas.

Ao levantar-se, Therese, estupefata, deu-se conta de que tinha joelhos. Por um instante, duvidou da realidade deles e apalpou-os. Enquanto saía da igreja, era ela quem ria das pessoas. Ria sem rir, do seu jeito peculiar. As pessoas arvoravam caras sérias e sentiam-se humilhadas. Mas que caras, celeradas todas elas! Não é nada difícil conhecer essa gente que frequenta as igrejas. Therese conseguiu esquivar-se da sacola de esmolas. Na frente do portão, agitavam-se inúmeras pombas, mas nenhuma branca. Ela lamentava não ter trazido nada que lhes pudesse oferecer. Em casa havia muito pão velho que só criava mofo. Nos fundos da catedral, uma autêntica pomba branca sentou-se numa estátua de pedra. Therese observou-a. Era o Cristo que tinha dor de dente, e ela disse de si para si: "Ainda bem que aquele moço interessante não é assim. Ele teria vergonha de ser assim".

A caminho de casa, ouviu subitamente o som de uma música. Lá vem uma banda, a tocar os mais belos dobrados. É divertido. Ela adora isso. Dá meia-volta e de repente começa a avançar no mesmo ritmo. O maestro não tira os olhos dela. Os soldados também. Que mal faz? Ela devolve os olhares. Tem de agradecer a música. Outras mulheres acorrem, mas ela é a mais linda de todas. O maestro faz uma bela figura. Esse, sim, é um homem, e como sabe reger! Os músicos prestam atenção à batuta. Sem ela, ninguém se mexe. Às vezes ele para de reger. Então, ela inclina a cabeça para trás. O maestro dá uma risada, e logo começa outra melodia. Pena que haja tantas crianças, que lhe tolhem a visão. Música como esta a gente deveria ouvir todos os dias. Os clarins são o melhor. Desde que ela acompanha a banda, todo mundo passou a gostar do espetáculo. Já se formou uma multidão. Isso não a incomoda. Sempre a deixam passar. Todos olham para ela. À meia voz, cantarola no compasso da música: "Como aos trinta anos, trinta anos, trinta anos".

A herança milionária

Kien encontrou o bilhetinho embaixo da porta. Leu-o, simplesmente porque lia tudo. Ao retornar à escrivaninha, já o tinha esquecido. De repente, ouviu alguém dizer: "Estou de volta". Therese estava às suas costas e submergiu-o num dilúvio de palavras:

– É uma enorme herança, sim senhor! A três casas daqui há um tabelião. Não se pode abandonar uma herança dessas. O testamento pode se deteriorar. Hoje é domingo. Amanhã é segunda. Terá de dar qualquer coisa ao tabelião, senão sairá tudo errado. Não precisa ser muito. Seria uma pena gastar dinheiro à toa. Aqui em casa o pão velho cria mofo. Ser pombo não é grande coisa. Claro, lá eles não têm o que comer. A banda militar toca as marchas mais bonitas. Marchar e ao mesmo tempo controlar tudo requer uma pessoa especial. E para quem olhava o maestro o tempo todo? Não vou contar isso a qualquer um. Há gente que não entende brincadeiras. 1 265 000! O senhor Bruto vai arregalar seus belos olhos. Todas as mulheres gostam dele. Será que não sou mulher também? Todo mundo sabe ser amável. Mas sou a primeira que tem um capital...

Certa de seu triunfo, ainda extasiada devido à banda militar e ao maestro, Therese acabava de entrar no quarto. Nesse dia, tudo estava lindo. Todos os dias deveriam ser assim. Ela queria falar. Via traçada na parede a cifra 1 265 000 e com a mão apalpava a biblioteca que trazia no bolso. Quem seria capaz de dizer seu valor? Talvez o dobro. O molho de chaves tilintava. Enquanto tagarelava, enchia as bochechas mais do que de costume. Falava ininterruptamente, por ter permanecido calada uma semana inteira. No seu enlevo, revelava os seus mais secretos, secretíssimos, pensamentos. Não duvidava de ter conseguido tudo quanto se podia conseguir, mulher enérgica que era. Durante uma hora insistiu com o homem sentado à sua frente. Esquecia-se de quem se tratava. Esquecia o medo supersticioso com que espiara nos dias precedentes a menor alteração na fisionomia de Kien. Ele era um ser humano ao qual se podia contar toda e qualquer coisa. Era disso que ela necessitava nesse momento. E da boca de Therese brotavam os mais minúsculos pormenores do que lhe ocorrera ou viera à mente nas horas precedentes.

Ele sentia-se como que tomado de assalto. Algo extraordinário devia ter acontecido. Durante uma semana inteira, Therese demonstrara um comportamento exemplar. O fato de ela incomodá-lo agora daquele jeito esquisito tinha – notava-se no rosto dela – um motivo todo especial. Seu linguajar era confuso, atrevido e alegre. Kien esforçava-se por compreendê-la. Aos poucos entendia.

Um homem interessante qualquer acabava de legar a ela um milhão, sem dúvida um parente de Therese. Em que pese riqueza, devia ser maestro de banda marcial e já por isso interessante. Sem dúvida, uma pessoa que a tinha em alto apreço. Caso contrário, não a teria instituído como herdeira. Com esse milhão Therese queria abrir uma casa de móveis. Justamente hoje ela soubera de sua boa sorte e, para dar graças a Deus, fora correndo à igreja, onde reconhecera o defunto na imagem do Salvador. (A gratidão como fonte de alucinações!) Na catedral fez a promessa de alimentar regularmente os pombos, mas não com pão velho, mofado. Pombos são criaturas iguais aos homens. E daí? Amanhã ela quer ir ao tabelião junto com ele, para se certificar da autenticidade do testamento. Receia que o tabelião, devido ao elevado valor da herança, possa pedir honorários excessivos. Por isso faz questão de que estes sejam combinados antes da consulta. É parcimoniosa e boa dona de casa, até como milionária!

Mas será a herança realmente tão grande? 1 265 000 – quanto representa? Comparemos o montante com o valor da biblioteca. Toda a sua biblioteca custa a ridícula importância de pouco menos de 600 000 coroas-ouro. A essa altura, ainda lhe sobrava uma pequena parcela. O que é que ela tenciona fazer com a herança? Abrir uma loja de móveis? Bobagem! A gente poderia utilizar esse dinheiro para aumentar a biblioteca. Ele compraria dos vizinhos o apartamento pegado ao seu e mandaria demolir a parede divisória. Assim obteria mais quatro salas espaçosas para a biblioteca. As janelas seriam tapadas e substituídas por claraboias no alto. Em oito salas haveria lugar para, no mínimo, 60 000 volumes. Fazia pouco que a biblioteca do velho Silzinger fora posta à venda. Provavelmente ainda não tinha sido leiloada. Continha uns 22 000 volumes. Claro que não podia rivalizar com a sua. Contudo, existiam nela algumas obras de extraordinária importância. Ele ia guardar para si aproximadamente um milhão para a biblioteca. Com o resto Therese poderia fazer o que quisesse. Talvez o resto desse para abrir a loja de móveis. Dessas coisas ele não entendia nada, e isso pouco lhe importava, já que não tinha a intenção de lidar com dinheiro e negócios. Era preciso averiguar se a biblioteca do velho Silzinger já fora vendida em leilão. Quase lhe escapava uma presa tão valiosa. Absorvendo-se excessivamente em suas pesquisas científicas, privava-se dos meios indispensáveis ao trabalho. Um erudito não deve perder de vista o mercado de livros, assim como aqueles que especulam na Bolsa precisam conhecer as cotações.

Ampliar a biblioteca de quatro salas para oito! Que ideia notável! É preciso evoluir. Não se deve parar. Aos quarenta anos, um homem não é velho. Ninguém deve aposentar-se aos quarenta. A última compra vultosa fora feita havia dois anos. Assim a gente cria ferrugem. Existem outras bibliotecas além da sua. A pobreza é uma coisa nojenta. Ainda bem que Therese me ama. Ela me chama de "senhor Bruto", uma vez que a trato com brutalidade. Gosta de meus olhos.

Acha que agrado a todas as mulheres. De fato, costumo mostrar-me bruto para com ela. Se não me amasse, guardaria a herança para si. Há homens que se deixam sustentar pelas esposas. Que coisa repugnante! Antes de fazer isso, eu me suicidaria. Mas, para a biblioteca, ela poderá fazer alguma coisa. Será que livros têm necessidade de comida? Acho que não. Quem paga o aluguel sou eu. Sustentar quer dizer dar casa e comida. Eu vou arcar com todas as despesas do apartamento vizinho. Ela é uma bobalhona inculta, mas tem um parente falecido. Crueldade da minha parte? Por quê? Não o conheço. Lastimá-lo seria pura hipocrisia. A morte dele não é nenhuma desgraça. Tem um significado mais profundo. Cada homem preenche uma lacuna, mesmo que seja apenas por um instante. A lacuna daquele homem era sua morte. Agora está morto. Nenhuma compaixão seria capaz de ressuscitá-lo. Estranha casualidade! Justamente em minha casa aloja-se uma rica herdeira para ser minha governanta. Durante oito anos cumpre silenciosamente com seus deveres. De repente, prestes a receber uma herança milionária, casa-se comigo. Mal chego a saber quanto ela me ama, falece o rico maestro. Um infortúnio feliz, imerecido, ocorrido de um dia para outro. A enfermidade causou a reviravolta de minha vida, a despedida da situação apertada, da biblioteca deprimentemente exígua na qual vegetei até agora.

Não faz acaso diferença alguma se o homem nasce na Lua ou na Terra? E se a Lua tivesse metade do tamanho da Terra – estão em causa coisas mais importantes do que a quantidade de matéria. Em virtude da diferença de grandeza, todo o resto se torna diferente também nas suas particularidades. Trinta mil livros novos! Cada um deles há de inspirar ideias novas e trabalhos novos! Que reviravolta na situação atual!

Nesse instante até um Kien abandonava a forma conservadora da teoria evolucionista de que fora adepto até então. A páginas desfraldadas, passou-se para as hostes dos revolucionários. Todo e qualquer progresso depende de mudanças repentinas. Os argumentos adequados, antes escondidos sob folhas de figueira à maneira peculiar de todos os evolucionistas, apontam imediatamente no espírito de Kien. Uma pessoa culta tem tudo à mão no momento preciso. A alma dessa pessoa é um arsenal esplendidamente abastecido. Isso é coisa que se nota pouco, porquanto essas pessoas, em virtude de sua própria erudição, raras vezes têm a coragem necessária de fazer uso de suas armas.

Uma palavra que Therese proferiu com ênfase e paixão reconduziu Kien ao terreno dos fatos concretos. O que ele ouviu foi "dote". Aceitou essa expressão com gratidão. Tudo quanto ele carecia obter nesse momento histórico tocava-lhe como que caindo do céu. O legado do capitalismo, adorado e explorado em sua família durante séculos, ressurgia nele com imensa força, como se não tivesse levado a pior, havia muito, numa luta de vinte e cinco anos. O amor de Therese, esteio do iminente paraíso, trazia-lhe um dote. Tinha o direito de não rejeitar tal oferta. Ele se casara com uma moça pobre, sem ter a menor ideia da existência de um rico e moribundo parente, e dessa forma dera uma prova cabal da honestidade de seus sentimentos. E ela terá muito prazer em perambular de vez em quando, embora não com muita frequência, pelas oito salas da nova biblioteca. A certeza de que um parente dela contribuiu para essa instituição grandiosa há de indenizar Therese pela perda de sua casa de móveis.

Cheio de alegria por causa da naturalidade com que progredia sua revolução, Kien esfregava os compridos dedos. Nenhum muro teórico opunha-se ao seu avanço. O muro real que o separava do apartamento contíguo seria demolido. As negociações com os vizinhos deverão ser entabuladas imediatamente. O pedreiro Putz terá de ser chamado para começar a obra logo no dia seguinte. O testamento precisa ser examinado já. Sem dúvida alguma, será possível encontrar o tabelião, mesmo no domingo. Não convém esquecer o leilão dos livros de Silzinger! Urge dar várias incumbências ao zelador.

Dando um passo à frente, Kien ordenou: – Chame o zelador!

No seu relato, Therese acabava de voltar ao pão mofado e aos pombos famintos. Insistia nesse absurdo que contrariava o seu próprio senso de economia. Para corroborar a sua indignação, acrescentou: – Seria o cúmulo!

Mas Kien não admitia nenhuma resistência.

– Chame o zelador! E já!

Therese percebeu que ele disse qualquer coisa. Que direito tinha ele de falar? Melhor faria se a deixasse dizer tudo. "Seria o cúmulo!", repetiu.

– O que seria o cúmulo? Chame o zelador!

Therese tinha raiva do zelador havia muito tempo, por causa das gorjetas.

– Que tem ele com isso? Esse sujeito não receberá mais nada!

– Quem decide isso sou eu. Sou o patrão nesta casa. – Kien pronunciou essas palavras, não por julgá-las necessárias e sim por achar útil que ela sentisse a irrevogabilidade de suas resoluções.

– Perdão, o capital me pertence.

No seu íntimo, Kien aguardara essa resposta. Therese era e continuaria sendo uma criatura inculta, mal-educada. Ele só cederia até onde lhe permitissem sua dignidade e a realização de seus projetos.

– Ninguém negou isso. Precisamos do zelador. Ele terá de dar alguns recados.

– É dinheiro posto fora. Esse sujeito ganha uma fortuna.

– Não se preocupe. O milhão está garantido.

A desconfiança de Therese tornou-se aguda. Novamente, Kien tencionava surrupiar-lhe uma parcela. Ora, ela já saiu perdendo dois mil xelins.

– E os 265 000? – disse, acentuando demoradamente cada algarismo e lançando-lhe um olhar irretorquível.

Nesse instante, cumpria conquistá-la rápida e definitivamente.

– Os 265 000 serão só seus – replicou ele, escondendo o rosto magro sob a máscara de um gordo mecenas, que fizesse um presente à esposa e aceitasse antecipada e prazerosamente os agradecimentos dela.

Therese começou a suar.

– Tudo é meu!

Por que teimava ela em afirmar isso? Kien ocultou a impaciência atrás de uma frase solene:

– Eu já declarei que ninguém nega seus direitos. Não se trata disso.

– Claro, disso eu sei muito bem. Quero tudo por escrito.

– Temos de cooperar na solução do problema da herança.

– E que tem aquele homem com isso?

– Eu lhe ofereço formalmente minha ajuda.

– Pedir é fácil. Pechinchar e depois voltar a pedir é coisa que não se faz.

– Receio apenas que alguém queira se aproveitar de você.

– Bancando o santo, hein?

– Em casos de heranças milionárias, costumam apresentar-se parentes falsos.

– Ele não tem ninguém.

– Nem esposa nem filhos?

– Quer debochar de mim?

– É uma sorte incrível!

Sorte incrível? Mais uma vez, Therese pasmou. Esse sujeito abre mão de seu dinheiro antes de esticar as pernas. Que sorte há nisso? Desde o início da conversa ela tinha o palpite de que Kien tencionava lográ-la. Como um cérebro de cem cabeças, atentava em todas as palavras pronunciadas por ele. Empenhava-se em dar respostas concisas, inequívocas. De repente, a gente acaba de dizer qualquer coisa e já está com a corda no pescoço. Esse homem leu tanta coisa, afinal. Kien era para ela ao mesmo tempo parte oposta e advogado do adversário. Em defesa de sua propriedade recém-obtida, Therese desenvolvia energias que a ela mesma causavam espanto. De uma hora para outra, tornava-se capaz de entrar na mente de outrem. Percebia que o testamento não representava para Kien nenhum golpe de sorte. Farejava nas palavras dele alguma armadilha nova em folha. Ele lhe escondia alguma coisa. O que é que a gente costuma esconder? Algo que possui. O homem possuía mais do que confessava. O terceiro zero, aquele que fora omitido, ardia na palma da mão de Therese. Ela levantou o braço, como que acometida de uma dor súbita. Preferia dar um salto em direção à escrivaninha, retirar o testamento e, com um golpe vigoroso, grudar o zero no devido lugar. Porém, sabendo o que estava em jogo, dominou-se. Tudo isso era consequência do excesso de modéstia. Por que se comportara tão estupidamente? Ser modesta é estupidez. Mas, a essa altura, já tinha recuperado a antiga inteligência. Urge averiguar onde ele escondeu o resto. A pergunta teria de ser feita de tal forma que Kien não notasse absolutamente nada. Largo e malicioso, o bem conhecido sorriso reapareceu no rosto de Therese.

– E o que se fará com o resto?

Ela acabava de escalar o cume da astúcia. Não indagava onde se escondia o resto. Nesse caso, ele não responderia, e ela desejava que Kien, antes de mais nada, admitisse a existência daquele resto.

Ele a encarou com um olhar cheio de gratidão e carinho. A resistência de Therese fora apenas fictícia. Que delicadeza da parte dela qualificar de resto o milhão, a parcela principal. Evidentemente, a transição da rudeza para o amor era característica das pessoas da casta de Therese. Colocando-se no lugar dela, Kien deu-se conta de que a declaração de afeto ardia, havia muito, na ponta da língua da esposa, que protelava longamente tal manifestação apenas para intensificar o efeito. Therese era crua, mas leal. Kien começava a compreendê-la ainda melhor do que outrora. Que pena que estivesse tão velha. Já não se podia fazer dela um ser humano. Caprichos como aqueles seriam doravante inadmissíveis. Isso era o ponto de partida para toda espécie de educação. A gratidão devotada a ela e o carinho dedicado aos livros novos sumiram da fisionomia de Kien. Contendo-se e afetando severidade, resmungou como se se sentisse ofendido:

– Com o resto, aumentarei a minha biblioteca.

Therese sobressaltou-se, apavorada e triunfante. Deparavam-se-lhe duas armadilhas de uma vez. A biblioteca dele! E isso, quando ela tinha o inventário no bolso! Portanto, o resto existia realmente. Ele mesmo acabava de confessá-lo. Ela não sabia para onde dirigir o primeiro contra-ataque. A mão que se pusera involuntariamente sobre o bolso resolveu o problema:

– Os livros são meus!

– O quê?

– Três salas pertencem à esposa e uma ao marido.

– Agora trata-se de oito peças. Vai haver mais quatro, refiro-me às do apartamento vizinho. Necessito de espaço para a biblioteca de Silzinger. Só ela contém mais de vinte e dois mil volumes.

– E de onde o marido tirará o dinheiro necessário para a compra?

Outra vez! Kien estava farto dessas alusões.

– Da sua herança. Não adianta discutir.

– Isso é impossível.

– O que é impossível?

– A herança é minha.

– Mas eu disponho dela.

– Primeiro o marido terá de morrer, só depois poderá dispor.

– Que significa isso?

– Não permito que me surrupie coisa alguma.

Mas como? Como? Será necessário fazer uso desde já dos argumentos mais fortes? O recinto de oito peças, que Kien não perdia de vista, fornecia-lhe o derradeiro restinho de paciência.

– Trata-se dos nossos interesses comuns.

– O resto faz parte deles.

– Você tem de compreender...

– Onde está o resto?

– A esposa deve obediência ao marido...

– E o marido rouba o resto à mulher.

– Exijo um milhão para a aquisição da biblioteca de Silzinger.

– Exigir é fácil. Quero o resto. Quero tudo!

– Quem manda aqui sou eu!

– Eu sou a dona da casa.

– Faço um ultimato. Exijo categoricamente um milhão para a aquisição...

– Quero o resto! Quero o resto!

– Dou-lhe três segundos. Conto até três...

– Contar é fácil. Eu conto também!

Estavam ambos a ponto de chorar de raiva. Crispando os lábios, contavam cada vez mais alto:

– Um! Dois! Três!!!!

Em pequenas explosões duplas, as cifras saíam simultaneamente de ambas as bocas. Na cabeça de Therese, as cifras se juntavam aos milhões que seu capital totalizaria com o resto. Para Kien, elas representavam as salas novas. Ela teria prosseguido contando até o fim dos tempos. Ele contou, além do três, até quatro. Foi onde parou. Entesando-se com extrema energia, mais rígido do que nunca, aproximou-se dela e urrou:

– Dê o testamento!

Os dedos da mão direita, tentando formar um punho, esmurravam o ar com todo o vigor. Therese cessou de contar. Ele a esmagara. Ela estava realmente atônita. Esperara uma luta de vida e morte, e de repente ele desistia. Se o resto não a preocupasse tanto, Therese já não entenderia nada. Mas, uma vez que ninguém procura lográ-la, evapora-se sua ira. Para ela a ira é secundária. Contornando o marido, Therese vai à escrivaninha. Kien se esquiva dela. Apesar de tê-la esmagado, receia que Therese possa devolver-lhe o murro que devia ter acertado nela e não no ar. Therese, porém, não o sentiu. Mexe nos papéis. Desarruma tudo sem cuidado e retira um deles.

– Como é possível... um testamento estranho... se encontre entre... os meus manuscritos? – Kien se esforça por urrar também essa frase muito comprida e por isso não consegue transmiti-la inteira à destinatária. Toma fôlego nada menos do que três vezes. Antes de terminar, retruca Therese:

– Por que não seria possível?

Desdobra-o às pressas. Alisa-o cuidadosamente na tampa da mesa. Prepara caneta e tinta, antes de oferecer modestamente o lugar ao dono do resto. Kien, ainda meio intranquilo, avizinha-se dela e logo ao primeiro olhar avista a cifra. Esta lhe parece familiar, mas o essencial é que esteja certa. Durante a discussão, perturbara-o um leve receio quanto à estupidez dessa analfabeta que talvez tivesse lido erradamente a cifra escrita por ela. Satisfeito, dirige os olhos à parte superior da folha. Senta-se e inicia um exame meticuloso.

Eis que reconhece o seu próprio testamento. Therese diz:

– O melhor seria escrever tudo de novo.

Esquece-se do perigo que ameaça seus zeros. A fé na validez deles tinha-se fixado em seu coração com firmeza igual à que ele depositava no amor dela. Ele diz:

– Mas isso é meu...

Therese sorri:

– Olhe, que é que eu...

Kien levanta-se furioso. Ela sentencia:

– Palavra de homem não volta atrás.

Antes que possa pegar-lhe pelo pescoço, Kien percebe tudo. Ela insiste com ele para que escreva. Pagará o papel novo do seu próprio bolso. Ele se deixa cair na cadeira, como se fosse gordo e pesado. Therese quer saber finalmente a quantas anda.

Daí a momentos, os dois se compreendem totalmente pela primeira vez.

A surra

O prazer malicioso com que Kien, à base de comprovantes, demonstrava quão pouco dinheiro lhe sobrava ajudou Therese a suportar os piores momentos. Ela se teria dissolvido em suas componentes principais, saia, suor e orelhas, se o ódio contra o marido, esse ódio que ele mesmo intensificava com uma volúpia pedantesca, não se tivesse convertido no núcleo mantenedor de seu ser. Kien a fez ver a quanto se reduzira sua herança. Mostrou-lhe as contas relativas à aquisição de livros, retirando-as das diversas gavetas pelas quais as distribuíra segundo os caprichos do momento. Nesse instante, achava útil a sua memória, que o capacitava a guardar até mesmo as mais triviais bagatelas e que normalmente lhe parecia modesta. No verso do testamento adulterado, anotou os montantes averiguados. Therese, por mais consternada que se mostrasse, somou-os mentalmente, arredondando para esse fim o total. Queria saber o que realmente restava. Verificou-se que a biblioteca custara muito mais de um milhão. Esse resultado surpreendente em absoluto consolava Kien, já que o elevado valor de seus livros não o indenizava pelo aniquilamento das salas novas. Todos os seus pensamentos concentravam-se na vingança pelo logro sofrido. No decorrer de toda essa minuciosa operação, Kien não pronunciou nenhuma sílaba além do estritamente necessário, nem tampouco aquém, o que representava para ele uma proeza muito maior. Não havia possibilidade alguma de mal-entendidos. Quando os seus cálculos lhes forneceram a esmagadora cifra final, acrescentou em voz alta, escandindo as sílabas, como se faz na escola: "O resto foi gasto na compra de livros avulsos e no meu sustento".

Therese se derreteu. Como um rio caudaloso, fluía pela porta, ao longo do corredor, até desembocar na cozinha. Chegada a hora de recolher, interrompeu o pranto. Despiu a saia engomada e deitou-a por cima de uma cadeira. Tornou a sentar-se junto ao fogão e continuou no choro. O quarto vizinho, no qual passara os oito belos anos de sua vida de governanta, convidava-a a dormir. Mas por achar indecoroso terminar o luto tão prematuramente não se afastou de seu lugar.

Na manhã do dia seguinte, iniciou a realização das decisões tomadas no curso do período de luto. Fechou a chave as três salas que lhe pertenciam, separando-se do resto do apartamento. O formoso sonho dissipara-se. É o que costuma acontecer às criaturas humanas. Mas, afinal de contas, ela possuía três peças e os livros que estas continham. Até a morte de Kien, não tencionava fazer uso dos móveis. Não convinha desgastar coisa alguma.

Kien passou o resto do domingo sentado à escrivaninha. Fingia trabalhar, uma vez que a tarefa de esclarecer Therese estava cumprida. Na realidade, porém, debatia-se com a cobiça de novos livros. Esta surgira nele com veemência tão destemida que o gabinete de trabalho, inclusive as estantes e todos os tomos enfileirados nelas, afigurava-se choco e insosso. Uma ou outra vez tentou agarrar os manuscritos japoneses que jaziam na mesa. Mas, tão logo os tocava, largava-os como que enjoado. O que significavam eles? Já se encontravam nessa cela havia quinze anos. Kien esqueceu-se do almoço e do jantar. O anoitecer ainda o surpreendeu à escrivaninha. Na folha iniciada, rabiscava contra o seu hábito sinais que não faziam sentido. Pelas seis da manhã, começou a cochilar. Na hora em que costumava levantar-se, sonhou com o gigantesco edifício de uma biblioteca construído à beira de uma cratera do Vesúvio, no lugar do observatório. Tremendo de medo, percorria-o de cá para lá, enquanto aguardava a erupção do vulcão, que deveria ocorrer dentro de oito minutos. O pavor e as caminhadas prolongavam-se infinitamente. Os oito minutos que o separavam da catástrofe permaneciam constantes. Quando Kien acordou, já estava fechada a porta que dava para a sala vizinha. Ele se apercebeu do fato, sem achar o recinto mais apertado do que antes. As portas não tinham importância, já que tudo ali era igualmente velho – as salas, as portas, os livros, os manuscritos, ele mesmo, a ciência e sua vida.

Levemente tonto pela fome, ergueu-se. Tentou abrir a outra porta, a que comunicava com o saguão. Verificou que se encontrava trancafiado. Então se conscientizou do desejo de procurar comida. Envergonhou-se dele, não obstante a sua debilidade. Na hierarquia das atividades humanas, o grau mais baixo cabia ao ato de comer. Há pessoas que consagram um culto a isso, se bem que, na realidade, comer seja apenas a fase preliminar de outras funções sumamente desprezíveis. Em seguida, Kien lembrou-se de que, a essa hora, tinha necessidade de executar uma delas. Sentia-se autorizado a sacudir a porta. O estômago vazio, o esforço físico esgotavam-no de tal maneira que novamente estava a ponto de chorar, tal como lhe acontecera, quando contara até três. Nesse momento, porém, nem para isso tinha força suficiente. Apenas clamou em voz lamentosa: "Não quero comer. Não quero comer".

– Assim está bem – retrucou Therese, que lá fora já passara algum tempo aguardando e espiando os primeiros movimentos do marido. Que ele não pensasse que ela lhe daria de comer. Homem que não trazia dinheiro para casa não recebia comida. Era isso o que ela desejava comunicar-lhe. Até receara que Kien pudesse esquecer-se da comida. Mas, quando ele espontaneamente a rejeitou, abriu-lhe a porta e o pôs a par de seu intuito. Não mais permitiria que ele lhe sujasse o apartamento, que era dela. Ela era dona do corredor que ficava à frente de suas salas. Assim estipulava a lei. O que se lia nas entradas dos edifícios? Exibindo e alisando um papel várias vezes dobrado, que guardara na mão, recitou:

– Passagem permitida até ordem em contrário.

Já tinha saído de casa. No açougue e no armazém, onde ninguém gostava dela, comprara provisões para uma só pessoa, ainda que tivesse de pagar por elas um preço mais caro e habitualmente fizesse compras para alguns dias de uma vez. Aos que lhe lançavam olhares interrogativos, respondia agressivamente: "A partir de hoje, ele não recebe comida!". Donos, fregueses e empregados de ambas as lojas ficaram pasmados.

Em seguida, Therese copiou na entrada de casa os dizeres do cartaz ali afixado. Enquanto escrevia, jazia no chão imundo a cesta cheia de petiscos.

Ao voltar, encontrou o marido ainda dormindo. Fechou a porta do corredor e se pôs à espreita. Tinha chegado o momento. Agora lhe diria tudo. Revogaria a licença temporária. Ele já não se poderia servir da parte do corredor até a cozinha e o gabinete sanitário, que pertencem a ela. Não tem nada que fazer ali. Se voltar a sujar o corredor, terá de limpá-lo. Ela não é criada e vai processá-lo. Ele terá o direito de sair do apartamento, mas somente de modo correto. Ela lhe mostrará como deverá proceder.

Sem aguardar a resposta de Kien, Therese deslizou rumo à porta de saída, bem junto à parede. A saia roçava a parede, mas efetivamente não tocava o lado do corredor que lhe pertencia. Feito isso, encaminhou-se à cozinha. Pegou de um pedaço de giz, relíquia dos tempos de escola, e traçou uma linha grossa entre as duas partes do corredor, a sua e a dele.

– Olhe, por enquanto basta isso – disse. – Depois, vou retocar com tinta a óleo.

No atordoamento provocado pela fome, Kien não compreendia claramente o que se passava. Os movimentos de Therese pareciam-lhe absurdos. "Será que tudo isso ocorre ainda nas proximidades do Vesúvio?", perguntou a si mesmo. Não, ali só existia o medo devido aos oito minutos, mas não àquela mulher. Talvez no Vesúvio fosse menos mal. Lá o desconforto provinha unicamente das erupções. Mas, entrementes, aumentara o próprio desconforto de Kien, que o impelia a pisar no corredor proibido, como se Therese não tivesse traçado a linha de giz. Em passos longos, alcançou sua meta. Therese perseguiu-o. Sua indignação era tão intensa quanto a necessidade do marido. Quase o teria alcançado, mas a vantagem de Kien era muito grande. Ele fechou a porta, como de costume, e isso o resguardou do ataque de Therese. Esta sacudia a porta trancada, gritando ameaçadoramente: "Tenha cuidado, isso vai terminar no tribunal! Tenha cuidado, isso vai terminar no tribunal!".

Quando percebeu que esse esforço era inútil, retirou-se para a cozinha. Junto ao fogão, onde sempre lhe vinham as melhores ideias, descobriu uma solução realmente justa. Pois bem, ela lhe permitirá o uso do corredor. Será complacente. O homem carece de ir à privada. Mas o que ela receberá em recompensa? A ela, ninguém dava nada por nada. Sempre devia ganhar seu pão. Ela lhe cederá o corredor; em compensação, ele lhe dará parte de seu quarto. Não convém desgastar os móveis das suas salas. Onde dormirá ela? Já fechou a chave as três peças com a mobília nova. Doravante, fechará também o velho cubículo. Ninguém poderá entrar nele. Muito bem, então ela deverá dormir no quarto do marido. Será que lhe resta outra alternativa? Ela sacrificará o belo corredor, e ele lhe transferirá parte de seu quarto. Os móveis, ela os retirará daquele quartinho onde em outros tempos dormia a governanta. Em compensação ele poderá usar a privada quantas vezes quiser.

Saiu à rua correndo e foi buscar um carregador. Não queria tratar com o zelador, porque este estava subornado pelo marido.

Assim que a voz de Therese o deixou em paz, Kien adormeceu, totalmente exausto. Ao acordar, sentiu-se refrescado e corajoso. Dirigiu-se à cozinha e, sem nenhum remorso, comeu algumas fatias de pão com manteiga. Quando, sem suspeitar de nada, voltou ao quarto, encontrou-o reduzido à metade. No meio, atravessando-o, erguia-se o biombo. Atrás dele, Kien topou com Therese, rodeada por seus móveis velhos. Ela estava dando os últimos retoques e gostava visivelmente de tudo. O sem-vergonha do carregador felizmente já se afastara. Pedira uma pequena fortuna, mas ela só lhe dera a metade e o enxotara em seguida, proeza de que muito se orgulhava. Só o biombo não lhe agradava, por causa do aspecto extravagante. De um lado, era branco e vazio, do outro, exibia uma porção de ganchos tortos. Therese apontou para ele, dizendo: – Não faço questão de que ele fique aqui. Por mim, pode ser retirado.

Kien permaneceu calado. Arrastou-se até a escrivaninha e entre suaves suspiros acomodou-se na cadeira.

Levantou-se alguns minutos depois. Desejava ver se os livros da sala contígua ainda viviam. Sua preocupação tinha origem num arraigado senso de dever, e não em genuíno amor. Desde a véspera nutria sentimentos carinhosos somente por livros que não possuía. Antes de chegar à porta, Therese já se plantara diante dela. Como conseguira ela vislumbrar seus movimentos, apesar do biombo? Como se explicava que a saia a impelisse mais velozmente do que avançavam suas pernas? Por enquanto, Kien não punha a mão nela nem na porta. Ainda antes que ele criasse o ânimo necessário para proferir palavras, Therese já ralhava:

– Não se atreva! Só porque tive a bondade de lhe permitir o uso do corredor, você pensa logo que as salas lhe pertencem. Tenho isso por escrito. O preto no branco não se desmancha. O marido não tem o direito de mexer no trinco da porta. De jeito algum pode entrar ali. As chaves estão comigo e não as largo. O trinco faz parte da porta. A porta faz parte da sala. O trinco e a porta pertencem a mim. Não admito que você pegue no meu trinco.

Kien rejeitou essas palavras com um gesto desajeitado do braço e, ao fazê-lo, roçou casualmente na saia de Therese. Nesse instante, ela começou a berrar forte e desesperadamente, como para pedir socorro.

– Não permito que meta a mão na minha saia! A saia pertence a mim! Será que você me comprou a saia? Eu comprei a saia! Será que a engomou e passou a ferro? Eu a engomei e passei! Será que as chaves estão na saia? Não, senhor, nunca na vida! Não lhe dou as chaves. Pode rasgá-la com os dentes, mas eu não lhe dou as chaves, porque não estão na saia. Uma mulher dá tudo ao marido, mas não a saia. A saia, não!

Kien passou a mão pela testa. "Estou num hospício", disse de si para si, tão baixinho que Therese não percebeu. Um olhar em direção aos livros convenceu-o do contrário. Ele recordou o motivo por que se levantara da cadeira. Não ousou realizar seu propósito. Como chegaria à sala vizinha? Por cima do cadáver de Therese? De que lhe adiantava o cadáver sem as chaves? Tão logo ele encontrar as chaves, abrirá a porta. Absolutamente não tem medo dela. Que lhe deem primeiro as chaves e logo há de derrubá-la com toda facilidade.

Somente porque a essa altura a luta se lhe afigurava totalmente improfícua, retirou-se para a escrivaninha. Por mais um quarto de hora Therese ficou de sentinela diante da porta. Continuou gritando ininterruptamente. O fato de ele estar sentado à escrivaninha, hipocritamente, não a impressionava. Só parou quando a voz começou a fraquejar. Aos poucos sumiu atrás do biombo.

Até a noite ela não reapareceu. De vez em quando soltava sons esporádicos, semelhantes a fragmentos de um sonho. Então emudeceu, e Kien respirou aliviado. No reconfortante e silencioso vazio, ressoaram de súbito novos e inconfundíveis sons.

– Sedutores deveriam ser enforcados. Primeiro prometem se casar com a gente e depois não fazem um testamento. Mas olhe, senhor Puda, aguardar com calma também tem suas vantagens. Não ter dinheiro para um testamento, onde já se viu?

"Não é ela quem fala", opinou Kien com os seu botões, "são apenas reações de meu ouvido excitado, ecos, por assim dizer." Já que Therese se calara, tranquilizava-o essa explicação, e ele conseguiu folhear os manuscritos. Mas, quando leu a primeira frase, os tais ecos tornaram a perturbá-lo.

– Será que cometi algum crime? Judas é um criminoso. Livros também têm valor. O mundo não é mais o que era. O senhor sobrinho estava sempre bem-humorado. A velha andava totalmente esfarrapada. O tempo é o melhor remédio. As chaves são minhas. É assim que se faz. Não ganhei as chaves de presente. Tanto dinheiro posto fora. Pedir é fácil. Ser brutal é fácil. A saia, não!

Era sobretudo essa última frase – a que, mais do que qualquer outra, podia ser interpretada como um eco da gritaria anterior – que o convencia de que Therese falava realmente. Impressões que Kien julgara sumidas emergiam, remoçadas e cingidas por uma auréola de felicidade. Novamente jazia ele ali, enfermo, a aguentar, seis semanas a fio, as ladainhas de Therese. Naquele tempo, ela dizia sempre as mesmas coisas, e ele decorava as palavras, dominava-as, no sentido exato do verbo. Naquele tempo, sabia de antemão que frase, que palavra seria a próxima. Naquele tempo, aparecia o zelador e a matava diariamente. Que dias maravilhosos! Quanto tempo decorreu desde então? Ele fez o cálculo e chegou a um resultado que o deixou perplexo. Desde que se levantara, escoara-se apenas uma semana. Ele se pôs a procurar a causa do abismo que separava o cinza dos dias presentes do ouro dos tempos antigos. Talvez fosse capaz de encontrá-la, mas nesse instante Therese voltava a falar. O que dizia era incompreensível e exercia sobre Kien um poder despótico. Era impossível decorá-lo. Quem podia prever o que se seguiria? Kien sentia-se preso por correntes cuja natureza ignorava.

Ao anoitecer, a fome o libertou. Prudentemente absteve-se de perguntar a Therese se havia alguma comida em casa. Escondido, saiu inaudivelmente do quarto. Já no restaurante, olhou antes de mais nada a seu redor, para verificar se ela vinha em seu encalço. Não, Therese não se postara na porta. "Que se atreva!", disse com seus botões. Criando coragem, sentou-se numa das salas dos fundos, entre pares que evidentemente não eram casais legítimos. "Vejam só, na minha idade, me meter no submundo", suspirou, admirado de que as mesas não estivessem encharcadas de champanhe e as pessoas, em vez de se comportarem impudicamente, consumissem com frieza e voracidade escalopes ou costeletas. Ele poderia ter sentido pena dos homens, por se deixarem cativar pelas mulheres. Mas, devido à gula dessa gente, refreava tal impulso, talvez por também sentir fome. Insistiu em que o garçom o poupasse do trabalho de examinar o cardápio. Como perito – assim dizia Kien – o moço devia trazer-lhe o que considerasse adequado. Num abrir e fechar de olhos, o perito modificou a opinião que formara a respeito desse indivíduo maltrapilho. Reconhecendo o secreto conhecedor escondido no cavalheiro macilento, trouxe as iguarias mais caras. Quando as serviu, concentraram-se nelas os olhares de todos os namorados. O dono dos acepipes percebeu-os, e por isso deglutiu a comida com visível asco, ainda que a achasse excelente. "Consumir" ou "matar a fome" pareciam-lhe os termos mais neutros e, portanto, mais apropriados para designar o processo de alimentação. Kien se aferrava obstinadamente aos pensamentos que formulava acerca dessa matéria e os expunha detida e minuciosamente de si para si, enquanto um leve alívio lhe invadia o espírito. A acentuação enfática dessa sua peculiaridade devolvia-lhe um pouco de consciência de seu próprio valor. Notou com alegria que em seu íntimo ainda existia uma boa reserva de integridade. Constatou então que Therese merecia alguma compaixão.

Ao regressar, ventilava o propósito de fazê-la sentir essa compaixão. Descerrou energicamente a porta do apartamento. Já no corredor verificou que a luz do quarto não estava acesa. A ideia de que ela estivesse dormindo causava-lhe imenso prazer. Cautelosa e silenciosamente, receando que seus dedos ossudos pudessem provocar algum ruído ao tocarem na maçaneta, abriu a porta. A intenção de se compadecer dela devidamente viera-lhe no momento menos adequado. "Sim", ruminou, "assim será feito. Por compaixão, deixarei de despertá-la." Conseguiu conservar a firmeza de seu caráter por algum tempo ainda. Não acendeu a luz e, nas pontas dos pés, aproximou-se furtivamente de sua cama. Enquanto se despia, irritava-o o fato de usar um colete sob o casaco e uma camisa sob o colete. Cada uma dessas peças de roupa produzia um ruído peculiar. A cadeira não se encontrava no lugar costumeiro. Kien não a procurou. Depositou tudo no chão. Para manter Therese dormindo, ele teria sido capaz de se deitar embaixo da cama. Ponderou o modo mais silencioso de se estender na cama. Visto que a cabeça era o que havia de mais pesado em seu corpo e os pés as partes mais distantes da cabeça, decidiu que estes, sendo leves, devessem subir primeiro. Uma perna já se achava na beira da cama. A outra teria de se juntar a ela mediante um pulo habilidoso. Por um instante, o tronco e a cabeça pairaram no ar, para em seguida, tencionando apoiar-se em alguma coisa, precipitarem-se involuntariamente rumo ao travesseiro. Eis senão quando Kien sentiu que se deitava sobre algo macio. "Um ladrão!", pensou, fechando os olhos o mais depressa possível.

Embora deitado em cima do ladrão, não se atrevia a se mexer. Não obstante o medo, notou que o ladrão era do sexo feminino. Fugidia e remotamente, a circunstância de que esse sexo e a época se tivessem rebaixado a tal ponto causava-lhe certa satisfação. Rejeitou o propósito de reagir, surgido em algum recanto homicida de seu coração. Se a ladra, como lhe parecia de início, realmente dormisse, ele se afastaria clandestinamente, após um prolongado período de exame. Agarraria as roupas, deixaria aberto o apartamento e, nas proximidades do zelador, tornaria a vestir-se. A este, não o chamaria logo. Esperaria muito, muito tempo. Somente quando ouvisse passos vindos de cima, bateria na porta do cubículo. Nesse ínterim, a ladra trucidaria Therese. Necessariamente a trucidaria, pois Therese reagiria. Ela não admitiria ser roubada sem se defender. Já *está* trucidada. Atrás do biombo jaz Therese numa poça de sangue. Tomara que a ladra tenha desferido um golpe certeiro! Pode ser que Therese ainda esteja viva quando a polícia chegar, e atribua a culpa ao marido. Por via das dúvidas, seria bom golpeá-la mais uma vez. Não, não será necessário. A ladra foi dormir, de tão cansada. Uma ladra não se cansa sem mais aquela. Deve ter havido uma luta terrível. Que mulher vigorosa! Uma heroína! É de tirar o chapéu. Ele próprio dificilmente teria conseguido realizar tal proeza. Therese o sufocaria, enredando-o na saia. Essa ideia basta para fazê-lo arfar. Certamente ela tinha forjado planos contra ele; queria assassiná-lo. Todas as mulheres desejam assassinar seus maridos. Therese só aguardava o testamento. Ele estaria estendido ali, morto no lugar dela, se o tivesse feito. Quanta perfídia cabe num ser humano! Não, cabe somente numa mulher; não convém cometer injustiças! Ainda nesse momento, ele a odeia. Há de obter o divórcio. Isso tem de ser possível, apesar de ela estar morta. Não a enterrarão com o nome de Kien. Nunca na vida! Ninguém deverá saber que ele a desposou. Comprará o silêncio do zelador pelo preço que este pedir. Um casamento assim é capaz de estragar a reputação de uma pessoa. Um autêntico cientista jamais perpetraria erros dessa espécie. Ela o enganou, indubitavelmente! Todas as mulheres enganam seus maridos. *De mortuis nil nisi bene.* Mas que já estejam mortos, que já estejam mortos! É preciso certificar-se. Talvez se trate apenas de morte aparente. Aos assassinos mais fortes acontecem deslizes. A História conhece inúmeros precedentes. A História é mesquinha. A História apavora a gente. Se Therese estiver viva ele fará mingau dela. É o seu direito. Ela lhe surrupiou a biblioteca nova. De qualquer jeito, ele se teria vingado. Eis que vem alguém e a trucida. A primeira pedra deveria ser lançada pelo marido. Privaram-no dessa possibilidade. Então ele há de atirar nela a última pedra. Terá de golpeá-la. Esteja ou não morta. Há de cuspir nela! Há de dar-lhe pontapés, há de golpeá-la!

Kien levantou-se, fumegando de raiva. No mesmo momento, recebeu uma enorme bofetada. Quase gritou "psiu!" para a assassina, por causa do cadáver. A celerada pôs-se a esbravejar. Tinha a voz de Therese. Depois de três palavras, Kien sabia que assassina e cadáver habitavam o mesmo corpo. Cônscio de seu próprio engano, calou-se e permitiu ser surrado cruelmente.

Logo após a saída do marido, Therese trocara as camas. Removera o biombo e misturara o resto da mobília. Durante esse trabalho, que ela executara com radiante alegria, repetira de si para si sempre as mesmíssimas palavras: "Que ele se lixe! Que ele se lixe!". Uma vez que Kien ainda não estava de volta pelas nove horas, deitara-se na cama, como convém a uma criatura decente. Aguardava o momento em que ele acendesse a luz para então despejar em cima dele o acervo de invectivas acumulado durante o tempo de sua ausência. Se ele deixasse de acender a luz e fosse para a cama dela, guardaria os insultos até que a coisa estivesse feita. Por ser mulher decente, contava com a primeira alternativa. Mas, quando ele se aproximou dela nas pontas dos pés e se despiu a seu lado, o coração e a boca de Therese ficaram estarrecidos. Para não esquecer a intenção de ralhar, ela se propôs a pensar enquanto durasse o seu gozo: "Esse aí quer ser homem? Não, homem ele não é!". E, quando Kien subitamente se deixou cair em cima dela, ela não deu nenhum pio. Receava que ele se afastasse em seguida. Só por poucos instantes o marido permaneceu estendido por cima de Therese, mas pareceram-lhe dias. Ele não se movimentava, era leve como uma pluma. Therese mal respirava. Pouco a pouco sua esperança convertia-se em indignação e, quando Kien se levantou de um pulo, Therese percebeu que ele lhe escapava. Batendo nele como uma possessa, dizia-lhe os piores nomes.

Bofetadas são um bálsamo para um moralista que esteve a ponto de cometer um crime. Enquanto os golpes não lhe causavam excessiva dor, Kien surrava a si mesmo com a mão de Therese e ficava à espera dos merecidos palavrões. Pois o que era ele, para sermos exatos? Um profanador de cadáveres. Ele até se admirava da suavidade das ofensas de Therese. Achava-a capaz de proferir outras muito piores, sobretudo aquela única que tão bem se aplicaria a ele. Será que ela o poupava ou queria lançá-la na sua cara como ponto final? Às generalidades proferidas por Therese, Kien não tencionava fazer objeções. Mas, quando se pronunciasse o "profanador de cadáveres", abaixaria a cabeça e expiaria sua culpa por meio de uma confissão, que, para um homem de seu quilate, teria importância muito maior do que uns poucos tapas.

Porém, os poucos tapas não terminavam nunca. Ele começou a achá-los desnecessários. Os ossos lhe doíam, e, em meio a tanto palavreado banal e sórdido, Therese não encontrava o momento propício para falar do profanador de cadáveres. Acabava de se soerguer. Investia contra Kien ora com os punhos ora com os cotovelos. Era uma criatura tenaz. Apenas após alguns minutos, notou um leve cansaço nos braços. Interrompeu então sua gritaria composta de substantivos, para inserir a frase completa: "Isto não se faz!". Enquanto o empurrava da cama ao chão, segurava-o pelos cabelos, para que não lhe escapasse. Sentada à beira do leito, pisoteava-o, até os braços se recuperarem. A seguir, montou na barriga de Kien. Interrompeu-se novamente, dessa vez para berrar: "O melhor ainda vem!". Esbofeteou-o alternadamente com ambas as mãos. Pouco a pouco Kien perdia a consciência. Já antes ele se esquecera de que pecado se fizera culpado. Deplorava ser tão alto. "Magrinho e pequenino", murmurava. "Magrinho e pequenino. Haveria menos corpo em que bater." Ele se encolhia e ela dava golpes no ar. Continuava Therese a praguejar? Ela batia no assoalho, batia na cama, Kien ouvia as batidas sonoras. Mal o encontrava, ele já se tornara muito pequeno. Daí as pragas. "Aleijão!", clamava ela. Que sorte ser um aleijão! E Kien minguava a olhos vistos com espantosa rapidez. Já procurava a si mesmo. Therese não o achava nunca, pois ele era muito miudinho. O próprio Kien já não se enxergava.

Therese prosseguia desferindo golpes duros, precisos. Depois de algum tempo, disse arquejante:

– Desculpe, tenho de descansar um pouco.

Sentou-se na cama e abandonou a continuação da faina às pernas, que a executaram com menor afinco. Seu trabalho tornava-se cada vez mais vagaroso, até findar espontaneamente. Quando todos os seus membros cessaram de se movimentar, Therese, que já não sabia palavrões inéditos, calou-se. Kien não se mexia. Ela sentia-se derreada. O silêncio do marido parecia-lhe esconder alguma perfídia especial. A fim de se precaver contra os ardis de Kien, pôs-se a ameaçá-lo:

– Vou processar você. Não aturo essas coisas. Um homem não tem o direito de atacar a esposa. Sou uma pessoa decente. Sou mulher. Você vai pegar dez anos. Os jornais chamam isso de estupro. Tenho provas. Leio a página policial. Não se mexa. Mentir é fácil. O que é que está fazendo aqui? Mais uma palavra e vou buscar o zelador. Ele tem de me proteger. Uma mulher desamparada. Violentar é fácil.

Vou me divorciar. O apartamento me pertence. Criminosos não recebem nada. Por favor, não fique nervoso! Será que lhe pedi alguma coisa? Ainda me dói todo o corpo. Esse sujeito deveria ter vergonha. Assustar a esposa desse jeito! Eu poderia ter morrido, e você teria então uma boa encrenca! Esse sujeito não tem nem camisola. Dorme sem camisola. Já se vê! Basta que eu abra a boca, e todo mundo vai acreditar em mim. Não vão me meter no xadrez. Eu tenho o senhor Puda! Que esse homem se atreva! O senhor Puda vai tomar conta de você. Com ele ninguém pode. Vou informá-lo e já! É o que a gente arranja quando ama alguém!

Kien conservava seu silêncio obstinado. Therese disse:

– Agora está morto.

Mal pronunciou essas palavras, percebeu quanto o amara. Ajoelhou-se ao lado de Kien e examinou-o à procura de sinais de golpes e pontapés. Notou então que já caíra a noite. Acendeu a luz. A três passos de distância, verificou que o corpo dele se achava num estado de desarranjo total.

– Que vergonha, coitadinho – disse, e sua voz revelava compaixão. Retirou o lençol de sua própria cama para embrulhar Kien cuidadosamente. – Agora não se vê mais nada – constatou. Levantou-o carinhosamente, como se carregasse uma criança. Estendeu-o sobre a cama e agasalhou-o, murmurando palavras ternas, consoladoras. Deixou-o ficar com o lençol "para que não se resfriasse". Tinha vontade de se sentar na beira da cama e de cuidar dele. Mas recusava-se esse desejo, porque assim ele dormiria mais tranquilamente. Apagou a luz e voltou a se recolher. Não levava a mal que o marido a tivesse privado do lençol.

A petrificação

Dois dias decorreram em silêncio e num quase atordoamento. Kien, mal voltado a si, ousou meditar secretamente acerca da imensidão de sua desgraça. Muitos golpes tinham sido necessários para submeter seu espírito ao domínio de Therese. Mas ele recebera ainda mais que o necessário. Se a surra tivesse durado dez minutos menos, Kien se teria aprontado para uma vingança qualquer. Talvez Therese tivesse suspeitado desse perigo e por isso prosseguira batendo até o último momento. Na sua debilidade, Kien não desejava nada e receava apenas uma única coisa: outra surra. Cada vez que Therese se avizinhava da cama, estremecia como um cão chicoteado.

Ela colocava a tigela com comida na cadeira ao lado da cama. Em seguida, dava meia-volta. Kien não devia acreditar que no futuro haveria alimentos para ele. Ela cometeria essa besteira apenas enquanto ele estivesse enfermo. Achegando-se a custo, Kien lambiscava com muito esforço parte da dádiva caridosa oferecida por ela. Ao ouvir os estalos da ávida língua do homem, Therese tinha ganas de perguntar: "Gostou?". Renunciava, porém, a esse prazer também e se indenizava, recordando-se de um mendigo ao qual dera uma esmola, uns catorze anos atrás, e que não tinha pernas, não tinha braços, imaginem, nem sequer parecia uma criatura humana. E, todavia, tinha a cara do senhor sobrinho. Mesmo assim, ela não lhe teria dado coisa alguma.

Esses sujeitos são todos uns velhacos. Na rua são aleijados e em casa, de repente, ficam bem sadios. Aquele aleijão lhe perguntava: "Como vai o senhor seu marido?". Era um sabido. Ganhou um gordo de um tostão. Ela mesma atirou-o no chapéu. Coitado dele. Ela não gosta de dar esmolas. Geralmente não o faz. Mas abre exceções; por isso, esse homem aí recebe uma tigela de comida.

Kien, o mendigo, padecia fortes dores, mas tinha o cuidado de não gritar. Em vez de se voltar para a parede, não perdia Therese de vista. Medroso, desconfiado, observava as atividades dela. Ela não produzia ruídos e, apesar da corpulência, era ágil. Ou talvez se relacionasse à natureza do quarto esse jeito de mulher surgir inopinadamente e desaparecer logo depois? Os olhos dela faiscavam maldosamente. Eram olhos de gata. Quando Therese queria dizer alguma coisa e interrompia a si mesma antes de pronunciar uma palavra, o som por ela proferido assemelhava-se ao bufar de um felino.

Um tigre sanguinário, ávido de carne humana, vestiu a pele e os trajes de uma garota. Esta se plantou, chorando, à beira de uma estrada. Era tão bela que um sábio transeunte se achegou a ela. A mocinha mentiu-lhe astutamente e por compaixão ele a levou consigo à sua casa, para fazer dela uma de suas esposas. Tinha muita coragem e gostava de dormir com ela. Certa noite, porém, ela despiu a pele de garota e lhe dilacerou o peito. Devorou-lhe o coração e sumiu pela janela. Deixou no chão a pele esplendorosa, que foi encontrada ao lado do cadáver por uma das outras esposas. Esta clamou desesperadamente por um elixir da vida. Rebaixou-se a ponto de implorar ao homem mais poderoso da região, um louco que vegetava na lama da praça do mercado. Horas a fio, prostrava-se ela diante dele. Eis que o louco, perante todo mundo, cuspiu-lhe na palma da mão e obrigou-a a engolir o escarro. Durante muitos dias, ela derramava lágrimas, afligia-se, pois que amava o defunto mesmo sem coração. E, da vergonha que engolira por amor a ele, crescia-lhe no solo quente do peito outro coração. Deu-o ao marido e este voltou a viver com ela.

Na China existem mulheres que amam. Na biblioteca de Kien há somente a tigresa. Mas esta não é nem jovem nem bela e, em lugar da pele esplendorosa, traja uma saia engomada. Importa-se menos com o coração do sábio do que com a ossada dele. O mais maligno espírito chinês tem maneiras mais delicadas que Therese em carne e osso. Ah, se ela fosse apenas espírito! Não poderia surrá-lo. Ele tinha vontade de despir sua pele para abandoná-la aos murros. Seus ossos necessitam de repouso; seus ossos carecem de se refazer; sem ossos, não há ciência. Trataria ela sua própria cama, no outro canto do quarto, da mesma forma brutal que a ele? O assoalho não se afundara sob os seus punhos. Essa casa já suportou muita coisa. É velha e, como tudo que é velho, foi construída solidamente, com esmero. A própria Therese poderia ser considerada outro exemplo disso. Bastava julgá-la imparcialmente. Por ser tigresa, supera em força física todas as demais mulheres. Seria capaz de enfrentar o zelador.

Às vezes, nos seus devaneios, Kien empurrava a saia de Therese até que a derrubasse. Retirava-a sob os pés da esposa. Uma tesoura estava à mão, subitamente. Então, ele cortava a saia em pedaços minúsculos. O trabalho lhe custava bastante tempo. Quando a saia estava toda retalhada, os pedacinhos lhe pareciam ainda demasiado grandes. Possivelmente, ela conseguiria recompô-la. Por essa razão, Kien nem sequer erguia a cabeça. Voltava à faina. Esquartejava todos os farrapos. A seguir, derramava sobre Therese todo o conteúdo de um saco cheio de farrapinhos azuis. Como era que os farrapos tinham entrado nesse saco? O vento levava-os para longe dela e os atirava sobre Kien. Prendiam-se em seu corpo. Ele os sentia em toda parte, manchas azuis, e gemia ruidosamente.

Therese avizinhou-se dele em passo inaudível.

– O que é que há? – perguntou.

– Aqui não se geme.

Ela voltara a ser azul. Parte dos hematomas depositara-se nela. Que coisa estranha! Ele pensava que os tinha a todos, sem exceção. Mas já não gemia. Essa resposta deixou-a satisfeita. Casualmente, ela se recordou do cachorro de seus últimos patrões. Este se encolhia ainda antes de alguém dizer alguma palavra. Era assim que devia ser.

No curso de poucos dias, os cuidados, que consistiam numa tigela de comida da manhã até a noite, tornaram-se tão molestos a Kien quanto as dores de seu corpo machucado. Ele percebia a desconfiança da mulher sempre que esta se aproximava do leito. Já no quarto dia, Therese perdeu a vontade de alimentá-lo. Ficar deitado era fácil. Examinou o corpo de Kien através do cobertor para simplificar o processo, e decidiu que ele estava quase bom. Já não se contorcia. Quem não se contorcia não tinha dores. Nessas condições, o homem devia levantar-se e não necessitava de comida quente. Teria sido simples ordenar: "Saia da cama!". Mas um receio indefinido advertia-a de que ele subitamente poderia dar um pulo, tirar do corpo cobertores e lençóis e mostrar hematomas em toda parte, como se ela os tivesse causado. Para evitar isso, Therese permanecia calada. Mas, no dia seguinte, encheu-lhe apenas metade da tigela. Além disso, de propósito cozinhou mal. Kien notava a diferença, não da comida e sim da mulher. Interpretando erradamente os olhares perscrutadores de Therese, tinha medo de novos murros. Estava indefeso na cama. Jazia na frente dela em todo o seu comprimento. Onde quer que ela batesse, em cima ou embaixo, sempre haveria algo que acertar. Therese só podia enganar-se quanto à largura, mas essa possibilidade não bastava para que ele se sentisse seguro.

Foram necessários mais dois dias e duas noites inteiros para que o pavor intensificasse a tal ponto a vontade de se levantar que Kien arriscou uma tentativa. Seu senso do tempo não se extinguia. A qualquer momento, sabia que horas eram e, a fim de restabelecer a ordem logo e completamente, saiu da cama certa manhã às seis em ponto. Em sua cabeça crepitava alguma coisa, como lenha seca. Seu esqueleto desmanchara. Era difícil mantê-lo de pé. Prudentemente se desviando, ora numa ora noutra direção, Kien conseguiu evitar um tombo. Com certo malabarismo, vestiu aos poucos suas roupas, depois de retirá-las de baixo do leito. Saudou jubilosamente cada camada nova, que representava um aumento da espessura da couraça e assim seria um fator importante de proteção. Os movimentos que fazia para não perder o equilíbrio assemelhavam-se a um misterioso bailado. Atormentado por dores como que por pequenos demônios, porém a salvo da maior delas, a morte, dançava rumo à escrivaninha. Ali se sentou, levemente atordoado pela emoção, agitando ainda um pouco os braços e as pernas, até que se acalmassem e voltassem à antiga submissão.

Uma vez que não tinha mais nada a fazer, Therese dormia até as nove. Era uma dona de casa, e senhoras como ela frequentemente ficam deitadas até bem mais tarde. Só as criadas precisam estar de pé às seis. Mas o sono não se queria conservar tanto tempo em seu corpo e, logo que acordava, conseguia sentir saudade de seu patrimônio. Carecia de se vestir para sentir na carne a pressão das duras chaves. Entretanto, ocorreu-lhe uma solução genial, enquanto o marido surrado estivesse preso à cama. Recolhia-se às nove e punha as chaves entre os seios. Empenhava-se em não adormecer até as duas. A essa hora, levantava-se e colocava as chaves novamente no bolso da saia. Ali ninguém as encontraria. Só então pegava no sono. A necessidade da longa vigília deixava-a tão cansada que não despertava antes das nove, exatamente como fazem as patroas. É assim que a gente consegue ser alguma coisa na vida. As criadas que se arranjem!

Graças a isso, Kien realizou seu propósito sem que ela percebesse. A partir da escrivaninha, observava a cama de Therese. Velava pelo sono da mulher como se este fosse o mais precioso de seus bens. No curso de três horas, centenas de vezes se assustava terrivelmente. Therese tinha o dom feliz de se relaxar enquanto dormia. Sempre que num sonho comia um bom quitute, arrotava ou soltava gases. Simultaneamente dizia: "Que maneiras são essas?". Referia-se a alguma coisa que só ela conhecia. Kien relacionava essa coisa consigo próprio. A aventura que acontecia com Therese fazia com que ela se revolvesse de um lado para outro. A cama gemia fortemente e Kien gemia com ela. Às vezes, Therese, de olhos fechados, esboçava um sorriso malicioso. Kien ficava a ponto de chorar. O sorriso, quando se intensificava, assemelhava-se a uma espécie de pranto. A essa altura,

Kien tinha vontade de rir. Se suas experiências não lhe tivessem ensinado a se manter cauteloso, teria dado uma risada. Com espanto verificava que Therese invocava Buda. Ele duvidava do que ouvia, mas ela repetia o nome: "Puda! Puda!", justamente enquanto chorava, e Kien entendia o que Puda significava no linguajar de Therese.

No momento em que ela tirou a mão de de baixo do cobertor, ele se sobressaltou. Mas Therese não deu murros, apenas cerrava o punho. "Por quê? O que fiz eu?", perguntou-se Kien. E respondeu a si mesmo: ela deve saber por quê. Tinha sincero respeito pela aguda sensibilidade de Therese. Seu crime, tão cruelmente punido por ela, estava mais do que expiado, embora não esquecido. Therese levou a mão ao lugar onde normalmente ocultava as chaves. Confundindo o espesso cobertor com a saia, descobriu-as, embora não estivessem ali. A mão caiu pesadamente sobre elas, acariciou-as, brincou com elas, apartou-as uma a uma entre os dedos, e de tanta alegria Therese ficou coberta de grossas, cintilantes gotas de suor. Kien enrubesceu, sem saber a razão. O braço gordo de Therese achava-se enfiado numa manga muito justa e tesa. O debrum de renda que lhe cingia a abertura destinava-se ao homem que dormia no mesmo quarto. Kien teve a impressão de que esse adorno estava bastante amassado. Em voz baixa, ele pronunciou a palavra que lhe vinha do fundo do coração. Ouviu: "Amassado". Quem falou? Com a rapidez de um raio, levantou a cabeça e voltou a fixar o olhar em Therese. Quem, a não ser ela, sabia até que ponto ele fora amassado? Therese dormia. Kien, porém, desconfiando dos olhos fechados, conteve a respiração, à espera de outra manifestação da mulher. "Como pude me tornar tão atrevido?", pensou. "Ela está acordada, e eu a olho na cara desaforadamente!" Privando-se do único recurso suscetível de certificá-lo da iminência de algum perigo, baixou as pestanas como um menino envergonhado. Com as orelhas arregaladas – assim lhe parecia – aguardava uma tempestade de invectivas. O que ouviu em vez delas foi uma respiração regular. Therese adormecera de novo. Passado um quarto de hora, Kien ousou fitá-la outra vez, sempre prestes a bater em retirada. Julgava comportar-se inteligentemente. Até incorreu num pensamento altivo. Acreditou ser Davi, a vigiar Golias que dormia. Somando tudo, este podia ser qualificado de bobalhão. Era verdade que Davi não vencera no primeiro combate, mas conseguira escapar das tramas mortíferas de Golias, e quem seria capaz de prever o que escondia o futuro?

O futuro, o futuro, como logrará ele atingir o futuro? Deixemos que o presente se escoe. Então já não nos poderá causar mal nenhum. Ah, se fosse possível cancelar o presente! A desgraça do mundo provém do fato de vivermos muito pouco no futuro. Que significado terão daqui a cem anos os murros que nos forem aplicados hoje? Admitamos que o presente se tenha convertido em passado e logo cessaremos de notar as contusões. O presente é responsável por todas as dores. Kien almeja o futuro, porque então haverá mais passado no mundo. O passado é bom. Não faz mal a ninguém. Durante vinte anos, Kien vagueou livremente por ele, sentindo-se feliz. Quem vive feliz no presente? Sim, se não tivéssemos sentidos, acharíamos suportável até o presente. Então nos manteríamos vivos mediante as reminiscências, por meio do passado, portanto. No princípio era o verbo, mas *era*. O passado existia, pois, antes do verbo. Kien se inclina diante da supremacia do passado. A Igreja católica teria ótimas qualidades, mas para o gosto dele não continha quantidade suficiente de passado. Dois mil anos, dos quais uma parte é ficção – o que é isso em confronto com tradições de períodos duas ou três vezes maiores? Um sacerdote católico é inferior a qualquer múmia egípcia. Julga-se superior porque ela está morta. No entanto, as pirâmides não são em absoluto mais defuntas do que a Basílica de São Pedro. Os romanos, porém, pensam que estão empanturrados de passado. Recusam a devida reverência aos ancestrais. Isso é uma blasfêmia. Deus é o passado. Kien *crê* em Deus. Haverá uma época em que os nomes substituirão seus sentidos por recordações e a totalidade do tempo pelo passado. Haverá uma época em que um único passado cingirá a humanidade inteira, em que nada existirá a não ser o passado, em que todos terão uma única fé, a fé no passado.

Kien ajoelhou-se mentalmente e na sua miséria dirigiu uma oração ao Deus do futuro, ao Passado. Havia muito desaprendera a rezar, mas perante esse Deus voltou a fazê-lo. No fim, pediu-lhe desculpas por não se ter posto de joelhos fisicamente. Mas Deus devia saber: *à la guerre comme à la guerre*. Não era preciso explicar-lhe isso duas vezes, já que ele tinha a capacidade inaudita, realmente divina, de compreender tudo imediatamente. O Deus da Bíblia era, no fundo, um triste analfabeto. Alguns dos mais modestos deuses chineses eram bem mais letrados. Com relação aos Dez Mandamentos, Kien poderia apresentar certas objeções de arrepiar os cabelos do Passado. Mas, de qualquer jeito, este conhecia todas elas melhor do que ninguém. Acrescentou que tomava a liberdade de livrar o Passado daquele ridículo gênero feminino que os alemães lhe tinham impingido.[1] Que os alemães fossem capazes de colocar o artigo feminino diante do que possuíam de mais valioso, a saber suas ideias abstratas, era uma daquelas inacreditáveis barbáries pelas quais aniquilavam os seus méritos anteriores. Doravante, ele, Kien, santificaria por meio de desinências masculinas tudo quanto se referisse ao Passado. No que tangesse a Deus, o gênero neutro seria por demais infantil. Sendo filólogo, Kien reconheceu que não ignorava em absoluto o ódio que desse modo suscitaria. Mas, em última análise, a língua existia para os homens e não os homens para a língua. Por essa razão, pedia ao Passado *masculino* que autorizasse tal alteração.

Enquanto negociava com Deus, retornava lentamente a seu posto de vigia. Era impossível esquecer Therese. Nem sequer quando rezava sentia-se totalmente livre dela. Ela roncava num *staccato* que imprimia o ritmo à oração de Kien. Aos poucos seus movimentos se tornavam menos convulsos. Já não se podia duvidar de que despertaria em breve. Kien a comparava a Deus e achava-a insignificante. O que faltava a Therese era justamente passado. Ela não descendia de pessoa alguma, tampouco tinha conhecimentos. Pobre criatura desprovida de Deus! E Kien ponderou se o mais sensato que podia

1 Em alemão, *die Vergangenheit*, o passado, é feminino. [N. T.]

fazer não era adormecer novamente. Talvez Therese esperasse até que ele acordasse, e sua primeira cólera, quando ela o visse reaparecer com toda a sua autoridade na escrivaninha, se dissiparia nesse ínterim.

Nesse momento, Therese, com um movimento poderoso, lança seu corpo da cama ao chão. Ouve-se um violento estrondo. Kien estremece em cada osso. Para onde fugir? Ela o viu? Ela vem! Ela há de matá-lo! Kien perscruta o tempo em busca de um esconderijo. Percorre a História através dos séculos. Os mais fortes castelos não estão à prova de canhões. Cavaleiros? Bobagem! Achas suíças? As espingardas inglesas estraçalharão arneses e crânios. Os suíços são derrotados e aniquilados na Batalha de Marignano. Nada de lansquenetes, nada de mercenários! Virá um exército de fanáticos... Gustavo Adolfo... Cromwell... Hão de nos trucidar a todos! Abandonemos a Era Moderna... Abandonemos a Idade Média... Entremos numa falange... Os romanos derrubam-na... Elefantes indianos... Flechas incendiárias... Todos se assustam... Para onde? A bordo de um navio... O fogo grego... À América... México... Imolam-nos!... A China, a China!... Os mongóis... Pirâmides de caveiras... Num abrir e fechar de olhos Kien esgota todo o seu patrimônio histórico. Em parte alguma há salvação. Tudo sucumbe, aonde quer que nos arrastemos. Os inimigos nos descobrem... Castelos de cartas... Desmoronam as queridas civilizações, sob as mãos de bárbaros predadores, cruéis, vândalos, primitivos...

Eis que Kien se petrificou.

Estreitou uma à outra as pernas ressequidas. A destra cerrada em punho colocou-se em cima do joelho. Antebraço e coxa escoraram-se mutuamente. Com o braço esquerdo, Kien reforçou o peito. A cabeça soergueu-se levemente. Os olhos miravam regiões longínquas. Kien tentou fechá-los. Ao verificar que se recusavam, percebeu que era um sacerdote egípcio esculpido em granito. Petrificado, transformara-se em estátua. A História não o abandonara. No Egito antigo, Kien encontrou um abrigo seguro. Enquanto a História o acudisse, ninguém poderia assassiná-lo.

Therese tratava-o como se ele fosse de ar. "Não, de pedra!", corrigia Kien. Gradualmente seu medo deu lugar a uma forte sensação de paz. Ela evitará meter-se com uma pedra. Quem cometeria a besteira de machucar a mão numa pedra? Lembrou-se das arestas de seu corpo. A pedra é boa, mas arestas são ainda melhores. Seus olhos, aparentemente buscando o infinito, examinavam os pormenores de seu físico. Kien lastimava conhecer-se muito pouco. A imagem que ele formava de seu corpo era magra. Desejava ter um espelho na escrivaninha. Gostaria de dar uma espiada sob a pele de suas roupas. Se pudesse agir de acordo com sua sede de saber, ter-se-ia desnudado totalmente, para se passar em revista. Estudaria e estimularia seus ossos, um a um. Ah, sim, ele suspeitava da existência de cantos ocultos, de duras e agudas pontas ou bordas. As bossas substituíam-lhe o espelho. Aquela fêmea não respeitava um sábio. Atrevera-se a tocar nele, como se um erudito fosse um homem comum. Para puni-la, era preciso converter-se numa pedra em cuja imensa dureza se despedaçassem os planos dela.

Todo santo dia, repetia-se o mesmo jogo. A vida de Kien, destruída pelos punhos da mulher, essa vida distanciada dos livros novos tanto como dos velhos, em virtude da cupidez de Therese e da sua própria, enfrentava uma tarefa genuína. De manhã, Kien se levantava três horas antes dela. Poderia ter aproveitado esses momentos mais calmos do dia para trabalhar. Era o que fazia, mas aquilo que outrora se afigurava a ele como trabalho ficava muito longe, relegado a um futuro melhor. Kien concentrava as energias indispensáveis ao exercício de sua arte. Sem ócio não há arte. Logo depois do sono, só raras vezes se conseguem proezas perfeitas. É preciso relaxar, aproximar-se livre e despreocupadamente do ato criador. Assim, Kien passava quase três horas ociosamente à escrivaninha. Permitia que vários pensamentos lhe atravessassem a cabeça, embora prestasse atenção para que não o afastassem em demasia do seu desígnio. Pois cada vez que o ponteiro do relógio escondido em seu cérebro – derradeiro resquício da rede intelectual com a qual outrora aprisionara o tempo – dava alarme, em face da iminência das nove horas, Kien começava a petrificar-se lentamente. Sentia o frio espalhar-se por seu corpo e o avaliava à base da uniformidade com que se distribuísse. Havia dias em que a metade esquerda do corpo se esfriava mais depressa que a direita, e isso causava um sério desassossego em Kien. "Vá para o outro lado!", ordenava então, e correntes cálidas, enviadas da direita, corrigiam o erro cometido pela esquerda. Sua perícia na técnica de se petrificar aumentava constantemente. Após obter a consistência de pedra, examinava a dureza do material, pressionando levemente com as coxas o assento da cadeira. Essa prova de dureza durava poucos segundos, já que uma pressão mais demorada esmagaria a cadeira. Mais tarde, receando pelo destino dela, também a convertia em pedra. Se, durante o dia, caísse em presença da mulher, tornaria ridícula a rigidez, além de padecer dores terríveis. O granito é pesado. Com o tempo, a prova fez-se supérflua, uma vez que Kien sentia exatamente o grau de dureza.

Das nove da manhã às sete da noite, ele permanecia na sua posição incomparável. Na escrivaninha achava-se um livro aberto, sempre o mesmo. Ele não se dignava olhá-lo. Seus olhos preocupavam-se exclusivamente com regiões longínquas. A mulher mostrava-se bastante inteligente para nunca incomodá-lo durante essa exibição. Percorria afanosamente o quarto. Ao perceber a que ponto os trabalhos domésticos haviam impregnado o ser de Therese, Kien reprimia um sorriso inconveniente. Ela sempre descrevia amplas curvas ao redor da estátua monumental do Egito antigo. Não lhe oferecia nem comida nem insultos. Kien se abstinha da fome e de todas as demais necessidades físicas. Às sete horas, infundia calor e alento à pedra, que rapidamente se avivava. Aguardava até que Therese se encontrasse no canto mais remoto do quarto. Com relação à distância, desenvolvera um sentido infalível. Levantava-se então de um pulo e depressa saía de casa. Enquanto, num restaurante, ingeria a única refeição do dia, quase adormecia de tão cansado. Absorvia-se em reflexões sobre as dificuldades do dia que acabava de transcorrer e, sempre que lhe vinha uma boa ideia para o amanhã, meneava a cabeça, dando a sua aprovação. Desafiava a todos quantos quisessem enfrentar a tarefa de se transformar em estátuas, mas ninguém se apresentava. Às nove horas, estava na cama dormindo.

Também Therese adaptava-se aos poucos à restrição do ambiente. Movimentava-se livremente pelo quarto recém-conquistado, sem que ninguém a perturbasse. De manhã, antes de calçar meias e sapatos, esfregava carinhosamente os pés no tapete. Era o mais lindo de todo o apartamento. Já não se viam as manchas de sangue. A seus velhos calos fazia bem serem afagados pelo tapete. Enquanto ela estava em contato com ele, perpassavam-lhe pela cabeça numerosas visões amenas. Quem a importunava era apenas esse homem, que não lhe permitia nenhum prazer.

No seu silêncio pétreo, Kien alcançara tamanho virtuosismo que a própria cadeira que usava, aquele troço velho, teimoso, só raras vezes rangia. As três ou quatro ocasiões em que o móvel se manifestava nitidamente, entrecortando a ausência de ruídos, tornavam-se para ele uma fonte de desgosto. Considerava-as os primeiros sinais de fadiga, e por isso fazia questão de não atentar nelas.

Therese farejava o perigo já no primeiro rangido. Abandonando o seu estado de felicidade, deslizava às pressas em direção aos sapatos e às meias. Enquanto os calçava, prosseguia na sequência de seus pensamentos. Ruminava que só por compaixão conservava esse homem em casa. A cama de Kien realmente ocupava pouco espaço. Ela necessitava das chaves da escrivaninha, uma vez que ali estava guardado o talão de cheques de Kien. Enquanto não o possuísse e com ele o resto do dinheiro, concederia ao homem, por alguns dias ao menos, o teto acima de sua cabeça. Talvez acontecesse então que ele, lembrando-se dos seus haveres, se arrependesse de tê-la tratado tão mal. Sempre que alguma coisa se movimentava perto dele, acossavam-na dúvidas quanto à obtenção do talão, que em outras ocasiões lhe parecia assegurada. De um pedaço de lenha, ao qual Kien se assemelhava a maior parte do tempo, Therese não temia resistência alguma. Mas do marido vivo aguardava o pior, inclusive o furto dos cheques que lhe pertenciam.

À tarde, a tensão entre os dois crescia violentamente. Ele reunia as minguadas sobras de sua energia, a fim de não se esquentar cedo demais. Therese enfurecia-se em face da ideia de que o homem logo se encaminharia ao restaurante, para se empanturrar e embriagar-se, gastando o dinheiro que ela ganhara a duras penas e do qual apenas muito pouco restava. Há quanto tempo esse sujeito já vivia à larga, sem trazer vintém nenhum para casa?

Todo ser humano tem coração. Será que ela é uma pedra? Cumpre salvar essa mísera fortuna. Criminosos andam em busca dela feito loucos, e cada um deseja logo pegar o seu quinhão. Esse pessoal não tem vergonha. Ela é uma mulher desamparada. O homem, em vez de acudi-la, embriaga-se. Já não presta para nada. Em outros tempos, escrevinhava, enchendo páginas e páginas que valiam algum dinheiro. Agora é preguiçoso demais, até para isso. Bolas, ela não mantém um asilo de mendigos. Que ele recorra à assistência social! Ela não tem lugar para bocas inúteis. Ele é capaz de reduzi-la à miséria. Que a miséria fique com ele e não com ela! Ela na miséria, não, muito obrigada! A esse homem ninguém dará esmolas na rua. Tem aparência de pobre, mas será que sabe pedir gentilmente? Nem pensa nisso. Pois então que morra de fome. Vamos ver o que lhe acontecerá quando a bondade dela chegar ao fim. A velha sua mãe, benza-a Deus, também morreu de fome, e agora aquele homem terá o mesmo destino.

Dia a dia, o furor de Therese galgava degraus cada vez mais altos. Ela o pesara, para verificar se era suficiente para a execução de uma façanha decisiva, e constatou que ainda era demasiado leve. A cautela com que procedia era igualada apenas por sua tenacidade. Dizia de si para si: ele é pobre demais, hoje ainda não posso fazer frente a ele; e, sem hesitar, interrompia a ira, a fim de guardar um resto para o dia de amanhã.

Certa tarde – Therese mal pusera seus ferros ao fogo e apenas alcançara uma temperatura moderada – a cadeira de Kien rangeu três vezes seguidas. Essa insolência, era só o que lhe faltava! Ela o atirará ao fogo, a ele, essa acha de lenha comprida, junto com a cadeira, da qual fazia parte. Haverá estalos e altas labaredas. Um violento calor há de penetrar os ferros. Ela os retirava com as mãos. Não tinha medo das brasas, até estivera à espera delas. Agarrava-os, um a um, fossem quais fossem seus nomes – mendigo, bêbado, celerado – e com eles aproximava-se da escrivaninha. Até mesmo a essa altura, prontificava-se a negociar com ele. Se ele lhe entregasse voluntariamente o talão de cheques, só o atiraria na rua depois de tê-lo recebido. Se ele não falasse, ela não diria nada. Ele teria o direito de ficar ali até que ela encontrasse o talão. Ele deveria, no entanto, deixá-la procurar. Chegara a hora de acabar com aquilo.

Logo após o triplo rangido da cadeira, Kien, com a sensibilidade peculiar das estátuas, deu-se conta de tudo que estava em jogo para sua arte. Ouvia a chegada de Therese. Reprimia um acesso de alegria por achá-lo nocivo à sua frieza. Tinha treinado três semanas a fio. Raiou o dia da revelação. Agora se manifestará a perfeição de sua proeza. Dela, Kien tinha tanta certeza como nenhum artista de outros tempos. Rapidamente, antes que rebentasse a tempestade, infundiu a seu corpo uma dose suplementar de frio. Apertou as plantas dos pés contra o assoalho. Eram duras como pedras; grau de dureza dez; diamante; arestas agudas, cortantes! Na língua, longe dos golpes, prelibava um pouco da pétrea tortura que estava preparada para essa megera.

Therese agarrou-o pelos pés da cadeira e afastou-o laboriosamente do seu lugar. Largou a cadeira; avizinhou-se da escrivaninha; puxou uma gaveta. Perscrutou-a. Não achou coisa alguma. Passou para a seguinte. Tampouco na terceira, na quarta, na quinta, encontrou o que desejava. Kien compreendeu: era um estratagema. Ela não procurava nada. O que poderia Therese procurar? Para ela, os manuscritos eram todos iguais. Papel já estava à mão na primeira gaveta. A mulher se fiava na curiosidade dele. Certamente ele devia perguntar o que ela fazia ali. Depois de falar, ele deixaria de ser granito, e ela o mataria. Therese tentava aliciá-lo para fora da pedra. Dava puxões e encontrões na escrivaninha. Mas Kien conservava o sangue-frio. Nem sequer respirava.

Ela promoveu uma desordem indescritível entre os papéis. Deixava a maior parte em cima do móvel, em vez de recolocá-los no devido lugar. Muitas folhas caíram ao chão. Kien sabia muito bem o que continham. Ela juntava outros em ordem errada. Tratava os manuscritos do marido como se fossem farrapos. Os dedos de Therese eram rudes e mereciam ser metidos num torno. Nessa escrivaninha estavam depositados o esforço e a paciência de decênios.

A desaforada atividade de Therese agastava Kien. Ela não tinha direito de mexer dessa forma nos papéis. Que lhe interessavam os estratagemas da mulher? Ele precisará das anotações no futuro. O trabalho o espera. Ah, se pudesse iniciá-lo já! Ele não nasceu para ser artista. A arte lhe custa muito tempo. Ele é um pesquisador. Quando virão tempos melhores? Sua arte faz parte apenas de um período de transição. Perde semanas e semanas com ela. Há quanto tempo dedica-se a ela? Vinte, não, dez, não, cinco semanas. Ele não sabe o número certo. Os tempos são confusos. Eis que Therese suja seu mais recente tratado. Ele se vingará terrivelmente. Receia perder a compostura. Therese agita a cabeça, lança-lhe olhares cheios de ódio, detesta a rígida imobilidade que ele mantém. Kien, porém, não se sente tranquilo. Não aguenta esta situação. Quer paz. Vai submeter uma proposta à mulher: trégua. Que ela afaste os dedos; esses dedos lhe despedaçam a papelada, os olhos, o cérebro. Que feche as gavetas, retire-se da escrivaninha, que é o lugar que pertence a ele. Ele não a admite ali. Poderia esmagá-la se conseguisse falar. A pedra é muda.

Therese empurra com a saia as gavetas vazias para dentro da escrivaninha. Pisa nos manuscritos espalhados pelo chão. Cospe em tudo quanto se acha em cima da mesa. Inflamada pela fúria, rasga o conteúdo da última gaveta. O impotente rangido do papel perpassa o esqueleto e a medula de Kien. Reprimindo o calor que o invade, tenciona levantar-se, ainda pedra fria, para espatifá-la com sua dureza. Há de recolher os pedaços de Therese e moê-los até se converterem em pó. Ele se desmoronará por cima dela, irromperá qual terrível praga egípcia. Agarrará a si mesmo – a tábua dos Dez Mandamentos – e com ela apedrejará seu povo. Seu povo esqueceu-se dos mandamentos divinos. Deus é poderoso, e Moisés ergue o braço punidor. Quem possui a dureza divina? Quem é frio como Deus?

Súbito, Kien se levanta e com ímpeto investe contra Therese. Permanece inteiramente mudo. Cerra os lábios, aperta-os entre os dentes, usando-os como torquês. Se falasse, deixaria de ser pedra. Os dentes afundam-se na língua.

– Onde está o talão de cheques? – ressoa o grito estridente de Therese, antes de ela cair em pedaços. – Onde está o talão, seu bêbado? Criminoso! Ladrão!

Então ela procurava os cheques! As últimas palavras da mulher o fazem sorrir.

Mas não são as últimas. Ela o apanha pela cabeça e a empurra contra a escrivaninha. Acotovela-o entre as costelas. Urra:

– Saia do meu apartamento! – Escarra, cospe-lhe na cara. Kien sente tudo o que lhe ocorre. Isso dói. Ele não é de pedra. Como Therese não se despedaça, despedaça-se a própria arte dele. Tudo é mentira. Não há fé. Deus não existe. Kien esquiva-se, defende-se, devolve os golpes, acerta no alvo, tem ossos pontudos.

–Vou apresentar queixa! Os ladrões devem ser postos no xadrez! A polícia vai encontrar o talão! Saia de minha casa!

Ela o puxa pelas pernas a fim de derrubá-lo. Quando ele estiver deitado no chão, poderá maltratá-lo à vontade, como naquele dia. Mas Therese não consegue. Kien é forte. Eis que a mulher o agarra pela gola e o arrasta para fora do apartamento. Fecha a porta com um estrondo violento. No patamar, Kien cai ao chão. Como está cansado! A porta se reabre. Therese lhe atira o casacão, o chapéu, a pasta.

– Não se atreva a mendigar outra vez! – grita, enquanto desaparece. Cedeu-lhe a pasta porque está vazia. Mas os livros ficam com ela no apartamento.

O talão de cheques está no bolso de Kien. Feliz da vida, aperta-o ao coração, apesar de se tratar apenas de um documento bancário. Therese não suspeita de quanta coisa lhe escapa junto com o mendigo. Ora, onde já se viu um ladrão que sempre traz consigo o próprio crime?

Segunda parte

Um mundo sem cabeça

O paraíso ideal

Desde que fora enxotado de seu apartamento, Kien andava sobrecarregado de trabalho. O dia todo, percorria a cidade tenazmente, em passo comedido. Já cedo começava a movimentar as compridas pernas. Ao meio-dia não se concedia nem alimentos nem repouso. Para poupar forças, subdividira seu campo de atividades em setores, aos quais se atinha escrupulosamente. Na pasta, levava consigo um imenso mapa da cidade, escala 1:5 000, no qual as livrarias estavam assinaladas por estimulantes círculos vermelhos.

Entrava numa livraria e perguntava pela pessoa do proprietário. No caso de este ter saído ou estar viajando, contentava-se com o primeiro assistente.

– Necessito urgentemente das seguintes obras para um trabalho científico – dizia e, de uma folha inexistente, lia uma longa lista de títulos. Para não ter de repetir nenhum, pronunciava os nomes dos autores com nitidez e lentidão quase exageradas. Tratava-se, afinal de contas, de obras raras, e ninguém podia imaginar a falta de cultura de pessoas dessa categoria. Mesmo lendo, olhava de esguelha e com atenção as fisionomias dos que escutavam. Entre um e outro título, inseria brevíssimas pausas. Gostava de lançar nomes difíceis na cara do interlocutor, que ainda não se refizera do anterior. As fisionomias pasmadas divertiam-no. Alguns pediam: "Um momentinho!". Outros passavam a mão pela testa ou pelas têmporas. Mas Kien prosseguia calmamente na sua enumeração. Suas anotações continham de duas a três dúzias de volumes. Em casa possuía todos eles e agora os recuperava. Os exemplares em duplicata, que por algum tempo representariam um peso morto, poderiam ser vendidos ou trocados por outros livros mais tarde. De resto, essa sua nova atividade não lhe custava nenhum vintém. Na rua ele preparava as listas. Em cada livraria, lia uma. Terminado isso, dobrava a folha com poucos movimentos certeiros, punha-a no bolso do casaco ao lado das demais, fazia uma desdenhosa mesura e saía da loja. Não aguardava a resposta. Que lhe poderiam responder esses ignorantes? Se se dignasse a dar-lhes explicações a respeito dos livros desejados, apenas perderia mais tempo. Ora, ele acabava de perder três semanas inteiras naquele estado estranho, rijo, petrificado, diante da escrivaninha. Para reparar tal omissão, caminhava o dia todo, com tamanha perícia, tamanha obstinação, tamanha diligência que, modéstia à parte, podia sentir-se satisfeito consigo mesmo, e realmente se sentia.

As pessoas com as quais se punha em contato reagiam de modo diverso, de acordo com o caráter e a disposição do momento. Alguns, muito poucos, ficavam agastados porque ele não os deixava falar, mas a maioria sentia-se feliz por poder escutá-lo. Vendo-o, ouvindo-o, percebia-se a imensidão de sua sabedoria. Uma frase de Kien equivalia ao estoque de bem sortidas livrarias. Só raramente reconhecia-se a plenitude da sua importância. Se não fosse assim, aqueles míseros bobalhões largariam todos eles o trabalho para se aglomerarem ao redor dele, arregalando os ouvidos e devorando cada palavra, até que lhes rebentassem os tímpanos. Quando encontrariam novamente tal portento de erudição? Na maioria das vezes, apenas um deles aproveitava a oportunidade de ouvir Kien. Temiam-no, como a todo grande homem. Ele lhes parecia por demais estranho, por demais distante, e o acanhamento dessa gente, se bem que ele estivesse decidido a não notá-lo, comovia-o no âmago do seu coração. Mal lhes virasse as costas, falariam o dia todo sobre ele e suas listas. Em última análise, o dono da livraria e seu pessoal não tinham outra função que não a de serem seus empregados particulares. Ele lhes concederia a felicidade de mencioná-los coletivamente em sua biografia. Tudo somado, essa gente não se comportava mal. Admiravam-no e forneciam-lhe o que necessitasse. Intuíam com quem estavam lidando e, pelo menos, tinham suficiente força para ficarem calados em sua presença. Pois Kien nunca entrava duas vezes na mesma livraria. Quando em certa ocasião o fez por engano, o pessoal o pôs na rua. Era mais do que podiam suportar. Sua figura oprimia-os. Por isso, livraram-se dela. Ele, por sua vez, compreendia perfeitamente a inferioridade dessa gente. Foi no dia em que adquiriu o mapa da cidade, com os mencionados círculos vermelhos. Nas livrarias já visitadas traçava cruzinhas, pois as considerava liquidadas.

Toda essa atividade tinha, aliás, desígnio urgente. A partir do momento em que pisava na rua, Kien concentrava seu interesse exclusivamente nas dissertações que o aguardavam em casa. Tencionava concluí-las. Sem uma biblioteca, isso não era possível. Ponderando o problema, compilava listas da literatura especializada de que necessitaria. As listas constituíram-se espontaneamente. Excluindo arbitrariedades e caprichos, Kien só admitia a compra de obras indispensáveis para o seu trabalho. Certas circunstâncias obrigavam-no a manter provisoriamente fechada a biblioteca de casa. Aparentemente conformava-se com essa situação, mas, na realidade, passava a perna no destino. Não sacrificava nenhuma polegada do reino de sua ciência. Comprava tudo de que precisava. Dentro de poucas semanas reencetaria o trabalho. Seu plano de guerra era grandioso e adequado a determinada conjuntura. Ele não se deixaria subjugar. Em liberdade, abriria suas asas geniais. Com cada dia passado em gloriosa independência, crescia seu formato, e o fato de acumular-se nesse ínterim uma nova bibliotecazinha de alguns milhares de volumes pagava regiamente o trabalho realizado. Kien receava até que ela pudesse aumentar desmedidamente. À noite dormia em hotel. Como poderia transportar a carga cada vez mais pesada? Porém, graças à sua memória indestrutível, trazia na cabeça toda a biblioteca nova. E sua pasta permanecia sempre vazia.

À tardezinha, após o fechamento das lojas, Kien dava-se conta de seu cansaço. Logo após sair da última livraria, encaminhava-se ao hotel mais próximo. Chegando sem bagagens e com roupas puídas, despertava a desconfiança dos porteiros. Estes, tencionando despachá-lo rudemente e já se alegrando com essa ideia, permitiam que ele pronunciasse duas ou três frases. Kien dizia então que queria um quarto espaçoso e tranquilo para uma noite. Se, no entanto, não houvesse um quarto nessas condições, a não ser na vizinhança de mulheres, crianças ou pessoas da ralé, que lhe comunicassem desde já, pois nesse caso não o aceitaria. Ao ouvirem a palavra "ralé", os porteiros sentiam-se desarmados. Ainda antes que lhe indicassem o quarto, Kien puxava a carteira e se prontificava a pagar antecipadamente. Como ele acabara de retirar todo o saldo de sua conta bancária, a carteira estava recheada de notas respeitáveis. Por amor a elas, os porteiros abriam parte de seus olhos, que normalmente nenhum hóspede, nem sequer as altas personalidades ou turistas americanos, tinha oportunidade de avistar. Com sua letra exata, alta, angulosa, Kien preenchia a ficha de registro. Quanto à profissão, escrevia: "proprietário de biblioteca". Com relação ao estado civil, não se manifestava. Não era nem solteiro, nem casado, tampouco divorciado, coisa que expressava por meio de um traço em diagonal. Dava aos porteiros gorjetas fantásticas, quase metade do preço do quarto. Cada vez que pagava, regozijava-se com o fato de Therese não ter encontrado o talão de cheques. As entusiasmadas mesuras causavam-lhe grande satisfação: mantinha-se impassível, como um lorde inglês. Contra seu costume – ele detestava qualquer conforto originado pelo progresso técnico – usava o elevador, já que à noite, em virtude do cansaço, a biblioteca que ele trazia na cabeça pesava demais. Dava ordem para que lhe servissem o jantar no quarto. Essa era a única refeição que fazia ao longo de todo o dia. A seguir, dando-se o luxo de um leve descanso, depositava a biblioteca em algum lugar e verificava se realmente havia espaço suficiente para ela.

No início, quando sua liberdade ainda era recente, não ligava muita importância às peculiaridades do quarto. Afinal de contas, tratava-se apenas de dormir ali, e para os livros haveria lugar no sofá. Mais tarde, porém, passou a utilizar também o guarda-roupa. Em breve, a biblioteca superava a capacidade de ambos. A fim de tirar proveito do tapete sempre sujo, Kien tocava a campainha e chamava a camareira, a quem pedia que arranjasse dez folhas de papel de embrulho bem limpo. Estendia-as no tapete e em todo o assoalho. Quando sobrava um pouquinho cobria o sofá e forrava o fundo do armário. Assim pegou, por algum tempo, o hábito de encomendar toda noite, além da comida, provisões de papel de embrulho. O papel usado era abandonado sempre que saía do hotel na manhã seguinte. Os livros formavam pilhas cada vez mais altas, mas, mesmo que desmoronassem, não ficariam sujos, pois havia papel de embrulho em toda parte. Às vezes ocorria a Kien acordar à noite, muito nervoso, porque tinha certeza de ter ouvido o ruído de livros caindo.

Certa vez as pilhas ficaram excessivamente altas. Já tinha adquirido uma quantidade enorme de novas obras. Mandou vir uma escada. Quando perguntaram para que precisava dela, respondeu asperamente:

– Isso não é da sua conta!

A camareira era uma criatura medrosa. Havia pouco acontecera num dos quartos um roubo que quase lhe custara o emprego. Ela dirigiu-se ao porteiro e, toda exaltada, comunicou o pedido do cavalheiro do número 39. O porteiro, bom psicólogo e conhecedor dos homens, sabia o que devia a Kien, por causa da gorjeta, se bem que já a tivesse no bolso.

– Vá dormir, menina! – respondeu, sorrindo ironicamente. – Eu me encarrego do bandido.

A moça não se mexia.

– Esse sujeito é tão estranho – disse timidamente. – Parece um mastro de bandeira. Primeiro pediu papel de embrulho e agora quer uma escada. Todo o chão do quarto está coberto de papel de embrulho.

– Papel de embrulho? – perguntou ele. Essa informação causava-lhe a melhor das impressões, uma vez que somente pessoas muito distintas levavam em conta as questões de asseio.

– Claro. Isso mesmo – disse ela, toda faceira porque o porteiro lhe dava atenção.

– Você sabe quem é esse senhor? – indagou ele. Nem mesmo ao falar com sua empregada referia-se a "esse sujeito". Disse "esse senhor" e prosseguiu: – É o proprietário da Biblioteca da Corte!

Pronunciava cada sílaba dessa profissão imponente, como se se tratasse de um artigo de fé. Para impor silêncio à rapariga, acrescentou por sua conta as palavras "da Corte". E dava-se conta do grau de distinção de um cavalheiro que as omitia ao preencher a ficha de registro.

– A Corte não existe mais, ora essa!

– Mas a Biblioteca da Corte existe ainda, bobalhona! Que pensa que fizeram com os livros? Acha que os comeram?

A moça calou-se. Gostava de exasperar o porteiro, porque ele era muito forte e só reparava nela quando ficava furioso. Consultava-o por qualquer bagatela. Durante alguns instantes ele a suportava, mas, quando se enfurecia, era preciso ter cuidado. A ira do porteiro aumentava as energias da camareira. De bom grado entregou a escada a Kien. Poderia chamar o criado e, no entanto, tomou o trabalho a si, a fim de obedecer ao porteiro. Perguntou ao senhor proprietário da Biblioteca da Corte se podia ajudá-lo em alguma coisa.

– Sim – respondeu Kien. – Você me ajudaria se saísse do quarto já.

Em seguida, fechou a porta a chave e, desconfiando daquela criatura importuna, tapou com papel o buraco da fechadura. Cuidadosamente colocou a escada entre os montes de livros. Subiu nela e tirou da cabeça pacote por pacote, tudo conforme a ordem das listas. Assim enchia o quarto até o teto. Apesar da carga, não perdia o equilíbrio no topo da escada. Sentia-se como um acrobata. Desde que obtivera sua independência, solucionava com a mais absoluta facilidade quaisquer problemas. Acabava de concluir o arranjo, quando alguém bateu discretamente à porta. Kien agastou-se com o incômodo. Devido à experiência com Therese, a ideia de que pessoas ignorantes pudessem olhar seus livros apavorava-o terrivelmente. Era a camareira que – ainda por devoção ao porteiro – solicitava timidamente a devolução da escada.

– Ora, o senhor proprietário da Biblioteca da Corte não vai dormir com a escada no quarto! – Seu zelo era sincero. Ela contemplava com curiosidade, carinho e inveja aquele sinistro mastro de bandeira e desejava apenas que o porteiro também fizesse tanto caso dela.

A Kien, o modo de falar da rapariga lembrava o de Therese. Se ela fosse Therese, a camareira lhe inspiraria medo, mas, como apenas reavivasse nele a recordação daquela mulher, gritou:

– A escada fica aqui! Vou dormir com a escada!

"Deus meu! Que sujeito distinto!", pasmou a moça, enquanto se retirava assustada. Não o julgara tão distinto a ponto de estar proibida de falar com ele.

Kien, porém, tirou as consequências desse incidente. Custasse o que custasse, devia evitar o contato com o sexo feminino, desde governantas ou esposas até camareiras. A partir desse dia, fez questão de quartos tão espaçosos que fosse desnecessário utilizar uma escada. Quanto ao papel de embrulho, levava-o consigo na pasta. O garçom que ele chamava para que lhe servisse o jantar era um homem, felizmente.

Assim que sentia a cabeça aliviada da carga, deitava-se na cama. Antes de adormecer, comparava sua situação atual com o estado anterior das coisas. De qualquer jeito, seus pensamentos noturnos retornavam, frequentemente e prazerosamente, a Therese, uma vez que ele pagava todas as despesas com o dinheiro que salvara dela, graças à sua bravura pessoal. Com os assuntos financeiros, imediatamente surgia diante de Kien a imagem da mulher. Durante o dia, ele não precisava lidar com dinheiro. Além do almoço, privava-se também do bonde, e isso por boas razões. O empreendimento sério, grandioso, que ele enfrentava a essa altura não devia ser enxovalhado por nenhuma Therese. Therese era a moedinha que as gentes agarravam. Therese era a palavra proferida por algum analfabeto. Therese era a pedra amarrada ao espírito da Humanidade. Therese era a personificação da loucura.

Enclausurado meses a fio junto com uma louca, Kien acabara por já não resistir à perniciosa influência da doença da mulher. Contagiara-se. Excessivamente avarenta, Therese lhe transmitira parte de sua cobiça. A devoradora avidez de livros alheios desviara-o dos seus próprios. Ele quase teria assaltado a mulher, por causa daquele suposto milhão. Seu caráter, sempre em contato íntimo, violento, com Therese, correra o risco de naufragar nos recifes do dinheiro. Não naufragara, todavia. Seu corpo inventara uma forma de proteção. Se ele tivesse continuado a movimentar-se livremente através do apartamento, teria contraído, sem possibilidade de cura, a doença da mulher. Por isso lhe pregara a peça da estátua. Obviamente não se podia transformar em pedra genuína, mas bastara que *ela* o tomasse por granito. Tendo medo da pedra, Therese não se aproximara dela. A arte com que ele se conservara na cadeira, imóvel, durante longas semanas, deixara-a confusa. Ora, ela estava confusa de qualquer jeito. E, depois desse truque sagaz, já não conhecia a índole dele. Assim, tivera o tempo necessário para livrar-se da mulher. Mal se sentira suficientemente forte, forjara o plano da fuga. Urgia escapar dela e, todavia, mantê-la presa. Para que a fuga tivesse êxito, cumpria fazê-la crer que *ela* o enxotara de casa. Por isso, escondera os cheques. Durante semanas e semanas, Therese vasculhara o apartamento inteiro. A doença consistia justamente no afã de sempre procurar alguma coisa. Não encontrara o talão em parte alguma. Finalmente ousara avizinhar-se da escrivaninha. Foi quando se chocou com ele. A decepção intensificara-se, transformando-se em raiva, e ele aumentou a cólera de Therese, até que ela, totalmente transtornada, expulsou-o do seu próprio apartamento. Lá fora ele estava são e salvo. Ela julgava ter triunfado e, no entanto, quem a encarcerava em casa era ele. Therese certamente não ia escapar, e daí por diante ele ficaria garantido contra os estratagemas da mulher. Era bem verdade que sacrificara o apartamento, mas quanta coisa não faz um homem para salvar a vida, sobretudo quando esta pertence à ciência?

Enquanto estendia o corpo debaixo do cobertor, empenhava-se em pô-lo em contato com o máximo de lençol. Pedia aos livros que não desmoronassem. Afirmava estar cansado e necessitar de repouso. Já meio sonolento, murmurava:

– Boa noite.

Saboreou três semanas de sua nova liberdade, aproveitou-a com admirável assiduidade. Ao fim delas, percorrera todas as livrarias da cidade. Certa tarde, já não sabia aonde ir. Recomeçar tudo desde o começo e entrar nas lojas já visitadas, na mesma ordem de antes? Não o reconheceriam? Ele preferia esquivar-se de possíveis insultos. Não figurava sua fisionomia entre aquelas que qualquer pessoa gravava imediatamente na memória? Plantando-se diante do espelho de uma barbearia, examinava suas feições. Tinha olhos azulados. Nada de bochechas. A testa parecia-se com um barranco sulcado. O nariz, crista vertical assustadoramente estreita, precipitava-se no abismo. Bem embaixo, totalmente ocultos, agachavam-se dois minúsculos insetos negros. Ninguém poderá supor que fossem narinas. A boca era uma fenda de autômato. De ambas as têmporas, duas rugas escarpadas, quais cicatrizes artificiais, desciam rumo ao queixo e se encontravam na ponta. Graças a elas e ao nariz, o rosto, já comprido e delgado, subdividia-se em cinco faixas espantosamente estreitas; estreitas, sim, mas rigorosamente simétricas. Em parte alguma havia um lugar onde uma pessoa pudesse deter-se, e o próprio Kien não se detinha por muito tempo. Pois, ao enxergar a si mesmo, ele, que não tinha o hábito de olhar-se, sentia-se subitamente solitário. Resolveu meter-se no meio de muita gente. Talvez pudesse esquecer ali o isolamento de seu rosto. Talvez se descortinasse para ele dessa forma um modo de continuar suas atividades anteriores.

Kien dirigiu o olhar para as vitrinas das lojas que o rodeavam. Elas representavam uma parcela da cidade cuja existência ele nunca notara. E lia: "O Paraíso Ideal". Entrou com manifesto prazer. Afastou as pesadas cortinas. A fumaceira horrorosa tornava o ar irrespirável. Como para defender-se, Kien avançou mecanicamente dois passos. O corpo anguloso cortava, como uma faca, a espessa atmosfera. Os olhos lacrimejavam. Arregalava-os, na tentativa de ver alguma coisa. Lacrimejavam ainda mais, e ele não enxergava nada. Um vulto preto conduziu-o a uma mesinha e ordenou-lhe que se sentasse. Kien obedeceu. Depois de encomendar para ele um café duplo, o vulto sumiu nas brumas. Nessa região exótica do mundo, Kien agarrava-se à voz de seu guia. Constatava que era masculina, mas indistinta e por isso repugnante. Regozijava-se ao verificar que mais uma vez um ser humano era tão desprezível, como, na sua opinião, a maioria das criaturas. Uma mão gorda colocava à sua frente uma xícara de café. Kien agradeceu cortesmente. Por um instante, a mão permaneceu estatelada na mesa, num gesto de espanto. A seguir, comprimia-se no mármore, toda plana, abrindo em leque os cinco dedos. "Por que esse sorriso safado?", perguntou-se Kien. E sua desconfiança cresceu.

Quando retirou-se a mão, junto com o homem que fazia parte dela, Kien conseguiu novamente usar os olhos. A cerração dividia-se. Suspeitoso, o olhar de Kien seguiu o indivíduo comprido e macilento, tal e qual ele próprio. O vulto estacou diante de um balcão, virou-se, apontou para o freguês com o braço estendido. Ao proferir algumas palavras ininteligíveis, rebentou em riso. A quem se dirigia ele? Nas proximidades do balcão não havia absolutamente ninguém. O estabelecimento estava incrivelmente sujo e revelava desleixo total. Atrás do balcão, distinguia-se nitidamente um montão de farrapos coloridos. Essa gente tinha preguiça até de abrir um armário. Jogavam tudo no espaço entre o balcão e o espelho. Não tinham vergonha nem sequer dos fregueses! Kien começou a interessar-se por estes também. Em quase todas as mesinhas estavam sentados sujeitos peludos, com caras de macaco, cada qual a fitá-lo obstinadamente. Nos fundos da sala, estridulavam vozes de garotas estranhas. O Paraíso Ideal tinha teto muito baixo. Toldavam-no nuvens pardas, imundas.

De quando em quando, o resto de uma estrela penetrava nas turvas camadas. Tempos atrás, astros dourados tinham sido disseminados por todo o firmamento. A maior parte deles fora apagada pela fumaça, e os demais sofriam de falta de luz. O mundo ficava pequeno sob esse céu. Caberia com toda facilidade num quarto de hotel. Parecia grande e confuso somente enquanto as brumas iludiam o espectador. Cada mesinha de mármore levava uma vida de planeta isolado; no entanto, em conjunto, todas elas produziam o bodum do universo. Todos os presentes fumavam, permaneciam calados, golpeavam com os punhos o mármore duro. De alguns nichos minúsculos ressoavam gritos de socorro. De repente, um vetusto piano se fez ouvir. Kien procurou-o em vão. Onde o haviam escondido? Alguns indivíduos idosos, esfarrapados, com bonés na cabeça, abriam com gestos indolentes as espessas cortinas da entrada. Devagar deslizavam entre os planetas, ora saudando um, ora ameaçando outro, e finalmente se acomodavam onde lhes era tributada a acolhida mais hostil. Pouco depois, o estabelecimento oferecia um aspecto completamente diferente. Qualquer movimento tornava-se impossível. Quem teria coragem suficiente para pisar nos pés de um sujeito dessa laia? Kien era o único a ter, por enquanto, uma mesa só para si. Com receio de levantar-se, ficou no seu lugar. De mesa em mesa, voavam palavrões. A música infundia a essa gente força e vontade de brigar. Quando o piano se calava, caíam todos num lerdo marasmo. Kien pôs as mãos à cabeça. Que criaturas eram essas?

Nesse momento surgiu ao seu lado uma enorme corcunda. Perguntou se podia sentar-se à mesa. Aguçando os olhos, Kien olhou para baixo. Onde se encontrava a boca da qual saíam essas palavras? Mas logo o portador da corcunda, um anão, galgou a cadeira num pulo. Conseguiu instalar-se nela corretamente. A seguir, dirigiu para Kien um par de olhos grandes e melancólicos. A ponta do nariz fortemente adunco achava-se nas proximidades do queixo. A boca era tão pequena quanto o próprio homem, mas não era possível localizá-la. Nada de fronte, orelhas, pescoço, tronco – esse vulto constava unicamente de uma corcunda, um nariz majestoso e dois olhos negros, calmos e tristonhos. Durante longo tempo, não proferiu uma só palavra. Talvez aguardasse o efeito produzido por sua aparência. Kien habituou-se à situação alterada. Inopinadamente ouviu uma voz roufenha, a indagar sob a mesa:

– Como vão os negócios?

Kien olhou para baixo, ao longo de suas pernas. A voz rangia, indignada:

– Que acha que sou? Um cachorro?

Kien percebeu que quem falava era o anão. Não sabia o que devia responder quanto aos negócios. Contemplou o onipresente nariz do nanico e começou a desconfiar dele. Já que não era negociante, limitou-se a encolher os ombros quase imperceptivelmente. Sua indiferença provocou profunda impressão.

– Meu nome é Fischerle! – O nariz picava a tampa da mesa. Tendo pena do seu honrado nome, Kien não o revelou. Fez apenas uma cerimoniosa mesura, que pudesse ser interpretada como repúdio ou também como condescendência. O anão decidiu-se pela segunda alternativa. Expondo subitamente dois braços compridos como os de um gibão, agarrou a pasta de Kien. Seu conteúdo provocou-lhe um sorriso. Pelas comissuras que palpitavam à direita e à esquerda do nariz, manifestava-se finalmente a existência da boca.

– Trabalha no ramo de papel, não é? – crocitou, enquanto erguia bem alto uma folha de papel de embrulho cuidadosamente dobrada. Essa cena fez com que todo mundo reunido sob o firmamento estrelado soltasse em uníssono gargalhadas que pareciam relinchos. Kien, consciente da importância de seu papel, tinha ganas de gritar: "Que insolência!" e de arrancá-lo das mãos do pigmeu. Mas a própria intenção, por audaciosa que fosse, lhe parecia um crime hediondo. A fim de expiá-lo, esboçou uma expressão infeliz, embaraçada.

Fischerle insistia.

– Aqui tem uma novidade para vocês, pessoal, uma novidade! Um vendedor mudo!

Agitando o papel entre os dedos como gancho, amarfanhou-o no mínimo em dez lugares. O coração de Kien confrangia-se. Estava em jogo o asseio de sua biblioteca. Ah, se pudesse encontrar um meio de salvá-la. Fischerle pôs-se de pé numa cadeira – assim tinha exatamente a mesma altura de Kien sentado – e cantou em voz esganiçada:

– Eu sou o pequeno pescador,[1] ele é o peixe!

Ao pronunciar a palavra "eu", golpeava com o papel a própria corcunda, e ao proferir o "ele" batia nas orelhas de Kien. Este se mantinha imóvel, pacientemente. Sentia-se até feliz por não ser assassinado pelo desenfreado anão. Aos poucos, porém, magoava-o essa forma de tratamento. O asseio da biblioteca já estava comprometido. Kien percebeu que nesse local uma pessoa sem ramo não valia nada. Aproveitando os prolongados compassos dos "eu" e "ele", levantou-se, inclinou-se numa profunda mesura e declarou energicamente:

– Kien, do ramo de livros.

Fischerle parou de cantar. Sentou-se, satisfeito com o êxito obtido. Recolhendo-se à sua corcunda, perguntou com infinita humildade:

– O senhor joga xadrez?

Kien lastimou que não.

– Um homem que não joga xadrez não é homem. Costumo dizer que no xadrez se revela a inteligência. Um sujeito pode ter quatro metros de altura, mas, se não sabe jogar xadrez, é uma besta. Eu sei jogar xadrez. E não sou besta. Agora vou lhe perguntar uma coisa. Responda se quiser, e se não quiser deixe de responder. Para que o homem tem cabeça? Eu mesmo vou lhe dar a resposta, senão o senhor vai quebrar a cabeça. Seria uma pena. Ele tem cabeça para jogar xadrez, compreende? Diga que sim, que então está bem. Diga que não, que então vou lhe explicar tudo outra vez, só para o senhor. É que eu gosto do ramo de livros. Preste atenção: aprendi tudo sozinho, sem nenhum livro. E quem acha que é o campeão aqui, neste

1 *Fischer* significa pescador, e *–le*, no dialeto vienense, designa diminutivo. [N. T.]

restaurante? Aposto que não o conhece. Vou lhe dizer o nome. O campeão chama-se Fischerle e está sentado na mesma mesa que o senhor. E por que lhe faz companhia? Porque o senhor é um sujeito feio. Agora talvez pense que eu vivo me atirando no pescoço de sujeitos feios. Errado, bobagem, absolutamente. O senhor não imagina como minha mulher é bela. Nunca viu coisa mais preciosa. Mas, pergunto, quem possui a inteligência? Digo-lhe: quem a possui são os sujeitos feios. Um bonitão, para que precisa de inteligência? A mulher ganha dinheiro para ele. Um sujeito assim não quer jogar xadrez, porque seria necessário inclinar-se para a frente, e isso poderia prejudicar a beleza dele. E qual é o resultado? Os sujeitos feios têm o monopólio da inteligência. Olhe os campeões de xadrez. São todos uns bichos feios. Sabe, quando vejo numa revista um homem famoso que é bonitão, sempre digo com os meus botões: Fischerle, isso aí cheira mal. Eles devem ter colocado uma fotografia errada. Pois sim! Que pensa o senhor desses montes de fotos e dessa gente que quer ser uma celebridade? Que é que o jornal pode fazer? Um jornal é apenas humano. Mas vou lhe dizer, acho incrível o senhor não jogar xadrez. No ramo de livros, todo mundo joga xadrez. Não é de admirar nesse ramo. Essa gente pega um manual e decora as partidas. Mas pensa o senhor que por causa disso alguém conseguiu me vencer? Do ramo de livros, ninguém me ganhou, isso é a pura verdade, assim como é verdade que o senhor trabalha nele, se é que trabalha mesmo.

Nessa situação, escutar e obedecer eram para Kien a mesma coisa. A partir do momento em que começara a falar de xadrez, o anão tornara-se o judeuzinho mais inofensivo do mundo. Não se interrompia. Suas perguntas eram retóricas e ele próprio dava as respostas. Em sua boca, a palavra "xadrez" soava como uma ordem, assim como se, para acrescentar o xeque-mate fatal, dependesse unicamente de sua clemência. O jeito taciturno de Kien, que inicialmente o irritara, agora lhe parecia revelar atenção, e isso o deixava lisonjeado.

Quando jogava, os adversários o temiam tanto que jamais o perturbavam com objeções. Pois Fischerle vingava-se cruelmente, expondo ao escárnio geral a imperícia dos lances feitos por eles. Nos intervalos entre as partidas – Fischerle passava metade da vida diante do tabuleiro – tratavam-no de maneira adequada ao seu físico. Ele, por sua vez, gostaria de jogar ininterruptamente. Sonhava com uma existência que lhe permitisse dormir e comer durante as jogadas dos parceiros. Quando, após seis horas de vitórias facílimas, casualmente se apresentava mais um candidato a derrotas, a esposa costumava intervir e obrigava-o a parar, a fim de evitar que ele se tornasse excessivamente convencido. Ela não lhe despertava maior interesse do que um seixo. Fischerle atinha-se à mulher porque esta lhe dava comida. Mas, cada vez que ela interrompia a sequência de seus triunfos, o nanico saltitava enfurecido e lhe esmurrava as poucas partes ainda sensíveis do seu embotado corpo. Ela se conservava quieta e, como era robusta, suportava das mãos do marido quaisquer maus-tratos. Essas eram as únicas manifestações de carinho matrimonial que Fischerle lhe concedia. Ora, ela o amava, ele era sua criancinha. Os negócios não lhe permitiam ter outra. No Paraíso Ideal gozava do mais alto respeito, já que, ao contrário das demais raparigas, todas paupérrimas, tinha um freguês de caderneta, um cavalheiro idoso, que com inquebrantável lealdade sempre a visitava às segundas-feiras. Devido a essa renda garantida, chamavam-na de "capitalista". Durante os frequentes atritos com Fischerle a turma toda vociferava. Mas ninguém ousava iniciar outra partida, contrariando a proibição da mulher. Fischerle surrava-a apenas porque sabia disso. Aos fregueses da mulher, tinha certo afeto, tanto quanto sobrava de seu amor ao xadrez. Sempre que ela se afastava em companhia de um deles, Fischerle dedicava-se prazerosamente ao tabuleiro. Quanto aos desconhecidos que o acaso levava ao café, cabia-lhe a primazia. Em cada um deles Fischerle imaginava um grande mestre com o qual pudesse aprender alguma coisa. Contudo, apesar disso, estava convicto de que o derrotaria. Só quando se diluía a esperança de jogadas inéditas, oferecia a esposa ao desconhecido, a fim de livrar-se dela por um tempinho. Alegando apreciar o respectivo ramo do homem, sugeria-lhe clandestinamente que permanecesse com toda calma por várias horas ao lado da mulher. Afirmava que ela não era mesquinha e sabia dar valor a um cavalheiro elegante. Pedia, porém, que não falasse sobre isso. Negócios são negócios, e ele agia contra os seus próprios interesses.

Antigamente, há muitos anos, quando a mulher ainda não chegara a ser "capitalista" e tinha dívidas demais para que pudesse mandá-lo ao café, Fischerle era obrigado a rastejar para baixo da cama, não obstante a corcunda, cada vez que ela conduzia um freguês ao apertado cubículo. Ali escutava cuidadosamente o que dizia o homem – as palavras da esposa pouco lhe importavam – e logo averiguava se se tratava ou não de um enxadrista. Depois de certificar-se, surgia inopinadamente de de baixo do leito – na maioria das vezes machucando a corcunda – e convidava o visitante desprevenido para uma partida de xadrez. Havia homens que consentiam, desde que se jogasse a dinheiro. Esperavam recuperar do judeu sórdido o dinheiro que haviam dado à mulher. Sentiam-se plenamente justificados, visto que, a essa altura dos acontecimentos, já não teriam fechado aquele negócio. Mas sempre perdiam outro tanto. A maioria, porém, rejeitava a proposta de Fischerle por cansaço, desconfiança ou indignação. Ninguém, no entanto, se preocupava com a questão de saber de onde o anão surgira.

A paixão de Fischerle crescia com os anos. Tornava-se cada vez mais penoso para ele retardar por tanto tempo o referido convite. Amiudamente o acossava com enorme veemência a ideia de que a pessoa deitada lá em cima pudesse ser um campeão do mundo, a viajar incógnito. Então aparecia cedo demais ao lado da cama e tocava com o nariz ou o dedo os ombros da misteriosa sumidade, até que esta verificasse que se tratava de um anão e não de um inseto, como supusera, e tomasse conhecimento da sugestão. Todos os fregueses achavam que isso era o cúmulo e não havia quem não se servisse da oportunidade para exigir a devolução do dinheiro. Tais incidentes aconteceram repetidas vezes. Em certa ocasião, um negociante de gado enfureceu-se a tal ponto que foi chamar a polícia. Em face disso a mulher declarou categoricamente que daí em diante as coisas teriam de mudar, ou arranjaria outro homem para si. Qualquer que fosse o andamento dos negócios, Fischerle seria despachado ao café e não teria direito de voltar para casa antes das quatro da madrugada. Pouco depois, o sólido senhor das segundas-feiras tornou-se um hábito e assim terminou a fase da pior miséria. O freguês ficava no quarto a noite toda. Ao regressar, Fischerle o encontrava ainda ali e invariavelmente era saudado com um "Como vai, campeão do mundo?". Isso devia ser uma boa piada, que com o tempo alcançava a idade de oito anos; contudo, na opinião de Fischerle, não passava de um insulto. Quando o referido cavalheiro, cujo nome ninguém conhecia e que fazia segredo até mesmo do prenome, sentia-se especialmente satisfeito, permitia por compaixão que o pequerrucho lhe aplicasse uma rápida derrota. O cavalheiro pertencia ao grupo de pessoas que gostam de liquidar de uma vez todos os assuntos supérfluos. Ao abandonar o cubículo, livrara-se por uma semana tanto do amor quanto da compaixão. Graças à derrota que Fischerle acabava de infligir-lhe, poupava as moedas que normalmente teria de reservar aos mendigos na loja. Na sua porta havia uma placa: "Aqui não se dá esmola".

Fischerle, porém, odiava uma determinada categoria de pessoas do mundo do xadrez, a dos grandes mestres internacionais. Com uma espécie de raiva surda, estudava todas as partidas importantes que jornais ou revistas lhe davam a conhecer. Depois de repeti-las no tabuleiro para si, guardava-as na cabeça por longos anos. Por ser o campeão inconteste do café, não tinha nenhuma dificuldade em demonstrar aos amigos o pouco valor dessas sumidades. A eles, que confiavam irrestritamente em sua boa memória, costumava mostrar, lance por lance, o que ocorrera nesse ou naquele torneio. Sempre que a admiração que os ouvintes tributavam a partidas desse quilate chegava a um grau que o agastava, inventava por conta própria lances errados, nunca feitos, e prosseguia a partida a seu bel-prazer.

Velozmente provocava uma catástrofe. Todos sabiam quem a sofrera, pois, também nesse ambiente, os nomes eram fetiches. Ouviam-se vozes, afirmando que o próprio Fischerle, participando daquele torneio, não teria tido destino melhor. Ninguém reconhecia o erro do perdedor. Eis que Fischerle afastava a cadeira da mesa, tão longe que seu braço estendido mal e mal alcançava as peças. Era este o seu modo peculiar de expressar desdém, uma vez que os arredores da boca com os quais outras pessoas obtêm o mesmo resultado estavam quase inteiramente cobertos pelo nariz. A seguir, crocitava: "Me deem um pano. Vou ganhar essa partida às cegas!". Se a esposa estivesse presente, lhe daria um xale sujo. Sabia muito bem que não podia privá-lo dos triunfos em torneios, que só se realizavam com intervalos de vários meses. Quando ela não se encontrava no café, uma das raparigas tapava com as mãos os olhos de Fischerle. Com movimentos rápidos e certeiros, ele reconduzia a partida, passo a passo. Estacava no ponto onde começara o logro. Por meio de outro embuste e com igual insolência, levava então o jogador oposto à vitória. Todos o observavam fascinados. Ficavam boquiabertos. As garotas acariciavam-lhe a corcunda e lhe beijavam o nariz. Os rapazes, inclusive os bonitões, que pouco ou nada entendiam de xadrez, batiam com os punhos nos tampos de mármore e sinceramente indignados declaravam que era uma vergonha que Fischerle não fosse campeão do mundo. Berravam tão alto que reconquistavam sem demora a simpatia das meninas. Fischerle não se importava com isso. Conduzia-se como se os aplausos nada significassem para ele, e limitava-se a dizer secamente:

– Que é que vocês querem? Sou um pobre-diabo. Se alguém me desse hoje crédito, eu seria campeão do mundo amanhã!

– Ainda hoje! – gritava a turma, e com isso se acabava o entusiasmo.

Em virtude da sua posição de gênio incompreendido e do freguês de caderno da esposa, a "capitalista", Fischerle gozava no Paraíso Ideal de um valioso privilégio: podia recortar e guardar para si todas as partidas de xadrez reproduzidas nos jornais, se bem que estes, depois de passarem por meia dúzia de mãos, fossem entregues, decorridos diversos meses, a outro estabelecimento ainda mais sórdido. Mas Fischerle não conservava consigo os papeizinhos quadrados. Rasgava-os em minúsculos pedacinhos, e cheio de nojo, atirava-os no vaso sanitário. Vivia constantemente aterrorizado pela ideia de que alguém pudesse pedir que lhe mostrasse certa partida. Ele próprio, em absoluto, não tinha tamanha certeza de sua importância. Os lances autênticos que ele fraudava preocupavam amargamente o seu cérebro sagaz. Por isso odiava os campeões do mundo mais do que a peste.

– Olha, se me dessem uma bolsa de estudos... – disse então a Kien. – Um homem sem uma bolsa é como um aleijado. Há vinte anos pleiteio uma bolsa. Não pense que eu faço questão de receber alguma coisa de minha esposa. Quero minha tranquilidade e quero uma bolsa. "Venha morar comigo", disse ela, quando eu ainda era um garoto. Imagine, respondi eu, para que precisa Fischerle de uma mulher? "Mas que é que você queria ter?", perguntou ela, sem me deixar em paz. O que quero é uma bolsa. Do nada só sai o nada. O senhor certamente não abriria uma casa de comércio sem o necessário capital. O ramo de xadrez é um ramo como os outros. Por que não? Tudo nesse mundo é um ramo. Pois bem, disse ela, venha morar comigo e terá uma bolsa. Agora pergunto ao senhor: compreendeu o que acabo de lhe contar? Por via das dúvidas, vou lhe explicar uma coisa: se o senhor já está a par do assunto, não faz mal, e se não está também não faz mal. Preste atenção: bolsa de estudos é uma palavra elegante. Bolsa vem do francês. Significa exatamente o mesmo que capital em iídiche.

Kien engoliu em seco. É pela etimologia que se reconhece uma pessoa. Em que café se metera ele! Engoliu em seco e conservou-se calado. Era o melhor que podia fazer nesse antro de celerados. Fischerle intercalou uma breve pausa, a fim de controlar o efeito que a palavra "iídiche" produzira em seu interlocutor. Como se pode saber? O mundo está cheio de antissemitas. Um judeu deve sempre precaver-se contra inimigos mortais. Anões corcundas e sobretudo aqueles da sua espécie, que apesar disso conseguiram tornar-se rufiões, são observadores perspicazes. O ato de engolir não lhe tinha escapado. Ele o interpretava como sinal de embaraço e, a partir desse instante, pensou que Kien fosse judeu, se bem que essa conjectura estivesse muito longe da verdade.

– Esse termo só é usado com relação a profissões distintas – continuava a expor calmamente, referindo-se sempre à bolsa. – Quando a mulher me fez a promessa solene, fui morar na casa dela. Sabe o senhor quando isso aconteceu? Ao senhor posso dizê-lo, porque é meu amigo. Desde então decorreram vinte anos. Há vinte anos ela não faz outra coisa a não ser poupar dinheiro. Não concede nenhum prazer nem a si mesma nem a mim. Sabe o senhor o que é um monge? Ora, provavelmente não sabe, porque é judeu, e entre os judeus não há nada disso. Monges... Não importa... Nós dois vivemos como monges, ou melhor, para que o senhor me entenda, uma vez que não entende coisa alguma: vivemos como freiras. Freiras são as mulheres dos monges, sabe? Cada monge tem uma mulher e esta se chama freira. Mas o senhor nem imagina como essa gente vive separada uma da outra! É o tipo do matrimônio que todo mundo deseja para si. Deveriam introduzi-lo entre os judeus também, acho eu. E, veja o senhor, ainda não conseguimos juntar o dinheiro da bolsa. Calcule bem, pois pelo menos deve saber calcular. O senhor dá logo vinte xelins. Mas nem todos dão tanto. Hoje em dia, onde é que ainda existem pessoas tão generosas? Quem se pode permitir besteiras assim? O senhor é meu amigo. O senhor, sendo uma criatura boa, dirá consigo mesmo: Fischerle necessita de uma bolsa de estudos. Sem ela, Fischerle acabará na miséria. Posso admitir que ele acabe na miséria? Não! Não, senhor, não posso. Que faço então? Dou à mulher dele os vinte xelins, ela me leva consigo, e meu amigo fica feliz. Para um amigo, faço tudo. Posso comprová-lo. O senhor traga sua esposa para cá, enquanto eu pego o dinheiro. Palavra de honra, não sou covarde. Pensa o senhor que tenho medo de mulher? O que é que ela pode me fazer? O senhor tem mulher?

Essa era a primeira pergunta para a qual Fischerle esperava receber uma resposta. Na verdade, tinha certeza de que tal mulher existia tão seguramente quanto a sua corcunda. No entanto, almejava mais uma partida de xadrez. Passara três horas sempre vigiado, já não suportava esse estado de coisas. Queria, pois, levar a conversa a um resultado prático. Kien permanecia calado. O que poderia dizer? A mulher era seu ponto fraco, a respeito do qual, nem querendo, podia fazer uma declaração exata. Como se sabe, não era nem casado, nem solteiro, nem divorciado.

– O senhor tem mulher? – inquiriu Fischerle novamente. Mas dessa vez a pergunta já soava ameaçadora. Kien esforçava-se por encontrar a verdade. Eis que se repetia o que lhe tinha acontecido pouco antes, quando afirmara trabalhar no ramo de livros. A necessidade nos ensina a mentir.

– Não tenho mulher, não! – asseverou com um sorriso que lhe iluminava a austera magreza. Desde que se tratasse de mentir, melhor seria escolher o mais agradável.

– Então lhe empresto a minha! – explodiu Fischerle. Se o representante do ramo de livros tivesse mulher, receberia outra resposta de Fischerle: "Nesse caso, ofereço-lhe alguma coisa diferente, para variar!". Assim, gritou ele em direção ao canto oposto do estabelecimento: – Você vem ou não vem?

Ela veio. Era alta, obesa e roliça. Tinha meio século de idade. Apresentou a si mesma, apontando com o ombro para Fischerle e acrescentando com uma pontinha de orgulho:

– Meu marido.

Kien levantou-se e fez uma mesura profunda. Tinha um medo horrível do que poderia acontecer em seguida. Disse em voz alta:

– Muito prazer! – E bem baixinho, inaudivelmente: – Rameira!

Fischerle disse:

– Pois então, sente-se.

Ela obedeceu. O nariz do homem lhe chegava até o peito. E nariz de um e peito da outra repousavam no tampo da mesa. Inopinadamente, o anão se meteu a falar. Com toda a pressa, como se tivesse esquecido a coisa mais importante, explicou:

– Ramo de livros.

Kien voltou à mudez anterior. A mulher achava-o detestável. Comparava o esqueleto dele com a corcunda do marido, e dava preferência a esta. A seu queridinho, nunca faltava assunto para falar. Não tinha papas na língua. Em outros tempos, conversava com ela também. Agora achava-a muito velha. No fundo, tinha razão. Mas não andava com outra mulher. É um garoto tão bonzinho. Todos pensam que entre eles ainda há alguma coisa. Todas as suas amigas gostariam de conquistá-lo. As mulheres são falsas. Ela não, nem sabe o que é falsidade. Os homens também são falsos. Mas Fischerle é de confiança. A ter relações com uma mulher qualquer, prefere não ter relações com nenhuma, diz ele. Ela está de acordo com tudo isso. Não precisa daquilo, só que ninguém deve dizer essas coisas abertamente. Ele é tão modesto. Por sua própria iniciativa, nunca lhe pediria coisa alguma. Se apenas cuidasse um pouco de suas roupas! Às vezes, a gente poderia pensar que ele saiu da lata de lixo. O Ferdl apresentou à Mizzi um ultimato. Disse que ela tem um ano para arranjar a motocicleta que lhe prometeu. Se não, que vá tomar banho. Poderá procurar outro homem. Agora a Mizzi junta xelim por xelim, mas como conseguirá arrumar bastante dinheiro para comprar uma moto? O seu queridinho seria incapaz de fazer uma coisa dessas. E os belos olhos que ela tem! Será que tem culpa de ser corcunda?

Quando Fischerle lhe procurava um freguês, a mulher percebia que ele queria livrar-se dela e ficava grata pelo amor que ele lhe devotava. Em outras ocasiões, achava que o anão se mostrava excessivamente orgulhoso. Em geral, era uma criatura contente com sua situação, que, não obstante a sordidez de sua vida, tinha pouca disposição para sentimentos de ódio. O que lhe sobrava em matéria de rancor dirigia contra o jogo de xadrez. Enquanto as demais raparigas conheciam com o tempo os princípios básicos do jogo, ela nunca na vida logrou compreender por que as diferentes figuras executavam movimentos diversos. Indignava-se em face da impotência de um rei. Àquela sem-vergonha da rainha gostaria de ensinar como a gente deve comportar-se. Por que tinha justamente ela o direito de fazer tudo e qualquer coisa, e não o rei? Frequentemente, assistia às partidas, toda eletrizada. Baseando-se em sua expressão fisionômica, um estranho tomava-a por uma autêntica perita. Na realidade, esperava apenas que o marido fosse comer a rainha. Sempre que isso acontecia, entoava um hino de triunfo e em seguida saía da mesa. Partilhava do ódio que seu homem tinha pela rainha do adversário, mas o amor com que ele defendia a sua própria tornava-a ciumenta. Suas amigas, mais independentes do que ela, colocavam-na na ponta da pirâmide social, chamando a rainha de puta e o rei de cafetão. A "capitalista" era a única a ater-se à hierarquia verdadeira das coisas, em cujo degrau mais baixo já não se encontrava, graças àquele seu freguês de caderneta. Ela, que normalmente liderava as mais escabrosas brincadeiras, nunca acompanhava as investidas contra o rei. No que tangia à rainha, até "puta" lhe parecia nome por demais benigno. As torres e os cavalos agradavam-lhe, porque lhe pareciam genuínos, e, quando os cavalos de Fischerle percorriam o tabuleiro a galope cerrado, ela costumava soltar estridentes risadas com sua voz serena, arrastada. Vinte anos depois que ele fora morar com ela e com o tabuleiro, ainda lhe perguntava ingenuamente por que não deixava as torres nos seus cantinhos, como ao início da partida, uma vez que ficavam muito bem lá. Fischerle fazia figas contra a burrice da mulher. Nem lhe respondia. Quando ela o importunava com suas perguntas – apenas desejava ouvi-lo falar, uma vez que adorava os crocitos dele e achava que absolutamente ninguém tinha uma voz de corvo tão bela quanto seu marido –, Fischerle, para impor-lhe silêncio, proferia qualquer exortação drástica:

– Tenho ou não tenho uma corcunda? Claro que tenho! É um tobogã e tanto. Desça por ele, até... até criar juízo!

O defeito magoava a mulher. Teria preferido que não existisse. Tinha a sensação de ser parcialmente culpada pelo defeito de seu pequeno. Logo que Fischerle descobriu essa ideia da mulher, que se afigurava a ele totalmente absurda, aproveitou-se dela para fazer chantagem. A corcunda era a única ameaça perigosa de que dispunha.

Justamente nesse instante, a mulher mirava-o com olhares amorosos. A corcunda era uma coisa de valor. Esse esqueleto aí é que não prestava para nada. Ela se regozijava por ter sido convidada a sentar-se à mesa. Não se empenhava nem um pouquinho em mostrar-se gentil para com Kien. Após alguns minutos, durante os quais todos ficaram calados, perguntou:

– Pois então, quanto é que você me dá?

Kien ruborizou-se, mas Fischerle xingou-a:

– Deixe de dizer bobagem. Não permito que alguém ofenda meu amigo. Ele não fala à toa. Pesa cada palavra cem vezes. Quando diz alguma coisa é porque tem alguma coisa a dizer. Ele se interessa por minha bolsa e vai contribuir para ela espontaneamente, dando vinte xelins.

– Bolsa? O que quer dizer bolsa?

Fischerle ficou furioso:

– Bolsa é uma palavra refinada. Vem do francês e significa a mesma coisa que capital em iídiche.

– Onde é que eu tenho capital? – A mulher simplesmente não compreendia o truque. Para que precisava ele recorrer a um termo estrangeiro? Fischerle, por sua vez, fez questão de demonstrar que tinha razão. Olhando a mulher grave e demoradamente, apontou com o nariz para Kien e declarou com muita solenidade:

– Ele está a par de tudo.

– De tudo? Mas como?

– Ora, que nós dois fazemos economias por causa do xadrez.

– Nem pense nisso! Não ganho para tanto. Eu não sou a Mizzi e você não é o Ferdl. O que é que você faz para mim? Titica e nada mais! Sabe o que você é? Um aleijão! Se não gosta disso, vá pedir esmolas! – E invocou Kien para que ele testemunhasse a inaudita injustiça: – Esse sujeito é impertinente, lhe digo! Parece incrível. Um aleijão como ele! Deveria estar feliz da vida!

Fischerle encolhia-se ainda mais. Considerando perdido o jogo entabulado, disse melancolicamente a Kien:

– O senhor pode dar graças a Deus por ser solteiro. Durante vinte anos, ela e eu poupamos vintém por vintém, e agora vejo que essa mulher esbanjou toda a minha bolsa com seus amiguinhos.

A mentira descarada deixou-a boquiaberta.

– Posso jurar – gritou, depois de tomar novo ânimo – que durante todos esses vinte anos nunca andei com outro homem, só com ele, sempre!

Fischerle abriu as mãos num gesto de resignação:

– Uma puta que nunca andou com outro homem! – Ao pronunciar a palavra "puta", erguia as sobrancelhas. Em face de tal insulto, a mulher desatou a chorar violentamente. Suas palavras tornavam-se inarticuladas, mas se tinha a impressão de que, entre soluços, mencionava uma renda garantida.

– Está vendo? Ela mesma acaba de confessar – observou Fischerle, que se tinha reanimado. – E de onde acha o senhor que vem essa renda? De um cavalheiro que a visita todas as segundas-feiras. No meu apartamento! Quer saber uma coisa? Uma mulher simplesmente não pode deixar de jurar em falso, e sabe por quê? Porque ela própria é falsa! E agora lhe pergunto: o senhor seria capaz de jurar em falso? Seria eu capaz de jurar em falso? Nunca na vida! E por quê? Porque nós dois temos massa cinzenta. O senhor já viu um homem inteligente que fosse falso? Eu não!

A choradeira da mulher aumentava cada vez mais. Kien concordava plenamente com Fischerle. Devido ao terror que o acometera, não perguntara a si próprio se ele estava mentindo ou falando a verdade. Desde que a mulher tomara assento à mesa, qualquer gesto hostil dirigido contra ela, viesse ele de onde viesse, causava-lhe alívio. A partir do momento em que ela lhe pedira um presente, soubera com quem lidava: tratava-se de uma segunda Therese. Kien não entendia os costumes desse estabelecimento, mas um fato lhe parecia certo: nesse antro havia um espírito puro, abrigado num corpo miserável, e que havia vinte anos ansiava elevar-se acima de seu ambiente imundo. E essa Therese não lhe permitia isso. O homem tinha de se impor infinitas privações, nunca perdendo de vista a meta de viver em conformidade com sua inteligência independente. Com igual tenacidade, essa Therese retinha-o no lamaçal. Ele poupava dinheiro, não por mesquinhez, já que era generoso por índole. Mas a mulher desperdiçava tudo, para que o homem não lhe escapasse. Do mundo do espírito, Fischerle agarrou apenas uma minúscula pontinha, na qual se segurava com a força de quem está prestes a afogar-se. O jogo de xadrez era a biblioteca dele. Falava de "ramos" somente porque em seu meio não se admitia outra terminologia. Era, no entanto, significativo que ele desse tanto valor ao ramo de livros. Kien imaginava as lutas que esse homem tão cruelmente maltratado pelo destino travava em seu apartamento. Trazia ele um livro para casa, e ela rasgava-o em mil pedacinhos, que voavam no ar. A mulher obrigava-o a pôr o apartamento à sua disposição, para os seus asquerosos desígnios. Podia até ser que ela contratasse uma criada, uma espiã, a fim de manter a casa livre de papel impresso, durante a sua ausência. Depois de longos entreveros ele conseguiu obter dela o direito a um tabuleiro de xadrez. A mulher restringiu-o à peça mais exígua do apartamento. Ali passava ele intermináveis noites, sentado, a recuperar sua dignidade humana por meio de figuras de madeira. Apenas se sentia pouco mais ou menos liberto quando ela recebia aquelas visitas. Nesses momentos, o marido não existia para ela. A tal ponto precisava rebaixar-se essa fêmea para deixar de atormentá-lo. Porém, até mesmo nessas ocasiões, ele, muito a contragosto, aguçava os ouvidos, para evitar que ela subitamente surgisse à sua frente em estado de embriaguez. Ela cheirava a álcool. Fumava. Abria furiosamente a porta e, com seus pés disformes, virava o tabuleiro. O sr. Fischerle chorava como uma criancinha. O trecho que estava lendo era precisamente o mais interessante do livro. Enquanto recolhia as letras espalhadas pelo chão, desviava o rosto, para que ela não se alegrasse com as lágrimas vertidas por ele. Era um pequeno herói. Tinha caráter. Quantas vezes não lhe aflorava aos lábios a palavra "rameira"! Reprimia-a, todavia, porque ela sequer captaria o sentido. A mulher não hesitaria em expulsá-lo de casa, se não aguardasse um testamento que ele devia fazer a seu favor. Provavelmente, Fischerle possuía poucos bens, mas até esses tinham aos olhos dela bastante valor para induzi-la a roubá-los. Ele, por sua vez, nem pensava em sacrificar ainda o pouco que lhe restava. Defendia-se e assim conseguia ficar com o teto acima da cabeça. Ah, se soubesse que devia esse teto unicamente à esperança que ela nutria com relação ao testamento! Não convinha informá-lo a esse respeito. Fischerle seria capaz de atentar contra a própria vida. Não era de granito. Sua constituição de pigmeu...

Nunca antes lograra Kien penetrar tão fundo no íntimo de outra pessoa. Ele mesmo tivera êxito em seu esforço de libertar-se de Therese. Derrotara-a com as próprias armas dela, passara-lhe a perna, trancafiara-a no apartamento. Eis que Therese, de repente, se achava acomodada à mesa, junto com ele, exigindo coisas, da mesma forma como outrora, vociferando como outrora e – única novidade – tendo encontrado uma profissão adequada. Mas sua atividade destrutiva não se dirigia contra ele, Kien, ao qual prestava pouca atenção. Visava ao homem sentado na sua frente, esse homem a que a natureza, devido a uma etimologia equivocada, dera a forma de um aleijão. Kien sentia claramente as suas obrigações para com o anão. Urgia fazer algo de útil para ele, ao qual devotava alto apreço. Se o sr. Fischerle não fosse uma criatura tão delicada, poderia oferecer-lhe algum dinheiro, sem rodeios. Ele certamente tiraria proveito de uma ajuda. Mas Kien não queria em absoluto ofendê-lo, assim como nunca pensaria em melindrar a si próprio. Que tal se retomassem o fio da conversa que Therese interrompera com aquela insolência peculiar do sexo feminino?

Puxou do bolso a carteira ainda abarrotada de notas altas. Contra os seus hábitos, mantinha-a por muito tempo na mão, enquanto retirava dela todas as cédulas, para contá-las calmamente. Essa cena teria a finalidade de convencer o sr. Fischerle de que a oferta que se lhe faria em seguida não representava em absoluto um sacrifício excessivo. Ao chegar à trigésima nota de cem xelins, Kien abaixou o olhar em direção ao nanico. Talvez este já se tivesse acalmado suficientemente para que Kien pudesse empreender a doação, pois ninguém gosta de contar dinheiro assim. Fischerle lançava olhares furtivos para todos os lados. Nem sequer parecia prestar atenção ao cavalheiro que conferia as notas ali. Sem dúvida, fazia-o por delicadeza e aversão ao vil dinheiro. Kien não se deixava desencorajar. Prosseguia contando, porém passou a pronunciar as cifras em voz alta, clara, vigorosa. Visivelmente inquieto, o anão mexia-se de cá para lá na cadeira. Deitando a cabeça na mesa, tapava pelo menos uma das orelhas, esse homem sensível. Em seguida, dava puxões nos seios da esposa. O que é que estava fazendo? Tentava alargá-los, posto que fossem bastante amplos, e assim esconder Kien. A mulher conformava-se com tudo isso. A essa altura, já se conservava muda. Provavelmente esperava receber dinheiro. Nesse ponto, porém, enganou-se redondamente. Therese não recebeu nada. Quando Kien alcançou os quarenta e cinco, a agonia do anão chegou ao auge. Em tom de súplica, sussurrava:

– Psiu, psiu!

Kien amainou a voz. Talvez fosse melhor poupar Fischerle do embaraço da doação. Afinal de contas, não podia obrigá-lo a aceitá-la. Mas não! Mais tarde ela certamente lhe causaria prazer. Era sempre possível que se safasse com o dinheiro e assim se livrasse dessa Therese. Quando ressoava o cinquenta e três, Fischerle apertou o rosto da mulher e crocitou, feito possesso:

– Não pode ficar calada? O que é que você quer, sua besta? O que é que você entende de xadrez? Idiota! Estou com você até aqui! Suma!

A cada cifra nova, dizia outra coisa. A mulher, manifestamente confusa, fez menção de ir embora. Mas isso não convinha a Kien. Ela devia estar presente quando ele obsequiasse o homenzinho. Devia aborrecer-se por não ganhar coisa alguma. Sem isso o marido não se alegraria. Receber dinheiro pura e simplesmente não o deixaria satisfeito. Seria preciso que lhe entregasse antes que a mulher saísse.

Kien esperou até que viesse um número redondo – o mais próximo era sessenta – e então interrompeu a contagem. Levantou-se. Apanhou uma nota de cem xelins. Teria preferido agarrar logo mais algumas, mas desejava não melindrar o anão nem com uma soma excessivamente alta nem com um presente por demais mesquinho. Por um instante, mantinha-se ali, ereto, sem proferir nenhuma palavra, a fim de sublinhar a solenidade da sua intenção. Depois falou, pronunciando as palavras mais corteses de toda a sua vida:

– Prezado senhor Fischerle, não me é possível reprimir o premente pedido que ora lhe dirijo. Faça-me o obséquio de aceitar essa pequena contribuição para a bolsa de estudos que o senhor pretende obter.

Em vez de dizer muito obrigado, o anão limitou-se a murmurar:

– Psiu, está bem, está bem!

Em seguida, tornou a xingar a esposa. Estava evidentemente pasmado. Seus olhares e palavrões furiosos quase a empurravam para baixo da mesa. Ao dinheiro que lhe era oferecido dava tão pouco valor que nem se dignava mirá-lo. A fim de não ofender Kien, estendeu o braço e agarrou a cédula. Em lugar de uma única, apanhou todo um maço. Não se dava conta do engano, tão nervoso estava. Kien achava-se a ponto de sorrir. Por pura modéstia, uma pessoa se comportava como se fosse o mais cobiçoso dos salteadores. Quando Fischerle percebesse o que fez, ficaria terrivelmente envergonhado. No intuito de poupar-lhe esse momento penoso, Kien trocou o maço por uma nota avulsa. Os dedos do anão eram duros e insensíveis. Fechavam-se, obviamente contra a vontade de seu dono, em torno do maço. Não notavam sequer que Kien retirava do maço uma após outra, até que sobrasse apenas uma solitária cédula de cem xelins. "O jogo de xadrez endureceu essas mãos", pensou Kien. "O senhor Fischerle está acostumado a segurar as figuras. São elas o único bem que sua vida lhe concede." Nesse ínterim, voltara a sentar-se. A boa ação que acabava de praticar deixava-o feliz. Acrescia que Therese abandonara a mesa, toda ruborizada e insultada. Que se afastasse! Kien já não necessitava dela. Da parte dele, a mulher não podia esperar absolutamente nada. O seu dever era levar o marido ao triunfo, e isso ele conseguira realizar.

Devido ao tumulto de suas emoções, Kien não escutava o que se passava em redor. Subitamente sentia no ombro uma violenta palmada. Espantado, olhou na direção de onde ela vinha. Lá repousava uma enorme manzorra e um vozeirão atroava:

– E o que é que você vai dar a mim?

Uma dúzia de indivíduos, no mínimo, estava sentada nas suas proximidades. Desde quando? Antes não tinha reparado na presença dessa gente. Na mesa havia de súbito um sem-número de punhos. Achegavam-se cada vez mais homenzarrões. Os que ficavam mais atrás fincavam-se nos primeiros que já estavam sentados. Uma voz de garota clamava miseravelmente: "Me deixem passar, que não vejo nada!". Outra estridulava: "Ó Ferdl, agora você vai arrumar a moto". Alguém erguia alto a pasta de Kien, sacudia-a, não encontrava dinheiro algum e gritava, decepcionado:

– Vá às favas, cretino, com seu papelucho!

De tantas pessoas nem se enxergava o café. Fischerle continuava crocitando, mas ninguém lhe prestava atenção. Sua mulher acabava de voltar e dava berros agudos. Outra megera, muito mais gorda ainda, distribuía golpes em todas as direções, para abrir caminho por entre os homens. "Também quero ganhar alguma coisa!", esbravejou. Estava revestida de todos aqueles farrapos de roupas que Kien avistara antes atrás do balcão. O firmamento estremecia. Desmoronavam cadeiras. Uma voz angélica chorava de alegria. Quando Kien compreendeu do que se tratava, já lhe haviam puxado por cima das orelhas a sua própria pasta. Não via nem ouvia mais nada. Sentia apenas que se achava estendido no chão, enquanto mãos de todos os tamanhos e pesos lhe devassavam o casaco, desde os bolsos até os buracos e as costuras. Tremia em todo o corpo, não por temer que algo pudesse acontecer a ele.

Tinha receios tão somente quanto à sua cabeça, já que aqueles homens poderiam ter a ideia de pôr em desordem os livros ali guardados. Possivelmente o matariam, porém ele nunca haveria de atraiçoar os livros. "Passe para cá os livros!", ordenariam eles. "Onde estão os livros?" Mas não os entregaria nunca, nunca, nunca! Era um mártir, daria a vida por seus livros. Seus lábios moviam-se, desejavam expressar sua decisão inabalável: não ousavam falar alto, mas fingiam dizê-lo.

Ninguém se lembrou, entretanto, de perguntar-lhe o que quer que fosse. Preferiam certificar-se com seus próprios olhos. Arrastaram-no diversas vezes de cá para lá pelo chão. Faltava pouco para que o desnudassem totalmente. Mas, quanto mais o viravam e reviravam, menos encontravam. De repente ele percebeu que o haviam deixado sozinho. Desapareceram todas aquelas mãos. Furtivamente levou a própria mão à cabeça. Conservou-a logo lá em cima, como proteção contra o próximo assalto. Seguiu-a a segunda mão. Ele tentou levantar-se sem afastar as mãos da cabeça. Os inimigos espreitavam o momento propício para apanhar no ar os livros indefesos. Cuidado! Cuidado! Ele teve êxito, a sorte bafejou-o. Já estava de pé. Onde se achavam os homens? Preferiu não olhar em redor. Eles poderiam dar-se conta de sua presença. O olhar que por precaução dirigiu ao canto oposto do café caiu sobre um grupo de indivíduos que investiam uns contra os outros com facas e punhos. Nesse instante ele ouviu a furiosa gritaria. Não desejava entender o significado, já que, assim, essa gente talvez fosse capaz de entender a ele também. Na ponta dos pés, espichando as pernas compridas, Kien esvaiu-se pela porta afora. Sentiu que alguém o pegava pelas costas. Ainda correndo, foi bastante prudente para não se virar. De esguelha, olhava para trás, a respiração suspensa. Com toda a força, apertava as mãos contra a cabeça. Eram apenas as cortinas da entrada. Na rua, respirou fundo. Que pena que não se pudesse bater aquela porta. A biblioteca estava fora de perigo.

Umas poucas casas mais adiante, aguardava-o o anão, que lhe entregou a pasta.

– O papel também está dentro – disse. – Veja o senhor que espécie de homem eu sou.

Nos seus apuros, Kien esquecera completamente que neste mundo existia uma criatura de nome Fischerle. Por isso, estava sobremodo maravilhado em face dessa prova de devoção quase inacreditável.

– O papel também? – gaguejou. – Como posso lhe demonstrar minha gratidão?

Com relação a esse homem, não se enganara.

– Isso não é nada – replicou o anão. – Agora o senhor tenha a bondade de me acompanhar até o portão dessa casa.

Kien obedeceu. Estava profundamente emocionado. Gostaria de abraçar o pigmeu.

– Sabe o senhor o que se costuma dar a uma pessoa que devolve um objeto perdido? – perguntou este, assim que uma porta os escondeu dos transeuntes. – O senhor sabe, claro. Dez por cento. Lá dentro aqueles sujeitos se matam uns aos outros, homens e mulheres, e eu tenho o dinheiro!

Puxou do bolso a carteira de Kien e a estendeu como se lhe oferecesse um presente régio.

– Eu não sou bobo. Pensa o senhor que quero ir para a cadeia por causa dessa gente?

Em face do perigo que ameaçava o que lhe era mais caro, Kien se esquecera completamente do dinheiro também. Tamanho excesso de consciência até o fazia rir. Enquanto aceitava a carteira, sentia alegria mais por causa de Fischerle do que pela devolução do dinheiro.

– Como posso lhe demonstrar minha gratidão? – repetiu. – Como posso demonstrá-la?

– Dez por cento – disse o anão.

Kien agarrou o maço de notas e ofereceu boa parte delas a Fischerle.

– Conte primeiro! – gritou este. – Amigos, amigos, negócios à parte. Para que o senhor não diga depois que lhe roubei alguma coisa.

A Kien, pouco adiantava contar, já que não tinha ideia do número de notas que havia antes na carteira. Fischerle, porém, sabia muito bem quantas acabava de separar para si. Se pedia que Kien fizesse as contas, referia-se à recompensa. A fim de satisfazê-lo, Kien as conferiu meticulosamente, uma a uma. Ao chegarem, pela segunda vez nesse dia, ao número sessenta, Fischerle temeu novamente ser metido na prisão. Resolveu ir embora, já que para essa eventualidade garantiria de antemão a recompensa. Mas, a toda a pressa, fez uma última tentativa, dizendo:

– Como o senhor vê, não falta nada.

– Claro! – respondeu Kien, satisfeito por não ter necessidade de prosseguir contando.

– Agora conte a minha recompensa e estamos quites.

Kien recomeçou a contagem. Chegou até nove e teria continuado a contar até o infinito, quando Fischerle o interrompeu:

– Pare! Dez por cento. Ele conhecia perfeitamente o total. Enquanto esperava por Kien, examinara, na entrada de uma casa, rápida e cuidadosamente, o conteúdo da carteira.

Liquidado o negócio, deu a mão a Kien e, olhando-o tristemente de baixo para cima, disse:

– Para que o senhor saiba o que arrisquei no seu interesse: o Paraíso Ideal acabou para mim. Acha que posso pôr os pés ali de novo? Eles vão encontrar nos meus bolsos todo esse dinheiro e vão me matar. Pois vão perguntar: onde arrumou Fischerle esse dinheiro? E, então, pensa o senhor que posso lhes dizer onde o arrumei? Se lhes dissesse que foi no ramo de livros, me quebrariam em pedaços e tirariam o dinheiro dos bolsos do estropiado Fischerle. Se eu não dissesse nada, também me roubariam o dinheiro, justamente porque estou vivo. O senhor me compreende? Se Fischerle continua vivo, não tem de que viver, e, se está morto, está morto de qualquer jeito. Está vendo o que a gente arranja com as amizades? – Ainda tinha esperança de receber uma gorjeta mais.

Kien sentia-se obrigado a fazer tudo para que esse ser humano, o primeiro indivíduo valioso que já lhe cruzara o caminho, pudesse encontrar uma existência nova, à altura dele.

– Não sou comerciante. Sou um homem de estudos e um bibliotecário – disse, enquanto se dobrava solicitamente sobre o anão. – Entre para os meus serviços e eu cuidarei do senhor.

– Como um pai – completou o pequeno. – É o que eu pensava. Pois então, vamos!

Estugou o passo energicamente. Kien trotou atrás dele. No seu íntimo, procurava um trabalho que o recém-contratado factótum pudesse executar. Um amigo não deve nunca perceber que lhe fazemos um favor. Ora, Fischerle poderia auxiliá-lo à noite no trabalho de descarregar e empilhar os livros.

A corcunda

Poucas horas após ter assumido o cargo, Fischerle já obtivera inteira clareza acerca dos desejos e das peculiaridades de seu amo. Quando se tratava de hospedarem-se para o pernoite, Kien o apresentava ao porteiro como seu "amigo e colaborador". Felizmente, o homem reconhecia o generoso proprietário da biblioteca que em outra ocasião já tinha passado uma noite no mesmo hotel. Caso contrário, tanto o patrão como o colaborador teriam sido postos na rua. Fischerle esforçava-se por decifrar o que Kien escrevia na ficha de registro, mas era baixinho demais. Nem sequer conseguia meter o nariz nas anotações finais. Seu medo provinha da segunda ficha, que o porteiro já tinha preparado para ele. Mas Kien, que numa única noite reparara todas as faltas de delicadeza cometidas no curso de uma vida inteira, percebeu as dificuldades que o ato de escrever causaria ao pequerrucho, e registrou-o como "acompanhante" na sua própria ficha. Em seguida, devolveu a segunda ao porteiro, dizendo:

– Desta não precisamos. – Assim poupava Fischerle da necessidade de inscrever-se e, o que lhe parecia ainda mais importante, da humilhação de ser classificado entre a criadagem.

Mal chegaram aos seus aposentos, Kien retirou da pasta o papel de embrulho e se pôs a alisá-lo.

– Infelizmente está muito amarfanhado – disse –, mas não temos outro.

Aproveitando a oportunidade para tornar-se indispensável, Fischerle repetia o processo em todas as folhas que seu amo já considerava suficientemente restauradas. "A culpa é minha, por causa das bofetadas", declarou. O resultado evidenciou invejável habilidade dos dedos do anão. A seguir, o papel foi estendido em toda a parte do assoalho das duas peças. Fischerle pulava de um lugar para outro, deitava-se no chão e rastejava de canto em canto, como um réptil, singularmente pequeno. "Vamos dar um jeito nisso, é canja para mim", dizia arquejante. Kien sorria. Não estava habituado nem ao ato de andar de rastos nem à corcunda. Sentia-se lisonjeado pela honra particular que o anão lhe conferia. Na verdade, experimentava certo receio quanto às explicações que cabia dar a este. Talvez superestimasse a inteligência do homenzinho, que tinha quase a mesma idade que ele próprio e passara inúmeros anos no exílio, privado de livros. Fischerle seria capaz de não entender a tarefa que lhe seria confiada. Talvez perguntasse: "Onde estão os livros?", antes de descobrir o lugar onde eles ficavam guardados durante o dia. Era melhor deixá-lo ainda por algum tempo ocupado com o chão. Nesse ínterim, Kien poderia lembrar-se de um símile popular, suscetível de elucidar um cérebro singelo. Os dedos do anão também o inquietavam. Movimentavam-se continuamente. Alisavam o papel muito mais do que o necessário. Tinham fome. Dedos famintos requerem alimentos. Exigiriam livros, os livros nos quais Kien não deixava ninguém mexer. De qualquer jeito, temia entrar em conflito com a sede de cultura existente no espírito do pequeno. Este o censuraria, com uma pontinha de razão, por não admitir que outra pessoa tirasse proveito dos livros. Como poderia ele, Kien, defender-se de tal acusação? Um tolo pensa em muita coisa que dez sábios nem levam em consideração. E, de fato, o tolo já se plantava à sua frente, para dizer:

– Pronto!

– Então o senhor me ajuda a descarregar os livros – respondeu Kien precipitadamente, admirando-se de sua própria audácia. A fim de eliminar desde já quaisquer perguntas indiscretas, retirou uma pilha de sua cabeça e a passou às mãos do anão. Este agarrou-a velozmente com os braços compridos.

– É muita coisa – disse. – Onde quer que eu coloque tudo isso?

– Muita coisa? – exclamou Kien, melindrado. – É apenas a milésima parte!

– Compreendo, compreendo. Um por mil. Mas não vai me deixar assim um ano inteiro. É difícil para mim. São muito pesados. Onde quer que eu coloque os livros?

– Sobre o papel. Comece naquele canto ali, para que não tropecemos por cima deles mais tarde.

Lentamente, Fischerle encaminhou-se na direção indicada. Evitava qualquer movimento impetuoso que pudesse pôr a carga em perigo. No canto, ajoelhou-se. Cautelosamente depositou o monte no chão. Endireitou os lados da pilha, para que nenhuma irregularidade perturbasse a vista. Kien o seguia de perto. Já lhe estendia outro pacote. Desconfiava do anão. Quase tinha a impressão de estar sendo ridicularizado. Sob as mãos de Fischerle, o trabalho progredia como se fosse brincadeira. Ele agarrava um pacote após outro e com a prática aumentava a velocidade. Entre as torres deixava sempre alguns centímetros de espaço para que não tivesse dificuldade de enfiar os dedos entre uma e outra. Pensava em tudo, inclusive na necessidade de recondicionar os livros na manhã seguinte. Não permitia que as torres se elevassem além de determinada altura, da qual se certificava esfregando-as de leve com a ponta do nariz. Ainda que a medição o absorvesse inteiramente, dizia uma e outra vez:

– O senhor me desculpe! – Nunca ultrapassava a altura do nariz. Kien tinha as suas dúvidas. Parecia-lhe que se desperdiçava demasiado espaço com essas construções baixas. Não tinha vontade de dormir com metade da biblioteca na cabeça, mas, por enquanto, permanecia calado e deixava o factótum fazer como bem lhe aprouvesse.

Já começara a afeiçoar-se um pouco ao pigmeu. Perdoava-lhe o desdém manifestado na exclamação: "É muita coisa". Já se alegrava de antemão, prevendo o instante em que a área que tinham à sua disposição nas duas peças estaria toda ocupada por livros, e ele, com leve ironia, abaixaria o olhar sobre o pequerrucho, para perguntar: "E agora?".

Depois de uma hora, Fischerle começou a encontrar grandes dificuldades devido à corcunda. Por mais que se contorcesse e tentasse esquivar-se das pilhas, sempre colidia com livros. Com exceção de um estreito corredor que conduzia de uma cama à outra, através dos quartos, tudo estava uniformemente coberto de livros. Fischerle suava e já não se atrevia a passar o nariz pela plataforma superior de suas torres. Esforçava-se por encolher a corcunda, mas não conseguia. O trabalho físico ia além das suas forças. De tão cansado, tinha vontade de cuspir em todos esses livros e de deitar-se na cama. Mesmo assim, aguentou firme, até que, nem querendo, se pudesse descobrir algum lugarzinho vazio. Então, meio morto, entrou em colapso.

– Nunca na vida vi uma biblioteca como essa – resmungou.

Kien riu à vontade.

– É só a metade – disse.

Isso não estava nas previsões de Fischerle.

– Vamos tratar do resto amanhã – replicou em tom de ameaça. Kien tinha a sensação de estar sendo apanhado numa mentira. Acabava de exagerar. Na realidade, já descarregara dois terços dos livros. Que opinião não formaria o anão a respeito de seu amo, quando sua gabolice viesse à luz! Homens corretos não gostam de ser qualificados de mentirosos. Amanhã ele talvez pernoitasse num hotel cujos quartos fossem menos espaçosos. Entregaria a Fischerle pacotes menores, dois pacotes sempre iguais a uma torre, e, quando o homenzinho com a ponta do nariz notasse a diferença, simplesmente lhe explicaria: "As pessoas não levantam o nariz sempre à mesma altura. Se ficar comigo, ainda vai aprender muita coisa". Realmente dava pena ver a exaustão do pequeno. Urgia conceder-lhe algum repouso. Ele merecia.

– Respeito a fadiga do senhor – disse Kien. – Tudo quanto se faz em prol dos livros está bem feito. O senhor pode recolher-se. Amanhã continua. – Tratava Fischerle com toda a complacência, porém sempre de patrão para empregado. A faina à qual se sujeitara o nanico o reduzia a essa posição.

Quando Fischerle já estava na cama e tinha descansado um pouco, gritou em direção a Kien, de um quarto ao outro:

– Que camas vagabundas! – Sentia-se como peixe na água. Nunca se deitara num colchão tão macio. Apenas tinha de dizer alguma coisa.

Kien se encontrava na China, como sempre lhe acontecia antes de pegar no sono. Sob a influência das experiências singulares desse dia, suas visões assumiam forma diferente das habituais. Sem repugnância imediata, encarava certa popularização de sua ciência. Tinha a impressão de que o anão o compreendia. Admitia que era possível achar personalidades afins. Quem conseguisse oferecer a estas um quê de cultura, um quê de humanidade, realizaria algo importante. No início, tudo seria difícil. Além disso, não se devia tolerar arbitrariedades. Pelo contato cotidiano com tamanhas quantidades de culturas, a sede de apossar-se delas aumentara cada vez mais no espírito do pequeno. De repente, este poderia ser apanhado no ato de agarrar um livro e de fazer uma tentativa de lê-lo. Isso não deveria acontecer. Ia prejudicá-lo. Ele estragaria o pouco de intelecto que possuía. Quanta cultura esse coitado seria capaz de suportar? Cumpria prepará-lo oralmente. A leitura individual não exigia pressa alguma. Decorreriam anos até que Fischerle dominasse o chinês. Muito antes, porém, deveria familiarizar-se com os expoentes e as ideias da esfera cultural chinesa. A fim de despertar nele o interesse por esse assunto, seria preciso associá-lo à situação do seu dia a dia. Sob o título de "Meng Tse e nós" se poderia elaborar um belo ensaio. O que pensaria o anão a esse respeito? Kien lembrava-se de que Fischerle acabava de dizer alguma coisa, não sabia o quê. Em todo caso, estava ainda acordado.

– O que é que Meng Tse tem a nos dizer? – clamou em voz alta. Esse título era melhor ainda. Desde logo, deixava claro que Meng

Tse era um ser humano. Eruditos gostam de evitar mal-entendidos por demais idiotas.

– Eu disse que as camas são vagabundas – respondeu Fischerle em voz ainda mais alta.

– As camas?

– Pois é. Percevejos.

– Mas como? Vá dormir e deixe de brincadeiras. Amanhã terá de aprender muita coisa.

– Olhe, o que aprendi hoje me basta.

– É o que pensa. E agora durma. Conto até três.

– Eu, dormir! De repente, alguém rouba os livros, e estamos arruinados. Não quero correr riscos. Acha o senhor que numa situação dessas se pode pregar o olho? O senhor talvez, porque é rico. Mas eu não!

De fato, Fischerle tinha medo de adormecer. Era um homem de hábitos arraigados. Durante o sono, podia acontecer-lhe furtar todo o dinheiro de Kien. Nos seus devaneios, não saberia o que estava fazendo. As pessoas sonham com as coisas que têm mais importância para elas. Para Fischerle o mais importante era afundar as mãos em montes de notas. Quando se fartasse de remexê-las e tivesse absoluta certeza de que nenhum de seus amigos falsos se encontrava nas proximidades, sentaria em cima e jogaria uma partida de xadrez. Ser alto tem suas vantagens. Permite atentar em duas coisas ao mesmo tempo! Vê-se de longe quem se aproxima na intenção de furtar, e de perto observa-se o tabuleiro. É assim que gente graúda faz seus negócios. A mão direita segura as figuras, enquanto a esquerda limpa os dedos sujos nas cédulas. Destas, há até demais. Digamos: milhões. O que é que se faz com tantos milhões? Dar alguma coisa de presente a outra pessoa não seria má ideia. Mas quem terá coragem de fazer isso? Basta que essa canalha perceba que um baixinho possui alguns bens e logo lhe surrupiará tudo. O pequeno não pode bancar o grande. Talvez tenha o capital necessário para isso, mas não lhe convém. "Ele não precisa se sentar em cima do monte", dirão. Claro, mas onde deve o baixinho meter o dinheiro, se não tem onde guardá-lo? A melhor solução seria operar-se. A gente acenaria com um milhão sob o nariz de um cirurgião famoso e lhe diria: "Ó cavalheiro, me tire essa corcunda e lhe dou um milhão". Por um milhão, qualquer homem faz proezas. Removida a corcunda, a gente diz: "Meu caro amigo, o milhão era mentira, mas sempre lhe sobrarão algumas notas de mil". Pode ser que o sujeito ainda fique grato. A corcunda será queimada em seguida, e assim se obterá um corpo reto para o resto da vida. Mas um homem sabido não faz uma bobagem dessas. Pega o milhão, enrola e comprime as notas e com elas forma uma nova corcunda, que coloca em suas costas. Ninguém se dará conta do que houve. *Ele* sabe que é reto, mas as pessoas pensam que é corcunda. *Ele* sabe que é milionário, mas elas pensam que é um pobre-diabo. Na cama, coloca a corcunda em cima da barriga. Deus meu, também ele terá vontade de às vezes dormir de costas.

A essa altura, Fischerle chegou a ficar deitado em cima da corcunda. Quase deu graças à dor que o arrancava do semissono. "Isso não pode ser", disse para si mesmo, de repente lhe virá um sonho no qual veja ali, no outro quarto, o monte de dinheiro, e irá buscá-lo e se desgraçará. De qualquer jeito, todo esse dinheiro já é dele. Não há necessidade de polícia. Ele pode dispensar a intromissão dela. Ganhará tudo honestamente. Lá do outro lado dorme um idiota, ao passo que aqui há um homem dotado de inteligência. No fim da história, quem ficará com o dinheiro?

Não é fácil para Fischerle convencer-se. Nele, o furto já se tinha tornado um hábito. Fazia algum tempo que não cometia nenhum, uma vez que a seu redor não existia o que furtar. Não arriscava expedições a zonas mais distantes, visto que a polícia o observava atentamente. É fácil identificá-lo, e num caso desses o zelo dos guardas ultrapassa todos os limites. Metade da noite, Fischerle conserva-se acordado, com os olhos violentamente arregalados e as mãos entrelaçadas do modo mais complicado possível. O monte de dinheiro, ele empurra-o para longe. Em vez disso, submete-se mais uma vez a todas as cotoveladas e invectivas que em outra ocasião lhe aplicaram nas delegacias. Para quê? E ainda tiram da gente todo o dinheiro. Nunca lhe devolvem coisa alguma. *Isso* não se chama furto! No fim, os insultos cessam de produzir efeito. Quando ele está com a polícia até aqui e com um braço já fora da cama, vêm-lhe à mente algumas partidas de xadrez. São bastante interessantes para manter seu corpo na cama. O braço, porém, permanece lá fora, prestes a agir. Fischerle joga mais cautelosamente do que de costume. Antes de certos lances, intercala pausas de meditação ridiculamente longas. Para adversário escolhe um campeão do mundo ao qual dita altivamente os lances. Estranhando um pouco a obediência encontrada, troca o campeão antigo por outro mais novo, mas também este aceita a maioria das suas sugestões. Para sermos exatos, Fischerle joga por ambos. O parceiro não encontra lances melhores que os que Fischerle lhe recomenda e consente humildemente. Mesmo assim, é derrotado. Isso se repete várias vezes, finalmente, diz Fischerle: "Não quero jogar com gente tão estúpida!". Enquanto espicha também as pernas para fora do cobertor, declara: "Um campeão do mundo? Onde está o campeão? Aqui não tem nenhum!".

Por via das dúvidas, levanta-se e perscruta o quarto. Sempre que esse pessoal obtém o título, prefere esconder-se. Não acha ninguém. E, todavia, imaginou que um campeão do mundo estivesse sentado na beira da cama e jogasse contra ele. Podia jurar que o fazia. Será que o homem se esgueirou para o quarto vizinho? Não se preocupem, Fischerle vai achá-lo. Com toda a calma, procura ali também. O quarto está vazio. Abre o guarda-roupa e rapidamente mete a mão nele. Jogador de xadrez não lhe escapa. Apesar de toda essa atividade, Fischerle procede silenciosamente, o que se compreende, pois que motivos terá esse gigante livresco para deixar que se perturbe seu sono, só porque Fischerle quer dar uma lição a um inimigo? Pode ser que este nem sequer esteja no quarto e por causa de uma fantasia vã se perca um bom emprego. Fareja sob o leito, pondo o nariz em todos os cantinhos. Fazia muito que não se metia embaixo de uma cama. Quase se sente em casa. Ao sair de rastos, avista um casaco pendurado numa cadeira. Então se recorda de que os campeões do mundo são ávidos de dinheiro. Nunca recebem o bastante. Para tirar-lhes o título é preciso colocar na mesa um monte de dinheiro. Sem dúvida alguma, aquele sujeito anda também por aqui à procura de dinheiro. Certamente dá voltas ao redor da carteira. Possivelmente ainda não a tenha em seu poder. Será preciso salvá-la de suas garras. Um indivíduo desses é capaz de tudo. Amanhã o dinheiro vai ter sumiço e o altão aí pode pensar que foi Fischerle quem o surrupiou. Mas ele não se deixa enganar. Erguendo os braços compridos, estende a mão em direção à carteira, retira-a do bolso e volta a retrair-se para baixo do leito. Poderia ter saído inteiramente, mas para quê? O campeão do mundo é mais alto e mais forte que ele. Com toda certeza, acha-se atrás da cadeira, sempre a cobiçar o dinheiro, e quebraria a cara de Fischerle porque este se antecipou a ele. Devido ao seu modo de agir inteligente, ninguém notou nada. Que aquele gatuno se conserve onde está! Ninguém o chamou. O melhor seria que ele desse o fora. Quem precisa dele?

Fischerle esquece-o logo, no seu esconderijo, bem no fundo do quarto, embaixo da cama, conta as notas lindas, novinhas, só assim, para divertir-se. Ainda se lembra claramente de quantas são. Depois de terminar, começa de novo. Agora Fischerle parte para um país distante, para a América. Lá se dirige ao campeão do mundo, Capablanca, e lhe diz: "Andei à sua procura". Põe a caução na mesa e joga, até que o sujeito fique arrasado. No dia seguinte, a foto de Fischerle está em todos os jornais. Para ele é um bom negócio. Lá em casa, no Paraíso, aqueles canalhas arregalam os olhos. Sua esposa, a puta, derrama lágrimas, grita que, se tivesse previsto esse êxito, sempre lhe teria dado permissão para jogar. Os outros vibram nela umas bofetadas estrondosas. Claro, é o que a gente arranja quando não entende nada do jogo de xadrez. As mulheres são a ruína do homem. Se ele ficasse em casa, nunca conseguiria nada. Um homem deve safar-se. Eis o segredo de toda arte. Quem for covarde nunca chegará a ser campeão. Que não se diga que os judeus são covardes. Os repórteres lhe perguntam quem ele é. Ninguém o conhece. Ele não tem cara de americano, e judeus existem em toda parte. Mas de onde veio esse judeu, que liquidou triunfalmente Capablanca? No primeiro dia, Fischerle deixa que o pessoal quebre a cabeça. Os jornais gostariam de comunicar alguma coisa aos seus leitores, mas não têm o que dizer. Em todas as manchetes se lê: "O mistério do campeão do mundo". A polícia intromete-se, naturalmente. Querem trancafiá-lo mais uma vez. Não, senhores, não, agora o caso não é mais tão simples. Agora ele gasta dinheiro à larga, e a polícia sente-se honrada ao soltá-lo. No segundo dia, apresentam-se cem repórteres, pouco mais ou menos. Cada qual lhe promete, digamos, mil dólares, dinheiro contado, se ele lhes disser alguma coisa. Fischerle continua calado. Os jornais se põem a mentir. Que mais podem fazer? Os leitores já não aguentam a tensão. Fischerle está sentado num gigantesco hotel onde há um bar luxuoso, como num navio transatlântico. O *maître* quer levar à mesa dele as mais belas mulheres do mundo, não meras putinhas, não, milionárias que se interessam por ele. Mas Fischerle agradece polidamente. Em outra ocasião, diz ele, agora não lhe sobra tempo. E por que não tem tempo? Porque lê todas as mentiras que os jornais publicam sobre ele. Isso leva um dia inteiro. Quem poderia dar conta do recado? A cada momento interrompem-no. Os fotógrafos pedem que os atenda por um instantinho. "Ora, cavalheiros", diz ele, "com essa corcunda!" Mas eles respondem: "Campeão do mundo é campeão do mundo, prezadíssimo senhor Fischerle. A corcunda não tem importância". E lhe tiram o retrato, da direita, da esquerda, de frente, de trás. "Que tal se a fizessem desaparecer por meio de retoques?", sugere ele. "Assim, o jornal teria uma foto mais bonita." Eles consentem: "Como não, ilustríssimo senhor campeão do mundo!". Mas, vejam só, como foi possível que ele se enganasse a tal ponto? Realmente, em todas as páginas, seu retrato mostra-o sem a corcunda. Ela sumiu. O que ainda o preocupa é a pequenez. Acena ao *maître* e diz, apontando para um jornal: "Retrato feio, não acha?". O *maître* diz: "*Well*". Na América, o pessoal fala inglês. Mas a foto lhe agrada muitíssimo. "É apenas a cabeça", constata ele, e tem razão. "Você pode se afastar", diz Fischerle, dando-lhe, porém, cem dólares de gorjeta. A julgar pelo retrato, poderia ter a altura de um homem normal. Ninguém nota o corpo minguado. Ele perde o interesse pelos artigos. Para que ler tantas páginas redigidas em inglês? A única palavra que ele entende é *well*. Mais tarde manda vir outros jornais. Contempla demoradamente seus retratos. Em toda parte topa com a cabeça. O nariz é comprido, sem dúvida, ninguém tem culpa do nariz que tem. Desde criança teve queda para o xadrez. Bem poderia ter metido outro esporte na cabeça, futebol ou natação ou boxe. Mas nada disso o atraía. É sua sorte. Se fosse, por exemplo, campeão de boxe, teria de permitir que o fotografassem seminu para os jornais. Todo mundo riria dele, e ele não tiraria nenhum proveito disso. No dia seguinte, já se apresentam mil repórteres. "Meus senhores", diz ele, "estou estranhando que em todos os jornais me chamem Fischerle. Meu nome é Fischer. Espero que retifiquem esse erro." Eles lhe dão a palavra de honra que sim. Em seguida, ajoelham-se à sua frente – que gente miserável! – e imploram dele que finalmente lhes diga alguma coisa. Afirmam que serão postos na rua, que perderão o emprego, se nesse mesmo dia não obtiverem alguma informação a seu respeito. "E eu com isso!", pensa Fischerle. Não lhes concederá nada de graça. Acaba de dar cem dólares ao *maître*, mas aos repórteres não oferecerá presentes. "Façam suas ofertas, senhores", replica atrevidamente. "Mil dólares!", grita o primeiro. "Que topete!", protesta outro. "Dez mil!" O terceiro, agarrando a mão de Fischerle, segreda-lhe: "Cem mil, senhor Fischer!". Esse pessoal tem dinheiro que não acaba nunca. Ele tapa os ouvidos. Antes que se alcance um milhão, não quer ouvir nenhuma palavra. Os repórteres ficam furiosos, atracam-se, cada qual faz lances mais altos, uma vez que a vida particular de Fischerle está sendo posta em leilão. Um deles avança até cinco milhões. De repente, há um grande silêncio. Ninguém se atreve a oferecer mais. Nesse momento o sr. Fischer, campeão do mundo, tira os dedos dos ouvidos e declara: "Senhores, vou lhes fazer uma proposta. Será que tenho interesse em arruiná-los? Absolutamente. Quantos são vocês? Mil. Pois, então, cada um me dê dez mil dólares, e vou dizê-lo a vocês todos. Então eu terei dez milhões e nenhum de vocês ficará arruinado, compreendem? Estão de acordo?". Eles o abraçam e ele será um homem realizado. A seguir sobe numa cadeira, embora a essa altura já não precise fazer isso, e lhes conta a pura verdade. Como campeão do mundo, ele caiu do céu. Até que os repórteres acreditem nisso passa-se uma hora inteira. Ele fez um casamento infeliz. A esposa, uma "capitalista", desviou-se do caminho reto; era, como se dizia lá em casa, no Paraíso, uma puta. Queria que ele aceitasse dela algum dinheiro. Ele não tinha outra saída. Se não aceitasse nada, ela ameaçava matá-lo. Cedendo à chantagem, guardou o dinheiro para ela. Durante vinte anos teve de suportar tal situação. No fim estava farto e um dia exigiu da mulher categoricamente que acabasse com essa vida, senão ele se tornaria campeão mundial de xadrez. Ela chorou, mas nem assim queria mudar. Estava por demais acostumada à vadiagem, aos belos vestidos, aos distintos e bem barbeados cavalheiros. Ele tinha pena dela, claro, mas um homem deve cumprir sua palavra. Viajou diretamente do Paraíso à América, liquidou o Capablanca, e agora está onde está. Os repórteres ficam entusiasmados. Ele também. Institui uma fundação. Doa bolsas para todos os cafés do mundo. Em compensação, os donos devem obrigar-se, sob juramento, a afixar nas paredes cartazes com todas as partidas jogadas pelo campeão do mundo. Danificar esses cartazes será proibido por lei. Cada um deverá certificar-se pessoalmente de que o campeão do mundo joga melhor do que ele mesmo. Caso contrário, poderia surgir subitamente um impostor qualquer, um anão ou outro aleijão, que afirmasse saber jogar melhor. As pessoas nem se lembrariam de controlar os lances do aleijão. Seriam capazes de acreditar nele, só porque mente muito bem. Doravante, isso vai terminar. Em todas as paredes haverá cartazes e, se o larápio anunciar um único lance falso, todos olharão o cartaz. E quem ficará cheio de vergonha até o alto da horrenda corcunda? O impostor! E o dono do café deverá ainda assumir o compromisso de dar no sujeito umas boas bofetadas, por ter falado mal do campeão do mundo. Que o homenzinho desafie o campeão quando tiver o dinheiro necessário. Para tal bolsa, Fischer doará um milhão inteiro. Não é sovina. À mulher também enviará um milhão, para que deixe de fazer *trottoir*. Em compensação, ela deverá obrigar-se por escrito a nunca ir à América e calar a boca sobre aquelas antigas encrencas com a polícia. Fischer se casará então com uma milionária e dessa forma recuperará as perdas havidas. Vai mandar fazer umas fatiotas novas num alfaiate de classe, para que a mulher não perceba nada. Será construído um palácio colossal, com torres, cavalos, delfins e peões, tudo autêntico, tal como deve ser. A criadagem andará fardada. Em trinta salões gigantescos, Fischer jogará dia e noite trinta partidas simultâneas, com figuras vivas comandadas por ele. Basta dizer "vai!" e já os escravos irão ao lugar que lhes destinar. Os adversários chegarão de todas as partes do mundo, pobres coitados que desejam aprender alguma coisa com ele. Há quem venda seus sapatos e casacos a fim de pagar a longa viagem. Ele os acolhe hospitaleiramente, a todos, e lhes dá uma refeição completa, com sopa e sobremesa, carne com duas espécies de legumes e às vezes um assado no lugar do cozido. Cada um terá o direito de ser derrotado uma vez por Fischer. Este não cobra nada pela sua condescendência. Só que, na hora da despedida, eles terão de inscrever-se no livro de hóspedes, declarando expressamente que ele é o campeão do mundo. Entrementes, a nova esposa dará passeios no seu automóvel. Uma vez por semana, ele a acompanha. No palácio, apagam então todos os lustres, visto que a luz, de qualquer jeito, lhe custa um dinheirão. No portão afixa-se uma tabuleta: "Volto já. Fischer, campeão do mundo". Nem por duas horas ele fica ausente, mas os visitantes logo formam filas, como na guerra. "O que é que estão vendendo aí?", pergunta um transeunte, ao que responde: "Não sabe? Vejam só! Então não é daqui". Compadecendo-se do ignorante, os outros lhe explicam quem mora no palácio. Para que os compreenda perfeitamente, dizem-lhe primeiramente um por um e depois todos em coro: "O senhor Fischer, campeão mundial de xadrez, distribui esmolas". O forasteiro fica pasmo. Uma hora depois consegue falar de novo: "Então é hoje o dia de recepção, não é?". A gente do lugar tinha esperado por essa pergunta: "Justamente hoje não é dia de recepção", replicam. "Se fosse, haveria muito mais gente." A essa altura, todos falam ao mesmo tempo: "Mas onde está ele?". Não há luz no palácio. Ele dá um passeio de automóvel, em companhia da mulher. Já é a segunda esposa. A primeira era uma simples "capitalista". A segunda é milionária. O carro pertence a ele. Não é um táxi, não. Ele mandou construir especialmente para seu uso. O que dizem é a pura verdade. Ele está sentado no carro, que se adapta muito bem ao seu físico. Para a mulher fica um tanto apertado. Ela precisa inclinar-se para a frente durante todo o trajeto. Mas, em compensação, tem o privilégio de viajar ao lado dele. Para outras ocasiões tem seu próprio carro. Ele nunca anda no dela, já que o acha muito grande. Mas o dele custou muito mais. A fábrica construiu-o exclusivamente para ele. Nesse automóvel tem-se a impressão de estar como que embaixo de uma cama. Olhar para fora é aborrecido. Ele cerra os olhos firmemente. Nada se mexe. Sob a cama, sente-se em casa. Então ouve a voz da esposa, vindo de cima. Está farto dela. Que lhe interessa essa mulher? De xadrez ela não entende patavina. Também o homem diz alguma coisa. Será um parceiro? Nota-se que é inteligente. Esperar, sempre esperar, por que esperar ainda mais? Do que lhe adianta esperar? Esse sujeito ali em cima fala um alemão castiço. É do ramo, certamente um mestre desconhecido. As pessoas têm medo da notoriedade. Fazem como os reis. Vão às mulheres incógnitos. É um campeão do mundo e não um mestre comum! Fischer precisa jogar com ele. Já não aguenta essa situação. Sua cabeça estoura com tantos lances geniais. Ele vai liquidá-lo num instante!

Rápida e silenciosamente Fischerle sai de sob o leito e se ergue nas pernas tortas. Ficaram entorpecidas. O anão cambaleia, escora-se na beira da cama. A mulher acaba de sumir. Tanto melhor, assim o deixa em paz. Um hóspede altão está deitado na cama, sozinho, a gente poderia pensar que ele dorme. Fischerle lhe dá uma palmadinha no ombro. Pergunta em voz alta: "O senhor joga xadrez?". O hóspede dorme realmente. É preciso sacudi-lo para que acorde. Fischerle se propõe agarrar-lhe os ombros com ambas as mãos. Eis que percebe que tem alguma coisa na mão esquerda. Um pacotinho, que o incomoda. Jogue-o fora, Fischerle! Ele agita o braço esquerdo, mas a mão não larga o que segura. "O que é isso?", grita. "Quer ou não quer?" A mão não se abre. Fecha-se em torno do pacote, como se fosse uma rainha conquistada. Olhando mais de perto, Fischerle vê que aquilo é um maço de notas. Por que jogá-las fora? Podem servir a ele, que no fundo é um pobre-diabo. Talvez pertençam ao hóspede. Este continua dormindo. Não, pertencem a Fischerle, pois ele é milionário. Como foi que o hóspede chegou aqui? Certamente é estrangeiro, quer jogar com Fischerle. Que essa gente leia a tabuleta no portão! Não nos deixam tranquilos nem mesmo durante os passeios de carro. A fisionomia do forasteiro não lhe é estranha. Uma visita do Paraíso? Nada mal. É o sujeito do ramo de livros, ora essa! O que foi que veio fazer aqui? Ramo de livros, sim, ramo de livros! Em outra época Fischerle estava a serviço desse homem. Então tinha de desdobrar papel de embrulho e em seguida...

De tanto rir Fischerle torce-se ainda mais. Em meio à risada desperta completamente. Acha-se de pé num quarto de hotel. Deveria dormir na peça vizinha. Furtou o dinheiro. O melhor seria safar-se depressa com ele. Fischerle tem de ir à América. Velozmente dá dois ou três passos em direção à porta. Como pôde rir tão alto assim? Quem sabe se não acordou o sujeito do ramo de livros? Na ponta dos pés volta para a beira da cama e se certifica de que o homem continua dormindo. Esse tipo é capaz de denunciá-lo. Não é tão louco que deixe de denunciá-lo. Fischerle dá os mesmos passos rumo à porta, mas dessa vez caminha devagar, em vez de correr. Como fazer para sair do hotel? O quarto fica no terceiro andar. Seria necessário chamar o porteiro. Amanhã, antes de embarcar no trem, seria preso pela polícia. Por que será preso? Porque tem a corcunda. Rancorosamente apalpa-se com os dedos compridos. Não quer ir para a cadeia outra vez. Aqueles porcos lhe tirariam o tabuleiro. Ele precisa sentir as figuras na mão para que o jogo lhe dê algum prazer. Os guardas forçam-no a jogar de cabeça. Ninguém aguenta isso. Ele deseja fazer fortuna. Que tal se matasse o sujeito do ramo de livros? Ora, um judeu não faz uma coisa dessas. Poderá obrigar o homem a dar-lhe a palavra de honra de que não o denunciará. "A palavra de honra ou a vida!", clamará. Esse sujeito é covarde, sem dúvida alguma. Mas quem pode confiar nesse tipo de idiota? É fácil induzi-lo a tudo o que se quiser. Esse cretino não faltará intencionalmente à sua palavra, faltará por estupidez. Bobagem, Fischerle já está com o dinheirão na mão. Acabou-se a América. Não, ele vai meter o pé no mundo. Que tentem apanhá-lo! Se não conseguirem pegá-lo, há de tornar-se campeão do mundo na América. Mas se o pegarem há de enforcar-se. Arre, não será capaz de fazer uma coisa dessas. Nem pescoço tem. Certa vez enforcou-se numa perna e cortaram a corda. Pela outra perna não se vai pendurar nunca.

Entre a cama e a porta, Fischerle atormenta-se em busca de uma solução. Está desolado por causa da má sorte, tem vontade de urrar. Mas não pode fazer isso, pois acordaria o homem. Vai levar semanas até que esteja na mesma situação de agora. Semanas, semanas! Há vinte anos aguarda tal oportunidade. Com uma perna encontra-se na América, com a outra, na armadilha. Assim não é possível decidir-se. A perna americana avança um passo, a perna presa recua outro. Isso lhe parece infame. Golpeia a corcunda. Enfia o dinheiro entre as pernas. A corcunda tem culpa de tudo. Que sofra dores! Merece-as. Se não desse nela, Fischerle choraria num berreiro. Se chorar, enterrará a América.

Exatamente a meio caminho entre a cama e a porta Fischerle permanece parado, como que criando raízes no mesmo lugar, sempre a flagelar a corcunda. Alternadamente levanta os braços, como hastes de chicote, e lança por cima dos ombros cinco correias de dois nós, seus dedos, surrando com eles as costas. Estas suportam os golpes sem protestar. Montanha inexorável, eleva-se acima do promontório baixo das espáduas, túrgida e dura. Poderia gritar: "Chega para mim!". Mas não dá um pio. Fischerle começa a adquirir prática. Vê a resistência da corcunda. Prepara-se para um suplício prolongado. O que importa não é a raiva e sim o acerto dos golpes. Os braços compridos ainda lhe parecem demasiado curtos. Mesmo assim serve-se deles. As chicotadas caem com perfeita regularidade. Fischerle ofega. Para esse trabalho necessitaria de música. No Paraíso há um piano. Ele faz seu próprio acompanhamento. Falha a respiração. Contudo, canta. A emoção faz com que a voz soe aguda, estridente: "Isso vai lhe ensinar. Isso vai lhe ensinar!". Ele mói a besta a pancadas. Que ela se queixe! Antes de cada golpe, pensa: "Vá embora, carniça!". A carniça permanece impassível. Fischerle está banhado em suor. Doem-lhe os braços. Os dedos ficaram lassos, fatigados. Ele persiste, tem paciência, jura que o corcunda está nas últimas. Por mera falsidade ele finge estar bem. Fischerle conhece-a. Gostaria de encará-la. Torce a cabeça para zombar dos trejeitos da adversária. Mas como? Ela se esconde, essa covarde, essa aleijona? Uma faca! Uma faca! Ele vai esfaqueá-la, onde há uma faca? Fischerle escuma de tanta raiva. Pesadas lágrimas brotam-lhe dos olhos. Chora por não ter faca, chora porque a aleijona se conserva calada. Aos poucos diminui a força dos braços. O anão entra em colapso, um saco vazio. É o fim. Ele vai enforcar-se. O dinheiro cai ao chão.

Subitamente, Fischerle, dando um pulo muito alto, solta um grito:

– Xeque-mate!

Havia muito Kien sonhava com livros que caíam. Tenta apanhá-los com o corpo. Este é fininho, qual alfinete. À direita e à esquerda tesouros maravilhosos tombam ruidosamente. Agora desmorona o assoalho também e Kien acorda.

– Onde estão eles? – choraminga. – Onde estão? – Fischerle derrotou a aleijona. Levanta o maço de notas que se acha junto a seus pés. Enquanto se encaminha à cama diz:

– O senhor é mesmo um felizardo, sabe?

– Os livros, os livros! – geme Kien.

– Estão todos sãos e salvos e aqui está o capital. Na minha pessoa, o senhor arrumou uma joia.

– Sãos e salvos? E eu sonhei...

– O senhor sonhou, sim, mas eu levei uma surra.

– Pois então esteve mesmo alguém aqui! – Kien salta da cama. – Precisamos conferir tudo imediatamente.

– Não se enerve. Logo ouvi quando o homem vinha. Ele nem tinha passado pela porta. Fui de rastos ao quarto do senhor para ver o que o homem fazia. O que pensa que ele queria? O dinheiro, claro! O sujeito estendeu a mão. Nesse momento eu o agarrei. Ele me bateu, eu bati nele. Ele pediu misericórdia, eu sou implacável. Ele queria ir para a América, eu não deixei. Acha o senhor que ele tocou num único livro? Não, senhor. Era inteligente, mas se comportou como um bobalhão. Nunca na vida teria chegado à América. Sabe o senhor onde ele estaria agora? Aqui entre nós, na delegacia. Agora já está longe.

– Hum – disse Kien –, mas que tipo de homem era ele? – Deseja demonstrar ao pequeno sua gratidão pela vigilância. O ladrão absolutamente não lhe interessa.

– O que vou lhe dizer? Era um aleijão, assim como eu. Eu poderia jurar que joga xadrez muito bem. Um pobre-diabo.

– Pois então vamos deixá-lo em paz – responde Kien, lançando ao anão um olhar que ele próprio considera carinhoso. Em seguida ambos voltam às camas.

Piedade infinita

A Casa Estadual de Penhores, em homenagem à soberana piedosa e econômica que uma vez por ano acolhia em sua casa os pobres, tem o nome bastante apropriado de Theresianum. Já aqueles dias tirava-se aos mendigos as únicas coisas que possuíam, aquela pontinha de amor que o Cristo lhes dera havia dois mil anos e a sujeira grudada a seus pés. Ao lavá-los, a soberana tomava a peito seu título de cristã e anualmente procurava reafirmá-lo, para juntá-lo a inúmeros outros. A Casa de Penhores, autêntico coração principesco, com espessos muros e diversos pavimentos, ergue-se soberba e bem guarnecida. A certas horas concede audiência. Dá preferência a indigentes ou pessoas na iminência de mendigar. Essas pessoas ajoelham-se diante dela e como nos tempos antigos ofertam-lhe o dízimo de suas posses. Esse dízimo, para o coração principesco, não passa de um milionésimo, enquanto para os mendigos representa a totalidade. O coração principesco aceita tudo. É amplo e espaçoso. Contém milhares de quartos e outros tantos serviços. Os trêmulos mendigos recebem então a graciosa permissão de se levantarem e em troca recebem de esmola um brindezinho em dinheiro. A partir daí, estão fora de si e fora da casa também. Quanto ao costume do lava-pés, foi abolido, agora que a princesa existe tão somente como instituição. Em compensação, introduziu-se outro costume. Os mendigos pagam juros pela esmola. Os últimos serão os primeiros; por isso é mais alta a taxa de juros que se exige deles. Uma pessoa privada que se atrevesse a estipular juros tão elevados seria processada por agiotagem. No caso dos mendigos abre-se uma exceção, já que de qualquer jeito trata-se de quantias irrisórias. Não se pode negar que essa gente encara com manifesta alegria esse tipo de transação. Formam filas diante dos guichês e apressam-se ao máximo em assumir o compromisso de pagar em juros a quarta parte da esmola concedida. Quem não tem nada prontifica-se facilmente a dar alguma coisa. Mesmo assim há entre eles indivíduos sórdidos, avarentos, que se recusam a devolver a esmola com os juros e preferem renunciar aos objetos empenhados, em vez de abrirem o bolso. Afirmam não ter dinheiro algum. Até a esses sujeitos faculta-se a entrada. Ao grande e bondoso coração situado em meio ao bulício da cidade falta a calma necessária para controlar a veracidade das afirmações desses burladores. Ele abre mão das esmolas, abre mão dos juros e se contenta com penhores cinco ou dez vezes mais valiosos. Nesse estabelecimento acumula-se um genuíno tesouro constituído por tostões. Os mendigos trazem os seus farrapos, enquanto o coração veste trajes de veludo e seda. Um quadro de dedicados funcionários a seu serviço desdobra-se na administração, até a época de merecer a almejada aposentadoria. Na sua função de leais vassalos de seu amo, dão pouco valor a tudo e a todos. É seu dever demonstrar o maior menosprezo possível, quanto mais exíguas as esmolas, maior o número de pessoas afortunadas. O coração, embora grande, não é imenso. De tempos em tempos vende suas riquezas a preço de liquidação, a fim de criar espaço para outros presentes. Os tostões dos mendigos são tão inesgotáveis como seu amor à imortal imperatriz. Por mais parados que estejam os negócios no resto do país, nessa casa andam bem. Só rarissimamente se trata de bens furtados, ao contrário do que se devia esperar quando se quer uma circulação mais intensa das mercadorias.

Entre os erários da misericordiosa soberana, as salas que abrigam joias, ouro e prataria ocupam o lugar de honra, nas proximidades do portão principal. Ali estamos em terreno sólido, que garante firmeza. Os pavimentos superiores são graduados segundo o valor dos objetos empenhados. Bem em cima, num andar destinado aos casacões, calçados e selos postais, encontram-se os livros. Foram instalados num anexo e para alcançá-los sobe-se uma escada comum, semelhante às que existem nas casas de aluguel. Ali não há o menor vestígio da majestosa grandiosidade do edifício principal. Nesse coração opulento não há espaço suficiente para um cérebro. No térreo fica-se a pensar e sente-se vergonha; vergonha das criaturas monstruosas que, devido à mera avareza, levam livros a esse lugar; da escada não tão limpa como conviria à sua finalidade; dos funcionários que recebem livros e não leem; das salas situadas logo abaixo do teto e por isso expostas ao perigo de um incêndio; de um Estado que não proíbe pura e simplesmente a penhora de livros; de uma humanidade que, desde que imprimir tornou-se tão fácil, esqueceu completamente o sentido de cada letra impressa. Já que evidentemente não se pode pensar numa reforma radical para pôr fim a tamanho insulto à cultura, perguntamo-nos por que os insignificantes negócios de joias não ficam relegados ao sexto andar e não se concede aos livros os belos recintos do rés do chão. Em caso de incêndio, joias poderiam ser atiradas à rua tranquilamente. Estão muito bem empacotadas, até bem demais para reles minérios. Pedras não sentem dores. Mas livros que caírem do sexto andar à rua estarão mortos, para qualquer homem dotado de refinada sensibilidade. Imaginem os tormentos que acometerão a consciência dos funcionários. O fogo se alastra. Eles se mantêm em seus postos, mas nada podem fazer. A escada desmorona. Devem então escolher entre a fogueira e a queda. As opiniões estão divididas. O que um quer arremessar para fora da janela, outro arranca dele e atira nas chamas. "Melhor queimado do que deformado!", grita, lançando seu desprezo na cara do colega. Este, por sua vez, espera que alguém lá embaixo estenda redes para apanhar ilesas as pobres criaturas. "A pressão do ar certamente não os danificará", sibila em direção ao adversário. "E onde está sua rede, se me permite a pergunta?", replica este. "Os bombeiros não tardarão em esticá-la." "Mas, por enquanto, ouço apenas os baques de corpos que se despedaçam." "Cale-se, pelo amor de Deus!" "Pois então ao fogo com eles, depressa!" "Não posso!" Ele não pode fazer isso. No contato com os livros tornou-se um ser humano. É como uma mãe que, confiando na boa sorte, joga seu filho pela janela afora. "Vão apanhá-lo no ar", pensa, "enquanto que no fogo ele perecerá com toda certeza." O adorador do fogo tem mais caráter; o outro tem mais coração. As duas atitudes são bastante compreensíveis. Ambos perecem nas chamas; ambos cumprem seu dever até o último instante; mas de que adianta isso aos livros?

Havia uma hora, Kien estava encostado ao corrimão sinceramente envergonhado. Sentia-se um homem de existência inútil. Não ignorava o modo desumano como a humanidade costuma tratar os livros. Frequentemente assistira a leilões. A eles devia obras raras, que nunca teria encontrado nos sebos. Sempre aceitava de bom grado tudo quanto lhe pudesse enriquecer os conhecimentos. Numerosas impressões dolorosas, colhidas em leilões, haviam-se gravado profundamente em sua memória. Nunca se esqueceria daquela maravilhosa Bíblia de Lutero, que antiquários de Nova York, Londres e Paris haviam disputado como abutres e que no fim foi desmascarada como falsificação. Pouco se lhe dava a decepção desses embusteiros licitantes, mas o que lhe parecia inacreditável era o fato de a fraude poder contaminar até mesmo a esfera dos livros. Vê-los apalpados antes da compra, observar como as pessoas os examinavam, abriam, fechavam, feito escravos, confrangia-lhe o coração. Esses pregões, essas ofertas feitas e superadas por indivíduos que no decorrer de toda a sua vida ainda não tinham lido nem mil livros se afiguravam a ele a mais clamorosa insolência. Cada vez que a contragosto se dirigia a um desses antros de leiloeiros, desejava levar consigo cem mercenários bem armados que aplicassem aos vendilhões mil bordoadas e quinhentas aos colecionadores e, em seguida, confiscassem as pleiteadas obras, assegurando sua proteção. Mas o que significavam essas experiências, em comparação com a infinita amargura dessa Casa de

Penhores? Os dedos de Kien torciam-se ao redor dos enfeites tão elaborados quanto disformes do corrimão de ferro. Repuxavam-nos, na secreta esperança de derrubar desse modo o casarão. A ignomínia da idolatria deprimia-o. Ele estava disposto a deixar-se soterrar pelos seis pavimentos, com a condição de que estes nunca fossem reconstruídos. Podia-se confiar na palavra de bárbaros? Kien abandonou um dos propósitos que o haviam levado a esse lugar: renunciou visitar as salas superiores. Até então as previsões mais pessimistas tinham sido ultrapassadas. O anexo era ainda mais modesto do que as descrições permitiam supor. A largura da escada, que seu guia avaliava em aproximadamente um metro e meio, chegava na realidade a um metro e cinco. Homens desinteressados enganam-se frequentemente com relação à ordem das cifras. A imundície acumulara-se ali havia vinte dias e não somente dois. A campainha do elevador não funcionava. As portas envidraçadas, através das quais se alcançava o anexo, estavam mal lubrificadas. A tabuleta que indicava o caminho para a seção de livros fora pintada por dedos inábeis com tinta inadequada num pedaço de papelão vagabundo. Embaixo dela estava suspensa outra, cuidadosamente impressa, e que anunciava: selos no primeiro andar. Uma janela ampla dava para um pequeno pátio. A tinta do teto era indefinida. Em plena manhã percebia-se a escassez da luz que a lâmpada elétrica produziria à noite. De tudo isso Kien se certificara escrupulosamente. Contudo, não se animava a pisar nos degraus da escada. Dificilmente aturaria o espetáculo horripilante que o aguardava lá em cima. Sua saúde estava abalada. Receava uma síncope cardíaca. Sabia que toda vida tem um fim, mas, enquanto sentisse no seu íntimo aquela carga apaixonada, teria de poupar suas forças. Assim, inclinava a cabeça pesada sobre o corrimão, cheio de vergonha.

Fischerle observava-o com orgulho. Mantinha-se a certa distância do amigo. Conhecia a Casa de Penhores tão bem quanto o Paraíso. Tencionava obter uma cigarreira de prata, que nunca vira antes. Ganhara a cautela de um gatuno por ele derrotado em duas dúzias de partidas de xadrez, e a trazia consigo, cuidadosamente guardada no bolso, quando foi contratado por Kien. Segundo boatos que corriam, tratava-se de um porta-cigarros novinho, maciço, excelente mercadoria. Milhares de vezes Fischerle já conseguira revender cautelas do Theresianum a pessoas interessadas. Outras tantas tinha observado como seus próprios tesouros ou os de outrem eram resgatados. Além do sonho principal – o que se referia ao campeonato mundial de xadrez – nutria ainda outro menor: resgatar um penhor que lhe pertencesse, colocar diante da bocarra fria do funcionário o total devido, inclusive os juros, aguardar na seção de entrega dos penhores a devolução do objeto de sua propriedade, assim como fazia toda gente, em seguida cheirá-lo, examiná-lo, como se sempre o tivesse tido bem perto dos olhos e do nariz. Uma vez que não fumava, uma cigarreira não lhe tinha nenhuma serventia, mas nesse momento parecia-lhe que pelo menos um dos dias de felicidade acabava de surgir. Pediu então que Kien lhe concedesse uma hora de licença. Ainda que Fischerle lhe explicasse o que estava em jogo, Kien indeferiu redondamente a solicitação. Afirmou ter plena confiança em seu empregado, mas desde que o deixara tomar a si metade da biblioteca, se absteria de perdê-lo de vista nem mesmo por um momento. Eruditos dos mais honestos já se tinham tornado criminosos por causa de livros. Quanto maior não seria a tentação no caso de um homem inteligente, ávido de saber, que pela primeira vez suportava o peso de livros, com todo o fascínio que eles acarretavam!

Quanto à carga dividida, a situação era esta: naquela manhã, quando Fischerle se punha a empacotar a biblioteca, Kien simplesmente não compreendia como conseguira aguentar tudo aquilo até então. A meticulosidade de seu servente quase representava um perigo para o amo. Outrora, este costumava levantar-se de manhã e sair do hotel todo carregado. Nunca lhe viera a ideia de perguntar-se como os livros empilhados na véspera podiam encontrar o caminho do retorno à sua cabeça. Sentia-se repleto e ia-se embora. Graças à intervenção de Fischerle, isso mudou imediatamente. Na manhã seguinte ao furto frustrado, o anão aproximou-se da cama de Kien, caminhando como que sobre ondas, implorou-lhe insistentemente que se cuidasse muito na hora de levantar, e perguntou se podia iniciar o carregamento. De acordo com seu hábito, nem atentou na resposta. Com toda facilidade ergueu alto a pilha mais próxima e encaminhou-a à cabeça de Kien, que ainda estava deitado.

– Já estão aí dentro! – disse. Enquanto Kien se lavava e vestia, o baixinho, que não ligava importância ao asseio, prosseguia trabalhando com afinco. Meia hora depois já tinha esvaziado o primeiro quarto. Propositadamente Kien prolongava seus preparativos. Procurava lembrar-se de como em outros tempos fazia tudo aquilo, mas não conseguia recordar-se. Coisa estranha, começava a tornar-se esquecido. Enquanto se tratasse apenas de assuntos secundários desse tipo, pouco se lhe dava. Em todo caso, convinha observar-se constantemente, para ver se a falta de memória não se estendia ao campo da ciência. Isso seria horrível. Sua memória era considerada um autêntico dom de Deus, um fenômeno. Quando estudante, Kien fora examinado por célebres psicólogos quanto à sua capacidade de reter quaisquer matérias. Num minuto o menino decorara o número até 65 cifras à direita da vírgula. Os doutos senhores, todos eles, sacudiam as cabeças. No entanto, era possível que sua própria cabeça andasse sobrecarregada. Bastava ver como pilha por pilha, torre por torre eram acolhidas por ela. Seria necessário poupá-la um pouquinho. A gente tem uma única cabeça, só uma vez a desenvolvemos até que ela alcance tamanho grau de perfeição. O que nela for destruído estará perdido para sempre. Kien deu um profundo suspiro.

– Ao senhor coube a tarefa mais fácil, meu caro Fischerle – disse. O homenzinho compreendeu logo a que Kien se referia.

– Vou lhe dizer uma coisa – respondeu. – Vou me encarregar do quarto vizinho, Fischerle também tem cabeça, ou acha que não tem?

– Pois é, mas...

– Mas o quê? Realmente o senhor está me ofendendo.

Após muita hesitação, Kien consentiu. Fischerle teve de jurar pela vida da inteligência que nunca roubou coisa alguma. Feito isso, ainda vangloriava-se de sua mais absoluta inocência, protestando repetidas vezes: "Com *esta* corcunda, senhor? Diga-me como se pode roubar com este troço?".

Durante um instante, Kien teve a ideia de exigir uma caução. Mas abandonou esse plano, uma vez que nem mesmo a caução mais alta do mundo teria bastado para fazer com que ele próprio desistisse de sua "afeição" pelos livros. Porém, acrescentou ainda:

– Certamente, o senhor é bom corredor...

Fischerle, percebendo a armadilha, replicou:

– Para que vou lhe mentir? Quando o senhor dá um passo, faço a metade de um. Na escola, eu era sempre o pior corredor. – E já se dispunha a inventar o nome de uma escola para o caso de Kien indagar a esse respeito. Na realidade, nunca frequentara escola alguma. Mas, a essa altura, Kien debatia-se com pensamentos mais fortes. Estava enfrentando a maior prova de confiança de toda a sua vida.

– Acredito nas palavras do senhor – disse singelamente. Fischerle exultava:

– Está vendo. É o que digo.

O pacto relativo aos livros estava fechado. Por ser o servo, o anão tomou a si a parte mais pesada. Na rua ia à frente de Kien, nunca mais do que dois passinhos. A corcova, desde sempre existente, diminuía o relevo da posição inclinada que ele assumia. Mas o caminhar arrastado produzia efeito. Kien sentia-se aliviado. De cabeça erguida, seguia o homem de sua confiança, sem dirigir o olhar nem para a esquerda nem para a direita. Mantinha-o fixo na corcunda, que ondulava de cá para lá, como a de um camelo, não tão devagar, mas com precisão rítmica. De tempos em tempos, Kien estendia os braços, para verificar se as pontas dos dedos ainda a alcançavam. Quando isso não acontecia, estugava o passo. Para o caso de uma tentativa de fuga, já preparara um plano. Com mão de ferro agarraria a corcunda, e com todo o seu comprimento se precipitaria contra o celerado. Cumpria, entretanto, evitar cuidadosamente que a cabeça dele sofresse algum dano. Sempre que a prova do braço acusava o resultado exato, mostrando que Kien não precisava caminhar mais depressa ou mais vagarosamente, ele tinha uma sensação eletrizante, esquisitamente bela, das que só conhecem pessoas que se dão o luxo da irrestrita confiança, sem o receio de uma decepção.

Durante dois dias Kien relaxou, sob o pretexto de descansar das fadigas passadas e de aprontar-se para futuras e derradeiras explorações da cidade, à procura de livrarias desconhecidas. Seus pensamentos eram alegres, despreocupados. Passo a passo, participava do renascimento de sua memória. As primeiras férias que se permitia desde os seus tempos de estudante eram saboreadas na companhia de uma criatura dedicada, de um amigo que tinha em alto apreço o valor da inteligência – palavra que o anão usava para designar a cultura – e, todavia, não o importunava, um amigo que trazia consigo uma biblioteca de considerável extensão e, mesmo assim, não abria nenhum volume abusivamente, por mais que almejasse lê-lo. Deformado e, segundo a sua própria afirmação, péssimo corredor, evidenciava-se, contudo, bastante vigoroso e resistente para comprovar sua utilidade nas funções de carregador. Kien quase se sentia induzido a crer na sorte, essa desprezível e vitalícia meta dos analfabetos. Quando esta se apresenta espontaneamente, sem ter sido perseguida, quando não a seguramos à força e tratamos com certa condescendência, podemos conviver com ela tranquilamente por alguns dias.

Ao raiar do terceiro dia de ventura, Fischerle solicitou uma hora de licença. Kien levantou a mão para bater na testa. Em outras circunstâncias, teria feito a concessão pedida. Mas, por conhecer muito bem este mundo, resolveu conservar-se calado e desmascarar os traiçoeiros planos do pequeno, se é que existiam. A história da cigarreira de prata parecia-lhe uma descarada mentira. Inicialmente ele usou toda espécie de rodeios para disfarçar seu não. Em seguida, proferiu-o de forma cada vez mais clara e irada. No fim, porém, disse inopinadamente:

– Está bem. Então irei junto. – Esse mísero aleijão deverá confessar suas sórdidas intenções. Ele, Kien, o acompanhará até o guichê, para ver a pretensa cautela e a pretensa cigarreira. Uma vez que nada disso existe, o patife vai ajoelhar-se na presença de todo mundo e, chorando, lhe pedirá perdão. Fischerle deu-se conta dessas suspeitas e mostrou-se seriamente melindrado. Evidentemente, esse sujeito o tomara por maluco. Furtar livros, justamente livros, e ainda esses livros! Só porque ele quer viajar à América e trabalha honestamente para ganhar a passagem, tratam-no como se fosse um homem sem inteligência!

A caminho da Casa de Penhores, contou a Kien o que se passava no interior da mesma. Descreveu o edifício imponente com todas aquelas salas, desde o porão até o sótão. Ao fim, reprimindo um leve suspiro, acrescentou:

– Quanto aos livros, é melhor não falar.

Essas palavras despertaram em Kien a mais ardente curiosidade. Pôs-se a fazer perguntas e mais perguntas, até induzir o anão, que fingia grande reticência, a revelar-lhe a totalidade dos fatos horrorosos. Kien acreditou nele porque sabia que os homens são capazes de qualquer perfídia, embora duvidasse das afirmações por sentir nesse dia certa irritação contra o pequeno. Fischerle encontrava tons de indiscutível significância. Contava minuciosamente o modo como nessa instituição costumavam acolher os livros. Um porco avalia-os, um cachorro preenche a cautela, uma fêmea enrola os tomos em panos sujos e prega neles um número. Um ancião caduco, que a cada instante cai ao chão, carrega-os consigo. Quem o observar ficará com o coração confrangido. A gente teria vontade de permanecer mais um tempinho diante da vidraça, até secarem as lágrimas, mas o porco começa logo a grunhir: "Já recebeu tudo?". Põe a gente na rua e fecha o guichê. Há criaturas sensíveis que nem mesmo depois desse tratamento querem afastar-se. Mas então o cachorro late logo, e a gente sai correndo, porque ele morde.

– Mas isso é desumano! – A exclamação escapou da boca de Kien, que no curso da narração se juntara ao pequeno. Andara ao lado de Fischerle, com o coração a palpitar desregradamente, e nesse momento estacou no meio da rua que estavam atravessando.

– É assim como lhe digo! – asseverou o anão em voz chorosa, lembrando-se da bofetada que recebera do cachorro, quando durante uma semana inteira viera todos os dias pedir-lhe um velho manual de xadrez. E o porco assistira à cena, revolvendo-se em banha e satisfação.

Fischerle não disse mais nada. Pensava estar suficientemente vingado. Também Kien se conservava calado. Ao chegarem a seu destino, já perdera o interesse pela cigarreira. Presenciou o resgate dela e viu como Fischerle a esfregava várias vezes no casaco.

– Nem a reconheço mais. Veja só como esse pessoal trata os objetos!

– Os objetos?

– Sei lá se essa é a minha cigarreira.

– Cigarreira?

– Quer saber uma coisa? Vou fazer uma denúncia. Esses sujeitos são todos uns ladrões. Não admito que façam isso comigo! Será que não sou uma criatura humana? Também um pobre-diabo tem seus direitos. – Enquanto rezingava, seu fervor intensifica-se a tal ponto que as pessoas em redor, que até então somente haviam admirado a corcunda, começaram a prestar atenção aos resmungos. Nesse lugar, de qualquer jeito todos tinham a sensação de serem logrados e tomavam o partido do corcunda, já que ele, ainda mais do que os outros, fora prejudicado pela natureza. Faziam-no, embora ninguém ousasse supor uma troca intencional de objetos empenhados. Fischerle provocou murmúrios generalizados. Quase não confiava em seu próprio ouvido. Havia quem o escutasse. Prosseguiu falando. Os murmúrios tornaram-se mais fortes. O anão tinha vontade de lançar gritos de entusiasmo. Eis que a seu lado um indivíduo gordo rosnou:

– Pois então vá apresentar sua denúncia!

Rapidamente Fischerle voltou a esfregar a cigarreira várias vezes. Depois de abri-la, crocitou:

– Imaginem! Vou lhes dizer uma coisa. É ela mesma.

Os vizinhos perdoaram o desapontamento que ele tão levianamente causara. Não levavam a mal que tivesse recuperado a cigarreira certa, já que, afinal de contas, se tratava de um pobre aleijão. Outro homem no lugar de Fischerle não teria tido a mesma sorte benigna. Quando saíam do recinto, Kien perguntou:

– Que barulho era esse?

Fischerle teve de chamar-lhe à memória os motivos por que tinham ido a esse local. Exibia-lhe demoradamente a cigarreira, até que Kien a contemplasse. A refutação de uma suspeita que já se tornara pouco importante em face de notícias mais recentes produziu apenas um efeito moderado.

– Conduza-me àquele lugar – ordenou Kien. Já fazia uma hora inteira que andava envergonhado. Aonde nos levará este mundo? Evidentemente estamos na iminência de uma catástrofe. Os supersticiosos tremem ao pensar na cifra redonda 1 000 ou na chegada de cometas. Os sábios, que os indianos antigos já consideravam santos, mandam às favas todos os cometas ou jogos de números e declaram: "Nossa lenta perdição provém da impiedade que se apossou dos seres humanos. É esse o veneno que acabará com todos nós". Ai dos que nascerão depois de nós! Estão condenados. Herdarão de nós um milhão de mártires e os instrumentos de tortura mediante os quais completarão um segundo milhão. Nenhum governo é capaz de suportar tal quantidade de santos. Em cada cidade erguem-se palácios da Inquisição, de seis pavimentos, iguais a esse aí. Quem sabe se os americanos não elevam suas casas de penhores à altura do céu. Lá os prisioneiros, que anos a fio têm de aguardar a morte no holocausto, definham no trigésimo andar. Que ironia – cárceres construídos nos ares! Cumpre socorrer, em vez de chorar? Ações, em lugar de lágrimas? Como se chega lá? Como conhecer a localização dessas instituições? Andamos pela vida como cegos. Quão pouco enxergamos da terrível miséria que nos rodeia! Teríamos descoberto essa infâmia, essa desoladora, bestial, irreparável infâmia, se um anão de nobres sentimentos não nos falasse dela casualmente, proferindo, com hesitação causada pela vergonha, suas apavorantes palavras, como que estonteado por um íncubo, esmagado pelo peso do que contava? Ele deveria servir-nos de exemplo. Nunca antes mencionou tais coisas a ninguém. Naquela espelunca fedorenta, mantinha-se taciturno, sentado à mesa, e até mesmo quando jogava xadrez visionava os quadros deploráveis que para sempre se haviam gravado em seu cérebro. Sofria, em vez de tagarelar. Dizia para si mesmo que o dia da grande prestação de contas não tardaria a raiar. Ficava esperando. Diariamente observava as pessoas estranhas que entravam no café. Consumia-se na saudade de uma criatura humana, de um coração, de alguém que visse, ouvisse, sentisse. Finalmente viera esse homem único. O anão seguiu-o; ofereceu-lhe seus préstimos; subordinou-se a ele no sono e na vigília, e quando chegou a hora pôs-se a falar. O calçamento da rua não se retorceu sob o impacto de suas palavras. Nenhuma casa desmoronou. O trânsito não parou. Mas o único homem ao qual se dirigira ficou com a respiração suspensa, e esse homem era Kien. Ouviu-o, compreendeu-o e tomou o heroico anão por paradigma. Morte à parolagem vazia! Agora a divisa é agir!

Sem levantar os olhos, largou o corrimão e plantou-se no meio da escada estreita. Nesse momento, sentiu um empurrão. Espontaneamente seus pensamentos transformaram-se em ações. Fitando atentamente a pessoa que o empurrava, perguntou:

– O que deseja?

O desgarrado, um estudante quase morto de fome, sobraçava uma pasta pesada. Possuía as obras de Schiller e encontrava-se na Casa de Penhores pela primeira vez. Uma vez que tais obras estavam muito deterioradas pelo uso e ele mesmo endividado até acima das orelhas por demais compridas, comportava-se com manifesta timidez. Ao pé da escada, a última gota de coragem acabava de sumir de sua cabeça excessivamente pequena. Por que cargas-d'água tinha ele de estudar? Pai, mãe, tios e tias preferiam que entrasse nos negócios da família. Finalmente criara ânimo e esbarrara num vulto severo, certamente um dos diretores do instituto, e que lhe lançava um olhar penetrante, antes de indagar em voz glacial:

– Que deseja?

– Eu... procuro a seção de livros.

– Eu sou a seção de livros.

O estudante, que nutria profundo respeito por professores e figuras semelhantes, porque zombavam dele, e também por livros, porque possuía muito poucos, levantou a mão para tirar o chapéu. Então se lembrou de que não tinha chapéu algum.

– O que é que você queria lá em cima? – perguntou Kien em tom de ameaça.

– Ora, é por causa de Schiller...

O estudante não se atrevia a estender-lhe a pasta. Sabia que ninguém no mundo ia aceitar esse Schiller. Contudo, para os próximos dias, esse Schiller era sua última esperança. Não tinha vontade de enterrá-la assim levianamente. Com um puxão enérgico, Kien arrancou-lhe a pasta. Fischerle esforçava-se por fazer acenos a seu amo. Uma ou outra vez sussurrava: "Psiu, psiu!". A audácia de um assalto em plena escada impressionava-o. Talvez o tipo do ramo de livros fosse mais inteligente do que supusera. Podia ser que apenas bancasse o louco. Mas, nesse lugar, em plena escada, isso não era possível. Pelas costas do estudante, o anão gesticulava violentamente e ao mesmo tempo já se preparava para correr no momento preciso. Kien abriu a pasta e examinou cuidadosamente o Schiller.

– Oito volumes – constatou. – A edição não vale nada. O estado dos livros é escandaloso.

As orelhas do estudante ruborizaram-se intensamente.

– Quanto espera receber por isso? Quero dizer: quanto dinheiro? – Só no fim pronunciou a palavra asquerosa, e mesmo assim vacilantemente. O estudante recordou os áureos tempos de sua juventude, passados quase exclusivamente na loja do pai, onde era costume pedir o máximo para depois ter a possibilidade de baixar o preço.

– Quando novo ele me custou trinta e dois xelins – respondeu, imitando a estrutura das frases e o tom da voz do pai.

Kien tirou a carteira do bolso, apanhou trinta xelins, acrescentou duas moedas, e, estendendo tudo ao estudante, disse:

– Não volte a fazer uma coisa dessas, meu amigo. Nenhum homem vale tanto quanto seus livros, pode acreditar.

Devolveu ao rapaz a pasta cheia e apertou-lhe cordialmente a mão. O estudante estava com pressa, amaldiçoava as cerimônias que ainda o detinham. Já se encontrava nas proximidades da porta envidraçada, uma vez que Fischerle, totalmente perplexo, o deixara passar. Nesse instante, Kien gritou atrás dele:

– Por que Schiller? Leia o original. Leia Immanuel Kant!

Original é você, ria-se o estudante no seu íntimo, enquanto corria o mais depressa possível.

O nervosismo de Fischerle não tinha limites. Quase chorava. Agarrando Kien pelos botões da calça, já que o casaco ficava alto demais, clamou:

– Sabe o senhor como se chama isso? Isso se chama loucura! Um homem tem dinheiro ou não tem. Quando tem não o larga, e quando não tem de jeito algum pode largá-lo. É um verdadeiro crime! O senhor deveria ter vergonha, adulto que é!

Kien não ouvia as palavras que o anão pronunciava. Estava satisfeito com sua façanha. Mas Fischerle deu tantos puxões na calça que o criminoso finalmente reparou nele. Percebendo na atitude do pequeno o que qualificava de acusação muda, falou-lhe, para tranquilizá-lo, das aberrações mentais que abundavam na vida dos homens de países exóticos.

Chineses ricos, preocupando-se com o seu bem-estar no Além, costumavam doar importâncias polpudas em prol da manutenção de crocodilos, porcos, tartarugas e outros animais criados num mosteiro budista. Ali eram construídos para os bichos açudes ou currais especiais. Os monges não tinham outro trabalho a não ser tratá-los com carinho e alimentá-los. Ai deles, se a um dos crocodilos doados ocorresse algum mal. Era desejável que uma morte suave, natural, acometesse o porco mais gordo e a recompensa da boa obra coubesse ao nobre doador. Os monges podiam tirar o suficiente para o seu próprio sustento. Quem no Japão visitasse um santuário encontraria à beira da estrada crianças com pássaros cativos, uma gaiola ao lado da outra. Os bichinhos, amestrados para isso, batiam as asas e soltavam gritos veementes. Peregrinos budistas, que transitavam pelo caminho, comiseravam-se deles, pensando na salvação de sua própria alma. Por um pequeno resgate as crianças abriam as portas das gaiolas e libertavam os pássaros. Naquela região o costume de resgatar animais era bastante difundido. Pouco importava aos peregrinos, que prosseguiam em sua romaria, o fato de que os pássaros amansados seriam logo depois atraídos pelos donos às suas gaiolas antigas. Uma mesma ave era usada, durante sua existência de cativeiro, para provocar dez, cem, mil vezes a compaixão dos peregrinos. Exceção feita a alguns matutos sobremodo obtusos, sabiam perfeitamente o que aconteceria às aves, assim que eles estivessem longe. O verdadeiro destino dos animais não interessava aos romeiros.

– Não é difícil compreender o motivo disso – disse Kien, destilando a moral de sua narrativa. – Trata-se apenas de bichos. Obviamente estes nos são indiferentes. Seu comportamento evidencia uma tolice que os condena. Por que não voam embora? Por que não se safam, pulando, se os donos lhes aparam as asas? Por que se deixam atrair outra vez às gaiolas? Sua estupidez bestial recai em suas cabeças. No fundo, o ato de resgatá-los tem, como qualquer superstição, um significado profundo. O efeito que tal ação produz sobre o homem que a realiza depende naturalmente do objeto que se resgata. Ponha livros no lugar desses animais ridiculamente imbecis, livros genuínos, inteligentes, e a ação que o senhor executar terá o mais elevado valor ético. Então o senhor reconduzirá ao caminho certo um desgarrado que procurou refúgio no inferno. Sem dúvida alguma esse Schiller não será levado ao matadouro mais uma vez. Corrigindo uma pessoa que, em virtude da legislação atual, ou melhor, em virtude da injustiça reinante, pode dispor a seu bel-prazer de livros como se fossem bichos, escravos ou operários, também tornará mais suportável o destino desses livros que ela possui. Suponhamos que se induza dessa forma um indivíduo a lembrar-se de seus deveres. Ao chegar em casa, ele se ajoelhará diante daqueles que antes considerava seus servos, mas aos quais, pela lei do espírito, deveria servir, e lhes prometerá solenemente se corrigir. E, presumindo até mesmo que alguém se obstine a ponto de não se corrigir, suas vítimas não deixarão de ser arrancadas do inferno, graças ao resgate. Sabe o senhor o que significa o incêndio de uma biblioteca? O incêndio de uma biblioteca situada no sexto andar! Pode imaginar o que é isso, homem? Dezenas de milhares de volumes, quer dizer, milhões de páginas, bilhões de letras, e cada qual, em chamas, implora, gritando, berra, pedindo socorro, rebentando o coração da gente. Mas deixemos isso de lado. Agora me sinto tão feliz como há anos não me acontecia. Vamos continuar trilhando o caminho escolhido por nós. O óbolo com o qual podemos contribuir para minorar a miséria geral é pequeno, mas será dado. Se todos dissessem: "Sozinho sou fraco demais", nunca aconteceria nada e a miséria se alastraria. Deposito ilimitada confiança no senhor. Há pouco se impacientou porque não lhe comuniquei antes o meu plano. Este assumiu contornos nítidos no momento em que as obras de Schiller me davam um empurrão mudo. Não me sobrava tempo para informar o senhor. Em compensação, transmito-lhe agora os dois lemas segundo os quais realizaremos o nosso projeto: agir em vez de chorar, ações em vez de lágrimas! Quanto dinheiro tem?

No começo da narrativa de Kien, Fischerle ainda o interrompia às vezes, pronunciando irados apartes, tais como "Os japoneses? E eu com isso!" ou: "Só faltam peixinhos dourados!". Em certo momento, qualificou até de "vagabundos" os piedosos peregrinos. Mesmo assim, não perdia nenhuma palavra do que o outro dizia. Tornou-se mais tranquilo quando o óbolo e o plano de campanha foram trazidos à baila. A essa altura refletia em como precaver-se contra a possibilidade de ver-se privado do dinheiro necessário à compra da passagem à América, desse dinheiro que lhe pertencia, que já estivera em suas mãos e só provisoriamente, por prudência, fora restituído a Kien. Eis senão quando a pergunta "Quanto dinheiro tem?" o fez cair das nuvens. Rangendo os dentes, deixou de responder, apenas para não estragar o negócio, pois de outro modo teria manifestado sua opinião com toda a franqueza. Aos poucos começava a perceber o significado dessa comédia. O distinto cavalheiro estava arrependido de ter pagado os dez por cento de recompensa que Fischerle conseguira honestamente por ter devolvido a carteira. Era por demais covarde para surrupiar-lhe o dinheiro no decorrer da noite. Na verdade, nunca o encontraria, já que Fischerle, enquanto dormia, guardava entre as pernas as notas firmemente enroladas. Ora, o que fazia esse cavalheiro distinto, que se pretendia erudito e bibliotecário, mas na realidade nem sequer trabalhava no ramo de livros e era um larápio qualquer, e que só se achava em liberdade por não ser corcunda? O que fazia? Naquele dia, ainda nas proximidades da porta do Paraíso, estava feliz da vida por ter recuperado o dinheiro que roubara Deus sabe onde. Tivera medo de que Fischerle pudesse chamar o resto da turma e por isso dera-lhe generosamente a recompensa. Para reobter esses dez por cento também, dissera com ares de grã-fino: "Entre nos meus serviços!". E o que fizera então esse impostor? Fingira estar louco. Tinha de admitir que sabia fazê-lo às mil maravilhas. Fischerle deixara-se enganar por ele. Durante uma hora inteira permanecera plantado naquele lugar, bancando o sentimental, até que viesse alguém com livros na mão. Com aquele moço gastou com o maior prazer trinta e dois xelins, na esperança de arrancar de Fischerle trinta vezes mais. Onde já se viu um sujeito que, apesar de movimentar grandes capitais, não quer conceder a um pobre punguista uma mísera recompensa? Como são mesquinhos esses grandes senhores! Fischerle não acha mais as palavras adequadas ao caso. Nunca esperaria ver uma coisa dessas, e ainda menos da parte de um louco. Esse sujeito não tem nenhuma obrigação de estar realmente louco, claro que não tem, mas por que tamanha sordidez? Fischerle o fará pagar por isso. As histórias bonitas que o homem sabe contar! A inteligência que ele tem! Logo se vê a diferença que existe entre um pobre punguista e um impostor de classe. Nos hotéis todos acreditam nele. Pouco faltara para que o próprio Fischerle caísse no embrulho também.

Enquanto o anão fumegava de ódio e ao mesmo tempo se humilhava de tanta admiração, Kien lhe agarrou gentilmente o braço e disse:

– Não está mais zangado comigo, não é? Quanto dinheiro tem? Precisamos nos ajudar mutuamente.

"Canalha!", pensou Fischerle. "Você é bom ator, mas eu sei representar melhor ainda." Em voz alta, respondeu:

– Acho que tenho uns trinta xelins. – O resto estava bem escondido.

– É pouco. Mas é melhor do que nada.

Kien já não se lembrava de ter dado alguns dias antes uma importância vultosa ao homenzinho. Aceitou logo o óbolo de Fischerle, agradecendo, sensibilizado, a abnegação. Estava a ponto de prometer-lhe a beatitude eterna.

A partir desse dia, os dois travavam entre si uma luta de vida e morte, sem que um dos digladiantes suspeitasse dela. O outro, julgando-se ator menos talentoso, encarregava-se da direção cênica, na esperança de compensar dessa forma a sua desvantagem.

A cada manhã Kien aparecia no saguão do edifício. Já antes da abertura dos guichês, ia de cá para lá nas proximidades do portão principal, observando insistentemente os que passavam por ele. Sempre que alguém estacava, ele acercava-se para indagar: "O que é que está fazendo aqui?". Nem mesmo as mais grosseiras e vulgares respostas eram capazes de detê-lo. O êxito justificava sua atitude. Quem antes das nove passasse por essa rua contemplaria apenas por curiosidade os cartazes afixados no exterior do edifício, nos quais se lia onde e quando teria lugar o próximo leilão e o que se poria à venda. Pessoas temerosas pensavam que Kien fosse um detetive secreto e vigiasse os tesouros do Theresianum. Por isso, esquivavam-se o mais depressa possível de um eventual conflito com ele. Os mais apáticos só se conscientizavam das perguntas de Kien quando já se achavam à distância de dois quarteirões. Indivíduos atrevidos insultavam-no e, contra seus hábitos, permaneciam demoradamente diante dos cartazes, sem se mexer. Kien não os impedia. Gravava suas fisionomias firmemente na memória. Julgava lidar com criaturas especialmente convictas de sua culpa, e que exploravam o terreno antes de voltar, talvez uma hora depois, sobraçando os bodes expiatórios. O fato de, apesar disso, nunca voltarem parecia-lhe o resultado dos olhares implacáveis que lhes lançava. Na hora exata encaminhava-se à pequena antessala do anexo. Quem empurrasse a porta envidraçada avistaria antes de mais nada um vulto macilento, ereto, qual um círio, e para chegar à escada teria de passar por ele. Ao dirigir a palavra a alguém, Kien não alterava em nada a expressão de seu rosto. Apenas movimentava os lábios, como se fossem duas facas bem afiadas. Para ele o que mais importava era o resgate dos coitados dos livros e, em segundo lugar, a reforma daqueles homens bestiais. De livros, ele entendia. Quanto aos seres humanos, admitia ter menos conhecimentos. Por isso, resolveu tornar-se bom psicólogo também.

Para orientar-se melhor, subdividiu em três grupos as pessoas que se avizinhavam da porta envidraçada. Para o primeiro, a pasta cheia representava uma carga; para o segundo, um recurso; para o terceiro, uma alegria. Os primeiros seguravam os livros com ambos os braços, sem graça nem amor, como se carrega um pacote pesado. Davam com eles um empurrão à porta. Seriam capazes de esfregar o corrimão com os livros, se avançassem até lá. Querendo desembaraçar-se rapidamente de sua carga, nem pensavam em escondê-la. Sempre a mantinham encostada no peito ou na barriga. Aceitavam avidamente as ofertas. Ficavam satisfeitos com qualquer soma, não pechinchavam e, assim como tinham vindo, iam-se embora, talvez um pouco acabrunhados, porque levavam consigo dinheiro e algumas dúvidas a respeito da legalidade de seu recebimento. Kien não gostava desse grupo. Essas pessoas aprendiam muito devagar e, para corrigi-las definitivamente, seriam necessárias horas e horas.

No entanto, experimentava um ódio genuíno com relação ao segundo grupo. Os que faziam parte dele ocultavam os livros atrás das costas. Na melhor das hipóteses, deixavam ver pequenas pontinhas entre o braço e as costelas, a fim de aguçar a cobiça do comprador. As mais brilhantes ofertas eram acolhidas com desconfiança. Essa gente recusava abrir a pasta ou o pacote. Regateava até o último instante e, no fim, fingia sentir-se lograda. Havia quem embolsasse o dinheiro e todavia tentasse subir ao inferno. Nesses casos, porém, Kien conseguia demonstrar energias que a ele mesmo pasmavam. Barrava o caminho desses sujeitos e tratava-os como mereciam. Exigia que lhe devolvessem o dinheiro imediatamente. Ao ouvirem essas palavras, saíam correndo. Preferiam um pouco de dinheiro no bolso ao dinheirão que, talvez, lhes dessem lá sob o teto. Kien tinha certeza de que lá em cima pagariam importâncias imensas. Quanto mais dinheiro despendia, menos lhe sobrava e mais o deprimia a ideia de que os demônios lá em cima lhe faziam concorrência desleal.

Do terceiro grupo ainda não se apresentara ninguém. Contudo, Kien sabia que ele existia. Aguardava com paciente nostalgia o representante dele, cujas peculiaridades lhe eram tão familiares como um catecismo. Um dia há de chegar o homem que carrega seus livros com alegria, o homem para o qual o caminho do inferno está semeado de tormentos, o homem que cairia desfalecido, se os amigos que o acompanham não lhe instilassem incessantemente novas forças vitais. Seu andar assemelha-se ao de um sonâmbulo. Atrás da porta envidraçada aparecem os contornos de sua silhueta. Ele hesita. Como abri-la, sem causar o menor mal a seus amigos? Consegue realizar a proeza. O amor o torna engenhoso. Quando avista Kien, personificação de sua própria consciência, suas faces se abrasam. Com extremo esforço consegue conter-se. Dá alguns passos para a frente. Mantém a cabeça abaixada. Estaca ao lado de Kien, como que obedecendo a uma ordem íntima, ainda antes de ouvir outra. Adivinha o que a consciência deverá dizer-lhe. Profere-se a medonha palavra "dinheiro". Ele estremece, como se o tivessem condenado à guilhotina. Soluça violentamente: "Isso não! Isso não!". Não aceita dinheiro. Prefere apunhalar-se. Fugiria, mas falta-lhe força. Além disso, deve evitar qualquer movimento brusco, para não pôr em perigo os seus amigos. A consciência acolhe-o em seus braços. Consola-o com palavras benevolentes, dizendo-lhe que um pecador arrependido vale mais do que mil justos. Talvez lhe legue sua biblioteca. Quando tal homem chegar, a consciência abandonará por uma hora o seu posto. Esse único, que não aceita nada, pesa mais do que os milhares que querem muito. Enquanto esperar por sua vinda, dará aos milhares o que possuir. Pode ser que alguns do primeiro grupo se regenerem em casa. Quanto aos do segundo, não há esperança. As vítimas, ele as salva a todas. Com essa finalidade, e não para sua satisfação pessoal, acha-se ele ali.

Acima da cabeça de Kien, à direita dele, está suspensa uma tabuleta que proíbe terminantemente deter-se nas escadas, nos corredores e ainda nas proximidades dos radiadores da calefação. Logo no primeiro dia, Fischerle advertiu seu inimigo mortal a esse respeito.

– O pessoal vai pensar que o senhor não tem carvão – disse. – Aqui só param pessoas que não têm carvão em casa, e nem estas têm licença para fazê-lo. São enxotadas do edifício. A calefação não vale nada. Só para que os fregueses não resfriem o cérebro, quando sobem pela escada. Quem está com frio deve sair imediatamente. Ele seria capaz de aquecer-se um pouco. Quem não está com frio pode ficar. E, ao vê-lo, todo mundo pensará que está com frio.

– Mas o radiador se encontra no patamar, quinze degraus acima – objetou Kien.

– Não se fornece calor de graça, nem mesmo que seja pouquíssimo. Quer saber uma coisa? Lá onde está o senhor, estive eu também, e mesmo assim me expulsaram. – O que não era mentira.

Kien ponderava que seus concorrentes tinham todo o interesse em pô-lo na rua. Por isso, aceitou com sincera gratidão a oferta do pequeno, que se prontificava a ficar de vigia. Sua paixão pela metade da biblioteca que lhe confiara arrefecera consideravelmente. Perigos maiores estavam iminentes. A essa altura, quando ambos se haviam unido sob divisas comuns para realizarem uma obra comum, qualquer embuste parecia-lhe impossível. No dia seguinte, enquanto se encaminhavam ao seu lugar de trabalho, disse Fischerle:

– Quer saber uma coisa? Tome a dianteira. Um não conhece o outro. Eu vou ficar em algum lugar aqui fora. Não venha me atrapalhar. Nem vou lhe dizer onde estou. Quando esse pessoal perceber que nós dois andamos juntos, todo o trabalho estará perdido. Em caso de necessidade, passarei perto do senhor e lhe piscarei um olho. Primeiro corre o senhor e depois correrei eu. Mas nunca juntos. A gente se encontra atrás da igreja amarela. Lá o senhor aguarda até que eu chegue.

O anão teria ficado para lá de perplexo se sua proposta fosse rejeitada. Uma vez que tinha interesse em Kien, não pensava em livrar-se dele. Como poderia uma pessoa crer que, por causa de uma recompensa de dez por cento ou de uma gorjetinha, ele fosse escapulir, ele que desejava obter o capital inteiro? O impostor, o do ramo de livros, esse sujeito safado, viu apenas a parte honesta das intenções de Fischerle, e por isso obedeceu.

Quatro e seu futuro

Mal Kien desaparecera no edifício, Fischerle retornou lentamente à esquina mais próxima. Entrou numa travessa e começou a correr a toda brida. Quando chegou ao Paraíso Ideal, concedeu um leve descanso a seu corpo suado, arfante, trêmulo, antes de entrar. A essa hora a maioria dos habitantes do Paraíso costumava dormir. Esse fato estava previsto nos cálculos de Fischerle. Nesta fase dos acontecimentos homens perigosos ou violentos tinham pouca serventia para ele. Estavam presentes as seguintes pessoas: o magricela do garçom; um mascate, que tirava da insônia de que sofria pelo menos um proveito, o de estar na rua vinte e quatro horas por dia; um falso cego que, enquanto tomava ali o café da manhã barato, antes de iniciar suas atividades cotidianas, ainda se utilizava de seus olhos; uma velha jornaleira, à qual tinham dado o apelido de Fischerinha, porque se parecia muito com Fischerle e o amava, como todos sabiam, secreta e desesperadamente; e finalmente um limpador de esgotos, que tinha o hábito de refazer-se do serviço noturno e do fedor das cloacas aspirando o ar igualmente mefítico do Paraíso. Este era considerado o homem mais respeitável de todos quantos frequentavam o café, porque entregava três quartas partes de seu salário semanal à esposa, em cuja companhia gerara três filhos, num matrimônio sumamente feliz. A quarta parte restante encaminhava-se, no curso de uma noite ou de um dia, à caixa registradora da dona do Paraíso.

A Fischerinha, tão logo entrou seu bem-amado, estendeu-lhe um jornal, dizendo:

– Pegue! Por onde tem andado todo esse tempo?

Quando a polícia o importunava, Fischerle sumia normalmente por alguns dias. O pessoal dizia: "Ele foi para a América", e sempre se ria da piada. Pois, de outra forma, como chegaria esse anãozinho ao gigantesco país dos arranha-céus? Mas logo se esqueciam dele, até que voltasse a aparecer. O amor da esposa, a "capitalista", não era tão intenso que a levasse a preocupar-se com o marido. Só o amava enquanto estivesse presente, e bem sabia que Fischerle era avesso a interrogatórios e prisões. Cada vez que ouvia a piada da América, pensava no seu íntimo que seria uma maravilha se pudesse um dia guardar para si todo o dinheiro que ganhava. Havia muito, desejava comprar para seu quarto um quadro da Madona. Uma "capitalista" precisa ter um quadro da Madona. Fischerle, quando se atrevia a sair dos esconderijos, nos quais, mesmo inocente, às vezes buscava refúgio, só porque os policiais, por via das dúvidas, o mantinham muito tempo na prisão preventiva e lhe retiravam o tabuleiro de xadrez, costumava dirigir-se logo ao café, e após poucos minutos voltava a ser o queridinho da mulher. Mas a Fischerinha era a única a pedir todos os dias informações e a fazer toda espécie de conjecturas quanto à situação de Fischerle. Este tinha o privilégio de ler os jornais dela sem pagar por isso. Antes de começar sua jornada, corria coxeando ao Paraíso, tirava do topo da pilha de jornais um exemplar ainda úmido, recém-saído do prelo, entregava-o ao anão e, com a carga pesada sob o braço, aguardava pacientemente até que ele terminasse de ler. Fischerle tinha autorização para abrir o jornal, amassá-lo, dobrá-lo negligentemente, ao passo que os outros apenas podiam olhá-lo por cima dos ombros dele. Quando estava mal-humorado, ele a detinha propositadamente mais do que o necessário, e a jornaleira sofria graves prejuízos. Sempre que zombavam dela por causa dessa estupidez totalmente incompreensível, encolhia os ombros, agitava a corcova, que podia rivalizar com a de Fischerle em tamanho e expressividade, e dizia: "Ele é o *único bem* que tenho *no mundo*!". Pode ser que amasse Fischerle somente pelo prazer de proferir essa frase melancólica. Pronunciava as palavras em voz tremida, como se andasse apregoando dois jornais: "O Único Bem" e o "No Mundo".

Dessa vez, porém, Fischerle não se dignava olhar seu jornal. Ela se conformou com isso. A folha já não era novinha. A Fischerinha tivera a melhor das intenções. Pensava que ele tinha ficado sem leitura fazia muito, pois só Deus sabia de onde vinha o homenzinho. Este agarrou-a pelos ombros – a jornaleira era baixinha como ele –, sacudiu-a e crocitou:

–Venha cá, pessoal, tenho uma coisa para vocês!

Todos, com exceção do garçom tuberculoso, que não aceitava ordens de judeu, não se interessava por nada e permanecia calmamente nas proximidades do balcão, todos, quer dizer os três restantes, aproximaram-se de Fischerle e quase o esmagaram de tanta curiosidade.

– Comigo cada um de vocês poderá ganhar vinte xelins por dia. Acho que será por três dias.

– São oito quilos de sabonete – calculou o insone mascate. O cego lançou a Fischerle um olhar cheio de dúvidas.

– Seria um negócio da China – opinou o limpador de esgotos. A Fischerinha prestou atenção à palavra "comigo" e nem ouviu a cifra.

– É que acabo de me instalar com firma própria. Subscrevam que entregarão tudo ao chefe, que sou eu, e contratarei vocês.

Eles teriam preferido saber antes de que se tratava. Mas Fischerle guardava-se de revelar-lhes os segredos de seu negócio. Tratava-se de um "ramo", não lhes diria mais do que isso, declarou categoricamente. Em compensação, daria no primeiro dia um adiantamento de cinco xelins por pessoa. Era uma proposta e tanto. "O abaixo-assinado obriga-se a prestar contas, imediatamente e à vista, de cada tostão que receber para a firma Siegfried Fischer. O abaixo-assinado assume plena responsabilidade por eventuais danos." Num abrir e fechar de olhos, Fischerle escreveu essas frases em quatro folhas que o mascate lhe ofereceu. Este, por ser o único negociante entre os presentes, esperava participar dos lucros e obter as comissões mais importantes. Queria, portanto, agradar ao chefe. O limpador de esgotos, pai de família e o maior bobalhão do grupo, foi o primeiro a subscrever. Fischerle melindrou-se porque a assinatura do homem tinha o mesmo tamanho da sua. Achava que lhe cabia a maior de todas.

– Que topete! – gritou. Ouvindo isso, o mascate contentou-se com um cantinho remoto, onde assinou o nome em letras pequeninas. – Ninguém consegue decifrar isso – resmungou Fischerle e em seguida forçou o homem, que já se considerava poderoso representante, a usar letras menos modestas. O cego recusou fazer o que quer que fosse antes de receber dinheiro. Ele, que tinha de aguentar firme que as pessoas lhe atirassem botões no chapéu, não dava confiança a ninguém quando andava em trajes civis.

– Ora bolas – replicou Fischerle, enojado. – Será que já menti a alguém?

Puxou da axila algumas notas amarrotadas, enfiou na mão de cada homem uma cédula de cinco xelins e pediu um recibo de pagamento adiantado.

– Pois é – disse o cego. – Assim está melhor. Prometer é uma coisa e cumprir é outra. Por um homem como você vou até mendigar, se for necessário.

Por um chefe como Fischerle o mascate teria enfrentado a fogueira, e o limpador de esgotos, qualquer perigo do mundo. Somente a Fischerinha prosseguia cheia de ternura.

– De minha parte ele não precisa de assinatura – afirmou. – Não vou roubá-lo. Ele é o único bem que tenho no mundo.

Fischerle sentia-se tão seguro da submissão da jornaleira que, a partir do cumprimento inicial, sempre lhe virava as costas. A corcunda animava-a de coragem. Visto desse lado, Fischerle lhe inspirava amor, mas nunca respeito. A "capitalista" não se achava no café; por isso, a Fischerinha tinha quase a impressão de ser esposa de seu novo chefe. Mal ouviu este desaforo, ele voltou-se, colocou-lhe a caneta na mão e ordenou:

– Escreva já! Aqui você não tem o direito de falar! – Ela obedeceu aos olhos negros que a encaravam. Ela que só os tinha cinzentos. Até deu quitação dos cinco xelins pagos por conta, ainda que não os tivesse recebido.

– Pois então está tudo pronto – suspirou Fischerle, enquanto guardava cuidadosamente os quatro documentos. – E o que é que a gente consegue nos negócios? Só preocupações! Juro que gostaria de ser outra vez o homem modesto que eu era em outros tempos. Vocês têm sorte. – Sabia que pessoas abastadas, tivessem elas ou não preocupações, costumavam falar dessa forma com seus empregados, e ele realmente tinha motivos para andar preocupado.

– Vamos! – disse então. Acenando ao garçom com o gesto de um pequeno mecenas, saiu do café em companhia dos seus recém-contratados funcionários.

Na rua explicou-lhe as incumbências que lhes caberiam. Falou em separado com cada um de seus empregados. Aos três homens deu ordem que o seguissem a alguma distância, como se nada tivessem a ver com ele. Parecia-lhe necessário dar a essa gente um tratamento individual, segundo o grau de inteligência de cada um. Já que tinha pressa e achava que o limpador de esgotos merecia mais confiança que os demais, deu-lhe a primazia, para a maior indignação do mascate.

– Você é bom pai – disse-lhe. – Por isso, logo me lembrei de você. Um homem que dá à esposa setenta e cinco por cento de seu salário vale ouro. Pois então preste atenção e não se vá arruinar. Seria uma desgraça para seus queridos filhinhos. – Explanou que lhe entregaria um pacote e que esse pacote se chamava "arte". – Repita: arte!

– Pensa que não sei o que é arte só porque dou tanto dinheiro à minha mulher? – No Paraíso escarneciam constantemente do limpador de esgotos por causa de sua situação familiar, que, todavia, invejavam. Aplicando inúmeros aguilhões ao orgulho primitivo do homem, Fischerle despertou a pouca inteligência que havia nele. Três vezes o fez relembrar o caminho que devia ser percorrido. O limpador de esgotos nunca pusera o pé no Theresianum. A esposa encarregava-se de quaisquer caminhadas indispensáveis. Fischerle explicou que o sócio no negócio se encontrava atrás da porta envidraçada, junto à janela. Um senhor alto e magro. Teria de passar lentamente na frente dele, sem proferir *nenhuma* palavra, *nenhuma* palavra, até que o senhor se dirigisse a ele. Então deveria gritar em voz forte: "Arte, cavalheiro! Não se vende por menos de duzentos xelins! É tudo arte!".

Diante da porta de uma livraria, Fischerle ordenou ao seu funcionário que esperasse por ele. Lá dentro adquiriu a mercadoria de que precisava. Dez romances baratos, de dois xelins cada, foram amarrados, obtendo-se assim um impressionante pacote. Três vezes Fischerle repetiu as instruções anteriores, até que pudesse supor que aquele cretino as tivesse assimilado. Caso o sócio fizesse menção de desembrulhar os livros, o limpador de esgotos deveria apertar o pacote contra o peito e berrar: "Não senhor! Isso não!". Em seguida teria de retornar a determinado lugar atrás da igreja, com o dinheiro e o pacote. Ali receberia sua paga. Sob a condição de que não falasse sobre o seu trabalho a ninguém, nem mesmo aos demais empregados, poderia aparecer nos fundos da igreja no dia seguinte, às nove em ponto. Fischerle acrescentou que sempre simpatizara com honestos limpadores de esgotos. Nem todas as pessoas tinham a boa sorte de pertencer a um ramo de trabalho. Dito isso, despachou o bom pai de família.

Enquanto o limpador de esgotos ficava esperando diante da livraria, os três outros prosseguiam em sua jornada, obedecendo à ordem do chefe, sem tomarem conhecimento dos amistosos chamados de seu colega que, em face das instruções mais recentes, se esquecera completamente das anteriores. Até isso estava previsto nos cálculos de Fischerle. Dobrando a esquina, o limpador de esgotos entrou numa rua transversal, antes que os companheiros pudessem avistar o pacote, que carregava como se se tratasse de um precioso bebê de pais endinheirados. Fischerle deu um assobio, alcançou o grupo e levou a Fischerinha consigo. O mascate percebia que uma tarefa mais importante o aguardava.

–Você vai ver – disse ao cego –, serei o último.

Com a Fischerinha o anão procedeu sumariamente.

– Eu sou o único bem que você tem no mundo – afirmou, recordando-lhe a sua declaração de amor predileta. – Olhe, qualquer uma pode dizer essas coisas. Quero provas. Se guardar um tostão para você, fica tudo acabado entre nós. Não porei mais a mão em seus jornais e você verá se vai arranjar outro homem que se pareça tanto com você!

O resto das instruções foi dado sem nenhuma dificuldade. A Fischerinha não tirava os olhos dos lábios dele. Para que pudesse enxergá-los, encolhia-se ainda mais. Fischerle não era capaz de dar beijos, por causa do nariz, mas ela era a única a conhecer a forma de sua boca. O Theresianum não tinha segredos para ela. Finalmente recebeu ordem de tocar para a frente. Devia aguardar o chefe atrás da igreja. Lá receberia um pacote, pelo qual teria de exigir duzentos e cinquenta xelins. Com o dinheiro e o pacote retornaria então ao mesmo lugar.

– Corra! – gritou Fischerle ao fim da arenga. Detestava-a, porque ela jamais cessava de amá-lo.

Ele parou na esquina mais próxima, até que o cego e o mascate o alcançassem. Permitindo que o cego tomasse a dianteira, o mascate fez a seu chefe um breve e significativo sinal.

– Estou indignado – asseverou Fischerle, enquanto lançava um olhar de estima ao cego, que, apesar de suas esfarrapadas roupas de trabalho, não deixava de olhar todas as mulheres que passavam e as examinava desdenhosamente. Ele gostaria muito de conhecer a impressão que o novo corte de seu bigode causava às senhoras. Tinha ódio às mais jovens, porque implicavam com a profissão dele.

– Imaginem – continuou Fischerle –, um homem como você tem de aguentar que a gente o engane desse jeito. – O cego tornou-se muito atento. –Vem um sujeito e lhe atira um botão no chapéu.

Você mesmo me contou. Você vê que é um botão, mas tem de dizer "obrigado". Se não disser "obrigado", adeus cegueira e adeus freguesia. Ter de suportar essas coisas! Um homem como você! Deve até ter vontade de se suicidar. Enganar assim uma pessoa é uma sujeira. Tenho ou não tenho razão?

Ao cego, homem na força da idade, que durante três anos participara da guerra na primeira linha, brotavam lágrimas dos olhos. Essa fraude, que as pessoas todo santo dia lhe impunham e que ele percebia imediatamente, era o maior desgosto de sua vida. Só porque ele era forçado a ganhar seu pão desse modo duro, qualquer guri ousava ridicularizá-lo como um burro. Já tinha pensado amiúde e sinceramente em suicidar-se. Se a sorte não o ajudasse de vez em quando em suas relações com as mulheres, havia muito o teria feito. No Paraíso contava essa história dos botões a todos quantos entabulavam conversa com ele e sempre a encerrava com a ameaça de que primeiro mataria um daqueles patifes e em seguida a si próprio. Uma vez que isso se repetia havia longos anos, ninguém o levava a sério, o que só fazia crescer a sua desconfiança.

– Pois é – gritou, agitando o braço por cima da corcunda de Fischerle –, uma criança de três anos já sabe se tem na mão um botão ou um vintém. E eu não devo sabê-lo! Não devo sabê-lo! Será que estou cego?

– É o que digo – interrompeu-o Fischerle. – Tudo isso tem sua causa nessa mania de enganar outros homens? Que digam: hoje não tenho troco, meu amigo, mas amanhã lhe darei dois vinténs. Mas não, esses gabarolas preferem lográ-lo, e você tem de engolir o botão. Procure outra profissão, meu caro! Há muito que ando refletindo a respeito de uma possibilidade de ajudar você. Não diga nada aos outros. Isso é estritamente confidencial. Os outros serão despedidos. Cá entre nós, só os aceitei por mera compaixão, por uns poucos dias. O seu caso é diferente. Você não gosta de enganar ninguém, nem eu gosto de enganar ninguém. Você é um homem decente, eu sou um homem decente. Você deve admitir que nascemos um para o outro.

E, para que veja o quanto o estimo, já lhe pago adiantado todo o salário do dia de hoje. Os outros não vão ganhar nada.

O cego recebeu de fato os restantes quinze xelins. Inicialmente não tinha acreditado em seus ouvidos. Nesse momento, o mesmo lhe acontecia com seus olhos.

– Acabou o suicídio! – clamou. Em troca de tal felicidade voluntariamente renunciaria a dez mulheres, visto que mulheres constituíam a unidade de seus cálculos. Do que Fischerle lhe explicou em seguida inteirou-se com entusiasmo e, portanto, com felicidade. Riu-se do sócio macilento, por sentir-se sobremodo afortunado. – Será que ele morde? – perguntou, lembrando-se do cão magro, comprido, que de manhã o conduzia ao lugar de trabalho e à noite vinha buscá-lo.

– Ele que se atreva! – respondeu Fischerle em tom de ameaça. Por um instante estava em dúvida sobre se devia ou não confiar ao cego uma importância mais alta que os trezentos xelins previstos. O homem parecia verdadeiramente arrebatado. Fischerle regateava consigo mesmo. Tinha muita vontade de obter quinhentos de uma vez. Mas compreendia que o risco era demasiado grande. A perda poderia arruiná-lo. Por isso, reduziu suas pretensões a quatrocentos. O cego recebeu ordem de encaminhar-se à praça em frente à igreja e ali esperar por ele.

Assim que o homem sumiu, o mascate pensou que agora fosse a sua vez. Dando passos curtos mas rápidos, alcançou o anão e se pôs a caminhar ao lado dele.

– O tempo que a gente leva para se livrar desse pessoal! – opinou. Abaixava a cabeça, se bem que não conseguisse dobrar-se até o nível de Fischerle. Mas pelo menos levantava os olhos, enquanto falava com este, como se o pigmeu, desde que se tornara chefe, tivesse crescido o dobro do seu tamanho anterior. Fischerle permanecia calado. Não tinha a menor intenção de permitir a esse sujeito quaisquer intimidades. Os outros três que encontrara no Paraíso tinham vindo a calhar, mas do quarto convinha precaver-se. O mascate repetiu: – O tempo que a gente leva para se livrar desse pessoal!

Fischerle perdeu a paciência.

– Quer saber uma coisa? Você não deve conversar nas horas de serviço. Agora quem fala sou eu. Se quiser conversar, procure outro emprego.

Contendo-se, o mascate fez uma profunda mesura. As mãos, que momentos antes ainda se haviam esfregado entre cálculos interesseiros, conservavam-se entrelaçadas. O tronco, a cabeça, os braços começavam a agitar-se convulsivamente. Que mais podia ele fazer para demonstrar sua submissão? Na confusão de seus nervos, estava a ponto de fincar a cabeça no chão, juntar também os pés, em sinal de reverência. Para ele a libertação da insônia estava em jogo. À palavra "riqueza" associava o mascate sanatórios e complicados tratamentos. No jardim do Éden com que sonhava, existiam medicamentos soníferos de efeito infalível. Ali as pessoas dormiam quinze dias seguidos, sem despertarem uma única vez. Eram alimentadas durante o sono. Duas semanas após acordavam. Não lhes permitiam que o fizessem antes. Cumpria obedecer, não havia escapatória. Os médicos eram severos como policiais. A seguir o paciente encaminhava-se, por meio dia, a uma salinha especial, para jogar cartas. Nesse ambiente só se encontravam comerciantes de alta classe. Em poucas horas as pessoas de sorte duplicavam sua fortuna. Feito isso, voltavam a dormir durante mais duas semanas. Tinha-se tempo à vontade.

– Por que se sacode assim? Não tem vergonha? – gritou Fischerle. – Pare de se sacudir; assim não me serve.

Acordando de seus devaneios, o mascate empenhou-se em acalmar o mais possível os membros convulsionados. Tornou a ser a personificação da cobiça.

Fischerle percebia que nesse indivíduo suspeito não existia nenhum pretexto que lhe permitisse despedi-lo. Furiosamente começou a ministrar-lhe as instruções.

– Agora preste atenção, ou vá para o diabo! Você vai receber um pacote. Um pacote, entendeu? Um mascate deve saber o que é um pacote. Com ele você vai ao Theresianum. Não preciso lhe indicar o caminho. De qualquer jeito, você costuma passar o dia ali, cretino que é. Empurre a porta envidraçada, onde se sobe para a seção de livros. Deixe de saracotear, já lhe disse! Se você continuar a se agitar assim lá no Theresianum, vai quebrar as vidraças. Bem, isso é com você. Ao pé da janela está um cavalheiro alto. É um bom freguês meu. Você se aproxima dele, mas cale a boca. Se você se mete a falar antes dele, o homem vira as costas e se afasta logo. É o jeito dele. É autoritário. Por isso é melhor ficar calado. Não tenho a menor vontade de processar você por perdas e danos. Mas, se você cometer o mínimo erro, vou processá-lo, disso pode ter certeza. Não admito que você me estrague os negócios que me dão tanto trabalho. Se é um bobalhão nervoso, vá-se embora, e já! Eu, por mim, prefiro um limpador de esgotos a você. O que é que eu ia dizer? Você se lembra ainda?

Subitamente Fischerle dava-se conta de que estava a ponto de abandonar o linguajar distinto no qual se enfronhara no curso dos poucos dias de sua convivência com Kien. Mas tal linguajar era precisamente o que se afigurava a ele como o único adequado ao trato com um empregado impertinente. Intercalou uma pausa, a fim de acalmar-se, e aproveitou a oportunidade para flagrar o odioso concorrente numa falta de atenção. Prontamente o mascate respondeu:

– Você fica ao lado do freguês alto, e eu não dou um pio.

– *Você* fica ao lado dele, você, você! – urrou Fischerle. – E onde está o pacote?

– O pacote está na minha mão. – A humildade da hipócrita criatura enraiveceu Fischerle.

– Ai de mim! – suspirou ele. – Até que se consiga meter alguma coisa na sua cabeça me cresce mais uma corcunda.

O mascate sorriu sarcasticamente, compensando-se das invectivas do corcunda. Mas nem sequer nas suas alturas se sentia garantido contra uma mirada indagadora e por isso lançou para baixo um olhar furtivo. Fischerle não notou, já que se esforçava unicamente por encontrar outros nomes feios. Queria evitar palavrões vulgares, tais como se usavam no Paraíso, pois eles não impressionariam a quem frequentava o café. Repetir o termo "bobalhão" parecia-lhe enfadonho. De repente estugou o passo e, quando o mascate no começo ficou meio metro atrás, virou-se e perguntou desdenhosamente:

– Já está cansado? Vou lhe dizer uma coisa: vá tomar banho! – Em seguida prosseguiu dando instruções. Explicou com muita insistência que o mascate devia pedir do magro freguês uma "entrada" de cem xelins, mas somente quando este o fizesse parar e lhe dirigisse a palavra. Depois de tê-la recebido, retornaria, sem dizer mais nada, à praça atrás da igreja, com o pacote e a entrada na mão. Lá lhe seriam dadas outras informações. Se revelasse qualquer coisa a respeito de seu trabalho, mesmo apenas na presença dos demais empregados, seria despedido sumariamente.

Em face da ideia de que o mascate pudesse delatar o pacto e entrar num conluio com os outros contra ele, Fischerle tornou-se um pouco mais brando. A fim de contrabalançar a agressividade anterior, põe-se a caminhar mais devagar e, quando o outro subitamente se encontrou mais de um metro à sua frente, disse-lhe:

– Pare! Por que corre assim? Não temos tanta pressa.

Ao mascate isso parecia ser mais uma tramoia. Quanto à alocução subsequente, que Fischerle lhe dirigiu serena e amigavelmente, como se ambos ainda fossem companheiros do Paraíso, ele a julgava produto do medo que o anão talvez tivesse de arbitrariedades. Não obstante o seu nervosismo, o mascate não estava, em absoluto, alienado. Sabia julgar acertadamente as pessoas e os motivos de suas ações. Para induzi-las à compra de fósforos, cordões de sapatos, agendas ou, na melhor das hipóteses, sabonetes, aplicava maior sagacidade, psicologia e até mesmo discrição que muitos diplomatas famosos. Só quando o absorviam os devaneios de um sono ilimitado, seus pensamentos diluíam-se numa névoa indistinta. No momento, porém, verificava que o êxito desse novo negócio dependia de um segredo.

Fischerle aproveitou o resto do caminho que os separava de sua meta para demonstrar a periculosidade do macilento cavalheiro, seu amigo aparentemente tão inofensivo. Apresentou diversos exemplos.

Durante a guerra, aquele senhor esteve tanto tempo no *front* que um dia enlouqueceu. Às vezes não se mexia e não fazia mal a ninguém. Mas, se alguém o abordava e proferia qualquer palavra supérflua, costumava puxar o velho revólver de seus tempos de soldado e no mesmo instante dava um tiro no sujeito. Os tribunais não podiam fazer nada. O homem agia em estado de irresponsabilidade e trazia um atestado médico no bolso. A polícia o conhecia bem. "Prendê-lo para quê?", diziam os guardas: "Ele vai ser absolvido mais uma vez". É bem verdade que ele normalmente não mata as pessoas. Aponta para as pernas. Depois de algumas semanas, o ferido fica bom. Há apenas uma coisa que o cavalheiro não suporta: é quando o crivam de perguntas. Não aguenta perguntas. Podia acontecer que alguém o interpelasse ingenuamente sobre a sua saúde. Não passa nem um segundo e já está morto. Pois nesses casos o freguês atira diretamente no coração. É o hábito dele. Não tem culpa disso. Depois sempre se arrepende. Até agora não houve mais do que seis cadáveres, porque todo mundo estava a par desse hábito perigoso e só aqueles seis tinham perguntado alguma coisa. Fora disso, era fácil fazer bons negócios com ele.

O mascate não acreditou em nada do que o anão lhe contou. Tinha, contudo, uma imaginação altamente inflamável. Imaginava um senhor bem-vestido que dava tiros nas pessoas, mesmo que estas estivessem dormindo. Resolveu assim evitar quaisquer perguntas e desvendar o segredo de outra forma.

Pondo um dedo sobre os lábios, Fischerle fez:

– Psiu!

Tinham chegado à igreja, onde os aguardava o cego, com os olhos cheios de humildade canina. Nesse ínterim, não examinara ainda nenhuma mulher. Sabia apenas que várias acabavam de passar. Num excesso de júbilo, alegrava-se com o propósito de tratar gentilmente os colegas, esses pobres-diabos que seriam despedidos três dias depois, ao passo que a ele coubera por sorte um emprego vitalício. Cumprimentou o mascate com grande cordialidade, como se não o visse há anos. Atrás da igreja os três juntaram-se à Fischerinha, que havia dez minutos procurava tomar fôlego, pois correra com todas as suas forças. O cego acariciou-lhe a corcova.

– Que tal, velhinha? – bradou enquanto o riso se lhe espelhava por sobre o pálido e sulcado rosto. – Hoje saímos premiados! – Qualquer dia, quem sabe, faria um favor à velhinha. A Fischerinha deu um grito esganiçado. Notava que a mão que tocava não era a de Fischerle, mas pensava no seu íntimo que talvez fosse ele, apesar dos pesares, quando ouviu a voz roufenha do cego. Por isso a voz esganiçada passou do susto ao êxtase e do êxtase à decepção. A voz de Fischerle era sedutora. Ele deveria apregoar jornais! As pessoas os arrancariam das mãos dele. Mas Fischerle era nobre demais para esse trabalho. Ia logo se cansar. Por isso a Fischerinha preferia que ele permanecesse como seu chefe.

Pois, além da voz, Fischerle tinha olhos muito agudos. Nesse momento, o limpador de esgotos vinha dobrando a esquina. Fischerle foi o primeiro a avistá-lo. Ordenou aos outros:

– Fiquem onde estão! – e correu ao seu encontro. Arrastou-o ao alpendre da igreja, recolheu o pacote, que ainda se achava entre os braços, na mesma posição que o deixara, e agarrou os duzentos xelins que o homem trazia entre os dedos da mão direita. Puxou quinze xelins do bolso e os depositou nessa mão, que ele próprio teve de descerrar. Feito isso, formou-se a primeira frase de um relato na desajeitada boca do limpador de esgotos:

– Correu tudo muito bem – começou.

– Já estou vendo! Já estou vendo! – atalhou Fischerle. – Amanhã, às nove em ponto. Nove em ponto! Aqui! Às nove em ponto, aqui!

O limpador de esgotos afastou-se a passo lerdo, fatigado. Pôs-se a examinar o salário recebido. Depois de demorado intervalo, declarou:

– Está certo. – Até chegar à porta do Paraíso, debateu-se contra seu hábito e finalmente sucumbiu. A mulher ganharia quinze xelins e ele gastaria cinco em bebidas. E assim fez, embora inicialmente tencionasse beber todo o dinheiro.

Não foi senão sob o pórtico da igreja que Fischerle se deu conta do erro que cometera nas suas combinações. Se entregasse em seguida o pacote à Fischerinha, o mascate que se achava pertinho observaria tudo e, logo que este percebesse que se tratava sempre do mesmíssimo pacote, já não seria possível guardar o belo segredo. Eis que a Fischerinha, como se tivesse adivinhado os pensamentos dele, veio espontaneamente ao alpendre e disse:

– Agora é a minha vez.

– Você é uma lesma, minha cara amiga – resmungou Fischerle. – E agora suma! – Ela se foi a toda a pressa. A corcunda escondia dos olhares dos colegas o pacote que carregava.

Nesse momento, o cego procurou fazer o mascate entender que com as mulheres não se arranjava coisa alguma. Primeiramente as pessoas deviam ter uma profissão, uma boa profissão, uma profissão que lhes permitisse andar com os olhos abertos. A cegueira também não presta. O pessoal pensa que, quando alguém parece cego, podem fazer-lhe qualquer desaforo. Quando alguém obteve algum êxito na vida, as mulheres vêm sozinhas, às dúzias. Depois de pouco tempo a gente não sabe mais onde deitá-las. O povaréu não entende patavina dessas coisas. São como cães, que fazem isso em qualquer lugar. Esses porcos! Mas ele é diferente. Precisa de uma cama em condições, com um colchão de crina de cavalo, um bom fogão que não fede no quarto, e uma mulher que seja uma uva. Não suporta o cheiro de carvão, desde os tempos da guerra. Não vai com qualquer uma, ora bolas! Antes, quando mendigava, tentava pegar todas elas. Agora vai comprar roupas mais finas, dentro em pouco terá dinheiro à beça, e então poderá escolher as mulheres. Umas cem deverão plantar-se à sua frente. Ele vai apalpá-las uma a uma, não se precisam despir, assim mesmo serve, e levará consigo três ou quatro. Mais do que isso ele não suporta de uma vez só. Acabou-se essa história dos botões.

– Terei de comprar uma cama de casal – suspirou. – Ainda não sei onde vou botar as três gorduchas.

O mascate tinha outras preocupações. Torcia o pescoço, no afã de dar uma olhada por cima da corcunda de Fischerinha. Carregava ela ou não um pacote? O limpador de esgotos chegou com um na mão e se foi sem ele. Por que razão Fischerle o levou ao pórtico da igreja? Enquanto se está ali, não se enxerga nem Fischerle nem o limpador de esgotos nem tampouco a Fischerinha. O pacote foi escondido na igreja, claro! Que ideia formidável! Quem vai procurar mercadoria roubada numa igreja? Esse aleijão mostra que é mesmo sabido. O pacote deve conter uma boa quantidade de cocaína. Onde foi que o patife arrumou um negócio de tal envergadura?

O anão se acercava deles a passo veloz.

– Paciência, senhores – disse. – Até que ela, com suas pernas tortas, faça o percurso de ida e volta, pode morrer muita gente.

– De morrer não se fala mais, chefe – clamou o cego.

– Nós todos temos de morrer, seu Fischerle – concordou servilmente o mascate, virando para fora as palmas de ambas as mãos, assim como o pequeno teria feito na sua situação. – Ah, se tivéssemos conosco um bom jogador de xadrez – acrescentou –, mas nenhum de nós dois pode enfrentar um mestre.

– Mestre, mestre! – repetiu Fischerle, sacudindo a cabeça, melindrado. – Daqui a três meses, meus senhores, serei campeão do mundo. – Os empregados entreolharam-se, entusiasmados.

– Viva o campeão do mundo! – bradou o cego subitamente. O mascate, com sua voz fininha, pipilante (bastava que abrisse a boca para que no Paraíso dissessem logo: "Ele toca bandolim") apressou-se em entoar o mesmo grito jubiloso. Ainda conseguiu proferir "campeão", mas "do mundo" ficou-lhe preso na garganta. Por felicidade, a essa hora não se via vivalma na pracinha. Não havia ali nem mesmo um representante da mais extrema vanguarda da civilização urbana, que é a polícia. Fischerle fez uma mesura, mas, sentindo que tinha ido um tanto longe, crocitou:

– Infelizmente preciso lhes pedir silêncio durante as horas de trabalho. Não convém falar mais.

– Mas como! – protestou o cego, que tencionava expor outra vez seus projetos e pensava ter o direito de fazê-lo, em virtude da aclamação proferida. O mascate, por sua vez, pôs o dedo sobre os lábios e murmurou:

– Digo sempre: boca calada é o melhor remédio – e emudeceu.

O cego permaneceu sozinho com suas mulheres. Não permitindo que lhe estorvassem as prazerosas visões, prosseguia falando em voz sonora. Começou reafirmando que com as mulheres não se arranjava coisa alguma, terminou na cama de casal e, por ter a impressão de que Fischerle não possuía experiência suficiente nesse assunto, repetiu tudo desde o início. Empenhou-se então em descrever com todos os pormenores algumas das cem mulheres mantidas em estoque para seu uso particular. Atribuía a cada qual as mais incríveis nádegas, calculava o peso das mesmas em quilogramas e aumentava o total de item em item. Ao chegar à sexagésima quinta mulher, a qual selecionava para exemplo da sexta dezena, só as nádegas já pesavam sessenta e cinco quilogramas. Não sendo bom matemático, gostava de ater-se a uma cifra já antes pronunciada. Mesmo assim ele próprio achava um tanto exagerados os sessenta e cinco quilos. Por isso explicou:

– O que digo é sempre verdade. Não sei mentir. É um hábito que peguei nos tempos da guerra.

Fischerle já agora andava bastante ocupado com seus problemas. Urgia repelir os pensamentos relativos ao xadrez que tomavam conta dele. Nenhuma perturbação se afigurava a ele mais temível a essa altura do que a crescente saudade de uma partida. Em face dela o negócio facilmente poderia falir. Tamborilou no pequeno tabuleiro que trazia no bolso direito do casaco e que também servia de caixa das peças. Escutou como estas, lá dentro, davam pulos excitados. Sussurrou: "Fiquem quietas, e já!". Mas tornou a tamborilar, até que se fartou do simples ruído. O mascate meditava ainda sobre tóxicos, cujos efeitos associava à própria necessidade de dormir. Se conseguisse localizar o pacote na igreja, furtaria alguns envelopes para fazer uma tentativa. Apenas receava que, durante o sono provocado por aqueles venenos, fosse inevitável ter sonhos. Se tivesse de sonhar, preferia não adormecer. O que almejava era um sono de verdade, no curso do qual a gente recebia comida e, todavia, não acordava, pelo menos não antes de quinze dias.

Fischerle avistou a Fischerinha, que sumia sob o alpendre da igreja, após ter feito frenéticos sinais em sua direção. Agarrando o braço do cego, disse-lhe:

– Claro, vocês têm razão. – Deu ordem ao mascate para ficar onde se achava, levou o cego consigo até o portão da igreja, onde o mandou esperar. Em seguida, arrastou a Fischerinha para dentro da igreja. Ela estava terrivelmente nervosa e não conseguia pronunciar uma só palavra. A fim de acalmar-se um pouco, colocou a toda a pressa o pacote e os duzentos e cinquenta xelins na mão de Fischerle. Enquanto este conferia o dinheiro, a mulherzinha respirou fundo e soluçou:

– Ele me perguntou se eu era a sra. Fischerle.

– E você lhe disse... – gritou ele, tremendo de medo de que ela pudesse ter estragado o seu negócio com uma resposta estúpida. Sim, certamente o estragou, e ainda ficava satisfeita, idiota! Basta alguém dizer-lhe que é a sra. Fischerle, para que logo perca o juízo. Ele jamais gostou dela. E para que fez aquele cretino essas perguntas bestas? Afinal de contas, ele, Fischerle, lhe apresentara sua esposa. Só porque a Fischerinha tem corcunda como ele, esse sujeito pensa que ela deve ser sua mulher. Agora convinha sumir com esses míseros quatrocentos e cinquenta xelins, que porcaria! – E o que foi que você lhe disse? – gritou pela segunda vez, esquecendo que se achava numa igreja. Normalmente respeitava e evitava igrejas, porque seu nariz chamava muita atenção.

– Eu... não... tinha... autorização... de falar – respondeu ela, soltando soluços entre cada palavra. – Apenas sacudi a cabeça.

O coração de Fischerle aliviou-se do peso de todo aquele dinheiro que ele já julgava perdido. Mas mesmo assim o pavor que a mulher vinha de despertar nele tornava-o fulo de raiva. Tinha vontade de aplicar-lhe bofetadas em ambas as faces, mas, infelizmente, não lhe sobrava tempo para isso. Empurrando-a para fora da igreja, rosnou-lhe na cara:

– Amanhã, você pode voltar a vender seus jornais nojentos. Nem vou olhá-los, nunca mais! – A Fischerinha compreendeu que deixara de ser sua empregada. Não estava em condições de calcular quanto dinheiro lhe escapava em virtude da demissão. Um cavalheiro acabava de tomá-la por esposa de Fischerle e ela não podia falar sobre isso. Que desgraça, que desgraça terrível! Nunca na vida se sentira tão infeliz. No caminho para casa, soluçava ininterruptamente:

– Ele é o único bem que tenho no mundo. – Nem se lembrou de que ele ainda lhe devia vinte xelins, importância que em tempos difíceis ela mal ganhava numa semana inteira, percorrendo as ruas. Seguia a melodia de sua ladainha, tendo diante dos olhos a imagem do cavalheiro que a tratara de "sra. Fischerle". Esquecia até que todo mundo a chamava de Fischerinha. Soluçava também por não saber onde morava e por onde andava o cavalheiro. Gostaria de oferecer-lhe jornais todos os dias, para que ele repetisse a pergunta.

Fischerle estava livre dela. Não a enganara de propósito. O medo e sua transformação em raiva tinham feito com que também ele perdesse a lucidez. Não havia, porém, nenhuma dúvida de que ele, mesmo que a liquidação do negócio se processasse com toda a calma, teria tentado subtrair-lhe o salário. A seguir entregou o pacote ao cego. Aconselhou-lhe que mostrasse todas as suas qualidades e calasse a boca, uma vez que disso dependia o seu emprego vitalício. Enquanto isso, o cego tinha fechado os olhos a fim de esquecer suas mulheres, já que, de qualquer jeito, as imaginava com suma plasticidade. Quando os reabriu, todas haviam sumido, também as mais pesadas, e esse fenômeno causou-lhe uma leve sensação de mágoa. Substituindo-as, vinha-lhe a recordação exata de seus novos deveres. Por isso o conselho de Fischerle era perfeitamente dispensável. Contudo, apesar da urgência da execução do encargo, o anão experimentava certa relutância em deixá-lo partir. Tinha a impressão de ter feito apostas muito altas naqueles botões e, tendo por índole pouquíssimo interesse pelas mulheres, sentia-se incapaz de avaliar com precisão a importância que estas pudessem ter para aquele homem.

Retornou então ao mascate e disse:

– Imagine só, um comerciante como eu precisar se fiar em cafajestes como esse aí!

– Você tem toda razão – concordou o outro, que não se incluía no rol dos cafajestes, por ser ele próprio um comerciante.

– Para que se vive? – prosseguiu Fischerle que, em face do risco de perder os quatrocentos xelins, já estava farto da vida.

– Para dormir – replicou o mascate.

– Você e seu sono! – A visão do mascate adormecido, esse indivíduo que a cada instante, todo santo dia, se lamentava de sua insônia, provocou ao pequeno a violenta explosão de uma gargalhada. Quando Fischerle ria, suas narinas assemelhavam-se a uma boca dupla escancarada, embaixo da qual apareciam duas fendas estreitas, as suas comissuras. Dessa vez o acesso tinha tamanha força que ele segurava a corcunda como outros fazem com a barriga. Colocando as mãos sob ela, suavizava cautelosamente todos os choques que lhe sacudiam o corpo.

Fischerle mal havia cessado de rir – o ceticismo que manifestou a respeito do sono do mascate deixou este ofendido no âmago de seu coração –, quando surgiu o cego e encaminhou-se para o alpendre. O anão precipitou-se em sua direção, arrancou-lhe o dinheiro das mãos, verificou com enorme espanto que se tratava da importância prevista. Ou talvez lhe tivesse dado ordem de pedir quinhentos? Não, só quatrocentos! – Perguntou, a fim de disfarçar seu nervosismo:

– O que foi que houve?

– Na porta envidraçada esbarrei numa mulher que nem lhe digo. Se eu não segurasse o pacote desse jeito idiota, teria tocado nos seios dela, de tão gorda que era. Seu freguês não regula bem.

– Por quê? Como pode dizer uma coisa dessas?

– Me desculpe, mas o homem só falou mal das mulheres. Quatrocentos é muito dinheiro, disse ele. Mas, por causa daquela mulher, ia aceitar e pagar. As mulheres têm culpa de tudo, disse. Ah, se eu pudesse ter falado, teria dado uma boa resposta a esse bobalhão. As mulheres! As mulheres! Para que viveria a gente, se não houvesse as mulheres? Logo no momento em que esbarro com aquele peixão, ele se põe a xingar!

– É o jeito dele. É solteiro por convicção. Não admito que você o critique. É meu amigo. E também não tolero que se fale com ele, para que não se melindre. Não se deve ofender amigos. Será que eu alguma vez ofendi você?

– Não, realmente, você tem um coração de ouro.

– Está vendo! Pois bem, amanhã às nove você estará novamente aqui, entendeu? E não diga nada a ninguém, porque é meu amigo. Então veremos se um homem como você precisa andar quebrado por causa desses botões.

O cego se foi. Estava satisfeito. Logo se esqueceu das esquisitices daquele freguês. Com vinte xelins, já dava para fazer alguma coisa. O essencial em primeiro lugar. O essencial era uma mulher e uma roupa nova. Devia ser uma fatiota preta, para combinar com o novo bigode. Mas não teria fatiota preta por vinte xelins. Por isso se limitaria à mulher.

O mascate, magoado e curioso que estava, omitiu quaisquer considerações tanto quanto a sua habitual covardia. Desejava surpreender o anão no momento em que este trocasse os pacotes. A perspectiva de devassar mais tarde toda uma igreja, por menor que ela fosse, em busca de um pacote pouco lhe agradava. Se aparecesse subitamente, obteria pelo menos uma ideia aproximada da situação, já que o pequeno deveria vir de uma determinada direção. Entretanto, encontrou-o diante do portão. Recebeu a carga e se afastou em silêncio.

Fischerle seguiu-o lentamente. O resultado da quarta tentativa seria significativo, menos do ponto de vista financeiro do que por questões de princípio. Se Kien largasse esses cem xelins também, o montante que ia entrar no bolso de Fischerle, a saber novecentos e cinquenta xelins, superaria aquele outro que lhe fora pago como recompensa pela devolução da carteira. Durante todo o bem organizado embuste aplicado ao sujeito do ramo de livros, Fischerle permanecia ininterruptamente consciente do fato de lutar contra um inimigo que ainda no dia anterior fizera um esforço para tosquiá-lo. Claro que cada um defende a sua pele. Ao combater um assassino, qualquer um se torna assassino também. Quem enfrenta um escroque deve rebaixar-se e transformar-se em escroque. No caso em apreço havia, no entanto, uma complicação especial. Podia ser que esse sujeito se obstinasse em recuperar a recompensa. Afundando-se em sua perfídia, talvez arriscasse toda a sua fortuna. Quantas vezes não se vê um homem meter na cabeça algo impossível. Também essa fortuna já tinha sido certa vez propriedade de Fischerle. Por isso tinha pleno direito de tirá-la dele. Era, porém, possível que as boas oportunidades se acabassem em seguida. Nem todos sabem meter ideias em suas cabeças. Se esse homem tivesse um caráter igual ao de Fischerle e ligasse à recompensa a mesma importância que Fischerle ligava ao xadrez, os negócios estariam na mais perfeita ordem. Mas a gente nunca sabe com quem lida. Pode ser que ele seja apenas um fanfarrão, um indivíduo fraco, que se arrepende de suas despesas e subitamente declara: "Para, agora chega!". É capaz de renunciar a toda recompensa por causa de cem xelins. Poderá imaginar que a gente vá lhe surrupiar tudo, de modo que no fim da história, apesar dos pesares, ele não receberá nada? Se esse sujeito do ramo de livros tiver um pouquinho de inteligência, e por enquanto parece que tem, deverá pagar até que não lhe sobre mais nada. Fischerle duvida de que exista tamanha inteligência. A coerência que nele próprio se desenvolveu graças ao jogo de xadrez não se encontra em qualquer um. O que necessita é de um homem de caráter, caráter igual ao seu, um homem suscetível de levar as coisas às últimas consequências. Com esse tipo de homem gastaria de bom grado muito dinheiro. De um homem assim faria seu sócio em todos os negócios. Iria ao encontro dele na porta do Theresianum. Ali o aguardaria. Mais tarde não faltariam oportunidades para empulhá-lo.

Em vez do homem de caráter, quem vinha trotando em sua direção era o mascate. Assustado, estacou na frente de Fischerle. Não tinha previsto que seu chefe estivesse nesse lugar. Por esperteza pedira vinte xelins a mais do que os cem estipulados pelo anão. Enfiou a mão no bolso esquerdo da calça, onde acabava de abrigar seu lucro, e verificou que ninguém poderia detectá-lo. Enquanto isso deixou cair o pacote. Nesse momento, porém, Fischerle não ligava a menor importância ao modo como se tratasse sua mercadoria. Queria saber uma coisa. Seu empregado pôs-se de joelhos a fim de levantar o pacote. Para o maior espanto do mascate, Fischerle fez o mesmo. Junto ao chão agarrou-lhe a mão direita e nela encontrou os cem xelins. "Isso é apenas um pretexto", pensou o mascate. "Ele se preocupa com seu preciosíssimo pacote. Diabo, por que não dei uma olhada nele? Agora é tarde."

Ao erguer-se, Fischerle disse:

– Não caia você também. Leve o pacote consigo para casa e volte com ele à igreja amanhã às nove horas. Até amanhã.

– Mas como? E minha comissão?

– Desculpe. Ando um pouco distraído. – Casualmente falava a verdade. – Por favor. – E entregou-lhe o resto.

O mascate se foi, ruminando: "Amanhã, às nove? Não, meu caro, hoje mesmo!". E entrou na igreja. Atrás de uma coluna tornou a ajoelhar-se. Rezando, para o caso de alguém surpreendê-lo na sua atividade, abriu o pacote. Eram livros. Com isso desapareceu a última dúvida. Ele tinha sido logrado. O pacote autêntico achava-se em outro lugar. Reembrulhou os livros, escondeu-os embaixo de um banco e começou a procura. Sempre rezando, percorria furtivamente a igreja de cá para lá, e rezando ainda perscrutava todos os bancos. Era um homem meticuloso. Oferecia-se-lhe uma oportunidade que tão cedo não se repetiria. Frequentemente pensava estar a ponto de desvendar o suposto mistério, mas se tratava apenas de algum livro de rezas encadernado de preto. Após uma hora sentia um ódio implacável a quaisquer missas. Transcorrida outra hora tinha dores nas costas, e a língua, murcha e seca, lhe pendia da boca. Seus lábios movimentavam-se como se murmurassem orações. Terminado o trabalho, reiniciou-o. E era por demais inteligente para reiterar tudo mecanicamente. Sabia que a gente facilmente volta a não ver o que não descobriu da primeira vez. Por isso alterou o sistema de buscas. A essa hora só raras vezes entravam fiéis na igreja. O mascate aguçava os ouvidos para perceber sons insólitos. Assim que percebia um, mantinha-se imóvel no lugar onde se achava. Uma beata custou-lhe vinte minutos. Temendo que essa mulher pudesse descobrir antes dele o sagrado mistério, observava-a obstinadamente. Enquanto ela estivesse ali, o mascate não ousaria sentar. Ao cair da tarde já perdera a noção de quanto tempo tinham durado suas pesquisas. Em zigue-zague avançava tropegamente da esquerda até a terceira fila da direita e da direita à terceira da esquerda. Era esse o derradeiro sistema inventado por ele. À noite, completamente exausto, caiu no chão num lugar qualquer e adormeceu logo. Na verdade acabara de realizar assim seu propósito, mas antes que terminassem os quinze dias, já na hora do fechamento da igreja, o sacristão sacudiu-o para acordá-lo e o pôs na rua. O mascate esqueceu-se do pacote autêntico.

Revelações

Quando Fischerle, piscando vivazmente, apareceu no vão da porta envidraçada, Kien saudou-o com um sorriso meigo. A missão beneficente à qual se dedicava ultimamente lhe tinha suavizado a alma, a ponto de sentir-se motivado a falar por metáforas. Tentava descobrir o significado da luz intermitente desse melancólico farol. A impetuosa torrente de amor arrastara para longe a recordação dos sinais combinados. A fé intrínseca a Kien, essa fé tão inabalável quanto sua desconfiança contra a humanidade profanadora de livros, encontrava aí um terreno de eleição. Ele lastimava a fraqueza do Cristo, estranho perdulário. Enquanto diante de seus olhos desfilavam, uma após outra, as distribuições de alimentos, as curas de enfermos, as alocuções, ponderava para si mesmo quantos livros poderiam ser auxiliados por tais milagres. Tinha a sensação de que seu estado de espírito atual achava-se afim com o de Cristo. Ele mesmo realizaria muitos atos semelhantes. Apenas lhe pareciam errados os objetos de amor, tais como os dos japoneses. Já que o filólogo escondido nele continuava vivo, resolveu empreender um estudo novo, crítico, do texto dos Evangelhos, assim que tempos mais calmos voltassem a reinar no país. Talvez não visasse ao Cristo, mas, na realidade, aos seres humanos. Bem podia ser que uma hierarquia bárbara tivesse falsificado as palavras originais de seu fundador. A inopinada aparição do Logos do Evangelho de São João dava farto motivo para suspeitas, precisamente por causa da interpretação corrente que nesse pormenor pretendia encontrar influências gregas. Kien sentia-se suficientemente sábio para reconduzir a cristandade à sua verdadeira origem e, ainda que não fosse o primeiro a proferir as palavras genuínas do Salvador em meio aos homens, cujos ouvidos sempre se mostraram receptivos a elas, nutria esperanças bastante fundadas de poder oferecer o esclarecimento definitivo.

Mas o esclarecimento que Fischerle tencionava transmitir-lhe quanto à iminência de um perigo permaneceu incompreendido. Durante algum tempo o anão prosseguiu lançando piscadelas de advertência, fechando alternadamente o olho direito e o esquerdo. Finalmente precipitou-se em direção a Kien, pegou-lhe o braço e sussurrou:

– Polícia!

Era a palavra mais horrorosa de todas quantas conhecia. Em seguida acrescentou:

– Corra! Eu passo na frente. – Contrariando a sua promessa, tornou a plantar-se no vão da porta, para aguardar o efeito de sua exortação. Kien lançou um olhar doloroso para cima, não ao céu, antes, pelo contrário, ao inferno, que se achava no sexto andar. Fez um voto solene de retornar a esse sagrado vestíbulo, talvez ainda no mesmo dia. Menosprezava de todo coração os sórdidos fariseus que o perseguiam. Sendo um autêntico santo, não omitiu agradecer a advertência do anão por meio de uma rígida e, todavia, profunda mesura, antes de pôr em movimento as pernas compridas. Para o caso de olvidar seus deveres, ameaçou entregar sua própria biblioteca ao holocausto pelo fogo. Convenceu-se expressamente de que os inimigos deixavam de aparecer. O que temiam eles? A força moral de sua intervenção? Ele não se empenhava em prol de pecadores, empenhava-se em prol de livros inocentes. Se durante a sua ausência um deles sofresse algum dano, os malfeitores conheceriam outras facetas de Kien. Este dominava o Velho Testamento também e reservava para si o direito da vingança. "Ah, diabos que sois, estais me espreitando em algum esconderijo. Abandono vosso antro de cabeça erguida. Não tenho medo, pois atrás de mim velam inúmeros milhões." Apontou com o dedo para cima. Em seguida, devagar, iniciou a fuga.

Fischerle não o perdia de vista. Não tinha vontade de perder o dinheiro que lhe pertencia para quaisquer cafajestes que o tirassem dos bolsos de Kien. Receava a chegada de alguns desconhecidos ávidos de empenhar livros. Por isso usava os braços e o nariz a fim de impelir Kien a apressar-se. Para ele a atitude hesitante do outro era uma garantia de seu próprio futuro. Apesar dos pesares, esse homem tinha evidentemente caráter. Aferrava-se à ideia de reaver justamente dessa forma e de nenhuma outra aquela velha gratificação. Fischerle não o teria julgado capaz de tamanha persistência. Admirava-o por isso. Propunha-se fomentar os planos desse homem de caráter. Ajudaria Kien no esforço de desembaraçar-se de seu capital até o último tostão, o mais depressa possível e sem dificuldades excessivas. Visto, porém, que seria uma lástima dispersar um montante de *per se* considerável, caberia a Fischerle acautelar-se para que não se intrometesse pessoa alguma não autorizada. O que sucedesse entre os dois homens de caráter seria somente da conta deles e de mais ninguém. Fischerle acompanhou cada passo de Kien com um aceno encorajador da corcunda. De quando em quando, indicava algum recanto escuro, punha o dedo sobre os lábios e avançava na ponta dos pés. No momento em que o ultrapassava um funcionário público – por casualidade o porco que na seção de livros tinha a seu cargo as avaliações –, o anão esboçou uma mesura, estendendo-lhe bruscamente a corcova. Kien inclinou-se também, por mera covardia, porquanto sentia que essa pretensa criatura humana, que uns quinze minutos atrás descera a escada, exercia lá em cima uma função de diabo. Tremia ante o receio de que lhe pudessem vedar ficar ao pé da janela.

Até que enfim Fischerle, graças à força de sua vontade, conseguiu arrastá-lo até a igreja e abrigá-lo sob o alpendre.

– Estamos salvos! – disse em tom de desdém. Kien pasmou com a enormidade do perigo que correra pouco antes. Então abraçou o pequeno e murmurou em voz branda, cheia de ternura:

– Se eu não o tivesse...

– ...já estaria trancafiado há muito tempo – completou Fischerle a frase.

– Quer dizer que meu modo de agir infringe a Lei?

– Tudo infringe a Lei. O senhor come alguma coisa porque tem fome, e logo dirão que roubou. O senhor ajuda um pobre-diabo, dando-lhe de presente um par de sapatos, ele sai correndo com eles, e o pessoal alega que o senhor protegeu um ladrão. O senhor adormece num banco, pensando que aí poderá sonhar dez anos a fio, e já o acordam, porque dez anos atrás cometeu algo errado. O que digo! Acordam não, levam o senhor preso! O senhor deseja auxiliar uns simples livros e subitamente a polícia cerca todo o Theresianum, em cada cantinho se esconde um guarda. O senhor deveria ter visto os novos revólveres. Um major comanda a operação. Dei uma olhada entre as pernas dele. O que acha que o homem mantinha ali, muito baixo, para que nenhuma das pessoas altas que passassem por ele notasse alguma coisa? Uma ordem de prisão. O chefe de polícia emitiu uma ordem de prisão especial, porque o senhor é uma personalidade de projeção. O senhor mesmo sabe o que é, não preciso dizer mais nada. Às onze horas em ponto, o senhor será preso no recinto do Theresianum, vivo ou morto. Enquanto estiver fora do edifício, nada pode lhe acontecer. Aqui fora não é criminoso. E que horas são agora? Três minutos para as onze. Certifique-se!

Puxou-o até o lado oposto da praça, de onde se avistava o relógio da igreja.

– O que lhe disse eu? Já são onze horas. O senhor pode se dar por feliz. Lembra-se daquele homem que cumprimentamos? Era o porco!

– O porco? – Kien não esquecera nenhuma palavra da narrativa original de Fischerle. Desde que ele descarregara a cabeça, sua memória tinha voltado a trabalhar às mil maravilhas. Cerrando o punho, com algum atraso exclamou: – Miserável vampiro! Ah, se o tivesse aqui!

– Esteja contente de não o ter aqui. Se o senhor tivesse provocado o porco, já o teriam prendido muito antes. Imagine com quanto nojo me inclinei diante de um porco. Mas tive de fazê-lo, para prevenir o senhor. O senhor deve saber que na minha pessoa tem um verdadeiro amigo.

Kien evocou no seu íntimo a figura do porco.

– E eu o confundi com um simples diabo! – disse, envergonhado.

– É o que ele é. Por que não pode ser um diabo e ao mesmo tempo um porco? O senhor viu a barriga dele. Lá no Theresianum corre um boato... Não, é melhor não falar sobre essas coisas.

– Que boato?

– O senhor ficaria exaltado.

– Que boato? Fale!

– O senhor jura que não vai correr logo para lá depois que lhe contar tudo? O senhor só se arruinaria, e os livros não tirariam nenhum proveito disso.

– Pois bem, juro. Fale finalmente!

– O senhor jurou. Viu aquela barriga?

– Claro, mas e o boato, o boato?

– Um momentinho. Não notou nada naquela barriga?

– Não.

– Há gente que afirma que a barriga tem ângulos.

– O que significa isso? – A voz de Kien tremia. Preparava-se alguma revelação inaudita.

– Dizem... Preciso amparar o senhor, senão acontece uma desgraça... Dizem que o homem engordou desse jeito por causa dos livros...

– Ele...

– ... devora livros!

Com um grito pungente Kien caiu ao chão. Na queda arrastou consigo o anão, que se machucou no calçamento da rua e, para se vingar, prosseguia na sua narrativa:

– “O que quer que eu faça?”, diz o porco. Eu mesmo o ouvi uma vez. “O que vou fazer com toda essa porcaria?!” Ele disse “porcaria”. Quando fala de livros, sempre diz “porcaria”, mas para serem devorados ainda lhe servem. “O que mais posso fazer?”, diz ele. “Essa porcaria acumula-se aqui durante meses. Então prefiro aproveitá-la e me empanturro com ela.” Ele já compilou um livro de cozinha especial, com muitas receitas, e agora procura um editor que o publique. “Há excesso de livros neste mundo”, diz ele, “e muitos estômagos vazios. Devo a minha barriga à minha arte de cozinhar”, diz ele, “e quero que todo mundo tenha uma barriga como essa, para que os livros desapareçam de vez. Se fosse por mim, todos os livros teriam de desaparecer! A gente poderia queimá-los, mas ninguém lucraria nada com isso. Por isso digo sempre que se deve comê-los crus, com azeite e vinagre, como uma salada, ou fritos com pão ralado, à milanesa, ou ainda com sal e pimenta, com açúcar e canela.” Cento e três receitas possui esse animal, e todos os meses inventa mais uma. Acho isso infame. Não tenho razão?

Ao ouvir essas palavras, que Fischerle crocitava num só jato sem se interromper, Kien se contorcia no chão. Martelava o solo com os punhos descarnados, como se quisesse demonstrar que até a dura crosta da terra era mais tenra que a criatura humana. Uma dor lancinante dilacerava-lhe o peito. Desejava exortar, salvar, redimir, mas em vez da boca falavam somente seus punhos, e o som que produziam era muito débil. Golpeavam uma a uma as pedras do calçamento, sem as saltarem. Golpeavam até sangrarem. Da boca de Kien saía espuma, mesclando-se com o sangue dos punhos, tão próximos do chão estavam os lábios trêmulos. Quando Fischerle emudeceu, Kien levantou-se, cambaleante, segurando-se na corcunda, e, após ter movimentado os lábios diversas vezes em vão, urrou em voz estridente a retumbar em toda a praça:

– Ca-ni-bais! Ca-ni-bais! – Mantinha o braço livre estendido em direção ao Theresianum e com um dos pés calcava o solo, ao qual pouco antes quase beijara.

Os transeuntes, que já apareciam em certo número, paravam assustados, pois a voz de Kien soava como a de uma pessoa mortalmente ferida. Abriam-se janelas. Numa transversal um cão pôs-se a uivar. Na porta de uma loja surgiu um médico de avental branco e logo atrás da igreja sentiu-se o cheiro da polícia. A lerda florista, que tinha sua tenda em frente à igreja, foi a primeira a alcançar o homem que gritava assim. Perguntou ao anão o que havia com o senhor. Tinha ainda na mão umas rosas frescas e a fita de ráfia com que tencionava amarrá-las.

– Faleceu um parente dele – respondeu Fischerle, entristecido. Kien não ouvia nada. A florista atou o ramo de rosas, depositou-a nos braços de Fischerle e disse:

– São para ele, da minha parte.

Com um aceno de cabeça, Fischerle murmurou:

– Será enterrado hoje. – Em seguida despachou-a com um leve gesto de mão. Para compensar-se das flores, a mulher ia de um transeunte a outro, contando a todos que a mulher daquele cavalheiro acabava de falecer. Chorava, porque seu saudoso marido, que uns dez anos atrás tinha descido ao túmulo, sempre batera nela. Ele nunca teria pensado em pranteá-la dessa forma na hora de sua morte. Também se condoía, imaginando-se no papel da esposa defunta daquele senhor macilento. Em frente à sua casa o "médico", que na realidade era barbeiro, anuiu secamente:

– Tão jovem e já tão viúvo! – Aguardou um instante antes de sorrir da sua própria piada. A florista lançou-lhe um olhar agastado e soluçou:

– Veja, eu dei minhas rosas a ele.

A notícia da morte da mulher espalhou-se pelos andares superiores das casas. Algumas janelas tornavam a fechar-se. Um moço janota comentou:

– O que se pode fazer? – Se não se afastou, foi por causa de um afetuoso brotinho, uma criadinha, que tinha muita vontade de consolar o coitado daquele senhor. O guarda não sabia o que fazer. Um garçom, que se encaminhava ao seu serviço, o tinha informado. Quando Kien se pôs a gritar novamente, já que o irritava a presença de todas aquelas pessoas, o representante da Lei teve ganas de intervir. As súplicas da florista demoviam-no, porém. A proximidade da polícia produzia sobre Fischerle um efeito angustiante. Dando um pulo ao longo do corpo de Kien, colocou-lhe a mão sobre os lábios, apertou-os firmemente e fez com que ele se abaixasse. Assim, Kien, como um canivete meio fechado, deixou-se arrastar até o portão da igreja. Ao chegarem ali, Fischerle exclamou:

– Ele vai se acalmar quando rezar. – Acenou ao público antes de desaparecer na igreja na companhia de Kien. O cão continuava uivando na rua vizinha.

– Os bichos sempre sentem essas coisas – disse a florista. – Quando meu saudoso marido... – E começou a contar sua história ao guarda. Agora que aquele cavalheiro tinha sumido, arrependia-se de ter desperdiçado flores tão caras.

Lá dentro o mascate continuava sumamente ativo. Eis senão quando surgiu Fischerle, acompanhado do rico freguês. Fincou o magricela num banco. Disse em voz alta:

– Está louco? – Depois de olhar em torno de si, prosseguiu falando baixinho.

O mascate ficou muito assustado. Vinha de lograr Fischerle, e o freguês sabia em quanto. De rastos afastou-se dos dois, e já muito longe deles escondeu-se atrás de uma coluna. Garantido pela escuridão, observou-os, já que um pressentimento sagaz lhe comunicava o motivo por que tinham vindo: traziam ou iam levar o pacote.

Na tenebrosa e acanhada igreja Kien aos poucos voltou a si. Sentia a presença de um ente vivo, cujas repreensões sussurradas lhe acalentavam o coração. Não compreendia o que lhe dizia este ente, mas o som sossegava-o. Fischerle fazia esforços desesperados. Fora muito além da sua meta. Enquanto proferia toda espécie de palavras tranquilizadoras, procurava averiguar com quem lidava, afinal de contas. Se esse sujeito era um louco, era-o desmedidamente. Se apenas fingia sê-lo, era o impostor mais audacioso do mundo. Um embusteiro que deixa a polícia avizinhar-se dele sem se dar o trabalho de correr.

Um embusteiro que a gente precisa arrancar à força das mãos de um guarda; um embusteiro ao qual uma florista, acreditando em seu pesar, dá rosas; um embusteiro que arrisca novecentos e cinquenta xelins sem pestanejar e ao qual um aleijão pode contar as piores mentiras sem levar uma surra! Um campeão mundial da trapaça! Que prazer, enganar um mestre desse quilate. Fischerle não gosta de adversários desprezíveis. Em qualquer jogo prefere parceiros do seu nível, e, tendo escolhido Kien por razões financeiras, considera-o seu igual.

Entretanto, trata-o como se fosse um rematado bobalhão, já que o homem finge sê-lo e quer que se aja desse modo. Quando a respiração de Kien se torna mais calma, Fischerle, para distraí-lo, interroga-o sobre os acontecimentos da manhã. Kien não se esquiva da possibilidade de recorrer às reminiscências de momentos mais amenos, para livrar-se da pavorosa depressão que o abate desde que soube daquela atrocidade. Encosta ombros, costelas e outros ossos na coluna que remata a fila de bancos na qual se encontra. Esboça o débil sorriso de um enfermo que, apesar de já estar a ponto de recuperar-se, ainda precisa de muitos e ininterruptos cuidados. Fischerle está disposto a cuidar dele. Dá prazer manter vivo um inimigo de tal categoria. Trepando no banco e ajoelhando-se em cima dele, aproxima a orelha o mais possível da boca de Kien, a fim de evitar que alguém o ouça.

– Para que o senhor não se canse demais – diz. Kien já não é capaz de acolher com naturalidade o que quer que seja. Qualquer gesto gentil da parte de um ser humano a ele se afigura prodigioso.

– O senhor não pode ser um homem – murmura carinhosamente.

– O que posso fazer? Um aleijão não é um homem.

– O único aleijão que existe é o homem. – Kien tenta dar maior ênfase à voz. Os dois se olham bem dentro dos olhos; por isso ele não percebe o que convém silenciar na presença do anão.

– Não – replica Fischerle. – O homem não é um aleijão, senão eu seria um homem.

– Não admito que diga isso. O homem é a pior fera do mundo! – Kien levanta a voz para proibir e dar ordens.

Fischerle diverte-se com o que considera um bate-boca.

– E por que será que aquele porco não pode ser chamado de homem? – Com isso derrota o parceiro.

De um pulo Kien se põe de pé. É invencível.

– Porque os porcos não podem se defender. Protesto contra essa violação. Homens são homens e porcos são porcos. Os homens, todos eles, são apenas homens. Esse seu porco é um homem e nada mais! Ai do homem que quiser passar por porco. Eu o despedaçarei. Ca-ni-bais! Ca-ni-bais!

A igreja ecoava com as acusações furiosas. Parecia vazia. Kien abandonava-se à sua ira. Fischerle estava desarmado. Não se sentia seguro numa igreja. Quase teria feito um esforço para arrastar Kien novamente em direção à praça. Porém, lá se achava a polícia. Que a igreja desmoronasse, mas ele nunca se atiraria nos braços da polícia. Fischerle conhecia histórias horripilantes de judeus soterrados sob os escombros de igrejas desabadas, porque não deveriam ter entrado ali. A "capitalista", sua esposa, as havia contado a ele. Era piedosa e desejava que ele aderisse à sua fé. Fischerle não acreditava em coisa alguma, a não ser no fato de que ser judeu era um crime que trazia em si mesmo sua punição. Completamente desnorteado, fitou suas mãos, que sempre mantinha à altura de um imaginário tabuleiro de xadrez. Nesse instante avistou as rosas já um tanto amassadas, uma vez que as apertara sob o braço direito. Retirou-as dali, gritando:

– Olhe as rosas! Que belas rosas! Que belas rosas! – O recinto da igreja enchia-se das rosas crocitantes. Das alturas da nave central, das naves laterais, do coro, do portão, de todos os lados aves vermelhas voavam em direção a Kien.

(Amedrontado, o mascate agachava-se atrás da sua coluna. Compreendia que se tratava de uma divergência entre dois sócios. Isso lhe agradava, já que, devido à desavença, certamente se esqueceriam do pacote. Mesmo assim preferia que saíssem finalmente. O barulho era ensurdecedor. Talvez um tumulto resultasse dele. Nessas ocasiões surge facilmente gente da ralé, que talvez lhe roubasse o pacote.)

Os canibais de Kien foram sufocados pelas rosas. Sua voz, ainda enfraquecida em virtude das fadigas anteriores, não podia competir com a do anão. Tão logo se conscientizou da palavra "rosas", interrompeu sua gritaria e, meio pasmado, meio envergonhado, virou-se para Fischerle. Como tinham essas flores chegado ali? Ele devia achar-se em região muito diversa: flores são inofensivas; vivem de água e luz, de terra e ar; não são homens; não maltratam nenhum livro; são comidas; perecem pela mão dos homens. Flores necessitam de proteção. Devem ser protegidas contra homens e animais. Qual é a diferença? Feras, feras, aqui e lá. Uns devoram plantas, outros devoram livros. A flor é o único aliado natural do livro. Ele aceitou as rosas das mãos de Fischerle. Recordando-se de seu perfume, que poemas eróticos da Pérsia lhe haviam comunicado, levou-as à altura dos olhos. Sim, elas estavam cheirosas. Isso o aplacou totalmente.

– O senhor pode tranquilamente continuar a qualificá-lo de porco – disse. – Mas nunca ofenda as flores!

– Eu as trouxe para o senhor – explicou Fischerle, feliz da vida, porque já não havia necessidade de berrar na igreja. – Custaram um dinheirão, e o senhor amassou-as com toda a sua gritaria. Que culpa têm as coitadas das flores se neste mundo há homens desse tipo? – Resolveu concordar doravante com tudo que Kien dissesse. Qualquer objeção era perigosa. Uma arrogância assim até poderia levá-lo à delegacia. O destinatário do presente deixou-se recair no banco. Completamente exausto, encostou-se novamente na coluna e, enquanto movia as rosas de baixo para cima diante dos olhos, cautelosamente, como se fossem livros, começou a narrar as ocorrências felizes da manhã.

Tão distante quanto a sua própria juventude ficava o tempo em que ele, com toda calma e sem nenhuma suspeita, redimira vítimas inocentes, naquele bem iluminado saguão, onde ninguém lhe escapava. Diante de seu olho íntimo, Kien via os homens que acabava de reconduzir ao caminho certo, tão nitidamente que tinha impressão de que, desde então, escoara-se no máximo uma hora. Ele mesmo se espantava com a exatidão de suas recordações, que superava a si própria nesse caso.

– Quatro pacotes enormes se teriam encaminhado ao estômago do porco, a não ser que fossem conservados para um incêndio de grandes proporções. Tive a boa sorte de salvá-los. Devo me vangloriar disso? Acho que não. Tornei-me mais modesto. Por que razão lhe conto então o que fiz? Talvez para que também o senhor, que só quer tudo ou nada, se dê conta do valor de um insignificante ato de beneficência.

Nessas palavras evidenciava-se a atmosfera pura que costuma reinar depois das tempestades. A fala de Kien, geralmente seca e dura, mostrava ao mesmo tempo suavidade e sabor. Na igreja fazia-se um profundo silêncio. Entre uma frase e outra Kien se interrompia frequentemente, antes de reiniciar a narrativa em voz branda. Descreveu as quatro almas perdidas às quais acabava de oferecer seu braço. Os vultos diluíam-se um pouco diante dos contornos precisos de seus pacotes, já que estes foram descritos, em primeiro lugar, quanto ao papel, à forma e ao conteúdo pressuposto, visto que em nenhum caso ele se certificara realmente a respeito dele. Os pacotes estavam limpinhos, os portadores pareciam humildes e confusos. Não convinha interromper-lhes o caminho de retorno. Que sentido teria todo o seu trabalho de redentor, se ele se tivesse mostrado insensível? Com exceção do último, tratava-se de criaturas de rara bondade, que dedicavam a seus amigos toda sorte de cuidados e exigiam importâncias elevadas para que os livros permanecessem em seu poder. Teriam voltado lá de cima sem nada conseguir. Nos seus rostos percebia-se a firmeza de sua decisão. Dele, porém, aceitavam o dinheiro e se afastavam em silêncio, profundamente comovidos. O primeiro, provavelmente um operário, xingou-o aos berros, ao ser interpelado, talvez porque o tomasse por um negociante, e nunca palavras ásperas tinham soado tão doces aos ouvidos de Kien. A segunda a aparecer foi uma senhora, cujo físico despertava a lembrança de uma pessoa conhecida. Achando que um dos diabos de plantão escarnecia dela, ruborizou-se, mas não deu nenhuma resposta. Logo após surgiu um cego, que se chocou com uma mulher ordinária, esposa de um dos diabos guardiões da porta. Livrando-se dos braços dela, junto com o pacote que carregava, estacou na frente de seu benfeitor, demonstrando surpreendente confiança. Cegos com livros são um espetáculo doloroso. Agarram-se ao seu consolo com todas as suas forças, e alguns dentre eles, aos quais o braile não apraz, porque poucas obras foram compostas nessa linguagem, nunca desistem e nunca confessam a verdade, nem a si mesmos. Encontramo-los a abrir livros impressos em nossos caracteres. Mentem a si próprios e pensam ler. É de pessoas desse quilate que carecemos, e, se alguém merece o dom da visão, devem ser esses cegos. O homem cego tinha estipulado o preço mais alto. Por delicadeza Kien não revelou os motivos por que o pagara; em vez disso afirmou tê-lo feito por causa daquela mulher brutal. Por que evocar sua desgraça? Para consolá-lo, era melhor mostrar-lhe coisas boas. Se ele tivesse uma esposa, ia chocar-se com ela e desgastar-se a cada instante de sua vida, pois esse era o jeito das mulheres. O quarto, um homem insignificante, menos carinhoso para com os livros, que em seus braços se balançavam violentamente, pediu pouco, como se podia prever, e suas palavras revelavam um quê de vulgaridade.

Desse relato o anão depreendeu que não lhe haviam defraudado absolutamente nada. O contrário lhe teria causado enorme desgosto. Confirmou o aspecto vulgar daquele último, uma vez que se encontrara com ele na saída. Certamente esse sujeito era um mascate. Talvez voltasse amanhã. Seria necessário acabar de uma vez por todas com as atividades dele.

O mascate conseguiu ouvir as últimas frases. Habituara-se ao som das vozes. Depois de amainada a barulhenta discussão, aproximara-se silenciosa e lentamente, cheio de curiosidade. Chegou precisamente no momento em que se tornava assunto da conversa. Ficou indignado com a falsidade do anão e reassumiu suas atividades com zelo especial, assim que os dois saíram da igreja.

Fischerle resolveu fazer um grande sacrifício. Levou Kien ao hotel mais próximo, a fim de pô-lo em condições de enfrentar o dia seguinte. Engoliu a cólera que lhe causavam as enormes gorjetas que esse homem dava do dinheiro que já pertencia a ele, Fischerle. Kien, ao pagar a conta dos dois quartos que pedira, se bem que um só teria sido perfeitamente suficiente, acrescentou uma gorjeta no valor da metade do total, como se Fischerle, com relação ao quarto dele, aprovasse tamanha loucura. Quando, em seguida, sorriu para o anão, tomando certamente consciência de sua culpa, este tinha vontade de vibrar-lhe uma bofetada. Não eram tais despesas totalmente supérfluas? Que diferença faria se desse ao porteiro um xelim em vez de quatro? Dentro de poucos dias o capital se encontraria de qualquer jeito no bolso de Fischerle, a caminho da América. Sem que a bagatela em apreço tornasse o porteiro mais rico, ficava Fischerle privado de outro tanto. E ainda tinha de mostrar-se gentil para com esse velhaco! Sem dúvida alguma, este procurava irritá-lo, para que, pouco antes de alcançar a meta, perdesse a paciência, deixasse de controlar-se e provocasse a sua própria demissão. Mas ele, Fischerle, não fará nada disso. Também hoje há de desdobrar as folhas de papel, empilhar os livros, lhes desejará uma boa noite e, antes de adormecer, permitirá ainda ser bombardeado com toda espécie de nomes absurdos. Amanhã, às seis horas, quando até meretrizes e criminosos estarão dormindo a sono solto, vai-se levantar, empacotar tudo e fazer todo o teatro. A mais miserável partida de xadrez seria melhor do que isso. Esse maluco simplesmente não pode pensar que ele, Fischerle, acredita na existência de todos aqueles livros impossíveis. Quer apenas impor-lhes respeito. Ora, Fischerle só respeita enquanto precisa respeitar. Assim que conseguir todo o dinheiro necessário para a viagem, há de dizer-lhe claramente o que pensa dele. "Sabe o que é, cavalheiro?", gritará. "O senhor é um reles impostor! Um impostor, nada mais!"

Kien, esgotado pelas emoções da manhã, passou a tarde na cama. Não se despiu, porque não gostava de dar demasiada importância a um repouso fora de hora. Quando Fischerle lhe perguntou repetidas vezes se podia começar a arrumação dos livros, encolheu os ombros com indiferença. Seu interesse pela biblioteca particular, que de qualquer jeito se achava em lugar seguro, diminuíra consideravelmente. Fischerle deu-se conta da alteração. Farejou um ardil que lhe cumpria desvendar, ou uma fenda através da qual talvez lhe pudesse ser aplicados golpes insignificantes e, todavia, sensíveis. De vez em quando indagava o que se devia fazer com os livros. Não oprimiam eles o senhor bibliotecário? Nem a cabeça dele nem os livros estavam habituados à posição atual. Fischerle, longe de querer intrometer-se, não poderia assumir garantias em face da desordem que devia reinar na cabeça. Não seria aconselhável pedir mais alguns travesseiros, para que a cabeça ficasse numa posição vertical? Sempre que Kien virava violentamente a cabeça, exclamava o pequeno, manifestamente apavorado: "Pelo amor de Deus, tenha cuidado!". Em certo momento, até se levantou de um pulo e, aproximando-se de Kien, colocou-lhe ambas as mãos sob a orelha direita, a fim de apanhar os livros.

– Não vê que estão caindo? – disse em tom de censura.

Aos poucos conseguiu provocar em Kien o ânimo desejado. Este se recordou de seus deveres. Abstinha-se de qualquer fala desnecessária e permanecia deitado, rijo e imóvel. Se apenas o pequeno se calasse! As exortações e os olhares do anão faziam com que Kien se sentisse sumamente inquieto, como se a biblioteca estivesse em extremo perigo, o que, na realidade, não era o caso. Solicitude excessiva causa mal-estar. Além do mais, parecia-lhe mais indicado evocar a essa hora aqueles milhões cuja vida estava ameaçada. Fischerle pecava, a seu ver, por exageros de meticulosidade. Impressionava-se muito com seu próprio corpo, certamente devido à corcova, e transferia esse desassossego para seu amo. Pronunciava claramente coisas que seria melhor silenciar e atinha-se obstinadamente a cabelos, olhos e orelhas. Para quê? Ninguém ignorava que numa cabeça cabia um monte de coisas, mas somente espíritos estreitos cuidavam de trivialidades externas. Nunca antes o homenzinho o molestara tanto.

Fischerle, porém, não o deixou em paz. O nariz de Kien começou a pingar, coisa que ele aguentou por algum tempo sem se mexer, antes que seu senso de ordem o induzisse a investir contra a grande e pesada gota que pendia. Puxou um lenço do bolso, preparou-se para assoar o nariz. Eis que Fischerle deu um violento suspiro:

– Pare, pare, espere até que eu chegue aí! – Arrancou o lenço da mão de Kien (ele mesmo não tinha nenhum) e, avizinhando-se cautelosamente do nariz, apanhou o pingo, como se fosse uma pérola preciosa.

– Quer saber uma coisa? – disse. – Não fico mais aqui com o senhor. Caso tivesse assoado, os livros teriam saído pelo nariz! Não preciso lhe descrever em que estado se encontrariam então. O senhor não tem afeição por seus livros. Com um patrão assim, não vou continuar.

Kien estava boquiaberto. No âmago de seu coração dava razão ao pequeno. Justamente por isso agastava-o ainda mais o tom desaforado com que este se dirigia a seu amo. Parecia-lhe que ele próprio acabava de falar pela boca de Fischerle. Sob o peso dos livros que nem sequer lia, o anão se modificava a olhos vistos. A velha teoria de Kien confirmava-se brilhantemente. Fischerle prosseguia ralhando, antes que o outro pudesse encontrar uma resposta adequada. A complacência do patrão surpreendia-o. Sem arriscar coisa alguma, limpava a alma de toda a ira que lhe causara a desmedida gorjeta.

– Imagine só o que aconteceria se eu me assoasse! Que diria então? O senhor me despediria no mesmo instante! Um homem inteligente não se comporta desse jeito. O senhor compra livros de outras pessoas e trata os seus próprios como se fossem cachorros. De repente não terá mais dinheiro. Não faz mal. Mas, quando perder seus livros também, do que vai viver? Vai querer mendigar na rua na velhice? Eu não. E esse homem diz que trabalha no ramo de livros! Compare-se comigo. Será que eu trabalho no ramo de livros? Trato-os de maneira impecável, assim como um jogador de xadrez trata a rainha, como uma puta trata seu gigolô! O que mais vou lhe dizer, para que me compreenda? Como uma mãe trata seu filhinho!

Tentava recair no seu linguajar antigo, sem no entanto obter pleno êxito. Só se lembrava de palavras refinadas e, por achá-las mais próprias, dizia-se de si para si: "Tanto melhor!" e se contentava com elas.

Kien se levantou, achegou-se ao anão e disse-lhe com certa dignidade:

– O senhor é um aleijão insolente. Saia do meu quarto e já. Está despedido.

–Vejam só, ainda por cima é ingrato, judeu de uma figa! – bradou Fischerle. – O que se pode esperar de um porco judeu! Saia do *meu* quarto e já, senão chamo a polícia. Quem pagou fui *eu*. Me devolva o que gastei ou será processado! Imediatamente!

Kien hesitou. Parecia-lhe que quem pagara fora ele mesmo, mas em matéria de dinheiro nunca tinha certeza de nada. Além disso, acossava-o um pressentimento de que o anão tencionava lográ-lo; no entanto, mesmo que tivesse chegado o momento de despedir seu leal empregado, convinha pelo menos tomar a peito os conselhos dele e deixar de expor os livros a novos perigos.

– Quanto gastou comigo? – perguntou e sua voz soava muito menos firme.

Fischerle, que subitamente voltara a sentir nas costas o peso da corcunda, respirou fundo e, visto que suas coisas iam tão mal; visto que possivelmente o projeto da América goraria; visto que sua própria burrice provocara tal reviravolta; visto que odiava a si mesmo, sua pequenez, sua mesquinhez, seu mísero futuro, a derrota a um passo da vitória, o lucro exíguo (em comparação com o majestoso capital que poderia ter obtido com toda a facilidade em poucos dias); visto que tinha ganas de lançar na cara de Kien não somente esse lucro inicial, uma bagatela na qual cuspiria não fosse uma lástima desperdiçá-la simplesmente, mas também aquela merda de biblioteca imaginária; visto que tudo isso era assim, renunciou também ao montante que Kien desembolsara para os quartos e o porteiro. Disse:

– Não quero nada! – Custava-lhe tanto proferir essa frase que o modo de pronunciá-la conferia-lhe maior dignidade do que a altura e a severidade davam a Kien. Nessa renúncia revelavam-se sua humanidade melindrada e a consciência de ter tido suas boas intenções pessimamente interpretadas.

Foi nesse momento que Kien começou a compreender. Ainda não pagara ao anão nenhum vintém de seus salários. Certamente não o fizera, uma vez que nunca haviam falado sobre eles e, em vez de exigir pelo menos o resgate de suas despesas, o homem renunciava a ele também. Kien acabava de despedir Fischerle porque a nobre preocupação com o destino de sua biblioteca o levara a usar expressões inconvenientes. Insultosamente o qualificara de aleijão. Poucas horas antes o mesmo aleijão lhe salvara a vida, quando todos os policiais da capital tinham sido mobilizados contra ele. Ao pigmeu, ele, Kien, devia não só organização e segurança, como também o impulso para atos de beneficência. Por puro relaxamento atirara-se sobre a cama, sem primeiro cuidar do sono dos livros, e quando o servo, cumprindo com o dever, chamara-lhe à memória a posição incômoda e a situação perigosa dos livros, enxotara-o do quarto. Não, Kien ainda não se depravara a ponto de persistir por mera teimosia num pecado contra o espírito de sua biblioteca. Pousando a mão na corcova de Fischerle, apertou-a afetuosamente, como se quisesse dizer: "Não há de ser nada. Outros têm a corcunda na cabeça. Bobagem! Não existiam outros, uma vez que todos os demais eram apenas homens. Unicamente nós dois, seres felizes, somos diferentes". A seguir ordenou:

– Está na hora de começarmos o desempacotamento, caro senhor Fischerle.

– Também acho – replicou o anão, que só com muito esforço conseguia reprimir as lágrimas. Gigantesca, a América surgia rejuvenescida diante de seus olhos, e um impostor tão sovina como Kien não seria capaz de afogá-la.

Morta de fome

Uma pequena festa de reconciliação serviu para incrementar a concórdia entre os dois. Além do amor à cultura e à inteligência, ambos tinham em comum muitas experiências. Pela primeira vez Kien falou de sua esposa demente, à qual mantinha encarcerada em casa, onde ela não podia prejudicar ninguém. Era bem verdade que ali também se achava a sua imensa biblioteca, mas, uma vez que a mulher nunca demonstrara o menor interesse por livros, não era lícito supor que ela, na sua insanidade, tivesse a mais vaga ideia dos tesouros que a rodeavam. Uma criatura sensível como Fischerle certamente compreenderia a mágoa que o fato de estar separado da biblioteca causava a ele, Kien. Mas nenhum livro do mundo poderia encontrar um refúgio mais seguro do que aquele que lhe oferecia essa louca, cujos pensamentos giravam em torno de uma única coisa, o dinheiro. Ele trazia consigo apenas um mísero sucedâneo de sua biblioteca. Ao dizer isso, apontou para as torres de livros, nesse ínterim depositados no chão. Humildemente, Fischerle sacudiu a cabeça.

– Pois é – retomou Kien o fio da narrativa. – O senhor nunca vai acreditar que há pessoas que sempre pensam em dinheiro. O senhor fez o belo gesto de rejeitar uma oferta de dinheiro, ainda que se tratasse de um montante honestamente despendido. Eu gostaria de lhe dar a prova de que as invectivas que em outra ocasião proferi contra o senhor tinham sua origem unicamente num acesso de mau humor, talvez até no meu próprio sentimento de culpa. Desejo recompensar o senhor pelos insultos que teve de engolir serenamente. Se agora lhe abro os olhos com relação àquilo que realmente acontece neste mundo, considere isso uma recompensa. Creia-me, meu caro amigo, há pessoas que não somente em certos momentos, há pessoas que sempre, a cada hora, minuto, segundo da vida, pensam em dinheiro! Vou mais longe ainda e sustento a tese de que até se pode tratar de dinheiro alheio. Essa espécie de gente não se detém diante de coisa alguma. Sabe o que minha esposa queria extorquir de mim?

– Um livro! – exclamou Fischerle.

– Isso seria compreensível, embora tal crime merecesse o mais severo castigo. Não, senhor, um testamento!

Fischerle ouvira falar de casos desse gênero. Ele próprio conhecia uma mulher que fizera tentativas semelhantes. A fim de retribuir a confiança de Kien, segredou-lhe a misteriosa história, não sem antes pedir-lhe instantemente que nunca o traísse, já que sua vida estava em jogo. Kien ficou deveras estupefato ao inteirar-se de que a mulher em questão era a própria mulher de Fischerle.

– Agora posso lhe confessar uma coisa – gritou. – Desde o primeiro momento sua esposa me lembrou a minha. Será que sua esposa se chama Therese? Naquele dia eu não quis magoar o senhor e por isso não lhe revelei essa minha impressão.

– Não, ela se chama a "capitalista". Não tem outro nome. Antes de ser a "capitalista", tinha o apelido de Magrinha, por ser muito gorda.

Os nomes de ambas não concordavam, ao contrário de todos os outros pormenores das suas histórias. Ao ouvir o relato do testamento de Fischerle, surgiram em Kien as mais diversas suspeitas. Seria Therese porventura clandestinamente uma rameira profissional? Não existia nenhuma sordidez de que ela não fosse capaz. A mulher afirmava que se recolhia cedo. Talvez vagasse de noite por paraísos desse tipo. Ele recordou cena horrorosa de como Therese se despia em sua presença e varria os livros do sofá-cama para o chão. Somente uma prostituta podia rebaixar-se a tamanha impudência. Enquanto Fischerle se referia à sua esposa, Kien comparava os detalhes – enfermidade, ladainhas, tentativa de homicídio – com os que conhecia dos tempos de convivência com Therese, os mesmos que acabava de comunicar poucos minutos antes ao anão. Não havia dúvida: se as duas mulheres não eram idênticas, deviam ser irmãs gêmeas.

Mais tarde, quando Fischerle, obedecendo a um impulso repentino, propunha que doravante se tratassem mutuamente por você e, ansiosamente, vibrando de amizade, aguardava a resposta, Kien resolveu não se limitar a satisfazer o desejo do anão. Prometeu-lhe que lhe dedicaria sua próxima monografia. Talvez o revolucionário trabalho sobre o Logos no Novo Testamento, se bem que o pequeno não fosse nenhum erudito e ainda necessitasse ser instruído. No decorrer da festa de reconciliação, Fischerle ficou sabendo que, aqui neste país, existiam pessoas que falavam chinês melhor do que os próprios chineses, além de dominarem uma dúzia de outros idiomas.

– É o que sempre pensei – disse ele. Esse fato, se verdadeiro, o impressionaria realmente. Entretanto, não acreditou nele. Mesmo assim, era uma proeza da parte desse homem fingir tamanha inteligência.

Agora que se tratavam por você, a compreensão recíproca não tinha fim. Em conjunto, elaboraram o projeto de redenção, a ser realizado nos próximos dias. Fischerle apresentou um cálculo segundo o qual o capital se esgotaria dentro de aproximadamente uma semana. Podia ser que surgissem pessoas com livros mais valiosos, e relegar estes à perdição seria um crime merecedor de pena de morte. Apesar das cifras antipáticas que ouvia, Kien ficou encantado com essas palavras. Fischerle acrescentou que, uma vez gasto o capital, seria preciso tomar medidas enérgicas. Ao dizer isso, aparentou extrema seriedade. Guardou para si o caráter de tais medidas. A título de informação antecipada, enfronhou Kien nos planos mais urgentes. Às nove e meia se iniciaria a operação e às dez e meia seria encerrada. Enquanto isso, a polícia estaria ocupada em outro lugar. Segundo experiências anteriores, Fischerle sabia que os guardas eram retirados do Theresianum, todos os dias, às nove e vinte, para reaparecerem às dez e quarenta. Prisões costumavam ser feitas às onze. O querido amigo certamente ainda se recordava da sua própria, da qual escapara por um triz nessa mesma manhã. Claro que Kien se recordava: o relógio da torre da igreja dava onze horas quando olhavam para cima.

– Você é um observador muito sagaz, meu caro Fischerle – disse.

– Meu caro amigo – respondeu o anão –, é o que a gente se torna, quando passa muito tempo no meio dessa plebe. Isso não dá nenhum prazer. Ninguém pode fazê-lo sem perder um pouco de sua respeitabilidade. Eu sou uma exceção. Mas quem o faz aprende muita coisa.

Kien entendeu que Fischerle possuía precisamente o que faltava a ele: conhecimentos práticos da vida até suas últimas ramificações.

Na manhã seguinte, às nove e meia em ponto, ele se encontrava em seu posto, refrescado, aliviado e pronto para qualquer ato corajoso. Sentia-se aliviado, porque carregava consigo uma quantidade menor de erudição. Fischerle se encarregara do resto da biblioteca também.

– Na minha cabeça entra muita coisa – disse em tom de brincadeira – e, se nela não houver espaço suficiente, posso colocar alguns livros na corcunda.

O alívio de Kien provinha do fato de ter-se livrado do feio segredo da existência de sua mulher. Sentia-se disposto a realizar quaisquer atos audaciosos, porque obedecia às ordens de outrem. Às oito e trinta, Fischerle despedira-se dele, já que desejava reconhecer o terreno. Se não retornasse logo, estaria tudo em ordem.

Atrás da igreja o anão encontrou seus empregados. Apesar de despedida, a Fischerinha voltara a apresentar-se. Nesse dia levantava o nariz alguns centímetros mais alto que de costume. O chefe devia-lhe os vinte xelins de seu salário e dependia apenas da sua própria gentileza lembrá-lo ou não da dívida. Autorizada por esta, ousou avizinhar-se de Fischerle. O limpador de esgotos queixava-se da esposa que, em vez de contentar-se com os quinze xelins que ele levara para casa, quisera saber o que fizera com o resto. Nada escapava a ela; por isso o marido a adorava. Ralhando ainda por causa dos poucos xelins gastos em bebidas, a mulher acordara-o de manhã cedo.

– É o que se arranja – disse o cego, que passeava de cá para lá em frente à igreja havia duas horas, gemendo porque nem sequer tomara o habitual café da manhã –, é o que se arranja quando se tem só uma mulher. Um homem precisa é de cem mulheres! – Em seguida pediu informações a respeito da esposa do limpador de esgotos. O peso da mesma lhe deu o que pensar, de modo que emudeceu.

O mascate que, na véspera, sob as mãos do sacristão, despertara de um sono sem sonhos, só nesse momento se lembrou do pacote que esquecera debaixo do banco. Apavorado, posto que apenas se tratasse de livros, foi procurá-lo. Achou-o. Fischerle já estava lá fora e saudou-o com um leve aceno de cabeça.

– Senhoras e senhores – começou o chefe a sua alocução –, não temos tempo a perder. Hoje é um dia importante. A nossa empresa está-se desenvolvendo enormemente. O movimento cresce. Dentro de poucos dias serei um homem realizado. Cumpram com seu dever e não me esquecerei de vocês. – Lançou ao limpador de esgotos um olhar inexpressivo. Distinguiu o cego com outro bastante promissor. Contemplou a Fischerinha com ares de quem perdoa e mirou o mascate com uma expressão de desdém. – Meu freguês vai aparecer dentro de meia hora – continuou. – Até lá quero instruir vocês para que saibam o que fazer. Quem cometer erros será despedido.

Conversando com cada um em separado, fez questão de que gravassem na memória as importâncias muito mais elevadas que teriam de pedir nesse dia.

O freguês não reconheceu o limpador de esgotos, o que não era de admirar, já que o rosto dele se convertera num luzente monte de excrementos bovinos. À Fischerinha o cavalheiro perguntou se não comparecera na véspera também, ao que ela, segundo as instruções recebidas, pôs-se a imprecar furiosamente contra a sua sósia, criatura desalmada que havia anos andava penhorando livros. Ela nunca praticara uma coisa dessas. Kien acreditou, porque lhe agradava a indignação da mulher, e pagou o que esta exigia.

No cego, Fischerle depositava a esperança do mais alto lucro.

– Diga-lhe primeiro quanto quer. Então espere alguns segundos. Se ele se puser a refletir, pise-lhe nas pontas dos pés, até que volte a prestar atenção em você. Então cochiche no ouvido dele: "Muitas lembranças de sua esposa, dona Therese. Ela acaba de falecer".

O cego desejava obter mais algumas informações a respeito dela. Lamentava que o corpo presumivelmente bem pesado dessa Therese fora roubado deste mundo pela morte. Tinha pena de toda e qualquer mulher defunta, ao passo que não sentia a menor compaixão para com homens, por mais mortos que estivessem. Mulheres obesas que nunca mais lhe pertenceriam transformavam-no em profanador de cadáveres nos seus dias de boa sorte, e em mero poeta nos dias de receber só botões. Nesse momento, porém, Fischerle interrompeu as suas perguntas, recordando-lhe seu porvir isento de quaisquer botões.

– Primeiro vamos nos livrar dos botões, meu caro senhor. Depois vêm as mulheres. Botões e mulheres não podem existir juntos. – Em face de tais expectativas, era fácil levar até Kien uma Therese falecida. Durante a caminhada, a partir do Mercado de Feno, por trás da igreja, até o saguão da seção de livros, o nome dela não caiu no esquecimento. A inteligência e a memória do cego restringiam-se, desde que fora ferido na guerra, a nomes e a características de mulheres. Quando surgiu no vão da porta envidraçada, fixando os olhos arregalados nas nádegas de uma Therese nua, o nome desta lhe saiu da boca com a força de uma explosão. Correu em direção a Kien e, para cumprir a ordem de seu chefe, pisou-lhe nos pés, ainda que com certo atraso.

Kien empalideceu. E vê como ela se aproxima. Ela conseguiu evadir-se. Resplandece a saia azul. Aquela louca, ela a tingiu e engomou. Tingiu-a, engomou-a! Kien, por sua vez, está malhado de azul, completamente debilitado. Ela está à sua procura. Precisa dele, necessita de forças novas para sua saia. Onde está a polícia? Urge trancafiá-la imediatamente. É um perigo público! Ela abandonou a biblioteca. Polícia, polícia, por que não vem a polícia? Que desgraça! A polícia só vem às dez e quarenta! Ah, se Fischerle estivesse presente. Este não tem medo. Sua mulher é a irmã gêmea de Therese. Ele sabe lidar com elas. Vai liquidá-la. Vai aniquilá-la. A saia azul, horrível, horrível! Por que ela não morreu? Que morra neste instante, na porta envidraçada, antes que chegue até ele, antes que lhe bata, antes que abra a boca. Dez livros pela morte dela, cem, mil, metade da biblioteca, toda a biblioteca, a que está na cabeça de Fischerle. Assim estará morta para sempre. São muitos livros, mas ele jura que dará toda a biblioteca, só para que ela esteja morta. Morta, morta, completamente morta!

– Infelizmente faleceu e lhe manda muitas lembranças – declarou o cego com sincero pesar.

Kien pediu que a feliz mensagem fosse repetida umas dez vezes. Pormenores não lhe interessavam, mas quanto ao fato em si parecia quase insaciável. Acometido por dúvidas, beliscou seus ossos, chamou-se por seu próprio nome. Quando compreendeu que não estava nem ouvindo mal nem devaneando e que tampouco se tratava de outra pessoa, indagou se o senhor tinha certeza e como soubera da notícia. Por gratidão mostrou-se muito cortês.

– Therese faleceu e lhe manda muitas lembranças – repetiu o cego, agastado. Diante desse homem, o seu dono tornava-se cada vez mais minguado. Afirmou que sua fonte merecia confiança, embora não pudesse citá-la. Para o pacote teria de receber quatro mil e quinhentos xelins. Mas era preciso que o levasse consigo de volta.

Kien apressou-se em resgatar o débito à vista. Receava que o homem pudesse exigir a biblioteca que jurara dar-lhe. Que sorte Fischerle tomar conta dela. Kien não teria sido capaz de cumprir sua promessa logo no ato. Fischerle estava ausente. De onde tirar os livros de um momento para outro? Por via das dúvidas, efetuou o pagamento a toda a pressa, para que o portador da boa-nova sumisse. Se Fischerle, de cujo paradeiro atual Kien não tinha noção, farejasse casualmente algum perigo, chegaria para adverti-lo e assim a biblioteca estaria perdida. Juramento ou não, uma biblioteca valia mais do que qualquer promessa.

Lentamente o cego conferiu o dinheiro. Em face da enormidade do montante, uma gorjeta não faria mal. Ele poderia pedir que o freguês lhe desse uma, mas, a essa altura, já não era mendigo. Era funcionário de uma empresa que fazia um movimento considerável. Adorava o seu chefe, porque este acabara com a história dos botões. Ora, se recebesse cem xelins de gorjeta, compraria logo diversas mulheres de uma vez. O chefe não poderia opor-se a isso. Segundo seus hábitos arraigados, o cego estendeu a mão aberta, dizendo que não era mendigo, não, mas que o senhor tivesse a gentileza. Kien espiava a porta. Parecia-lhe ver uma sombra que se aproximava. Rapidamente depositou uma nota na mão do homem. Por acaso eram cem xelins. Afastou-o de si, dando-lhe uma cotovelada e implorando-lhe:

– Saia daqui, por favor, depressa, depressa!

Ao cego não sobrava tempo para se arrepender da sua incompetência, pois deveria ter pedido mais. Mas as consequências de sua boa sorte absorviam-no em demasia. Proferindo toda espécie de exclamações, juntou-se a Fischerle. Este se interessava mais pelos resultados de seu golpe que pelas palavras carinhosas do cego, que mal se continha de tanto amor e dinheiro. O anão hesitou antes de tirar-lhe o dinheiro da mão. Não o arrancou violentamente dele. Teria tempo de sobra para descobrir a exiguidade da soma e ficar decepcionado. O espanto provocado pelo êxito total arrebatou-o tanto mais. Conferiu as notas várias vezes cuidadosamente, sempre repetindo as mesmas frases:

– Que caráter! O caráter que esse homem tem! Fischerle, velho, você precisa ter cuidado com esse caráter!

O cego, pensando que se tratasse de seu próprio caráter, lembrou-se logo dos cem xelins que tinha na mão esquerda. Ele o pôs sob o nariz do anão e gritou:

–Veja a gorjeta que recebi, chefe, e não pedi nada! Um homem que dá gorjetas de cem xelins é bom mesmo!

E assim se deu que Fischerle, pela primeira vez desde que dirigia sua nova empresa, deixava escapar parte do lucro, devido ao excessivo enlevo que nele produzia o caráter do adversário.

Eis que avançava o mascate que, como na véspera, era o último da série. A cara tristonha que o homem fazia agastou o cego. Bonachão por índole, deu-lhe o conselho de insistir numa gorjeta. O chefe ouviu a conversa. Mal se aproximava dele o mascate, serpente desleal, que sempre e exclusivamente pensava em seus próprios interesses, Fischerle despertou automaticamente de seus sonhos.

– Não se atreva! – gritou.

– Não vou fazer uma coisa dessas! – replicou o infeliz.

Desde o dia anterior, e apesar do breve sono, o mascate definhara bastante. Compreendia que pela força bruta não conseguiria nada. Na verdade, prosseguia crendo firme e inabalavelmente que o pacote autêntico ainda se achava escondido na igreja, mas de modo tão hábil que ninguém o descobriria. Por isso abandonou essa tentativa e escolheu outro caminho. Gostaria de ser pequeno como Fischerle, para desvendar os intuitos dele, ou melhor, ainda mais pequenino, tão pequenino que coubesse num dos misteriosos pacotes e dirigisse as vendas de dentro. "Devo estar louco", dizia para si mesmo, "pois não há nada menor que um anão." Não ousava, porém, duvidar de que existia um nexo entre o físico do pigmeu e o esconderijo do pacote. Era safado demais. Enquanto outras pessoas dormiam, ficava acordado. Somando-se o tempo de dormir e o tempo de vigília, obter-se-ia como resultado a diferença entre sua agudeza e a dos demais. Disso ele tinha conhecimento. Era inteligente o bastante para não ignorá-lo. Mesmo assim preferiria pôr termo a toda essa safadeza, digamos por quinze dias, e dormir durante todo esse tempo, como qualquer outro faria. Hoje em dia existem para isso sanatórios com todo o conforto; um homem como ele caminha um bocado e ouve muita coisa; outros ouvem também, mas perdem seu tempo dormindo, ele não perde nada, pois não pode dormir, e por isso não esquece nenhuma palavra.

Pelas costas de Fischerle, o cego lhe faz sinais. Mantém alto a cédula de cem xelins, enquanto com os lábios repete silenciosamente a recomendação de pedir uma gorjeta. Receia que o mascate possa retornar mal-humorado, já que deseja conversar com ele sobre o assunto das mulheres. O chefe não entende nada disso, é apenas um anão deformado. O limpador de esgotos é um covarde, por causa da esposa; não anda com nenhuma outra; fora de casa só bebe. Quanto ao resto da turma, é melhor não falar com eles sobre o novo emprego; todos iam querer participar e no fim não sobraria em suas mãos nem uma mísera mulher. O mascate é o único. Quando lhe contam alguma coisa, não dá um pio. Com ele se pode falar melhor que com qualquer outro.

Enquanto isso, este rememorava a incumbência recebida. Devia exigir o montante colossal de dois mil xelins. Se o freguês lhe perguntasse se não estivera ali na véspera também, teria de responder: "Sim, senhor. Com esse mesmo pacote. O senhor não se lembra?". Se o cavalheiro alto casualmente se mostrasse ranzinza, o mascate deveria retirar-se o mais depressa possível sem o dinheiro e, em caso de emergência, poderia até largar o pacote, uma vez que o comprido tinha o hábito de puxar o revólver e dar tiros. Que o pacote ficasse lá mesmo. Os livros que ele continha não valiam grande coisa. Ele, Fischerle, resolveria tudo com o freguês, quando este tivesse voltado a seu estado normal e pudesse enfim falar com ele. Era por meio desse ardil diabólico que Fischerle esperava livrar-se do mascate. Imaginava Kien enfurecido, indignado pela exigência desaforada e a reaparição do mascate com os mesmíssimos livros. Imaginava a si próprio dando de ombros e despachando seu empregado com um sorriso amável. "Ele não quer rever você. O que fazer? Infelizmente me vejo obrigado a despedir você. Ele afirmou que você o ofendeu. Diga-me o que você lhe fez. Agora não adianta mais nada. Pode ir. Quando eu fizer negócios com outras pessoas, daqui a um ou dois anos, vou empregá-lo novamente. Até então, passe bem, e vamos ver o que se pode arranjar para você. Tenho simpatia por mascates. O homem diz que você é um sujeito ordinário, uma serpente desleal, que só pensa em seus próprios interesses. Sei lá o que ele quer dizer com isso. Pois então pode ir."

Fischerle previra todas as possibilidades em seus cálculos. Apenas subestimara o efeito que a notícia do falecimento produziria sobre Kien. O mascate topou com um freguês perturbado, que sorria ininterruptamente mesmo ao enfrentar negócios muito sérios. Sorrindo, pagou a importância colossal e no fim, não sem esboçar um sorriso delicado, declarou:

– Tenho a impressão de conhecer o senhor.

– Eu também – respondeu o mascate com alguma rudeza. Estava farto de ser examinado por entre sorrisos. Esse freguês ou zombava dele ou estava louco. Já que ele manipulava somas tão notáveis, a primeira das alternativas parecia a mais verossímil.

– Mas de onde conheço o senhor? – perguntou Kien, sempre sorrindo. Sentia necessidade de falar sobre a sua felicidade com uma criatura inofensiva, com uma pessoa à qual não tivesse prometido a entrega da biblioteca e que não o conhecesse, a ele, Kien.

– Nós nos vimos na igreja – replicou o mascate, desarmado pela curiosidade amável do cavalheiro. Queria ver como reagiria o ricaço à menção da igreja. Talvez ele pusesse todo aquele negócio em suas mãos.

– Na igreja? – repetiu Kien. – Oh, sim, claro, na igreja. – Não tinha a menor ideia da igreja a que o mascate se referia. – Pois é, o senhor deve saber... Minha mulher faleceu... – O rosto mirrado estava radiante. E se inclinou para a frente. Sem querer, o mascate recuou. Lançou um olhar de esguelha às mãos e aos bolsos do comprido. As mãos estavam vazias: quanto aos bolsos, não sabia. Kien seguiu-o. Nas proximidades da porta envidraçada, agarrou o homem apavorado pelo ombro e lhe sussurrou no ouvido: – Ela era analfabeta.

O mascate não entendia mais nada. Tremia como vara verde e murmurava fervorosamente:

– Meus pêsames, meus pêsames! – Tentou desvencilhar-se, mas Kien, sem o soltar, afirmou sorrindo que tal destino ameaçava todos os analfabetos, que bem o mereciam, e que ninguém o merecia tanto como sua esposa, de cujo óbito fora informado poucos minutos antes. Todos deviam enfrentar a morte, e os analfabetos mais do que ninguém. Ao dizer isso, brandia o punho livre, e o rosto, alisando-se, assumia a costumeira expressão severa. O mascate começou a compreender que o homem ameaçava matá-lo. Interrompeu suas orações. Com um gemido violento clamou por socorro. Deixou o pacote pesado cair sobre os pés do terrível adversário, que o largou sob o primeiro impacto de dor. Em seguida, cerrando firmemente as maxilas, o mascate fugiu a toda a pressa. Se não continuasse a gritar, talvez o comprido não lhe desse um tiro. No seu íntimo, implorou-lhe submissamente que adiasse o tiro até que tivesse dobrado a esquina. Prometeu que nunca mais faria isso. Defronte do Theresianum apalpou suas roupas em busca de ferimentos que passaram despercebidos. Tinha bastante presença de espírito para reclamar suas comissões a Fischerle antes de pedir demissão. O anão, extasiado pela boa sorte que o perseguia até onde ele não a chamara, conferiu os dois mil xelins e entregou os vinte ao mascate. Só então o homem voltou a tremer e entre soluços contou que o rico freguês, sem que lhe tivesse perguntado qualquer coisa, atirara nele e quase o acertara. Sob essas condições a representação não lhe servia. Além disso, Fischerle deveria pagar-lhe uma indenização pelo susto sofrido. O anão prometeu-lhe seis prestações mensais de cinquenta xelins cada. A primeira seria paga dentro de um mês. (Até lá ele já estaria na América.) O mascate concordou com a proposta e se foi.

Kien recolheu os livros que tinham caído no chão. O destino deles causava-lhe sincero pesar; contudo, ainda mais se condoía com aquele homem que sumira antes que pudesse contar-lhe mais algumas coisas. Em voz baixa, cheia de ternura, exclamou atrás dele: "Mas ela já está morta! Pode ter certeza. Creia-me! Ela não nos ouve!". Não tinha coragem de gritar mais alto. Sabia muito bem por que o homem saíra correndo. Todos temiam essa mulher. Ainda ontem, quando falara sobre ela com Fischerle, o anão ficara pálido. O nome dela espalhava pavor: quem o ouvisse se converteria em pedra. Fischerle, o barulhento, o buliçoso Fischerle, punha-se a murmurar sempre que se referia à irmã gêmea dela, e aquele desconhecido cujos livros ele, Kien, acabava de resgatar não acreditava que ela estivesse morta. Por que fugia ele? Por que tamanha covardia? Ele teria recebido provas seguras da morte dessa mulher. Sua morte era óbvia. Resultava de sua natureza, ou melhor, de sua situação. Consumira a si própria. Devorara-se, devido à sua avidez de dinheiro. Talvez houvesse provisões em casa. Quem podia saber onde ela acumulava víveres, na cozinha, no seu antigo quarto de empregada (pois, no fundo, ela não passava de uma governanta), sob os tapetes, atrás de livros. Mas tudo tem um fim. Durante algumas semanas ela podia alimentar-se à base disso. Mas um belo dia não haveria mais nada. Ela viu que gastou todas as provisões. Então, porém, não se deitou na cama para morrer. Ele, Kien, o teria feito nessa situação. Preferia qualquer morte a uma vida indigna. Ela, por sua vez, transtornada pela cobiça de um testamento, devorou a si mesma, pedaço por pedaço. Até o último instante, tinha o testamento diante dos olhos. A hiena tirava de seu corpo os nacos de carne. Vivia comendo seu corpo, a carne sangrenta, antes de cozinhá-la; como poderia prepará-la? No fim, faleceu, um esqueleto. A saia jazia, rija, ao redor dos ossos vazios. Parecia enfunada por uma tempestade. Na realidade, era a mesma de sempre. Apenas a mulher fora varrida de baixo dela. Encontraram-na porque um dia arrombaram o apartamento. Aquele lansquenete leal, o brutalhão do zelador, procurava descobrir o paradeiro de seu patrão. Todo santo dia batia na porta. Inquietava-se, porque ninguém atendia. Deixou passar várias semanas, antes de ousar empregar a força. O apartamento estava trancado por fora. Ao arrombá-lo, o homem encontrou o cadáver e a saia. Ambos foram colocados no mesmo caixão. Ninguém sabia o endereço do professor. Caso contrário o teriam notificado dos funerais. Por sorte sua, já que, em vez de chorar, ele teria gargalhado na presença de todo mundo. Atrás do féretro ia o zelador, o único enlutado, só por fidelidade a seu suserano. Um enorme vira-lata saltou no caixão, derrubou-o, arrancou dele a saia engomada. Mastigou-a até que seus beiços começassem a sangrar. O zelador achava que a saia fazia parte da mulher e tinha para ela maior valia que o coração. Mas, como o cão faminto dava sinais de raiva, o lansquenete preferiu não lutar com ele. Apenas se manteve nas proximidades e com sincera comoção observou como um pedaço após outro, empapados do sangue do gigantesco animal, desapareciam na bocarra. O esqueleto prosseguia sua jornada. Já que mais ninguém o acompanhava, atiraram-no no grande depósito de lixo situado nos arredores da cidade. Cemitério algum de nenhuma confissão religiosa a acolheria. Enviaram um mensageiro para comunicar a Kien a notícia horripilante.

Fischerle passou pela porta envidraçada.

– Vejo que o senhor está a ponto de sair – disse.

– Ainda bem que está no cárcere – opinou Kien.

– Quem está no cárcere? Eu? Nunca na vida! – Fischerle levou um susto.

– Ela mereceu essa morte. Até hoje não sei se sabia ler e escrever fluentemente.

– E a minha não joga xadrez. Imagine só! É uma vergonha, não é?

– Eu gostaria que me contassem mais alguns pormenores. A gente sempre depende de dados muito escassos. Meu informante fugiu a toda a pressa. – Era verdade que ele mesmo o despachara, mas repugnava-lhe confessar a Fischerle aquela monstruosa promessa.

– E esse burro nem sequer levou o pacote. Passe-o para mim. Uma vez que carrego todo o resto, posso carregar isto também – disse o anão.

Enquanto proferia essas palavras, lembrava-se da cena de confraternização do dia anterior. Pediu desculpas a Kien por ter-lhe dado o cerimonioso tratamento de senhor. Afirmou tê-lo feito unicamente em virtude da reverência que sempre lhe tributara. Na realidade, já o desprezava, pois a essa altura era quatro vezes mais rico do que Kien. Por pura bondade, ainda conversava com ele e, não fosse a derradeira quinta parte do capital, acharia melhor calar-se. Além do mais, começava a interessar-se pelo estado da moradia de Kien. Podia ser que a mulher estivesse de fato morta. Todos os indícios falavam a favor dessa hipótese. Se ela continuasse viva, teria há muito procurado recuperar o marido. Qualquer fêmea tentaria reobter um homem tão estúpido com tanto dinheiro. Fischerle não acreditava nessa história da insânia dela. Os detalhes relatados por Kien sobre o comportamento da mulher eram perfeitamente normais. Que esse homem magro, débil, pudesse ter encarcerado alguém e, ainda por cima, uma mulher tão enérgica, parecia-lhe impossível e ridículo. Com a mais absoluta certeza, ela arrombaria a porta, sobretudo se estivesse louca. Portanto, devia ter morrido. Mas qual seria então o destino do apartamento? Se nele existissem objetos de valor, haveria possibilidades de conseguir alguma coisa, e, se a casa estivesse apenas cheia de livros, cumpriria pelo menos penhorar todos eles. O próprio apartamento poderia ser revendido a quem pagasse luvas elevadas. Em todo caso, uma desgraça estava a ponto de acontecer, e um capital, fosse grande ou pequeno, permanecia inaproveitado.

Na rua, Fischerle lançou um olhar preocupado às alturas de Kien.

– Pois é, meu amigo – perguntou –, o que vamos fazer agora com todos esses belos livros que estão na sua casa? A puta se foi, e os livros ficaram abandonados. – Juntou estreitamente os dedos da mão direita, agarrou-os com a esquerda e estalou-os subitamente, como se ele, pessoalmente, torcesse o pescoço daquela puta. Kien ficou-lhe muito grato pelo lembrete. Já o esperava.

– Calma, calma – disse. – Sem dúvida, o zelador fechou o apartamento com todo cuidado. É o homem mais honesto do mundo. Não fosse isso, você acha que eu caminharia tão tranquilamente a seu lado? Aliás, quanto à questão de saber se ela realmente foi uma rameira, não posso fazer afirmações seguras. – Tinha um agudo senso de justiça. Estava morta. Parecia-lhe indicado não condená-la sem provas válidas. Além disso, envergonhava-se por não ter tido durante oito anos nenhuma noção da verdadeira profissão da mulher.

– Não há fêmea que não seja puta! – Como sempre, Fischerle apresentava a solução acertada, resultado de uma vida passada no Paraíso. Kien convenceu-se imediatamente da verdade dessa constatação. Nunca tivera relações com mulher alguma. Podia existir, fora da ciência, melhor justificativa de tal abstenção do que o simples fato de todas elas serem meretrizes?

– Infelizmente tenho de dar razão a você – disse, a fim de conferir ao seu consenso o aspecto de uma experiência pessoal. Fischerle, porém, já estava farto das prostitutas. Passou a tratar do zelador, de cuja honestidade duvidava.

– Em primeiro lugar, não há nenhum homem honesto – explicou –, com a única exceção de nós dois, naturalmente. De que vive esse zelador? De chantagens! E por quê? Porque de outro modo não poderia viver. Morar de graça não basta para saciar a fome de um zelador. A de outra gente talvez, mas nunca a de um zelador. Lá em casa tínhamos um zelador que exigiu de minha mulher um xelim por cavalheiro. Quando ela voltava à noite sem nenhum cavalheiro, pois nessa profissão tudo pode acontecer, o sujeitinho perguntava logo onde estava o freguês. "Não tenho nenhum", respondia ela. E ele: "Mostre-o ou vou denunciá-la". Então ela começava a chorar. Onde arranjaria o tal cavalheiro? Às vezes discutiam horas a fio. Mas no fim via-se obrigada a mostrar o cavalheiro, se bem que em alguns casos este fosse pequeno assim. – Fischerle pôs a mão espalmada na altura do joelho. – Teria sido fácil escondê-lo, se aquele sujeito mostrasse um pouquinho de compreensão. Dava pena pagar um xelim por isso! E quem tinha de arcar com o prejuízo? Eu, naturalmente!

Kien expôs que, no seu caso especial, tratava-se de um lansquenete, um homem leal, forte como um touro, da mais absoluta confiança, que não permitia que mendigos, mascates e outra gente da ralé transpusessem a soleira da porta. Dava prazer observar como ele procedia com essa gentalha, entre a qual muitos nem sequer sabiam ler e escrever. Ele já surrara alguns, até ficarem estropiados. Para recompensá-lo do sossego que o homem lhe garantia, pois a ciência requer sossego, sossego e sempre mais sossego, ele, Kien, concedia-lhe uma gratificação de cem xelins mensais.

– E esse sujeito aceita-a? Ele a aceita! – A voz de Fischerle esganiçou-se. – Um chantagista! Não tenho razão? Um verdadeiro chantagista! Precisam metê-lo na cadeia já, já! Na cadeia, digo-lhe, na cadeia!

Kien tentou acalmar o amigo. Claro que este não devia comparar consigo uma criatura tão vulgar. Obviamente era uma falta de delicadeza tomar dinheiro por um obséquio, mas na plebe esse abuso tinha-se arraigado firmemente e se estendia até mesmo às classes mais educadas. Platão lutara em vão contra ele. E precisamente por isso Kien sempre detestara a ideia de aceitar uma cátedra. Nunca admitiria que lhe pagassem um tostão sequer por seus trabalhos científicos.

– Platão é um bom sujeito – replicou Fischerle, que ouvia esse nome pela primeira vez. – Conheço Platão. É um homem rico. Você também é um homem rico. E de onde é que sei isso? Porque só um homem rico pode falar assim. Mas agora olhe o meu caso. Sou um pobre-diabo, não tenho nada, não sou nada, nunca serei nada e, todavia, não tomo nada. Isso é que é ter caráter. Seu zelador, esse chantagista, toma os cem xelins, uma verdadeira fortuna, digo-lhe, e de dia dá surras naqueles coitados. Mas de noite... Quer apostar que de noite ele dorme? Se alguém arromba a casa, o zelador não nota nada; continua deitado e dorme. Tem seus cem xelins no bolso e deixa que roubem os seus livros. Não suporto uma coisa assim. É uma sujeira. Não tenho razão?

Kien respondeu que ignorava se o zelador tinha ou não sono pesado. Podia-se supor que tivesse, já que nele tudo era pesado, com exceção de quatro canários que deviam cantar cada vez que desse na veneta do homem. (Mencionou-os somente para ser exato.) Por outro lado, esse indivíduo dava provas de uma vigilância simplesmente fantástica. A cinquenta centímetros acima do solo construíra um olho mágico especial, a fim de melhor controlar quem entrasse ou saísse. Diante dele conservava-se ajoelhado o dia inteiro.

– É o tipo de gente de que tenho nojo – explodiu Fischerle. – São excelentes alcaguetes. Dedo-duro de uma figa! Que animal ordinário! Se eu o tivesse aqui, meu caro amigo, você ia ficar de boca aberta. Eu sapecaria esse sujeito, com o dedo mindinho quebraria a cara dele. Tenho horror de alcaguetes. São uns canalhas, ou não são? São sim senhor! Não tenho razão?

– Não me parece que meu zelador possa ter sido alcaguete profissional – objetou –, supondo que tal profissão exista realmente. Foi policial, inspetor ou coisa que o valha. Está aposentado há muito tempo.

Ao ouvir isso, Fischerle renunciou imediatamente a tudo. Um arrombamento nessas condições não lhe interessava. Não quer se meter com a polícia, justamente quando está prestes a partir para a América, e ainda menos com policiais aposentados; os aposentados são os piores. Por pura preguiça investem contra pessoas inocentes. Uma vez que já não têm o direito de prender ninguém, tornam-se furiosos a todo instante e aleijam mais ainda um pobre aleijado. É uma lástima. Não faria mal se a gente se equipasse um pouco melhor para a viagem à América. Viaja-se para a América só uma vez na vida. Um campeão do mundo não gosta de chegar em trajes de mendigo. Ainda não é campeão do mundo, mas certamente o será, e então vão dizer que ele chegou de mãos vazias e não vão deixá-lo ter as mãos cheias. Vão tirar-lhe tudo. Em que pese seu título, Fischerle não se sente totalmente seguro na América. Há cafajestes em toda parte, e na América tudo é enorme. De tempos em tempos enfia o nariz na axila esquerda, para reconfortar-se com o cheiro do capital que está guardado ali. Isso o consola e, após ter permanecido alguns momentos nesse lugar, o nariz volta a erguer-se alegremente.

Kien, porém, já não se sentia tão feliz por causa da morte de Therese. As palavras de Fischerle lhe tinham recordado o perigo que sua biblioteca corria. Tudo o atraía em direção a ela, a situação triste dos livros, seu próprio dever, seu trabalho. O que o retinha aqui? Um amor mais nobre. Enquanto sentisse em suas veias uma gota de sangue, resgataria seres inditosos, os salvaria do holocausto, os defenderia das fauces daquele porco! Em casa o que o aguardava era a certeza de ser preso. Convinha encarar os fatos com firmeza. Cabia-lhe parte da culpa da morte de Therese. A culpa principal era dela. Mas quem a encarcerara fora ele. A Lei o obrigava a entregá-la a um hospício. Ele dava graças a Deus por ter infringido a Lei. Num manicômio ela viveria ainda. Ele a condenara à morte. A fome e a avidez vinham de executar a sentença. Ele não negava nenhum jota do ato que cometera. Estava disposto a assumir perante o tribunal a sua plena responsabilidade. O processo terminaria necessariamente com a absolvição unânime. A prisão de um erudito famoso, talvez o maior sinólogo de sua época, causaria, sem dúvida alguma, um escândalo desagradável, que cumpria evitar no interesse da ciência. O zelador seria justamente a testemunha mais importante da defesa. Kien contava com ele, embora as dúvidas que Fischerle manifestara com relação à venalidade de um indivíduo dessa espécie não deixassem de produzir efeito. Lansquenetes costumam transferir-se para o amo que melhor paga. O problema crucial seria a parte adversária. Teria ela, se existisse, um interesse real em subornar o zelador, oferecendo-lhe somas irresistíveis? Therese não tinha ninguém. Nunca lhe falara de parentes. No enterro não houve quem a acompanhasse. Se alguém se apresentasse no decorrer do processo, afirmando ter relações de parentesco com ela, ele, Kien, requereria investigações minuciosas a respeito das origens da respectiva pessoa. Afinal de contas não era impossível que houvesse tal parentesco. Quanto ao zelador, tencionava conversar com ele antes de ser preso. Um aumento da gratificação para duzentos xelins conquistaria inteiramente esse alcaguete, para usar o excelente termo de Fischerle. Com isso não se cometia nem suborno nem outro ato ilegal. O zelador teria de dizer a verdade, a pura verdade. Absolutamente não era admissível que punisse o – provavelmente – maior sinólogo de sua época por causa de uma mulher inferior da qual nem sequer se podia afirmar ao certo se sabia ou não ler e escrever correntemente. A ciência exigira que ela morresse, como também exigia a absolvição plena e a reabilitação total dele. Eruditos do quilate de Kien eram raríssimos. Mulheres, infelizmente, havia aos milhões, e entre elas Therese pertencia ao número das mais insignificantes. Era inegável que sua morte fora a mais dolorosa e cruel que se podia imaginar. Mas toda a responsabilidade disso, justamente disso, cabia a ela. Dependia apenas dela morrer de fome com toda a calma. Milhares de faquires hindus escolheram antes dela tal morte lenta, esperando ser redimidos dessa forma. Ainda hoje o mundo os admira. Ninguém lamenta a sorte desses homens, e seu povo, o mais sábio depois dos chineses, santifica-os. Por que Therese não se esforçou por tomar resolução semelhante? Agarrava-se em demasia à vida. Sua avidez não conhecia limites. Prolongava sua vida de um segundo desprezível ao outro. Devoraria criaturas humanas se estas se encontrassem em suas proximidades. Odiava a humanidade. Quem se sacrificaria por ela? Na sua hora mais árdua, ela ficou sozinha, desamparada, como merecia. Eis que lançou mão do último recurso que lhe restava. Comeu o próprio corpo, pedaço por pedaço, fatia por fatia, naco por naco. Padecendo dores indescritíveis, mantinha-se viva. A testemunha já não a encontrou, encontrou apenas os ossos, que a engomada saia azul, que a mulher sempre trajava, conservava reunidos. Foi o merecido fim de sua existência.

A defesa de Kien transformou-se numa perfeita acusação contra Therese. No retrospecto, aniquilava-a pela segunda vez. Havia muito estava sentado no seu quarto de hotel em companhia de Fischerle. Tinham entrado ali quase automaticamente. A sequência lógica de seus argumentos não se interrompia um só instante. Sempre calado, Kien ponderava os mínimos pormenores. Com as palavras que a devorada usara em tempos de vida, ele formava um texto modelar. Era um mestre na arte de fazer conjecturas brilhantes e garantia a autenticidade de cada letra. Na verdade, lastimava ter de empregar tamanha precisão filológica num simples assassínio. Agia sob coação superior e prometia ao mundo indenizá-lo generosamente mediante as obras que realizaria no mais breve futuro. Explicava que justamente a pessoa cujo caso se discutia nesse momento o impedira de trabalhar. Agradecia ao presidente do tribunal o tratamento sobremodo solícito que ele, Kien, como réu num processo de homicídio, jamais teria esperado. O presidente, inclinando-se cerimoniosamente, declarava com extraordinária cortesia que não ignorava o que se devia ao maior sinólogo dos tempos modernos. O "provavelmente" que Kien costumava antepor à qualificação de "maior sinólogo", o presidente omitia-o por achá-lo perfeitamente dispensável. Ao receber tamanha homenagem pública, Kien enchia-se de justo orgulho. Devido a ela, deu cores mais suaves à sua diatribe contra Therese.

– Devemos conceder-lhe algumas atenuantes – disse a Fischerle, sentado na cama, ao lado dele, lamentando o malogrado arrombamento e inalando o perfume de seu dinheiro. – Nem sequer na pior fase, quando seu caráter já estava totalmente solapado pela fome, ela nunca ousou pôr a mão num livro, e deve-se considerar que se tratava de uma mulher inculta.

Fischerle enjoava-se, porque compreendia os pensamentos do outro. Era seu destino compreender quaisquer absurdos. Amaldiçoou sua própria inteligência, e só por hábito respondeu às palavras que o pobre-diabo lhe dirigia.

– Meu caro amigo – disse –, você é um tolo. Ninguém faz o que não sabe. Imagine com que apetite ela teria comido os mais belos livros, se soubesse que isso era muito fácil! Digo-lhe, se aquele livro de cozinha que o nosso porco do Theresianum compilou, lá no sótão, estivesse impresso... Não, é melhor não continuar!

– O que quer dizer com isso? – perguntou Kien, arregalando os olhos. Sabia muito bem o que o anão tencionava dizer, mas desejava que outra pessoa pronunciasse essa terrível verdade quanto à sua biblioteca, outra pessoa que não ele mesmo, que nem queria ventilá-la nos seus pensamentos.

– Só quero lhe dizer, meu caro amigo, que, se tivesse voltado à sua casa, teria encontrado o apartamento totalmente vazio, sem uma folha de papel. Dos livros nem se fala!

– Louvado seja Deus! – exclamou Kien, respirando fundo. – Ela já está enterrada e esse livro ignominioso custará a ser publicado. No meu processo, não deixarei de mencionar esse assunto. O mundo vai me escutar. Pretendo revelar, sem nenhuma clemência, tudo o que sei. Por enquanto os cientistas ainda têm o direito de falar.

Depois da morte da esposa, o linguajar de Kien se tornara mais atrevido. As dificuldades que o aguardavam apenas instigavam seu espírito de luta a novos empreendimentos. Em companhia de Fischerle, passou uma tarde animada. Nos seus momentos de melancolia, o pigmeu tinha certa queda para brincadeiras. Permitiu que Kien lhe relatasse tintim por tintim aquela história do processo, e em momento algum protestou. Abnegadamente, de graça, deu-lhe diversos conselhos excelentes. Indagou se não tinha parentes que pudessem ajudá-lo, uma vez que uma acusação de homicídio não era nenhuma bagatela. Kien fez menção ao irmão parisiense, famoso psiquiatra, que antes ganhara uma fortuna como ginecologista.

– Uma fortuna realmente? – inquiriu Fischerle, decidido a fazer escala em Paris a caminho da América. – Para mim deve ser o homem indicado – acrescentou. – Vou consultá-lo por causa de minha corcunda.

– Mas ele não é cirurgião!

– Não faz mal. Se foi ginecologista, sabe tratar de tudo.

Kien sorria da ingenuidade desse homem simpático, que evidentemente não tinha a menor ideia de especialização na ciência. Mesmo assim, deu-lhe com muito prazer o endereço exato, que Fischerle anotou num pedaço de papel sujo, e contou-lhe alguns detalhes das boas relações que outrora, decênios atrás, tinham existido entre ele e o mano.

– A ciência toma conta do homem inteiro – concluiu. – Não deixa espaço para amizades comuns. Foi ela que nos separou.

– Quando você tiver seu processo, de qualquer jeito não precisará de mim. Quer saber uma coisa? Nesse meio-tempo vou viajar a Paris. Direi a seu irmão que você me mandou. Acho que não precisarei pagar nada, já que sou seu amigo, não é?

– Claro que não – respondeu Kien. – Vou lhe dar uma carta de recomendação, para que possa ir lá tranquilamente. Eu ficaria feliz se ele realmente conseguisse tirar a sua corcunda. – Logo se sentou à mesa e redigiu pela primeira vez em oito anos uma carta ao irmão. A proposta de Fischerle vinha a calhar. Ele, Kien, esperava retornar em breve à sua vida de cientista, e nessa situação, assim lhe parecia, o anão, por mais que o respeitasse, seria um estorvo. No fundo, a sensação de que um dia deveria livrar-se dele só nascera em Kien a partir do momento em que se trataram por você. Se Fischerle ficasse sem a corcova, Georges poderia empregá-lo como enfermeiro na sua clínica psiquiátrica. O anão levou para o seu quarto a carta cuidadosamente endereçada e lacrada. Retirou um livro do pacote, que continha a mercadoria abandonada pelo mascate, e guardou nele a carta. O resto do pacote deveria cumprir no dia seguinte a sua incumbência habitual. Segundo cálculos exatos, Kien possuía ainda uns dois mil xelins. Seria facílimo subtraí-lo dele numa só manhã. A noite decorreu então entre indignados colóquios sobre o porco e outros seres degenerados da mesma espécie.

O dia seguinte começou mal. Apenas Kien se colocara ao pé de sua janela, foi empurrado por um homem que carregava um pacote. Com dificuldade conseguiu segurar-se, para não cair contra a vidraça. O rude sujeito forçou a passagem.

– O que deseja o senhor? O que está fazendo aqui? Espere um pouco! – Nenhuma dessas exclamações produziu efeito. O indivíduo precipitou-se para cima, sem sequer virar a cabeça. Após prolongadas meditações, Kien chegou à conclusão de que certamente se tratava de livros pornográficos. Apenas isso explicava a imprudente pressa com que o homem se esquivara ao controle de seu pacote. A seguir surgiu o limpador de esgotos. Grosseiramente plantou-se à frente de Kien e em voz tonitruante exigiu quatrocentos xelins. A cólera causada por seu predecessor fez com que Kien o reconhecesse. Sua voz tremia quando o repreendeu:

– O senhor já esteve aqui ontem! Não tem vergonha?

– Anteontem também – rosnou ingenuamente o limpador de esgotos.

–Vá embora! Faça penitência! Isso vai terminar mal.

– Quero o meu dinheiro! – replicou o limpador de esgotos, antegozando os cinco xelins que tencionava gastar em bebidas. Sem pensar muito, coisa que nunca fazia, tinha certeza de que ele, como operário, não receberia seu salário se não completasse antes o seu trabalho, isto é, a cobrança do dinheiro.

– O senhor não vai receber nada! – declarou Kien energicamente, colocando-se na escada. Estava preparado para tudo. Para penhorar os livros, o homem deveria passar por cima de seu cadáver. O limpador de esgotos coçou a cabeça. Esmagar esse sujeito magrinho seria fácil, mas as ordens que recebera eram omissas a esse respeito. Ele se limitava a executar o que lhe era ordenado.

–Vou consultar o chefe – grunhiu, enquanto mostrava o traseiro ao seu interlocutor. Esse tipo de despedida era menos difícil para ele que qualquer réplica. Kien soltou um suspiro. A porta envidraçada guinchou.

Eis que surgiam uma saia azul e um enorme pacote. Therese seguia, carregando ambas as coisas. A seu lado caminhava o zelador. Erguendo com a mão esquerda um pacote ainda maior até bem alto acima de sua cabeça, ele atirou-o em direção à mão direita e o pegou brincando.

A consumação

Depois de ter expulsado de casa o ladrão do marido, Therese tinha passado uma semana inteira a perquirir o apartamento. Procedia como se fizesse uma faxina geral. Parcelava o trabalho. Das seis da manhã às oito da noite, deslizava pela casa, escorando-se em pés, joelhos, mãos e cotovelos. Espreitava fendas secretas. Encontrava poeira onde nem sequer nos seus tempos de maior asseio poderia suspeitá-lo, e responsabilizava por ela o ladrão, já que pessoas dessa laia costumam ser imundas. Introduzia uma folha de papel de embrulho nas fendas demasiado finas para que seus grampos grossos pudessem entrar nelas. Após o uso, soprava o pó da folha e ainda esfregava com um pano, pois a ideia de tocar o talão de cheques extraviado com um papel sujo afigurava-se inadmissível para ela. Para essa faina não calçava luvas, já que as estragaria, mas conservava-as perto de si, ofuscantes de tanta brancura, para o caso de descobrir o talão. Os belos tapetes, que em virtude dessa lufa-lufa facilmente se danificariam, foram envolvidos em jornais e transportados para o corredor. Os livros foram examinados um a um, à procura de algum conteúdo estranho. Por enquanto Therese ainda não cogitava seriamente na possibilidade de vendê-los. Primeiro tencionava consultar a esse respeito algum especialista. Contudo, sondava o número de páginas de cada tomo. Livros de mais de quinhentas páginas inspiravam-lhe respeito, visto que certamente tinham algum valor. Antes de decidir-se a recolocá-los no lugar, pesava-os na mão, como fazia na feira com as galinhas. Quanto ao talão, não estava zangada. Gostava de mexer na casa. Gostava de ter mais móveis. Bastava imaginar o apartamento sem os livros, para que logo se percebesse quem o habitara: um ladrão. Depois de uma semana, Therese declarou: "Aqui não tem nada". Em casos como esse pessoas decentes recorrem à polícia. Ela só faria a denúncia quando terminasse o dinheiro que recebera para as despesas da manutenção da casa. Queria comprovar, perante a polícia, que seu homem se safara com tudo, sem deixar-lhe um tostão. Sempre que saía para fazer compras, tentava desviar-se o mais possível do zelador. Temia que este pudesse interrogá-la quanto ao professor. Era verdade que por ora ele não se tinha mostrado, mas no dia primeiro do mês apareceria com toda certeza. Todos os meses, no dia primeiro, o sujeitinho recebia sua gorjeta. Dessa vez não receberia nada, e Therese já o via a mendigar diante da porta. Tinha a firme intenção de enxotá-lo com as mãos abanando. Ninguém poderia obrigá-la a dar-lhe o que quer que fosse, e se o homem se tornasse insolente ela apresentaria queixa.

Um belo dia, Therese vestiu a melhor das suas saias engomadas, aquela que a rejuvenescia. O azul desta era um pouquinho mais claro que o da outra que trajava normalmente. Uma blusa de alvura deslumbrante combinava com ela. Descerrando a porta de seu novo quarto, Therese deslizou rumo ao espelho do guarda-roupa e, sorrindo de uma orelha à outra, disse: "Aqui estou outra vez". Aparentava trinta anos e tinha uma covinha no queixo. Covinhas são bonitas. Therese tencionava acertar um encontro com o sr. Bruto. A essa altura o apartamento pertencia a ela. O sr. Bruto poderia visitá-la. Seria para consultá-lo com relação à melhor maneira de proceder. Aqueles livros valiam milhões, e ela estaria disposta a conceder uma parte a outra pessoa. O sr. Bruto precisava de um capital. Ele sabia que ela tinha capacidade. Não desejava dormir sobre o bom dinheiro que possuía. O que lucraria com isso? Poupar é bom, ganhar é melhor. De um dia para o outro a gente tem o dobro. Ela nunca se esqueceu do sr. Bruto. Nenhuma mulher poderia esquecê-lo. As mulheres são assim. Todas correm atrás dele. Ela também quer tirar proveito disso. Seu marido sumiu. Não volta mais. Ela nem vai dizer o que esse homem fez. Nunca a tratou bem, mas, afinal de contas, era seu marido. Aquele sujeito sabia roubar, mas não era capaz de mais nada. Ah, se todos fossem como o sr. Bruto! O sr. Bruto tem uma voz! O sr. Bruto tem uns olhos! Ela lhe pôs um apelido, chamou-o de Puda. Lindo nome, mas o sr. Bruto é o mais lindo de todos. Ela conhece muitos homens. Haverá um único que lhe agrade tanto quanto o sr. Grob? Se ele pensa mal dela, deve apresentar provas. Melhor não pensar. Que venha. Que repita aquela frase sobre os maravilhosos quadris. Ele diz tão bem as coisas.

Enquanto pronuncia tudo isso, requebra-se diante do espelho. Nesse momento, sente realmente como é bela. Tira a saia e contempla os maravilhosos quadris. Está certo. Ele é muito inteligente. Não é apenas interessante. É tudo isso de uma vez. De onde é que ele sabe aquilo, se nunca viu os quadris? Tem faro. Examina as mulheres cuidadosamente. Em seguida pergunta quando poderá experimentá-las. Um homem deve ser ousado, se não, não é homem. Será que existe uma mulher que se possa negar a ele? Therese apalpa os quadris com as mãos do sr. Bruto. Estas são macias, tal e qual a voz. Fita-lhes os olhos, com um sorriso na covinha. Diz que lhe vai dar um presente. Retorna à porta para buscar o chaveiro. Diante do espelho, estende-lhe o objeto que tilinta e lhe comunica que poderá entrar no quarto dela quando quiser. Sabe que ele não vai roubar nada, mesmo que ela não esteja presente. O chaveiro cai no chão porque ele não o aceita. Ela grita: "Seu Puda!". Pergunta se não pode tratá-lo simplesmente de "Puda". Ele não responde, não consegue saciar-se dos quadris. Como isso é lindo! Ela gostaria tanto de ouvir a voz dele. Conta-lhe um grande segredo. Ela tem uma conta na Caixa Econômica, que lhe entregará em custódia. Deverá dizer-lhe o número também? Está brincando. Espanta-se ao imaginar que ele possa ser capaz de pedir-lhe isso. Isso, não! Até conhecê-lo melhor. Conhece-o tão pouco. Mas ele não disse coisa alguma. Onde está ele? Procura-o nos quadris, onde sente frio. Calor ela sente no peito. Ali estão as mãos dele, sob a blusa, mas ele próprio não está. Procura-o no espelho e encontra a saia. Parece novinha em folha, e azul é a cor mais linda, porque assim ela permanece fiel ao sr. Puda. Volta a vesti-la, porque a saia lhe assenta bem e, se o sr. Puda assim o desejar, também a despirá logo. Ele há de vir essa noite, já, ficará a noite inteira, virá todas as noites, é tão jovem. Ele tem um harém, mas por causa dela vai despachá-lo. Certa vez ele se comportou como um bruto. Ora, é o nome dele. Não tem culpa de chamar-se assim. Ela está toda suada e agora vai ter com ele.

Therese agarrou as desprezadas chaves. Fechou tudo corretamente. Censurou-se por ter usado o espelho do quarto novo, se bem que lá no outro houvesse aquele caquinho. Deu uma gargalhada, porque tentara em vão repor o chaveiro no bolso interno, que nessa saia não existia. O som de sua risada lhe parecia esquisito. Ela jamais riu. Tinha a impressão de ouvir uma pessoa estranha que houvesse entrado em sua casa. Nesse instante teve pressentimentos sinistros, pela primeira vez, desde que morava ali sozinha. Depressa encaminhou-se ao esconderijo de sua conta bancária. Ela estava bem certinha do seu lugar. Não havia, portanto, ladrões na casa. Pois estes roubariam antes de mais nada a caderneta. Por via das dúvidas, Therese levou-a consigo. No vestíbulo do edifício, inclinou-se profundamente quando passava pelo cubículo do zelador. Tinha muito dinheiro no bolso e receava que ele fosse pedir-lhe a gorjeta justamente nesse dia.

O rumoroso tráfego da rua incrementava a alegria de Therese. Às pressas deslizava em direção à sua festa. Sua meta encontrava-se no coração da cidade. De rua em rua intensificava-se o barulho. Todos os homens viravam-se para olhá-la. Ela se dava conta disso, mas vivia apenas para um único homem. Sempre desejara viver para um único homem, e agora chegava o momento. Um automobilista tornou-se impertinente, porque quase a atropelara. Espichando a cabeça na cara do chofer, disse:

– Tenha paciência, não tenho tempo para você! – E voltou as costas ao perigo. No futuro Puda a protegeria contra essa plebe. No entanto, não tinha medo de andar sozinha, porque a essa altura tudo lhe pertencia. Enquanto atravessava a cidade, apoderava-se de todas as lojas. Havia pérolas que combinavam com a saia e brilhantes para a blusa. Casaco de pele ela não usaria nenhum, já que senhoras decentes não o vestiam. Mas é bom ter um ou outro no armário. Quanto à roupa de baixo, a que ela possuía era mais bonita, pois tinha rendas muito mais largas. Apesar disso, levou algumas vitrinas consigo. Todos esses tesouros depositou-os na caderneta, que engordava cada vez mais. Tudo estava seguro ali, e ele poderia convencer-se disso.

Therese estacou defronte a loja do moço. O letreiro da tabuleta avizinhou-se de seus olhos. Primeiro "Gross & Mãe"; depois, "Grob & Esposa". Isso lhe agradou. A esse prazer sacrificava ela de bom grado o seu escasso tempo. Os concorrentes se atracariam; o sr. Gross, que era um fracalhão, apanharia feio. Entrementes dançavam as letras de tanta alegria e, terminada a dança, leu de repente "Gross & Esposa". Isso a contrariou bastante.

– Que topete! – gritou, enquanto entrava na loja.

Imediatamente alguém beijou a mão da excelentíssima senhora. Era a voz dele. A dois passos de distância, Therese ergueu a carteira muito alto, dizendo:

– Aqui estou de novo.

Ele fez uma mesura e perguntou:

– Madame deseja? O que posso oferecer a madame? Talvez outro quarto? Para o novo marido?

Havia meses Therese se atormentava, temendo que o sr. Bruto pudesse não reconhecê-la. Fazia tudo para facilitar o reconhecimento, dedicava à saia o máximo de cuidados, lavava-a, engomava-a, passava-a todos os dias a ferro. Mas esse moço interessante tinha muitas mulheres. Porém, nesse instante, ele dizia:

– Para o novo marido? – Therese compreendeu o significado secreto da frase. Ele a reconhecera. Em face disso ela perdeu o derradeiro resto de timidez. Sem olhar em redor, para verificar se outras pessoas estavam na loja, achegou-se a ele e proferiu, uma a uma, as palavras que ensaiara diante do espelho. O moço cravava no rosto dela os olhos úmidos. Ele era tão belo, ela era tão bela, tudo era tão belo. E, quando chegou ao assunto dos maravilhosos quadris, Therese se pôs a bulir na saia. Hesitou, aferrou-se à carteira, recomeçou. Ele, bamboleando os braços, intercalava exclamações tais como:

– Madame deseja? Ora, ora, madame. Madame deseja? – Para induzi-la a falar baixinho, aproximou-se dela ainda mais. Sua boca abria-se e fechava-se muito perto da de Therese. Ele tinha a mesma altura que ela, que falava cada vez mais alto e mais depressa, sem esquecer uma só palavra. Cada frase irrompia de sua boca feito um projétil, pois sua respiração se convertera em arfadas veementes. Ao tratar dos quadris pela terceira vez, soltou a fita que prendia a saia por trás, mas apertou a carteira contra esta, de modo que ela não caiu. O balconista sentia-se mal de tanto pavor. Therese ainda não falava baixinho. Suas bochechas rubras, suadas, roçavam as do moço. Ah, se ele a entendesse! Ele não tinha a menor ideia de quem era essa mulher e do que queria. Agarrando-lhe os braços roliços, gemeu:

– Madame deseja? – Mais uma vez Therese estava a ponto de falar dos quadris. Conseguiu rematar triunfante e ruidosamente a frase e, sussurrando um "sim", lançou-se nos braços dele. Por ser mais gorda que o moço, tinha a ilusão de ser abraçada por ele. Enquanto isso a saia caiu ao chão, Therese notou e deliciou-se ainda mais porque tudo se produzia com tanta naturalidade. Ao perceber a resistência oferecida por ele, assustou-se em meio ao êxtase. Soluçou:

– Com licença!

A voz de Puda respondeu:

– Ora, ora, madame! Mas, madame! Mas, madame!

A madame era ela, Therese. Outras vozes ressoavam em redor, vozes nada bonitas. O pessoal observava-os. Não fazia mal. Ela era uma mulher decente. O sr. Puda ficara envergonhado. Debatia-se, debatia-se, enquanto ela não o largava e mantinha as mãos firmemente entrelaçadas nas costas do moço. Ele gritou: "Por favor, madame! Tenha a bondade, minha cara senhora! Largue-me, por favor, madame!".

A cabeça de Therese encostava-se no ombro dele e as faces de Puda eram macias como manteiga. Por que se envergonha ele? Ela não tem vergonha. Que lhe cortem as mãos com um machado, mas não o largará nunca! O sr. Puda espezinhava, berrava:

– Perdão, madame, não conheço a senhora, tenha a gentileza de me largar, por favor!

Em seguida surgiu muita gente. Bateram nas mãos de Therese. Ela começou a chorar, mas não o largou. Uma pessoa mais vigorosa despregou-lhe os dedos, um após outro, e subitamente lhe tirou o sr. Puda dos braços. Therese cambaleou. Passando a manga da blusa por cima dos olhos disse:

– O que é isso? Como se pode ser tão bruto? – E parou de chorar. A pessoa vigorosa era uma mulher alta e obesa. Nesse ínterim, o sr. Puda tinha-se casado! Um barulho infernal ribombava pela loja. Ao avistar a saia que jazia no chão, Therese compreendeu a razão.

Nas suas proximidades mantinha-se uma multidão, que ria como se recebesse dinheiro para fazê-lo. As paredes e o teto tremiam, os móveis oscilavam. Alguém bradou:

– Chamem o pronto-socorro!

Outro:

– A polícia! – Indignado, o sr. Bruto espanou o casaco (tinha particular amor por ombros recheados) e flauteou repetidas vezes:

– Também a etiqueta tem seus limites, madame! – Quando ficou satisfeito com o estado de suas roupas, pôs-se a limpar a face tocada por Therese. Esta e ele eram os únicos que não riam. Sua redentora, a "& Mãe", contemplava-o, cheia de desconfiança, porque o incidente lhe cheirava a aventura amorosa. Uma vez que estavam em jogo os seus interesses, achava preferível que se chamasse a polícia. Aquela criatura despudorada merecia uma boa lição. Ele já recebera a sua. De mais a mais, era um rapaz simpático, se bem que ela nunca manifestasse tal opinião. Os negócios requeriam a mais inflexível severidade. Não obstante essas ponderações, soltou uma ruidosa e feroz risada. Todos falavam ao mesmo tempo. Em meio ao pessoal, Therese voltou a vestir a saia. Uma empregada do escritório zombou dela, mas Therese, não admitindo nenhuma crítica, replicou:

– Sossegue, menina, você estaria feliz se tivesse uma assim. – E exibiu as rendas da anágua, para mostrar que também estas, e não somente a saia, eram dignas de serem vistas. As gargalhadas não tinham fim. Therese sentia-se aliviada, uma vez que temia a mulher do moço. Ainda bem que o abraçara, pois de outro modo nunca mais teria oportunidade para fazê-lo. Enquanto o pessoal se risse, nada poderia acontecer a ela. Quem ri não maltrata ninguém. Um balconista magrinho – não tinha cara de homem, tal e qual seu ex-marido, aquele ladrão – disse:

– É a amiguinha do Bruto.

Outro, esse sim um homem, respondeu:

– Que amiguinha mais linda!

Therese achou infame que todos, ao ouvirem este diálogo, rissem ainda mais.

– Por favor, sou linda mesmo! – gritou e acrescentou: – Onde está minha bolsa? – A bolsa tinha sumido. – Onde está minha bolsa? Vou chamar a polícia!

A "& Mãe" considerou isso um desaforo.

– Pois bem – declarou. – Quem vai chamar a polícia sou eu, e já! – Virando-se, encaminhou-se ao telefone.

Seu filho, o sr. Gross, o chefezinho, mantinha-se atrás dela todo esse tempo. Queria dizer alguma coisa. Desesperado, puxou-a pela manga. Empurrando-o para longe, ela proclamou na sua voz roufenha de homem:

– Isso lhe servirá de lição! Vamos ver quem manda aqui!

O sr. Gross não sabia mais o que fazer. Quando ela já estava com o fone na mão, ousou tomar uma medida extrema: beliscou-a.

– Essa senhora é freguesa da casa – segredou-lhe.

– O que foi que ela comprou? – perguntou a "& Mãe".

– Uma mobília de quarto, e das melhores. – Era o único a reconhecer Therese.

A "& Mãe" largou o fone. Dirigindo-se às pessoas, despediu-as todas, sem exceção, imediatamente.

– Não admito que ninguém ofenda meus fregueses! – Mais uma vez oscilaram os móveis, mas dessa vez não era por causa de risadas. – Onde está a bolsa da madame? Dentro de três minutos quero ver essa bolsa! – Todos os balconistas arremessaram-se ao chão e obedientes andaram de rastos em todas as direções. Nenhum deles deixara de notar que Therese, nesse meio-tempo, acabara de levantar a bolsa, que estava no mesmo lugar onde antes estivera a "& Mãe". O sr. Bruto foi o primeiro a erguer-se. Com espanto localizou a bolsa sob o braço de Therese.

– Como vejo, madame – trauteou –, a senhora já reencontrou a sua bolsa. Madame sempre tem muita sorte. O que é que madame deseja? Tenha a bondade de me dizer...

A "& Mãe" premiou a solicitude do moço com um olhar aprovador. Aproximando-se dele em passo marcial, distinguiu-o com um aceno benévolo.

– Hoje não vou comprar nada, obrigada – disse Therese.

Inclinando-se profundamente sobre a mão da freguesa, o dr. Bruto murmurou, entre humilde e melancólico:

– Beijo sua graciosa mão, minha cara senhora. – Ao mesmo tempo imprimiu um beijo no braço de Therese, logo acima da luva, e cantarolou o famoso sucesso: – Eu beijo a sua mão, madame. – A seguir, esboçando com a mão esquerda um gesto de elegante renúncia, recuou um passo. O pessoal pôs-se rapidamente de pé, para formar fileiras em homenagem a Therese. Depois de hesitar um instante, esta atirou a cabeça altivamente para trás e proferiu as palavras de despedida.

– O senhor me perdoa. Posso apresentar-lhes minhas congratulações, não é?

O sr. Bruto não compreendia a que acontecimento ela se referia, mas o hábito fez com que se dobrasse numa respeitosa mesura. Em seguida, Therese passou por entre as fileiras. Todas as costas encurvavam-se, todos a saudavam. Nos fundos, encontrava-se a "& Mãe" a cumprimentá-la em voz tonitruante. O chefe, ao lado dela, preferia permanecer calado, visto que nesse dia já se permitira muitas liberdades. Certamente deveria ter anunciado antes que se tratava de uma freguesa. Quando Therese alcançou a saída que, flanqueada por dois funcionários, se convertia em arco de triunfo, o homenzinho apressou-se em desaparecer no escritório. Podia ser que a mãe se esquecesse dele. Até o último momento Therese ouviu exclamações entusiásticas. "Que elegante ela é!" "E a bela saia!" "Como fica lindo esse azul!" "E a carteira cheia!" "Que nem uma princesa!" "O Bruto tem sorte!" Não era sonho não. Uma outra vez o felizardo lhe beijava a mão, quando ela já se encontrava na rua. A própria porta fechou-se tardiamente, cheia de reverência. Através das vidraças, acompanharam-na os olhares do pessoal. Ela, porém, virou-se uma vez só. A seguir, sorrindo, deslizou para a frente.

Então era assim, quando um homem notável amava uma pessoa. Ele se casara. Como poderia ter esperado por ela? Ela deveria ter voltado mais cedo. Com que fervor a abraçou! Mas em seguida se apavorou. Sua nova mulher estava na loja. Da mulher ele recebeu o capital. Por isso não pode fazer uma coisa dessas. É um homem decente. Sabe como a gente deve comportar-se. É esperto. Pela frente abraçava-a, por trás defendia-se. Xingou-a para que a esposa ouvisse. Que sujeito safado! Os olhos que ele tem! E os ombros! E as faces! A mulher é robusta. Parece inteligente, mas não percebeu nada. Quis logo chamar a polícia por causa da bolsa. É como uma mulher deve ser. Ela também faria a mesma coisa. Só que aquele ladrão não se quis safar mais cedo, e assim ela chegou tarde. Que culpa ela tem do que fez o ladrão? O moço lhe beijou a mão. Tem uns lábios! Esperou por ela. Inicialmente ela era a única de quem ele queria aceitar o capital. De repente veio outra, com capital maior; as mulheres nunca lhe dão tréguas e então ele se casou. Não podia deixar escapar todo esse dinheiro. Mas ama somente a ela, Therese. Não ama a nova esposa. Quando ela aparece, todos devem dobrar-se à procura da bolsa. A porta está cheia de olhos e todos se fixam nela. Por que vestiu a saia boa? Sente-se tão feliz. Que sorte que tenha aproveitado a ocasião para abraçá-lo rapidamente. Sabe Deus quando terá outra oportunidade. A saia lhe assenta às mil maravilhas, a anágua também. As rendas do debrum são muito caras. Ela não é como certas mulheres. Tinha pensado que o pobre do rapaz devia alegrar-se um pouco com os lindos quadris. Ele os acha belíssimos. Agora os viu de perto. Um homem casado também merece um pouco de prazer.

O caminho para casa Therese encontrou num sonho. Não prestava atenção nem à rua nem a pessoas impertinentes. Sua sorte garantia-a contra qualquer desgraça. À sua frente abriam-se os mais diversos desvios, mas ela escolheu o caminho mais seguro, o que a reconduzia à sua propriedade. Homens e veículos sentiam-se intimidados por esse vulto fortalecido. Em toda parte ela provocava atenção e simpatia, mas dessa vez nem sequer se dava conta disso. Um enxame de balconistas escoltava-a. As alas formadas eram como que de borracha. A cada passo Therese as espichava mais. Estalavam beijos de mão, verdadeiras saraivadas, o ar estava cheio deles, e ela sozinha apanhava-os a todos eles. Novas esposas, que eram como uma mulher deve ser, telefonavam à polícia. As carteiras de Therese tinham sido roubadas. Já não existiam chefezinhos, agora desaparecidos; era impossível vê-los nas lojas; apenas nas tabuletas ainda se liam seus nomes. Mulheres que aparentavam trinta anos lançaram-se às dúzias nos braços de Puda, com lábios, olhos, ombros, faces. As saias azuis engomadas iam ao chão. Quadris maravilhosos admiravam-se no espelho. Mãos não largavam sua presa. Mãos nunca largam coisa alguma. Lojas inteiras riam-se, orgulhosas de tanta beleza. Governantas pasmadas deixavam cair seus panos de pó. Ladrões devolviam os bens furtados, enforcavam-se e deixavam-se sepultar. Em toda a extensão do globo, existia uma só riqueza, na qual se tinham unido as demais. Não pertencia a mais ninguém, uma vez que pertencia, toda ela, a uma única pessoa. Esta podia ficar com ela. Era proibido roubá-la. Não havia necessidade de vigiá-la. Era preciso fazer coisas mais importantes. Batia-se o leite, e a barra de manteiga que disso resultava era de ouro e tão grande como uma cabeça de criança. As contas bancárias ficavam tão cheias que explodiam. Os baús de enxoval explodiam também. Estavam abarrotados de contas bancárias. Ninguém pedia nada, de ninguém. Havia duas pessoas que se entendiam. Uma delas era a mulher a quem pertencia tudo aquilo. A outra chamava-se Puda; a ele não pertencia coisa alguma; em compensação, entendia-se com a mulher. As malogradas mães revolviam-se em seus túmulos. Tinham inveja de tudo e todos. Seria abolida a gorjeta dos zeladores, porque todos têm sua aposentadoria. O que a gente dizia era sempre a pura verdade. Pela papelada que um ladrão não levara consigo, entraria um bom dinheirinho. Livros também dariam dinheiro. O apartamento seria vendido à vista. Outro novo não custaria nada, apesar de ser mais belo. O velho não tinha sequer janelas.

Therese já estava quase em casa. As fileiras de borracha, havia muito rasgadas, acabavam de dissolver-se. A saraivada também tinha parado. Em seu lugar aproximavam-se as coisas costumeiras. Eram muito simples, menos suntuosas, mas tinha-se certeza de encontrá-las e possuí-las. Ao chegar ao portão do edifício, Therese disse com seus botões: "Ora, no fundo posso estar satisfeita que ele se casou. Agora tenho tudo só para mim". Com respeito ao gênero de capital que teria emprestado ao sr. Bruto, apenas a essa altura começou a quebrar a cabeça. Para tal tipo de negócio, precisa-se de um contrato e de uma assinatura. Ela tem o direito de pedir juros altos, além de uma participação. Defraudar não é permitido. Ainda bem que isso não se realizou. Como pode uma criatura cometer a imprudência de abrir mão de seu dinheiro? Ninguém devolve nada. Assim é a vida.

– O que é que há com o professor? – urrando, o zelador lhe obstruía o caminho. Espantada, Therese fechou-se. Ponderou o que responder. Se dissesse que o marido era um ladrão, o homem ia denunciá-lo. Ela, porém, ainda não queria apresentar a denúncia. Caso contrário, a polícia encontraria o dinheiro da mesada e diria que ela devia prestar contas. E isso, apesar de ele o ter dado a ela.

– Faz oito dias que não o vejo. Será que ele morreu?

– Mas como! Morto, ele? Está vivo como peixe na água. Nem sabe o que é morrer!

– Pensei que estivesse doente. Dê-lhe lembranças de minha parte e diga-lhe que vou visitá-lo. Estou sempre às ordens do professor.

Baixando a cabeça com uma expressão manhosa, Therese indagou:

– O senhor não sabe onde ele está? Necessito urgentemente dele, por causa do dinheiro para as despesas da casa.

As palavras da mulher fizeram com que o zelador cheirasse o embrulho. Essa gente queria privá-lo de sua gratificação. O professor escondia-se dele só para não lhe dar a gorjeta. E na realidade nem era professor! Quem lhe dera esse título fora ele mesmo, por conta própria. Alguns anos atrás tinha sido apenas o dr. Kien. Acham que esse título não vale nada? Quanto esforço não lhe custou conseguir que todos os inquilinos o chamassem de professor! Ninguém trabalha de graça. Para um trabalho deve-se pagar uma pensão. Ele, o zelador, não aceita presentes daquele esqueleto. Mas faz questão de receber a gratificação, porque isso é uma pensão.

– Quer dizer – rugiu na cara de Therese – que seu marido não está em casa?

– Não, senhor, não está. Há oito dias não está. Ele disse que estava farto de tudo. De um momento para outro partiu e me deixou sozinha. Nada de mesada. Onde já se viu? Eu só gostaria de saber a que horas ele vai para a cama. Pessoas decentes deitam-se às nove.

– Num caso assim é preciso avisar a polícia.

– Tenha paciência. Foi ele mesmo que se foi. Ele disse que voltaria.

– Quando?

– Quando lhe der na veneta, disse ele. Sempre se comportou assim. Só pensa nele. Olhe, outras pessoas também são gente. Será que tenho culpa disso?

– Escute, sua bosta, vou procurá-lo. Se ele estiver lá em cima, vou quebrar os ossos dos dois. Tenho de receber dele cem xelins. Esse unha de fome sujo, miserável, que se cuide! Vou lhe dizer umas coisas. Em geral, sou bonzinho, mas isso não!

Therese já ia à sua frente. Depreendia das palavras do zelador o mesmo ódio a Kien que ela própria sentia. Até então temera esse homem por considerá-lo o único, o invencível amigo do marido. Esse era o segundo golpe de sorte que lhe acontecia nesse dia. Quando o zelador verificasse que o que ela dizia era a pura verdade, não deixaria de ajudá-la. Todos detestavam o ladrão. Por que roubava ele?

O zelador fechou a porta do apartamento com estrondo. Seus passos furibundos apavoravam os inquilinos que moravam embaixo da biblioteca. Há anos tinham-se habituado a um silêncio sepulcral. A escadaria enchia-se de pessoas que discutiam animadamente. Todos achavam que devia ser o zelador. Até então o professor fora o favorito dele. Os habitantes da casa abominavam Kien por causa das gratificações que o zelador a cada instante lhes apresentava como exemplo. Parecia-lhes provável que o professor tivesse a intenção de parar com elas. Ele tinha razão, mas mesmo assim merecia uma surra. Sem surra ninguém escapa do zelador. O que as pessoas, que nervosamente aguçavam os ouvidos, não conseguiram compreender era o fato de não se perceber nenhuma voz, nenhum ruído a não ser os costumeiros passos atroadores.

Pois a raiva do zelador era tão grande que o induzia a devassar o apartamento em silêncio. Não queria desperdiçar sua ira. Tencionava ministrar uma lição a Kien quando o encontrasse. Atrás dos dentes rangiam, acumulavam-se dúzias de imprecações. Os pelos ruivos eriçavam-se nos punhos. O homem deu-se conta disso, enquanto, no novo quarto de Therese, arredava os guarda-roupas com cabeçadas certeiras. Aquela carniça podia esconder-se em qualquer parte. Therese seguia-o, cheia de compreensão. Onde o zelador estacasse, ela estacava também. O que ele examinasse, ela o examinava também. Ele pouco se importava com a mulher. Depois de alguns minutos aceitava-a como sua sombra. Therese percebia que ele continha o crescente rancor. Com isso intensificava-se o dela. Aquele sujeito não era apenas um ladrão, mas também a deixara desamparada, indefesa. Therese conservava-se calada, para não perturbar o zelador. Quanto mais próximos ficavam um do outro, menos o temia. Ao entrarem no quarto dela, ainda admitiu que ele tomasse a dianteira, mas, quando descerrava as portas das outras peças trancadas, ia à frente dele. Quanto ao antigo cubículo de Therese, ao lado da cozinha, o zelador limitou-se a um olhar superficial. Não podia imaginar a presença de Kien a não ser num recinto vasto, por mais que ele se ocultasse. Na cozinha teve por um momento ganas de quebrar toda a louça. Porém, em seguida, teve pena de seus punhos. Apenas escarrou no fogão e deixou tudo como estava. Dali retornou ao gabinete em passo retumbante. Durante a caminhada passou muito tempo a investigar o cabide. Kien não estava pendurado nele. A seguir o homem derrubou a enorme escrivaninha. Para isso precisou usar ambos os punhos, e vingou-se cruelmente de tal humilhação. Agarrando uma das estantes, jogou ao chão várias dúzias de volumes. Feito isso, olhou em redor, para ver se Kien ainda não aparecia. Era sua última esperança.

– Safou-se! – concluiu. Já não tinha ânimo de praguejar. Sentia-se deprimido em virtude da perda dos cem xelins. Acrescidos à sua aposentadoria, estes lhe permitiam satisfazer sua grande paixão. Era um homem de enorme apetite. Que seria do olho mágico, se tivesse de padecer de fome? Estendia ambos os punhos em direção a Therese. Os pelos continuavam eriçados. – Olhe aí! – bradou. – Nunca na vida fiquei tão furioso! Nunca!

Therese contemplava os livros que jaziam no chão. Ao exibir os punhos o homem julgava-se desculpado, e certamente pensava tê-la assim recompensado. Indenizada ela estava, mas não pelos punhos.

– O senhor me perdoe – disse ela. – Esse sujeito nem era homem.

– Era um puto! – Urrou a parte lesada. – Um criminoso! Um espertalhão! Um assassino!

Therese tinha vontade de sugerir a palavra "mendigo", mas o zelador já empregara "criminoso", e, quando ele apresentava o seu "ladrão", o "assassino" dele impossibilitava-lhe qualquer classificação mais depreciativa. O zelador, surpreendentemente, limitou-se ainda a umas poucas imprecações. Muito depressa amainou-se e pôs-se a recolher os livros. Tinha sido fácil arrancá-los da prateleira. Mais difícil era recolocá-los nos lugares. Therese foi buscar a escada. Ela mesma subiu nela. O dia propício levou-a a requebrar os quadris. Enquanto, com uma das mãos, o zelador lhe estendia os tomos, aproveitava a outra para beliscá-la vigorosamente na coxa. Ela ficou com água na boca. Therese era a primeira mulher que ele conquistava por esse seu método de namorar. Todas as demais tinham sido violentadas por ele. Com seus botões, Therese murmurou: "Esse aí é um homem. Que faça isso outra vez!". Em voz alta disse pudicamente:

– Mais!

Ao estender-lhe a segunda pilha de livros, beliscou-lhe a coxa esquerda com igual violência. Therese começou a babar-se. Nesse momento ela se recordou que isso era coisa que não se fazia. Dando um grito, atirou-se escada abaixo nos braços dele. Calmamente ele a deixou cair no chão. Rompendo e afastando a saia engomada, possuiu-a.

Enquanto se levantava, ele disse:

– Aquele aleijão vai cair das nuvens.

Therese soluçou:

– Olhe, agora sou toda sua. – Acabava de encontrar um homem e não tinha a menor intenção de largá-lo. Ele replicou apenas:

– Cale a boca!

Na mesma tarde, mudou-se para o apartamento dela. De dia mantinha-se no seu posto. À noite orientava-a na cama. Aos poucos soube o que realmente acontecera. Deu ordem a Therese para penhorar os livros, antes que o marido retornasse. Guardaria para si metade do dinheiro, era a parte que lhe cabia. Conseguiu incutir em Therese um susto adequado com respeito aos perigos de sua situação, mas afirmou que ele, sendo da polícia, ia ajudá-la. Também por esse motivo ela obedecia-lhe cegamente. De três em três dias ambos encaminhavam-se ao Theresianum carregados de livros.

O ladrão

O zelador reconheceu à primeira vista o seu ex-professor. Mas o novo encargo de conselheiro de Therese lhe agradava e sobretudo rendia mais do que a gratificação de outrora. Ele não tinha nenhum interesse em vingar-se. Por isso não mostrava a menor hostilidade. Olhava atentamente em outra direção. O professor achava-se à sua direita. O pacote foi transferido definitivamente para o braço esquerdo. Lá o homem sopesava-o com esmero e o exame absorvia-o completamente. A essa altura dos acontecimentos, Therese costumava imitar tudo o que ele fazia. Com um gesto brusco, mostrou ao ladrão sua indiferença total. Apaixonadamente estreitou o seu belo e volumoso pacote. O zelador já se afastara. Eis senão quando esse homem impediu-lhe o caminho. Sem falar, ela o arredou. Sem falar, ele pôs a mão no pacote. Ela deu um puxão no pacote, ele o segurou. O zelador ouviu um ruído. Sem se virar, prosseguiu avançando. Desejava que esse encontro se processasse com toda a calma e pensava que Therese apenas roçara o pacote no corrimão. Em seguida, porém, Kien também se pôs a puxar o fardo. A resistência de Therese intensificou-se. Voltou-lhe a face e ele fechou os olhos. Isso a perturbou. O zelador, que subia pela escada, não se manifestava. Nesse momento, Therese lembrou-se da polícia e do crime que estava cometendo. Se a pusessem na cadeia, o ladrão tomaria o apartamento de volta. Era o jeito dele. Não tinha escrúpulos. Mal Therese se viu privada do apartamento, diminuíram suas forças. Kien conseguiu atrair ao seu lado a parte maior do pacote. Os livros revigoravam-no, de modo que disse:

– Aonde vai levar isso?

Ele devia ter visto os livros. Mas o papel não estava rasgado em parte alguma. Ela reencontrava nele o patrão. Numa fração de segundo desfilaram diante dela os oito anos de seu emprego. Seu autodomínio terminou. Mas ainda lhe restava um consolo. Recorreria à ajuda da polícia. Gritou:

– Que desaforo!

Dez degraus acima, um homem decepcionado parou. Se aquela merda se tivesse plantado no caminho depois de tudo liquidado, vá lá, mas fazê-lo agora, antes de a gente embolsar o dinheiro dos pacotes, que coisa! Sufocando com esforço o urro que lhe queria brotar da garganta, acenou com a mão em direção a Therese. Esta se achava por demais ocupada e não prestava atenção a ele. Enquanto gritava mais duas vezes: "Que desaforo!", examinava o ladrão com curiosidade. Nos seus pensamentos, ele andava esfarrapado, não se envergonhava, estendia a todo mundo a palma da mão, à maneira dos mendigos, e, onde quer que pudesse obter alguma coisa, roubava. Na realidade, a aparência do ladrão era muito melhor do que em casa. Therese não lograra entender esse fato. Subitamente notou que o casaco dele mostrava à altura do peito certa intumescência. Naquela época ele nunca trazia dinheiro consigo. Sua carteira quase sempre estava vazia; agora, porém, parecia bem fornida. Tudo ficou claro. O homem retirara o dinheiro do banco. Em vez de escondê-lo em casa, andava com ele no bolso. O zelador estava a par de todos os pormenores, inclusive o fato de ela própria ter uma conta na Caixa Econômica. Descobria tudo o que existia ou a coagia aos beliscões a revelá-lo. A única coisa que ela guardara para si era o sonho do talão de cheques que se encontraria em alguma fenda secreta. Sem uma reserva dessas, a vida não lhe daria nenhum prazer. Num acesso de triunfante satisfação pelo segredo que durante semanas conseguira manter ocultado, Therese, que momentos antes ainda clamara em tom de lamento: "Que desaforo!", pôs-se a gritar:

– Ele me roubou! – Sua voz soava indignada e ao mesmo tempo deliciada, como só costuma acontecer quando as pessoas entregam um criminoso à polícia. No caso de Therese, faltava apenas aquele matiz de melancolia que nessa situação invade certas mulheres, sempre que se trata de um homem. Faltava, porque o ladrão em apreço era seu primeiro homem e ela o entregava ao segundo, que era da polícia.

Este vinha descendo a escada. Repetiu soturnamente:

– Roubou, sim, senhor. – Não vislumbrava outro meio de escapar dessa gravíssima encrenca. Quanto àquele roubo, julgava tratar-se de pura mentira de Therese, a que recorria devido à emergência. Deitando a mão pesada no ombro de Kien, como se tivesse voltado ao serviço ativo:

– Em nome da Lei, está preso. Siga-me, sem provocar escândalo. – Enquanto isso o pacote ficara pendurado no mindinho esquerdo. Enquanto encarava Kien com ar imperioso, dava de ombros. Seu senso de dever não lhe permitia abrir exceções. O passado era o passado. Outrora eles se tinham dado muito bem. Nesse instante, porém, tinha de detê-lo. E, todavia, teria gostado de dizer-lhe: "Ainda se lembra?".

Kien se dobrou, não somente por causa do peso da mão, e murmurou:

– Eu já sabia. – O zelador desconfiou dessa manifestação. Criminosos pacatos são hipócritas. Fingem-se mansinhos e em seguida tentam fugir. É por isso que convém mostrar-lhes o braço forte da polícia. Kien não se defendeu ao ser agarrado. Esforçou-se por manter-se ereto, mas sua altura induziu-o a abaixar-se. O zelador tornou-se afetuoso. Fazia anos que não aprisionava ninguém. Receara encontrar dificuldades. Delinquentes costumam obstinar-se. Quando não o fazem, procuram fugir. Se o guarda anda fardado, fazem questão de ver seu número. Se ele anda em trajes civis, exigem que mostre a ordem de prisão. Mas dessa vez topava com um que dava pouco trabalho. Admitia ser interrogado, acompanhava a gente, não protestava inocência, não procurava escândalo. Quem lidasse com um criminoso dessa espécie podia dar-se por feliz. Pouco antes de alcançarem a porta envidraçada, o zelador disse, dirigindo-se a Therese:

– É assim que se faz. – Sabia que uma mulher o observava, mas não tinha certeza se ela seria ou não capaz de apreciar devidamente as minúcias de seu trabalho. "Qualquer outro começaria logo a surrar o sujeito. Comigo as prisões funcionam automaticamente. Não deve haver escândalo. Só os novatos causam escândalos. A um perito no assunto o criminoso obedece espontaneamente. Animais domésticos devem ser amansados. Gatos são selvagens por índole. Mas, no circo, a gente vê leões amestrados. Tigres saltam através de argolas em chamas. A criatura humana tem uma alma. O órgão da Lei apela à alma, e o sujeito segue-o como um cordeirinho." Ele proferia essas palavras somente para si mesmo, por mais que lhe apetecesse bradá-las em voz estrondosa.

Em outros lugares e em outra época, tal ato de prisão, do qual havia muito sentira falta, o teria levado a perder a cabeça. Quando ainda estava na ativa, detinha pessoas a fim de causar escândalo e, devido a esse hábito, o seu conceito era péssimo perante os seus superiores. Proclamava demoradamente as suas façanhas, até se ver rodeado por uma turma de curiosos. Atleta por vocação, criava todos os dias o seu próprio circo. Uma vez que os espectadores não lhe tributavam os aplausos suficientes, ele próprio batia palmas. Para demonstrar simultaneamente a sua força, utilizava os presos em vez da segunda mão. Quando se tratava de indivíduos fortes, desistia das bofetadas e desafiava-os para uma luta de boxe. Já que os desprezava, em virtude de sua inferioridade, alegava nos interrogatórios que eles o tinham maltratado. Os mais fracos bem mereciam, na sua opinião, um aumento de pena. Se, por acaso, enfrentasse um homem mais vigoroso, o que, entre verdadeiros criminosos, podia acontecer, sua consciência o levaria a fazer acusações falsas, visto que tais elementos precisavam ser eliminados. Somente a partir da época em que se viu obrigado a restringir-se a um único edifício, em vez do distrito que antes estava à sua disposição, ficou mais modesto. Escolhia então seus parceiros entre míseros mendigos ou mascates, e até mesmo por estes devia às vezes esperar dias e dias. Eles o temiam, advertiam uns aos outros. Apenas os novatos apareciam, e ele sempre ansiando que alguém se apresentasse! Não ignorava que entre si aquela gente se juntava contra ele. O circo limitava-se aos inquilinos. Assim sendo, animava-o a esperança de um genuíno e ruidoso ato de prisão a realizar-se com enormes dificuldades.

Foi então que sobrevieram os mais recentes acontecimentos. Os livros de Kien rendiam dinheiro. Ele executava a maior parte da faina e garantia-se sob todos os aspectos. Mesmo assim, não o abandonava a sensação desagradável de ser pago por nenhum trabalho. Nos seus tempos de policial, sempre achava que recebia seu salário pelo uso de seus músculos. Cuidava, isso sim, do peso dos volumes alistados e selecionava os livros segundo o tamanho. Os mais volumosos e mais antigos dos tomos encadernados em couro de porco saíam em primeiro lugar. Durante toda a jornada, até o Theresianum, fazia com o pacote exercícios de halterofilia. De vez em quando experimentava cabeçadas. Tirava o de Therese dos braços dela. Dava-lhe ordem de parar e atirava-lhe, para que ela o apanhasse. Esse tipo de choque deixava-a toda dolorida, e certa vez a mulher se queixou. Ele, porém, explicou-lhe que fazia isso por causa dos transeuntes. Quanto mais descuidadamente eles tratassem os pacotes, menos provocariam suspeitas de que os livros não lhes pertenciam. Therese compreendeu o raciocínio. Contudo, não gostava de tal brinquedo, que a ele tampouco satisfazia. Tinha a impressão de ser um fracalhão e dizia às vezes que qualquer dia ainda se veria transformado num judeu. Somente em consequência desse aguilhão, que ele considerava a sua consciência, renunciou à realização de seu velho sonho e prendeu Kien sem estardalhaço.

Mas Therese não admitiu que a privassem do seu prazer. Quem acabava de notar a gorda carteira era ela. Velozmente deslizou ao redor dos dois homens, para colocar-se entre os batentes da porta envidraçada que sua saia entreabria. Agarrando com a mão direita a cabeça de Kien, como se quisesse abraçá-lo, fez com que se abaixasse até ela. Com a esquerda, tomou-lhe a carteira. Kien suportou o braço da mulher feito uma coroa de espinhos. Quanto ao mais não reagia. Seus braços estavam imobilizados pelas garras do policial. Therese, exibindo o maço de notas que vinha de localizar, gritou:

–Veja o que achei! – Seu novo homem olhou com admiração a imensa quantidade de dinheiro, mas mesmo assim sacudiu a cabeça. Therese quis protestar.

– Será que não tenho razão? – disse. – Será que não tenho razão?

– Não sou maricas, não! – replicou o zelador. A frase referia-se à sua consciência e à porta obstruída por Therese. Esta almejava ouvir palavras de reconhecimento, elogios, algo que se relacionasse ao rico dinheiro antes que o embolsasse. Ao pensar no ato de embolsá-lo, lastimava a si própria. Pois, a partir desse instante, o homem estava a par de tudo. Ela não lhe escondia mais nada. Um momento tão importante e ele permanece calado! Deveria dizer que mulher formidável ela é. Quem achou o ladrão foi ela e mais ninguém. O zelador já estava a ponto de esgueirar-se para o lado daquele sujeito, e agora tenta esgueirar-se para o lado dela também. Isso ela não vai admitir. Ela tem coração. Esse homem só sabe dar beliscões. Não consegue proferir nenhuma palavra. Só sabe dizer "cale a boca!". Não é interessante. Não tem cérebro. É homem e nada mais. Quando ela o compara com o sr. Bruto, sente até vergonha. O que é que esse tipo era antes? Um simples porteiro! A gente não deve meter-se com um tipo desses. E ela o admitiu no seu apartamento. Agora ele nem diz obrigado. Quando o sr. Bruto tiver conhecimento de tudo isso, nunca mais lhe beijará a mão. Ele tem uma voz! Ora, quem achou todo esse dinheiro foi *ela*. E esse sujeito aí vai tirá-lo dela. Dar-lhe tudo, para quê? Realmente ela está farta desse homem. Sem dinheiro, por que não? Mas dar-lhe o dinheiro, nunca! Ela necessita do capital para seus dias de velhice.

Quer uma velhice decente. Como vai ela arranjar as saias se esse homem estraga todas elas? Estraga e ainda fica com o dinheiro! Que ele diga alguma coisa! Que sujeito!

Furiosa e melindrada, Therese brandia o dinheiro no ar. Levava-o até bem perto do nariz do zelador. Este refletia maduramente. A captura já não lhe causava nenhum prazer. Agora que Therese gesticulava com a carteira, ele previa as consequências. Ir para a cadeia por causa dessa mulher, isso não! Ela era jeitosa, sim, mas ele conhecia a Lei. Era da polícia. O que entendia a mulher dessas coisas? O que ele desejava era voltar ao seu posto. Therese enojava-o. Perturbara a sua rotina. Por causa dela, ele acabava de perder a gratificação. Sabia, desde muito, o que realmente ocorrera. A participação nos lucros era o único motivo por que, pelo menos oficialmente, ainda se aferrava a seu ódio contra Kien. Ela era velha. Era maçante. Queria tê-lo todas as noites. Ele queria dar surras, ela queria aquilo. Permitia apenas que antes a beliscasse. Umas poucas vezes tinha dado nela, mas logo ela se metia a estrilar. Arre! Que se lixe! A coisa vai sair à luz. Ele vai perder a aposentadoria. Vai processar a mulher. Ela deverá indenizá-lo pela aposentadoria. Ele fica com sua parte. O melhor seria denunciá-la. Essa puta! Será que os livros pertencem a ela? Desde quando? O professor merece compaixão. É bom demais para ela. Homens assim não se fabricam mais. E se casou com esse estrepe! Nunca na vida ela foi sequer governanta. Sua mãe mendigou até esticar as pernas: ela mesma confessou. Se apenas tivesse uns quarenta anos a menos! Sua saudosa filha, essa sim, era uma joia de criatura. Tinha de se deitar a seu lado enquanto ele espreitava os mendigos. Então ele beliscava e vigiava. Vigiava e beliscava. Que vidão! Quando vinha um mendigo havia alguém que podia surrar, e, se não viesse ninguém, teria a garota. Ela chorava, mas de nada adiantava. Contra um pai não se pode protestar. Ela era tão querida. Um belo dia estava morta. Os pulmões, o cubículo. Afinal de contas, ele precisava dela. Se soubesse antes o que aconteceria, a teria mandado embora. O professor conhecia-a ainda. Nunca lhe fez nenhum mal. Os inquilinos judiavam da menina só porque era a filha dele. E esse estrepe aí nem a cumprimentava! Ele tinha vontade de assassiná-la.

Cheios de ódio, ambos se enfrentavam. Uma palavra de Kien, mesmo que fosse bondosa, talvez os aproximasse novamente. Seu silêncio fez com que o ódio recíproco se inflamasse cada vez mais até levantar suas altas labaredas. Um segura o corpo de Kien, a outra, o dinheiro dele. O próprio homem já lhes tinha escapado. Ah, se o tivessem! Seu corpo inclina-se como uma haste de capim. Uma tempestade forte dobra-o. As cédulas relampejam no ar. De repente o zelador, urrando, ordena a Therese:

– Devolva o dinheiro!

Ela não pode. Livra a cabeça de Kien do abraço, mas esta, em vez de reerguer-se, mantém-se na mesma posição. Ela esperava que ele se mexesse. Como isso não ocorreu, jogou as cédulas na cara do segundo homem, gritando estridentemente:

– Você nem sabe bater! Está com medo! É mesmo um maricas! Onde já se viu? Covarde! Vagabundo! Fracalhão!

O ódio inspira-lhe as palavras exatas, que acertam no alvo. Ele não admite que o qualifiquem de fraco. Começa a sacudir Kien com um dos braços, ao passo que com o outro golpeia Therese. Ela deve deixá-lo passar. Vai ver o que ele é. Normalmente não liga para isso. Agora liga. As cédulas voam pelo chão. Therese soluça:

– Esse rico dinheiro!

O homem agarra-a. Os golpes que lhe desfere são demasiado fracos. Ele prefere sacudir também a ela. As costas de Therese empurram a porta envidraçada, que se abre. A mulher segura-a na maçaneta. Pegando-a pela gola da blusa, ele volta a achegá-la a si e, num vaivém, atira-a contra a porta e torna a achegá-la. Ao mesmo tempo lida com Kien. Este balança como um farrapo. Quanto menos se apercebe dele, mais vigorosamente o zelador investe contra Therese.

Eis que Fischerle chega, correndo. O limpador de esgotos acaba de informá-lo sobre a recusa de Kien. O anão está furioso. O que significa isso? Fazer encrencas por causa de dois mil xelins! Era só o que faltava! Ontem o sujeito soltou quatro mil e quinhentos de uma vez e agora suspende os pagamentos. Que os empregados esperem um pouco! Ele voltará já. Na entrada ouve uma voz a gritar:

– Esse rico dinheiro! Esse rico dinheiro! – Dinheiro é com ele. Alguém deve ter-se antecipado a ele. É de chorar. Toda essa trabalheira e outra gente fica com os lucros. E ainda por cima uma mulher! Ninguém aguenta uma coisa dessas. Ele vai apanhá-la. Ela terá de devolver tudo, tudo. Nesse momento Fischerle percebe que a porta envidraçada se abre e se fecha. Estaca assustado. Há um homem metido na história. O anão hesita. O homem malha a mulher com a porta. A mulher é pesada. O homem deve ser muito forte. O comprido não teria tamanha força. Pode ser que a coisa nada tenha a ver com o comprido. Por que não poderá esse homem bater em sua mulher? Certamente ela não lhe deu dinheiro. Fischerle tem negócios urgentes. Preferiria esperar que os dois terminassem com isso, mas a história demora muito. Cautelosamente ele se esgueira pela porta e diz:

– Com licença! – e sorri. É impossível não pisar nos calos de ninguém, por isso já sorri de antemão. O casal deverá notar que seus sentimentos são amigáveis. Como talvez não reparem na sua cara risonha, arreganha os dentes no mais amplo sorriso. A corcunda, intrometendo-se entre Therese e o zelador, impede que este puxe a mulher para tão perto de si quanto requer um empurrão bem aplicado. Eis por que ele vibra um pontapé na corcunda. Fischerle cai sobre Kien e segura-se nele. Kien é tão magro, e tão insignificante é o papel desempenhado por ele em toda essa cena, que o anão só o distingue no momento em que o toca. Então o reconhece. A essa altura Therese volta a proferir mais uma vez o grito de lamento:

– Esse rico dinheiro!

O anão fareja a relação já antes presumida. Torna-se seis vezes mais vigilante. Logo avista os bolsos de Kien, os do desconhecido, as ligas da mulher – infelizmente a saia lhe tapa a vista –, a escadaria ao pé da qual jazem dois enormes pacotes, e o chão diante de seus próprios pés. Eis senão quando vê dinheiro. Com a rapidez de um raio, abaixa-se e tenta ajuntá-lo. Seus braços compridos serpenteiam por entre as seis pernas. Ora arreda um pé com certa veemência, ora dá um safanão numa cédula. Não se queixa quando lhe pisam os dedos. Está habituado a essas dificuldades. Não trata todos os pés da mesma forma. Os de Kien, empurra-os rudemente para longe. Os da mulher, manuseia-os à maneira de um sapateiro. Com os do homem, evita qualquer contato. Seria inútil e perigoso tocar neles. Consegue salvar quinze notas. Enquanto trabalha, faz a conta. Sabe exatamente a quantas anda. Até com relação à corcova, manobra habilmente. Lá em cima continuam a brigar. No Paraíso aprendeu que não convém importunar casais que brigam. Quem evitar isso poderá obter deles tudo o que quiser. Casais são como cães raivosos. Das cinco notas que ainda lhe faltam, quatro se acham mais afastadas. A quinta encontra-se sob o pé do homem. Enquanto rasteja em direção às quatro, Fischerle não perde esse pé de vista. Ele é suscetível de levantar-se, e esse momento não deve passar em brancas nuvens.

Somente a essa altura dos acontecimentos, Therese repara no anão que, a alguma distância dela, lambe alguma coisa no chão. Ele conserva as mãos cruzadas nas costas, segura o dinheiro entre as pernas e trabalha com a língua, para que os outros que talvez o avistem não compreendam o que está recolhendo. Therese, que já se sentia debilitada, cria novas forças em face desse espetáculo. As intenções do anão lhe são muitíssimo familiares, como se as conhecesse desde sempre. Therese vê a si mesma, à procura do talão de cheques, quando ainda era dona de seu lar. Desvencilhando-se subitamente das mãos do zelador, grita:

– Gatunos! Gatunos! Gatunos! – Refere-se à corcunda ali no chão, ao zelador, ao ladrão seu marido, a todo mundo. Grita sem cessar, cada vez mais alto, não para, tem fôlego para gritar dez vezes mais.

Ouve-se que nos andares superiores se abrem portas. Passos pesados, muitos passos retumbam pela escadaria. O porteiro que atende ao elevador do edifício principal aproxima-se lentamente. Ainda que alguém estivesse a ponto de matar uma criança, não se dignaria apressar-se. Há vinte e seis anos atende ao elevador, ou, para sermos exatos, quem faz isso é sua família. Ele se limita a supervisionar o trabalho.

O zelador fica estarrecido. Prevê que no dia primeiro de cada mês uma pessoa vai aparecer para tirar-lhe a aposentadoria, em vez de entregá-la. Além disso, vão encarcerá-lo. Os canários hão de morrer, pois já não haverá ninguém para quem devam cantar. O olho mágico será lacrado. Tudo virá à luz, e os inquilinos lhe violarão a filha até no túmulo. Ele não tem medo. Às vezes não podia dormir por causa da garota. Preocupava-se com ela. Gostava tanto dela. Dava-lhe de comer, dava-lhe de beber, meio litro de leite por dia. Ele está aposentado. Não tem medo. O doutor disse também que aquilo vinha dos pulmões. "Faça com que a guria parta!" Com que dinheiro, meu prezado senhor? Ele necessita da aposentadoria para comer. É o jeito dele. Sem comida não pode viver. Por causa da profissão. Sem ele a casa iria por água abaixo. E o Instituto de Seguros! Ora bolas! Qualquer dia a menina voltaria com um bebê nos braços. Para morar no buraco de seu quarto! Ele não tem medo!

Fischerle, porém, diz em voz alta:

– Agora tenho medo. – A toda a pressa enfia o dinheiro num dos bolsos laterais do casaco de Kien. Em seguida encolhe-se ainda mais. É impossível fugir. Já há pessoas a tropeçar nos pacotes. Ele aperta os braços firmemente junto ao tronco. O dinheiro ajuntado anteriormente, o dinheiro da passagem, acha-se nas axilas, bem enrolado. Ainda bem que estas, no corpo dele, são como que feitas para isso. Quando está vestido, não se nota coisa alguma. Ele não se deixará trancafiar. Na polícia iam despi-lo e lhe confiscariam tudo. Lá sempre dizem que ele roubou. O que sabe essa gente da sua empresa? Afirmarão que ela devia estar registrada. Pois sim, para que o obriguem a pagar impostos! Mas, seja como for, ele tem uma empresa. O comprido é um idiota. Por que cargas-d'água reconheceu ele o limpador de esgotos bem em cima do laço? Agora está novamente com o dinheiro no bolso. É um pobre coitado. Não se deve deixá-lo desamparado. Esse pessoal seria capaz de surrupiar-lhe o dinheiro. Ele sempre está disposto a entregar tudo o que tem. É tão bonzinho. Fischerle é leal. Não abandona um freguês. Só depois que ele for para a América, o comprido terá de cuidar de si próprio. Então já não haverá ninguém para ajudá-lo. Aos joelhos de Kien, Fischerle definha cada vez mais. Ao fim, sobra apenas a corcova. Em certos momentos, esta se converte em escudo, atrás do qual ele desaparece, como concha de caracol, na qual se retrai, como crosta de marisco, que se fecha a seu redor.

O zelador ainda se conserva de pernas escancaradas, um monolito, com os olhos fixos na filha massacrada. Por hábito de seus músculos, ainda guarda nas garras esse farrapo humano que é Kien. Aos berros Therese atrai os frequentadores do Theresianum. Não pensa em nada. O abastecimento de seu aparelho respiratório absorve-a totalmente. Grita automaticamente. Sente-se à vontade ao fazê-lo. Percebe que acaba de vencer. Já não se bate nela.

Grande número de mãos separam os quatro vultos imóveis. Agarram-nos, como se eles ainda se golpeassem mutuamente. Cada qual tenta ver os rostos deles. Aglomeram-se em torno do grupo. Transeuntes, vindos da rua, acorrem ao Theresianum. Funcionários e penhorantes defendem seus privilégios. A casa é deles. O porteiro, que há vinte e seis anos fiscaliza o elevador, deveria estabelecer a ordem, enxotando os transeuntes e fechando os portões do estabelecimento. Mas não tem tempo para isso. Até que enfim alcançou a mulher que clama por socorro, e ali ele se considera insubstituível. Outra mulher entrevê no chão a corcunda de Fischerle e corre para a rua, gritando:

– Um assassinato! Um assassinato! – Confundiu a corcova com um cadáver. Não sabe pormenores. Diz que o assassino é um homem magro, fraquinho. Como ele pode ter feito uma coisa dessas, não consegue imaginar. Nunca o julgaria capaz disso. Ora, talvez tenha dado um tiro, opina alguém. Claro, todos ouviram o tiro. A três ruas de distância ouviram-no. É mentira, foi um pneu que estourou.

Mas aqui foi mesmo um tiro! A multidão não quer renunciar ao seu tiro. Assume atitudes de ameaças contra o cético. Agarrem-no! É um cúmplice! Deseja apenas apagar os vestígios. Do interior do edifício chegam notícias mais recentes, que corrigem os relatos da mulher: o magro tinha sido assassinado. E aquele cadáver no chão! Está vivo. É o assassino. Ele se escondia, tentava rastejar por entre as pernas, quando o surpreenderam. As últimas notícias são ainda mais precisas. O pequeno é um anão. Pois é, sempre esses aleijões! Quem bateu foi o outro. Um ruivo. Pois é, sempre ruivos! O anão instigou-o. Vamos linchá-lo! A mulher revelou tudo. Bravo! Que mulher! Nem sabe o que é medo. O assassino procurou intimidá-la. Foi aquele ruivo. Os ruivos têm culpa de tudo. Torceu-lhe o pescoço. Não houve tiro nenhum. Claro, ninguém ouviu tiros. O que foi que ele disse? Alguém deve ter espalhado o boato do tiro. O anão! Onde está ele? Ali dentro. Vamos lá! Lá não cabe mais ninguém. Está tudo cheio. Lógico, com um assassinato assim. Quantas coisas não suportou essa mulher! Surras e surras todos os dias! Quase a matou de tanto dar nela! Ora, por que se meteu com um anão? Eu nunca faria isso. Pois é, porque você tem um marido inteiro. Mas se não se encontra coisa melhor... Com a escassez de homens depois da guerra e a brutalidade da rapaziada de hoje! Esse aí também é ainda muito jovem. Não tem nem dezoito anos. E já é anão! Não fala bobagem, ele nasceu assim. Isso eu sei. Ele viu o sujeito. Esteve lá dentro. Não resistiu. Aquela poça de sangue! É por isso que é tão magro. Uma hora atrás ainda era gordo. Claro, devido à perda de sangue. E eu lhe digo que cadáveres sempre intumescem. Não, somente os afogados. O que é que você entende de cadáveres? O homem roubou as joias do cadáver. Tudo aconteceu por causa das joias. Em frente da seção da joalheria. Um colar de pérolas. A baronesa. Era apenas o criado. Foi o barão! Dez mil xelins. Vinte mil! Um aristocrata. Um bonitão! Por que ela o despachou? Pois então, que a abandone, ora essa! Quem devia deixá-lo é a mulher. Esses homens! Ela está viva. E ele é um cadáver. Que morte feia! Para um barão. Bem feito!

Os desempregados não têm o que comer. Para que precisa ele de um colar de pérolas? A gente deveria enforcar todos eles, acho eu. Todos esses canalhas. E todo o Theresianum também. Incendiá-lo! Daria uma fogueira e tanto!

Lá dentro a cena era muito menos cruenta do que no exterior. Logo ao início da aglomeração de pessoas, quebrou-se a vidraça da porta, partindo-se em milhares de cacos. Mas ninguém se pisou. A saia de Therese protege Fischerle, que seria o único a correr perigo real. Mal o agarram pela gola ele crocita:

– Larguem-me! Eu sou o enfermeiro! – Aponta para Kien e repete sem cessar: – Que os senhores saibam: ele está louco. Não compreendem? Eu sou o enfermeiro. Tenham cuidado. Ele é perigoso. Saibam que ele está louco. Eu sou o enfermeiro!

Ninguém presta atenção. É demasiado pequeno e todos querem ver coisas grandes. Apenas uma pessoa ficou impressionada com ele. Confundiu-o com um cadáver e saiu para informar as pessoas lá fora. Therese continua gritando. Está bem assim. Ela receia que o pessoal possa afastar-se dela se se calar. De um lado saboreia a sua boa sorte, do outro sua de medo do que possa acontecer. Todos se compadecem dela. Consolam-na. Está amedrontada. O porteiro até coloca a mão no ombro dela. Assevera que é a primeira vez em vinte e seis anos que faz isso. Que ela deixe de gritar. Ele pessoalmente lhe roga essa fineza. Compreende-a muito bem. Ele próprio tem três filhos. Que o acompanhe à casa dele, se quiser. Lá poderá refazer-se. Em vinte e seis anos nunca convidou ninguém. Therese nem pensa em parar. O homem sente-se ofendido. Até retira a mão. Sem perder a linha, afirma que a mulher, de tão assustada, ficou doida. Fischerle apanha as palavras do porteiro e logo se lamenta:

– Mas digo-lhe que quem está louco é esse aí. Ela é normal, pode acreditar. Entendo de loucura! Sou enfermeiro!

Se bem que alguns funcionários, que não foram beneficiados com algo melhor, ainda o conservem preso, ninguém se digna ouvi-lo ou olhá-lo. Pois todos os olhares se fixam no ruivo. Este permitiu tranquilamente que o pegassem e segurassem. Não matou pessoa alguma. Não urrou uma só vez sequer. Mas esse completo silêncio precede apenas uma tempestade terrível, que se desencadeia no momento em que tencionam separá-lo à força de Kien. Não lhes entregará o professor. Agarra-se firmemente a ele. Com a mão direita arroja os atacantes para longe. Com os pensamentos dirigidos à filha ternamente amada, cobre Kien com palavras carinhosas:

– Ó professor, o senhor é meu único amigo! Não me abandone. Vou me enforcar. A culpa não é minha. Meu único amigo. Sou da polícia. Não fique bravo comigo! Sou o melhor homem do mundo!

Suas declarações de afeto são tão vibrantes, tão estrondosas que todos compreendem imediatamente que Kien é o gatuno. Todos percebem aquele sarcasmo, e cada um admira a própria sagacidade. Todos são sagazes, todos sentem quão justa é a desforra que o ruivo, com seus punhos, deseja tirar do criminoso. Toma-o pelo braço, aperta-o ao coração, pronuncia as palavras que o indivíduo merece. Um homem assim vigoroso, que quer ele mesmo vingar-se, não necessita da polícia. Tentam dominá-lo, isso sim, mas até os dominadores admiram-no, admiram esse herói que faz tudo sozinho. No seu lugar, eles fariam a mesma coisa, fazem-na, confundem-na com ele, suportam até os violentos golpes que aplicam uns aos outros.

O porteiro acha que nesse grupo a sua dignidade estará em melhores mãos. Deixando a mulher transtornada pelo terror, coloca no ombro do homem enfurecido a carnuda e poderosa manzorra. Comunica-lhe, em voz nem excessivamente alta nem demasiado baixa, que há vinte e seis anos nenhum elevador se pôs em movimento sem que ele o controlasse. Fazia vinte e seis anos que ele cuidava da ordem nesse edifício, mas nunca antes ocorrera um caso como este, palavra de honra. Sua alocução é abafada pelo barulho. Já que o ruivo não toma conhecimento dela, achega-se o porteiro a seu ouvido e lhe segreda que o compreende muito bem. Há vinte e seis anos, ele próprio tem três filhos. Um empurrão formidável volta a aproximá-lo de Therese. Seu casquete cai no chão. Dando-se conta de que alguma coisa deve ser feita, vai buscar a polícia. Até então ninguém teve essa gloriosa ideia. As pessoas diretamente envolvidas no caso pensam que elas mesmas são a polícia, e as que se acham mais distantes esperam alcançar tal função um pouco mais tarde. Duas se encarregam do trabalho de guardar os pacotes de livros em algum abrigo seguro. Aproveitando a passagem aberta pelo porteiro, bradam em todas as direções: "Com licença!". Alegam ser necessário que alguém deposite os pacotes na delegacia antes que se extraviem. No caminho resolvem examinar o conteúdo. Desaparecem sem serem incomodadas. Não há outros furtos de pacotes, uma vez que não há outros pacotes.

Graças ao porteiro, até a polícia, que mantém um plantão no Theresianum, sente o cheiro de tumulto. Visto que seu informante fala de quatro delinquentes, encaminha-se um contingente de seis homens. O porteiro indicou-lhes com exatidão o lugar da ocorrência. Além do mais, oferece-lhes sua ajuda. Precede-os. A multidão circunda os guardas, tributando-lhes a devida admiração. Graças à farda, toda gente reconhece o direito que esses homens têm de fazer sempre o que outras pessoas só podem fazer na ausência da polícia. Solicitamente o público os deixa passar. Pessoas que lutaram duramente por conseguir bons lugares renunciam a eles em favor dos fardados. Certos indivíduos menos decididos, que recuam tardiamente, estremecem ao roçarem no tecido áspero. Todos apontam para Kien. Ele fez uma tentativa de furto. Furtou. Desde o começo todos sabiam que era ele o ladrão. Os policiais tratam Therese com respeito. Ela foi lesada. Descobriu o crime. Tomam-na por esposa do ruivo, porque lhe lança olhares cheios de ódio. Dois guardas plantam-se à direita e à esquerda dela. Mal avistam a saia azul, transformam sua reverência em sorridente cordialidade. Os quatro restantes libertam de Kien sua vítima ruiva, o que não se realiza sem emprego de violência. O ruivo como que está colado no ladrão. De certo modo este último deve ter culpa também disso, por ser o criminoso. O zelador pensa que está preso. Seus temores intensificam-se. Urra, pedindo que Kien o auxilie. Ele é da polícia! Ó professor! Não permita que me prendam!

Larguem-me! Minha filha! Ferozmente dá em todo mundo. Sua força ataca os nervos dos policiais, e ainda mais o fato de ele asseverar que é um deles. Por isso sustentam um combate demorado. Os quatro homens cuidam prudentemente de sua própria pele. Se não o fizessem, onde acabariam, na profissão que escolheram? Por isso golpeiam o ruivo de todos os lados e de todas as maneiras possíveis.

A assistência subdivide-se em dois partidos. O coração de uns bate pelo herói. Os outros colocam-se atrás da polícia. Mas sua participação não se restringe aos corações. Os homens sentem um comichão nos punhos. Das gargantas das mulheres brotam gritos estridentes. Para não entrarem em conflito com a polícia, atiram-se sobre Kien. Fustigam-no, empurram-no, dão-lhe pontapés, a exiguidade de sua superfície oferece-lhes apenas escassa satisfação. De comum acordo resolvem torcê-lo como um farrapo molhado. A que ponto ele tem consciência de sua culpa, evidencia-se por seu obstinado silêncio. Não dá um pio, mantém os olhos fechados, nada o induzirá a abri-los.

Fischerle já não é capaz de suportar esse espetáculo. Desde que a polícia chegou, recorda-se ininterruptamente de seus empregados que ainda o aguardam lá fora. Por um instante o dinheiro enfiado no bolso de Kien continua a retê-lo. A ideia de recuperá-lo na presença de seis guardas inebria-o. Contudo, evitava sua execução. Espreita um ensejo propício para tentar a fuga. Este não se apresenta, porém. Atentamente o anão observa os torturadores de Kien. Cada vez que atingem o bolso no qual botou o dinheiro, seu coração se confrange. Esse suplício há de matá-lo. Obcecado pela mágoa, põe-se ao abrigo das pernas mais próximas. A excitação física do círculo mais distante lhe traz proveito. Lá, mais longe, onde antes não suspeitavam de sua existência, começam a tomar nota dele. Em voz extremamente lamentosa, grita:

– Ai, estou sufocando, deixem-me! – Todos riem, apressam-se em socorrê-lo. Em vez das emoções que couberam em sorte às pessoas mais felizardas dos lugares da frente, obtiveram assim pelo menos um pequeno divertimento. Dos seis policiais, nenhum o avistou. Ele se encontrava muito abaixo deles. A corcunda não causou estranheza.

Na rua costumam detê-lo por nada. Hoje ele anda, bafejado pela sorte. Mergulha na imensa multidão que se aglomerou em frente ao Theresianum. Há meia hora aguardam-no ali. Suas axilas estão intactas.

Com relação aos carrascos de Kien, a polícia abstém-se de intervir. Está ocupada. Quatro pelejam com o ruivo, dois flanqueiam Therese. Não podem deixá-la desamparada. Ela cessou de gritar muito antes; a essa altura, porém, volta a estridular:

– Mais! Mais! Mais! – Indica o compasso apropriado para que se torça o farrapo que é Kien. Seu séquito procura acalmá-la. Enquanto a mulher se exalta desse modo contagiante, os dois homens consideram inútil qualquer tipo de interferência. As aclamações de Therese dirigem-se também ao quarteto de bravos combatentes cujos golpes curam o zelador de sua raiva. Ela está farta de ser beliscada, está farta de ser roubada. Seu medo da polícia cede a sentimentos altivos. O pessoal faz o que ela manda. Ela tem direito de dar ordens. Assim deve ser. Ela é uma senhora decente. "Mais! Mais! Mais!" Therese dança, a saia ondula. Um ritmo irresistível apoderou-se de todos os circunstantes. Aqui e ali as pessoas entrechocam-se. Continuamente cresce o ímpeto do movimento. A barulheira adquire um som uniforme. Até mesmo os não participantes começam a arfar. Pouco a pouco extinguem-se as risadas. Não se penhora mais nada. Nos mais longínquos guichês põem-se a escutar. Mãos em concha colocam-se diante de orelhas. Dedos indicadores tapam bocas. É proibido falar. Quem viesse pedir alguma coisa certamente seria recebido com silenciosa cólera. O Theresianum, normalmente em ininterrupta azáfama, é dominado por uma calma infinita. Apenas uma enorme arfada revela que ainda há vida nele. Todas as criaturas que o povoam respiram profundamente em uníssono e, extasiadas, exalam o ar.

Em virtude dessa concórdia geral, os guardas conseguem domar o zelador. Dois lhe imobilizam os braços, um terceiro lhe vigia os pés, que ora esperneiam, ora tentam atingir o professor. O quarto reestabelece a ordem. Ainda batem em Kien, mas ninguém se diverte muito com isso. Este se comporta nem como ser humano nem como cadáver. O processo de ser torcido não lhe arranca nenhuma manifestação. Poderia defender-se, cobrir o rosto, revolver-se ou pelo menos estremecer. Todos esperam muita coisa dele, mas o comprido os decepciona. É verdade que um sujeito como ele deve ter culpa no cartório, mas quem ignora os pormenores não golpeia com vontade. Enojados e felizes de estarem livres de uma incumbência tediosa, deixam-no entregue à polícia. Custa, no entanto, certo esforço não usarem uns contra os outros as mãos desocupadas. Contemplam-se mutuamente. Ao avistarem os trajes dos vizinhos, tornam a entrar nas suas próprias roupas e descobrem entre os companheiros de luta colegas e partidários. Therese diz: "Está feito!". O que mais ela poderia ainda ordenar? Agora gostaria de ir embora. Para isso prepara a cabeça e os cotovelos. O policial que se encarrega de Kien fica espantado em face da pacatez desse homem que é o responsável por tamanho tumulto, e, sendo o que mais pancadas apanhou dos punhos do ruivo, odeia a mulher dele. Fez questão de que, por via das dúvidas, ela vá junto também. Os dois outros guardas prendem-na com o maior prazer. Envergonham-se de sua inércia, já que os demais arriscaram a vida no combate contra o ruivo. Therese acompanha-os porque nada poderá acontecer-lhe. De qualquer jeito teria ido com eles. Tenciona comprometer ambos os homens lá na delegacia.

Outro guarda, famoso por sua boa memória, sente os presos pelos dedos, um, dois, três.

– Onde está o quarto? – pergunta ao porteiro. Este observou toda a peleja com ares de quem está magoado. Acaba de limpar inteiramente o casquete, quando todos os adversários estavam presos. Reanimando-se, disse que nada sabia sobre mais um delinquente. O guarda dotado de boa memória afirmou que o próprio porteiro falara de quatro pessoas envolvidas, o que este negou. Fazia vinte e seis anos que cuidava da ordem no estabelecimento. Tinha três filhos. Supunha saber contar tão bem como qualquer outro. Outros o ajudaram. Ninguém sabia coisa alguma a respeito de um quarto. Esse quarto era pura invenção, uma mentira do ladrão que queria desviar as suspeitas de sua própria pessoa. Esse sujeito safado sabia muito bem por que não abria a boca. Até o gênio mnemônico deu-se por satisfeito. Todos os seus policiais andavam atarefadíssimos. Cautelosamente os três presos foram conduzidos através dos restos da porta envidraçada e da multidão. Kien, roçando o derradeiro fragmento de vidro que ainda se achava no caixilho, cortou a manga. Quando chegaram à delegacia, pingava sangue do corte. Os poucos curiosos que os tinham seguido até lá olhavam-no pasmados. Era o primeiro sinal de vida mostrado por Kien.

Quase todos os espectadores se tinham dispersado. Alguns estavam novamente sentados atrás dos guichês, outros, com fisionomias súplices, ou carrancudas, estendiam-lhe objetos a ser penhorados. Mesmo assim os funcionários condescendiam em comentar as ocorrências, conversando até com aqueles pobres-diabos. Aceitavam opiniões de criaturas diante das quais seria seu mais sagrado dever fazerem ouvidos de mercador. Quanto ao objeto do crime, não se conseguiu a unanimidade. Alguns achavam que se devia tratar de joias, pois, caso contrário, não valeria a pena aglomerar-se. Outros asseveraram que eram livros, baseando-se no local do incidente. Cavalheiros mais ponderados sugeriam que se aguardasse os vespertinos. Muitos dentre os que opinavam presumiam uma questão de dinheiro. Os funcionários, em tom mais brando que de costume, objetavam que quem tinha tanto dinheiro não precisava ir à casa de penhores. Talvez, porém, acabassem de penhorar qualquer coisa. Também isso parecia impossível, uma vez que cada funcionário competente os teria reconhecido, e não havia funcionário ali que não se julgasse competente. Alguns lastimavam o herói ruivo, mas a maioria já não tinha interesse nele. Para demonstrarem sentimentos delicados, achavam a mulher mais digna de compaixão, ainda que fosse uma velhota. Ninguém, porém, se casaria com ela. Somando tudo, era uma pena terem perdido tanto tempo, mas afinal o tinham passado de modo divertido.

Propriedade privada

Na delegacia os presos foram submetidos a um interrogatório. O zelador bradou:

– Colegas, sou inocente!

Na intenção de prejudicá-lo, Therese gritou:

– Perdão, ele já está aposentado! – Mas, dessa forma, apenas apagou a má impressão que esse tratamento demasiado familiar causou aos colegas. A complementação objetiva, segundo a qual o homem já estava aposentado, fazia supor que realmente se tratava de um ex-policial. Ele tinha, sem dúvida alguma, o típico comportamento brutal, e somente a alegação de o prisioneiro principal ter tentado roubá-lo em grande escala parecia contrariar essa hipótese. Interrogaram-no e ele urrou:

– Não sou delinquente, não!

Therese apontou para Kien, do qual se tinham esquecido totalmente, e disse:

– Perdão, o ladrão é esse aí!

O comportamento arrogante do ruivo dava o que pensar aos guardas. Ainda não sabiam com quem estavam lidando. A indicação de Therese vinha a calhar. Três homens atiraram-se sobre Kien e sem nenhuma cerimônia revistaram-lhe os bolsos. Surgiu então um maço de cédulas amassadas. A contagem deu dezoito notas de cem xelins.

– É esse o dinheiro da senhora? – perguntaram a Therese.

– Meu dinheiro não estava amassado. E devia ser seis vezes mais. – Ela pensava no total que a conta bancária indicara. Indagaram de Kien o que fizera com o resto. Ele permanecia calado. Encostando-se no espaldar de uma cadeira, mantinha-se no seu lugar, anguloso e decomposto, tal como o haviam plantado ali. Quem o visse deveria ter certeza de que esse vulto dentro de poucos instantes iria ao chão. Mas ninguém o via.

Por aversão a Therese, o guarda que o trouxera à delegacia deu-lhe um copo d'água. Aproximou-o dos lábios de Kien. Este não prestou atenção nem ao copo nem à boa ação. Um inimigo a mais juntou-se aos que se punham a esquadrinhar mais uma vez todos os bolsos. Com exceção de algumas moedas que se encontravam no porta-níqueis, o resultado era igual a zero. Alguns meneavam a cabeça.

– Onde foi que você deixou o dinheiro, seu...? – perguntou o delegado. Therese sorriu ironicamente:

– Não lhe disse que ele é um ladrão!

– Minha prezada senhora – disse o delegado, que achava os trajes dela completamente fora de moda. – Tenha a bondade de se virar. Vamos despi-lo. É a única solução. – Ao dizer isso, esboçou um sorriso zombeteiro. A ele pouco importava se esse velho bucho espiasse ou não a cena. Sabia que encontrariam o dinheiro, e a ideia de que uma pessoa modesta como ela pudesse possuir uma fortuna irritava-o bastante.

Therese retrucou:

– Será que isso aí é um homem? Não é homem, não! – E não arredou do lugar.

O zelador urrou:

– Eu sou inocente! – Fixou os olhos em Kien, como se lhe pedisse respeitosamente a sua gratificação. Com essas palavras queria enfatizar sua inocência não da morte da filha e sim da investigação desagradável que o professor teria de enfrentar.

Três guardas, que nesse instante retiravam seus dedos dos bolsos do ladrão, recuaram, todos ao mesmo tempo, dois passos, como que obedecendo a uma ordem. Nenhum deles tinha vontade de despir aquele indivíduo asqueroso. Era demasiado magro. Kien caiu no chão. Therese gritou:

– Ele está mentindo!

– Mas ele não disse nada – censurou-a um dos guardas.

– Dizer é fácil – replicou ela. O zelador precipitou-se em direção a Kien, a fim de levantá-lo.

– Isso é covardia. O homem está deitado no chão – objetou o delegado. Todos pensavam que o ruivo estivesse a ponto de malhar a vítima prostrada. Ninguém se oporia a ele. O esqueleto inerte, que jazia ali no chão, era simplesmente exasperante. O protesto dirigia-se apenas contra uma usurpação de seus próprios direitos. O ruivo foi agarrado e arrastado para trás antes de alcançar Kien. Em seguida soergueram o corpo caído. Omitiram-se de fazer troça do pouco peso, tamanha repugnância lhe causava esse sujeito. Um deles tentou empurrá-lo numa cadeira.

– Ele pode ficar de pé, esse dissimulador – disse o delegado, dando à mulher, cuja sagacidade o humilhava, a prova de que também ele percebia que tudo isso era fita. Os policiais puseram aquele comprido nada em posição ereta. O que se empenhara em colocá-lo na cadeira apartou pelo menos os pés do delinquente, a fim de aumentar a largura da base. Em cima, outro largou Kien, e este voltou a desmoronar, ficando suspenso no braço de um terceiro.

Therese disse:

– É uma infâmia. Ele está morrendo! – já antegozava o belo castigo que ele receberia.

– Professor! – urrou o zelador. – Não faça isso! – Estava satisfeito porque ninguém se interessava por sua filha, mas mesmo assim contava com o testamento desse homem bondoso.

O delegado vislumbrava uma oportunidade para ministrar uma lição masculina àquela mulher ultrapresunçosa. Com veemência tocou no nariz excessivamente pequeno, grande mágoa de sua vida. (Nas horas vagas como nas de serviço, em todas as horas de pouco movimento, examinava-o no espelho de bolso, soltando graves suspiros. Em momentos difíceis, o nariz costumava crescer. Antes de resolver problemas, sempre se certificava de seu tamanho exíguo, porque era agradável esquecê-lo três segundos após.) A essa altura tomou a decisão de mandar despir o criminoso, agora mais do que nunca.

– Vocês são todos uns cretinos – começou. Engoliu a frase seguinte, que se referia apenas a ele mesmo. – Um morto tem os olhos abertos. Caso contrário, não haveria necessidade de fechá-los. Um dissimulador não pode fingir uma coisa dessas. Se fecha os olhos, não acredito que esteja morto, pois, como já disse, no momento da morte, os olhos se abrem. Uma morte sem olhos vidrados e com os olhos fechados não vale nada. A mim ninguém engana. Convençam-se disso, senhores. Quanto ao prisioneiro, faço questão de que examinem cuidadosamente os olhos dele.

Levantou-se. Arredou a mesa à qual estivera sentado – mais um obstáculo superado e não apenas contornado! – e se aproximou do sujeito pendurado nos braços de um funcionário. Com o branco e carnudo dedo médio, deu uns vigorosos piparotes, primeiro numa e depois na outra pálpebra de Kien. Os policiais sentiam-se aliviados. Haviam receado que o homem tivesse perecido em consequência dos maus-tratos da multidão. Sua intervenção fora tardia, e isso talvez tivesse causado encrencas. Era preciso pensar em tudo. Ao povo permitem-se excessos, mas os órgãos da Lei jamais devem perder o equilíbrio. A prova dos olhos deu resultado convincente. O delegado era um craque. Therese ergueu a cabeça bem alto, saudando a punição ressuscitada. O zelador experimentava um comichão nos punhos, como sempre lhe acontecia quando as coisas iam bem. Dispondo a seu lado de uma testemunha desse quilate, tinha toda a razão de estar contente. As pálpebras de Kien contraíam-se sob as duras unhas do delegado. Este repetiu os ataques, na esperança de abrir os olhos do delinquente com relação a diversas coisas, como por exemplo a estupidez de bancar o defunto sem ter olhos vidrados. Para demonstrar que se tratava de olhos de uma pessoa apenas aparentemente morta, cumpria descerrá-los à força. Entretanto, continuavam fechados.

– Largue-o! – ordenou o delegado ao misericordioso guarda que ainda não se fartara de sua carga. Ao mesmo tempo agarrou pelo pescoço o patife obstinado e sacudiu-o violentamente. A leveza de Kien exasperou-o. – E esse bicho tem a coragem de roubar! – disse, cheio de desdém. Therese olhou-o com um sorriso irônico. O delegado começava a agradar-lhe. Esse sim era um homem. Só o nariz não era como devia ser. O zelador – mais tranquilo porque tinham parado de interrogá-lo, e um pouco intranquilo porque ninguém se interessava por ele – refletia sobre a melhor maneira de apresentar o assunto. Tinha sempre o seu próprio modo de pensar. O professor não era um ladrão. Ele, o zelador, acreditava no que acreditava e não no que diziam os outros. Ninguém morre só por causa de algumas sacudidelas. O professor falaria assim que voltasse a si, e então haveria um escarcéu.

O delegado demonstrava mais desprezo por aquele esqueleto. Então pôs-se a despi-lo com as próprias mãos. Jogou o casaco na mesa. O colete seguiu o casaco. A camisa estava velha, mas era de boa qualidade. Após tê-la desabotoado, o delegado mirou atentamente as costelas. Realmente não havia nada ali. Uma espécie de náusea invadiu-o. Ele já tinha visto muita coisa. Sua profissão o colocava em contato com todas as formas da vida humana, mas nunca lhe ocorrera uma forma que fosse tão magra. Esse tipo devia ser exibido numa exposição de raridades, e não numa delegacia. Ora bolas! Como se ele fosse dono de uma barraca na feira ou coisa que o valha!

– As calças e os sapatos ficam para vocês – disse, dirigindo-se aos outros. Muito humilhado, deu um passo para trás. Recordou-se do nariz. Tocou nele. Era curto demais. Ah, se fosse possível esquecê-lo! Mal-humorado, o delegado sentou-se à escrivaninha. Esta se encontrava mais uma vez num lugar errado. Alguém a deslocara. – Será que vocês não podem deixar minha mesa em paz? É a centésima vez que repito isso! Idiotas!

Os que estavam ocupados com os sapatos e as calças do ladrão sorriam de si para si. Os demais tomaram posição de sentido. "Sim", pensava ele, "sujeitos como esse aí precisam ser eliminados. São uma calamidade pública. Dá nojo ver. A gente até perde o apetite, e o que é que a gente faz quando não tem mais apetite? E ainda querem que se conserve a paciência. Para esses casos, deveria haver torturas. Na Idade Média o trabalho da polícia era mais fácil. Com esse aspecto aí, o melhor que a pessoa pode fazer é se suicidar. A estatística não se ressentiria, já que um tipo desses não pesa na balança. Mas, em vez de se matar, banca o semimorto. Uma criatura como esta não tem vergonha. Outros se sentem envergonhados por causa do nariz, que é um pouquinho curto. E esse aí é um boa-vida e ainda rouba descaradamente! Mas terá de pagar por isso. Os homens não nascem todos iguais. Alguns têm capacidade, juízo, inteligência, senso político, outros não têm um só centímetro de gordura em cima dos ossos. E disso resulta a trabalheira da gente. Mal se tira o espelho do bolso, já é necessário repô-lo."

Foi o que aconteceu. As calças e os sapatos foram depositados na mesa. Os guardas examinaram ambos à procura de um fundo duplo. O espelho desapareceu num bolso interno especialmente preparado, no tamanho exato. Desnudo, com a única exceção da camisa, uma vez que lhe haviam tirado até as meias, o trêmulo indivíduo encostava-se num dos guardas. Os olhares de todos fixavam-se nas batatas da perna.

– São falsas – disse o gênio mnemônico. Abaixou-se e bateu nelas. Eram verdadeiras. A desconfiança contagiou-o também. No seu íntimo, tomara aquele homem por um anormal. Nesse instante, porém, percebeu que se tratava de um dissimulador perigoso.

– Meus senhores, isso não adianta nada! – berrou o zelador. Sua objeção foi encoberta pelo espanto do delegado. Este, que tinha o dom da intuição, renunciara resolutamente ao dinheiro surrupiado à mulher, dinheiro esse que custava a aparecer, e pusera-se a devassar detidamente a carteira do criminoso. Nela se encontravam diversos documentos e identidade, que se referiam a um certo dr. Peter Kien.

Obviamente eram roubados. Se num deles houvesse uma fotografia, sem dúvida seria falsificada. As paredes ecoavam ainda a advertência do zelador, quando o delegado se levantou de um pulo. Colocando a mão no nariz, dirigiu-se ao delinquente e, numa voz que já não parecia recordar-se do nariz, exclamou:

– Seus documentos são roubados.

Therese deslizou até bem perto dele. Estava disposta a confirmar as palavras dele sob juramento. Para ela, quem quer que falasse de roubo tinha razão.

Kien tiritava de frio. Abrindo os olhos, fitou Therese. Ela se achava à sua frente. Meneava os ombros e a cabeça. Sentia-se lisonjeada porque Kien acabava de reconhecê-la. A personagem principal da peça era ela.

– Seus documentos são roubados! – repetiu o delegado. Sua voz soava mais serena que da primeira vez. Os olhos abertos não enxergavam, mas em compensação ele os estudava cuidadosamente. Julgava ter ganhado a partida. Vencida a primeira resistência, o resto decorreria, automaticamente. Os olhos do delinquente conservavam-se fixos na mulher, penetravam-na, tornavam-se singularmente rijos. Essa centésima parte de um ser humano era, além do mais, um depravado. – Não tem nem um pouquinho de vergonha? – gritou o delegado. – Você está quase nu! – As pupilas do ladrão alargavam-se. Seus dentes estalavam. A cabeça permanecia imóvel na mesma posição. "Será que tem os olhos vidrados?", perguntou-se o delegado e assustou-se levemente.

Kien levantou um braço. Estendeu-o até tocar a saia de Therese. Pressionou entre dois dedos uma das pregas, soltou-a, voltou a pressioná-la, largou-a, apanhou outra. Deu mais um passo para a frente. Parecia não confiar muito nos olhos e nos dedos. Aproximou o ouvido do ruído que seus dedos provocavam nas pregas engomadas. Suas narinas estremeciam.

– Agora chega, seu porco! – bradou o delegado, ao qual a impudente zombaria do nariz não tinha escapado. – Vai ou não vai confessar sua culpa?

– O que é isso? – urrou o zelador. Ninguém lhe repreendeu a perturbação da ordem. Todos ansiavam por ouvir a resposta do criminoso. Kien abriu a boca; talvez o fizesse apenas para também experimentar o sabor da saia. Porém, quando ela já estava aberta, disse:

– Confesso minha culpa. Boa parte da culpa cabe a ela. Encarcerei-a, mas era realmente preciso que ela devorasse seu próprio corpo? Ela mereceu a morte. Peço, no entanto, que me deem uma informação. Sinto-me confuso. Como se explica que a mulher assassinada esteja aqui presente? Reconheço-a pela saia!

Falava baixinho. Todos se acercaram dele, querendo entender o que dizia. A fisionomia de Kien manifestava a tensão de um moribundo a revelar o seu mais angustiante segredo.

– Mais alto! – ordenou o delegado, evitando o habitual linguajar da polícia. Comportava-se como se se achasse num teatro. O silêncio dos demais era piedoso e persistente. Em vez de dar maior ênfase às suas ordens, o delegado colocou-se gentilmente no meio deles. O zelador escorava-se nos ombros de dois colegas. Ambos os antebraços repousavam em todo o seu comprimento nas espáduas. Ao redor de Kien e Therese formou-se um círculo que se fechou por inteiro. Ninguém abria mão de seu lugar. Um guarda opinou:

– Ele não regula bem. – E pôs um dedo na testa. Mas envergonhou-se desse ato. Baixou a cabeça. Suas palavras contrariaram a curiosidade geral e provocaram olhares irados. Therese sussurrou:

– Ora, ora! – Era dona desse local, o centro das atenções. Mal se continha de tanta curiosidade. Queria permitir que o marido contasse suas mentiras até o fim. Depois seria a vez dela. Os outros deviam calar-se.

Kien falava mais baixinho ainda. Às vezes punha a mão na gravata para endireitá-la. Era seu gesto habitual sempre que enfrentava grandes mistérios. Os espectadores tinham a impressão de que ele não se dava conta de ter somente a camisa no corpo. A mão do delegado agarrou espontaneamente o espelho. Ele estava a ponto de mantê-lo diante do rosto do cavalheiro. Tinha predileção por gravatas bem atadas, mas esse cavalheiro era um reles ladrão.

– Os senhores acham talvez que ando sofrendo de alucinações. Normalmente elas não me acometem. Minha ciência requer clareza. Não costumo incorrer em enganos. Não admito letra nenhuma errada. Mas nos últimos tempos passei por muitas coisas. Ontem recebi a notícia da morte de minha esposa. Os senhores sabem de quem se trata. Por causa dela tenho a honra de me encontrar em companhia dos senhores. Desde então absorve-me ininterruptamente a preocupação com meu processo. Hoje, ao me encaminhar ao Theresianum, topei com minha esposa assassinada. Estava na companhia do nosso zelador, que é meu amigo leal. Foi ele quem, em meu lugar, acompanhou o féretro dela até a sepultura. Naquele dia, eu era incapaz de fazê-lo. Não me considerem desalmado. Há mulheres que a gente nunca esquece. Vou lhes dizer a plena verdade: esquivei-me propositadamente do enterro. Estava além das minhas forças. Os senhores me compreendem certamente, ou nunca foram casados? Naquela ocasião um vira-lata despedaçou e devorou a saia. Pode ser que ela possuísse duas. Na escada ela chocou-se comigo. Carregava um pacote que, segundo eu suspeitava, continha meus próprios livros. Adoro minha biblioteca. Trata-se da maior biblioteca particular da cidade. De algum tempo para cá tive de me descuidar dela. Outras tarefas misericordiosas me ocupavam em demasia. O assassínio de minha mulher mantinha-me afastado de minha morada. Não sei quantas semanas transcorreram desde que abandonei o apartamento. Aproveitei bem esse tempo. Tempo é ciência, ciência é ordem. Além da aquisição de uma pequena biblioteca cerebral, dediquei-me, como acabo de dizer acima, a tarefas misericordiosas. Redimo livros do holocausto. Conheço um porco que se alimenta de livros, mas é melhor não falar sobre essas coisas. Peço aos senhores que recorram ao discurso que farei perante o tribunal. Ali pretendo tornar públicas certas revelações. Ajudem-me. Ela não se afasta do lugar. Livrem-me dessa alucinação! Antes nunca sofri de tal moléstia. Ela me persegue, segundo receio, e já há mais de uma hora. Vamos primeiro obter clareza quanto aos fatos. Quero lhes facilitar a sua ajuda. Vejo todos os senhores. Os senhores todos me veem. Exatamente assim a mulher assassinada mantém-se a meu lado. Todos os meus sentidos me traem, não só os olhos. Posso resistir com todas as minhas forças, ouço a saia, sinto-a, percebo seu cheiro de goma. Ela meneia a cabeça. Tinha esse jeito quando vivia. Fala até. Há poucos instantes ela disse: "Ora, ora...". Os senhores devem saber que o vocabulário dela constava de cinquenta palavras. Contudo, não falava menos que outras pessoas. Ajudem-me, por favor! Deem-me provas de que ela está morta!

O auditório começou a distinguir palavras no murmúrio proferido por Kien. Os espectadores habituavam-se aos modos dele. Escutavam-no perplexos. O homem usava um linguajar muito culto. Afirmava ter cometido um homicídio. Ninguém acreditava em tal assassínio. Cada um por si, porém, lhe daria crédito. Pedia que o ajudassem. Contra quem? Tinha medo, embora a essa altura, estando só de camisa, não fosse incomodado por ninguém. O próprio delegado sentia-se impotente. Preferia calar-se: suas frases não teriam soado suficientemente literárias. Esse sujeito era de boa família. Talvez nem fosse um "sujeito". Therese admirava-se de nunca ter notado coisa alguma. O homem já fora casado quando a contratara. E ela sempre pensando que fosse solteiro. Sabia que ali existia algum mistério. O mistério era a primeira esposa. Ele a matara. Águas mansas são traiçoeiras. Era por isso que ele nunca se abria. Desposara a ela, Therese, porque a primeira esposa tinha uma saia igual. Agora ela se empenhava em reunir provas. Entre as seis e as sete da manhã, o homem andara mexendo na casa sozinho. Estava tudo escondido, até que ele conseguiu levar os pedaços para fora do apartamento. É coisa que não se faz! Ela se lembrava muito bem de tudo aquilo. Por isso ele fugira dela. Receava que ela pudesse descobrir o crime. Ladrão é também assassino. É o que ela dizia sempre. O sr. Bruto vai ficar pasmado.

O zelador foi acometido de terror. Os ombros nos quais se escorava fraquejavam. Justamente nessa hora, quando mais ninguém pensava na filha, o professor tirava dele sua desforra tardia. O professor falava de esposa, mas referia-se à filha. O zelador também a via, mas onde estava ele afinal? O professor queria lográ-lo mas os outros não se deixavam enganar por seus truques. Esse coração de ouro estava-lhe armando uma cilada. Vejam só! Como é fácil equivocar-se a respeito de outras pessoas! Apesar de sua mágoa, conteve-se. As acusações do professor eram por demais inconsistentes. O zelador conhecia seus colegas. Nem por um instante ele se lembrou de que fora ele mesmo que promovera Kien a professor. Considerava sua degradação apenas com uma possibilidade remota.

Após a repetida solicitação de ajuda, proferida em tom calmo, mas com o sentido de uma súplica, Kien permanecia na expectativa. O silêncio de túmulo dava-lhe prazer. Até Therese conservava-se calada. Ele almejava que ela desaparecesse. Talvez desaparecesse mesmo, uma vez que já deixara de falar. Mas Therese não sumia. Como ninguém o acudia, Kien tomou a iniciativa de curar-se de sua alucinação. Sabia o que se devia à ciência. Deu um suspiro, um profundo suspiro. Quem não se envergonharia, ao ter de implorar socorro a outrem? O assassínio era compreensível. Ele bem poderia justificá-lo. O que temia tremendamente eram apenas as consequências dessa alucinação. Se o tribunal o julgasse isento de responsabilidade por seus atos, cometeria suicídio imediatamente. Sorriu para cativar o auditório. Seriam suas testemunhas no processo. Quanto mais gentil e ajuizadamente falasse com elas, menos significativa lhes pareceria a alucinação. Ele elevava-se ao nível de homens cultos.

– Hoje em dia a psicologia entra na esfera de todas as pessoas... cultas – prosseguiu. Por mais cortês que se mostrasse, intercalou uma pequena pausa, antes de aplicar o adjetivo "cultas" a esse tipo de pessoa. – Apesar do que os senhores talvez pensem, não sou vítima de uma mulher. Minha absolvição está garantida. Os senhores têm diante de si provavelmente o maior sinólogo da atualidade. Mas até mesmo homens ainda maiores têm sido acometidos por alucinações. A peculiaridade dos caracteres críticos consiste na energia com a qual se concentram no objeto de sua escolha. Há uma hora preocupo-me tão intensa e tão exclusivamente com minha imaginação que agora não consigo me livrar dela. Tenham a bondade de se convencerem do julgamento perfeitamente lógico que faço dessas coisas! Rogo-lhes insistentemente a fineza de tomarem as seguintes medidas: todos os senhores devem dar um passo para trás. Organizem-se em fila indiana! Aproximem-se de mim, um por um, em linha reta! Espero me certificar de que aqui, ou ali, ou acolá, os senhores não se chocam com nenhum obstáculo. Deparo-me nesse lugar com uma saia. A mulher que está dentro dela foi assassinada, parece-se com a vítima como um ovo com outro. Agora não fala, mas antes tinha a mesma voz. Isso me deixa confuso. Necessito de lucidez total. Eu, pessoalmente, vou me encarregar de minha defesa. Não preciso de ninguém. Advogados são criminosos e mentem, todos eles. Eu, porém, vivo em função da verdade. Sei que essa verdade aí é mentira, ajudem-me! Sei que ela deve sumir. Ajudem-me, essa saia me perturba. Já a abominei, muito antes do vira-lata. Por que ainda tenho de revê-la depois?

Ele acabava de agarrar Therese, já não timidamente e sim segurando-se com toda força na saia. Empurrava-a, atraía-a para perto de si, cingia-a com os braços compridos, descarnados. Ela não reagia. O homem apenas desejava abraçá-la. Antes de serem enforcados, os assassinos recebem uma derradeira refeição. Ela não tinha sabido que Kien era assassino, mas agora sabia: tão magro assim, e aquela multidão de livros que continham tudo! Ele a fez girar uma única vez em torno de seu próprio eixo. Renunciou ao abraço. Isso a agastou. Ele a contemplava com os olhos arregalados, a dois centímetros de distância. Esfregava a saia com os dez dedos. Estendia a língua para fora e aspirava reiteradamente pelo nariz. De tanto esforço, brotavam-lhe lágrimas dos olhos.

– Eu sofro dessa alucinação! – admitiu arfando. Em face das lágrimas, os espectadores tiravam a conclusão de que o prisioneiro estava soluçando.

– Não chore, delinquente! – disse um dos guardas. Tinha filhos em casa; o mais velho sempre trazia para casa um "dez" após outro em redação. O delegado experimentava certa inveja. Imaginava subitamente em trajes elegantes aquele homem só de camisa que ele próprio despira.

– Está bem – resmungou, como que procurando uma transição para manifestações mais severas. A fim de facilitá-la, lançou um olhar às peças de roupas puídas que se achavam na mesa. O agente que era um gênio mnemônico perguntou:

– Por que não falou antes? – Não esquecera nada do que fora dito anteriormente. Sua pergunta era puramente retórica. Ele perguntava apenas para exibir aquilo que os colegas chamavam "sua genialidade". Tinha o hábito de fazê-lo de vez em quando, especialmente em épocas de pouco movimento. Os outros, por índole menos notáveis, ainda escutavam ou já se riam. Estavam divididos entre a curiosidade e a satisfação. Sentiam-se bem sem se darem conta disso. Num momento assim tão raro esqueciam-se de seus deveres e até de sua dignidade, como só costuma acontecer a pessoas em face de um espetáculo teatral precedido de grande fama. A duração dele era demasiado breve. Pelo preço das entradas teriam gostado de receber mais. Kien falava e agia. Esforçava-se muito. Percebia-se que levava sua profissão a sério. Ganhava o pão com o suor de seu rosto. Nenhum ator se sentia capaz de superá-lo. Em quarenta anos não falara tanto sobre a sua pessoa como nesses vinte minutos. Seus gestos eram convincentes. Os ouvintes estavam a ponto de aplaudir. Quando se punha a apalpar a mulher, todos se mostravam benevolentes e se dispunham a acreditar na história do homicídio. Ele parecia de família boa demais para que pudesse ser considerado um canastrão, embora, para um teatro autêntico, as batatas da perna fossem excessivamente mirradas. Os espectadores teriam concordado em ver nele um astro decadente, se não se preocupassem em demasia com o próprio ato e saboreassem a confusão de sentimentos provocada pela arte do protagonista.

Therese estava furiosa com ele. Uma vez que relacionava a si os olhares lúbricos dos homens, os quais eram todos homens de verdade, aceitou tranquilamente por algum tempo as lisonjas de Kien. Este lhe causava repugnância. Que serventia tinha ele? Era fraco e magro. Não fazia a menor ideia de como um macho deve agir. Um homem não se comporta assim. Era um assassino, sem dúvida, mas ela não tinha medo, conhecia-o, sabia que ele era covarde. Sentia, no entanto, que o enlevo do assassino a deixava numa posição vantajosa. O homem estava extasiado e ela mantinha-se quieta. O zelador não compreendia mais nada. Percebia que os pensamentos do professor não giravam em torno da filha. Concentrou-se então no jogo de pernas do homem. Se um mendigo como esse aí aparecesse diante do olho mágico, ele lhe quebraria ambas as pernas como palitos de fósforo. Um ser humano precisa ter boas batatas da perna, se não tem, é uma vergonha. Para que dança esse fracalhão ao redor da velha? A mulher não merece que a cortejem. Seria melhor que o deixasse em paz e não fizesse aquelas caretas faceiras. Enfeitiçara completamente o pobre do professor. Ele se contorce sob os tormentos do amor, como se costuma dizer. E isso, apesar de ser uma pessoa distinta! Os colegas deveriam devolver-lhe as calças. A qualquer momento um estranho pode entrar na delegacia e ver que esse sujeito não tem batatas da perna. Toda a polícia ficaria comprometida. Que ele pare de tagarelar. Nesse ambiente ninguém entende coisas eruditas. Quando fala, sempre demonstra sua sabedoria, mas na maioria das vezes nem fala. Hoje é seu dia de loquacidade. Mas de que adianta?

De repente, Kien se endireitou. Agarrando-se a Therese, alçou-se em toda a sua altura. No momento em que se elevava acima dela – era uma cabeça mais alto –, pôs-se a rir ruidosamente.

– Ela não cresceu! – exclamou. – Ela não cresceu!

Pois, a fim de livrar-se da miragem, resolvera içar-se nela. Como poderia alcançar a cabeça da imaginária Therese, já que a visionava gigantesca? Seria necessário que se espichasse, se metesse nas pontas dos pés, e, se mesmo assim ela permanecesse superior, ele poderia argumentar com justa razão: "Na realidade ela era sempre uma cabeça mais baixa, toda a vida, de maneira que isso aí é uma miragem".

Quando, porém, Kien, ágil como um macaco, chegava lá em cima, o seu plano tão esperto se reduzia ao tamanho normal de

Therese. Pouco se lhe dava. Antes pelo contrário, poderia haver prova mais concludente da famosa precisão de seu intelecto? Até a sua fantasia era exata! Por isso riu. Um sábio de seu quilate não se atrapalhava nunca. A inexatidão era o grande mal da humanidade. Alguns bilhões de homens comuns tinham vivido uma vida absurda, assim como fora absurda a sua morte. Mil cérebros exatos, mil no máximo, haviam erguido o edifício da ciência. Admitir que um desses mil morresse antes do tempo seria um suicídio infligido à pobre humanidade. Kien ria jovialmente, imaginando as alucinações dos indivíduos normais que o rodeavam. Therese cresceria acima das cabeças de todos eles, provavelmente até o teto, e então chorariam de medo. Talvez recorressem a outrem em busca de socorro. Essa gente vivia sempre entregue a alucinações. Não sabia nem formular uma frase clara. Era necessário adivinhar o que eles pensavam, contanto que alguém se interessasse por isso. Melhor era, no entanto, não dar importância aos seus pensamentos. No meio desse pessoal tinha-se a impressão de estar num manicômio. Quer rissem, quer chorassem, sempre usavam máscaras grotescas. Eram incuráveis, cada um tão medroso quanto o outro. Nenhum deles seria capaz de assassinar Therese. Todos teriam permitido que ela os torturasse até a morte. Tinham até medo de ajudá-lo, porque cometera um homicídio. Quem, além dele, conhecia os motivos desse ato? Perante o tribunal, após o seu grandioso discurso, essa mísera humanidade lhe pediria desculpas. Para ele era fácil dar uma boa risada. Quem mais nascera com tão prodigiosa memória? A memória era a condição prévia de toda e qualquer exatidão científica. Estudaria aquela miragem até certificar-se da natureza dela. Já se defrontara com perigos piores, tais como textos deteriorados, linhas perdidas etc. Não se recordava de ocasião em que tivesse falhado. Lograra executar todas as tarefas que se propusera. Quanto ao assassínio, também o considerava um problema resolvido. Um Kien não se abalaria diante de uma alucinação. A mulher, porém, terminaria derrotada por ele, mesmo que fosse de carne e osso. Ele era duro.

Havia muito tempo que Therese não dizia nada. Kien deu fim à sua risada. Em seguida recomeçou a obra.

À mesma proporção que aumentavam a coragem e a confiança de Kien, diminuía a qualidade de sua representação. Quando se punha a rir, os espectadores ainda o achavam divertido. Momentos antes, soluçara comoventemente. O contraste era de fato brilhante.

– Como é que ele consegue fazer isso? – disse um dos guardas.

– Depois da chuva, vem o sol – respondeu outro. Mas, a seguir, todos se tornaram mais sérios. O delegado levou a mão ao nariz. Apreciava a arte, mas preferia o riso genuíno. O agente que era um gênio mnemônico mencionou que essa era a primeira vez que se ouvia uma risada desse senhor.

– É porque não adianta falar! – berrou o zelador. O pai do bom aluno opôs-se a essa opinião.

– Meu caro detento, o melhor que pode fazer é falar – exortou a Kien. Este não obedeceu. – Digo isso no seu próprio interesse – acrescentou o pai. Era verdade. A atenção do auditório decrescia rapidamente. O prisioneiro prolongava demais a sua risada, e todos já conheciam o bastante a comicidade do físico de Kien. O delegado ficava envergonhado. Cursara o colégio quase até o fim e se deixara impressionar por algumas frases estilisticamente perfeitas. O ladrão as decorara. Era um impostor perigoso. Mas, dele, do delegado, não conseguiria nada. Esse sujeito pensa que, contando algumas bravatas a respeito de um assassínio, a gente esquece o furto e os documentos falsos. Qualquer funcionário experiente da polícia já tinha visto casos mais complicados. Carecia-se de uma boa dose de impudência para dar risadas numa situação assim. Mas dentro em breve esse sujeito voltaria a chorar, e não verteria lágrimas de crocodilo.

O gênio mnemônico fez mentalmente uma lista de todas as mentiras do ladrão, na intenção de usá-la no interrogatório posterior. A seu redor havia mais de uma dúzia de pessoas, entre as quais certamente nenhuma se lembrava daquilo que fora dito. Dependiam da memória dele. Suspirou audivelmente. Não lhe pagavam nada por seus serviços indispensáveis. Ele produzia mais que todos os outros juntos. Nenhum deles valia coisa alguma. Ele era a alma da delegacia. O delegado confiava nele. Ele, e só ele tinha todo o trabalho. Os outros invejavam-no, como se sua promoção já estivesse garantida. Aquela turma lá em cima sabe muito bem por que não o promove. Tem medo de sua genialidade. Enquanto o gênio coordenava as alegações do delinquente, valendo-se da ajuda dos dedos, o pai orgulhoso dirigiu a Kien o último apelo. Supondo que o indivíduo já não soubesse o que dizer, sugeriu:

– Senhor Detento, seria melhor se chorasse. – Tinha a profunda convicção de que na escola não se obtém nenhum "dez" com simples risadas. Quase todos já se haviam distanciado de seus vizinhos. Alguns abandonaram o círculo. Desfizeram-se a roda e a tensão. Até os menos proeminentes entre os espectadores começavam a formar uma opinião própria. O que fora rejeitado recordou-se do copo d'água que oferecera. Os que serviam de pilares para o zelador, dando-se conta da presença dele, tinham ganas de esbofeteá-lo por causa da sua desaforada intimidade. O próprio zelador gritou:

– O homem fala demais! – Quando Kien tornou a mergulhar em suas investigações, já era tarde. Apenas um número novo e sensacional salvaria o espetáculo, e ele tinha a desfaçatez de apresentar mais uma vez o número velho. Therese notou que os fogos cruzados da admiração geral se tinham extinguido.

– Por favor, chega! – disse ela. Afinal, esse aí não era um homem.

Kien ouviu a voz dela. Sobressaltou-se. Ela lhe aniquilava todas as esperanças. Absolutamente não tinha contado com essa possibilidade. Pensara que Therese, já que se calava, talvez fosse sumir sob todos os outros aspectos também. Acabava de afastar os dedos para sentir que a miragem não se achava mais ali. Segundo suas previsões, os olhos seriam os últimos a sarar. As ilusões da vista são as mais obstinadas. Ela se punha a falar. Ele não ouvira mal. "Por favor", pedira ela. Cabia então a ele recomeçar tudo, que injustiça, um imenso trabalho atrasado em muitos anos, dizia-se Kien de si para si. Como se a voz dela o tivesse ferido, petrificou-se bem perto da mulher, com as costas encurvadas e os dedos de ambas as mãos espasmodicamente distendidos. Em vez de falar, silenciou. Não sabia mais como se chorava tampouco como se ria. Simplesmente não fez nada, e assim se privou dos derradeiros restinhos de simpatia.

– *Clown* – gritou o delegado. Já se animava a intervir, mas dizia a palavra em inglês, visto que a impressão de cultura despertada por Kien continuava indestrutível. Olhou em redor para verificar se o tinham compreendido. O gênio mnemônico repetiu a palavra em alemão. Entendia o sentido dela. Explicou que essa era a pronúncia certa. A partir desse momento, suspeitavam os colegas que ele falasse inglês clandestinamente. O delegado aguardou alguns instantes para ver como o detento assim invectivado reagiria contra o *clown*. Prevendo alguma frase de alto nível literário, preparou uma resposta do mesmo quilate:

– O senhor parece pensar que nenhum dos funcionários públicos aqui presentes jamais se dedicou a estudos superiores. – Essa frase lhe agradava muito. Ele levou a mão ao nariz. Mas Kien não lhe deu ensejo para proferir a frase. Por isso o delegado bradou enfurecido: – O senhor parece pensar que nenhum dos funcionários aqui presentes tentou formar-se!

– O que é isso? – urrou o zelador. Isso era com ele, com sua filha, com a qual nesse dia todo mundo implicava. Nem sequer no túmulo deixavam a garota em paz! Kien estava por demais abatido para movimentar os lábios. As complicações do processo cresciam cada vez mais. Um homicídio é sempre um homicídio. Não tinham essas feras queimado o próprio Giordano Bruno? Ele, que lutava em vão contra uma alucinação, de onde receberia a força necessária para convencer jurados incultos de seu valor intrínseco?

– Afinal de contas, quem é o senhor? – gritou o delegado. – O senhor faria melhor abandonando o seu silêncio! – Com dois dedos puxou a manga da camisa de Kien. Tinha vontade de esmagá-lo entre as unhas. Que cultura é essa que só sabe dizer umas poucas frases e não responde a perguntas sensatas? A verdadeira cultura manifesta-se no comportamento, nas atitudes impecáveis e na genuína arte do interrogatório. Sério e novamente cônscio de sua superioridade, o delegado postou-se atrás da mesa. No assento de madeira da cadeira que ele costumava usar jazia uma almofada bem fofa, a única existente na delegacia. Nela se liam, em letras vermelhas bordadas, as palavras "propriedade privada", que deviam dar a entender aos funcionários subalternos que nem na ausência do chefe lhes cabia o direito de servirem-se dela. Pois o pessoal tinha a propensão censurável de colocar o traseiro em cima da almofada. Com uns poucos movimentos certeiros, o delegado endireitou-a. Antes que se sentasse, a "propriedade privada" devia ficar em posição paralela a seus olhos, que nunca deixavam de reconfortar-se nessas duas palavras. O delegado estava com as costas viradas para a cadeira. Era difícil interromper a contemplação da almofada e ainda mais difícil sentar-se sem deslocá-la. Lentamente se instalou nela. Por um tempinho deteve as nádegas. Só depois de ter certeza de que também desse lado a "propriedade privada" se achava no devido lugar, tomou a liberdade de imprimir-lhe o peso de seu corpo. Quando estava sentado, nenhum ladrão do mundo – mesmo que tivesse concluído o curso secundário e ainda outro – seria capaz de impressioná-lo. Rapidamente o delegado lançou mais um olhar ao espelho de bolso. A posição da gravata, tal e qual a de seu corpo, era firme e não lhe faltava certa elegância. Os cabelos escovados para trás estavam imobilizados pela brilhantina. Nenhum deles se mexia. O nariz era curto demais. Esse fato deu-lhe o impulso necessário para encetar decididamente o interrogatório.

Seus subalternos acudiam-lhe. Ele dissera *clown*, e eles aprovavam a palavra. Uma vez que o detento se tornara enfadonho, cada um se lembrava de sua própria dignidade. O gênio mnemônico ardia de zelo. Deliberando consigo mesmo, concluíra uma lista de quatorze pontos. Assim que as desdenhosas unhas do delegado largaram a manga de Kien, este, ainda de camisa, foi conduzido até a mesa, onde o soltaram. Ele se mantinha de pé sem nenhum apoio. Era no seu interesse, pois, se caísse a essa altura dos acontecimentos, ninguém o teria levantado. Todos achavam que ele tinha força suficiente. Tomavam-no por um farsante empedernido. Já não criam seriamente na magreza dele. Com certeza não morria de fome. O pai orgulhoso começava a ter receios quanto às excelentes redações do filho, uma vez que via claramente o que podia resultar da perfeição literária.

– O senhor reconhece essas roupas? – perguntou o delegado, apontando para o casaco, o colete, as calças, as meias e os sapatos, espalhados na superfície da mesa. Ao dizê-lo, conservava os olhos fixos em Kien, a fim de controlar o efeito de suas palavras. Estava firmemente decidido a proceder de modo metódico, na intenção de colocar o delinquente contra a parede. Kien fez que sim. Apoiava as mãos na borda da mesa. Sabia que a miragem se achava às suas costas. Conteve o desejo de voltar-se para ver se ela ainda estava ali. Parecia-lhe mais indicado admitir sua responsabilidade. A fim de não irritar o relator – esse devia ser o cargo do magistrado que o interrogava –, responderia às perguntas dele. Teria preferido apresentar uma descrição do delito num discurso contínuo. Detestava diálogos. Estava habituado a expor suas opiniões em alentadas monografias. Compreendia, porém, que cada especialista se atém aos seus métodos, e consentia nisso. Secretamente esperava que, num jogo fascinante de perguntas e respostas, lograsse revivificar a morte de Therese com tamanha intensidade que aquela miragem se dissolveria automaticamente. Enquanto possível, permaneceria na frente desse relator a fim de demonstrar-lhe a absoluta necessidade do fim de Therese. Quando o protocolo completo com todos os pormenores estivesse redigido e assim se dissipasse a menor suspeita de sua cumplicidade; quando, em face de provas concludentes, o relator se fizesse inteirado da realidade da morte dela, então – nenhum minuto antes – ele, Kien, poderia virar-se e rir daquele espaço vazio lá atrás, onde outrora se encontrara Therese. Decerto ela ainda se acha lá atrás, dizia com os seus botões, visto que sentia a proximidade da mulher. Quanto mais firmemente cravava os dedos no tampo da mesa, mais

Therese recuava de seu olho íntimo. Somente pelas costas ela podia tocá-lo a qualquer instante. Kien contava com a existência de uma fotografia do esqueleto, na posição em que o haviam descoberto. Pensava que a descrição do zelador, por si só, fosse insuficiente. Pessoas humanas são capazes de mentir. Cães, infelizmente, não sabem falar. A testemunha mais fidedigna seria o vira-lata cujos dentes haviam reduzido a pedacinhos minúsculos a saia de Therese, para em seguida devorá-la.

Um homem da categoria do delegado jamais se contentaria com um simples meneio de cabeça.

– Responda sim ou não! – ordenou. – Repito a pergunta.

– Sim – disse Kien.

– Espere até que eu tenha repetido a pergunta! Reconhece essas roupas?

– Sim – afirmou Kien, supondo que se tratasse das vestimentas da assassinada. Nem sequer as olhou.

– Admite então que essas roupas são suas?

– Não, dela.

Sem nenhuma dificuldade o delegado adivinhou as intenções do delinquente. A fim de dissociar-se do dinheiro e dos documentos falsos que foram encontrados em suas roupas, o matreiro patife ousava asseverar que estas pertenciam à vítima do furto. O delegado manteve a calma, embora o houvesse despido com suas próprias mãos e nunca, nos longos anos de sua carreira, lhe tivesse ocorrido tamanho descaramento. Esboçando um leve sorriso, agarrou as calças e levantou-as bem alto.

– Essas calças também?

Kien contemplou-as.

– São calças de homem – constatou, contrariado, porque o assunto nada tinha a ver com Therese.

– Admite então que são calças de homem.

– Naturalmente.

– E na sua opinião a quem pertencem essas calças?

– Como vou saber? Foram encontradas ao lado da defunta?

Propositadamente o delegado fez-se de surdo à última frase. Tencionava aniquilar desde já aquela história do homicídio e outras tergiversações da mesma espécie, assim que viessem à baila.

– Oh, sim, realmente. Como é que o senhor saberia?

Com a rapidez de um raio, retirou do bolso o espelhinho e manteve-o diante de Kien, não muito perto, para que este pudesse enxergar a quase totalidade de seu corpo.

– Sabe quem é esse aí? – perguntou. Cada músculo de seu rosto estava teso ao máximo.

– Sou... eu mesmo – gaguejou Kien, enquanto levava a mão à camisa. – Onde... onde estão minhas calças? – Estava totalmente pasmado ao ver-se nessa situação. Também verificou a ausência dos sapatos e das meias.

– Pois então! – triunfou o delegado. – Tome, vista suas calças.

Entregou-as, já preparado para enfrentar outro ardil. Kien recebeu-as e vestiu-as a toda a pressa. Antes de recolocar o espelho no bolso, o delegado mirou-se nele, coisa que antes omitira, para incrementar o efeito da surpresa. Sabia dominar-se. Seu comportamento era impecável. Uma alegria especial vinha-lhe da facilidade com que o interrogatório decorria. O criminoso pôs espontaneamente o resto das peças de roupa. Tornava-se, portanto, desnecessário apresentar provas quanto à propriedade de cada uma delas. O delinquente percebia com quem estava lidando e poupava suas forças. As preliminares do interrogatório não duraram nem três minutos. Qual dos colegas seria capaz de realizar semelhante proeza? O delegado estava tão contente que teria parado nesse ponto. A fim de ficar em condições de prosseguir, lançou um derradeiro olhar ao espelho, afligiu-se por causa do nariz, e com renovada energia perguntou ao ladrão prestes a botar o casaco:

– E como se chama agora?

– Doutor Peter Kien.

– Não diga! De que profissão?

– Cientista e bibliotecário.

O delegado lembrava-se de já ter ouvido antes esses dois dados. Apesar de ter a memória tão curta quanto o nariz, apanhou um dos documentos de identidade falsificados e leu em voz alta:

– Doutor Peter Kien. Cientista e bibliotecário. – Esse novo truque do delinquente confundiu-o. O homem admitia que as roupas eram suas e alegava que os documentos eram autênticos. Quão desesperada não devia ser a sua situação, se ele lançava mão de um recurso tão absurdo! Num caso desses, quase sempre uma pergunta capciosa resolve tudo de uma vez.

– E quanto dinheiro tinha consigo, doutor Kien, quando saiu essa manhã, quero dizer, quando saiu de casa?

– Não sei. Não costumo conferir meu dinheiro.

– Enquanto não o tiver, certamente não!

O delegado observou o impacto do golpe desferido. Até mesmo quando inquiria alguém de modo perfeitamente objetivo, deixava perceber que sabia tudo, ainda que, por enquanto, se mostrasse cortês. O criminoso fez uma careta. Sua decepção era mais eloquente que todo um processo verbal. O delegado resolveu iniciar logo um segundo ataque, visando às partes não menos vulneráveis do indivíduo. Ia indagar sobre a moradia. Disfarçadamente, como que absorto em seus pensamentos, fez deslizar a mão esquerda pelo documento de identidade, até que ela cobrisse por inteiro o item relativo ao domicílio. Delinquentes de alto nível são capazes de ler às avessas. Prevendo tal possibilidade, o delegado completou seus preparativos. A seguir estendeu o braço direito num gesto convidativo e perguntou:

– Onde passou a noite?

– No hotel... Não me lembro do nome – replicou Kien.

A mão esquerda do delegado levantou-se. Ele leu:

– Ehrlichstrasse 24.

– Foi lá que a acharam – explicou Kien, com um suspiro de alívio. Até que enfim começavam a tratar do homicídio.

– Acharam? Sabe como nós chamamos isso?

– Tenho de dar razão ao senhor. Na realidade, já não existia nada dela, se tomamos em consideração as coisas como elas são.

– Tomamos? Seria melhor se disséssemos logo: roubamos!

Kien sobressaltou-se. O que é que foi roubado? Oxalá não fosse a saia! A sua defesa contra a miragem alicerçava-se na saia e na sua destruição ulterior pelos dentes do vira-lata.

– A saia foi encontrada no local do crime – declarou em voz firme.

– No local do crime? Essa palavra que acaba de proferir tem muita importância. – Uma onda de meneios percorreu a roda dos guardas. – Considero-o uma pessoa culta. Admite então que não pode haver local do crime sem crime? Tem plena liberdade de retirar o que disse. Mas é meu dever chamar sua atenção à impressão desfavorável que isso causaria. Falo no seu interesse. Sua posição melhoraria se confessasse tudo. Confesse, portanto, meu caro amigo! Confesse, pois já sabemos tudo, tudo! Já não lhe adianta negar nada, depois que deixou escapar "o local do crime". Confesse e intercederei por você. Conte tudo cronologicamente. Já terminamos as nossas investigações. Que mais pode fazer? Um local do crime implica um crime. Não tenho razão, cavalheiros?

Quando ele dizia "cavalheiros", sabiam os cavalheiros presentes que a vitória estava alcançada. Cumulavam-no de olhares de admiração. Cada um se apressava em ultrapassar os outros. O gênio mnemônico percebeu que já não haveria para ele nenhuma oportunidade de destacar-se. Por isso modificou seu plano antigo e, avançando velozmente, agarrou a mão exitosa do delegado.

– Senhor delegado – exclamou –, permita que lhe apresente meus parabéns!

O delegado não ignorava a façanha incomparável que acabara de realizar. Mas, modesto por índole, evitava homenagens sempre que podia. Dessa vez, porém, o entusiasmo tomou conta dele. Pálido e excitado, ergueu-se, inclinou-se para todos os lados, esforçou-se por encontrar as palavras adequadas e por fim resumiu sua emoção numa frase singela:

– Muito obrigado, senhores!

– Ele está realmente comovido – ponderou o pai, que tinha alma sensível a cenas de família.

Kien já estava disposto a falar. Haviam solicitado que ele contasse tudo cronologicamente. O que mais poderia desejar? Repetidas vezes procurou começar. Os aplausos interromperam-no. Amaldiçoou as mesuras dos funcionários, pensando que elas se referiam à sua pessoa. Essa gente o perturba, antes que ele possa dar início à narrativa. As atitudes esquisitas do pessoal afiguram-se-lhe como tentativas de influenciá-lo. Embora sinta movimento atrás de suas costas, não se vira. Tem a intenção de revelar a verdade inteira. Talvez a miragem já tenha desaparecido. Ele poderia descrever a partir dos primeiros dias a convivência com Therese, que certamente está morta. Isso favoreceria sua situação no processo, mas não lhe interessa obter favores. Prefere relatar os pormenores da morte da mulher, da qual participou decisivamente. É necessário fascinar os funcionários. Eles gostam de ouvir coisas de sua esfera. Homicídios pertencem à esfera de todos os seres humanos. Não há ninguém que deixe de alegrar-se com homicídios.

Finalmente senta-se o delegado, sem atentar para o assento. Nem confere a posição da "propriedade privada". Desde que passou a perna no delinquente, abomina-o menos. Pretende permitir que o homem diga tudo o que quiser. O êxito alterou-lhe a vida. Ele ostenta um nariz normal. Bem no fundo do bolso está abrigado o espelhinho, igualmente esquecido, já que não tem mais serventia. Por que se afligem os homens dessa maneira? A vida é elegante. Todo santo dia são criados novos padrões de gravatas. Cumpre saber usá-las. A maioria dos que as têm no pescoço parece-se com macacos. O delegado pode dispensar o espelho. Tem um jeito especial de atar o nó de sua gravata. O êxito lhe dá razão. Ele é modesto. Às vezes inclina-se polidamente. Seus subalternos adoram-no. A boa aparência dele faz com que cada um goste de sua faina. Ele não se aferra ao regulamento. O regulamento foi feito para os delinquentes: faz com que confessem espontaneamente, graças à técnica impecável do delegado.

– Mal a porta se fechou atrás dela – começa Kien –, eu tinha certeza de minha boa sorte. – Retrocede muito, mas somente de si para si, até as profundezas de seu espírito resoluto. Sabe perfeitamente como as coisas decorreram na realidade. Quem conhece os motivos de um crime melhor do que o próprio criminoso? Do princípio ao fim Kien enxerga todos os elos das correntes com as quais prendeu Therese. Com certa ironia sintetiza os acontecimentos para esse auditório de funcionários ávidos de prisões e sensações. Seria capaz de contar-lhes coisa melhor. Tem pena deles, mas, afinal de contas, não são gente erudita. Trata-os como se fossem pessoas normalmente cultas. Provavelmente não são nem isso. Omite citações de escritores chineses. Poderiam atalhá-las, fazendo perguntas a respeito de Meng Tse. No fundo dá-lhe prazer falar de modo singelo, compreensível a todo mundo, sobre fatos simples. Sua narrativa distingue-se por aquela precisão e sobriedade que ele deve aos clássicos chineses. Enquanto Therese volta a falecer, retornam os pensamentos dele à biblioteca, que deu origem à sua grandiosa obra científica. Tenciona reencetá-la em breve. Não duvida de sua absolvição. É bem verdade que planeja comportar-se de modo muito diferente perante o tribunal. Lá exibirá a plenitude de seu esplendor científico. O mundo há de prestar atenção quando ele, que é provavelmente o maior sinólogo vivo, apresentar a defesa da ciência. Ali, porém, falará com modéstia, sem nada falsificar, sem fazer concessões, apenas simplificando a exposição.

– Semanas a fio deixei-a sozinha. Firmemente convicto de que ela teria de morrer de fome, passei noite por noite em hotéis. Sofri amargamente, podem acreditar, devido à falta de minha biblioteca. Contentei-me com uma pequena biblioteca de emergência, que estivesse logo à mão, em casos de necessidade urgente. As fechaduras de meu apartamento são fortes. Nunca me acometeu o medo de que ladrões pudessem libertar a mulher. Imaginem então a situação dela: todas as provisões consumidas. Debilitada, cheia de ódio, jaz no chão, diante da mesma escrivaninha onde costumava procurar dinheiro. Seu único pensamento girava em torno de dinheiro. Ela não era nenhuma flor que se cheirasse. Não falarei agora dos pensamentos que me vieram quando ainda convivia com ela no mesmo apartamento. Semanas a fio o temor de que meus manuscritos fossem roubados fez com que eu vegetasse, petrificado, feito uma estátua vigilante. Foi o período de minha pior humilhação. Quando minha cabeça ansiava por trabalhar, dizia eu para mim: você é uma pedra; e, para não me mexer, acreditei nisso. Aqueles entre os senhores que já tiveram vigiado tesouros certamente compreenderão minha situação. Não creio em nenhum destino. Mas o dessa mulher conseguiu atingi-la. Ela, que por meio de assaltos infames me deixou às portas da morte, ficava então deitada ali, em meu lugar, vitimada pela fome. Não conseguiu achar uma solução. Faltava-lhe autodomínio. Ela devorou a si mesma. Pedaço por pedaço de seu corpo tornava-se presa de sua avidez. Dia a dia tornava-se mais magra. Por demais enfraquecida para se levantar, permanecia estatelada nos seus próprios excrementos. Os senhores talvez tenham a impressão de que sou magro. Comparada comigo, era ela a sombra de uma criatura humana, mísera, desprezível, e, se se erguesse do chão, seria derrubada pela menor brisa. Era como um fósforo. Qualquer fracote poderia despedaçá-la. Acho que até uma criança conseguiria fazê-lo. A esse respeito não posso dar informações exatas. A saia azul que ela sempre vestia cobria-lhe o esqueleto. Estava engomada e, em virtude dessa peculiaridade, mantinha reunidos os restos de seu corpo. Um belo dia, deu o último alento. Essa expressão até me parece errada, uma vez que, segundo todas as probabilidades, já não tinha pulmões. Ninguém a assistiu nessa hora extrema. Quem seria capaz de permanecer semanas a fio ao lado de um esqueleto? Estava submersa na imundície. A carne viva, cujos nacos ela arrancava de seu corpo, fedia ao céu. A putrefação começou ainda em tempos de vida. Isso aconteceu na minha biblioteca, na presença dos livros! Mandarei limpar o apartamento. Ela não fez nada para abreviar tal processo por meio do suicídio. Não havia nela nenhum resquício de sentimento. Era desumana por índole. Com relação aos livros, fingia amor, enquanto esperava obter de mim um testamento.

Dia e noite só falava do testamento. Adoeci em virtude dos cuidados que me dispensava. Só me deixou sobreviver porque ainda não tinha certeza do conteúdo do testamento. Não invento nenhuma palavra. Questiono muito a sua capacidade de ler e escrever correntemente. Acreditem-me, a ciência me obriga a falar a verdade. As origens dela são obscuras. Ela fechou todo o apartamento. A mim, me concedeu um único quarto, e desse também me privou. Mas teve um fim muito feio. O zelador arrombou o apartamento. Sendo policial aposentado, conseguiu realizar o que nenhum ladrão jamais seria capaz de fazer. Considero-o um homem leal. Encontrou-a envolvida em sua saia, um esqueleto asqueroso, fedorento, hediondo, morta, completamente morta. Não duvidou por um só instante da morte dela. Buscou outras pessoas. A alegria dos inquilinos foi geral. Já não era possível verificar a hora exata da morte, mas indiscutivelmente esta ocorrera, e isso era o essencial, na opinião de todos. Cinquenta vizinhos, no mínimo, desfilaram perante o cadáver. Ninguém manifestou a menor dúvida. Todos, unanimemente, reconheceram um fato que jamais poderia ser alterado.

– Casos de morte aparente têm sido documentados. Nenhum pesquisador negará isso. Mas nunca ouvi falar de esqueletos aparentemente mortos. Desde tempos imemoriais, o povo representa espectros sob a forma de esqueletos. Essa concepção é ao mesmo tempo profunda e significativa, além de convincente. Por que tememos os espectros? Porque têm a aparência de mortos, absolutamente mortos, defuntos, sepultados. Sentiríamos o mesmo pavor se surgissem diante de nós revestidos das antigas e bem conhecidas carnes? Nunca! Pois, diante de tal aparência, não nos viria a ideia da morte. Teríamos à nossa frente a pessoa viva e nada mais. Mas, se o espectro se apresentar como esqueleto, há de nos acontecer a associação com duas coisas ao mesmo tempo: com a pessoa viva, tal como era, e com o defunto, tal como é. O esqueleto, como imagem do espectro, tornou-se para inúmeros povos o símbolo da morte. Tem a força de uma prova irrefutável. De todas as formas que conhecemos ele é a mais inteiramente morta. Sepulturas velhas nos dão calafrios sempre que contêm esqueletos. Quando vazias não nos parecem tumbas. E, ao qualificarmos de esqueleto um ser humano totalmente vivo, queremos dizer que ele está na iminência da morte.

– Ela, porém, *ela* estava absolutamente morta. Todos os vizinhos convenceram-se disso. Espalhou-se imenso nojo pelo ominoso fim dessa mulher. Ainda a essa altura ela inspirava temores. Fora muito perigosa. O zelador era o único a ousar enfrentá-la. Jogou-a no caixão. Logo após lavou as mãos, mas receou que elas tivessem ficado sujas para sempre. Aproveito, no entanto, a oportunidade para agradecer publicamente sua corajosa proeza. Ele não hesitou em acompanhar o féretro. Por fidelidade para comigo, exortou alguns dos vizinhos a que o imitassem. Ninguém se prontificou a fazê-lo. A essas pessoas simples, decentes, bastava o aspecto do cadáver para tomarem conhecimento do caráter da defunta. Passei meses ao lado dela. Quando o caixão, esse caixão excessivamente branco e lustroso, movimentou-se pelas ruas, colocado numa carroça decrépita, todo mundo percebeu o que ele continha. Alguns moleques, que meu leal servo contratara para protegerem o veículo contra as agressões de uma multidão enfurecida, fugiram, tremendo de susto e chorando. Através deles a cidade inteira recebeu a notícia. Pelas ruas propagava-se a mais violenta algazarra. Homens irritados largavam seu trabalho. Mulheres tiveram crises de choro. Escolas vomitaram criancinhas. Milhares aglomeraram-se na intenção de matar o cadáver. Desde a Revolução de 1848, nunca se viu semelhante tumulto. Punhos erguidos, pragas, as ruas como que arquejantes, e coros a repetirem o brado de "Morte ao cadáver! Morte ao cadáver!". Compreendo essa reação. As massas são volúveis. Em geral não as aprecio, mas, naquele momento, teria gostado imensamente de fazer parte delas. O povo não brinca. Sua vingança é grandiosa. Deem-lhe o objeto certo e ele fará justiça. Quando arrancaram a tampa do caixão, avistaram, em lugar de um autêntico cadáver, o esqueleto nauseabundo. Em consequência disso, amainou a exaltação. Ninguém pode maltratar um esqueleto.

A multidão dispersou-se. Apenas um vira-lata não se deu por vencido. Andava à cata de carne, mas não encontrou ali nenhuma. Enraivecido, empurrou o caixão no solo e com os dentes rasgou a saia azul em pedacinhos, que devorou, implacável, até o último. Assim se explica que a saia não exista mais. As buscas dos senhores serão inúteis. A fim de lhes facilitar o trabalho, comunico-lhes todos os detalhes. Num monturo, fora da cidade, deverão procurar o que sobrou dela. Ossos, miseráveis ossos, duvido que a essa altura seja possível distingui-los de outros detritos. Talvez seja melhor assim para os senhores. Um animal desses não merece um enterro condigno. Uma vez que ela está indubitavelmente morta, não quero insultá-la. O perigo azul foi esconjurado. Só alguns idiotas tiveram medo de um perigo amarelo. A China é o país dos países. Acreditem na morte! Desde a minha mocidade, duvido da existência de almas. Considero impudente a teoria da metempsicose e disponho-me a lançar isso no rosto de qualquer hindu. Quando a acharam no chão, ao pé da escrivaninha, havia lá um esqueleto e nenhuma alma...

Kien controla sua fala. De vez em quando seus pensamentos vagam rumo à ciência. Mais uma vez ele se encontra muito perto dela. Apaixonadamente almeja discorrer sobre ela. A ciência é sua pátria. Mas sempre e sempre se contém. "Deixe as delícias para mais tarde", diz para si mesmo, "até quando você estiver em casa! Os livros aguardam você, as monografias estão à sua espera. Você perdeu muito tempo." Sua vontade faz com que todos os caminhos se dobrem e retornem ao lugar diante da escrivaninha. Quando o avista, sua fisionomia se aclara. Ele olha a defunta com um sorriso. Ela é uma imagem e não uma alucinação. Carinhosamente ele se detém ao lado do corpo. Custa-lhe rememorar peculiaridades de pessoas vivas. Sua memória funciona tão somente com relação a livros. Não fosse assim, teria vontade de descrevê-la meticulosamente. A morte dela não é um acontecimento comum. É um fenômeno. É a redenção definitiva da humanidade cruelmente perseguida. Aos poucos Kien começa a admirar-se do seu próprio ódio. Ela não é digna disso. Como se pode odiar um reles esqueleto? Ela percebeu depressa. O que o incomoda é o cheiro que desde então impregna os livros. Cumpre fazer sacrifícios. Ele saberá eliminá-lo.

Faz muito tempo que os funcionários dão sinais de impaciência. Prosseguem escutando só por respeito ao delegado. Mas este tem dificuldades de retornar à sóbria objetividade desse interrogatório. Desde que segura em suas mãos experimentadas o prêmio do triunfo, já não gosta de prosa. Nesse momento preferiria mergulhar seus dedos em montes de gravatas, de todos os padrões, todas de seda pura garantida, e escolher as mais belas, visto que tem bom gosto. Nas lojas conhecem-no muito bem. É capaz de percorrê-las horas a fio. Sabe examinar gravatas sem amarrotá-las. Por isso todos lhe confiam de bom grado sua mercadoria. Alguns as mandam para casa, em demonstração. Mas isso não lhe agrada. Ele poderia passar dias inteiros numa loja conversando com os gerentes. Cada vez que aparece, estes largam qualquer outro freguês. A profissão de um delegado traz consigo experiências interessantes, e ele as conta. O pessoal adora ouvi-las. Pois é, o que lhe falta é tempo. Do contrário, faria outra coisa. Amanhã há de dar um passeio. Que pena que ainda não seja amanhã. É seu dever prestar atenção durante todos os interrogatórios. Mas isso ele não o faz por princípio, pois já sabe tudo de antemão. Acaba de obter a confissão do delinquente. Ninguém o engana. Seus nervos estão em frangalhos devido ao excesso de trabalho. Mas, no fundo, pode ficar satisfeito. É um homem realizado, e já antegoza a gravata nova.

O zelador aguça os ouvidos. Não formou uma opinião errada quanto ao professor. Este acaba de falar do valor de seu servo leal. Ora, ele, o zelador, não é nenhum servo. É leal, sim, e quando quer tira todos os inquilinos de seus apartamentos. Eles virão correndo. É capaz de urrar tão alto que toda a cidade o ouvirá. Não sabe o que é medo, pois é da polícia. Arromba qualquer apartamento. Não há fechadura que o detenha, uma vez que quebra as portas com um só punho. Para não gastar as solas dos sapatos, dispensa os pontapés. Outros se servem logo dos pés. Ele, porém, tem força em todo o corpo.

Therese mantém-se perto de Kien. Com grande esforço engole as palavras dele. Sob a saia descreve círculos ora com um ora com outro pé, sem se afastar de seu lugar. No seu caso, movimentos absurdos dessa espécie indicam temor. Ela tem medo desse homem. Durante oito anos conviveu com ele no mesmo apartamento. De momento em momento, o marido lhe parece mais sanguinário. Antes, ele nem queria abrir a boca. Agora só fala de homicídios. Que indivíduo perigoso! Quando menciona o esqueleto ao pé da escrivaninha, Therese raciocina rapidamente que se trata da primeira esposa. Também esta desejava obter um testamento. Era sabida, mas esse covarde não abre mão de nada. Aquela história de saia é um desaforo. Onde já se viu um vira-lata que come saias? Esse sujeito gostaria de assassinar qualquer mulher. Ele apanhou um bocado, mas não o bastante. Como ele sabe mentir! Foi ele mesmo quem lhe deu as três saias de presente. Aqueles manuscritos não interessam a ela nem um pouquinho. Ela quer o talão de cheques. Os livros têm cheiro de cadáver? Ela nunca notou isso. Durante oito anos limpou-os todos os dias. Na rua as pessoas gritaram quando o féretro passou? Isso não se faz na presença de defuntos! Primeiro o homem se casa por amor, depois mata a mulher! Um indivíduo desses merece ser enforcado. Ela não mata ninguém. E não se casou com ele por amor. Que ele tente voltar ao apartamento! Ela tem medo. Quem pensa em dinheiro é ele, porque não solta um só tostão. Essa coisa da saia azul é mentira. Só diz isso para exasperá-la. Não vai haver outros assassinatos. Agora o caso está nas mãos da polícia. Ela seria capaz de chorar. Para esse homem, a mulher não passa de um animal. Ele tem culpa da morte dela. Das seis às sete sempre ficava sozinho. Foi a essa hora que cometeu o homicídio. Que ele deixe a escrivaninha em paz! Será que ela encontrou alguma coisa? O zelador banca o machão. Ela quer um belo carro fúnebre. O caixão precisa ser preto, e não devem faltar cavalos.

Cada vez mais depressa se repetem os acessos de medo de Therese. Ora ele matou a primeira esposa, ora a segunda, que é ela. Nos seus pensamentos, Therese remove a saia do cadáver. A saia é o que mais a perturba. Tem pena da primeira mulher, porque o homem trata a saia daquele jeito ordinário. Sente vergonha por causa do enterro miserável. Detesta esse sabujo. O povo comporta-se indecentemente e os colegiais merecem receber boas surras. Os homens deveriam trabalhar mais, e as mulheres nem sabem cozinhar. A essa gente ela dirá sua opinião. Que têm os vizinhos com isso? Todos eles só querem espiar.

Therese devora as palavras de Kien como um homem faminto devora um pedaço de pão. Escuta para ter menos medo. Adapta as suas ideias às frases dela. Fica tonta de tanto refletir. Não está habituada a tamanha pressa. Ela se orgulharia de sua própria inteligência, se não estivesse quase morta de pavor. Dez vezes esteve a ponto de dar um passo à frente a fim de dizer o que esse homem é. Mas o medo que lhe inspiram os pensamentos dele força-a a permanecer quieta. Procura adivinhar o que virá em seguida, mas ele lhe causa surpresas. Estrangula-a. Ela se defende. Não é boba. Acham talvez que ela deverá esperar até morrer sufocada? Não, ela tem tempo, não vai morrer antes de fazer oitenta anos, daqui a uns cinquenta. Antes não, foi o que disse o sr. Bruto!

Com um gesto grandioso, Kien encerra seu discurso. Ergue o braço bem alto, um mastro sem bandeira. Seu corpo alonga-se. Os ossos estalam. Sua voz aguda e clara condensa tudo numa única frase:

– Viva a morte!

Em face dessa exclamação, o delegado acorda. Malgrado seu, arreda as gravatas, um monte delas, entre as quais acaba de selecionar as mais belas. Onde o tempo para guardá-las convenientemente? Ele deixa que sumam, à espera de horas mais propícias.

– Meu amigo – diz ele –, como vejo, já chegamos à morte. Tenha a bondade de me contar essa história mais uma vez!

Os guardas acotovelam-se. Ele tem cada capricho. O pé de Therese ultrapassa o círculo. Ela precisa dizer qualquer coisa. O gênio mnemônico já se vê perto do seu objetivo. Gravou todas as palavras que ouviu. Tenciona repetir o relato em lugar do detento.

– O homem já está cansado – adverte ele, enquanto aponta desdenhosamente com o ombro para Kien. – Eu faço isso mais ligeiro.

Therese explode:

– Por favor, ele vai me matar! – Fala baixinho por causa do seu medo. Kien ouve-a, mas nega a existência dela. Não se vira. Não, nunca; para quê? Ela está morta. Therese grita: – Por favor, tenho medo dele!

Agastado em virtude da interrupção, o gênio a censura:

– Quem é que vai devorar você?

O pai procura aclamar os ânimos:

– A Natureza fez com que a mulher seja o sexo mais fraco. – É uma sentença que ele tirou da última redação do filho.

O delegado desembolsa o espelhinho. Bocejando, suspira:

– Mas agora quem está cansado sou eu. – O nariz escapa da sua atenção. Ele já não se interessa por nada.

Therese berra:

– Por favor, ele deve sair daqui. – Kien ainda resiste à voz da mulher. Não se vira. Mas geme violentamente.

O zelador está farto das lamentações.

– Ó professor! – urra do fundo da sala. – Não há de ser nada! Todo mundo está vivo. E todos nós temos boa saúde! – Abomina a morte. Ele é assim. Avança a passo vigoroso para intervir.

Afirma que o professor é uma pessoa inteligente por causa dos livros que possui. É uma celebridade e, ao mesmo tempo, tem um coração de ouro. Não se deve acreditar em nada do que ele diz. Não cometeu homicídio nenhum. De onde tiraria ele a força necessária? Fala essas coisas só porque a mulher não é digna dele. Coisa assim a gente encontra nos livros. Esse homem sabe tudo. Tem medo até de um alfinete. Essa fêmea amargurou-o. É um poço de maldade, essa estrepe! Mete-se com qualquer um. Logo se deita na cama. Ele, o zelador, declara isso sob juramento. O professor tinha saído de casa, fazia apenas uma semana, e já a mulher seduziu a ele próprio. Em seguida o zelador apresenta-se: é da polícia; ser zelador é sua segunda profissão; está aposentado. Seu nome é Benedikt Pfaff. Desde que se lembra, mora na Ehrlichstrasse 24. Seria melhor se ela deixasse de falar de roubos. O professor casou-se com ela por pura compaixão, porque ela era sua criada. Qualquer outro quebraria a cara desse bucho. A mãe dela morreu na sarjeta. Foi processada por mendicância. Ele soube isso da própria filha. Ela lhe contou na cama, porque é linguaruda como ninguém. O professor está inocente, palavra de honra de um funcionário aposentado! Ele, Benedikt Pfaff, vai-se encarregar dele. Um representante da Lei pode assumir essa responsabilidade. Em casa, no seu cubículo, ele instalou uma verdadeira delegacia. Os colegas ficariam boquiabertos. Há canários e um olho mágico. Todo mundo precisa trabalhar, e quem não trabalha é um peso morto nas costas do Estado.

Todos escutavam estupefatos. Seus urros infiltravam-se no cérebro de cada um dos presentes. Até o pai o compreendeu. Não obstante a admiração que ele tributava ao filho redator, era essa a língua que ele próprio falava. Também no delegado um restinho de interesse despertou. Nesse instante já admitia que o ruivo era um produto da polícia. Nenhuma criatura comum ousaria comportar-se nesse local de maneira tão barulhenta e insolente. Uma ou outra vez Therese tentou protestar. Suas palavras soavam débeis. Ela deslizava ora para a direita ora para a esquerda, até que conseguisse agarrar a aba do casaco de Kien. Deu puxões nela. Desejava que ele se virasse, que dissesse se ela fora criada ou governanta. Almejava o auxílio dele. Esperava que ele a indenizasse pelos insultos que lhe lançara o outro homem. Casou-se com ela por amor. Onde fica o amor? É verdade que ele é um assassino, mas mesmo assim sabe falar. Essa de criada ela não vai aturar. Há trinta e quatro anos administra casas. Há quase um ano é uma respeitável dona de casa, que ele diga alguma coisa! Sem demora! Senão ela vai contar aquele segredo das seis às sete.

No âmago do coração, Therese resolveu atraiçoá-lo, assim que ele lhe tivesse dado uma demonstração daquilo que lhe cabia, isto é, amor. Kien era o único a ouvir as palavras dela. Naquela tremenda barulheira, identificava a voz de Therese, voz débil, conquanto indignada como sempre. Sentia a mão rude na aba do casaco. Cautelosamente, sem saber como, retraía a espinha dorsal, contorcia e girava os ombros, esgueirava-se das mangas, abaixava-as sorrateiramente com as pontas dos dedos, e de um só golpe, após uma derradeira puxada, ficou livre do casaco e de Therese. A essa altura já não a sentia. Se ela agarrasse o colete, o processo se repetiria. Nos seus pensamentos, Kien não mencionava nem a miragem nem a mulher. Contornava o nome, contornava a imagem dela, sem ignorar, contudo, de quem se defendia.

O zelador terminara sua alocução. Não aguardou o efeito da mesma, já que ninguém poderia opor-se a ele. Colocando-se entre Kien e Therese, gritou:

– Cale a boca! – Em seguida arrancou-lhe o casaco das mãos e tornou a vestir o professor, como se este fosse uma criancinha. Sem proferir uma só palavra, o delegado devolveu o dinheiro e os documentos. Seus olhos lastimavam o erro cometido, mas, com relação ao bem-sucedido interrogatório, não retirava nenhuma sílaba. O gênio nutria certas suspeitas. De qualquer jeito rememorava o discurso do ruivo e contava nos dedos os diversos itens que este continha. Os guardas falavam todos ao mesmo tempo. Cada qual apresentava sua opinião. Um que gostava de provérbios disse:

– O tiro saiu pela culatra. – A frase expressava perfeitamente os sentimentos de todos. Os trinta e quatro anos de economia doméstica de Therese perderam-se na balbúrdia geral. Ela bateu o pé no chão. O pai, a quem ela lembrava uma nora e o fruto proibido, finalmente deu-lhe ouvido. Toda enrubescida, apresentou a sua defesa, aduzindo em voz estridente toda espécie de cifras. O marido poderia corroborá-las, e se ele não o fizesse ela traria o sr. Grob, da casa de móveis Grob & Esposa. Eles casaram-se recentemente. Ao proferir a palavra "casaram", esganiçou-se. Mas ninguém lhe deu crédito. Ela continuava sendo uma criada ordinária, e o pai lhe propôs um programa para essa noite. O zelador ouviu a sugestão e ainda antes que Therese pudesse responder, declarou-se de acordo.

– Para isso, ela iria até o Brasil! – explicou gentilmente ao colega. A América não lhe parecia suficientemente distante. A seguir, risonho e arquejante, passou os olhos pela delegacia. Nas paredes descobriu fotos de formato grande que mostravam golpes de jiu-jítsu. – No meu tempo – urrou – a gente só precisava disso aí! – Fechando os formidáveis punhos, colocou-os sob os narizes admiradores de vários colegas ao mesmo tempo.

– Eram os bons tempos – opinou o pai, enquanto fazia cócegas no queixo de Therese; seu filho conhecia uma vida melhor.

O delegado observava Kien. Um homem como esse aí era professor. Logo lhe dera a impressão de ser de boa família. E tinha muito dinheiro no bolso! Outras pessoas sabem vestir-se elegantemente e esse sujeito anda como mendigo. Não havia justiça no mundo. Therese disse ao pai:

– Pois então, em primeiro lugar sou dona de casa! – Sabia que só aparentava trinta, mas a ferida da ofensa continuava muito profunda. Kien, totalmente imóvel, fitava o delegado, prestando atenção à menor ou maior distância da voz dela.

Quando o zelador se decidiu a partir e carinhosamente agarrou o professor pelo braço, este sacudiu a cabeça e com vigor surpreendente cravou as mãos na mesa. Procuravam desvencilhá-lo, mas a mesa movimentou-se com ele. Eis que Benedikt Pfaff rugiu em direção a Therese:

–Vá embora, cadela! – E, para informar os colegas, acrescentou: – Ele não suporta essa mulher.

O pai pegou em Therese e entre piadas levou-a para fora. Ela estava seriamente indignada. Segredou-lhe que mais tarde ele não a deixaria em nenhum momento em paz. Na porta gritou, servindo-se dos últimos restos de sua voz:

– Parece que um homicídio não tem importância! Parece que um homicídio não tem importância! – Alguém deu-lhe um tapa na boca. A toda a pressa ela deslizou para casa. Não deixaria o assassino entrar. Velozmente fechou a porta de entrada, duas vezes embaixo, duas vezes no alto, duas vezes no meio. Em seguida, deu uma olhada para ver se não houvera ladrões por ali.

Nem dez guardas conseguem afastar o professor do lugar onde está plantado.

– Ela já saiu – diz o zelador para animá-lo e faz com que sua cabeça se volte para o portão de saída como se ela fosse um dado. O delegado fixa os olhos nos dedos do professor. São atrevidos, deslocam-lhe a mesa. Se isso continuar, em breve terá à sua frente um espaço vazio. Levanta-se e constata que a almofada igualmente se encontra em posição inconveniente.

– Meus senhores – diz ele –, assim também não é possível.

Uma dúzia de guardas aproximadamente cerca Kien. Com muita gentileza procuram persuadi-lo a soltar a mesa.

– Casar é um destino – sentencia um deles. O pai promete que vai acabar com os caprichos dessa fêmea, logo mais sem falta.

– A gente deve se casar com uma pessoa de boa casta – afirma o gênio. Ele só tomará uma mulher que tiver dinheiro. Por isso ainda não encontrou nenhuma.

O delegado dirige a cena. "E eu com isso!", pensa ele. Boceja e despreza todo aquele pessoal.

– Não me crie encrencas, professor – brada Benedikt Pfaff. – Fique bonzinho e venha comigo. Vamos para casa. – Kien mantém-se inflexível.

Agora o delegado acha que chega. Ordena:

– Saiam já! – Os doze guardas, que momentos antes ainda se limitavam à persuasão, lançam-se em direção à mesa e, sacudindo Kien como uma folha murcha, separam-no dela. Ele não cai. Prossegue alerta. Não admite ser derrotado. Em vez de pronunciar palavras inúteis, tira o lenço do bolso e com ele venda os olhos. Vigorosamente ata o nó até que lhe cause dor. O amigo o conduz à rua, segurando-lhe o braço.

Mal se fechou a porta, declara o gênio, pondo o dedo na testa:

– O verdadeiro criminoso era o quarto homem. – O pessoal da delegacia resolve então que, a partir desse dia, o porteiro do Theresianum deverá ser vigiado atentamente.

Na rua, o zelador oferece ao professor o seu cubículo. No apartamento, talvez encontre motivos para irritar-se. Para que complicações? O que o amigo necessita daí por diante é repouso.

– Pois é – disse Kien. – Não gosto daquele cheiro. – E acrescenta que aceita a oferta, até que o apartamento fique limpo.

O botão

Diante do Theresianum, Fischerle, cuja fuga se realizara com pleno êxito, teve uma acolhida surpreendente. Em lugar de seus empregados, que lhe causavam preocupações relativas ao destino e à loquacidade dos quatro, comprimia-se uma multidão exaltada contra o portão. Um ancião que o viu clamou em tom lamentoso:

– O aleijão! – Em seguida encolheu-se tão depressa quanto lhe permitiam os membros anquilosados. Tinha medo do criminoso, que os boatos haviam transformado num anão de dimensões gigantescas. Abaixando-se, ficou tão pequeno como este. Uma mulher percebeu a débil exclamação do velho e repetiu-a, gritando mais alto. Eis que todos o ouviram. Contagiou-os a alegria de desejarem a mesma coisa. O brado "O aleijão!" ecoou na praça: "O aleijão! O aleijão!".

Fischerle disse:

– Muito prazer! – E fez uma mesura. Numa multidão de pessoas podia-se arrumar uma multidão de coisas. Enojado em virtude do monte de dinheiro que tivera de recolocar no bolso de Kien, esperava indenizar-se nesse ambiente. Ainda estava traumatizado devido ao perigo pelo qual acabava de passar e farejava o outro que o ameaçava. A aclamação entusiástica, que pairava por cima de sua cabeça, alegrou-o também. Será exatamente assim lá na América, quando ele sair do seu palácio de campeão de xadrez. A banda de música há de tocar, o povo gritará, e ele surrupiará os dólares que estiverem nos bolsos das pessoas. A polícia não poderá fazer coisa alguma; só podem olhar. Lá, nada vai acontecer a ele. Um milionário é sagrado. Cem guardas conservam-se a seu lado e cortesmente lhe pedem que se sirva. Aqui a polícia o compreende menos. Ele a deixou dentro do edifício. Em vez de dólares há apenas moedinhas, mas ele aceita tudo.

Enquanto o anão explorava seu campo de ação – passagens pelas quais poderia esgueirar-se, pernas sob as quais se abrigaria, bolsos nos quais meteria a mão –, o entusiasmo assumia proporções assustadoras. Cada um queria sua parcela do ladrão do colar de pérolas. Até as pessoas mais calmas perdiam o controle de si. Que insolência mostrar-se em meio a pessoas que logo o reconheceriam! Os homens iam pulverizá-lo. As mulheres, depois de o elevarem às nuvens, o dilacerariam com suas unhas. Todos almejavam aniquilá-lo, até que sobrasse dele apenas a nódoa feia que ele era, só e nada mais. Mas antes queriam vê-lo. Pois, ainda que milhares de pessoas fascinadas por ele gritassem "O aleijão", no máximo uma dúzia tinha posto os olhos no pigmeu. O caminho que levava ao diabólico anão estava pavimentado de bondosos concidadãos. Todos o cobiçavam, todos ansiavam por ele. Pais apreensivos erguiam suas criancinhas acima das cabeças para que não fossem esmagadas pelos pés dos vizinhos e ao mesmo tempo aprendessem alguma coisa, matavam dois coelhos com uma só cajadada. Os mais próximos levavam a mal que nessa situação alguém pensasse nos filhinhos. Muitas mães já não se importavam com a criançada. Tranquilamente a deixavam chorar. Não ouviam nada a não ser: "O aleijão!".

Fischerle achava excessivo o barulho que faziam. Em vez de gritarem "Viva o campeão do mundo!", as pessoas bradavam: "O aleijão!". E ele não entendia por que justamente davam vivas a este. Acossavam-no de todos os lados. Que o adorassem menos e lhe concedessem maiores lucros! Desse modo ele não obteria coisa alguma. Num lugar alguém lhe apertava os dedos; em outro, ele mesmo já não sabia ao certo onde ficava sua corcova. Roubar com uma mão só parecia-lhe demasiado perigoso.

– Olhe, gente – exclamou –, vocês me amam demais! – Só quem estivesse muito perto dele entenderia essas palavras. Mas ninguém tributava compreensão ao significado das mesmas. Empurrões abriam-lhe os olhos. Pontapés convenceram-no. Evidentemente ele cometera algum pecado – se apenas soubesse qual! Já o tinham apanhado? Fischerle lançou um olhar à mão livre. Não, esta ainda não se enfiara em nenhum bolso. Ora, ele nunca deixava de encontrar alguns objetos de pouco valor, tais como lenços, pentes ou espelhos. Costumava retirá-los e jogá-los fora em seguida por vingança. Mas nesse momento sua mão estava ignominiosamente vazia. Apanhar um homem inocente, que ideia desse pessoal! Ele ainda não tinha roubado absolutamente nada e já o pisavam. De cima batiam, de baixo pisavam, e as mulheres, claro, beliscavam a corcunda. Na verdade tudo isso não doía nem um pouquinho. Esses burros não entendiam patavina de como bater. No Paraíso poderiam aprender de graça. Como, porém, nunca se pode prever o que acontecerá, e principiantes às vezes se revelam genuínos mestres, Fischerle se pôs a berrar miseravelmente. Via de regra crocitava, mas em situações de emergência, como por exemplo esta, assemelhava sua voz à de um nenenzinho. Tampouco lhe faltava a necessária persistência. Nas suas proximidades uma mulher voltou-se, nervosa. Seu filho estava acamado em casa. Ela temia, entretanto, que o garoto tivesse corrido atrás dela e pudesse estar no meio da multidão. Procurou-o com os olhos e os ouvidos em vão, deu com a língua estalos tranquilizantes, como fazia junto ao carrinho, por fim se acalmou. Os outros não admitiram que o autor de um latrocínio se fingisse de neném. Receavam que em breve fossem empurrados para mais longe, havia muitos pretendentes, e por isso precipitavam-se. Seus golpes tornavam-se menos certeiros, cada vez mais frequentemente erravam o alvo. Em compensação, entravam novos parceiros na roda com a mesma intenção. Somando tudo, Fischerle absolutamente não estava satisfeito. Se quisesse, se livraria daquela gente com toda a facilidade. Bastava que levasse a mão às axilas e lhes atirasse algumas cédulas. Talvez fosse precisamente isso o que eles tinham em mira. Lógico, o mascate, traidor miserável, amotinara o povo, e agora desejavam privá-lo de seu dinheiro. O anão comprimiu os braços energicamente contra o tronco. Indignavam-no as insolências que os chefes hoje em dia têm de aturar da parte de seus empregados. Ele não o faria, mandaria o traidor plantar batatas. O sujeito estava despedido desde já. De qualquer jeito o teria despachado. A essa altura Fischerle resolveu cair morto. Se aqueles criminosos lhe revistassem os bolsos, lhe mostrariam o que tencionava obter dele. Se não, iriam embora, por considerá-lo morto.

Todavia, era mais fácil conceber esse plano do que realizá-lo. Fischerle fez um bruto esforço de cair no chão, mas os joelhos dos atacantes travavam a corcunda. O rosto já se convertera numa máscara mortuária; as pernas tortas dobravam-se; em lugar da boca demasiado pequena, o nariz dava o último suspiro; os olhos firmemente fechados abriam-se, rígidos e inanimados. Mas todos esses preparos resultaram prematuros. O plano malogrou devido à corcova. Fischerle ouvia de que o acusavam. Compadeciam-se do coitado do barão. Por causa de um colar de pérolas, como se isso valesse tanto! O susto terrível da jovem baronesa! Agora a mulher está arruinada pelo resto da vida! Pode ser que encontre outro marido. Ninguém podia obrigá-la a fazer isso. Num caso desses, anões pegam vinte anos. A pena de morte deveria ser instituída de novo. Convém exterminar todos os aleijões. Todos os criminosos são aleijões. Não, senhor, todos os aleijões é que são criminosos. Por que é que esse aí faz uma cara idiota, como se fosse a personificação da inocência? Melhor seria se trabalhasse um pouco. Tirar o pão da boca da gente! Para que servem as pérolas a um aleijão? A gente deveria cortar-lhe aquele nariz de judeu. Fischerle ficou furioso. Esse pessoal fala de colares de pérolas, como um cego fala de cores. Ah, se ele tivesse um!

Subitamente os joelhos alheios se retraíram, libertando a corcova. Até que enfim ele se deixou cair ao chão. Com os olhos vidrados, verificou que o pessoal acabava de afastar-se dele. Enquanto ainda o insultavam, o movimento lhe parecera menos intenso. Os gritos de "O aleijão!" ressoavam mais fortes que antes, mas dessa vez do lado da igreja. Com a esquerda, Fischerle, rápido como um raio, percorreu três bolsos. Encontrou apenas um pente. Desdenhosamente, jogou-o fora e fugiu.

Fischerle nunca chegou a saber a quem devia essa salvação milagrosa. No lugar de sempre, em companhia dos demais, a Fischerinha estivera à sua espera e somente ela achara excessiva a demora.

Pois o limpador de esgotos nem sequer notara que o chefe custava a voltar. Era capaz de ficar de pé horas a fio, plantado nas duas pernas, sem pensar em coisa alguma durante todo esse tempo. Não conhecia nem distrações nem tédio. Todos os homens permaneciam estranhos para ele porque se movimentavam ora devagar ora apressadamente. A esposa despertava-o; a esposa mandava-o trabalhar; a esposa acolhia-o quando ele retornava. Era seu relógio e sua hora certa. Ele sentia-se mais à vontade quando estava bêbado, porque então o tempo ficava abolido para os outros também.

Enquanto esperava, o cego divertia-se regiamente. A rica gorjeta do dia anterior inebriara-o, e ele esperava receber outra mais alta em seguida. De qualquer modo, sairia da empresa Siegfried Fischer. Abriria um empório, já que quase possuía o capital necessário. O estabelecimento deveria ter enorme largura, digamos para noventa vendedoras. Ele mesmo há de selecioná-las. Não aceitaria nenhuma que pesasse menos de noventa quilos. Ele é o patrão e pode empregar quem lhe aprouver. Paga os ordenados mais altos e arrebata aos concorrentes as mais pesadas. Onde quer que surja uma delas, logo ouvirá o rumor verídico: no empório de Johann Schwer pagam-se os melhores salários. O dono, um ex-cego, é um cavalheiro perspicaz. Trata qualquer empregada como se fosse sua mulher. Assim, não se interessarão por outros homens e vão preferir ficar com ele. No empório de Schwer pode-se comprar de tudo: pomadas, pentes de boa qualidade, redes de cabelo, toalhas de mão limpas, chapéus de senhores, rações para cães, óculos escuros, espelhos de bolso, numa palavra, tudo que se quiser. A única coisa que não há são botões. Nas janelas, estão suspensas grandes tabuletas: "Aqui não se vendem botões".

O mascate devassava a igreja em busca de tóxicos, cuja proximidade produzia sobre ele um efeito soporífero. A cada instante, topava com um pacote misterioso, mas dava-se conta de que não o tinha realmente. Era muito inteligente.

Todos os três homens conservavam-se calados.

Apenas a Fischerinha manifestava crescente preocupação. Alguma coisa aconteceu ao Fischerle. Ele ainda não veio, ele é tão pequenino. Cumpre o que promete. Disse que voltaria dentro de cinco minutos. Esta manhã o jornal registrou um acidente, e ela logo pensou em Fischerle. Duas locomotivas engavetaram-se. Uma está morta, a outra foi levada ao hospital com ferimentos graves. Agora ela vai dar uma olhada. Iria, se ele não tivesse proibido isso. Assaltaram o Fischerle, porque é um chefe importante. Ganha muito dinheiro e traz tudo consigo. Ela diz sempre que ele é um homem fora de série. A esposa instigou os inimigos dele, pois Fischerle não gosta mais dela. É muito velha para ele. Bastaria que ele pedisse o divórcio. No Paraíso lhe querem bem. Diante da igreja há um monte de gente. Atropelaram o Fischerle. Ela vai mesmo dar uma olhada. Que os outros fiquem onde estão. Fischerle sabe ralhar que é uma beleza. Ela tem medo dos olhos dele. Quando a olha daquele jeito, ela gostaria de fugir, mas não consegue. O que pensam esses três? O chefe é ele. Claro que devem temê-lo. Ele jaz embaixo das rodas. Esmagaram-lhe a corcunda. O Fischerle perdeu o tabuleiro de xadrez. Procura-o no Theresianum, pois é o campeão do mundo. Está enfurecido e exalta-se. Vai até cair doente. Ela deve cuidar dele. Já de madrugada teve esse pressentimento. O jornal deu a notícia. Ele nunca mais poderá lê-la. Agora ela vai, agora vai mesmo dar uma olhada.

Ao fim de cada frase a Fischerinha silenciava e, com ar preocupado, enrugava a testa. Andava de cá para lá, sacudindo a corcova.

Quando conseguia formar uma frase nova, aproximava-se dos colegas e a participava a todos em voz alta. Sentia os outros tão apreensivos quanto ela. Nem mesmo o cego abria a boca, apesar de normalmente saber falar muito bem quando não estava mal-humorado. Ela tinha a intenção de ir sozinha em busca de Fischerle. Receava que os outros a seguissem. "Volto já!", gritava diversas vezes, mais alto quanto mais se distanciava. Os homens não se mexiam. Apesar do medo que a invadia, sentia-se sumamente feliz. Há de achar Fischerle. O chefe não irá se aborrecer com os empregados, logo depois das outras desgraças horrorosas que lhe aconteceram. E ele disse que teriam de esperar.

Cautelosamente, na ponta dos pés, a Fischerinha encaminha-se à praça diante da igreja. Havia muito tinha dobrado a esquina. Em vez de apressar-se, diminuía a velocidade dos passos, já de si minúsculos. Ansiosamente virava a cabecinha para trás. Se aparecessem o mascate ou o sujeito dos botões ou ainda o limpador de esgotos, ela pararia de vez, assim como o automóvel que atropelou Fischerle, e diria apenas: "Só quero ver". Não voltaria a movimentar-se antes que essa gente retornasse. Às vezes estaca por alguns instantes, já que pensa ter avistado uma calça nas proximidades da igreja. Em seguida avança novamente, com toda a cautela. Não se lembra de já ter visto tamanha multidão. Se cada uma daquelas pessoas comprasse um jornal, ela ganharia bastante dinheiro para uma semana inteira. Lá no Paraíso ficou depositado todo o montão. Nesse dia ela não tem tempo para jornais, uma vez que foi contratada por Fischerle. Este lhe paga vinte xelins por dia, espontaneamente, só porque quer, pois sua empresa é muito grande. A fim de achá-lo, ela se esconde, encolhendo-se ainda mais. Ele deve estar deitado no chão, num lugar qualquer. Ouve a voz dele. Por que não o vê? Passa a mão pelo chão. "Mas tão pequeno assim ele não é", murmura, sacudindo a cabeça. Já está em meio ao povo e, dado que se abaixa, só se vê sua corcunda. Como poderá achá-lo entre tantas pessoas altas? Todos a comprimem e comprimem também a ele. Fischerle está sendo esmagado, que o deixem sair! Ele não pode respirar, sufoca, vai morrer!

De repente, bem ao lado dela, alguém brada: "O aleijão!". Golpeia-lhe a corcunda. Outros bradam também, começam a surrá-la. A multidão investe contra ela. Os que antes não tiveram oportunidade de dar em ninguém têm agora a sua vez de fazê-lo com força redobrada. A Fischerinha é derrubada. Jaz de bruços no chão. Não se move. Maltratam-na terrivelmente. Visam à corcunda, mas ferem-na em toda parte. Vinda do outro lado, a multidão aglomera-se a seu redor. Não há dúvida quanto à autenticidade da corcunda, e o povo contra ela se atira. Enquanto ainda está em condições, a anã treme por Fischerle, gemendo:

– Ele é o único bem que tenho no mundo. – Em seguida desmaia.

Fischerle andava bem. Atrás da igreja topou com três de seus quatro empregados. Faltava a Fischerinha.

– Onde está ela? – perguntou, mantendo a palma da mão na altura da barriga para indicar que se referia à pequena.

– Sumiu – respondeu prontamente o mascate, cujo sono era apenas leve.

– Claro, essas mulheres! – disse Fischerle. – Não podia esperar. Tem muito que fazer. Está ocupada. Perdeu seu dinheiro. Está arruinada! Todas as mulheres são umas aleijonas.

– Deixe as minhas mulheres em paz, seu Fischerle – interrompeu-o o cego em tom de ameaça. – Minhas mulheres não são aleijonas. Não as ofenda. – Quase teria começado a descrever seu empório, mas a presença da concorrência convencia-o de que seria mais sensato não falar disso. – Na minha casa, botões são proibidos por ordem da polícia – ainda mencionou antes de emudecer.

– Foi-se – grunhiu o limpador de esgotos. Essa resposta lacônica, que ele acabava de formular nesse momento, relacionava-se ainda à primeira pergunta de Fischerle.

Entretanto, o chefe enrugava a testa, assumindo ares de extrema perturbação. Sua cabeça tombou sobre o peito. Os olhos arregalados encheram-se de lágrimas. Desconsolado, o anão mirou-os, um após outro, sem proferir uma palavra. Com a mão direita bateu, não na fronte, e sim no nariz. As pernas tortas tremiam tão violentamente como a voz, quando por fim pôs-se a falar:

– Senhores – disse chorando –, estou arruinado. Meu freguês acaba de... – e um espasmo de indignação sacudia-lhe o expressivo corpo – me enganar... Sabem o que aconteceu? Ele suspendeu os pagamentos. Está na polícia com meu dinheiro. O limpador de esgotos é minha testemunha. – Fischerle aguardou confirmação. O limpador de esgotos fez que sim, mas só depois de vários minutos. Nesse ínterim, desmoronava o empório, soterrando noventa empregadas. A igreja ruiu. O que nela já havia ou ainda devia entrar de tóxicos ficou destruído. Já não se podia pensar em dormir. Quando os destroços do empório fossem removidos, achariam no porão um enorme estoque de botões.

Fischerle acolheu o "sim" do limpador de esgotos, acrescentando:

– Estamos todos arruinados. Vocês perdem seus empregos e a mim se aperta o coração. Fiquei pensando em vocês. Todo o meu capital foi por água abaixo, e contra mim será emitido um mandado de prisão por causa de negócios ilegais. Dentro de poucos dias, o mandado vai chegar. Podem ter certeza. Sei disso de fonte fidedigna. Preciso me esconder. Sabe Deus onde vou ainda parar, talvez na América. Oh, se eu tivesse pelo menos o dinheiro para a passagem! Mas acho que vou dar um jeito. Um homem que joga xadrez como eu nunca está perdido. Preocupo-me somente por vocês. A polícia é capaz de abocanhá-los. Nesses casos costumam dar dois anos de trabalhos forçados aos cúmplices. A gente presta ajuda só por se tratar de um bom amigo e de repente pega dois anos, e por quê? Porque não calou a boca. Querem saber uma coisa? Vocês absolutamente não precisam ir para a cadeia. Basta que sejam espertos e não digam nada. "Onde está Fischerle?", perguntará a polícia. "Não temos nenhuma ideia", dirão vocês. "Os senhores foram empregados por Fischerle?" "Nunca na vida!" "Alguns boatos chegaram ao nosso conhecimento." "Perdão, esses boatos são falsos." "Quando foi que viram Fischerle pela última vez?" "Foi quando ele desapareceu do Paraíso." "Talvez a esposa dele possa dizer a data." Se vocês indicarem uma data exata, causarão logo má impressão. Se não o fizerem, vão interrogar a esposa. Ela também pode ir uma vez à polícia em favor de seu marido. Não lhe fará mal nenhum. "Que tipo de negócios fazia a casa Siegfried Fischer & Cia.?" "Como vamos saber isso, general?" Mal vocês comecem a negar tudo, vão soltá-los. Um momentinho, veio uma ideia genial. Vocês nem precisam ir à polícia, absolutamente! A polícia deixará vocês em paz, não quer saber de vocês, não se interessa por vocês, vocês não existem para ela, nem mesmo nasceram ainda! Como se explica isso? Por quê? Simplesmente porque vocês calam a boca. Não devem dizer nada, nenhuma palavra, a ninguém, lá no Paraíso! Agora me pergunto: como é que alguém poderá ter o palpite absurdo de que vocês estiveram em contato comigo? Impossível, digo eu, e vocês estão salvos. Vocês três voltam para seu trabalho, como se nada tivesse ocorrido. Você continua mascateando sem poder dormir, como sempre. Você dá à sua mulher três quartas partes do que ganha e continua limpando porcarias. Lógico, um limpador de esgotos também é útil. O que faria uma cidade de milhões de habitantes com toda aquela porcaria, se ninguém a removesse? E você volta a mendigar. Tem seu cachorro e os óculos também. Se alguém lhe dá um botão, não olhe para ele, e se ninguém lhe dá um botão preste atenção. Os botões ainda vão perder você. Cuide-se, senão um dia você vai matar alguém. É desse modo que vocês devem proceder. Eu não tenho nada, mas mesmo assim dou conselhos a cada um de vocês. Só gostaria de ter o ouro que meus conselhos valem. Dou tudo que possuo, porque quero bem a vocês.

Nervoso e comovido, Fischerle mexeu nos bolsos da calça. Dissipara-se a mágoa pela ruína. Enquanto falava, inflamava-se a ponto de esquecer a enormidade da desgraça que lhe acontecera. Era a personificação da solicitude. Muito mais do que o seu próprio destino, preocupava-o o dos amigos. Sabia bem que seus bolsos estavam vazios. Virou para fora o forro rasgado da algibeira esquerda. Na direita havia, para sua maior surpresa, um xelim e um botão. Retirou os dois – quem convida dá banquete – e crocitou, extasiado:

–Vou repartir com vocês meu último xelim! Quatro empregados e um chefe, somos cinco ao todo. A cada um vinte *groschen*. Guardarei por enquanto a parte de Fischerinha, porque o xelim é meu. Pode ser que a encontre. Quem me dá o troco? – Após complicados cálculos, ninguém tinha moedas no valor de um xelim inteiro, e a distribuição realizou-se com êxito ao menos parcial. O mascate recebeu o xelim e devolveu seus sessenta *groschen*. Em compensação ficou devendo vinte *groschen* ao limpador de esgotos, que tudo precisava entregar à esposa e por isso não possuía nem a sombra de uma moeda. Dos trocadinhos do mascate, o cego tomou um terço e Fischerle, os dois restantes a que tinha direito.

–Vocês têm razão de rir – disse Fischerle, embora fosse o único a fazê-lo. – Preciso me esconder com apenas vinte *groschen* no bolso. Vocês têm seu trabalho. Vocês são ricos, realmente são ricos! Mas eu tenho minhas ambições. É meu jeito. Quero que lá no Paraíso todo mundo diga: o Fischerle desapareceu, mas sempre se mostrou generoso!

– Onde vamos encontrar outra vez um campeão de xadrez da sua qualidade? – lamentou-se o mascate. – Agora sou eu o único campeão, mas só no baralho. – Na sua algibeira o pesado xelim executava uma dança leve. O cego mantinha-se imóvel. Por hábito conservava os olhos fechados, assim como por hábito ainda estendia a mão. Seu quinhão, duas moedas de níquel inertes e rijas, jazia nela, tal e qual o novo dono das mesmas. Fischerle deu uma risada:

– Campeão de baralho, essa é boa! – Achava cômico que um campeão mundial de xadrez conversasse com pessoas desse nível, um limpador de esgotos com família, um mascate que sofria de insônia e um suicida por causa de uns botões. Reparou na mão estendida e rapidamente colocou nela o botão, rindo à vontade: – Passem bem, vocês todos! – cacarejou. –E tenham cuidado, meus amigos, tenham cuidado!

O cego, abrindo os olhos, avistou o botão. Já sentira qualquer coisa e queria convencer-se do contrário. Tremendamente espantado, fixava o olhar em Fischerle, que se afastava. Este se virou para gritar:

– Até à vista, meu caro, num mundo melhor. Não fique triste! – Mesmo assim estugou o passo. Aquele homem era capaz de levar a brincadeira a mal. Numa rua transversal concedeu-se o tempo necessário para dar uma boa gargalhada, sempre pensando na estupidez daquela gente. Ocultando-se atrás de uma porta de entrada, punha as mãos sob a corcunda e rebolava para a direita e a esquerda. O nariz pingava, as moedas de níquel tilintavam, a corcunda doía. Nunca na vida rira tanto assim. A risada prolongou-se por quinze minutos no mínimo. Antes de partir Fischerle limpou o nariz no muro, enfiou-o nas axilas e tomou o faro delas, uma após outra. Ali estava depositado o seu capital.

Mais algumas ruas adiante, apossou-se dele o pesar pelas vultosas perdas que tivera nos seus negócios. Seria exagero falar de ruína total, mas dois mil xelins são uma fortuna, e justamente isso restava na posse do sujeito do ramo de livros. A polícia não tinha utilidade nenhuma. Só incomoda a vida comercial. O que entende um pobre funcionário, com seu mísero salário mensal, sem capital, com a única incumbência de fiscalizar, o que entende ele dos negócios de grande envergadura, tais como os empreende uma firma importante? Ele, Fischerle, por exemplo, não se envergonha de rastejar pelo chão, a fim de colher ali, com as próprias mãos, o dinheiro que seu freguês lhe deve e jogou fora num acesso de raiva. Talvez receba um pontapé, mas não se importa com isso. Precisa empenhar-se em arredar um pé, dois pés, quatro pés, todos os pés, ele, o próprio chefe! O dinheiro está sujo, está amassado, não saiu do prelo novinho em folha. Uma pessoa civilizada tem nojo de tocá-lo. Contudo, aceita-o. Tem empregados, claro, quatro de uma vez, também poderia ter contratado oito – dezesseis talvez não –, poderia mandá-los àquele lugar, como não, e ordenar: "Vamos pessoal, recolham esse dinheiro imundo!". Mas não arriscaria uma coisa dessas. Essa gente só pensa em roubar. Tem a cabeça cheia de roubalheira. Cada um deles considera-se um grande artista quando consegue fazer desaparecer uma nota. Um chefe é um chefe porque se fia unicamente em suas próprias forças. É o que se chama arcar com os riscos. Ele levanta do assoalho dezoito lindas cédulas de cem xelins, faltam só duas, já está quase com elas no papo, sua e labuta, diz com seus botões: "O que me adianta tudo isso?". Eis que vem a polícia, no pior momento possível! Ele fica apavorado, não gosta da polícia, detesta-a, são todos uns pobres-diabos. Mete então o dinheiro no bolso do freguês, o dinheiro que esse mesmo freguês deve a ele, Fischerle, e foge correndo. O que é que faz a polícia? Guarda o dinheiro para si. Poderia deixá-lo para o freguês. Talvez um dia haja tempos melhores e Fischerle possa recuperá-lo. Mas, não, acham que o sujeito do ramo de livros está louco. "Um homem do tipo do ramo de livros", diz a polícia, "um homem com tanto dinheiro e tão pouco juízo poderá ser assaltado e roubado. Isso nos causará encrencas. Temos trabalho de sobra. Então preferimos ficar com o dinheiro." E realmente ficam com ele. A polícia rouba e ainda faz questão de que nos conservemos honestos!

Fischerle estava no auge de sua ira, quando um guarda, pelo qual passava, observou-o atentamente. Depois de distanciar-se suficientemente do policial, o pequeno deu vazão a um ódio por esse sujeito. Só faltava que esses ladrões o impedissem de viajar para a América! Resolveu vingar-se da polícia ainda antes da partida, por causa do delito contra sua propriedade que esta acabava de perpetrar. Como não gostaria de beliscar todos eles até que uivassem de dor! Tinha certeza de que repartiriam o dinheiro entre si. Havia, digamos, uns dois mil policiais. Então caberia um xelim inteiro a cada um deles. Ninguém diria: "Não, senhor! Não aceito esse dinheiro, porque foi roubado!", tal como deveriam fazer na polícia. Por isso todos tinham culpa, e nenhum deles escaparia dos beliscões de Fischerle.

– Mas não imagine que esse pessoal sinta alguma dor – disse ele de repente em voz alta. – Você está aqui e eles estão lá. Como poderão sentir seus beliscões? – Em vez de tomar as medidas que previra para preparar a viagem, manquejava pelas ruas horas a fio, sem destino, mal-humorado, à procura de uma possibilidade de justiçar a polícia. Em outras ocasiões sempre lhe ocorria um plano adequado para a execução de qualquer propósito, mas dessa vez não sabia absolutamente o que fazer e por isso aos poucos abria mão de suas exigências excessivamente duras. Dispunha-se até a renunciar ao capital, desde que lograsse tirar algumas desforras. Sacrificaria dois mil xelins em dinheiro! Já não queria reobtê-los, não os aceitaria nem de presente. Desejava apenas que alguém os tirasse da polícia.

O meio-dia já passara. Mas Fischerle não foi almoçar de tanto rancor. Eis senão quando seu olhar se fixou em duas tabuletas presas na fachada de uma casa. Na primeira lia-se: DR. ERNST FLINK, ginecologista. A outra, logo abaixo, pertencia a um certo DR. MAXIMILIAN BUCHER, especialista em doenças nervosas. "Ali mulheres malucas encontram tudo de que precisam", pensou ele, e logo se lembrou do irmão de Kien em Paris, que ganhara uma fortuna como ginecologista e depois se debandeara para a psiquiatria. Procurou o pedaço de papel onde anotara o endereço desse célebre professor e realmente achou no bolso do casaco. Lá estava também a carta de recomendações, mas esta só lhe serviria quando estivesse em Paris. Paris ficava muito longe e nesse ínterim a polícia gastaria toda aquela gaita em farras. Se ele escrevesse uma carta ao irmão e assinasse com seu nome, o distinto cavalheiro diria com seus botões: "Fischerle? Quem é Fischerle?". E não daria em nada. Pois possui uma fortuna e é muito orgulhoso. A combinação entre professor e milionário – é preciso muito jeito para lidar com ela. Isso não é um simples caso da vida cotidiana, assemelha-se ao xadrez. Se soubesse que o professor entende de xadrez, poderia assinar: "Fischerle, campeão mundial de xadrez". Mas um tipo desses seria capaz de não acreditar nisso. Daqui a uns dois meses, depois de ter liquidado o Capablanca, deixando-o aniquilado e surrado como um cão, Fischerle enviará telegramas a todas as pessoas de destaque: "Tenho a honra de apresentar-me: Siegfried Fischer, novo campeão mundial de xadrez". Então já não haverá a menor dúvida. Todo mundo estará informado. As pessoas hão de inclinar-se cortesmente, também os professores ricaços. Quem não lhe der crédito será processado por difamação. E despachar um autêntico telegrama era coisa que Fischerle almejara toda a vida.

Desse modo sua vingança tornou-se realidade. Ele entrou na mais próxima agência postal e pediu três formulários de telegramas. Depressa, por favor. Trata-se de um assunto urgente. Em matéria de formulários, era perito. Frequentemente já adquirira alguns, eram baratos, e em letras garrafais escrevera neles sarcásticos desafios ao respectivo campeão do mundo. No Paraíso lia então aos presentes frases grandiosas, tais como: "Desprezo você. Um aleijão". Ou: "Tente jogar comigo, se tiver coragem. Aleijão". Em seguida, queixava-se da covardia dos campeões, dos quais nunca chegava resposta alguma. A turma acreditava em muita coisa, mas não nos telegramas, já que Fischerle não tinha bastante dinheiro para mandar um só, e por isso troçavam dele, alegando que ele tinha esquecido de indicar o endereço ou que escrevera um endereço errado. Um católico bonachão prometia-lhe que, assim que chegasse ao verdadeiro paraíso, lhe atiraria as cartas que São Pedro guardasse para ele. "Se essa gente soubesse que agora vou despachar um telegrama mais do que verdadeiro!", pensou Fischerle, enquanto sorria dos gracejos que aquela gente miserável ousara fazer com ele. O que é que ele fora naquela época? Um freguês desse antro que é o Paraíso Ideal. E o que é que ele é agora? Agora telegrafa a um professor. Convém apenas encontrar as palavras apropriadas. Será melhor omitir o seu próprio nome. Escrevamos, pois: "Irmão tantã. Um amigo da casa". Com esses dizeres o primeiro formulário não lhe parece mal. Resta apenas saber se "tantã" pode impressionar um psiquiatra. Ele, que lida todos os dias com essas coisas, vai dizer para si: "Não há de ser nada", e vai esperar que o amigo da casa lhe mande outro telegrama. Mas, para fazer isso, Fischerle, em primeiro lugar, aprecia por demais o seu dinheiro; em segundo, obteve-o a duras penas; e, em terceiro, acha que aquilo levaria muito tempo. Elimina então o amigo da casa, locução que soa muito devotada e desperta excessivas pretensões. Em compensação reforça o "tantã" por um "completamente". No segundo formulário lê-se: "Irmão completamente tantã". E quem vai assinar? Nenhuma pessoa abastada reage a um telegrama sem assinatura. Existem caluniadores, chantagistas e outras profissões dessa espécie. Um ginecologista aposentado deve ter visto muitos casos assim. Fischerle tem mais um formulário. Está bravo por ter gastado os dois outros à toa. Pensando maduramente, rabisca no terceiro: "Estou completamente tantã". Lê a frase e fica entusiasmado. Se um homem afirma isso com relação a si mesmo, todos devem acreditar. Pois quem costuma escrever uma coisa dessas sobre sua própria pessoa? Fischerle assina: "Seu irmão", e, com o rascunho satisfatório na mão, encaminha-se ao guichê.

O postalista, a preguiça personificada, meneia a cabeça. Aquilo não pode ser sério e ele não gosta de caçoadas.

– O senhor deve aceitá-lo – insiste Fischerle. – Quem é pago para esse trabalho, o senhor ou eu? – Receia subitamente que pessoas de má reputação talvez não tenham o direito de despachar telegramas. De onde o conhece o funcionário? Certamente não do Paraíso e, quanto aos formulários, nunca antes foi buscá-los nessa agência.

– Isso não tem sentido nenhum – responde o homem, enquanto lhe devolve o telegrama. A deformação do pigmeu lhe dá coragem para se mostrar intransigente. – Um homem normal não escreve essas coisas.

– Pois é! – grita Fischerle. – Por isso mando esse telegrama ao meu irmão. Que ele venha me buscar! Estou louco!

– Vá embora de uma vez, cavalheiro! – explode o postalista, já espumando de raiva.

Um gorducho envolto em duas peles espessas, uma natural e outra artificial, e que se encontra atrás de Fischerle, aguardando, indigna-se pela perda de tempo. Empurra o anão para o lado, ameaça o homem do guichê de apresentar queixas contra ele e conclui sua alocução.

– O senhor não está autorizado a recusar um telegrama. Nunca! Compreendeu?

O postalista emudece. Engole seu direito de ter juízo e cumpre com seu dever. Embrulhando-o, Fischerle lhe dá um *groschen* a menos. O gorducho que socorreu o anão por princípio e não porque estivesse com pressa chama-lhe a atenção para o engano.

– Vejam só! – replica Fischerle e desaparece. Mas lá fora ventila a possibilidade de que o telegrama fique retido como castigo de sua façanha. "Por causa de um *groschen*, Fischerle!", diz para si em tom de censura. "E o telegrama custa a você 267 vezes mais!" Retorna ao guichê, pede humildemente desculpas ao senhor gorducho, alegando que não o entendeu direito, que é surdo, que não regula bem do ouvido esquerdo. Profere mais algumas frases a fim de aproximar-se, pelo menos em pensamento, da carteira do outro. Eis que, ainda em tempo, se recorda das más experiências que fez com pessoas de peles duplas. Essa gente não o deixa manobrar e, antes que se obtenha alguma coisa, entrega-o à polícia... Ele paga o seu *groschen*, cumprimenta todos magnanimamente e sai. Renuncia à carteira, porque sua vingança já está encaminhada.

A fim de arrumar um passaporte falso, dirigiu-se a um café situado não longe do Paraíso, mas de nível bastante inferior. Este se chamava O Babuíno, e o nome animalesco indicava o gênero de seres desumanos que o frequentavam. Todos os fregueses desse estabelecimento tinham antecedentes penais. Um homem como o limpador de esgotos, com trabalho e boa reputação, evitava O Babuíno. Segundo contava no Paraíso, sua esposa se divorciaria se descobrisse nele o fedor do Babuíno. Ali não existia nenhuma "capitalista", tampouco um campeão de xadrez que vencesse todo mundo. Lá ganhava ora um ora outro. Faltava a inteligência que forçosamente propicia os triunfos. O café achava-se num porão. Era preciso descer oito degraus para alcançar a porta. Parte da vidraça quebrada estava revestida de papel. Nas paredes viam-se fotos pornográficas de mulheres. A proprietária do Paraíso jamais toleraria uma coisa dessas no seu respeitável café. Os tampos das mesas eram de madeira. O mármore fora roubado aos poucos. O falecido arredantário fizera grandes esforços por atrair um público de renda fixa. Anunciava que cada dama receberia grátis um café por freguês de classe que fosse introduzido por ela. Naquele tempo mandou pintar uma linda tabuleta e deu ao estabelecimento o nome de Para Variar. Sua esposa dizia que isso se aplicava a ela também. Variava ininterruptamente, e ele morreu de penas de amor, pois sofria de apendicite, e os negócios iam muito mal. Ele mal havia morrido, a mulher declarou: "Prefiro um Babuíno". Recolocou a tabuleta antiga e com isso acabou-se o último restinho de boa fama. A mulher aboliu o café grátis, e desde então nenhuma dama com um mínimo de amor-próprio punha o pé nesse porão. Que tipo de gente o frequentava? Falsificadores de passaportes, vagabundos, marginais, foragidos, judeus de ínfima categoria e ainda alguns tipos perigosos. No Paraíso a polícia aparecia de vez em quando. No Babuíno não ousava entrar. Da prisão de um sujeito que tinha cometido um latrocínio e se sentia seguro ao lado da proprietária do Babuíno foram incumbidos nada menos do que oito policiais. Esse era o ambiente. Um modesto rufião não teria garantias de sobreviver ali. Apenas criminosos de alta categoria eram tratados com reverência. Ninguém queria saber se um aleijão tinha ou não inteligência. Pessoas dessa laia nem sequer notam a diferença, porque elas próprias são burras. O pessoal do Paraíso evitava todo contato com o Babuíno. Se admitissem a freguesia dele, sumiriam os mais belos tampos de mármores. As revistas ilustradas chegavam finalmente às mãos da dona do Babuíno, mas apenas depois de lidas por todos os porcalhões do Paraíso.

Fischerle não negava que estava farto do Paraíso, mas em comparação com o Babuíno este era ainda o verdadeiro Éden. Quando entrou, diversos homens temíveis aproximaram-se dele. Cheios de orgulho, todos bateram palmas para ele, manifestando o prazer que lhes causava essa rara visita. Infelizmente a proprietária estava ausente, disseram. Ela teria ficado muito lisonjeada. O pessoal supunha que o anão viesse diretamente do Paraíso. A essa gente era proibido frequentar aquele local abundante de mulheres. Pediram informações sobre uma e outra. O mais depressa possível Fischerle proferiu algumas mentiras. Não se mostrava arrogante. Conduzia-se com a maior afabilidade, já que queria gastar um mínimo de dinheiro pelo passaporte falso. Demorou em manifestar o seu propósito para que o preço não subisse. Depois de se convencerem de que Fischerle era realmente o próprio, os presentes aplaudiram novamente, uma vez que as mãos das pessoas servem para corroborar suas opiniões. Solicitaram que se sentasse. Uma vez que veio, teria de demorar-se um pouco. Não permitiriam que um anãozinho tão distinto saísse logo. Queriam saber se o teto do Paraíso já tinha ruído. Ninguém se atrevia a entrar naquele local perigosíssimo. A polícia deveria exigir que o restaurassem. Com tantas mulheres que sempre se encontram nele! Como se salvariam elas se o teto desmoronasse?

Enquanto procuravam persuadir Fischerle a que se interessasse por esse assunto, caiu um pedaço de cal no café que alguém pusera à sua frente. Enquanto o bebia, lamentava ter pouco tempo. Viera despedir-se. A Federação de Xadrez de Tóquio acabava de oferecer-lhe um emprego de professor de xadrez.

– Tóquio fica no Japão. Vou viajar depois de amanhã. A viagem dura meio ano. Pelo menos no meu caso. Em cada cidade organizarei um torneio. Desse modo recupero as despesas. Pagam-me o dinheiro das passagens, mas só em Tóquio. Os japoneses são desconfiados. "Atenção!", pensam eles. Se o sujeito recebe o dinheiro antes, fica onde está. Eu não iria ficar, mas eles já tiveram experiências amargas. E contra essas experiências não adianta argumentar. Na carta escrevem: "Prezadíssimo campeão, nós depositamos a mais absoluta confiança em V. S.ª, mas acha que nosso dinheiro é capim? Não é, não!".

Os homens queriam ver a carta. Fischerle pediu que o desculpassem mas que a carta se encontrava na polícia. Lá lhe haviam prometido um passaporte, apesar das numerosas condenações anteriores. A pátria ufanava-se da glória que ele levaria no seu tabuleiro até o Japão.

– E você tenciona partir depois de amanhã? – Seis falavam e os demais tinham todos o mesmo pensamento. Se bem que ele viesse do Paraíso, tratavam-no sem cerimônia, porque sua credulidade os comovia. – Da polícia, você não vai conseguir coisa alguma, sei o que digo, que já passei nove anos na cadeia – asseverou um da turma. – E ainda vão trancafiá-lo pela tentativa de deserção! – Ao que outro acrescentou: – E seus antecedentes penais serão comunicados ao Japão!

Os olhos de Fischerle enchiam-se de lágrimas. Depondo a xícara de café na mesa, pôs-se a soluçar.

– Vou esfaquear todos esses patifes – ouvia-se sua voz entre um soluço e outro. – Vou esfaqueá-los!

Em toda parte comiseravam-se dele. Quantas experiências tinham, tantas eram as opiniões que manifestavam. Um famoso falsificador de passaportes afirmava que só existia uma possibilidade de salvação, e esta seria ele mesmo. Fischerle precisaria pagar apenas metade do preço, porque era só meia porção de gente. Com essa piada o homem disfarçou sua simpatia. Nesse ambiente ninguém proferiria palavras de compadecimento. Fischerle sorriu através das lágrimas.

– Sei que você é famoso – respondeu. – Mas você ainda não fabricou um passaporte para o Japão, nem mesmo você!

O falsificador tinha o apelido de "Forja-passaportes". Era um indivíduo de basta cabeleira negra como azeviche, pintor fracassado. Uma vez que de seus tempos de artista ainda conservava uma pontinha de vaidade, rosnou enfurecido:

– Meus passaportes vão até a América.

Fischerle tomou a liberdade de objetar que a América ficava muito menos longe que o Japão e que ele não queria ser usado como cobaia. Poderia acontecer que, de repente, na fronteira japonesa, o agarrassem e metessem na gaiola. Não estava nem um pouquinho curioso de conhecer as penitenciárias do Japão!

O pessoal empenhava-se em persuadi-lo, mas ele resistia. Os homens apresentavam argumentos convincentes. O Forja-passaportes já tinha passado diversas temporadas no xilindró, ao contrário de seus fregueses. Assim ele cuidava de seus amigos. Afirmou que se dedicava à sua arte com todas as suas forças; que se enclausurava nas horas de trabalho; que este o esgotava tanto que precisava dormir muito depois de ter feito um passaporte. Com ele não havia fabricação em série. Cada peça era desenhada linha por linha. Quem procurasse espreitá-lo seria enxotado a pontapés.

Fischerle não negava esses fatos, mas se conservava inflexível. Alegava, além disso, não possuir nenhum tostão, de modo que, já por isso, todo aquele falatório era inútil. O Forja-passaportes prontificou-se a brindá-lo com um passaporte de primeiríssima qualidade, se o anão se obrigasse a servir-se dele. Fischerle poderia recompensá-lo no Japão, fazendo propaganda de suas obras-primas.

O anão agradeceu a oferta. Disse que era pequeno demais para opor-se a brincadeiras dessa espécie. Eles eram fortes que nem um touro, e ele fraquinho como uma anciã. Para cair como um patinho, pegassem outra pessoa que não ele! Pagaram-lhe mais dois cafés. O Forja-passaportes estava fulo de raiva. Insistia em que Fischerle aceitasse o passaporte feito por ele. Caso contrário, ia matá-lo de uma vez. Os outros conseguiram dominá-lo provisoriamente. Achando que tinha razão de estar furioso, todos concordavam com ele. As negociações prolongaram-se por uma hora inteira. O Forja-passaportes levou seus amigos, um após outro, a um cantinho e prometeu-lhes polpudas somas. Em face disso o pessoal perdeu a paciência. Com palavras ríspidas os homens informaram Fischerle de que o consideravam seu prisioneiro e só o libertariam sob a condição de aceitar usar o passaporte falsificado, pelo qual não deveria pagar nenhum vintém, já que de qualquer jeito não tinha dinheiro. Fischerle submeteu-se à força bruta. Continuou a lamentar-se por muito tempo ainda.

Dois sujeitos da pesada escoltaram-no ao fotógrafo, que lhe tirou o retrato a expensas do Forja-passaportes. Se desse mais um pio, apanharia feio. Não deu. Seu séquito ficou esperando, até que a chapa fosse revelada e copiada.

Quando voltaram, o Forja-passaportes já se tinha enclausurado. Ninguém estava autorizado a perturbá-lo. Seu mais íntimo amigo passou-lhe as fotos ainda úmidas através de uma fresta da porta. Ele trabalhou como um possesso. Das madeixas o suor escorria sobre a mesa, pondo em perigo a nitidez do passaporte. Graças a hábeis movimentos de cabeça, o documento permaneceu impoluto. As assinaturas tornaram-se para o Forja-passaportes uma fonte de enorme prazer. Sabia imitar à vontade o estilo burocrático e a angulosa meticulosidade de todos os funcionários superiores da polícia. Suas assinaturas eram obras-primas, e ele acompanhava as curvas com fervorosos requebros do tronco. Sobre a melodia de um sucesso, trauteava a letra: "Deveras original! Deveras original! Nunca houve coisa igual!".

Cada vez que uma assinatura lhe saía tão perfeita que seria capaz de enganar a ele próprio também, ele guardava o passaporte como lembrança e justificava-se perante o freguês ausente – mas que na sua imaginação fora logo conduzido ao minúsculo gabinete de trabalho – citando seu provérbio predileto: "Primeiro eu, depois eu e terceiro eu mesmo". Dessas amostras soberbas de sua técnica possuía várias dúzias abrigadas numa malinha. Sempre que os negócios iam mal, ele viajava com elas às cidades vizinhas. Lá as exibia aos interessados. Veteranos da arte, tanto como concorrentes ou discípulos, sempre se envergonhavam de sua própria inépcia e desinteressadamente lhe enviavam casos complicados. Exigir que ele lhes pagasse comissões equivaleria ao suicídio. O Forja-passaportes era amigo dos mais robustos e conceituados criminosos, todos eles reais nas suas especialidades e que em conjunto constituíam a modesta freguesia do Babuíno. A desorganização do Forja-passaportes tinha um único limite: nos passaportes de sua coleção costumava enfiar pequenos papeizinhos retangulares nos quais se lia: "Dono da duplicata ganha dólares à beça na América", ou: "Proprietário manda saudações da África do Sul, terra dos diamantes", ou: "Fiz fortuna como pescador de pérolas. Viva o Forja-passaportes!", ou ainda: "Por que não me segue a Meca? Aqui o mundo muçulmano atira dinheiro pela janela. Alá é grande!". O dono da coleção extraía essas declarações das inúmeras cartas de gratos clientes, as quais ainda lhe passavam pela cabeça nas horas do sono mais profundo. Eram por demais preciosas para que as mostrasse a todo mundo. Seu conteúdo bastava e os fatos falavam por si. Por isso bebia diversos cálices de rum cada vez que concluía um documento. Punha então na mesa a cabeça ardente e, repartindo com os dedos a torrente dos cabelos, sonhava com o futuro e as proezas do respectivo freguês. Nunca ninguém lhe escrevera nenhuma linha, mas graças a seus devaneios ele sempre sabia o que escreveriam os seus clientes, e para fins de propaganda aproveitava as carreiras feitas por eles.

Enquanto trabalhava para Fischerle, pensava na admiração que seu passaporte granjearia no Japão. Esse país representava para ele uma novidade. Jamais ousara ir tão longe. Confeccionou logo dois exemplares. Resolveu abrir uma exceção e entregar ao cliente o original, cuja qualidade era simplesmente insuperável. Afinal de contas, tratava-se de uma missão importante.

Nesse ínterim, regalaram Fischerle com todos os quitutes que o magro balcão do Babuíno podia oferecer. Ele recebeu, só para si, duas salsichas velhas, um pedaço de queijo fedorento, pão duro à vontade, dez cigarros da marca Babuíno, ainda que não fumasse, três cálices de aguardente da casa, um chá com rum, um rum sem chá, e inúmeras sugestões para a viagem. Que se precavesse contra punguistas. Aquela gente estava louca por passaportes tão bons como o que ele receberia. Um pixote qualquer retiraria então a fotografia, colocaria outra no lugar e teria para o resto da vida um passaporte maravilhoso. Que Fischerle não o mostrasse a todo mundo, já que os trens pululavam de pessoas invejosas. E que escrevesse frequentemente. O Forja-passaportes tinha em algum lugar uma caixa postal secreta, e todas as cartas de agradecimentos lhe causavam enorme alegria. Ele costumava guardá-las, assim como a dona do café guardava cartas de amor. Nunca ninguém chegava a vê-las. Quem poderia notar que o remetente da carta era apenas um aleijão?

Fischerle prometeu tudo o que lhe era pedido. Da sua parte não faltariam gratidão, reconhecimentos, notícias, recompensas. Disse que, mesmo assim, tinha medo, era medroso por índole. Se pelo menos se chamasse dr. Fischer, em vez de Fischer, sem mais nada, inspiraria logo respeito à polícia.

Em face disso, os homens reuniram-se para deliberar. Um único permanecia por perto, como sentinela, a fim de evitar que o pequeno lhes escapulisse. Resolveram correr o risco de perturbar o companheiro no seu trabalho, malgrado a rigorosa proibição, e solicitar-lhe que apusesse o título de doutor no passaporte de Fischerle. Quando o pessoal se mostrava cortês e o tratava de mestre, o Forja-passaportes não se enfurecia logo. Quanto a isso todos concordavam. Só que ninguém queria transmitir a mensagem. Pois se, apesar dos pesares, ele se enfurecesse, deixaria de pagar ao importuno a prometida gratificação, e nenhum dos presentes era idiota.

A proprietária do Babuíno retornava das suas andanças. Gostava de caminhar pelas ruas, geralmente por amor, mas às vezes também por dinheiro, para demonstrar à clientela do café que era uma autêntica mulher. Com grande prazer os homens aproveitaram a oportunidade para se dispersarem. Esqueceram-se da sua intenção e observaram, comovidos, como a patroa abraçava a corcunda de Fischerle. Cobriu o nanico de palavras carinhosas. Disse que tivera muita saudade dele, do seu nariz engraçadinho, de suas perninhas tortas e de seu tão querido tabuleiro. No seu café não havia anõezinhos. Contou que tinha ouvido que a "capitalista", esposa do pequeno, engordara ainda mais. Era verdade que ela comia tanto? Fischerle não respondia nada. Olhava para a frente, com ar profundamente decepcionado. A patroa foi buscar uma pilha de revistas velhas, seu grande orgulho – todas elas tinham vindo do Paraíso –, e colocou-as na mesa de seu favorito. Fischerle não abriu nenhuma. Conservou-se renitente. Ao que a mulher indagou o que afligia o coraçãozinho, o doce coraçãozinho de seu pequeno tesouro? Enquanto pronunciava a pergunta, traçou na palma da mão um círculo do tamanho de um quarto da mesma. Fischerle replicou que sentia medo, enquanto não tivesse o título de doutor.

Os homens começaram a inquietar-se. Procuravam induzi-lo a abandonar esses pensamentos covardes. Gritaram em coro que essa coisa de tornar-se doutor era impossível, porque um aleijão não pode ser doutor. Ser ao mesmo tempo aleijão e doutor, nunca! Onde já se viu? Um doutor necessita de bom renome. Aleijão e má reputação são sinônimos. Fischerle não poderia negá-lo. E queriam saber se ele conhecia um aleijão que fosse doutor.

– Conheço um, sim! – disse Fischerle. – Claro que conheço um. É menor do que eu. Não tem braços e não tem pernas. Dá pena ver o pobre do homem. Ele escreve com a boca e lê com os olhos. É um doutor famosíssimo.

Não conseguiu impressionar a turma.

– Ora, esse é um caso bem diferente – objetou um, falando em nome de todos. – Aquele sujeito era doutor antes de ser aleijão, só depois perdeu braços e pernas por causa de um acidente de rua. Disso ele não tem culpa.

– Bobagem! – exclamou Fischerle, exasperado por tais mentiras. – O sujeito nasceu assim, podem acreditar! Sei o que digo. Veio ao mundo sem braços e sem pernas. Vocês estão todos loucos. Ele disse consigo: "Sou inteligente. Por que não posso ser doutor?". Sentou-se e começou a estudar. Pessoas comuns estudam cinco anos. Os aleijões precisam de doze. Ele mesmo me contou. É meu amigo. Com trinta anos era doutor e já famoso. Jogo xadrez com ele. Só precisa olhar a gente, e todos ficam bons imediatamente. A sala de espera está sempre superlotada. Fica sentado num carrinho e tem duas assistentes. Elas despem o paciente, apalpam-no e estendem-no ao doutor. Este só cheira um instantinho nele e já sabe a quantas anda. Depois grita: "O seguinte, por favor!". O homem ganha uma fortuna. Não há outro doutor tão bom como ele. A mim ele adora. Diz que todos os aleijões devem manter-se unidos. Tenho aulas com ele. Prometeu-me que, graças a ele, um dia serei doutor. Não devo contar isso a ninguém. O povo não compreende essas coisas. Já há dez anos que o conheço. Mais dois anos, e eu terminaria os estudos. Eis que vem aquela carta japonesa, e largo tudo de uma vez. Eu gostaria de me despedir dele, o homem merece que o faça, mas não tenho coragem. Seria capaz de me reter, e eu perderia o emprego no Japão. Posso ir ao estrangeiro por minha própria conta. Sou muito menos aleijão do que ele.

Alguns pediram que lhes mostrasse esse homem. Estavam quase convencidos. Fischerle enfiou o nariz no bolso do colete, dizendo:

– Hoje não o tenho comigo. Normalmente ele sempre está lá dentro. O que é que vou fazer?

Então todos riram. Com os pesados braços e punhos abalavam as mesas, e como só raras vezes tivessem ensejo para rir e gostassem de fazê-lo, levantaram-se, esqueceram seus receios e, em passo marcial, encaminharam-se, oito de uma vez, ao gabinete do Forja-passaportes. Juntos, para que a culpa não coubesse a um único dentre eles, abriram a porta e urraram em uníssono:

– Não deixe de anotar o doutor! Não deixe de anotar o doutor! Ele estuda há dez anos!

O Forja-passaportes fez que sim. Pois é, até o Japão! Nesse dia, ele andava bem-humorado.

Fischerle sentia que estava totalmente bêbado. Geralmente o álcool o tornava melancólico. Dessa vez, porém, deu um pulo para cima. Já estando quase na posse do passaporte e do título de doutor, dançou pelo café, comprimindo-se contra a barriga da proprietária do Babuíno. Com os braços compridos, cingiu o pescoço dela. Para isso eles bastavam amplamente. Ele crocitava e ela se bamboleava. Um assassino, de antecedentes ignorados, tirou do bolso um enorme pente, embrulhou-o em papel de seda e, soprando nele, tocou uma suave melodia. Por amor à patroa, outro indivíduo, que não passava de um simples assaltante, cadenciava com o pé um ritmo completamente errado. Os outros batiam as poderosas coxas. Da vidraça quebrada da porta vinha um tilintar fininho. As pernas de Fischerle entortavam-se ainda mais, e a proprietária extasiada fixava os olhos no nariz dele:

– Tão longe! – exclamava em voz esganiçada. – Tão longe! – Esse nariz formidável, o mais adorável de todos, iria abandoná-la, viajando até o Japão! O assassino soprava, pensando nela. Todos a conheciam intimamente e todos lhe deviam muito. No seu laboratório o Forja-passaportes prosseguia trauteando. A turma apreciava sua voz de tenor. Ele já antegozava o fim do expediente. Trabalhava havia três horas e certamente concluiria a obra dentro de uma hora mais. Todos os presentes cantavam sem saber a verdadeira letra da canção. Cada qual cantava o que mais almejava na vida. "Sorte grande!", cantarolava um, e outro suspirava: "Tesouro!". O terceiro desejava: "Uma barra de ouro do tamanho da cabeça de uma criança!". E o quarto sonhava com um imenso cachimbo turco. "Aqui se vê..." Saiu um murmúrio de baixo de um basto bigode. Na sua mocidade o portador do bigode tinha sido mestre-escola e ainda lastimava a aposentadoria perdida. Mas o que prevalecia eram ameaças mais graves, e todos manifestavam certa vontade de emigrar também, cada um por si, para evitar que os outros o vissem. A cabeça de Fischerle abaixava-se cada vez mais. Sua contribuição ao espetáculo, um repetido "Xeque-mate, xeque-mate", perdia-se na barulheira geral.

Subitamente a proprietária, com o dedo sobre a boca, sussurrou:

– Ele está dormindo, ele está dormindo! – Cautelosamente cinco homens levaram-no a um canto do café, onde o colocaram numa cadeira.

– Psiu! – gritaram. – Parem a música! Fischerle precisa dormir, antes de embarcar para a grande viagem! – O papel de seda em cima do pente emudeceu. A turma juntou-se a fim de discutir os perigos inerentes a uma viagem ao Japão. Dando um murro na mesa, um deles advertiu que no deserto de Takla-Makan, de dois viajantes, no mínimo um morria de sede. Esse deserto ficava exatamente a meio caminho entre Constantinopla e o Japão. O ex-mestre-escola também ouvira falar disso.

– Pois é, Sven Hedin! – confirmou ele. Seria, portanto, preferível viajar por via marítima. O pequeno certamente sabia nadar; caso contrário, a corcunda impediria que se afogasse, de tanta banha que havia nela. Ele não deverá descer nas escalas. Passará perto da Índia. Lá existem cascavéis nas proximidades do porto. Basta metade de uma mordida para matá-lo, pois um anão é apenas meio homem.

Fischerle não estava dormindo. Lembrara-se de seu capital e, no seu cantinho, verificou para onde o maço teria escorregado durante a dança. Achou-o ainda no lugar certo e deu graças às suas axilas muito bemfeitas. Em qualquer outro corpo todo esse maravilhoso tesouro já se encontraria nas calças ou até teria sido engolido pelo chão. Ele absolutamente não estava cansado, antes pelo contrário, aguçava os ouvidos e, enquanto aqueles bobalhões falavam de uma porção de países e cascavéis, pensava na América e em seu palácio milionário.

À tardezinha, lá fora já estava tudo escuro; o Forja-passaportes saiu de seu gabinete, tendo em cada mão um passaporte que brandia no ar. Os homens silenciaram imediatamente. Respeitavam o trabalho dele porque os remunerava de modo generoso. Aproximando-se sorrateiramente do anão, depositou os passaportes à sua frente na mesa. Em seguida, despertou-o com uma bofetada brutal. Fischerle previra-a, mas mesmo assim não se mexia. Sabia que alguma forma de recompensa seria indispensável e ficava feliz da vida por não o submeterem a uma investigação de seu corpo.

– Exijo que você faça propaganda de meu trabalho – bradou o Forja-passaportes. O homem cambaleava e balbuciava. Embriagavam-se havia horas para festejar a glória japonesa. Içou o nanico acima da mesa e o fez jurar com ambas as mãos: que se serviria do passaporte; que não pagaria nada por ele; que o meteria sob o nariz dos japoneses; que lá no Japão diria que Rudolf Amsel, apelidado de "Forja-passaportes", era o que, após a morte dele, toda a Europa admitiria, a saber, o maior pintor moderno; que o divulgaria todos os dias; que falaria a seu respeito em entrevistas. Comunicou-lhe que nascera em tal data, que não suportara os estudos acadêmicos e que pelas próprias forças, sem apoio nem modelos, chegara a ser o que era hoje.

Fischerle jurou, jurou e jurou. O Forja-passaportes obrigou-o a repetir aos gritos todas as suas frases. Por fim o anão assumiu o solene compromisso de desligar-se do Paraíso e prometeu desprezar, antes da partida, aquele antro de celerados.

– O Paraíso é uma merda! – crocitou, solícito e rouco. – Não vou me meter nunca mais com aqueles canalhas. No Japão, fundarei uma filial do Babuíno. Se eu ganhar bastante dinheiro, vou enviá-lo a vocês. Mas não falem com o pessoal do Paraíso sobre minha viagem. Aqueles criminosos são capazes de me denunciar à polícia. Por amor a vocês, boto o passaporte na minha corcunda e juro que o aceitei por minha livre e espontânea vontade. Que o Paraíso vá para o Inferno! – Dito isso, permitiram-lhe que se sentasse e dormisse de novo no mesmo cantinho. Fischerle saltou da mesa e enfiou no bolso o melhor dos dois passaportes, ao lado do pequeno tabuleiro, onde estava mais seguro. Inicialmente fingiu roncar, a fim de ouvir a conversa dos homens. Depois, porém, adormeceu realmente, com os braços firmemente cruzados por cima do peito e as pontas dos dedos nas axilas, de modo que forçosamente acordaria se houvesse a menor tentativa de furto.

Às quatro da madrugada, na hora de fechar, quando a fisionomia de um guarda já deslizava às vezes fugidiamente pela vidraça do café, despertaram Fischerle. Rapidamente assoou o nariz para tirar o sono e logo ficou alerta. Comunicaram-lhe que nesse ínterim haviam decidido nomeá-lo sócio honorário do Babuíno e ele agradeceu efusivamente. Grande número de outros fregueses acabava de reunir-se à turma, e todos lhe desejavam boa sorte na viagem. Estrugiam vivas à arte do xadrez. Milhares de bem-intencionadas palmadinhas quase o esmagavam. Sorrindo convulsivamente, para que todo mundo o notasse, o anão inclinou-se em todas as direções e gritou ruidosamente:

– Até a vista em Tóquio no Novo Babuíno! – E saiu do café.

Na rua saudou gentilmente os policiais que encontrava sempre em grupos e muito cautelosos. "A partir de hoje", disse para si mesmo, "tratarei a polícia com muita cortesia." Desviou-se do Paraíso, que ficava pertinho. Agora que era doutor resolveu evitar o contato com estabelecimentos de má reputação. Além do mais, seria melhor que não o vissem. Ainda era noite profunda. Por razões de economia, de três lampiões a gás, só um estava aceso. Na América há lâmpadas de mercúrio. Dão luz de dia e de noite ininterruptamente. De tanto dinheiro que têm, as pessoas são gastadoras e malucas. Um homem que tiver vergonha de ter uma esposa que é uma velha puta não precisará dormir na mesma casa com ela. Poderá simplesmente dirigir-se ao Exército da Salvação. Lá eles têm albergues com camas brancas. Cada um recebe dois lençóis para seu uso particular. Não faz mal que seja judeu. Por que não introduzem esse esplêndido sistema na Europa também? Fischerle apalpou o bolso direito do casaco, onde sentiu simultaneamente a presença do tabuleiro e do passaporte. No Paraíso ninguém lhe daria um passaporte de presente. Lá todos só pensavam em si e em como poderiam arranjar dinheiro. O Babuíno era generoso. Ele adorava o Babuíno. O Babuíno nomeara-o sócio honorário. É uma grande honra, pois somente a elite dos criminosos frequenta esse café. No Paraíso aqueles canalhas vivem à custa de suas raparigas, em vez de trabalharem com as próprias mãos. Mas ele retribuirá a gentileza. O colosso de um palácio de xadrez que ele construirá na América receberá o nome de Castelo Babuíno. Ali ninguém vai saber que lá em casa uma espelunca também se chama assim.

Sob uma ponte, Fischerle aguardou o raiar do dia. Antes de instalar-se foi buscar uma pedra seca. Nos seus pensamentos já trajava a fatiota nova que assentava à sua corcova como uma luva. Seria um terno em xadrez preto e branco, feito sob medida, e custaria uma fortuna. Quem não soubesse tratá-lo com todo o cuidado não merecia ir à América. Apesar do frio o anão evitou quaisquer movimentos bruscos. Esticava as pernas como se vestisse calças passadas a ferro. De vez em quando tirava com um piparote uma partícula de pó que luzia inutilmente nas trevas. Horas a fio um engraxate permanecia ajoelhado diante da pedra, a lustrar sapatos com afinco. Fischerle não dava bola para ele. Se falasse com ele, o rapaz trabalharia mal. Era melhor que se concentrasse no seu trabalho de engraxar. Um chapéu moderno protegia o penteado de Fischerle contra o vento que pela manhã costumava soprar nesse lugar. Afirmavam que era a brisa do mar. Do outro lado da mesa estava sentado Capablanca. Jogava com luvas nas mãos. "Você pensa talvez que não tenho luvas", disse Fischerle, enquanto tirava do bolso um par de luvas novinhas em folha. Capablanca empalideceu porque as suas estavam usadas. Fischerle lançou-lhe as suas novinhas aos pés, exclamando: "Desafio você!". Ao que Capablanca respondeu, tremendo de medo: "Quanto a mim, pode fazê-lo. Mas você não é doutor. Não jogo com qualquer um". Fischerle replicou com toda calma: "Eu sou doutor!". E estendeu-lhe o passaporte, bem embaixo do nariz. "Leia, se sabe ler!"

Capablanca deu-se por vencido. Chorou e até mostrou-se inconsolável. "Não há nada que dure eternamente", disse Fischerle, batendo-lhe de leve o ombro. "Quantos anos faz que você é campeão do mundo? Outros também querem gozar a vida. Veja meu terno novo! Você não é o único."

Mas Capablanca estava desolado. Tinha aparência de um homem muito velho, o rosto todo enrugado e luvas sebentas.

"Quer saber uma coisa?" disse Fischerle, que se compadecia do pobre-diabo. "Vou lhe dar uma partida de vantagem."

Eis que o ancião se levantou. Meneando a cabeça, presenteou Fischerle com um cartão de visita escrito por seu próprio punho e soluçou: "O senhor é uma boa alma. Apareça em minha casa!". No cartão achava-se o endereço exato, em letras estranhas. Quem seria capaz de decifrá-las? Fischerle esforçava-se. Cada traço era diferente. Não se entendia uma palavra.

"Aprenda a ler!", gritou Capablanca. Já sumira. Apenas se ouvira seu brado. Como era forte a voz do velho patife! "Aprenda a ler!"

Fischerle queria o endereço. O endereço: "Está no cartão de visita!", berrou o demônio já de muito longe. "Pode ser que ele não saiba alemão", suspirou Fischerle. Ainda se quedava no mesmo lugar, girando o cartão entre as mãos. Ele o rasgaria se não lhe interessasse a fotografia. E viu a si mesmo, a fatiota velha, sem chapéu, com a corcunda. O cartão era um passaporte. Ele próprio se encontrava deitado numa pedra. Acima de sua cabeça passava a ponte antiga. Em vez da brisa do mar, já começava a surgir a luz do dia.

Enquanto se punha de pé, o anão amaldiçoou solenemente Capablanca. O que este acabava de fazer era indecente. Bem, num sonho, uma pessoa pode permitir-se essas coisas, mas também é no sonho que se reconhece o verdadeiro caráter de uma pessoa. Fischerle dá-lhe uma partida de vantagem e esse sujeito o enrola quanto ao endereço. E onde é que se vai arranjar agora o raio desse endereço?

Em casa Fischerle tinha uma agenda minúscula. A cada campeão de xadrez estavam dedicadas duas páginas opostas. Sempre que nos jornais despontava um novo gênio, o anão empenhava-se em compilar, se possível ainda no mesmo dia, tudo o que se relacionava com a vida dele, desde a data do nascimento até o endereço, e anotava na caderneta. Devido ao pequeno formato da mesma e à sua letra enorme, esse trabalho requeria mais tempo do que lhe podiam conceder os hábitos da "capitalista". Quando ele escrevia, a mulher indagava o que estava fazendo. Mas Fischerle não lhe dava nenhuma resposta. Pois, para o caso de um rompimento, que um habitante do Paraíso sempre devia incluir nas suas previsões, ele esperava encontrar refúgio e proteção no meio dos odiosos concorrentes de sua especialidade. Durante vinte anos mantinha rigorosamente o segredo de sua lista. A "capitalista" supunha que se tratava de alguns casos sentimentais. A agenda achava-se enfiada nas profundezas de uma fresta no assoalho embaixo da cama. Apenas os dedinhos de Fischerle eram capazes de alcançá-la. Às vezes ele zombava de si mesmo, dizendo com seus botões: "Ó Fischerle, do que lhe adianta tudo isso? A 'capitalista' nunca vai deixar de amar você!". Mesmo assim só tocava na agenda quando havia necessidade de registrar nela uma sumidade recém-surgida. Ali estavam todas elas, inclusive Capablanca. Logo mais à noite, quando a "capitalista" sair para trabalhar, ele irá buscar a caderneta.

O novo dia foi dedicado a diversas aquisições. Doutores têm carteiras, e quem comprar uma fatiota nova deverá retirá-la do bolso para que as pessoas não riam dele. Enquanto Fischerle aguardava que as lojas abrissem, haveria tempo para que seus cabelos encanecessem. Almejava a maior de todas as carteiras, de couro enxadrezado. O preço devia estar marcado na vitrina. Não admitiria que o lograssem. Comparou as ofertas de uma dezena de lojas e, regateando muito, comprou um exemplar gigantesco, que só cabia no bolso de seu casaco porque este estava rasgado. No momento de efetuar o pagamento, Fischerle virou-se. Os balconistas rodeavam-no cheios de suspeitas. Depois se plantaram nas proximidades da porta, a fim de respirarem um pouco de ar fresco. O anão meteu a mão na axila e pagou no ato.

Sob a ponte arejou seu capital, alisou na mesma pedra que lhe servira de leito e colocou as cédulas, sem dobrá-las, na carteira enxadrezada. Ela poderia conter mais ainda. "Deveria ser possível comprá-las cheinhas", suspirou; "então a carteira ficaria bem gorda quando eu botasse nela o meu capital." E o alfaiate notaria logo o que ela continha. Numa loja distinta Fischerle fez questão de falar com o gerente. Este veio e contemplou, pasmado, o enérgico freguês. Em que pesasse a rara deformidade do corpo, a primeira coisa que lhe chamou a atenção foi a roupa puída. Fischerle inclinou-se, como costumava fazer nesses casos, atirando o tronco para cima. A seguir apresentou-se.

– Sou o doutor Siegfried Fischer, campeão de xadrez. O senhor certamente me reconheceu logo pelas fotografias dos jornais. O que preciso é de um terno sob medida, que deve estar pronto à noite. O preço pode ser alto. O senhor recebe metade adiantado e o resto na entrega. Viajarei para Paris no trem noturno. Esperam a minha participação no torneio de Nova York. Todas as minhas roupas me foram roubadas no hotel. O senhor compreende que meu tempo vale ouro. Ao acordar, constatei que tudo se foi. Os ladrões costumam trabalhar à noite. Imagine o susto da direção do hotel! Como poderia sair para a rua? Tenho um físico anormal. Não tenho culpa disso. Onde é que se encontraria uma roupa com as minhas medidas? Nem camisas nem meias, nem sapatos, e isso acontece logo a um homem como eu, que liga tanta importância à aparência elegante! Vá tomando as medidas enquanto falo. Não quero lhe tirar seu tempo precioso. Felizmente toparam numa espelunca com um aleijão corcunda, o senhor nunca viu coisa igual, e esse indivíduo me emprestou a melhor roupa que possuía. E o que pensa o senhor que seja a melhor roupa dele? Essa aí! Pois absolutamente não sou aleijão como me faz esse casaco. Quando trajo minhas fatiotas inglesas, ninguém nota nada. Sou pequeno, claro, o que vou fazer? Mas os alfaiates ingleses são todos uns gênios, cada um deles é um gênio. Sem casaco tenho uma corcova. Vou a um alfaiate inglês e a corcova desaparece. Um homem talentoso diminui a corcova, um gênio torna-a invisível. É uma lástima eu ter perdido aquelas lindas fatiotas. Naturalmente estão seguradas. E com tudo isso ainda preciso ficar grato ao ladrão, uma vez que ele deixou na mesa de cabeceira meu passaporte novo, emitido ontem. Todas as outras coisas ele levou consigo. Olhe aí, pode ver, se o senhor tem dúvidas a respeito de minha identidade, como não, nesta fatiota, eu mesmo penso às vezes que não sou eu. Eu mandaria fazer logo três roupas, mas já que não sei como o senhor trabalha... No outono retornarei à Europa. Se a fatiota sair boa, o senhor há de ver. Vou lhe mandar fregueses de toda a América! E me cobre um preço razoável, como começo de nossos bons negócios. O senhor deve saber que pretendo firmemente ganhar o campeonato do mundo. Joga xadrez?

Com grande cuidado tomaram-lhe as medidas. Afirmavam que também eles conseguiriam realizar o que um inglês era capaz de fazer. Não era necessário saberem jogar xadrez para conhecerem o doutor. Se bem que achassem o prazo escasso, poriam doze artesãos à disposição dele, todos de primeiríssima qualidade, e o próprio gerente se dignaria ocupar-se pessoalmente do corte, coisa que só fazia para fregueses excepcionais. Sendo jogador de tarô, tinha condições de apreciar a arte do xadrez também. Campeões eram campeões, tanto no corte quanto no xadrez. Ainda que não se quisesse mostrar importuno, sugeria que Fischerle encomendasse logo mais uma fatiota. Ao meio-dia em ponto haveria a primeira prova. Às oito as duas roupas estariam prontas para a entrega. O noturno só partiria às onze. Até então o doutor poderia divertir-se à vontade. Obtivesse ele ou não o título de campeão do mundo, orgulhavam-se de ter um freguês como ele. Quando estivesse no trem o doutor se arrependeria de não dispor da segunda fatiota. O gerente pedia instantaneamente que em Nova York ele difundisse a fama de sua prezada roupa. Em compensação, lhe fariam um preço baixíssimo, um precinho simplesmente irrisório. Na realidade ele, o gerente, não teria nenhum lucro nessa fatiota. Trabalharia apenas por amor à arte, para um freguês de tamanha categoria. Qual era a fazenda que o doutor desejava?

Fischerle tirou do bolso a carteira e disse:

– Um padrão como este. Xadrez da mesma cor. Fica mais bonito num torneio. Eu preferiria preto e branco como num tabuleiro. Mas vocês, os alfaiates, nunca têm isso. Vamos por enquanto ficar com *uma* fatiota. Se eu estiver satisfeito, enviarei de Nova York um telegrama encomendando mais uma, palavra de honra. Um homem famoso cumpre o que promete. Vejam só esta camisa e essa cueca! Ter de aguentar uma porcaria dessas! É também daquele sujeito. Agora me explique uma coisa: por que um aleijão como ele não cuida de seu asseio corporal? Será que se lavar faz mal? Sabonete dói? Em mim não dói!

O resto da manhã decorreu entre importantes negócios. Foram adquiridos um par de sapatos de um amarelo berrante e um chapéu preto. A roupa íntima, muito cara, resplendia flamante onde a fatiota a deixava ver. Pena que se enxergasse tão pouco dela. Os casacos deveriam ser transparentes como roupas de mulher. Por que não pode um homem mostrar o quanto vale? Num mictório público, Fischerle trocou a roupa de baixo. Deu à mulher uma gorjeta e lhe perguntou por quem o tomava.

– Ora, por um aleijão – respondeu ela, esboçando um sorriso abjeto, de acordo com sua profissão.

– Você diz isso por causa da corcunda – retrucou Fischerle, melindrado. – Olhe, ela vai desaparecer em breve. Por acaso pensa que nasci assim? É um tumor, uma enfermidade, nada mais. Daqui a seis meses estarei outra vez totalmente reto. Talvez já daqui a cinco meses. Que acha de meus sapatos? – Nesse momento entrou outro cliente. A mulher não procurava responder, pois Fischerle já pagara. "Arre!" disse ele para si mesmo. "Quem precisa dessa puta velha? Vou me deitar na banheira."

No banho público mais distinto, pediu uma cabina de luxo com espelho. Uma vez que pagara o banho, tomou-o realmente. Não nascera com vocação de perdulário. Passou uma hora amena diante do espelho. Viu-se vestido com perfeição, desde os sapatos até o chapéu. A fatiota velha jazia no luxuoso divã. Quem repararia nesses farrapos? A camisa engomada, porém, era azul, uma cor delicada, tamanho certo, bastante ampla. Infelizmente a cor lembrava o teto do Paraíso, mas por quê? É o mesmo azul do mar. Só as cuecas eram brancas. Ele teria preferido cor-de-rosa. Espichou as ligas para que estalassem nas pernas. Também Fischerle tinha batatas da perna. Não muito tortas, e a fita das ligas é de seda pura garantida. Na cabina havia uma mesinha de vime, do tipo que normalmente serve de suporte a potes de palmeira que fazem parte da mobília de casas de fino trato. No estabelecimento em apreço, porém, a mesinha era apenas um acessório do banheiro. O rico usuário empurrou-a diante do espelho, retirou do bolso da menosprezada fatiota o tabuleiro, sentou-se sem mostrar o menor acanhamento e triunfou sobre si mesmo numa partida-relâmpago.

– Se você fosse o Capablanca – apostrofou-se violentamente –, eu já o teria derrotado seis vezes no mesmo tempo. Lá na Europa chamamos isso de xadrez de come-come! Vá mendigar com esse seu nariz! Você pensa que tenho medo. Antes que eu conte até três, você está liquidado, seu americano! Paralítico que você é! Sabe quem sou? Um doutor. Fiz os meus estudos. Para o jogo de xadrez é preciso ter inteligência. E é esse sujeito que é o campeão do mundo!

A seguir empacotou a toda a pressa suas coisas. Não levou a mesinha. No Castelo Babuíno possuiria dúzias delas. Na rua já não sabia o que comprar. O pacote de roupas velhas que ele sobraçava parecia-lhe pobre pelo papel de embrulho. Gente que viaja na primeira classe tem malas decentes. Por isso adquiriu uma valise elegante. Nela boiava então tudo quanto vestira anteriormente. Entregou-a no depósito de bagagens de mão. O funcionário indagou:

– Está vazia? – Ao que Fischerle o olhou de baixo e todavia altivamente:

– O senhor ficaria feliz da vida se possuísse essa mala. – Em seguida estudou os horários dos trens. Havia dois noturnos para Paris. Ainda conseguia ler a hora de partida do primeiro. O outro achava-se alto demais. Uma senhora modestamente vestida informou-o, dizendo:

– Desse jeito, o senhor vai deslocar o pescoço, mocinho. Qual é o trem que lhe interessa?

– Meu nome é doutor Fischer – respondeu ele com tamanho desdém que ela perguntou a si mesma como um anão podia ser capaz de ir tão longe. – Vou para Paris – continuou Fischerle. – Geralmente tomo o trem de uma e cinco. Olhe, é esse aí. Mas ouvi dizer que existe outro que parte mais cedo. – Uma vez que sua interlocutora não passava de uma mulher, silenciou sobre a América, sobre o campeonato e sua profissão.

– O senhor se refere ao trem das onze. Veja, é esse – disse a senhora.

– Obrigado, madame. – Virou-se cerimoniosamente. Ela ficara envergonhada. Embora conhecesse todos os graus da compaixão, acabava de bater numa tecla errada. O pequeno notou a humildade da mulher. Ela provinha de uma espécie de Paraíso. Fischerle tinha vontade de dizer-lhe algum nome feio, já que agora sabia com quem lidava. Ouvindo o barulho de uma locomotiva, lembrou-se de estar na gare. Segundo o relógio, era meio-dia, e ele, Fischerle, desperdiçando seu precioso tempo em conversas com fêmeas! Dentro de treze horas estaria a caminho da América. Por causa da agenda, da qual não se esquecia, não obstante todas as novidades de sua carreira, resolveu tomar o trem que partia mais tarde. Em consideração à fatiota nova chamou um táxi.

– Meu alfaiate me espera – disse ao chofer enquanto rodavam. – Essa noite preciso viajar para Paris e amanhã para o Japão. O senhor nem imagina como um doutor tem pouco tempo!

O chofer não gostara do passageiro. Tendo o palpite de que anões não davam gorjetas, vingou-se de antemão:

– O senhor não é nenhum doutor. É um curandeiro, é isso o que é.

Bem, no Paraíso havia choferes aos montes. Jogavam pessimamente, se é que jogavam. "Vou lhe perdoar o insulto, uma vez que ele não sabe jogar xadrez", disse Fischerle para si. No fundo estava satisfeito, pois assim economizava a gorjeta.

Na prova do terno, ele encolhia a corcunda. À primeira vista o anão desconfiou do espelho e passou a mão por ele, a fim de verificar se era plano ou não. Discretamente o alfaiate desviou o olhar.

– Quer saber uma coisa? – exclamou Fischerle. – O senhor deve ter nascido na Inglaterra! Aposto quanto quiser. Deve ter nascido na Inglaterra!

O alfaiate quase admitiu que sim. Afirmou conhecer Londres como a palma da mão. Não era precisamente natural de Londres, mas na viagem de núpcias por um triz não se radicara ali. A concorrência é brava, sabe...

– E isso é apenas a primeira prova. Até à noite ela vai desaparecer totalmente – disse Fischerle, esfregando a corcova. – Que tal acha o chapéu? – O alfaiate mostrou-se entusiasmado. O preço parecia-lhe exorbitante, mas o feitio era moderníssimo. Sugeriu, no entanto, que Fischerle comprasse um sobretudo que combinasse com o chapéu.

– A gente vive só uma vez – opinou, e Fischerle deu-lhe razão. Escolheu uma cor suscetível de conciliar o amarelo dos sapatos com o preto do chapéu, a saber, um azul muito intenso.

– Além disso, é o mesmo tom de minha camisa. – O alfaiate manifestou sua admiração por tanto bom gosto.

– O doutor usa sempre camisa dessa cor e desse padrão – disse a alguns empregados submissos que os rodeavam, e se pôs a explicar-lhes as peculiaridades desse homem famoso: – É desse modo que se desvenda a esplêndida Fênix. É raro encontrar caracteres tão autênticos. Na minha modesta opinião, o jogo reforça o espírito conservador de um ser humano. Tarô ou xadrez, dá no mesmo. O homem de negócios tem a firmíssima convicção de estar no lugar certo. Ergue-se à altura da personificação da serenidade. Nas horas de lazer, após a faina do dia, é bom descansar. Até mesmo a família mais estreitamente unida tem suas limitações no mundo em que vivemos. Em face de uma roda de pessoas distintas, reunidas ao redor de uma mesa de restaurante, Deus nosso Senhor fecha complacentemente seus severos olhos de pai. De qualquer outro freguês eu exigiria uma entrada para o sobretudo. Tratando-se, porém, de um homem de caráter da qualidade do senhor, nunca me atreveria a ofendê-lo.

– Sim, senhor – respondeu Fischerle. – Minha esposa mora na América. Faz um ano que não a vejo. Essa profissão, essa profissão nojenta! Os campeonatos são uma loucura. Num lugar a gente empata, em outro ganha. Ganha-se quase sempre, até podemos dizer que sempre se ganha, e minha futura mulher morre de saudade. Que ela viaje junto comigo, dirá o senhor. É mais fácil dizer do que fazer. Pois ela pertence a uma família de milionários e os pais exigem: "Case-se ou fique em casa! Caso contrário, ele abandona você em qualquer lugar, e nosso bom nome fica arruinado". Quanto a mim, não me oponho ao casamento. O imenso dote dela consiste num castelo completamente mobiliado. Mas só o receberei quando for campeão do mundo, antes não. Ela se casa com minha glória, eu me caso com o dinheiro dela. Eu não aceitaria só o dinheiro. Pois então, até mais, às oito horas!

Atrás da revelação de seus projetos de casamento, Fischerle escondia a profunda impressão que a descrição de seu caráter exercera sobre ele. Até esse momento não soubera que homens podiam ter mais de uma única camisa. Sua ex-esposa, a "capitalista", possuía três, e também estas eram uma aquisição bem recente. O cavalheiro que a visitava semanalmente não queria ver sempre e sempre a mesma camisa. Certa segunda-feira, declarara que estava farto disso e que o eterno vermelho o enervava. Que começo de semana! Acrescentara que andava muito deprimido. Os negócios iam mal. Insistia no seu direito de esperar alguma coisa decente pelo dinheiro que pagava. Afinal de contas, tinha também a esposa. Por que não? Por que era magra? Contudo, não deixava de ser mulher. Não permitiria que se debochasse de sua esposa. Era a mãe de seus filhos. E repetira: se na semana seguinte novamente lhe fosse apresentada aquela eterna camisa, renunciaria a esse prazer. Cavalheiros sólidos não existiam em abundância. Mesmo assim o encontro tivera um final feliz. Uma hora mais tarde o homem já se sentia mais sossegado. Antes de sair voltara a imprecar. Quando Fischerle retornara ao lar, a mulher se achava de pé no centro do quarto, totalmente nua. A camisa vermelha jazia amassada num canto. Ele perguntara o que ela estava fazendo:

– Estou chorando – respondeu o vulto grotesco. – Ele não virá mais.

– O que é que ele deseja? – Fischerle insistira. – Vou ver se ainda o alcanço.

– Minha camisa não lhe agrada – lamentara-se o espantalho obeso. – Ele faz questão de outra, diferente.

– E você não lhe prometeu que vai ter uma? – berrara Fischerle. – Para que tem sua boca? – Feito louco, precipitara-se escada abaixo. – Ó senhor! – gritara já na rua. – Ó senhor! – Pois ninguém conhecia o nome dele. O anão continuara correndo a toda, até esbarrar num poste de iluminação. Era justamente o lugar onde o cavalheiro fazia uma necessidade, da qual se esquecera lá em cima. Fischerle aguardara o fim do ato. Não o abraçara, ainda que o tivesse encontrado, mas limitara-se a dizer: – O senhor verá uma camisa nova todas as segundas-feiras. Quem lhe garante isso sou eu. Ela é minha mulher. Posso fazer com ela o que quiser. O senhor nos dê a honra de nos visitar novamente na próxima segunda.

–Vou ver o que posso fazer por ela – replicara o cavalheiro, bocejando. A fim de não ser reconhecido por ninguém, tinha de caminhar para longe. Logo na terça-feira a "capitalista" adquirira duas camisas novas, uma verde e outra lilás. Na segunda apareceu o cavalheiro. Imediatamente lançara um olhar à camisa. A mulher vestira a verde. Primeiro o freguês perguntara maliciosamente se ela não mandara tingir a velha. Não aturaria ser logrado. Asseverava entender dessas coisas. Entretanto, ela lhe mostrara as duas outras e ele se dera por satisfeito. Preferia a lilás, mas a que mais lhe agradava era mesmo a vermelha, porque o lembrava de seus primeiros amores. Foi assim que Fischerle, graças à sua eficiência, salvara a esposa da ruína. Sem ele a mulher morreria de fome numa época difícil como a atual.

Enquanto pensava no quarto pequeno e na mulher excessivamente grande, resolveu abrir mão da agenda. Talvez a "capitalista" estivesse em casa. Ela o adorava. Podia ser que não o deixasse partir. Sempre que dizia "não", punha-se a gritar e colocava-se diante da porta. Não era possível rastejar entre as pernas dela, nem empurrá-la para o lado. Era mais larga que a porta e teimosa como ninguém. Quando ela se aferrava a alguma ideia, esquecia os negócios e permanecia em casa a noite toda. Então ele perderia o trem e chegaria tarde demais à América. O endereço de Capablanca poderia ser encontrado em Paris também. Se ali ninguém conhecesse o homem, ele pediria informações na América. Milionários sabem tudo. Fischerle não tinha escrúpulos de voltar ao quartinho. Gostaria de deitar-se mais uma vez embaixo da cama, porque lá ficara o berço de sua carreira.

Lá armara ciladas, lá triunfara sobre campeões, lá se arremessara com a rapidez de um raio de uma casa do tabuleiro a outra, lá reinava calma total como em nenhum café. Os adversários jogavam bem, porque o adversário era ele próprio. No Castelo Babuíno construiria um quartinho igual com uma cama igualzinha, sob a qual só ele teria o direito de deitar-se para inventar lances inteligentes. Desistiria da despedida. Sentimentos em excesso não levariam a nada. Uma cama é uma cama e mesmo sem revê-la lembra-se dela nitidamente. Em compensação, comprará em seguida mais onze camisas do mesmo padrão, todas azuis. Quem for capaz de distinguir uma de outra receberá um prêmio. O alfaiate entende do caráter das pessoas. Mas que não fale de tarô. É um jogo para burros.

Carregando seu pacote, Fischerle reencaminhou-se à gare. Retirou a elegante valise e colocou nela as camisas, uma a uma. O desdém do funcionário transformou-se logo em respeito. "Mais uma dúzia", pensou o possuidor das camisas, e "esse sujeito vai ficar louco!" A mala fechada, que estava em sua mão, quase o atraía para o mais próximo trem. Mas o funcionário livrou-o dessa tentação. Num guichê especial, que uma agência de viagens abrira para atender turistas estrangeiros, Fischerle pediu num alemão estropiado um bilhete de primeira classe para Paris. Escorraçaram-no. Cerrando o punho, crocitou:

– Muito bem. Para castigar vocês, viajarei na segunda, e a via férrea vai ter prejuízo! Esperem só até que eu volte na minha fatiota nova!

Na realidade não estava melindrado. De fato não tinha aparência de estrangeiro. Em frente à estação, comeu rapidamente um par de salsichas quentes.

– Eu poderia frequentar um restaurante com mesas separadas – explicou ao salsicheiro. – Lá eu teria de botar um dinheirão nas toalhas brancas. Minha carteira me permitiria esse luxo. – Ao dizê-lo, colocou-a sob o nariz do homem incrédulo. – Mas não dou importância a comida. O que me interessa é inteligência.

– Claro, com uma cabeça como a sua! – respondeu o outro, que tinha uma cabecinha de criança plantada num corpo pesadão e invejava todos cujas cabeças fossem maiores.

– Pois é, mas você não imagina quanta coisa há dentro dela – disse Fischerle enquanto pagava. – Todos os meus estudos e ainda as línguas estrangeiras, umas seis, no mínimo!

À tarde pôs-se a aprender o idioma americano. Nas livrarias queriam impingir-lhe manuais de inglês.

– Ora, meus senhores – chacoteou –, não estão lidando com um ignorante. Os senhores defendem seus interesses, eu defendo o meu. – Os balconistas tanto quanto os livreiros asseguravam-lhe que na América se fala inglês. – Eu sei inglês, mas procuro algo especial. – Após ter verificado que em toda parte lhe diziam a mesma coisa, adquiriu um livro das mais corriqueiras locuções inglesas. Comprou-o pela metade do preço, porque o livreiro, que vivia quase exclusivamente da venda de livros de Karl Marx, considerava secundário o resto de sua mercadoria, e no seu entusiasmo nem pensava no lucro, diante dos perigos do deserto de Takla-Makan, que esse anão tencionava atravessar, em vez de viajar de trem pela Sibéria ou de navio, via Cingapura.

Sentado num banco, o audacioso explorador meteu o nariz na primeira lição. Ali encontrou uma porção de novidades, tais como "O sol brilha" ou "A vida é breve". Infelizmente o sol brilhava mesmo. Em outra ocasião Fischerle teria evitado entrar em contato íntimo com ele. Tivera más experiências com relação ao sol. Este era quente como a febre. Nunca brilhava no Paraíso. Por causa dele um jogador de xadrez seria capaz de fazer tolices.

– Eu também sei inglês! – exclamou uma idiota a seu lado. Usava tranças e tinha catorze anos aproximadamente. Fischerle não admitiu ser perturbado. Leu as novidades em voz alta. Ela ficou esperando. Depois de duas horas ele fechou o manual. A garota agarrou o livro, como se conhecesse Fischerle há vinte anos, e examinou-o, coisa que a "capitalista", por falta de engenho, nunca teria podido fazer. Ele gravara na memória todas as palavras.

– Desde quando o senhor estuda? – perguntou a jovem. – Ainda não cheguei a essa lição. Estou apenas no segundo ano. – Fischerle levantou-se. Pediu que lhe restituísse sua propriedade, fulminou-a com um olhar malicioso e protestou aos gritos:

– Não estou interessado em conhecer moças como você. Quer saber quando comecei a estudar? Há duas horas exatamente! – Com essas palavras afastou-se daquela criatura tão atrasada.

Pela tardinha dominava totalmente o conteúdo do livrinho. Trocava frequentemente de banco, já que sempre havia pessoas que o perseguiam com sua curiosidade. Não sabia o que a originava, a corcova de outros tempos ou seu método de aprender em voz alta. Uma vez que a corcova estava nas últimas, decidiu-se pela segunda alternativa. Sempre que alguém se aproximava de seu banco, Fischerle gritava já de longe:

– Não me incomode, por amor de Deus! Caso contrário, vou rodar amanhã no exame, e o senhor não tiraria proveito disso. Faça-me o favor! – A essa súplica ninguém era capaz de resistir. Todos os bancos em que ele sentava enchiam-se imediatamente, ao passo que os demais permaneciam vazios. O público escutava com atenção o inglês do nanico e prometia torcer por ele na hora do exame. Uma professora apaixonou-se pela persistência de Fischerle e seguiu-o de banco em banco até a extremidade do parque. Afirmou ter grande afeição por nanicos. Disse que adorava cães, mas somente pequineses, e que continuava solteira, apesar de seus trinta e seis anos, que dava excelentes aulas de francês, que se dispunha a fazer um intercâmbio com ele e que desprezava o amor. Por muito tempo Fischerle deixou de manifestar sua opinião a esse respeito. De repente a professora qualificou sua senhoria de prostituta miserável e falou mal de lábios pintados, embora ainda admitisse o uso de pó de arroz. Isso enchia as medidas de Fischerle. Uma mulher sem maquiagem? Que ideia tinha essa fêmea dos negócios?

– Agora a senhora tem apenas quarenta e seis anos e já diz bobagens como essas – bufou. – O que não vai dizer aos cinquenta e seis? – A professora se foi. Achava-o descortês. Nem todas as pessoas ficavam ofendidas. A maioria dava-se por satisfeita por ter uma oportunidade de aprender inglês de graça. Um velhote invejoso corrigiu Fischerle, repetindo obstinadamente que na Inglaterra não se falava assim, falava-se assado. – Pois eu falo americano! – replicou Fischerle, virando-lhe a corcunda. Todos lhe deram razão. Zombaram do ancião que confundia inglês e americano. A essa altura todo mundo já conhecia a diferença. Quando o sujeito arrogante, que certamente já andava perto dos oitenta, ameaçara chamar a polícia, Fischerle levantou-se de um pulo, dizendo: – Eu mesmo vou buscá-la! – Ao ouvir isso, o velho, trêmulo de medo, foi embora.

Com o sol desaparecendo, aos poucos os adultos sumiram também. Alguns meninos aglomeraram-se e esperaram até que desaparecesse o último. Subitamente cercaram o banco de Fischerle para proferirem um coro inglês. Berravam *yes*, mas queriam dizer *jew*. Nos tempos anteriores ao projeto de viagem, Fischerle temera a garotada como a peste. Nesse dia, porém, largou o livro, subiu no banco e regeu o coro com os braços compridos. Enquanto isso, cantava o que acabava de aprender. Os meninos urravam, ele urrava mais alto ainda. O chapéu novo dançava acima da cabeça.

– Mais depressa, senhores – crocitava ele de vez em quando. Os guris estavam feito loucos. De repente sentiam-se gente grande. Ergueram-no sobre os ombros. – O que estão fazendo, senhores? – Se mais algumas vezes os chamasse de "senhores", eles ficariam grandes definitivamente. Os garotos lhe escovavam os sapatos, protegiam a corcova, três disputavam entre si o manual, só porque este pertencia a Fischerle, e um deles lhe tirou o chapéu. Carregavam as duas coisas à frente do anão em triunfo. Ele seguia atrás, balançando-se sobre aqueles ombros magros. Não era nem judeu nem aleijão. Era um sujeito de alta classe, que entendia de tabas de índios. Até no portão do parque o nobre herói pertencia à rapaziada. Ele se deixava sacudir e pesava muito. Lá fora, infelizmente, puseram-no no chão. Perguntaram se voltaria no dia seguinte, e Fischerle não os decepcionou.

– Meus senhores – disse –, se eu não estiver na América, estarei com vocês. – Emocionados, os garotos foram embora a toda a pressa. A maioria deles receberia uma surra assim que chegasse em casa.

Devagarzinho Fischerle flanava pela rua na qual o aguardavam a fatiota e o sobretudo. Desde que sabia que o trem partiria às onze em ponto, dera muita importância à pontualidade e às promessas. Achava que para o alfaiate ainda era cedo demais. Por isso encaminhou-se a uma transversal, entrou num café desconhecido, a cuja frente as cores berrantes dos vestidos do mulherio lhe pareciam familiares e, em homenagem a seu magnífico inglês, tomou um cálice de uma aguardente bastante forte. Disse: "*Thank you!*". Atirou o dinheiro na mesa e, antes de sair, virou-se ainda, nas proximidades da porta, para gritar "*Good-bye*" tantas vezes que ninguém pudesse deixar de ouvi-lo. Em consequência da demora, foi-se encontrar justamente com o Forja-passaportes, do qual normalmente se teria esquivado.

– Vejam só, onde é que você arrumou o chapéu novo? – perguntou este, pasmado tanto com a presença do anão como com o aspecto do chapéu flamante. Já era o terceiro freguês com o qual topava nessa zona.

– Psiu! – sussurrou Fischerle, colocando o dedo em cima da boca. Em seguida apontou para trás na direção do café. A fim de evitar outras perguntas, estendeu ao Forja-passaportes o sapato esquerdo, explicando: – Fiz alguns preparativos para a viagem.

Este compreendeu e não disse mais nada. O trabalho benfeito, realizado em pleno dia, logo antes de uma viagem ao redor do mundo, impressionava-o. Tinha pena do pequeno, porque este chegaria ao Japão sem dinheiro no bolso. Durante uma fração de segundo, pensou em brindá-lo com algumas notas altas, uma vez que os negócios iam bem. Mas um passaporte e ainda notas altas era demais.

– Se em alguma cidade você estiver em apuros – disse mais para si do que para o anão –, dirija-se diretamente ao campeão de xadrez.

Lá vai ser fácil achar uma solução.Você tem os endereços, não é? Sem endereços um artista está perdido. Não se esqueça dos endereços!

Esse conselho dado a esmo bastava para induzir Fischerle a meter-se sob o seu leito. Evadir-se sem despedida seria o cúmulo da ingratidão. A cama não tinha culpa da estupidez da mulher. Um artista não devia separar-se de sua agenda. O trem de uma e cinco partiria com a mesmíssima pontualidade. Às oito em ponto Fischerle alcançou a loja do alfaiate. A fatiota lhe assentava com a perfeição de uma belíssima combinação de xadrez. O que ainda sobrava da corcunda desaparecia sob o sobretudo. Os mestres cumprimentaram-se mutuamente, elogiando cada qual a arte do outro.

– *Wonderful!* – disse Fischerle e acrescentou: – Imagine o senhor que existem pessoas que nem sequer sabem inglês. Conheço um sujeito que diz *obrigado*, quando quer dizer *thank you*.

O alfaiate, por sua vez, lambia-se por *haman'eggs*. Contou que dois dias antes estivera num restaurante onde o garçom não entendia o que ele desejava.

– Olhe, *a rose* é uma rosa e *a pen* é uma caneta – aparteou-o o freguês. – Agora pergunto: será que pode haver uma língua mais fácil? Japonês é muito mais difícil, sim, senhor!

– A propósito disso tomo a liberdade de lhe revelar que, logo no primeiro instante, quando o senhor passava pela porta, fiquei convicto de tratar com um poliglota da mais alta categoria. Compartilho sua opinião quanto às inextricáveis dificuldades do vocabulário japonês. A invejosa fama fala da existência de dezenas de milhares de caracteres diferentes. Considere apenas a incrível quantidade de apetrechos de que necessita um jornal japonês nada invulgar. Lá os métodos de publicidade estão ainda na fase da infância. A língua gera o surpreendente bacilo da enfermidade que afeta a vida comercial e a economia. Nós todos estamos preocupados com o progresso geral desse povo amigo. Por muitos motivos tomamos parte nos frustrados esforços, desde que as feridas causadas pela guerra inevitável do Extremo Oriente estão a ponto de sarar.

– O senhor tem toda razão – disse Fischerle. – Eu não o esquecerei. Uma vez que meu trem parte daqui a pouco, separemo-nos como amigos.

– Até a fria sepultura dos nossos pais – respondeu o alfaiate, completando a frase e abraçando o futuro campeão do mundo. Cada vez que a sepultura dos pais saía de seus lábios (ele tinha vários filhos), sentia-se tomado de profunda emoção e sincero temor. Na sua agonia apertou o doutor firmemente contra seu corpo. Um botão do sobretudo novo prendeu-se na roupa do mestre e saltou fora. Fischerle deu uma gargalhada, lembrando-se de seu ex-empregado, o cego dos botões. O alfaiate, ofendido pela profanação de seus sentimentos mais sagrados, exigiu uma explicação imediata.

– Conheço um homem – disse o anão, ainda rindo à vontade – que detesta botões. Até gostaria de devorar todos eles, para que não haja mais botões no mundo. Que fariam então os senhores alfaiates, pensava eu naqueles instantes. O senhor não é da mesma opinião?

Em face disso, o melindrado mestre esqueceu o seu futuro na sepultura dos pais e riu estrondosamente. Enquanto fixava o botão com as próprias mãos, prometia enviar essa fabulosa ideia a uma revista humorística para possível aproveitamento. Costurou lentamente a fim de rir em companhia do outro. Tinha o hábito de fazer tudo em companhia de alguém. As próprias lágrimas não lhe causavam verdadeiro prazer quando as vertia sozinho. Disse que lastimava de todo coração a partida do ilustre doutor. Perdia nele o seu melhor amigo, já que certamente se teriam tornado amigos, tão seguramente como dois e dois são quatro até a eternidade. Quando se separaram, trataram-se por você. O mestre quedava-se na porta e durante muito tempo seguiu Fischerle com o olhar. Muito rápido sumiu o vulto do bem formado anão – pois o que importa é a formação da alma –, escondido pelos contornos do primoroso sobretudo, sob o qual despontava gratamente a calça de uma imponente fatiota.

Quanto à roupa velha, Fischerle levou-a à estação, muito bem empacotada. Surgiu pela terceira vez no saguão, mas dessa vez vinha em trajes novos, rejuvenescido e honrado. Com soberana indiferença, estendeu ao funcionário o conhecimento do depósito de bagagens, que mantinha apertado entre os dedos indicador e médio. Pediu que lhe devolvesse aquela "valise nova de couro". O acatamento do funcionário converteu-se em profundo respeito. Quanto às camisas que o aleijão trouxera na tarde do mesmo dia, bem podia ser que lhe servissem para mascatear. Mas agora ele exibia a elegância no seu próprio corpo. Com ambos os braços, Fischerle deitou o pacote na mala.

–Vamos deixá-lo assim embrulhado – declarou. – Seria bobagem tirar tudo do papel. – No guichê reservado aos estrangeiros, perguntou asperamente em alemão: – Posso comprar aqui um bilhete de primeira classe para Paris? Ou não posso?

– Como não! – assegurou-lhe o mesmo homem que poucas horas antes o enxotara dali. Disso Fischerle depreendeu com justo orgulho que já não era possível reconhecê-lo.

– Mas os senhores embromam um bocado – reclamou com sotaque inglês. Ainda sobraçava o manual. – Espero que seus trens andem mais depressa.

O homem do guichê perguntou se ele queria viajar no carro-leito, uma vez que ainda havia leitos disponíveis.

– Pois não. Para o trem da uma e cinco. Pode-se confiar no horário?

– Claro, cavalheiro. Afinal de contas, encontramo-nos num centro tradicional da civilização.

– Eu sei. Mas isso nada tem a ver com trens expressos. Na minha terra, a América, os negócios ocupam o primeiro lugar. *Business*, se o senhor sabe bastante inglês para entender essa palavra. – O jeito espalhafatoso com que o cavalheiro baixinho lhe estendia uma recheada carteira de couro xadrez confirmou no funcionário a convicção de lidar com um americano e a ilimitada reverência que tal cidadão merecia.

– Estou com este país até aqui – disse Fischerle, depois de ter efetuado o pagamento e de ter guardado os bilhetes na carteira enxadrezada. – Aqui me empulharam. Trataram-me como um aleijão, e não como um americano. Por meio de meus brilhantes conhecimentos de línguas, consegui frustrar as más intenções de meus inimigos. Sabe o senhor que me levaram à força a verdadeiros antros do vício? Vocês têm bons jogadores de xadrez, é a única qualidade que não posso negar. O professor Kien, psiquiatra parisiense mundialmente famoso, e que é muito meu amigo, é da mesma opinião. Mantiveram-me preso embaixo de uma cama e, mediante cruéis ameaças de me assassinar, extorquiram-me uma enorme soma de resgate. Paguei, mas a polícia de vocês me devolverá três vezes mais. Os trâmites diplomáticos já foram encaminhados. Centro da civilização, ora bolas!

Virou-se sem nenhuma saudação de despedida. Em passo firme abandonou o saguão. As comissuras da boca contraíam-se desdenhosamente. Querer impingir-lhe o centro da civilização! Que coisa! A ele que nasceu nessa cidade e nunca saiu dela! Que sabia de cor todas as revistas de xadrez, que no Paraíso era o primeiro a ler as revistas ilustradas, e numa única tarde chegara a dominar o inglês! A partir desse sucesso, tinha certeza de que seria facílimo aprender todos os outros idiomas. Propunha-se aproveitar as horas de lazer que lhe proporcionasse sua profissão de campeão do mundo na América para assimilar duas línguas por semana. Isso perfaz sessenta e seis num ano. Ninguém necessita de mais do que isso. Dos dialetos poderá prescindir. Estes a gente acaba conhecendo de qualquer jeito.

Eram *nine o'clock*, pois o grande relógio à frente da estação indicava o tempo em inglês. Às dez costumavam fechar as portas dos edifícios. Convinha evitar um encontro com o zelador. O caminho até o decrépito cortiço, onde Fischerle infelizmente desperdiçara vinte anos ao lado de uma puta, levou quarenta minutos, *forty minutes*. Sem se apressar em demasia, percorreu-o com os sapatos amarelos. De vez em quando estacava, para conferir no seu manual, à luz de um lampião a gás, as palavras inglesas que lhe ocorriam. Estavam sempre certas. Deu nomes às coisas, dirigiu-se às pessoas que passavam por ele, mas fazia-o em voz baixa para que não o detivessem. Sabia muito mais do que imaginara. Depois de vinte minutos, por falta de algum objeto novo, abandonou casas, ruas, lanternas e cachorros, para iniciar uma partida de xadrez em inglês. Procrastinou-a até o sórdido casarão. Ganhou-a logo diante da porta. Entrou então no vestíbulo. A essa altura sua ex-esposa já o irritava veementemente. A fim de não esbarrar com a mulher, escondeu-se atrás da escada. Ali havia bastante lugar. Com os olhos penetrava o corrimão, no qual existiam furos perfeitamente apropriados. Se quisesse, poderia até obstruir a escada com o nariz. Até as dez manteve-se quieto. O zelador, um reles sapateiro, fechou a porta e com suas mãos trêmulas apagou a iluminação da escada. Quando o homem desapareceu na sua mísera morada, que tinha no máximo o dobro do tamanho da esposa de Fischerle, este cantarolou suavemente: "*How do you do?*". O sapateiro, ouvindo uma voz clara, pensava que lá fora estivesse uma mulher. Ficou aguardando se ela tocaria ou não a campainha. Tudo continuou em silêncio. Ele se enganara. Alguém devia ter passado na rua. Em face disso, entrou de vez e, ainda desassossegado devido àquela voz, deitou-se ao lado da esposa, na qual não tocava havia meses.

Fischerle ficou à espreita da "capitalista". Precisava saber se ela chegava ou saía. Devido à experiência que tinha, ele a reconheceria pelo fósforo que ela sempre erguia bem alto, por ter loucura por cigarros, mais do que qualquer outra das putas da casa. Fischerle preferiria que ela saísse. Então subiria calado, retiraria a agenda de sob a cama e, depois de despedir-se do bercinho onde costumava repousar sonhando com seu ideal, desceria a toda a pressa. Em seguida iria de táxi à estação. Lá em cima encontraria a chave da casa, que recentemente ele jogara num canto, fulo de raiva por causa das besteiras que a mulher dizia, e que ele tivera preguiça de pegar de novo. Se a "capitalista" chegasse, em vez de sair, traria consigo um freguês. Tomara que este não se demorasse muito. Na pior das hipóteses, o dr. Fischer entraria de rastos no quartinho, assim como outrora fazia Fischerle. A mulher, se o ouvisse, não diria nada, para evitar que o cavalheiro ficasse furioso. Até que ela pudesse falar, Fischerle já estaria longe. Pois, o que é que faz uma fêmea dessas o dia todo? Ou está na cama com um sujeito, ou não está na cama. Ou tira de alguém o dinheiro que ele tem, ou o dá logo a outro sujeito. Ou é uma velha, e então a gente está com ela até aqui, ou é uma garota, e então é ainda mais boba. Se fornece comida a seu tipo, pretende em compensação devorá-lo vivo, e, se não ganha nada, o homem tem de roubar pentes para ela. Diabo! E, com tudo isso, onde fica a arte? Um homem de bom físico dedica ao xadrez sua pessoa e suas forças. Enquanto esperava, Fischerle entufava o peito. Ora, não se podia prever o aspecto que as costas do sobretudo e do casaco teriam no dia seguinte. A corcova era capaz de estragá-las.

Durante toda uma eternidade não veio ninguém. Da calha caíam pingos no pátio. Todas as gotas correm para o oceano. Num gigantesco transatlântico, o dr. Fischer vai embarcar para a América. Nova York tem dez milhões de habitantes. A população inteira está louca de alegria. Na rua as pessoas abraçam-se, gritando: "Viva! Viva! Viva!". Cem milhões de lenços tremulam no ar na hora da recepção. Cada habitante ata um em cada dedo. Os funcionários do Serviço de Imigração se mandam. O que poderiam perguntar? Uma delegação das putas nova-iorquinas deposita seus paraísos aos pés do recém-chegado. Vejam só, também ali existem cafés dessa categoria. Ele não precisa disso. Fez seus estudos. Aviões desenham nos ares o nome do DR. FISCHER. Por que não poderão fazer propaganda dele? Ele vale mais do que um detergente qualquer. Milhares atiram-se na água por causa dele. Ele dá ordem para que os salvem. Tem coração compassivo. Capablanca toma-o nos braços. "Salve-me!", murmura. Felizmente o coração de Fischerle conserva-se surdo, em virtude da barulheira. "Vá tomar banho!", grita ele, afastando-o com um empurrão. A multidão enfurecida estraçalha Capablanca. Do telhado de um arranha-céu troam canhões. O presidente dos Estados Unidos aperta a mão do dr. Fischer. A futura esposa mostra-lhe o dote em preto no branco. Ele o aceita. Foram abertas listas de subscrições para o Castelo Babuíno. Em todos os arranha-céus as subscrições são cobertas pelo capital. Ele funda uma escola para jovens talentos. Estes se tornam logo impertinentes. Ele os expulsa aos socos.

No primeiro andar, um relógio bate as onze horas. Lá mora uma anciã de oitenta anos, que o herdou de sua avó. Dentro de duas horas e cinco minutos, partirá o carro-leito para Paris.

Nas pontas dos pés, Fischerle sobe a escada. A mulher não costuma se ausentar de casa por tanto tempo. Certamente está deitada embaixo de algum freguês. Ele para diante do quartinho no terceiro andar. Ouve vozes. Pelas frestas não se coa nenhum raio de luz. Uma vez que ele despreza a mulher, não entende nada do que ela diz. Tira os sapatos novos e coloca-os no primeiro degrau da escada, mais próximos da América. Em cima deles põe o chapéu novo e o admira, porque é mais preto do que as trevas. Não se separa do manual de inglês. Esconde-o no bolso do sobretudo. Sem produzir o menor ruído, abre a porta. Tem prática. As vozes continuam bastante altas. Falam de ofensas. O par está sentado na cama. Deixando a porta aberta, Fischerle rasteja até a fenda do assoalho. Antes de mais nada, enfia nele o nariz. A agenda está no lugar. Cheira a petróleo, no qual boiou há alguns meses. "Muita honra para mim!", pensa Fischerle e inclina-se diante de tantos mestres de xadrez. Em seguida puxa a agenda com o indicador direito até a extremidade da fenda e dali para cima. Consegue apossar-se dela. Tapa a boca com a mão esquerda, uma vez que está a ponto de dar uma risada. Pois o freguês sentado na cama fala do mesmo jeito que o sujeito dos botões. Fischerle sabe exatamente como a agenda estava colocada na fresta, sabe também onde ficam a parte do início e a do fim. Nas últimas páginas, que ainda estão vazias, inscreve a si mesmo, às apalpadelas. Muito mais difícil do que outrora se torna para ele traçar letras tão pequeninas. Por isso escreve numa página "Doutor", na segunda "Fischer", na terceira "Nova" e na quarta "York". O endereço exato será anotado mais tarde, assim que ele souber onde se encontra o Castelo Babuíno da futura esposa. Por enquanto não devotou o tempo necessário ao assunto desse casamento. As preocupações relativas a capital, passaporte, trajes e bilhetes custaram-lhe dias preciosos. No seu nariz há o cheiro de petróleo. "*Darling!*", diz a milionária e lhe dá um puxãozinho nesse mesmo nariz. Ela adora narizes compridos e detesta os curtos. "Onde é que esse aí deixou o nariz?", pergunta, quando passeiam pelas ruas. Todos os narizes lhe parecem curtos demais. Ela é linda e americana, loura como nos filmes, muito alta e tem olhos azuis. Só anda no seu automóvel. Tem medo de bondes, porque neles há aleijões e punguistas que surrupiam os milhões do bolso da gente. É uma vergonha. Ora, como é que ela pode saber que lá na Europa outrora seu marido fora um aleijão?

– Aleijão e merda são a mesma coisa – diz o homem sentado na cama. O anão ri porque já não é aleijão. Contempla as pernas vestidas desse indivíduo. Os sapatos calcam o chão. Se Fischerle não soubesse que o sujeito dos botões só possui vinte *groschen* e nem meio tostão a mais, juraria que é ele. Existem casos de sósias. Nesse instante o homem fala de botões. Por que não? Provavelmente quer que a mulher lhe pegue um. Não, o sujeito está maluco. Acaba de dizer:

– Pegue-o e coma-o! – Ao que a mulher responde:

– Por que não o dá a ele, para que o coma? – O homem se levanta e se dirige à porta aberta.

– Ele está na casa! – grita. – Pois então vá procurá-lo. A culpa não é minha – sugere ela. O sósia bate violentamente a porta. Caminha de cá para lá. Fischerle não sabe o que é medo, mas por via das dúvidas rasteja em direção à porta.

– Ele está embaixo da cama! – grita a mulher.

– O quê? – urra o sósia. Quatro mãos tiram o anão de seu esconderijo. Duas agarram-lhe a garganta e o nariz.

– Meu nome é Johann Schwer! – apresenta-se alguém na escuridão. Largando o nariz, porém não a garganta, berra: – Tome isso aí e coma!

Fischerle põe o botão na boca e tenta engoli-lo. Por um instante a mão lhe liberta a garganta, até que o botão esteja engolido.

Ao tomar alento, a boca de Fischerle procura esboçar um sorriso. Arfando, diz inocentemente:

– Mas esse é o meu botão. – Eis que a mão volta a agarrá-lo. Estrangula-o. Um punho lhe afunda o crânio.

O cego joga-o ao chão. Da mesa que se acha num canto do quartinho, busca uma faca de cortar pão. Com ela dilacera a fatiota e o casaco. A seguir amputa a corcova de Fischerle. Arqueja enquanto executa esse trabalho laborioso. Acha a faca mal afiada. Não quer acender a luz. A "capitalista" observa-o e despe-se nesse ínterim. Deita-se na cama e diz:

– Venha cá! – Mas o homem ainda não terminou sua faina. Enrola a corcunda nos farrapos do sobretudo, escarra várias vezes em cima dela e deixa o pacote onde está. Empurra o cadáver para baixo da cama. Então se atira sobre a mulher.

– Ninguém ouviu nada – diz, dando uma risada. Está cansado, mas a mulher é gorda. E faz amor com ela a noite toda.

Terceira parte

Um mundo na cabeça

O bom pai

A moradia do zelador Benedikt Pfaff era constituída de uma cozinha escura de tamanho regular e de um pequeno cubículo caiado, que dava para o vestíbulo do edifício. Originalmente a família composta de cinco membros tinha dormido na peça maior: a esposa, a filha e ele mesmo, que contava por três; ele, o policial; ele, o marido; ele, o pai. As camas de casal tinham dimensões iguais, como Pfaff sempre verificava com indignação. Em compensação, obrigava a filha e a mulher a dormirem numa das duas, ao passo que a outra pertencia somente a ele. Sob o seu corpo colocou um colchão de crina de cavalo, para não se mimar, uma vez que detestava dorminhocos e fêmeas, e sim por princípio. Quem trazia o dinheiro para casa era ele. À mulher cabia a tarefa de manter limpos todos os lances da escada. A partir da idade de dez anos, a filha ficou incumbida de abrir o portão da casa à noite, sempre que alguém tocasse a campainha. Assim deixaria de ser covarde. Ele guardava para si tudo quanto as duas recebiam por esses trabalhos, pois o zelador era ele, Benedikt Pfaff. De vez em quanto permitia-lhes que ganhassem alguns cobres fora de casa, como faxineiras ou lavadeiras. Dessa forma aprenderiam por experiência própria quão dura era a labuta de um pai a cuja custa vivia toda a família. Durante as refeições Pfaff qualificava-se de paladino da vida familiar. À noite escarnecia da mulher já velhota. Tão logo voltava do serviço, exercia seus direitos de disciplinador. À filha aplicava os punhos cobertos de pelos ruivos com autêntico amor. Da mulher fazia uso com menor frequência. Deixava em casa todo o seu dinheiro. O montante conferia sempre, sem que ele o controlasse. Pois na única vez em que faltara um pouquinho forçou a mulher e a filha a pernoitarem na rua. Somando tudo, Pfaff era um homem feliz.

Naqueles tempos cozinhava-se no cubículo caiado, cuja finalidade primitiva era realmente esta. Devido à sua profissão fatigante e àquela ininterrupta prontidão dos músculos, na qual passava os dias e, à noite, até os sonhos, Benedikt Pfaff necessitava de alimentação copiosa, substancial, cuidadosamente preparada e carinhosamente servida. A esse respeito não tolerava o menor deslize e, quando a mulher o irritava a ponto de ser surrada, a culpa era dela, coisa que no caso da filha ele nunca afirmaria. Com os anos crescia a fome de Pfaff. Considerando o cubículo demasiado pequeno para uma cozinha suscetível de fornecer comida em abundância, mandou transferi-la para a peça dos fundos. Dessa vez, excepcionalmente, encontrou resistência, mas com ele ninguém podia. A partir de então todos os três moravam e dormiam no cubículo, onde havia o exato espaço para uma cama. A peça maior era utilizada para cozinhar e comer, tanto como aplicar surras ou receber as raras visitas de colegas, os quais, apesar das fartas refeições, jamais se sentiam à vontade nesse lar. Pouco tempo após essa mudança, faleceu a mulher, em consequência do excessivo esforço. Não conseguia adaptar-se às exigências da cozinha nova. Cozinhava três vezes mais do que antes e emagrecia a olhos vistos. Parecia muito velha. As pessoas tomavam-na por uma sessentona. Os inquilinos, que odiavam o zelador, tinham, todavia, pena dele num único ponto: achavam cruel o fato de esse homem de exuberante vigor ter de viver com uma esposa tão envelhecida. Na realidade ela era oito anos mais moça que o marido, sem que ninguém tivesse conhecimento disso. Às vezes propunha-se cozinhar tanta coisa que a comida estava longe de ficar pronta quando ele voltava. Frequentemente Pfaff devia esperar cinco minutos inteiros pela comida. Perdia a paciência e surrava-a ainda antes de saciar o apetite. A mulher faleceu sob as mãos do marido, mas certamente teria morrido de morte natural no decorrer dos dias seguintes. Pfaff não era nenhum assassino, não! No leito de morte, que ele lhe aprontou na peça maior, parecia tão encarquilhada que a gente tinha vergonha das pessoas que vinham apresentar seus pêsames.

No dia depois do enterro começou a lua de mel do zelador. Mais livremente que outrora, ele fazia com a filha o que bem lhe aprouvesse. Antes de ir para o serviço, encarcerava-a na peça dos fundos, para que ela se dedicasse à cozinha com a mais absoluta exclusividade. Assim também ela se alegraria quando ele retornasse. "O que é que faz a prisioneira?", urrava Pfaff então, enquanto fazia girar a chave na fechadura, e sempre aflorava um grande sorriso no rosto pálido da moça, porque em seguida sairia a fim de comprar as provisões para o dia seguinte. Pfaff gostava disso. Antes das compras ela devia estar risonha, para que lhe dessem os melhores pedaços de carne. Carne ruim equivale a um crime. Se a filha ficava na rua mais de meia hora, a fome o tornava furioso e, quando ela chegava, era tratada a pontapés. Já que ele não tirava proveito disso, crescia nele a raiva pelo mau começo da noite. Se a moça chorava muito, ele se amansava, e o programa desenvolvia-se normalmente. Mas Pfaff preferia que ela viesse pontualmente. Da meia hora ainda lhe surrupiava cinco minutos. Mal saía a filha, adiantava ele o relógio em cinco minutos, depositava-o no cubículo bem acima da cama e sentava-se na cozinha nova junto ao fogão, lá onde pudesse sentir o cheiro dos pratos, sem levantar um dedo para prepará-los. Suas gigantescas e carnudas orelhas permaneciam aguçadas, à espera dos frágeis passos da moça. Esta avançava inaudivelmente, por medo de que a meia hora já tivesse passado. Da porta lançava ao relógio um olhar desesperado. Ocasionalmente lograva aproximar-se à socapa da cama, não obstante o pavor que esse móvel despertara nela, e atrasar os ponteiros do relógio em cinco minutos por meio de um gesto receoso conquanto certeiro. Mas, na maioria das vezes, o pai ouvia o primeiro passo dela, devido à sua respiração demasiado forte. Então a surpreendia a meio caminho, pois até a cama era preciso dar dois passos.

Ela tentava esgueirar-se pelo pai. Fingindo habilmente apressar-se, punha-se a mexer no fogão. Pensava num balconista enfermiço, delgado, que trabalha na cooperativa e dizia-lhe em voz mais suave do que a qualquer outra mulher: "Boa tarde, senhorita!". Mas ele sempre se esquivava do olhar tímido dela. A fim de permanecer mais tempo no mesmo recinto com ele, a moça deixava que as mulheres que chegavam depois dela passassem na sua frente. O moço tinha cabelos negros. Certa feita, quando ninguém mais estava na loja, deu a ela um cigarro. A moça envolveu-o em papel de seda vermelho, no qual anotou em letras quase invisíveis dia e hora do recebimento do presente. A partir de então trazia o lustroso embrulho no único lugar de seu corpo pelo qual o pai nunca se interessava, a saber, sob o seio esquerdo, na altura do coração. Tinha mais medo de murros que de pontapés. No caso destes últimos, ficava obstinadamente deitada de bruços, e nada acontecia ao cigarro. Mas em outras ocasiões os punhos dele golpeavam-na em toda parte e, atrás do cigarro, palpitava o coração da filha. Se o pai o esmagasse, ela se suicidaria. Na realidade já reduzira o cigarro a pó, em virtude de seu amor, uma vez que nas intermináveis horas do encarceramento costumava abrir o embrulho, a fim de contemplá-lo, acariciá-lo, beijá-lo. O que restava dele era uma exígua quantidade de fumo, do qual não perdia nenhuma partícula.

Durante as refeições a boca do pai fumegava. Ao mastigarem, seus maxilares eram tão insaciáveis como seus braços. A moça conservava-se de pé, para encher de novo o prato. O dela permanecia vazio. "Qualquer dia", temia ela, "perguntará por que não como nada." As palavras do pai pareciam ainda mais terríveis que seus atos. O que ele dizia a filha só entenderia depois de adulta, mas o comportamento dele afetava-a desde os primeiros instantes de sua vida. "Já comi, pai", responderia ela. "Agora coma o senhor!" Mas, no curso dos longos anos do matrimônio de ambos, ele não lhe perguntou nenhuma vez. Enquanto mastigava, estava ocupado. Seus olhos fitavam o prato, imóveis, enlevados. Quando o monte de comida diminuía, apagava-se o brilho que os iluminava. Os músculos dos maxilares irritavam-se. Não recebiam bastante trabalho. Estavam a ponto de proferir urros. Ai do prato que se mantivesse vazio. A faca cortaria através dele, o garfo o furaria, a colher ia despedaçá-lo, a voz faria com que ele arrebentasse. Mas, para evitar isso, a filha ficava ao lado do pai, observando atentamente o que ocorria na testa dele. Logo que se esboçasse entre os sobrolhos o primeiro sinal de ruga vertical, completaria o prato, sem dar importância ao que ainda houvesse nele. Pois a rapidez do aparecimento da ruga variava segundo a disposição do pai. A filha aprendera a proceder assim. Inicialmente, depois da morte da mãe, agira como esta, orientando-se pelo prato. Mas saíra-se mal, já que de uma filha o pai exigia mais. Pouco tempo depois, adquirira perícia e sabia ler na testa dele todo e qualquer desejo. Havia dias em que ele terminava a refeição sem proferir uma palavra; ao acabar de comer, ruminava alguns instantes mais. A filha escutava atentamente. Estremecia quando ele ruminava veemente e prolongadamente, já que então se preparava uma noite desagradável. Nesse caso tentava induzi-lo com muita ternura a ingerir mais uma porção. Na maioria das vezes ele limitava-se a dar com a língua estalos de satisfação, dizendo:

– O homem tem sua prole. Quem é minha prole? A prisioneira!

Ao constatar isso, apontava para a filha, mas em lugar do dedo indicador usava o punho cerrado. Os lábios dela deviam, sorridentes, pronunciar a palavra "prisioneira" ao mesmo tempo que ele. Ela se afastava um pouco. A pesada botina do pai perseguia-a devagarzinho.

– O pai tem direito...

– ... ao amor de sua filha – em voz alta e monótona, como na escola, a moça completava a frase, mas em seu coração sentia-se muito deprimida.

– Para casar-se, a filha... – continuava ele, estendendo o braço.

– ... não tem tempo.

– A comida quem lhe fornece é...

– ... o bom pai.

– Os homens nem sequer...

– ... a querem.

– O que é que um homem faria com a...

– ... filha boba?

– Agora o pai vai logo...

– ... prendê-la.

– No colo do pai está sentada...

– ... a filha obediente.

– O homem está cansado do trabalho na...

– ... polícia.

– Se a filha não obedecer, vai receber...

– ... uma surra.

– O pai sabe por que...

– ... dá nela.

– À sua filha ele nunca...

– ... faz mal.

– Em compensação ela aprende como...– convém tratar o pai.

Ele acabava de agarrá-la e de forçá-la a sentar-se sobre seus joelhos. Com a mão direita beliscava-lhe a nuca, porque ela estava presa. Com a esquerda ajudava os arrotos a sair da garganta. Uma e outra coisa causavam-lhe prazer. A moça concentrava a sua pouca inteligência em rematar as frases de modo correto. Abstinha-se de chorar. Horas a fio ele a acariciava. Ensinava-lhe golpes da sua própria invenção, empurrava-a de cá para lá e lhe demonstrava o jeito de aniquilar qualquer delinquente mediante um saboroso murro no estômago; pois, quem não se sentiria mal logo depois de recebê-lo?

Essa lua de mel durou meio ano, um belo dia o pai se aposentou e não foi mais ao serviço. Disse que doravante tomaria conta dos mendigos que infestavam o edifício. O olho mágico, a meio metro de altura, era o resultado de vários dias de apurados estudos. A filha colaborava nos ensaios. Inúmeras vezes caminhava, ida e volta, entre o portão e a escada. "Mais devagar!", berrava ele, ou: "Corra!". Em seguida obrigava-a a vestir as calças velhas dele, fingindo ser um indivíduo do sexo masculino. As bofetadas que Pfaff tencionava aplicar em tal sujeito, ela as levava também. Mal avistava através do recém-furado olho mágico suas próprias calças, levantava-se de um pulo furioso para escancarar a porta e derrubar a moça com alguns golpes diabólicos. "Ora", desculpava-se mais tarde, como se a tivesse surrado pela primeira vez, "assim se deve fazer, porque você é um vagabundo. Na cadeia raspam as cabeças desses canalhas. Melhor seria que os decapitassem. Essa gente é um peso morto. Vai para a prisão para comer à vontade. O Estado paga tudo e sofre a sangria. Eu os extermino que nem percevejos. Agora que o gato está em casa os ratos devem ficar nos seus buracos. Eu sou o Gato Ruivo. Vou devorar todos eles. Os vagabundos devem sentir como dói quando os esmago."

Ela sente-o e já se regozija ao pensar no belo futuro que a aguardava. O pai deixará de encarcerá-la, uma vez que estará em casa. Há de vê-la o dia todo. Ao fazer compras, ela poderá ausentar-se por mais tempo, quarenta minutos, cinquenta, uma hora inteira, não, tanto tempo não. Irá à cooperativa. Escolherá horas de pouco movimento. Terá de agradecer ao moço o cigarro que ele lhe deu três meses e quatro dias atrás. Naquele momento ela estava emocionada demais, e mais tarde havia muita gente na loja, de modo que nunca lhe agradeceu. O que pensará ele? Se perguntar se o cigarro estava bom, ela responderá: "Sim, muito!". Dirá que o pai quase lhe tirou o cigarro das mãos. Era dos melhores, disse ele, dos que mais gostava de fumar.

Na verdade, o pai nunca chegou a ver o cigarro. Não faz mal. Ela vai agradecer ao sr. Franz, o moço dos cabelos negros, e afirmar que a marca era excelente, que o pai entendia disso. Talvez receba outro. Vai fumá-lo logo na loja. Se entrar alguém, há de virar-se bem depressa para atirar o cigarro por cima do balcão. O moço certamente o apagará antes que haja um incêndio. É inteligente. Nos meses de verão, é ele quem dirige a filial, pois então o chefe tira férias. Entre as duas e as três a loja fica vazia. Ele deve prestar atenção para que ninguém o observe. Há de estender o fósforo a ela e logo o cigarro estará aceso. "Vou queimar o senhor", dirá ela. O moço é tão delicado. Na infância sempre andava doente, ela sabe disso. Estende a ponta em direção a ele, toca nele. "Ai", gritará ele, "minha mão! Isso dói." "Foi por amor!", exclamará ela e sairá correndo. Na mesma noite ele virá para raptá-la. O pai está dormindo. A campainha toca. Ela abre o portão. Leva consigo todo o dinheiro. Por cima da camisola veste o seu próprio sobretudo, que ela nunca teve o direito de usar, e não o velho do pai. Nele parece uma donzela. Quem está ali em frente ao portão? Ele! Uma carruagem com quatro cavalos pretos está à sua espera. O moço lhe oferece a mão. Tem a espada na esquerda. Sendo um senhor distinto, faz uma mesura. Traja calças bem passadas. "Eu vim", diz ele. "A senhorita me queimou a mão. Sou o nobre cavalheiro Franz." É o que ela sempre pensava. O moço era demasiado belo para a cooperativa, era mesmo um cavaleiro incógnito. Pede-lhe licença para matar o pai. Sua honra está em jogo. "Não, senhor, não", implora ela. "Ele vai assassinar Vossa Alteza!" Mas ele afasta-a com um empurrão. Ela tira muito dinheiro da carteira e o estende para ele. Porém o moço encara-a com um olhar significativo. O que ele deseja é a honra. Subitamente entra no quartinho e decepa a cabeça do pai. Ela chora de alegria. Se a coitada da mãe tivesse chegado a ver isso, ainda hoje estaria entre os vivos. O senhor cavaleiro Franz leva consigo a cabeça ruiva do pai. No limiar do portão do edifício diz: "Prezadíssima senhorita, hoje você abriu a porta pela última vez. Vou conduzi-la ao meu lar". Em seguida o pezinho dela coloca-se no estribo da carruagem. Ele ajuda-a a subir. Permite-lhe que se sente nos fundos, onde há muito espaço. "A senhorita é maior de idade?", pergunta. "Já passei dos vinte", responde ela. Ninguém lhe daria vinte anos. Até essa tarde fora a garotinha do papai. (Na realidade tem apenas dezesseis. Tomara que ele não perceba isso.) Almeja, sim, encontrar um marido, para poder sair dessa casa. E o belo cavaleiro de cabelos negros levanta-se em meio à carruagem em marcha para atirar-se a seus pés. Quer casar-se com ela, só com ela, caso contrário seu bravo coração ficará constrangido. Ela se envergonha. Acaricia-lhe a cabeleira, que é preta, ele lhe diz que seu casacão está lindo. Ela se propõe usá-lo até morrer. Ainda está bem novinho. "Aonde vamos?", pergunta ela. Os cavalos calcam o chão bufando. Quantas casas não há nessa cidade! "Vamos visitar sua mãe", torna ele. "Para que também ela tenha finalmente algum prazer." Os corcéis param diante do cemitério. A mãe jaz bem perto da entrada. Logo se vê ali a laje sepulcral. O cavaleiro Franz deposita no túmulo a cabeça do pai. É o presente que trouxe. "E você não tem nada para sua mãe?", pergunta. Ai dela, como se sente humilhada! Ele tem um presente para a mãe, e ela não pode dar-lhe coisa alguma. Eis que tira de baixo da combinação um embrulho vermelho. Nele há um cigarro, prova do amor dele. Coloca-o ao lado da cabeça ruiva. A mãe regozija-se com a felicidade dos filhos. Ambos se ajoelham ao pé do túmulo materno e pedem-lhe a bênção.

O pai, ajoelhado junto ao olho mágico, agarra-a a cada instante, puxa-a para baixo, mantém-lhe a cabeça bem próxima da abertura e indaga se ela enxerga alguma coisa. Ela está exausta devido ao prolongado ensaio. O vestíbulo dança diante dos seus olhos. Por via das dúvidas, diz que sim.

"Sim o quê?", urra o pai decapitado, que ainda está totalmente vivo. Mas, à noite, ele vai ficar boquiaberto, quando a carruagem parar em frente do portão. "Sim, sim!" arremeda-a zombeteiramente. "Você tem olhos para ver, ora bolas! Minha filha ficou cega! Agora lhe pergunto: o que está enxergando?" Ela deve permanecer de joelhos até dar a resposta certa. Ele se refere a uma mancha na parede oposta.

Graças à sua invenção Pfaff aprende a ver o mundo de modo diferente. Obrigatoriamente a filha participa de suas descobertas. "Você aprendeu muito pouco e não sabe nada. Quando eu morrer, daqui a uns quarenta anos, pois um dia todos têm de morrer, você vai ser um peso morto nas costas do Estado." Seria um crime que ele não vai admitir. Sua filha deve ter alguns conhecimentos em matéria de polícia. Por isso explica-lhe as peculiaridades dos inquilinos. Chama-lhe a atenção para as diferenças de calças e saias e para a importância que cabe a estas com relação à criminalidade. Arrastado por seu zelo didático, às vezes deixa passar um mendigo e em seguida responsabiliza-a adequadamente por tal omissão. "Os inquilinos", afirma, "são pessoas de uma categoria mais elevada, mas mesmo assim não prestam. Pois o que me dão pela proteção especial que proporciono ao edifício? Apoderam-se dos frutos de meu amor. Em vez de me demonstrarem gratidão, falam mal de mim. Como se eu já tivesse massacrado alguém! E por que trabalho de graça? Estou aposentado e poderia ter um vidão ou correr atrás das mulheres ou tomar porres. Afinal de contas, trabalhei a vida toda e teria todo o direito de não fazer mais nada. Mas tenho minha consciência. Em primeiro lugar me digo que tenho uma filha, da qual preciso cuidar. Nunca seria capaz de deixá-la sozinha em casa! Ficarei a seu lado e ela ficará a meu lado. Um bom pai de família traz sua filha nas palmas das mãos. Durante meio ano sempre esteve sozinha, desde que morreu a velha. Tive de sair para o serviço. Na polícia a vida é dura!" Mas – continua explicando – em segundo lugar o Estado lhe paga uma aposentadoria. O Estado deve pagar, disso não escapa, e, se todo o resto for para o brejo, a aposentadoria sempre será a primeira coisa a ser paga. Outra pessoa talvez dissesse para si mesma: "Já trabalhei demais". Mas ainda há quem fique grato pela aposentadoria e trabalhe por livre e espontânea vontade. Esses são os homens do mais alto valor. Sempre que possível apanham os indivíduos e os deixam meio mortos, porque é proibido matá-los completamente e assim o Estado tem menos trabalho. É isso que se chama ajuda, tirar uma carga dos ombros do Estado. A polícia deve permanecer unida, inclusive os aposentados. Homens com tanta consciência nem deveriam ser aposentados. São insubstituíveis e, quando falecerem, haverá uma lacuna.

Dia a dia a moça adquiria novos conhecimentos. Tinha de assimilar as experiências do pai e acudir a memória dele sempre que esta fraquejasse. "Pois", dizia ele "para que tinha a gente uma filha, que devorava a melhor parte da aposentadoria?" Quando aparecia um mendigo novo, Pfaff dava ordem para que ela lançasse uma rápida espiada pelo olho mágico e não a interrogava se conhecia ou não tal sujeito. Perguntava, pelo contrário: "Quando é que esse sujeito esteve aqui a última vez?". Ciladas têm valor pedagógico, especialmente no caso da filha, que sempre se atrapalhava. Logo após a liquidação do mendigo, o castigo da negligência dela era fixado e imediatamente executado. Sem punições corporais ninguém progride nunca. Os ingleses são um colosso de povo.

Aos poucos Benedikt Pfaff conseguia educar sua filha de tal forma que ela ficava em condições de substituí-lo. A partir de então, denominava-a de Póli, o que era um título honorífico, por expressar a aptidão da moça para a profissão paterna. Na realidade, ela se chamava Anna, mas, uma vez que esse nome não significava nada para o pai, ela não o usava jamais. Era inimigo de nomes. Gostava muito mais de títulos e tinha verdadeira paixão pelos que ele próprio conferia. Junto com a mãe, "falecera" Anna também. Durante meio ano, a moça era "você" ou "a filha obediente". Desde que a tinha nomeado Póli, Pfaff orgulhava-se da filha. Dizia que, apesar dos pesares, as mulheres tinham certas qualidades. Era apenas preciso que um homem soubesse transformar todas elas em Pólis.

A nova dignidade da filha acarretava consigo um serviço mais rigoroso. O dia todo ela ficava sentada ou ajoelhada no chão, ao lado do pai, prestes a tomar o lugar dele. Acontecia que ele desaparecesse por alguns momentos. Então, a moça assumia os seus encargos. Se um mascate ou um mendigo entrassem no seu campo de visão, cabia-lhe o dever de deter o respectivo indivíduo pela força ou por meio de ardis, até que o pai pudesse encarregar-se "daquele bosta". Ele sempre se apressava muito. Preferia fazer tudo sozinho. Bastava-lhe que a filha o observasse. Seu modo de viver satisfazia-o cada vez mais. As refeições já não lhe despertavam tanto interesse. Seu apetite diminuía. Depois de alguns meses seus exercícios e desabafos restringiam-se a uns poucos novatos. Os demais mendigos evitavam o edifício de Pfaff como o inferno. E sabiam muito bem por quê. O terrível estômago do zelador, esse estômago que ele tinha em alto apreço, tornava-se mais modesto. Estabelecia-se o prazo de uma hora, durante o qual a filha devia cozinhar. Apenas durante esse tempo estava autorizada a permanecer na peça dos fundos. Devia descascar as batatas ao lado do pai. Bem pertinho dele limpava as verduras e, enquanto ela batia a carne prevista para o almoço dele, Pfaff golpeava-a por puro prazer. Seu olho ignorava o que a mão fazia. Conservava-se fitando, imóvel, as pernas que entravam ou saíam.

Já que ele comia apenas a metade do que consumira outrora, concedia a Póli apenas um quarto de hora para as compras. Astuta como se tornara, graças aos ensinamentos paternos, ela renunciava de vez em quando um dia ao contato com o moço dos cabelos negros, para cobrar no dia seguinte dois quartos de hora. Nunca logrou encontrar o cavaleiro sozinho. Secretamente balbuciava seus agradecimentos pelo cigarro. Podia ser que ele a entendesse, uma vez que desviava discretamente o olhar. À noite a moça ficava acordada quando o pai dormia havia muito. Mas o jovem jamais tocou a campainha. Os preparativos levavam muito tempo. Oh, sim, se ela lhe tivesse queimado a mão, Franz deveria apressar-se. Havia sempre mulheres reunidas na cooperativa. Mas, um dia, ela lhe segredará, enquanto o moço escrever a conta: "Obrigada. Não necessitamos de carruagem, mas não esqueça a espada!".

Certa feita as mulheres aglomeravam-se diante da porta da cooperativa. Todas falavam ao mesmo tempo. "O Franz fugiu!", disse uma. "Toda a família dele não presta", afirmou outra. "E levou a féria inteira!", sabia a terceira. "Ele nunca olhava a gente na cara", constatou a quarta. "Sessenta e oito xelins!", comunicou a quinta. "Deveriam reintroduzir a pena de morte", opinou a sexta. "É o que meu marido sempre diz", concordou a sétima.

Trêmula a moça precipitou-se loja adentro. Nesse instante disse o gerente:

– A polícia já tem a pista dele. – Acrescentou que a culpa era dele mesmo, porque deixara o rapaz muito tempo sozinho. Havia quatro anos esse patife trabalhava na loja. Quem poderia pensar que tivesse tão mau caráter? Ninguém notara nada dos seus planos. A caixa estava sempre certa, havia quatro anos. Anunciou finalmente que a polícia acabava de telefonar, informando que até as seis, quando muito, prenderiam o sujeito.

– Não é verdade! – gritou Póli, começando subitamente a chorar. – Meu pai também está na polícia.

Ninguém prestou atenção, já que na firma tinham de lamentar a perda de dinheiro. Ela se foi correndo e retornou à casa com o cesto vazio. Sem cumprimentar o pai, enclausurou-se no quarto dos fundos. Estando ocupado, ele esperou um quarto de hora. Então se levantou e lhe ordenou que saísse. Ela permaneceu calada.

– Póli – berrou ele. – Póli! – Nada se mexia. Ele prometeu deixá-la impune, na firme intenção de surrá-la, até ficar três quartas partes morta e, se ela reagisse, a mataria inteiramente. Em vez de receber uma resposta, ouviu um tombo. Na sua raiva, viu-se forçado a arrombar sua própria porta. – Em nome da Lei! – urrou por hábito. Muda e imóvel, a moça jazia ao pé do fogão. Antes de golpeá-la, o pai virou-a diversas vezes. Ela estava inconsciente. Pfaff assustou-se. Ela era jovem e ele gostava dela. Repetidas vezes exortou-a a voltar a si. A surdez da filha fez com que se exasperasse. De qualquer jeito, ele achava indicado começar em algum lugar menos sensível. Ao procurá-lo avistou o cesto. Estava vazio. Nesse instante Pfaff soube de tudo. Ela perdera o dinheiro. Seu medo era compreensível. Ele não concordaria com brincadeiras dessa espécie. A moça saíra de casa com uma nota de dez xelins. Será que ela esbanjou realmente toda essa grana? Revistou-a meticulosamente. Pela primeira vez tocou nela com os dedos em vez dos punhos. Encontrou um embrulhozinho vermelho, que continha pó de fumo de cigarros. Rasgou-o e jogou-o no lixo. Finalmente abriu a carteira. Nela havia a nota de dez xelins. Não faltava nem um pedacinho. Mais uma vez ele ficou perplexo. Desnorteado sovou-a até que ela recuperasse a consciência. Quando a filha voltou a si, o pai estava banhado em suor, já que batera cautelosamente. Da boca de Pfaff jorravam grossas lágrimas.

– Póli! – gritou ele. – Póli, o dinheiro está aqui!

– Meu nome é Anna – respondeu ela fria e secamente.

Ele repetiu:

– Póli! – A voz da filha emocionava-o intimamente. As palmas cerravam-se, formando os punhos. Sentimentos ternos acometiam-no.

– O que é que o bom pai vai comer hoje? – perguntou em tom lamentoso.

– Nada.

– Póli deve cozinhar alguma coisa para ele.

– Anna! Anna! – gritou a moça.

De repente, com incrível rapidez, ela se levantou. Aplicou-lhe um empurrão, que teria derrubado qualquer outro que não o pai e do qual até este tomou conhecimento. Correu ao quartinho – a porta de ligação estava despedaçada; de outro modo, o trancaria na peça dos fundos – e para parecer mais alta pulou, sem tirar os sapatos, em cima da cama, clamando:

– Isso vai custar sua cabeça! Póli é a mesma coisa que polícia. A mãe vai receber sua cabeça!

Ele compreendeu. Ela ameaçava denunciá-lo. Sua prole tencionava caluniá-lo. Para quem vivia ele? Para quem se conservara uma pessoa respeitável? Eis que criara em seu seio uma espécie de serpente. Ela merecia ser decapitada. Para ela instalara ele sua invenção especial, a fim de que a moça aprendesse alguma coisa, e agora, quando o mundo e as mulheres estavam a seu alcance, que fazia ele? Ficava com ela por compaixão e porque era um homem para lá de bondoso. E essa criatura afirma que ele está agindo mal! Não pode ser sua filha! A velha o enganou, sem dúvida. Ainda bem que lhe deu umas surras em regra. Sempre teve esse palpite. Durante dezesseis longos anos gastou dinheiro à toa, para manter uma filha que não era sua. Uma casa não custaria mais. A humanidade se torna pior de ano em ano. Em breve vão abolir a polícia, e os criminosos terão todo o poder. O Estado dirá que deixa de pagar as aposentadorias, e o mundo vai-se acabar! Assim são os homens. A delinquência aumenta todos os dias, e Deus Nosso Senhor vai ver o que vai acontecer.

Raras vezes Pfaff içava-se às alturas de Deus Nosso Senhor. Tinha respeito à posição elevadíssima que a Ele competia. Deus Nosso Senhor era ainda mais que um chefe de polícia. Assim, comovia-o ainda mais o perigo que hoje em dia ameaçava o próprio Deus. Se bem que retirasse sua enteada da cama e a malhasse até sair sangue, não experimentava genuíno prazer. Trabalhava mecanicamente e o que dizia revelava muita mágoa e sincero pesar. Seus golpes desmentiam sua voz. Ele perdera a gana de urrar. Por engano mencionou uma única vez uma tal de Póli, mas seus músculos não tardaram a corrigir o erro. O nome da pessoa do sexo feminino por ele punida era Anna. Ela asseverava ser idêntica a uma filha dele, mas Pfaff não lhe dava fé. A moça perdeu boa quantidade de cabelos e, como resistisse, lhe foram quebrados dois dedos. Ela rosnava frases sobre a cabeça do pai, à maneira de um açougueiro ordinário. Insultava a polícia. Notava-se que nem sequer a melhor das educações pode vencer uma índole maligna. A mãe não prestava. Era doente e preguiçosa. Nesse momento ele bem poderia encaminhar a filha até onde se achava a mãe, pois esse era o lugar onde ela deveria estar. Mas não era o jeito dele. Rejeitando a ideia, Pfaff dirigiu-se a um restaurante.

A partir desse dia os dois tornaram-se um para o outro meros corpos, nada mais. Anna cozinhava e fazia compras. Evitava a cooperativa. Sabia que o moço dos cabelos negros estava na cadeia. Ele roubara por causa dela, só que procedera inabilmente. Um autêntico cavaleiro tem êxito em tudo o que faz. Desde que sumira o cigarro, ela já não amava Franz. A cabeça do pai estava grudada na nuca mais firmemente que nunca. Através do olho mágico o homem rezava para que aparecessem mendigos. Ela lhe demonstrava seu menosprezo, por não mais dar a menor importância à existência dessa invenção. Cabulava as aulas do pai. De quando em quando a boca dele transbordava, comunicando observações recém-feitas. Ela, acocorada a seu lado, executava o trabalho que lhe cabia. Escutava calmamente e permanecia calada. O olho mágico não lhe interessava. Sempre que ele, num gesto conciliatório, convidava-a a lançar uma olhada, a moça sacudia a cabeça com total indiferença. Já não havia conversas francas à mesa durante as refeições. Ela enchia os dois pratos, o dele e o seu, sentava-se e comia, embora muito pouco. Só voltava a servi-lo quando ela própria estava satisfeita. Ele a tratava da mesma maneira que antes, mas sentia falta do pavor dela. Enquanto surrava, dizia com seus botões que a moça não tinha mais nenhuma afeição por ele. Decorridos alguns meses, Pfaff comprou quatro belos canários. Três deles eram machos. À sua frente pendurou a gaiolazinha da fêmea. Os três cantavam feito doidos, e ele os elogiava espalhafatosamente. Mal os bichinhos começavam a gorjear, o zelador baixava a tampa do olho mágico e se erguia, a fim de ouvi-los de pé. Seu enlevo impedia-o de aplaudir ao fim do canto amoroso. Mas sempre dizia: "Ótimo!", e em seguida afastava o olhar dos passarinhos para dirigi-lo à moça. Depositava todas as suas esperanças nos fogosos trilos dos canários machos. Mas nem sequer seus cantos tiveram a menor influência sobre a impassibilidade de Anna.

Ela levou ainda durante vários anos essa vida de criada e mulher de seu pai. Ele florescia. A força de seus músculos, em vez de minguar, aumentava. Mas aquilo já não era a genuína felicidade. Era o que ele dizia diariamente para si mesmo. Pensava nisso até quando comia. Ela morreu de tuberculose, para o maior desespero dos canários, que aceitavam comida unicamente das mãos dela. Contudo sobreviveram à desgraça. Benedikt Pfaff vendeu a mobília da cozinha. Mandou murar a peça dos fundos. Diante da nova parede caiada colocou um armário. Nunca mais comeu em casa. No quartinho mantinha-se em seu posto. Aniquilou toda e qualquer recordação da peça vazia que existia ao lado. Lá dentro, ao pé do fogão, perdera a afeição de sua filha e ainda não sabia por quê.

Calças

– Ó professor! O nobre corcel deve receber sua ração de aveia. É um puro-sangue e pode dar coices. No jardim zoológico o leão devora carne crua suculenta. Por quê? Porque o rei dos animais urra como um trovão. Ao gorila que arreganha os dentes os selvagens dão de presente mulheres novinhas. Por quê? Porque o gorila mostra seus músculos de aço. Há justiça neste mundo. A mim o edifício me paga uma ninharia. Sou de valor inestimável, professor! O senhor era a única pessoa nesta terra que sabia o que é gratidão. Das piores preocupações econômicas sempre me livrava a... digamos, a gratificação que eu recebia do senhor. Para terminar, tomo a liberdade de perguntar: o que lhe aconteceu, professor? E permito-me recomendar-lhe a minha pessoa.

Eram essas as primeiras palavras que Benedikt Pfaff, chegado ao quartinho, dirigia ao professor, que nesse instante retirava o lenço com o qual vendara os olhos. Kien pediu-lhe desculpas e desembolsou o que omitira pagar, a saber, a gratificação de dois meses.

– Quanto à situação que reina lá em cima, não resta nenhuma dúvida – disse.

– Claro que não! – respondeu Pfaff, piscando os olhos, em parte por causa de Therese, mas em especial devido a seus próprios direitos que ele acabava de recuperar imediatamente, conquanto um pouco amassados.

– Enquanto o senhor se encarrega da faxina cuidadosa do meu apartamento, eu me recolherei aqui com toda calma. Urge reiniciar meu trabalho.

– Todo esse quartinho está à sua disposição, professor. A casa é sua. Uma mulher pode separar os melhores homens. Mas entre amigos da nossa qualidade não existe uma certa Therese.

– Eu sei, eu sei – interrompeu-o Kien apressadamente.

– Deixe-me terminar, professor. Que ela se lixe! Minha filha, esta sim, era outra coisa!

Pfaff apontou para o armário como se ela estivesse escondida ali. Em seguida formulou suas condições. Disse ser uma criatura humana e prometeu cuidar da limpeza do apartamento de cima. Lá havia muita coisa a varrer. Contrataria algumas faxineiras e assumiria o comando. Uma única coisa ele não podia admitir, e essa coisa era a deserção. Deserção e perjúrio eram um só e mesmo crime. Durante as suas ausências o professor deveria substituí-lo no posto vital do edifício.

Menos por senso de dever do que pelo desejo de dominar, Pfaff queria subjugar Kien por alguns dias. A essa altura a recordação da filha passava-lhe pela cabeça mais nitidamente do que nunca. Já que ela estava morta, o professor teria de tomar o lugar dela. O zelador apresentou argumentos em abundância. Em demonstração do amor sincero e leal que os unia, deu de presente a Kien todo o quartinho, inclusive a mobília. Ainda pouco antes só ele o tivera à sua disposição. Recusou com indignação qualquer aluguel pelos dias que o amigo morasse em seu lar.

Num abrir e fechar de olhos instalou uma campainha, ligando o quartinho com a biblioteca no quarto andar. Em casos suspeitos o professor devia apenas apertar o botão. Então o respectivo sujeito subiria a escada, sem desconfiar de nada, e o castigo iria ao seu encontro para acolhê-lo. Dessa forma estava tudo previsto.

Logo na tardinha do mesmo dia, Kien dedicou-se às suas novas atividades. De joelhos observava pelo olho mágico as andanças de um edifício densamente povoado. Seus olhos almejavam trabalho. Uma longa fase de vadiagem desmoralizara-os. A fim de ocupar os dois olhos e de não prejudicar nenhum deles, usava-os alternadamente. Sua meticulosidade ressurgia. Achando que cinco minutos por olho fossem o tempo adequado, colocou o relógio no chão à sua frente e orientou-se rigorosamente por ele. O olho direito mostrava a tendência de locupletar-se à custa do esquerdo, mas Kien o fez reentrar nos seus limites. Assim que os intervalos exatos se haviam tornado parte de seu eu, recolocou o relógio na algibeira. Envergonhou-se um pouco das banalidades que lhe eram oferecidas lá fora. Na verdade era sempre a mesmíssima coisa. Entre calças e calças as diferenças eram mínimas. Já que antes ele nunca prestara atenção aos habitantes da casa, não lhe era possível completar os corpos dos que passavam. Para ele calças eram calças e nada mais. Por isso sentia-se desnorteado. Contudo elas tinham uma característica que Kien apreciava: podia contemplá-las. Porém muito mais frequentemente desfilavam saias, coisa que lhe causava desprazer. Em virtude de seu volume e número, arrogavam-se mais espaço de que lhes cabia por direito. Kien resolveu não tomar conhecimento delas. Suas mãos faziam involuntariamente o movimento de virar páginas, como se segurassem um livro ilustrado e distribuíssem as incumbências dos olhos. Folheavam-no mais depressa ou mais devagar segundo a velocidade das calças. Em face de saias, a antipatia de seu amo contagiava as mãos, fazendo com que saltassem páginas que ele não desejava ler. Assim escapavam-lhe ocasionalmente diversas páginas de uma vez, coisa que ele não lastimava, pois ninguém sabia o que se ocultava em páginas desse tipo.

Aos poucos a monotonia do mundo tranquilizava-o. A grande aventura do dia anterior começava a desaparecer de sua memória. Entre os vultos que entravam ou saíam, só raras vezes ressuscitava aquela alucinação. Não havia nela nenhum traço de cor azul. As saias proibidas, que de qualquer jeito lhe ficavam indiferentes, utilizavam-se das mais diversas cores para despertar seu interesse. Mas ninguém usava aquele azul especial, inconfundível, berrante, ofensivo, vulgar.

A razão desse fato, que do ponto de vista da estatística parecia um autêntico milagre, era muito simples. Uma alucinação conserva-se viva enquanto ninguém a combate. Cumpre ter a força necessária para ver com clareza o perigo que nos ameaça. Cumpre encher a própria consciência das imagens que tememos. Cumpre redigirmos um mandado de prisão dessa alucinação, mandado que sempre devemos manter preparado. Então ainda será necessário que encaremos a realidade e a perscrutemos em busca da alucinação. Se esta se encontrar em alguma parte do mundo real, convém sabermos que estamos loucos e precisamos ser tratados por um especialista. Se a saia azul não aparecer em nenhum lugar, podemos considerá-la vencida. Quem ainda for capaz de distinguir entre realidade e ilusão pode confiar em suas faculdades mentais. A segurança obtida no confronto com tamanhas dificuldades está garantida para toda a eternidade.

À noite o zelador trouxe uma refeição preparada por Therese e cobrou o preço que ela custaria num restaurante. Kien pagou-a sem demora e ingeriu-a com visível prazer.

– Que comida saborosa! – exclamou. – Estou satisfeito com meu trabalho. – Os dois estavam sentados na cama lado a lado.

– Outra vez não veio ninguém. Um dia perdido! – suspirou Pfaff, enquanto devorava mais da metade, ainda que já tivesse saciado a sua fome. Kien alegrou-se ao ver que o prato desaparecia tão depressa. Sem tardança entregou ao companheiro o que ainda sobrava e, cheio de zelo, tornou a ajoelhar-se.

– Vejam só! – bradou Pfaff. – O senhor está gostando! Tudo por causa do buraco que fiz! A gente se apaixona por ele. – Estava radiante. A cada frase que pronunciava, dava palmadas numa de suas coxas. Em seguida largou a travessa e, afastando o professor que tentava penetrar as trevas, perguntou: – Está tudo em ordem? Vou dar uma olhada. – Dilatando os olhos, resmungou: – Pois é, a Pilz recomeça outra vez com suas estrepolias. Volta às oito da noite! O marido pode aguardar. O que foi que ela cozinhou para ele? Uma porcaria! Há anos espero que aconteça um assassinato. O outro fica na rua. O marido não tem muque. No lugar dele eu estrangularia essa mulher três vezes por dia. Essa gata! Ainda está parada ali. Ele adora-a loucamente. O homem não suspeita de nada. Isso vem da covardia. A mim não escapa nada!

– Mas já está completamente escuro – objetou Kien, desconfiado e também cheio de inveja.

O zelador teve um de seus acessos de hilaridade. Atirou-se ao chão com toda a sua força. Uma parte do corpo ficou estendida embaixo da cama, ao passo que a outra abalava a parede. Conservou-se assim por muito tempo. Apavorado, Kien se refugiou a um canto. Já que o quartinho ribombava com as ondas de gargalhadas, esquivava-se delas por medo de interferir. Nesse momento, apesar dos pesares, sentia-se deslocado. A tarde solitária era muito mais agradável. Necessitava de sossego. O bárbaro lansquenete só fazia sua aparição em meio à barulheira. De fato Pfaff ergueu-se inopinadamente, pesado como um hipopótamo, e disse entre novas risadas:

– Quer saber, professor, como antigamente me apelidavam lá na polícia? – E, colocando os punhos sobre dois ombros débeis, prosseguiu: – Eu sou o Gato Ruivo! Antes de mais nada por causa da cor rara que me distingue, e também porque desmascaro a escuridão. Tenho uns olhos! É a peculiaridade dos felinos.

Convidou Kien a usar toda a cama só para si. Despediu-se, comunicando que dormiria no apartamento de cima. Quando finalmente chegou à porta, ainda recomendou ao professor que tratasse o olho mágico com especial cuidado. No sono as pessoas esperneavam facilmente. Certa feita ele mesmo já tinha danificado a tampa, como verificou, assustadíssimo, ao acordar na manhã seguinte. Por isso pedia-lhe que fosse cauteloso e nunca se esquecesse do valor da instalação.

Muito cansado, enojado pela perturbação de seus pensamentos tranquilos, após as três horas solitárias de antes do jantar, Kien deitou-se na cama. Tinha saudade de sua biblioteca, tal como em breve a possuiria de novo: quatro salas altas, as paredes revestidas de livros em toda a sua extensão, todas as portas de ligação sempre escancaradas, nenhuma janela imprópria, a luz uniforme vinda de cima, a escrivaninha repleta de manuscritos, trabalho, trabalho, ideias, ideias, a China, controvérsias científicas, opinião contra opinião, manifestadas em revistas, sem nenhuma boca material a proferi-las, Kien o vencedor, não numa luta de boxe e sim no entrevero de espíritos, sossego, sossego, o farfalhar reconfortante dos livros, nenhum ser vivo, nenhuma fera espalhafatosa, nenhuma fêmea agressiva, nenhuma saia! O apartamento livre de cadáveres. Os restos mortais removidos das proximidades da mesa de trabalho. Uma ventilação moderna para expurgar o odor persistentemente grudado nos livros. Alguns continuarão a cheirar mal depois de meses. Deverão ser postos na incubadora. O nariz é o mais perigoso de todos os órgãos. Máscaras contra gases facilitam a respiração. Uma dúzia delas, muito acima da escrivaninha. Mais alto ainda, senão um pigmeu poderá roubá-las. Kien põe a mão no seu ridículo nariz. Coloca em cima dele uma máscara contra gases. Um par de enormes olhos tristonhos. Uma única, profunda abertura. Que pena! Convém alternar. Veja a bula. Luta livre entre os olhos. Os dois querem ler. Quem comanda aqui? Alguém comprime as pálpebras com os dedos. Para castigá-los mandarei fechar vocês dois. Trevas impenetráveis. Felinos na noite. Também os animais têm sonhos. Aristóteles sabia tudo isso. Primeira biblioteca. Coleção zoológica. A paixão de Zoroastro pelo fogo. Na terra dele tinham-no em alto apreço. Mau profeta. Prometeu, um demônio. A águia somente lhe devora o fígado. Por que não lhe come o fogo? No sexto andar do Theresianum... chamas... livros... fuga dos íngremes lances de escada... depressa, depressa... com os diabos... congestionamento... fogo! fogo!... um por todos e todos por um... unidos, unidos, unidos... livros, nós todos somos livros... vermelho, vermelho... quem está barrando a escada?... Eu pergunto. Quero que me respondam!... Deixem-me passar... vou abrir o caminho para vocês... arremesso-me contra as lanças do inimigo... arre... azul... a saia... rígida, dura, uma rocha eleva-se ao céu... por cima da via láctea... Sírio... cães, sabujos... mordamos o granito... dentes quebram, fauces, sangue, sangue...

Kien acorda. Apesar do cansaço, cerra o punho, range os dentes. Não se assuste, eles ainda estão no lugar. Ele destina-lhes uma tarefa definitiva. Também o sangue é apenas um devaneio. O quartinho oprime-o. É estreito demais para dormir. Kien se ergue de um pulo. Levanta a tampa. Tranquiliza-se em face da grande monotonia que reina lá fora. É ilusão pensar que nada acontece. Quem se acostumar às trevas verá todas as calças da tarde num interminável desfile, e extinguiram-se as saias que se misturavam a elas. De noite todos os seres humanos vestem calças. Prepara-se um decreto para abolir o sexo feminino. Amanhã ele será afixado nas ruas. O zelador há de proclamá-lo. A cidade inteira ouvirá a voz dele, o país, todos os países, até onde se estenda a atmosfera da Terra, que outros planetas cuidem de si próprios, nós estamos sobrecarregados, sobrecarregados de mulheres, as escapatórias serão punidas com a pena capital, ignorância das leis não é desculpa. Todos os prenomes receberão desinências masculinas. A História deve ser reescrita para o ensino das escolas. A Comissão Histórica a ser eleita terá trabalho fácil. Seu presidente é o professor Kien. Quais são as contribuições das mulheres para a História? Filhos e intrigas!

Kien torna a recolher-se ao leito. Adormece, caminhando por desvios. Por desvios alcança o rochedo azul, que já julgava reduzido a pedaços. Sempre que o rochedo resiste, o sonho não vai adiante. Kien acorda pontualmente e se inclina sobre o olho mágico. Este fica sempre à mão, e a mesma coisa acontece dezenas de vezes no decorrer dessa noite. Pela manhã, ele transfere o buraco, seu olho captador da monotonia, seu tranquilizador, sua alegria, para a biblioteca dos seus sonhos. Fura logo em cada parede várias aberturas. Assim não perderá tempo procurando. Em todos os lugares onde faltam livros instala pequenas tampas, sistema Benedikt Pfaff. Dirige habilmente os rumos de seus devaneios. Como que numa rédea, sempre se reconduz à biblioteca, onde quer que tenha estado antes.

Inúmeras aberturas convidam-no a deter-se. Ele atende a cada uma delas, de joelhos, tal como aprendeu no curso do dia, e constata de modo inequívoco que neste mundo só existem calças, sobretudo na escuridão. Saias de quaisquer cores desaparecem. Rochedos azuis engomados desmoronam. Não é necessário que ele se levante. Seus sonhos regulam-se automaticamente. Pela manhã Kien entrega-se a um sono absoluto, sem divagações. Sua cabeça repousa, absorta por pensamentos graves, na escrivaninha...

A primeira luz ainda pálida já o encontrou trabalhando. Às seis, ajoelhado, Kien contemplava o crepúsculo que lentamente invadia o corredor. A mancha na parede oposta mostrava seu aspecto genuíno. Sombras de origem incerta – de objetos e não de homens, mas que objetos? – lançavam-se sobre os ladrilhos, convertendo-se num cinza de matizes perigosos, indelicados e assemelhando-se a uma cor que ele absolutamente não desejava especificar, a fim de não estragar a nascente manhã. Sem entrar em contato com as sombras, solicitou-lhes, inicialmente com toda cortesia, que dessem o fora ou assumissem uma cor diferente. As sombras hesitavam, Kien insistia. Não lhe escapava a insegurança das mesmas. Resolveu apresentar-lhes um ultimato e ameaçou que, caso não o respeitassem, cortaria as relações. Afirmou dispor de outros meios de pressão. Avisou que não era indefeso. Repentinamente sairia de uma emboscada, arremessando-se contra elas, para despedaçar-lhes com uma única machadada a altivez, a presunção, a arrogância e a insolência. Disse-lhes que, de qualquer modo, eram desprezíveis e ridículas, porquanto sua existência dependia dos ladrilhos. Era facílimo quebrar ladrilhos. Um golpe aqui, outro acolá, e às míseras lasquinhas só restava lamentarem-se e meditarem. Meditarem sobre que assunto? Ora, sobre a questão de saber se era justo atormentar uma pessoa inofensiva que, reconfortada pelo sono, estava a ponto de iniciar um dia de lutas decisivas. Pois nesse dia a desgraça do anterior seria eliminada, aniquilada, sepultada e esquecida.

As sombras vacilavam. Aquelas listras claras que as separavam umas das outras alargavam-se, cintilantes, com crescente luminosidade. Não há nenhuma dúvida de que Kien sozinho seria capaz de triunfar sobre os seus inimigos. Eis que um par de robustas calças vinha em seu socorro, privando-o da honra da vitória. Pernas pesadas calcaram os ladrilhos e estacaram em seguida. Um poderoso sapato ergueu-se e descreveu círculos ao redor da abertura exterior do olho mágico, carinhosamente, como se absolutamente não quisesse danificá-lo e apenas se certificasse da sua forma tradicional e familiar. Esse sapato retirou-se, mas outro se permitiu a mesma afetuosidade na direção oposta. Então as pernas prosseguiram em sua jornada. Ouviu-se um ruído, um tilintar como de chaves, uns guinchos, um rangido. As sombras gemiam e desapareciam. A essa altura cabia admitir com toda a franqueza que tinham sido azuis, literalmente azuis. O homem pesado passou novamente pela porta. Era preciso expressar-lhe gratidão, se bem que fosse possível ter liquidado o caso sem a ajuda dele. Sombras são sombras. Um objeto qualquer as lança. Se este for afastado, as sombras plangerão e falecerão. O que é que foi afastado nesse lugar? Só quem cometeu o ato saberá responder. Entra Benedikt Pfaff.

– Vejam só! Já se levantou? Um cordial bom-dia, professor. O senhor é a diligência personificada. Vim buscar um pouco de óleo. Ouviu os gemidos do portão? Nessa cama aí a gente dorme a sono solto. Um urso no inverno não dormiria melhor. Em outra época três pessoas ficavam deitadas nela, quando minha velha ainda estava viva e a filha também. Vou lhe dar um conselho de amigo e dono dessa moradia. Fique aqui embaixo, onde está agora. Então poderá, por assim dizer, assistir aos milagres da natureza. Uma casa está acordando. Todo mundo corre para o trabalho. As pessoas se apressam, pois dormem demais; aqui existem mulheres e dorminhocos. Se o senhor tiver sorte, poderá ver três pares de pernas de uma vez. Uma cena interessante! A gente não consegue identificá-las. "Ah, sim!" O senhor pensa e na realidade já é outra pessoa que vem chegando. Um espetáculo gozadíssimo! Mas não ria demais. Caso contrário esta será sua última manhã antes do seu próprio enterro!

Tonitruante, rubro de alegria por causa da piada que acabava de fazer, Pfaff deixou Kien sozinho. A sombra repugnante tanto quanto o grande número de feias listras provinham, pois, da grade do portão do edifício. Basta darmos os nomes certos às coisas para que percam sua sinistra magia. O homem primitivo aplicava a todas as coisas denominações falsas; por isso vivia envolto numa única trama de terríveis feitiços. Onde e quando não o ameaçavam perigos? A ciência livrou-nos de superstições e crendices. Ele emprega sempre os mesmos nomes, de preferência greco-latinos, ao referir-se às coisas reais. Mal-entendidos tornaram-se impossíveis. Quem, por exemplo, poderá ver numa porta algo que não seja ela mesma, no máximo talvez a sua sombra?

Mas o zelador tinha razão. Numerosas calças saíam da casa. Primeiro calças singelas, desprovidas de frisos, tratadas com módico esmero; calças que revelavam, quando muito, um mínimo de consciência de sua condição de calças e talvez, segundo esperava Kien, alguma inteligência. Quanto mais avançava o tempo, mais afiados ficavam os frisos das calças que surgiam. Também diminuía a pressa com que se movimentavam. Quando o gume de uma faca se aproximava em demasia de outro, Kien, temendo que pudessem cortar-se reciprocamente, exclamava: "Cuidado!". Certas características chamavam-lhe a atenção. Ele já não tinha medo de definir as cores, a espécie e o valor da fazenda, a altura acima do solo, os prováveis buracos, a largura, a relação entre elas e os calçados, as manchas e sua origem. Apesar da abundância do material, conseguiu formular algumas definições muito boas. Por volta das dez, quando o movimento cessou, Kien fez uma tentativa de tirar daquilo que enxergava conclusões quanto à cidade, ao caráter e às profissões dos portadores. Parecia-lhe perfeitamente possível organizar um trabalho sistemático sobre a classificação de seres humanos segundo suas calças. Prometeu a si próprio elaborar sobre esse tema uma pequena monografia. Com toda a facilidade, ele a concluiria em três dias. Meio brincando, inventou objeções contra um certo cientista que pesquisasse o campo da alfaiataria. Mas as horas que ele gastava no quartinho do térreo estavam de qualquer jeito perdidas e o que fizesse em seu decorrer não teria importância. Kien sabia muito bem por que se dedicava ao olho mágico. O ontem pertencia ao passado, *devia* pertencer ao passado. E a concentração científica lhe causava enorme alívio.

Aos homens que se encaminhavam para o trabalho mesclavam-se, obstinadas e importunas, algumas mulheres. Já desde muito cedo estavam de pé. Retornavam rapidamente, de modo que apareciam duas vezes no balanço de Kien. Provavelmente tinham feito compras. Ouviam-se saudações e amabilidades desnecessárias. Até mesmo as calças mais bem passadas e mais circunspectas deixavam-se abordar. Expressavam de várias maneiras sua subserviência masculina. Um par bateu os tacões com grande veemência, produzindo um ruído que atordoou dolorosamente os ouvidos de Kien devido à sua proximidade do chão. Outras calças balançavam-se nas pontas dos pés e duas dobravam-se nos joelhos. Em alguns casos os frisos punham-se a estremecer levemente. Afeição irrestrita traía-se pelo ângulo agudo que as calças formavam com o assoalho. Kien desejava que houvesse *um* homem, um único homem a manifestar antipatia contra determinada mulher, preferindo o ângulo obtuso ao agudo. Entretanto não apareceu nenhum homem dessa categoria. Leve-se em consideração a hora: esses homens mal tinham escapado de suas camas e de suas esposas legítimas. Afinal, todo o edifício estava habitado por gente casada. Descortinavam-se, para eles, o dia e o trabalho. Apressavam-se em sair para a rua. Suas pernas comunicavam ao observador animação e vontade de trabalhar. Quantas possibilidades! Quantas energias! Não os aguardava nenhuma atividade intelectual, mas a vida, a disciplina, o enquadramento, as metas bem conhecidas, os motivos bem fundados; um complexo de afazeres, o decorrer de seu tempo, tal como o haviam distribuído conforme seus desígnios. E o que vinha ao encontro deles no vestíbulo do edifício? A mulher, a filha, a cozinheira de um vizinho. E o que os reunia ali não era o mero acaso. As mulheres arranjavam as coisas desse modo. Espiavam de trás das portas dos apartamentos. Mal ouviam o passo do homem condenado a amá-las, já o seguiam furtivamente, precediam-no com astúcia, deslizavam a seu lado. Cleópatras em miniaturas, cada qual disposta a proferir todas as mentiras possíveis, bajulando, saracoteando-se, implorando atenção, prometendo seus favores pecaminosos, arranhando inexoravelmente a intacta superfície de um belo e pleno dia, que os homens tencionavam enfrentar, vigorosos e preparados para parcelá-lo honestamente. Pois esses homens já estão corrompidos; vivem nas escolas de suas esposas; obviamente detestam suas mulheres, mas, em vez de generalizarem seu ódio, correm atrás da mais próxima. Uma lhes sorri e já estacam. Como se humilham, adiando projetos, abrindo as pernas, desperdiçando tempo, regateando minúsculos prazeres! Tiram o chapéu tão profundamente que tolhem a vista e a respiração do observador. Se ele cai ao chão, uma mão se curva sobre ela, seguida por uma fisionomia risonha. Dois segundos antes, esta ainda estava séria. A respectiva fêmea conseguiu privar um homem de sua seriedade. As mulheres instalam sua armadilha bem na frente do olho mágico para que um terceiro as admire, até mesmo nos seus segredos.

Kien, porém, não as admira. Bem poderia não vê-las, sabe Deus que isso não lhe custaria nenhum esforço, seria apenas uma questão de querer. Ignorar coisas desinteressantes é coisa que qualquer pesquisador tem no sangue. A ciência é a arte de ignorar. Por um motivo muito natural, ele não emprega essa sua arte. As mulheres são analfabetas, insuportáveis, tolas, um contínuo aborrecimento. Como o mundo seria rico sem elas, um imenso laboratório, uma biblioteca abarrotada, um paraíso de trabalho intenso, de dia e de noite! Mas a justiça obriga a dizer uma coisa a favor das mulheres: elas vestem saias, sim, mas nenhuma é azul. De todas quantas Kien enxerga, nenhuma das mulheres do edifício desperta a recordação de uma determinada, que outrora deslizava pelo vestíbulo, para finalmente, embora muito tarde, morrer de uma morte miserável, vitimada pela fome.

Por volta de uma hora, surgiu Benedikt Pfaff, exigindo dinheiro para um almoço. Explicou que teria de buscá-lo num restaurante e não possuía um vintém. O Estado pagava a aposentadoria no dia primeiro e não no fim de cada mês. Kien solicitou que o deixasse em paz. Os dias que ele passaria no térreo iam ser preciosos e contados. Em breve se mudaria para o apartamento de cima, mas antes desejava concluir um trabalho científico junto ao olho mágico. Expôs que planejava uma *Caracterologia das calças*, inclusive um apêndice sobre os calçados. Terminou dizendo que não tinha tempo para comer, talvez amanhã.

– Mas como? – urrou o zelador. – Isto não se faz, professor. Exorto-o no seu próprio interesse a me dar o dinheiro. Nessa situação tão interessante, um homem pode morrer de fome. Quem se preocupa com o senhor sou eu.

Kien levantou-se e lançou um olhar indagador às calças do indivíduo importuno. – E eu lhe peço que abandone imediatamente *meu*... lugar de trabalho! – Enfatizou a palavra "meu", intercalando depois dela uma pequena pausa. Em seguida, pronunciou "lugar de trabalho" à maneira de um insulto.

Pfaff arregalou os olhos. Sentia comichão nos punhos. Para não desferir golpes imediatamente, esfregou-os energicamente no nariz. Será que o professor ficou maluco? *Seu* lugar de trabalho? O que é que se deve fazer agora, para começar? Quebrar-lhe as pernas, afundar-lhe o crânio, esmigalhar-lhe o cérebro ou aplicar-lhe, para começar, um murro na barriga? Ou talvez carregá-lo para cima, para entregá-lo à mulher? Lá ele poderá divertir-se. "Vou trancafiar esse assassino na privada", dissera ela. Que tal se o jogasse na rua? Ou se desmanchasse o muro, para encarcerá-lo na peça dos fundos, lá onde desaparecera o coração da saudosa filha?

Nada disso se realizou. Por ordem de Pfaff, Therese tinha cozinhado uma refeição, que já aguardava, toda pronta, ali em cima e da qual o zelador devia obter algum lucro, custasse o que custasse, nem que fosse a mais saborosa desforra. Ele teria querido tornar-se dono de um restaurante, tanto ou mais do que atleta de circo. Depois de tirar do bolso um pequeno cadeado, afastou Kien com um dedo, inclinou-se e fechou a tampa.

– O buraco é meu! – berrou. Mais uma vez os punhos intumesciam. – Psiu! – ordenou-lhes, furiosamente. Decepcionados, enfiaram-se nos bolsos, onde permaneceram em alerta. Sentiam-se melindrados. Resmungando, roçavam seu pelo no forro.

"Que calças", pensou Kien. "Que calças!" No curso das observações feitas na parte da manhã, uma única profissão lhe tinha faltado, a do homicida. À sua frente havia um homem – o mesmo que acabava de tapar friamente o instrumento indispensável às pesquisas –, um homem que trajava as calças típicas, apropriadas a um homicida: surradas, com traços avermelhados de sangue desbotado, mantidas a partir de dentro num movimento repelente, viscosas e puídas, grossas, escuras, asquerosas. Se os animais usassem calças, as reduziriam a esse mesmo estado.

– A comida foi encomendada! – rosnou a fera. – O que foi encomendado deve ser pago! – Com um assobio, Pfaff chamou um punho, abriu-o a contragosto do mesmo e estendeu a Kien a palma da mão. – Não vou pagar o pato, professor. O senhor não me conhece. Não admito calotes. Exorto-o pela última vez! Pense na sua saúde! Que será do senhor?

Kien não se mexeu.

– Nesse caso, é preciso que eu o pegue! – arrastou-o e disse: – Esse esqueleto miserável! Atirou-o na cama e perscrutou-lhe todos os bolsos. Contou cuidadosamente o dinheiro que encontrou. Guardou o que lhe cabia por uma refeição, nenhum tostão a mais. Qualificou-se de boa alma por causa da sua honestidade e ameaçou: – Vou mandar entregar a comida, sim, senhor! Não merece a minha companhia! É a ingratidão em pessoa! A um homem como o senhor deveriam raspar a cabeça! Aviso: meu buraco fica fechado. É justo que seja assim. Todas essas calças transformam o senhor num criminoso. Preciso prestar atenção. Se se comportar corretamente, reabrirei o buraco amanhã, por gentileza e compaixão. Conheço essas coisas. Fique bonzinho! Às quatro receberá um café e às sete haverá uma janta modesta, que o senhor deve pagar na hora. Ou talvez seja melhor pagá-la logo!

Kien mal se pusera de pé, foi prostrado novamente. A fim de liquidar de uma vez todas as formalidades, Pfaff fez a conta de quanto custaria uma semana de alimentação. Para um policial, entendia bastante bem de cálculos. Na terceira tentativa, a soma pareceu certa, pois era muito elevada. Depois de apossar-se dela, escreveu embaixo da conta: "Agradecendo, acusa o recebimento Benedikt Pfaff, alto funcionário aposentado". Colocou o pedaço de papel sob o travesseiro cuidadosamente, porque o tocara com as próprias mãos. Só após ter feito isso, escarrou no chão, manifestando dessa forma a decepção que lhe causara o professor e também a de seus punhos, por causa de sua inatividade. Em seguida saiu. A porta permanecia intacta, mas ele a fechou por fora.

Outra fechadura interessava Kien muito mais. Puxou com força a tampa do olho mágico. Afrouxou-a um pouco. No entanto, era impossível abri-la. Devassou o quartinho à procura de chaves. Talvez houvesse uma que servisse. O chão embaixo da cama estava vazio. Kien arrombou o armário. Nele se encontravam peças de velhas fardas, um trompete, luvas de boxe nunca usadas, um pacote firmemente amarrado com roupas íntimas de mulher, limpinhas e passadas a ferro, um revólver da polícia, munições e fotografias, que ele olhou mais por ódio do que por curiosidade. Numa delas estava sentado um pai, de pernas escancaradas, mantendo a mão direita no ombro de uma mulher magrinha, como se quisesse prendê-la, e estreitando com a esquerda uma criancinha de no máximo três anos, que adejava timidamente acima de seus joelhos. No verso lia-se em letras garrafais: "O Gato Ruivo com a mulher e a filha". Nesse momento Kien se lembrou do tempo que o zelador tinha vivido ao lado da esposa, antes da morte dela. Essa fotografia ainda o mostrava em pleno matrimônio. Com malicioso prazer Kien riscou a palavra "gato", substituiu-a por "homicida", colocou a fotografia em cima das peças de farda que, a julgar pela sua posição, eram usadas frequentemente, e fechou a porta do armário.

Uma chave! Uma chave! Quanto não daria por uma chave! Era como se lhe houvessem passado fios por todos os poros de sua pele;

era como se, torcendo-os, tivessem feito uma corda; era como se essa coisa resistente, sólida, incômoda, se estendesse através do olho mágico até o vestíbulo, onde todo um regimento de calças lhe desse puxões. "Já vou, já vou!", gemia Kien. "Não me deixam!" Desesperado, atirou-se sobre a cama. Recapitulou o que ocorrera. Homens e mais homens desfilavam diante dele. Obrigou-os a voltarem. Não lhes perdoando a subserviência às mulheres, lançou-lhes na cara uma série de acusações suplementares. Havia ainda tanta coisa que estudar e ponderar. Bastaria que o espírito se conservasse ocupado. Kien pôs à frente dos portões de seu espírito quatro guardiães do paraíso japonês, poderosos monstros, de ferozes e terríveis esgares. Eles devem conhecer aquilo que não tem direito de entrar. Fica permitido apenas aquilo que favorece a segurança dos pensamentos.

Uma revisão de numerosas teorias altamente apreciadas torna-se inevitável. Também a ciência tem seus pontos fracos. O alicerce de todo saber genuíno é a dúvida. Isso já foi comprovado por Descartes. Por que, para darmos um exemplo, fala a física de três cores fundamentais? Ninguém negará a importância do vermelho. Milhares de provas falam a favor do papel essencial que lhe cabe. Em detrimento do amarelo se poderia argumentar que, no espectro solar, ele confina com o verde. O verde, porém, que, segundo dizem, resulta de uma mescla entre o amarelo e uma cor inominável, deve ser observado com grande cautela, ainda que lhe seja atribuído um efeito benéfico sobre os olhos. Melhor seria se invertêssemos a argumentação. É impossível que aquilo que faz bem aos olhos seja constituído de componentes dos quais um é a coisa mais danosa, mais feia, mais absurda que se pode imaginar. O verde não contém nenhum azul. Pronunciemos tranquilamente essa palavra. É apenas uma palavra e nada mais, sobretudo não é nenhuma cor fundamental. Evidentemente esconde-se em alguma parte do espectro um mistério, um elemento que desconhecemos e que, ao lado do amarelo, participa da criação do verde. Os físicos têm o dever de procurá-lo, embora tenham incumbências mais importantes. Todo santo dia eles inundam o mundo de novos raios, que provêm, todos eles, da gama do espectro invisível. Quanto aos enigmas da nossa verdadeira luz, eles encontraram uma solução estereotipada. Afirmam que a terceira cor fundamental, aquela que nos falta e que só conhecemos pelos seus efeitos, não porém quanto à sua essência, é o azul. Apossam-se de uma palavra, ligam-na a um enigma, e obtêm assim a solução dele. Para que ninguém perceba o embuste, escolhem uma palavra pornográfica, universalmente abominada, já que os homens relutam, por motivos compreensíveis, em estudá-la sobre o microscópio. Diz-se que ela fede e tenta-se manter longe de tudo quanto tenha aparência do azul. Os homens são covardes. Onde quer que se trate de chegar a uma decisão, preferem negociar dezenas de vezes, na esperança de eliminá-la por meio de mentiras. Assim se explica que até nossos dias acreditem mais firmemente na existência de uma cor quimérica do que na de Deus. O azul não existe. O azul é uma invenção da física. Se o azul existisse, seria a cor dos cabelos dos autênticos homicidas. Como se apelida o zelador? É ele por acaso o Gato Azul? Pelo contrário. É ruivo!

Aos argumentos lógicos contra a existência do azul juntam-se outros empíricos. Fechando os olhos, empenha-se Kien com todas as suas forças em obter uma imagem que a opinião geral qualificasse de azul. Contempla o mar. Uma luz agradável é irradiada por este, aparecem cimos de árvores que o vento agita. Não é de admirar que poetas postados nas alturas de um mirante comparem sempre os bosques com o mar. Não podem abrir mão de certos símiles, e isso por razões profundas. Os poetas têm índole sensitiva. Veem o bosque. Este é verde. No íntimo deles desperta outra imagem igualmente imensa, igualmente verde: o mar. O mar é, portanto, verde. Acima dele há a abóbada de um céu cheio de nuvens. São pretas, pesadas. Aproxima-se um temporal que hesita em descarregar. Em parte alguma o céu é azul. O dia escoa-se. Como se precipitam as horas! Por quê? Quem as persegue? Antes do anoitecer alguém deseja avistar o céu com sua maldita cor. Ela é produto de mentiras. Pela tardinha desfazem-se as nuvens. Um vermelho berrante irrompe através delas. Onde fica o azul? Em toda parte ardem fogos vermelhos, vermelhos, vermelhos! Depois vem a noite. Mais um engodo desmascarado. Ninguém manifestou dúvidas acerca do vermelho.

Kien dá uma risada. Tudo lhe sai às mil maravilhas, tudo quanto enfrenta se submete a seus argumentos. A ele, a bondosa ciência propicia sucesso, até no sono. É bem verdade que ele não está dormindo. Apenas finge fazê-lo. Se os abrisse, os olhos reparariam no buraco fechado a chave. Kien quer evitar desgostos inúteis. Despreza o homicida. Quando este lhe conceder novamente o lugar de destaque, retirando o cadeado e desculpando-se por seu comportamento insolente, Kien reabrirá os olhos, mas nem um só segundo antes.

– Com licença, assassino! – interrompe-o certa voz.

– Silêncio! – ordena ele. Na sua preocupação com a cor azul, negligenciou determinada voz. Há de exterminá-la, da mesma forma que a saia irrevogavelmente condenada. Cerrando os olhos ainda mais firmemente que antes, repete a ordem: – Silêncio!

– Com licença, aqui está a comida.

– Bobagem. Quem vai mandar a comida é o zelador – replica Kien, franzindo sarcasticamente os lábios.

– Ora, ele me mandou. Tive de vir. Acha que vim por minha própria vontade?

A voz soa indignada. Um pequeno ardil a fará calar.

– Não quero comer! – Satisfeito, esfrega os dedos. Saiu-se bem. Deu corda às tolices dela. Polemista temível que é, ele a fará recuar passo a passo.

– Quanto a mim deixo cair tudo no chão. É uma lástima, toda essa boa comida. Quem paga tudo isso? Ainda bem que não sou eu.

A voz ousa assumir inflexões impertinentes. Sente-se quase em casa nesse recinto. Comporta-se como se tivesse ressuscitado da vala comum. Um artista reajuntou os pedaços, um grande artista, um gênio, que entende de seu ofício e sabe insuflar nos cadáveres seus tons de outrora.

– Peço-lhe que não se acanhe em deixar cair a comida inexistente. Pois, meu caro cadáver, vou lhe dizer uma coisa desde já. Não tenho medo. Esses tempos pertencem ao passado. Arranco as mortalhas dos corpos dos fantasmas. Ainda não estou ouvindo a queda da comida. Será que o ruído me escapou? Tampouco vejo cacos. Ao que eu saiba, é costume usar pratos para comer. Dizem que louça é coisa frágil. Pode ser que me engane. Eu lhe aconselho que me conte agora uma história sobre porcelana inquebrável. Cadáveres são engenhosos. Estou aguardando! Estou aguardando! – Kien sorri sardonicamente, divertindo-se com sua ironia cruel.

– Claro, isso é fácil, ora essa! Olhos abertos enxergam. Qualquer um pode bancar o cego.

– Vou abrir os olhos e, se então eu não enxergar a senhora, deverá se afundar no chão de tanta vergonha. Até agora obedeci cortesmente às regras do jogo, levando-a meio a sério. Mas, quando eu perceber o que, em consideração à senhora, não tencionava ver, a saber, que a senhora fala sem se achar presente, estará tudo acabado. Vou arregalar os olhos de tal modo que a senhora ficará pasmada. Vou estender os dedos na direção onde se encontraria o seu rosto, se a senhora tivesse um rosto. Meus olhos custam a abrir. Estão fartos de não ver nada, mas, quando estiveram abertos, ai da senhora! O olhar que se prepara em mim não conhece sentimentos compassivos. Tenha ainda um pouco de paciência! Vou contar até dez, e minha cabeça está vazia. Será necessário que logo se derrame sangue? Somos seres civilizados. É a melhor solução para a senhora, acredite! Cumpre acrescentar que esse quartinho pertence a um homicida. Tenha cuidado. Quando ele voltar, vai trucidá-la.

– Eu não me deixo trucidar! – uiva a voz. – A primeira esposa, sim. A segunda, nunca!

Objetos pesados caem sobre Kien. Se alguma pessoa estivesse presente, poderia crer que se arremessassem contra o corpo dele peças de uma baixela. Mas Kien é um homem sabido. Não vê nada, apesar de manter os olhos fechados num estado que favorece alucinações. Sente cheiro de comida. O olfato atraiçoou-o. Nos seus ouvidos ecoam violentas invectivas. Não escuta com muita atenção. Mas em cada frase reaparece a palavra "assassino". As pálpebras de Kien defendem-se corajosamente. Ao redor dos olhos contraem-se firmemente todos os músculos. Coitadas das orelhas enfermas! Um líquido qualquer escorre sobre o seu peito.

– Eu me vou! – brada a voz e novamente alguém ouve todas as palavras. – E nunca mais lhe trago comida. Assassinos devem morrer de fome. Só assim as pessoas decentes continuam vivas. De qualquer modo, esse sujeito fica trancafiado. Que nojo, parece um animal. A cama está toda cheia de imundícies. Os inquilinos vão meter o nariz nessa história. O edifício inteiro diz: ele está louco. Eu digo que é um assassino. Pois então me vou. Não vale a pena se irritar. O quarto fede. A culpa não é minha. A comida estava boa. Lá atrás tem mais um quarto. Assassinos merecem ser encarcerados. Eu me vou!

Subitamente reina o silêncio. Outra pessoa se alegraria logo. Kien aguarda. Conta até sessenta. O silêncio continua. Ele recita para si mesmo um discurso de Buda, no páli do texto original. Não escolheu um dos mais longos; em compensação, não omite sílaba nenhuma e repete fielmente todos os trechos que devem ser repetidos. "Feito isso, abramos o olho esquerdo pela metade", diz bem baixinho, "já que tudo está calmo e só um covarde teria medo." O olho direito imita o outro. Ambos avistam um quartinho vazio. Na cama jazem vários pratos, uma bandeja e um talher, no chão, um copo quebrado. Ali se vê um pedaço de carne de vaca. O casaco está salpicado de espinafre. Uma sopa molhou-lhe o corpo até a pele. O cheiro de tudo isso é normal e real. Quem trouxe essas coisas? Ninguém esteve aqui, afinal. Kien encaminha-se à porta. Está trancada. Sacode-a. Em vão. Quem o trancou nesse quarto? O zelador, quando saiu. O espinafre nem sequer existe. Kien tira-o com água. Recolhe os cacos de vidro. Suas apreensões o ferem. Corre sangue. Deve-se duvidar do próprio sangue? A história relata as mais estranhas perturbações. Uma faca faz parte do talher. A fim de pô-la à prova, Kien amputa – ela está bem afiada e lhe causa imensa dor – o dedo mindinho da esquerda. Sai muito mais sangue ainda. Envolve a mão ferida numa toalha branca que pende da cama. Essa toalha é um guardanapo. Num canto Kien decifra seu próprio monograma. Como é que esse objeto chegou aqui? Parece que alguém lhe tirou um almoço completo através do teto, das paredes, da porta cerrada. As janelas estão intactas. Prova a carne. O gosto está certo. Kien sente-se mal, tem fome, come toda a porção. Retendo a respiração, enrijecido, trêmulo, nota que cada bocado desce pelo esôfago. Alguma pessoa deve ter entrado clandestinamente, enquanto ele estava deitado na cama de olhos fechados. Aguça os ouvidos. Para não perder nenhum som, levanta o dedo. Em seguida, olha o chão embaixo da cama e o interior do armário, sem descobrir ninguém. Sim, alguém esteve aqui, não disse palavra nenhuma e afastou-se logo, de susto. Os canários não deram voz de alarma. Para que se tem esses bichos? Ele nunca os tratou mal. Desde que mora aqui sempre os deixou em paz. Traíram-no. Faíscas cintilam diante dos olhos de Kien. Subitamente os canários põem-se a cantar. Ele os ameaça com o punho fechado. Olha em sua direção. Os pássaros são azuis. Tira-os da gaiola, um após outro, e lhes comprime as gargantas até sufocá-los. Extasiado, abre a janela para jogar os cadáveres na rua. O mindinho, o quinto cadáver, toma o mesmo rumo. Mal removeu Kien do quarto tudo o que era azul, as paredes põem-se a dançar. O movimento veemente dissolve-as em manchas azuis. São saias, murmura ele, escondendo-se sob a cama. Começa a duvidar de sua sanidade mental.

Um manicômio

Numa tarde de irritante calor, em fins de março, o célebre psiquiatra Georges Kien percorria as salas de seu estabelecimento parisiense. As janelas estavam abertas de par em par. Entre os enfermos travava-se um luta tenaz pelo espaço limitado nas proximidades das grades. Uma cabeça esbarra em outra. Não se poupavam insultos. Quase todos sofriam os efeitos do ar inquietante que haviam sorvido – alguns literalmente – e deglutido no decorrer do dia, durante as suas andanças pelo jardim. Todos se mostravam descontentes quando os enfermeiros os reconduziam aos dormitórios. Queriam mais ar. Ninguém admitia estar cansado. Até a hora de dormir tentavam obter junto às grades o que sobrasse da tardinha. Pensavam que nesse lugar estivessem ainda mais perto do ar que enchia os claros e altos recintos habitados por eles.

Nem sequer o professor, que adoravam porque era um homem belo e bondoso, os distraía de suas ocupações. Em outras ocasiões, quando se anunciava a chegada dele, juntava-se a maioria dos pacientes da respectiva sala para correrem ao seu encontro. Normalmente o contato com ele, quer os tocasse com a mão, quer lhes dirigisse a palavra, era disputado da mesma forma que nesse momento os lugares mais próximos das janelas. O ódio que muitos dentre eles sentiam contra o estabelecimento, no qual, segundo achavam, haviam sido aprisionados injustamente, jamais se descarregava no jovem professor. Fazia apenas dois anos que ele se tornara, também *de jure*, diretor da vasta instituição, que antes só chefiara de fato, como o anjo bom de um superior diabólico. Quem se julgasse maltratado ou realmente houvesse sido injustiçado, imputava a culpa ao predecessor todo-poderoso, a essa altura, todavia, já falecido.

Este defendera os ensinamentos da psiquiatria oficial com a obstinação de um louco. Considerava a verdadeira incumbência de sua vida aplicar o imenso material de que dispunha na corroboração da terminologia aceita. Casos que, segundo os seus critérios, fossem típicos não o deixavam dormir. Aferrava-se à infalibilidade do sistema e detestava céticos. Criaturas humanas, em especial os dementes ou os criminosos, eram-lhe indiferentes. Concedia-lhes certo direito de viverem, já que proporcionavam experiências à base das quais as autoridades edificavam a ciência. Ele mesmo era tal autoridade. Apesar de ser homem casmurro, taciturno, costumava proferir veementes discursos sobre os arquitetos da ciência, manifestando opiniões que Georges Kien, seu assistente, ouvia de pé, do princípio ao fim e do fim ao princípio, constrangido, fervendo de raiva e vergonha em face de tamanha estreiteza. Cada vez que uma opinião mais rigorosa se opunha a outra mais branda, o predecessor aderia à primeira. Aos pacientes que, por ocasião das visitas rotineiras, o importunavam, contando-lhe sempre as mesmas velhas histórias, costumava dizer: "Já sei". Ao conversar com a esposa, queixava-se amargamente da necessidade de lidar profissionalmente com irresponsáveis daquela laia. A ela revelava também os seus mais íntimos pensamentos sobre a essência das doenças mentais; pensamentos que, segundo afirmava, só não publicava porque eram por demais crus e simples para o sistema e, portanto, perigosos. "Loucos", discorria com grande ênfase, lançando à mulher olhares penetrantes, perspicazes, que a faziam corar, "loucos tornam-se precisamente aqueles homens que pensam única e continuamente em si. A insistência é a punição do egoísmo. Por isso se acumula nos hospícios a pior ralé do país. As prisões prestariam o mesmo serviço, mas a ciência necessita de manicômios como fontes de material de demonstração." Não dispunha de outro assunto para comunicar à esposa, que tinha trinta anos menos que ele e lhe embelezava o crepúsculo da vida. A primeira esposa abandonara-o antes que ele a internasse no seu próprio manicômio como uma egoísta incurável; coisa, aliás, que mais tarde conseguiu fazer com a segunda. A terceira, contra a qual ele não tinha más intenções que fossem além de seus ciúmes, amava Georges Kien.

A ela este devia sua rápida carreira. Era alto, forte, fogoso e cheio de si. Nas suas feições havia algo daquela suavidade de que as mulheres precisam para que se sintam à vontade nas relações com um homem. Quem o visse comparava-o com o Adão de Michelangelo. Ele sabia muito bem aliar a inteligência à elegância. Seus brilhantes talentos foram conduzidos a efeitos fulminantes graças à política de sua amante. Esta, quando teve a certeza de que ninguém a não ser Georges podia ser o sucessor de seu marido na chefia do estabelecimento, resolveu, em prol do bem-amado, recorrer ao uso de veneno, sem nada falar sobre o ato que ia cometer. Fez o que ventilara e preparara. Alcançou pleno êxito. O marido faleceu discretamente. Logo depois Georges foi nomeado diretor e casou-se com ela, em sinal de gratidão pelos serviços que ela lhe prestara anteriormente; do último destes ele nada suspeitava.

Na dura escola de seu predecessor, Georges chegou rapidamente a ser o oposto dele. Tratava os enfermos como se fossem seres humanos. Serenamente admitia que lhe contassem histórias que já ouvira milhares de vezes e, com relação a antiquíssimos perigos ou temores, demonstrava sempre nova surpresa. Ria e chorava com o paciente que em determinado momento o defrontasse. Seu expediente era característico. Três vezes – logo depois de levantar-se; no início da tarde; ao anoitecer – dava suas voltas pelo edifício, de modo que em nenhum dia deixasse de atender um só dos oitocentos internados. Um rapidíssimo olhar era suficiente. Onde quer que notasse uma leve alteração, uma fissura, uma possibilidade de insinuar-se pela alma alheia, aproveitava velozmente a oportunidade e levava o respectivo enfermo consigo à sua residência particular. Em vez de conduzi-lo a uma sala de espera, que não existia, encaminhava-o, por entre gentilezas habilmente inseridas, ao seu gabinete de trabalho, onde lhe oferecia o melhor lugar. Dessa forma conquistava com facilidade a confiança de pessoas que, diante de qualquer outro, escondiam-se atrás dos produtos de sua insânia. Os reis, ele os tratava submissamente de "Vossa Majestade". De mãos postas, ajoelhava-se perante os deuses. Só assim, as mais sublimes eminências dignavam-se lidar com ele e comunicar-lhe pormenores a respeito de si mesmas. Ele se tornava seu confidente exclusivo; a partir do momento em que o tinham reconhecido, mantinham-no a par de quaisquer modificações ocorridas em seus domínios e aceitavam as sugestões dele. Georges aconselhava-os com luminosa sagacidade, como se ele próprio tivesse os mesmos desejos. Nunca perdia de vista os desígnios e as crenças dos pacientes, protelando cautelosamente a sua realização, manifestando dúvidas quanto à sua própria competência, jamais se arvorando em autoridade no trato com eles, antes pelo contrário, comportando-se com tanta humildade que alguns, sorrindo, o encorajavam. Afinal de contas, diziam, era ele o seu ministro, o seu profeta, o seu apóstolo ou em alguns casos até o seu mordomo.

Com o tempo ele se transformou num grande ator. Os músculos de seu rosto, dotados de rara mobilidade, adaptavam-se no curso de um dia às mais diversas situações. Uma vez que cotidianamente ele convidava no mínimo três pacientes para sua casa – habitualmente, apesar da sua meticulosidade, eram ainda mais –, cabia-lhe representar com perfeição outros tantos papéis, sem incluir nesse número os acenos e as palavras fugidias e, todavia, significativas que tributava às centenas aos habitantes das salas no decorrer de suas visitas. No mundo científico discutia-se violentamente o seu modo de tratamento dos mais diversos casos de esquizofrenia. Se, por exemplo, um enfermo se comportava como se fosse duas pessoas que nada tivessem em comum ou se combatessem mutuamente, Georges Kien empregava um método que inicialmente a ele mesmo se afigurou perigoso: travava amizade com ambas as partes. O pressuposto desse jogo era a mais fanática pertinácia. A fim de explorar a natureza genuína das duas metades, apoiava cada uma delas com argumentos de cujos efeitos tirava conclusões. A partir das conclusões construía hipóteses. Em seguida inventava delicadas experiências para comprová-las. Feito isso passava à cura. Na sua própria consciência aproximava as partes separadas do paciente, tal como ele próprio as personificava, e ajuntava-as cautelosamente. Sentia então em que pontos podiam pôr-se de acordo e, por meio de impressivas e insinuantes imagens, dirigia a atenção de ambas as partes, uma após outra, para esses pontos, até que ela se fixasse neles e continuasse espontaneamente o processo de aglutinação. Crises repentinas, bruscos rompimentos, distanciamentos inopinados, em casos nos quais já houvera esperanças de uma união definitiva – tudo isso acontecia frequentemente e era inevitável. Não menos rara, porém, era a cura total. Georges atribuía os insucessos à sua superficialidade. Deixara de reparar em algum elo oculto; era um iniciante; não tomava seu trabalho bastante a sério; sacrificava seres vivos às suas convicções mortas; era igual ao seu predecessor... Em seguida, recomeçava tudo, com uma batelada de precauções e experiências. Pois acreditava firmemente no acerto de seu método.

Assim ele vivia simultaneamente num sem-número de mundos. Alicerçando-se nos loucos, evoluía, a ponto de tornar-se um dos espíritos mais completos da época. Aprendia deles mais do que lhes dava. Eles o enriqueciam com suas experiências excepcionais, ao passo que ele apenas os simplificava, devolvendo-lhes a saúde. Quanto engenho, quanta sagacidade encontrava em alguns deles! Eram as únicas personalidades autênticas, da mais perfeita unilateralidade, caracteres genuínos, de uma retilineidade e de uma força de vontade que Napoleão teria invejado. Georges conhecia em seu meio sátiros fascinantes, mais talentosos que qualquer poeta. Suas inspirações jamais se convertiam em letra morta, brotavam de corações que palpitavam fora das coisas reais e, como conquistadores estrangeiros, assaltavam-nos de repente. Os corsários são os melhores guias no caminho às riquezas de nosso mundo.

Desde que fazia parte de seus pacientes e se entregava inteiramente ao que eles plasmavam, Georges renunciou à leitura de livros de ficção. Em romances escrevia-se sempre a mesma coisa. Antes os lera com verdadeira paixão, tirando grande prazer de formas novas para frases velhas, que já lhe haviam parecido imutáveis, descoloridas, surradas e desprovidas de significado. Naqueles dias dera pouca importância à língua. Exigira dela correção acadêmica. Os melhores romances eram aqueles cujos personagens usassem um linguajar altamente culto. Quem conseguisse expressar-se tal como todos os demais escritores o tinham feito anteriormente, parecia-lhe um legítimo sucessor. A este caberia então a tarefa de transportar a acidentada, dolorosa, pungente multiplicidade da vida real para a superfície lisa de uma folha de papel, pela qual os olhos do leitor pudessem passar rápida e amenamente. Considerava a leitura como carícia, como outra forma do amor, para senhoras e seus médicos, cuja profissão requer a compreensão sutil das mais íntimas preferências literárias do sexo feminino! Nada de períodos complicados, nada de palavras desconhecidas! Quanto mais vezes se houvesse trilhado o percurso, mais diferençado se tornaria o prazer propiciado por ele. Toda a produção novelesca seria um imenso manual de boas maneiras. Pessoas letradas automaticamente ficariam bem-educadas. Sua participação na vida alheia se restringiria a felicitações e condolências.

Georges Kien começara sua carreira como ginecologista. Graças à sua juventude e à beleza de sua aparência pessoal, tivera vastíssima clientela. Naquele tempo, que durou apenas poucos anos, devorava romances franceses. Involuntariamente tratava as senhoras como se as amasse. Todas aprovavam o gosto dele e tiravam as consequências disso. Entre as macaquinhas alastrava-se a moda de estar doente. Georges aceitava tudo quanto lhe era oferecido e tinha dificuldades em acompanhar a progressão de suas conquistas. Rodeado por inúmeras mulheres prontas a servi-lo, mimado, rico, bem-criado, vivia à maneira do príncipe Gautama, antes de este converter-se em Buda. Não existia nenhum pai ou potentado que o isolasse cuidadosamente da miséria do mundo. Ele via velhice, morte, mendigos. Via tanto de tudo isso que acabava não reparando em mais nada. Mesmo assim estava isolado, só que em virtude dos livros que lia, das frases que pronunciava, das mulheres que o cercavam, formando um ávido e compacto muro.

Aos vinte e oito anos encontrou o caminho do exílio. Durante uma visita à corpulenta e maçante esposa de um banqueiro, que sempre adoecia quando o marido viajava, topou com o irmão do homem, um lunático inofensivo que a família, por razões de prestígio, mantinha preso em casa, já que, na opinião do banqueiro, até mesmo a internação numa clínica seria suscetível de abalar-lhe o crédito. Dois quartos de seu ridículo palacete ficavam reservados ao irmão, que ali exercia seu domínio sobre uma enfermeira. Era uma viúva ainda moça, três vezes entregue e vendida a ele. Não devia deixá-lo um instante sozinho; tinha de fazer tudo o que ele quisesse; perante o mundo devia fingir ser sua secretária, uma vez que a família alegava tratar-se de um artista excêntrico e misantropo, que clandestinamente trabalhava numa obra gigantesca. Era tudo o que, como médico particular da madame, Georges sabia.

Para proteger-se contra as exuberantes gentilezas dela, pediu-lhe Georges que lhe mostrasse os tesouros de arte do palacete. Lerda e conformada, levantou-se da cama. Esperava que os quadros de lindas mulheres desnudas – o único gênero que o marido colecionava – se transformassem em pontes que lhe permitissem alcançar o médico. Manifestou seu entusiasmo por Rubens e Renoir. "Nessas mulheres", disse repetindo a frase preferida do marido, "pulsa o Oriente." Outrora o banqueiro dedicara-se ao comércio de tapetes e desde então considerava qualquer opulência na arte uma consequência do espírito oriental. Madame observava o dr. Georges cheia de aflição. Chamava-o pelo prenome, afirmando que ele poderia ser "seu irmão caçula". Onde quer que se fixassem os olhos dele, detinham-se os dela também. Depois de pouco tempo, julgava ter descoberto o que ele desejava. "O senhor está sofrendo", disse em tom teatral, baixando o olhar sobre o próprio peito. O dr. Georges não a entendia. Era muito sensível. "A obra-prima da coleção encontra-se no quarto de meu cunhado. Ele não faz mal a ninguém." Ela esperava melhor êxito daquela tela realmente obscena. Desde que pessoas distintas frequentavam seu lar, o marido, apesar de berrar que ele e só ele era o dono da casa, vira-se forçado pelas circunstâncias a separar-se desse quadro, ao qual pertencia toda a sua paixão, o primeiro que conseguira adquirir por preço baixo – por princípio comprava barato e pagava à vista –, e a relegá-lo aos aposentos do irmão. O dr. Kien não demonstrava muito interesse em travar contato com o louco. Pensava encontrar uma edição imbecil do próprio banqueiro. Madame asseverou que aquele quadro valia mais que todos os outros juntos. Referia-se ao valor artístico, mas, na sua boca, a palavra assumia um significado inequívoco, que, como todo o resto, provinha do marido. Finalmente ela tomou o braço do doutor, que a seguiu obedientemente, porquanto achava que as intimidades dela seriam menos ofensivas quando caminhassem do que quando ficassem parados.

A porta que conduzia à habitação do cunhado estava fechada. O dr. Georges tocou a campainha. Ouviram-se passos pesados e arrastados. Em seguida fez-se um silêncio sepulcral. Atrás de uma janelinha apareceu um olho negro. Madame pôs um dedo sobre a boca e esboçou um sorriso carinhoso. O olho conservava-se imóvel. Ambos aguardaram pacientemente. O médico arrependia-se de sua cortesia, lastimando a perda de tempo. De repente abriu-se a porta sem nenhum ruído. Um gorila em trajes humanos avançou. Estendeu os braços compridos e, deitando-os nos ombros do médico, cumprimentou-o num idioma estranho. Não prestou atenção à mulher. As visitas entraram com ele. O gorila pediu que se sentassem a uma mesa redonda. Seus gestos, embora rudes, eram compreensíveis e convidativos. O médico quebrava a cabeça, procurando descobrir a origem daquela língua. Parecia-lhe mais provável que se tratasse de algum dialeto africano. O gorila foi buscar sua secretária. Esta se achava escassamente vestida e visivelmente embaraçada. Depois de ela tomar assento, seu amo apontou para o quadro pendurado na parede. Deu-lhe uma sonora palmada nas costas. Impudicamente ela se achegou a ele. Sua timidez desapareceu. A tela mostrava a cópula de um par de criaturas simiescas. A dama ergueu-se, a fim de contemplá-lo de diversas distâncias e de todos os ângulos possíveis. O gorila atinha-se ao visitante masculino. Evidentemente queria explicar muita coisa. Para Georges cada palavra era inaudita. Ele compreendia uma única coisa, a saber, que o par sentado à mesa tinha forte afinidade com o par do quadro. A secretária entendia seu amo. Respondia-lhe, proferindo palavras semelhantes. Ele extraía as suas de esferas mais profundas, e atrás delas escondiam-se paixões. De vez em quando ela intercalava uma palavra francesa, talvez para indicar aos outros o que desejava comunicar.

– A senhora não fala francês? – perguntou Georges.

– Naturalmente, senhor – respondeu ela enfaticamente. – O que está pensando de mim? Sou parisiense. – Fez jorrar em cima dele uma torrente de frases apressadas, mal pronunciadas e totalmente incoerentes, como se já tivesse desaprendido o idioma. O gorila invectivou-a violentamente, e ela calou-se. Colocou-lhe a mão no peito e ele se pôs a chorar como uma criancinha. – Ele detesta o francês – segredou a moça ao visitante. – Há anos que trabalha na elaboração de uma língua própria. Ainda não a terminou inteiramente.

Madame prosseguia obstinadamente na contemplação do quadro. Georges mostrava-se-lhe grato por isso. Qualquer frase que ela dissesse o teria levado a abandonar sua cortesia. Ele mesmo não encontrava palavras. Ah, se o gorila voltasse a falar! Diante desse único desejo, sumiam todos os pensamentos sobre escassez de tempo, compromissos, mulheres, triunfos, como se ele tivesse procurado, desde a sua mais tenra infância, um homem ou um gorila que possuísse uma língua toda sua. O pranto lhe interessava menos. Subitamente se levantou e saudou o gorila com uma profunda e reverenciosa mesura. Embora evitasse os sons franceses, expressava pela sua fisionomia o mais elevado respeito. A secretária acolheu com um aceno gentil tamanho apreço demonstrado a seu amo. O gorila parou de chorar. Recaindo em seu idioma, abandonou-se à sua antiga brutalidade. A cada sílaba que ele emitia impetuosamente, correspondia determinado movimento. Quando tratava de objetos, as designações pareciam mudar continuamente. Centenas de vezes ele se referiu ao quadro e a cada instante dava-lhe outro nome. As denominações dependiam do gesto com o qual apontava para a tela. Produzida e acompanhada pelo corpo inteiro, a fala nunca soava indiferente. Quando o gorila ria, abria os braços vastamente. Dava a impressão de ter a testa na parte traseira da cabeça. Ali os cabelos tinham desaparecido, como se ele, nas horas de suas atividades criadoras, esfregasse ininterruptamente o crânio.

O gorila levantou-se de um pulo e com furioso ardor atirou-se ao chão. Georges percebeu que o chão estava coberto de uma espessa camada de terra. A secretária puxou-o pelo casaco, mas a criatura que jazia ali era muito pesada para ela. Implorou ao visitante que a acudisse. Afirmou estar com ciúmes, com muitos ciúmes. Juntos conseguiram erguer o gorila. Tão logo se viu sentado, este começou a contar o que lhe acontecera lá embaixo. Em algumas palavras imponentes, que foram lançadas no recinto quais árvores cortadas, mas ainda vivas, Georges ouviu uma mítica aventura amorosa, que o abalou e causou nele graves dúvidas quanto à sua própria personalidade. Via-se como um percevejo ao lado de um ser humano. Perguntava a si mesmo como podia entender o que provinha de abismos milhares de metros mais profundos do que jamais ousara sondar. Que arrogância, sentar-se à mesa com tal criatura, fingindo-se bem-comportado e superior, apesar de ter todos os poros da alma entupidos de banha, banha diariamente renovada, ele, um meio-homem para todos os fins, sem a coragem de ser, porque no nosso mundo ser significa ser de outro modo, um clichê de si mesmo, um manequim de alfaiate, ao qual se deu corda, pondo-o, conforme os caprichos do acaso, em movimento ou em estado de imobilidade; justamente conforme o acaso, sem o menor domínio, nenhuma centelha de poder, repetindo, qual realejo, sempre as mesmas frases entendidas sempre à mesma distância. Pois onde vive o homem normal, capaz de modificar, determinar, plasmar o próximo? As mulheres que assediavam Georges com seu amor e que dariam sua vida para ele, especialmente no momento em que ele as abraçava, seriam depois exatamente os mesmos seres que eram antes, bichinhos com uma bem cuidada e lisa epiderme, preocupadas com os cosméticos ou os machos. Essa secretária, porém, por si mesma uma mulher comum, nada diferente de tantas outras, tornou-se sob a poderosa vontade do gorila uma criatura *sui generis*, mais forte, mais apaixonada, mais dedicada. Enquanto ele canta suas aventuras vividas com a terra, ela fica irrequieta. Na narrativa dele, intercala olhares ciumentos e comentários. Impotente, mexe-se na cadeira, beliscando-o, sorrindo, esticando-lhe a língua, sem que ele lhe preste atenção.

Madame já não acha no quadro suficiente prazer. Obriga Georges a levantar-se. Para seu maior espanto, o médico despede-se do cunhado, como se este fosse Creso, e da secretária, como se ela tivesse no bolso a certidão de casamento com Creso. "Ele vive à custa de meu marido", diz madame ao saírem. Ela detesta opiniões falsas e silencia a respeito da parte da herança assim defraudada. O sensível doutor pede-lhe que lhe dê licença para tratar do demente, por interesse científico, para sua distração particular, que obviamente não trará nenhum ônus ao marido. Ela o entende mal e concorda sob uma condição: faz questão de estar presente durante o atendimento. Ouvindo passos – talvez o esposo acabe de retornar –, acrescenta rapidamente: "Doutor, os seus planos me deixam muito curiosa".

Georges aceita incluí-la no pacto. Como uma relíquia de sua vida anterior, leva-a consigo à nova.

Durante alguns meses ele apareceu todos os dias. De visita em visita crescia a admiração que tributava ao gorila. Com imenso esforço aprendeu o idioma dele. A secretária só o auxiliava muito pouco. Nas numerosas ocasiões em que voltava ao seu francês, tinha a impressão de ser repudiada. Julgava merecer um castigo por ter traído o homem ao qual se apegava incondicionalmente. A fim de conservar o gorila bem-disposto, Georges renunciou ao emprego suplementar de qualquer outro idioma. Procedia à maneira de uma criança que também aprende junto com as palavras as relações existentes entre as coisas. No seu caso as relações eram o essencial. Ambos os quartos e aquilo que continham dissolviam-se num campo magnético de paixões. Os objetos – nesse ponto confirmava-se a primeira impressão – não possuíam nomes especiais. Eram denominados segundo a disposição momentânea na qual flutuavam. Sua aparência mudava constantemente aos olhos do gorila, que levava uma vida selvagem, tensa, tempestuosa. A vida dele transferia-se aos objetos. Eles participavam ativamente dessa vida. Os dois quartos, ele os povoava de um universo inteiro. Criava o que necessitava e, após os seus seis dias de criação, estabelecia sua própria ordem: em vez de descansar, doava uma língua à sua criação. Tudo o que o rodeava tinha nele a sua origem. Pois a mobília que ele encontrara no início e os trastes que aos poucos tinham sido transportados para ali mostravam, havia muito, os vestígios de suas ações. Tratava com complacência o estranho que subitamente aterrissara em seu planeta. Perdoava ao visitante ocasionais recaídas no idioma pertencente a uma época superada, esmaecida, já que ele próprio, numa fase anterior, fizera parte do gênero humano. Além disso, percebia provavelmente os progressos feitos pelo estranho. No começo este significava para ele menos que sua sombra; com o tempo, porém, chegou a ser seu igual e seu amigo.

Georges era bastante erudito para publicar uma monografia sobre o idioma desse demente, o qual projetava nova luz sobre a psicologia dos sons. Um gorila resolvia problemas violentamente discutidos nas rodas dos cientistas. A amizade com ele proporcionava a glória a um jovem médico que antes conhecera apenas o sucesso. Para demonstrar sua gratidão, Georges deixou o gorila no lugar onde este se sentia bem. Rejeitou a ideia de uma tentativa de cura. Após ter conseguido dominar a língua dele, considerou-se capaz de efetuar a reconversão de um gorila no irmão logrado de um banqueiro. Mas, evitando um crime que lhe era sugerido unicamente pela sensação de um poder obtido de um dia para outro, deu o passo para a psiquiatria, induzido pela admiração que lhe causava a grandiosidade dos loucos. Imaginava-os afins com seu amigo e propunha-se firmemente a aprender com eles sem curar nenhum. Estava farto da literatura novelesca.

Mais tarde, quando revolvia centenas de experiências, tornou-se apto a distinguir entre loucos e loucos. Em geral seu entusiasmo conservava-se vivo. Cada novo paciente despertava nele a fervorosa simpatia por pessoas que se tivessem suficientemente distanciado dos demais homens para serem tomadas por insanas. Algumas dentre elas lhe feriam o afeto muito vulnerável, sobretudo aqueles caracteres fracos que, cambaleando de um acesso a outro, almejavam os intervalos lúcidos, à maneira dos judeus que lastimavam as panelas de carne do Egito. Prestando-lhes esse serviço, reconduzia-os ao Egito. Os caminhos que descobria para realizar isso eram certamente tão milagrosos como os que o Senhor empregara no êxodo de Seu povo. Contra a vontade de Georges, os métodos que ele recomendava para casos estritamente selecionados foram empregados também com relação a outros, nos quais ele, cheio de respeito e devoção ao seu gorila, teria preferido não mexer nunca. Tudo o que acabava de sugerir espalhava-se. O diretor da clínica na qual Georges trabalhava como seu assistente regozijava-se da sensação que sua escola ainda provocava no mundo. Já era hábito considerar concluída sua contribuição à ciência. Vejam só que lindas flores brotavam dela graças a um discípulo!

Quando Georges andava pelas ruas de Paris, acontecia às vezes encontrar um de seus pacientes curados. Era abraçado e quase derrubado, como se fosse o dono de um cão grande que retornasse ao lar depois de longa ausência. Atrás de perguntas cordiais ele escondia uma vaga esperança. Ao falar de saúde, profissão, planos para o futuro, permanecia na expectativa de ouvir frases tais como: "Naquela época tudo era melhor!" ou "Como ficou vazia e estúpida a vida que levo agora!", "Gostaria de ficar doente outra vez!", "Por que me curou?", "Os homens nem sabem quantas maravilhas existem em suas cabeças", "Sanidade mental nada mais é que embotamento", "Deveriam fechar a sua clínica. O senhor me privou do que eu possuía de mais precioso", "Só o aprecio como amigo. Sua profissão é um crime contra a humanidade", "Não tem vergonha, seu medicastro de almas?", "Devolva-me minha doença!", "Vou processar o senhor!", "Curado rima com liquidado!".

Em vez disso choviam cumprimentos e convites. As pessoas pareciam gordas, sadias, normais. Sua fala não se distinguia absolutamente da do mais próximo transeunte. Elas trabalhavam no comércio ou ficavam sentadas atrás de um guichê. Na melhor das hipóteses manobravam alguma máquina. No tempo em que Georges ainda chamava esses homens de amigos ou hóspedes, eles se angustiavam por causa de uma monstruosa culpa, que devessem expiar por todos os demais, ou pela sua pequenez, ridiculamente desproporcional ao tamanho dos homens comuns, ou pela ideia fixa de terem de conquistar o mundo, ou ainda pela morte que, depois da cura, novamente lhes parecia perfeitamente natural. Seus mistérios tinham-se apagado. Pessoas que antes haviam vivido em função de mistérios, viviam agora em prol de questões havia muito resolvidas. Georges sentia-se envergonhado, sem que ninguém o tivesse repreendido. Os parentes dos enfermos idolatravam-no, fiando-se em milagres. Até em casos nos quais comprovadamente existiam lesões físicas, acreditavam que de alguma forma ele conseguiria a cura. Os colegas da sua especialidade admiravam-no e olhavam-no com inveja. As ideias dele os fascinavam imediatamente, pois que eram simples e concludentes como todas as grandes ideias. Inexplicável que ninguém as tivesse encontrado antes dele! Todos se apressavam em apanhar alguns pedacinhos de sua fama, tornando-se seus partidários e aplicando seus métodos aos mais diversos casos. Não havia dúvida de que ele receberia o prêmio Nobel. Seu nome já teria sido proposto, mas, devido à sua pouca idade, parecia mais indicado aguardar ainda alguns anos.

Desse modo Georges tinha caído na armadilha de sua nova profissão. Levado por uma sensação de pobreza, metera-se nela, com a mais profunda reverência aos abismos e cumes que pesquisava. E pouco tempo depois assumira a posição de um salvador rodeado de oitocentos amigos – e que amigos! –, os respectivos habitantes do manicômio, e venerado por milhares de pessoas cujos entes queridos haviam renascido graças a ele. Pois, sem a existência de tais entes queridos, que se possam amar e torturar, ninguém acha a vida digna de ser vivida.

Três vezes por dia, quando ele circulava pelas salas, recebia ovações. Acostumara-se a elas. Quanto mais entusiasticamente os pacientes acorriam, mais seguramente lhe vinham as palavras e as expressões fisionômicas apropriadas. Os enfermos eram seu público. Já antes de entrar no primeiro pavilhão, ouvia o vozerio habitual. Mal um enfermo o avistava pela janela, os ruídos faziam-se mais ordenados e ganhavam uma direção precisa. Era a modificação que ele esperava. Era como se todos subitamente começassem a bater palmas. Georges sorria involuntariamente. Inúmeros papéis se haviam tornado sua segunda natureza. Seu espírito ansiava pelas metamorfoses ditadas pelo momento. Seguia-o uma boa dúzia de assistentes que queriam instruir-se. Alguns eram mais velhos que ele, e a maioria já trabalhava na profissão havia muito tempo. Para eles a psiquiatria era uma especialidade da medicina, e consideravam-se funcionários encarregados de loucos. Tinham assimilado, com assiduidade e esperança, tudo quanto fazia parte da matéria. Às vezes até fingiam concordar com as loucas afirmações dos pacientes, tal como recomendavam os manuais que eram a fonte de seus conhecimentos. Do primeiro ao último, todos detestavam o jovem diretor que diariamente lhes gravava na memória que eram servidores e não beneficiários dos enfermos.

– Vejam, senhores – dizia-lhes, por exemplo, quando se encontrava a sós com eles. – Somos apenas uns coitadinhos simplórios, uns burgueses tristes, obstinados, em confronto com este paranoico genial. Possuímos as experiências de outras pessoas; ele está possesso pelas próprias. Totalmente sozinho, qual a Terra, vaga por seu universo. Tem realmente o direito de sentir medo. Emprega mais sagacidade para explicar e proteger sua órbita do que nós todos juntos precisamos investir nas nossas. Crê nas ilusões criadas por seus sentidos. Nós desconfiamos de nossos sentidos sadios. Os poucos crentes entre nós agarram-se a experiências que outras pessoas, milhares de anos atrás, colheram para eles. Necessitamos de visões, revelações, vozes – de fulminantes aproximações a coisas ou homens –, e, se não as achamos em nós, nós as procuramos na tradição. Em virtude de nossa própria pobreza, tornamo-nos crentes, e quem for ainda mais pobre renuncia até a isso. E este paranoico? Ele é Alá, o Profeta e o muçulmano, tudo numa única pessoa. Será que um milagre deixa de ser milagre quando o rotulamos de paranoia crônica? Conservamo-nos sentados na nossa obtusa inteligência como abutres em seu dinheiro. A inteligência, tal como a entendemos, é um mal-entendido. Se é que existe uma vida de pura espiritualidade, deve ser a vida que esse demente leva.

Os assistentes escutavam-no com fingido interesse. Quando sua carreira estava em jogo, não desprezavam a hipocrisia. Contudo, muito mais importantes que os comentários gerais do diretor, a cujo respeito zombavam clandestinamente, pareciam-lhes os métodos especiais dele. Não esqueciam nenhuma das palavras que Georges, sob o efeito de uma luminosa inspiração momentânea, dirigia a um paciente, e aplicavam-nas, por sua vez, na firme convicção de que dessa forma obteriam os mesmos resultados que ele.

Um ancião, que se achava no manicômio havia nove anos, de profissão ferreiro de aldeia, fora arruinado no seu trabalho pelo aumento do número de automóveis. Após umas poucas semanas de extrema indigência, a esposa, já não suportando a vida a seu lado, fugira em companhia de um sargento. Naquela manhã, quando ele, logo depois de acordar, pôs-se a lamentar a miséria comum, ela já não lhe respondeu. Tinha sumido. O marido percorreu toda a aldeia à cata dela. Convivera com ela vinte e três anos. A mulher era ainda criança quando viera morar em seu lar e ele se casara com a adolescente. Foi procurá-la na cidade vizinha. A conselho dos vizinhos perguntou no quartel pelo paradeiro do sargento Delboeuf, que ele não conhecia nem de vista. Disseram-lhe que este tinha desaparecido três dias antes. Talvez tivesse disparado para o estrangeiro, já que o aguardava uma punição rigorosa por causa da deserção. O ferreiro não encontrou a mulher em parte alguma. Passou a noite na cidade. Os vizinhos lhe haviam emprestado um pouco de dinheiro. Ele entrava em tudo que era boteco e, enfiando a cabeça sob as mesas, balbuciava: "Jeanne, você está aí?". Mas não a achava nem embaixo dos bancos. Sempre que se inclinava por cima do balcão, as pessoas gritavam: "Ele quer a caixa". E o puxavam para trás. Desde a sua infância todos o consideravam um homem honesto e, desde o dia de seu casamento, nunca batera na mulher. Ela sempre ria dele porque era vesgo do olho direito. Ele não se importava com o escárnio. De bondoso que era, limitava-se a dizer: "Você vai levar umas palmadas, tão certo como eu me chamar Jean".

Na cidade, o ferreiro contou a sua desgraça a toda gente, e todos lhe deram bons conselhos. Um sórdido sapateiro disse-lhe que ele devia dar graças a Deus. O ferreiro quase o matou. Mais tarde topou com um açougueiro. Este ajudou-o a procurar a mulher, porque gostava de caminhar à noite por causa de sua obesidade. Chamaram a polícia e farejaram as águas do rio, para verificar se nelas boiava um cadáver. Pela manhã acharam uma mulher, mas era de outrem. Tudo estava coberto de densas brumas. Jean, o ferreiro, chorou quando não a encontrou nesse local. O açougueiro chorou também, antes de vomitar no rio. Na madrugada seguinte, levou Jean consigo ao matadouro. Ali todos o conheciam e saudavam. Os terneiros mugiam; o ar cheirava a sangue de suínos; os porcos guinchavam, e Jean gritava ainda mais alto que eles: "Jeanne, você está aí?". Enquanto isso, o açougueiro berrava com tanta força que ninguém ouvia os terneiros: "Esse ferreiro aí é meu amigo. Trouxeram para cá a esposa dele! Onde está ela?". Os homens sacudiam as cabeças. "Então a mulher se perdeu", berrou o açougueiro, furioso. "Mataram ela!" Procurou-a entre os porcos pendurados numa fila comprida. "Já achei a porca!", bradou. Jean olhou-a de todos os lados. Farejou-a. Fazia muito que não comia chouriços, pelos quais se lambia todo. Mas, depois de saciar o olfato, disse: "Essa não é minha mulher". Ao ouvir isso, o açougueiro ficou bravo e praguejou: "Vá para o inferno, seu idiota!".

Jean manquejou rumo à estação ferroviária. A mulher era sua perna coxa. O dinheiro tinha sumido. O ferreiro lamentou-se: "Como é que vou voltar para casa?". Deitou-se nos trilhos. Em lugar de uma locomotiva, apareceu um indivíduo bondoso que o presenteou com um bilhete, só por causa da mulher. No trem verificaram que o bilhete era falso. "Mas o moço me deu o bilhete!", afirmava Jean. "Minha esposa desapareceu!" Nos seus bolsos não se encontrou um vintém e na parada mais próxima a polícia foi buscá-lo. "Será que ela está ali? Onde está ela?", soluçava Jean, abraçando o guarda. "Ela está comigo", respondeu o policial, apontando para si mesmo, e levou-o. Assim o ferreiro foi encerrado numa cela. Lá esbravejou durante muitos dias, e a mulher ficou definitivamente perdida. Ele a teria achado, com toda a certeza!

Um belo dia deixaram-no retornar ao seu lar. "Pode ser que ela tenha voltado", pensou Jean. A cama já não estava lá, nem a mesa, nem as cadeiras. Não havia mais nada. Para uma casa vazia a mulher não vai voltar, nunca!

"Por que a casa está vazia?", perguntou ele aos vizinhos.

"Você nos deve dinheiro, Jean."

"Mas onde a mulher dormirá quando chegar?", perguntou Jean.

"A mulher não vai chegar. Está vivendo com o jovem sargento. E você deve dormir no chão. Você é um pé-rapado."

Jean riu e incendiou a aldeia. Das chamas da casa de seu primo, retirou a cama de sua mulher. Antes de sair com ela, estrangulou as crianças que dormiam nela, três garotos e uma menina. Nessa noite o ferreiro teve muito trabalho. Antes de achar a mesa e as cadeiras e o resto do que lhe pertencia, sua própria casa vazia foi consumida pelo fogo. Jean depositou sua mobília em campo aberto, arranjou-a ali assim como a tivera outrora no seu quarto, e chamou por Jeanne. Em seguida deitou-se na cama. Deixou espaço para ela, mas a mulher não vinha. Passou muito tempo estendido ali, sempre à espera. Tinha fome, especialmente à noite. Ninguém pode imaginar quanta fome ele tinha. Quase teria levantado de tanta fome. A chuva lhe escorria pela boca. Jean bebia e bebia. Quando o céu se limpou, o ferreiro tentou apanhar as estrelas. Ah, se conseguisse pegá-las! Detestava a fome. No momento em que já não foi capaz de aguentá-la, fez uma promessa. Jurou à Santíssima Virgem que não se levantaria antes que a esposa o ouvisse e estivesse deitada a seu lado. Então a polícia o achou e obrigou-o a violar seu juramento. Ele o teria cumprido. Os vizinhos queriam linchá-lo. A aldeia inteira estava destruída pelo incêndio. Ele estava contente. "Quem fez isso fui eu!", exclamou. "Quem fez isso fui eu!" A polícia assustou-se e levou-o às pressas.

Na cela nove havia um mestre-escola. Uma vez que este tinha um jeito simpático de falar, Jean lhe contou sua história.

"Como você se chama?", perguntou o mestre-escola.

"Jean Préval."

"Bobagem! Você se chama Vulcano! É vesgo, coxo e ferreiro. Um ferreiro competente, desde que é coxo. Deve apanhar sua mulher na rede!"

"Apanhar na rede?"

"Sua mulher chama-se Vênus e o sargento é Marte. Vou lhe contar uma história. Sou uma pessoa culta. Apenas roubei."

E Jean escutou, arregalando os olhos. Que sugestão! É possível apanhá-la. Não é difícil. Um ferreiro velho conseguiu fazê-lo. A mulher enganava-o com um soldado, um rapaz forte, ainda moço. Sempre que o ferreiro Vulcano saía para trabalhar, Marte, aquele patife bonitão, entrava furtivamente na casa e dormia com a mulher. O galo da casa viu tudo. Indignado, denunciou-os a seu amo. Vulcano forjou uma rede, uma peça muito fina, totalmente invisível. Habilmente a estendeu ao redor da cama. Os dois, a esposa e o soldado, espicharam-se nela. O galo voou à procura de seu amo. "Eles estão na casa!", cantou. Rapidamente o ferreiro foi buscar os primos e toda a aldeia. "Hoje convido vocês para uma festa. Esperem um pouco aqui fora, esperem!" Entrou nas pontas dos pés, encaminhou-se à cama, viu a mulher com o demônio, esteve a ponto de chorar. Vinte e três anos tinha convivido com ela. Nunca a surrara! Os vizinhos ficaram esperando. O ferreiro esticou a rede, esticou-a com força. Eles estavam presos. Apanhara a mulher. Permitiu que o demônio fugisse, mas os aldeões todos quebraram a cara do patife. Depois vieram os vizinhos. Perguntaram: "Onde está a mulher?". O ferreiro mantinha-a escondida. Ela estava com vergonha, coisa que muito o alegrava.

"É assim que se deve fazer", disse o mestre-escola. "A história é verídica. Como recordação deram a três astros os nomes dessa gente: Marte, Vênus, Vulcano. Elas podem ser vistas no firmamento. Para avistarmos Vulcano, precisamos ter olhos bons".

"Agora sei", respondeu Jean, "por que tentei pegar as estrelas."

Mais tarde tiraram-no dali. O mestre-escola permaneceu na cela. Em compensação Jean achou outro amigo. Era um bonitão.

Podia-se conversar com ele. Todos queriam juntar-se a esse homem. Jean vivia apanhando sua mulher. Às vezes conseguia fazê-lo. Então ficava alegre, porém frequentemente estava triste. Mas então acontecia que seu amigo entrava na sala e lhe dizia: "Ora, Jean, ela está na rede. Não a vê?". E sempre tinha razão. Bastava o amigo abrir a boca, e já aparecia a mulher. "Você é vesgo", dizia ela ao marido. E ele ria, ria e, levantando o dedo, respondia: "Daqui a pouco, você vai levar umas palmadas, tão certo como eu me chamar Jean!".

Esse ferreiro, que vivia no hospício havia nove anos, não era em absoluto um caso incurável. As investigações que o diretor fizera para localizar a mulher não tinham dado nenhum resultado. Mesmo que a encontrassem, quem poderia forçá-la a voltar para o marido? Georges cogitava repetir na realidade a cena da qual o ferreiro tirava tanto prazer. No seu apartamento prepararia uma cama e uma rede. A esposa surgiria finalmente. Jean se aproximaria de mansinho e esticaria a rede. Ambos diriam um ao outro as palavras do passado. A rede e os nove anos se desmanchariam. "Ah, se eu tivesse essa mulher!", suspirava Georges.

Todo santo dia o médico ajudava Jean a revê-la. Almejava a presença dela com tamanha intensidade que se sentia capaz de entregá-la ao marido, como se a carregasse consigo. Os assistentes, seus macacos, supunham que atrás de tal procedimento se escondia uma experiência secreta. Podia sempre ser que com essas palavras conseguisse curar o homem. Cada vez que um deles se achava sozinho na sala, para fazer qualquer coisa, aplicava a fórmula mágica: "Ora, Jean, ela está na rede. Não a vê?". Andasse Jean tristonho ou bem-humorado, prestasse atenção ou pusesse as mãos nas orelhas, para não ouvi-los, invariavelmente o bombardeavam com a alocução cordial do mestre. Quando o ferreiro dormia, despertavam-no; quando se obstinava, xingavam-no. Sacudiam-no e davam-lhe empurrões, qualificavam-no de obtuso e ridicularizavam as reminiscências que ele tinha da mulher. Aquela frase sempre repetida assumia milhares de tonalidades diversas, segundo o caráter e a disposição de quem a pronunciasse, e quando nada produzia efeito, visto que todos ficavam tão indiferentes ao ferreiro como o próprio ar, os assistentes tinham mais um motivo para debochar do diretor. Havia anos que esse tolo prosseguia na sua tentativa simplória e ainda acreditava poder restituir a razão a um paciente incurável por meio de uma única frase!

Georges teria despedido toda essa turma, mas contratos fechados por seu predecessor ligavam-no a ela. Sabia que seus assistentes antipatizavam com os enfermos e temia pelo destino destes, no caso de ele falecer subitamente. Não entendia a mesquinha sabotagem de sua obra sem dúvida abnegada e útil, até mesmo aos olhos míopes daqueles homens. Tinha a intenção de rodear-se aos poucos de pessoas que tivessem suficiente senso artístico para auxiliá-lo. Sabia que, afinal de contas, os assistentes que herdara do predecessor lutavam pela sua sobrevivência. Sentindo que o diretor não podia tirar proveito deles, engoliam as migalhas que ele lhes atirava, para que, ao término de seus contratos, pudessem arranjar empregos por serem dóceis discípulos. Graças à sua fina sensibilidade, Georges era capaz de compreender também o que se passava no espírito de pessoas por demais simples, inertes e equilibradas por índole para jamais enlouquecerem. Sempre que estivesse fatigado e desejasse descansar da alta tensão com que o carregavam seus amigos insanos, mergulhava na alma de um de seus assistentes. Tudo quanto Georges fazia tinha por cenário o caráter de outrem. Até mesmo o seu lazer. Era, no entanto, difícil encontrá-lo nesse ambiente. Descobertas estranhas provocavam nele vontade de rir. Por exemplo: o que é que esses homens, com seus corações revestidos de antolhos, pensavam a respeito dele? Sem dúvida alguma procuravam uma explicação dos êxitos obtidos pelo diretor e do clarividente afeto que este demonstrava para com seus pacientes. A ciência inculcara-lhes a fé nas causas. Sendo homens de mentalidade cerimoniosa, aferravam-se firmemente aos costumes e às convenções da maioria de seus contemporâneos. Adoravam prazeres e interpretavam tudo e todos segundo o desejo de conseguir algum prazer; essa mania provinha de uma moda da época, predominante em todos os cérebros e muito pouco eficiente. É escusado dizer que prazer para eles eram aqueles vícios tradicionais aos quais os indivíduos, desde que existem os bichos, praticam com infame assiduidade.

Quanto à existência de uma outra força propulsora da História, muito mais real e mais profunda, o impulso do homem de fundir-se num gênero animal superior, a massa, e de nela perder-se tão completamente como se nunca tivesse havido o homem isolado, eles não faziam a menor ideia. Pois eram criaturas cultas – e a cultura é o baluarte que o indivíduo constrói para se resguardar da massa que age em seu íntimo.

A assim chamada luta pela existência, nós a travamos movidos não só por fome e amor, mas também para aniquilarmos a massa em nós mesmos. Sob determinadas circunstâncias, esta se torna tão forte que obriga os indivíduos a realizar ações altruístas ou até mesmo contrárias a seus próprios interesses. Já houve "a humanidade" como massa muito antes de ela ter sido inventada e diluída como conceito. Ferve em todos nós esse animal monstruoso, feroz, exuberante, ardente, ferve nas profundidades de nosso ser, muito mais fundo que as mães. Apesar de sua idade, é o mais novo dos animais, a criação principal da Terra, sua meta e seu porvir. Nada sabemos a seu respeito. Ainda vivemos à maneira de indivíduos. Às vezes a massa abate-se sobre nós, uma tempestade uivante, um só oceano turbulento, no qual cada gota tem vida e quer a mesma coisa que as demais. Logo, porém, ela se desfaz e voltamos a ser os pobres-diabos solitários de antes. Nas nossas recordações nem sequer compreendemos que outrora fomos tantos e tão grandes e tão unidos. "Enfermidade" – eis a explicação que dá a esse fato um homem acometido de excessiva inteligência; "a besta escondida no homem" –, diz, tranquilizando o cordeiro da humildade, sem suspeitar de quão perto o seu erro passa pela verdade. Entrementes, a massa em nós prepara novo ataque. Dia virá em que deixará de desfazer-se, talvez primeiro num único país, para depois, partindo dele, dilatar-se até que ninguém possa duvidar dela, uma vez que já não existirão nem eu nem tu nem ele, senão exclusivamente ela, a massa.

De uma de suas descobertas orgulhava-se Georges. Tratava-se justamente da ação da massa na História e na vida dos indivíduos, da sua influência sobre determinadas alterações do espírito. Nos casos de alguns dentre seus pacientes, conseguira comprová-las. Inúmeras pessoas enlouquecem porque nelas a massa é especialmente forte e não encontra satisfação. Do mesmo modo explicava ele a si mesmo e à sua atividade. Em outra época vivera em prol de suas inclinações particulares, de sua ambição e das mulheres. Agora, porém, desejava apenas livrar-se incessantemente de si próprio. Nessa sua atividade ele avizinhava-se mais dos anelos e propósitos da massa do que os demais indivíduos que o cercavam.

Os assistentes tentavam explicar o comportamento do seu diretor de um modo mais condizente com sua mentalidade. "Por que admira ele de tal forma esses idiotas?", perguntavam entre si. "Ora, porque ele próprio anda louco, mas apenas pela metade. Por que os cura? Porque não pode suportar que eles sejam melhores idiotas do que ele. Tem inveja deles. Sua presença não lhe permite viver em paz. Os loucos são considerados como algo singular. Nele vibra a inclinação doentia de concentrar sobre sua pessoa a mesma atenção que dirige a eles. O mundo toma-o por um cientista normal. Mais do que isso ele nunca conseguirá. Como diretor de um manicômio, há de morrer em plena saúde mental e, se Deus quiser, em breve. Quero ser maluco!, grita ele como uma criancinha. Obviamente, esse desejo ridículo pode ser derivado de uma experiência colhida na juventude. Seria interessante analisá-lo. Certamente rejeitaria a sugestão de prestar-se a tal pesquisa. É um egoísta. É melhor não nos metermos com esse tipo de gente. A imagem de um louco fica ligada, desde a mocidade, àquilo que para ele representa seu prazer. Esse homem teme a impotência. Se pudesse obter a convicção de estar maluco, se conservaria potente para sempre. Qualquer louco alegra-o mais do que sua própria pessoa. Por que deverão eles tirar mais gozo da vida do que eu?, lamenta-se ele. Sente-se totalmente degradado. Sofre de complexo de inferioridade. Por pura inveja esfalfa-se até curá-los. Seria necessário saber o que ele sente, cada vez que dá alta a alguém. Nem se lembra de que outros hão de vir. Vive dos pequenos triunfos do momento. Eis o que é essa celebridade admirada pelo mundo inteiro!"

Nesse dia, durante a última visita, os assistentes não demonstravam sequer submissão superficial. O calor era excessivo. A repentina mudança de tempo, ocorrida nos últimos dias de março, oprimia-lhes as almas triviais. Sentiam-se iguais aos desprezíveis internados. Apesar de serem assistentes efetivos, tinham em algum lugar suas janelas providas de grades onde comprimiam as cabeças. Irritavam-se com a inexatidão de suas sensações. Normalmente um ou outro deles ia à frente do diretor, disputando com os colegas a primazia de abrir as portas, sempre que não os precedessem pacientes ou enfermeiros. Dessa vez, porém, seguiam Georges a alguma distância, distraídos e carrancudos, a amaldiçoar o seu serviço enfadonho, o chefe e todos os doentes do planeta. Teriam preferido ser maometanos e instalar-se, cada um por si, em pequenos paraísos bem mobiliados. Georges aguçava os ouvidos para decifrar os ruídos familiares. Seus amigos avistavam-no de suas janelas, mas mantinham-se tão indiferentes quanto os inimigos que o acompanhavam. "Que dia triste!", dizia baixinho para si. Aplausos e ódios faziam-lhe falta, já que sua respiração dependia sempre do fluxo de sentimentos alheios. Nessa ocasião não sentia nada a não ser o pesado mormaço.

Nas salas reinava uma calma desagradável. Os enfermos evitavam discutir na presença dele. Mesmo assim permaneciam aglomerados junto às janelas. Mal se fechava a porta atrás do diretor, voltavam a empurrar-se e invectivar-se. As mulheres, sem saírem de seus lugares, imploravam-lhe que as amasse. Ele não sabia o que lhes responder. Todos os pensamentos benéficos e salutares o haviam abandonado. Uma demente, mais feia que uma bruxa, berrava: "Não, não e não! Não concordo com o divórcio!". As outras clamavam em coro: "Onde está ele?". Uma rapariga balbuciava extasiada: "Me deixe!".

Jean, o bondoso Jean, ameaçava esbofetear sua Jeanne. "Apanhei-a na rede. Quero agarrá-la. Ela desapareceu!", lamuriou-se.

– Dê-lhe um soco! – disse Georges, farto dessa fidelidade de trinta anos. Jean deu murros e, ao mesmo tempo, pediu socorro em nome da esposa.

Em outra sala choravam em uníssono porque a noite acabava de cair. "Hoje, eles estão feito loucos", disse o enfermeiro. Um dos diversos deuses ordenou: "Haja dia!", e se enfureceu em virtude do desrespeito com que o tratavam. "Ele não passa de um pequeno comerciário!", segredou seu vizinho de cama ao ouvido de Georges. Outro perguntou: "Será que Deus existe?". Queria saber o endereço dele. Um cavalheiro de aparência elegante queixava-se de que os negócios iam mal essa noite. Seu irmão arruinara-o: "Quando eu ganhar meu processo, vou comprar um estoque de camisas para quinze anos aproximadamente!". E seu mais íntimo amigo ponderava: "E por que as pessoas andam nuas?". Os dois entendiam-se às mil maravilhas.

Foi só na sala seguinte que Georges recebeu a resposta a essa pergunta. Um solteirão mostrou aos outros de que modo fora apanhado em flagrante em companhia de sua própria mulher. "Eu estava lhe tirando as pulgas do corpo. Ela não trajava nenhuma peça. Eis que meu sogro estende a cabeça pelo buraco da fechadura e me solicita que lhe devolva seu neto." O auditório cochichava: "De onde? De onde?". Estavam todos ocupados com o mesmo assunto. Entendiam-se muito bem. Os enfermeiros não desdenhavam escutar a conversa. Um assistente, colaborador de um jornal, anotou a atmosfera dessa noite em palavras significativas. Georges percebeu-o sem olhar para ele. No seu íntimo fazia a mesma coisa. Ele era uma tabuleta de cera ambulante na qual se imprimiam frases e gestos. Em vez de amalgamá-los ou de reagir contra eles, recolhia-os mecanicamente. Além do mais, a tabuleta de cera estava a ponto de derreter-se. "Minha mulher me enfastia", pensou. Os enfermos pareciam-lhe seres estranhos. Aquela porta dos fundos que conduzia ao interior de sua cidade solidamente murada e que normalmente ficava apenas encostada, acessível só a ele, permanecia nesse dia obstinadamente cerrada. Arrombá-la? Para quê? Melhor será interromper a visita; amanhã, infelizmente, haverá outro dia. Encontrarei cada qual na sua sala. Durante toda a minha vida encontrarei oitocentos pacientes. Pode ser que minha fama provoque a ampliação da clínica. Com o tempo teremos dois mil ou dez mil. Grupos de peregrinos, vindos de todos os países da Terra, tornarão completa a minha felicidade. Dentro de trinta anos há de constituir-se uma república universal. Vão nomear-me Comissário do Povo para os Loucos. Viagens a todos os recantos habitados do planeta. Inspeção e desfile de um exército de milhões de cérebros inaproveitáveis. À esquerda colocarei os débeis mentais; à direita, os fortes de espírito. Fundação de institutos de pesquisas concernentes a animais excepcionalmente dotados. Criação de bichos alienados, no intuito de transformá-los em homens. Lunáticos curados serão expulsos ignominiosamente de meu exército. Para com meus amigos tenho maior afeição do que para com meus sequazes. Sequazes insignificantes são qualificados de importantes. Quão insignificante é minha esposa! Por que não volto finalmente ao meu apartamento? Porque lá me aguarda a mulher. Ela quer amor. Hoje todo mundo quer amor.

A tabuleta de cera oprimia-o. Tudo quanto se registrasse nela pesava. Na penúltima sala surgiu subitamente a esposa. Chegou correndo.

– Um telegrama! – gritou, rindo-lhe na cara.

– É por isso que você se esforça tanto? – disse Georges, para o qual a amabilidade se convertera numa segunda pele. Às vezes desejava despi-la; eram esses momentos que representavam o auge de sua descortesia. Abriu o telegrama e leu: "Estou completamente tantã. Seu irmão". De todas as mensagens possíveis, essa era a que menos esperava receber. Um trote estúpido? Uma alucinação? Não! Uma palavra refutava tal hipótese, a palavra "tantã". Seu irmão não costumava usar expressões dessa espécie. Se, apesar disso, empregava essa palavra, alguma coisa não andava bem. Georges abençoou o telegrama. Uma viagem era inevitável. Ele poderia justificá-la perante si mesmo. A essa altura nada se afigurava mais desejável para ele.

A esposa leu o telegrama.

– Quem é esse homem, "seu irmão"?

– Ah, sim, nunca lhe falei dele. O maior sinólogo vivo. Na minha escrivaninha você poderá encontrar alguns dos seus últimos trabalhos. Não o vejo há doze anos.

– O que é que tenciona fazer?

–Vou pegar o próximo trem expresso.

– Amanhã de manhã!

– Não, logo mais.

Ela fez uma careta.

– Pois é – disse ele pensativo. – Trata-se de meu irmão. Ele deve estar em má companhia. De outro modo não se explica que ele tenha chegado a despachar um telegrama nesses termos.

Ela rasgou o telegrama em pedacinhos. Que pena não têlo rasgado antes! Os enfermos lançavam-se sobre os fragmentos. Todos a adoravam. Todos queriam ter uma lembrança dela. Alguns engoliam o papel. A maioria colocava-o junto ao coração ou nas calças. O filósofo Platão observava-os com dignidade. Inclinando-se cerimoniosamente, disse:

– Madame, estamos vivendo no mundo.

Desvios

Georges dormira muito tempo. De repente, o trem parou. Georges olhou em redor. Muita gente embarcava, mas seu compartimento permanecia vazio, uma vez que ele abaixara as cortinas. No último instante, quando o trem já se punha em movimento, um casal perguntou se ainda havia lugar. Polidamente Georges arredou-se um pouco. O homem esbarrou nele, mas não pediu desculpas. Georges, que se divertia com qualquer rudeza ocorrida numa sociedade de macacos bem-educados, mirou-o cheio de surpresa. A mulher, interpretando erradamente os olhares do estranho, pediu-lhe, logo depois de se instalarem, que não levasse a mal a atitude de seu marido. Explicou que era cego.

– Nunca me teria vindo essa ideia – disse Georges. – Ele se movimenta com admirável segurança. A senhora deve saber que sou médico e já tive um grande número de pacientes cegos.

O homem inclinou-se cortesmente. Era alto e magro.

– O senhor não se incomodará, se eu ler alguma coisa para ele? – perguntou a mulher. A tímida devoção de sua fisionomia tinha certo encanto. Provavelmente vivia só para o cego.

– Pelo contrário! Mas não se ofenda se eu adormecer mais tarde. – Em vez das almejadas grosserias, houve gentilezas de parte a parte. A senhora tirou um romance da valise e, lisonjeada, pôs-se a ler em voz grave.

Talvez agora Peter tivesse a mesma aparência rígida e carrancuda desse cego. O que teria acontecido ao espírito sereno do irmão? Ele vivia uma vida solitária, isenta de preocupações. Não mantinha nenhuma relação com quaisquer indivíduos. Uma perturbação causada pelo mundo, tal como ocasionalmente acomete pessoas de natureza sensível, era impossível no caso dele. Seu mundo consistia na sua biblioteca. Uma imensa memória distinguia-o. Cérebros mais fracos podiam ficar estragados pelo excesso de livros. Porém no cérebro de Peter conservava-se cada sílaba acolhida por ele, nitidamente separada das suas congêneres. Peter era o oposto de um ator. Era sempre ele mesmo, unicamente ele mesmo. Em vez de distribuir-se entre os seus próximos, media-os, assim como os via de fora, pelo seu próprio gabarito, que ele também só conhecia de fora, a partir da sua cabeça. Por isso escapava dos formidáveis perigos que a ocupação com as civilizações orientais inexoravelmente acarretaria a um homem solitário que a prolongasse por anos a fio. Peter estava imunizado contra Lao-Tsé e todos os indianos. Dada a sua sobriedade, tendia para os filósofos moralistas. Em qualquer parte encontraria o seu Confúcio. Que ameaça seria capaz de acossar essa criatura quase assexuada?

– Novamente você me leva ao suicídio! – Georges tinha acompanhado com certa atenção a leitura do romance. A voz que recitava tinha um som agradável. Ele entendia suas inflexões. Mas a frase tola do herói do romance fez com que ele desse subitamente uma risada.

– O senhor não riria se fosse cego! – repreendeu-o uma voz irada. Quem falava era o cego, e suas primeiras palavras foram grosseiras.

– Desculpe-me – disse Georges –, mas não acredito nesse gênero de amor.

– Então não desmanche o prazer de um homem sério! Entendo mais de amor que o senhor. Sou cego. O senhor não tem nada a ver com isso!

– O senhor me entendeu mal – recomeçou Georges, que percebia que o homem sofria devido à cegueira. Desejava acudi-lo. Eis que notou que a mulher gesticulava com violência. Alternadamente ela colocava um dedo em cima da boca e punha sobre as mãos, implorando-lhe que, pelo amor de Deus, se conservasse calado. Georges silenciou. Os lábios dela esboçavam um agradecimento. O cego já erguera o braço. Para defender-se? Para atacar? Baixando-o bruscamente, ordenou:

– Continue! – A mulher voltou a ler em voz trêmula. De medo? De alegria, por ter encontrado uma pessoa delicada?

Cego, cego, uma recordação obscura, muito distante alastrou-se no seu espírito. Havia um quarto e outro quarto ao lado. Nele estava uma caminha branca, na qual jazia um garotinho todo enrubescido de tanto medo. Uma voz estranha soluçava: "Fiquei cego! Fiquei cego!". E prosseguindo a chorar: "Quero ler!". A mãe andava de cá para lá. Passando pela porta, entrou no quarto vizinho, onde clamava a voz. Estava todo escuro, ao passo que no primeiro quarto havia luz. O garotinho tinha vontade de perguntar: "Quem grita assim?". Tinha medo. Pensava que a voz chegaria e lhe cortaria a língua com um canivete. Eis que o garoto começava a cantar. Cantava todas as canções que conhecia e, depois de terminar, recomeçava. Cantava com toda a força, urrava. A cabeça quase lhe estourava de tanto som. "Estou rubro!", cantava. A porta abria-se. "Cale a boca!", dizia a mãe. "Você está com febre. Que ideia!" Eis que do outro quarto a voz terrível gemia e clamava: "Fiquei cego! Fiquei cego!". O pequeno Georges caía da cama e, ululando, engatinhava em direção à mãe. Agarrava-se aos joelhos dela. "Mas o que é que você tem? O que é que você tem?" "Aquele homem! Aquele homem!" "Que homem!" "No quarto escuro tem um homem!" "Ora, é o Peter. O Peter, seu irmão!" "Não, não!", esbravejava o pequeno Georges. "Deixe o homem! A senhora deve ficar comigo!" "Olhe, Georges, comporte-se como um menino inteligente. É o Peter. Ele tem sarampo, igual a você. Agora não enxerga nada, por isso chora um pouco. Amanhã estará bom outra vez. Venha comigo. Quer vê-lo?". "Não, não quero!" Ele relutava, pensando: "É Peter, sim, mas outro Peter!". Choramingava baixinho, enquanto a mãe permanecia no quarto. Quando ela foi ter com o "homem", lá do outro lado, Georges escondeu-se sob o cobertor. Ao ouvir a voz, voltou a ulular. Isso se prolongou por muito tempo. Nunca chorou tanto assim. Toldada pelas lágrimas, diluiu-se a visão.

Naquele instante, Georges deu-se conta do perigo cuja ameaça a essa altura causava os temores de Peter: o mano receava ficar cego! Podia ser que os olhos do irmão tivessem piorado. Talvez ele se visse forçado a interromper periodicamente suas leituras. Essa necessidade ia atormentá-lo mais do que tudo. Uma hora não empregada segundo os seus planos bastaria para despertar nele pensamentos estranhos. Para Peter era estranho tudo quanto se relacionava com ele mesmo. Enquanto sua cabeça ponderasse, retificasse, vinculasse fatos, informações, opiniões cuidadosamente selecionados, parecia-lhe garantida a utilidade de sua solidão. Nunca se sentia realmente solitário em companhia de si mesmo. Afinal, o que distingue o autêntico pesquisador é a capacidade de viver sozinho, a fim de manter-se simultaneamente junto ao maior número possível de coisas. Como se, fazendo isso, estivesse na realidade junto a uma única coisa! Provavelmente Peter cansara a vista. Sabe Deus se ele costuma trabalhar com luz adequada. Talvez, contrariando seus hábitos e superando seu menosprezo, tenha consultado um médico, que lhe recomendou um período de repouso absoluto. Esse repouso, se continuasse vários dias, seria suscetível de liquidá-lo. Em vez de procurar nos ouvidos sadios uma compensação para a enfermidade dos olhos, escutando música e seres humanos – o que existe de mais rico que as inflexões da voz humana? –, certamente passeia diante de seus livros, pondo em dúvida a boa vontade dos olhos, conjurando-os, praguejando contra eles, recordando-se, cheio de pavor, daquela efêmera cegueira de sua infância. Petrificado de medo de que possa ficar cego novamente e por mais tempo, enfurece-se, desespera-se e chama – ele, o homem mais áspero, mais altivo do mundo! – seu irmão, antes de recorrer a vizinhos, conhecidos ou quaisquer outras pessoas para que lhe digam algumas palavras salutares. "Eu vou livrá-lo dessa cegueira", propunha-se Georges. "Nunca se apresentou a mim um caso de cura mais fácil. Terei de fazer três coisas: um exame completo de seus olhos; um controle das condições de luz no seu apartamento; e finalmente um diálogo cauteloso, carinhoso, capaz de convencê-lo da tolice de seus temores, desde que estes realmente não tenham nenhum fundamento."

Lançou um olhar amistoso ao cego grosseirão e, com os seus botões, ficou grato pela presença dele, que o conduzira à interpretação certa do telegrama. A uma pessoa sensível qualquer encontro traz proveito ou prejuízo, uma vez que nela provoca sensações ou reminiscências. Os homens indolentes são como instituições ambulantes. Nada flui em direção a eles, nada os faz transbordar. Fortalezas congeladas, eles percorrem o mundo. Por que se movem? O que é que os movimenta? Casualmente andam feito animais. No fundo, são plantas. Seria possível decapitá-los; mesmo assim, porém, continuariam vivos, porque têm raízes. A filosofia estoica foi feita para vegetais, é uma traição aos bichos! Sejamos animais! Quem tiver raízes que as arranque! Georges achava reconfortante saber por que o trem que o carregava avançava tão depressa. Embarcara às cegas. Às cegas sonhara com sua infância. Um cego entrou no compartimento. Eis que a locomotiva tomava subitamente o rumo indicado, o da cura de um cego. Pois para um psiquiatra era indiferente se Peter estava cego ou apenas receava a cegueira. A essa altura era lícito adormecer. Animais levam suas inclinações ao auge e em seguida abrem mão delas. O que mais lhes agrada é a frequente alteração de sua velocidade. Comem até ficarem satisfeitos e amam até o ponto de saturação. Convertem o repouso em sono. Logo depois Georges dormia também.

Entre uma e outra linha, a mulher que lia acariciou-lhe a bela mão, na qual ele apoiava a cabeça. Pensava que Georges prestava atenção à sua voz. Acentuava determinadas palavras para que ele compreendesse como se sentia infeliz. Procurava comunicar-lhe que deixaria o livro com ele como recordação, e silenciosamente implorava-lhe que a contemplasse. Na parada seguinte desembarcou. Fez com que o marido, guiado por ela, andasse à sua frente. Normalmente o puxava atrás de si. Ao chegar à porta, suspendeu a respiração. Sem se virar, por medo do homem, pois que seus movimentos o encolerizavam, disse, ousando o máximo:

– Adeus! – Há quantos anos tinha ela pronta essa palavra para ser pronunciada nesse tom! Georges era incapaz de retribuir. Ela estava feliz. Chorando inaudivelmente, como que intoxicada por sua própria beleza, ajudava o cego a descer do trem. Dominando-se, deixou de olhar em direção à janela do compartimento, lá onde o via. Ele teria percebido as lágrimas e ela se envergonharia. O romance achava-se ao lado dele. Ele dormia.

Ao amanhecer Georges se lavou. À noite chegou. Hospedou-se num albergue modesto. Em qualquer hotel maior sua chegada seria uma sensação, uma vez que ele fazia parte do reduzido número de cientistas sobre os quais os jornais, em detrimento de todos os outros, ofereciam obstinadamente notícias a seus leitores. Deixou para o dia seguinte a visita ao irmão, a fim de não perturbar-lhe o repouso noturno. Já que a impaciência o atormentava, foi à ópera. Mozart significava para ele um ameno refúgio.

No decorrer da noite sonhou com dois galos. O maior era vermelho e fraco; o menor, elegante e astuto. Sua luta prolongou-se por muito tempo. Era tão fascinante que a gente cessava de pensar. "Veja só", disse um espectador, "como se comportam os homens!" "Os homens?", cantou o galo menor. "Que homens? Somos galos. Galos de briga. Não nos ofenda!" O espectador recuou. Encolhia-se cada vez mais. De repente percebia-se que também ele era apenas um galo. "Mas um galo covarde", disse o vermelho e acrescentou: "Está na hora de levantar!". O pequeno deu-se por satisfeito. Ele vencera. Voou embora. O galo conservava-se em seu lugar. Crescia mais e mais. Sua cor intensificava-se, até ofuscar os olhos da gente. Eis que estes se abriam. A janela estava banhada por um imenso sol.

Georges apressou-se. Apenas uma hora mais tarde, encontrou-se diante do prédio de número 24 da Ehrlichstrasse. Era um edifício mais ou menos respeitável, quase desprovido de caráter. Ele subiu os quatro andares e tocou a campainha. Uma velhota abriu a porta. Trajava uma saia azul engomada. Esboçou um sorriso irônico. Ele sentiu-se induzido a examinar suas próprias roupas para ver se tudo estava em ordem. Contendo-se, porém, perguntou:

– Meu irmão está em casa?

De golpe, a mulher parou de sorrir. Encarando-o estarrecida, disse:

– Perdão, aqui não há nenhum irmão!

– Meu nome é professor Georges Kien. Procuro o doutor Peter Kien, de profissão cientista. Oito anos atrás, certamente morava aqui. Talvez a senhora saiba quem nessa casa possa me dizer o seu endereço novo, caso ele tenha se mudado.

– Prefiro não dizer nada.

– Mas olhe, minha senhora, vim especialmente de Paris. Afinal, a senhora pode me dizer se ele mora ou não mora aqui?

– Digo-lhe apenas que deve dar graças a Deus.

– Por que devo dar graças a Deus?

– A gente não é idiota.

– Claro que não.

– Há cada história...

– Será que meu irmão está doente?

– Uma joia de irmão! É uma vergonha!

– Fale finalmente, se sabe alguma coisa.

– De que me adianta falar?

Georges tirou uma moeda do porta-níqueis, agarrou o braço da velhota e, com cordial insistência, deitou o dinheiro na mão que se abrira espontaneamente. A mulher voltou a sorrir.

– Pois então a senhora me diga agora o que sabe a respeito de meu irmão.

– Dizer é fácil.

– E daí?

– Quando a gente menos espera, termina a vida. Um pouco mais, por favor! – respondeu ela, dando de ombros.

Georges tirou do bolso uma segunda moeda, enquanto ela lhe apresentava a outra mão. Em vez de tocá-la, deixou cair a moeda na palma.

– Agora vou-me embora – disse ela, lançando-lhe um olhar agastado.

– O que é que a senhora sabe a respeito de meu irmão?

– Já faz oito anos. Anteontem tudo veio à luz.

Peter não lhe escrevera havia oito anos! Anteontem chegou o telegrama. A mulher devia conhecer qualquer coisa verdadeira.

– E o que fez a senhora? – indagou Georges, a fim de instigá-la a apressar a narrativa.

– Estivemos na delegacia. Uma mulher decente vai logo à polícia.

– Naturalmente, naturalmente. Fico grato pelo auxílio que a senhora prestou a meu irmão.

– Não há de quê... Os guardas ficaram todos sem jeito...

– Mas o que foi que ele fez? – Georges imaginava o irmão levemente transtornado, a lamentar a desgraça de seus olhos perante policiais brutais.

– Ele roubou! Digo-lhe que esse homem não tem coração.

– Roubou?

– Ele a matou! Será que tenho culpa disso? Ela era a primeira esposa. A segunda sou eu. Ele escondeu os pedaços. Claro, atrás dos livros tinha bastante lugar. Eu sempre disse que ele é um ladrão. E anteontem soube-se que é assassino também. A vergonha cai sobre mim. Por que fiz essa bobagem? É o que sempre digo, não se deveria... Assim é a vida. Pensei que um homem que tem tantos livros... O que é que ele faz entre as seis e as sete? Disseca cadáveres, é isso que ele faz! E leva os pedaços consigo nos seus passeios. Ninguém notou nada. Roubou o talão de cheques. E eu, com que vou ficar? Posso morrer de fome. Ele queria fazer a mesma coisa comigo. Sou a segunda. Mais tarde vou pedir o divórcio. Mas antes ele deve pagar, sim, senhor! Oito anos atrás deveria ter sido posto na cadeia! Agora está preso lá embaixo! Trancafiei-o ali.

Não vou admitir que ele me mate! – Chorando, fechou a porta com estrondo.

Peter, um assassino! Peter, magricela taciturno, que sempre era surrado pelos colegas da escola. A escada ondula. O teto desmorona. Georges, homem habituado ao mais rigoroso asseio, deixa o chapéu cair e nem o pega de novo. Peter, casado! E ninguém sabia disso! A segunda esposa, cinquentona, feia, obtusa, vulgar, incapaz de proferir uma frase humana, escapou anteontem a um assalto. Ele despedaçou a primeira. Seus adorados livros serviram-lhe de esconderijo. Peter e a verdade! Se ao menos ele tivesse mentido, mentido durante toda a sua infância, descarada e continuamente? Então foi para isso que chamaram Georges! O telegrama era forjado, ou pela mulher ou pela polícia. E essa lenda da assexualidade de Peter! Uma bela lenda, como todas as lendas, estúpidas, pura invenção! Georges, o irmão de um barba-azul. Manchetes em todos os jornais. O maior sinólogo vivo! O melhor conhecedor da Ásia Oriental! Vida dupla! Demissão de um diretor de manicômio! Aberração! Divórcio! Os assistentes como sucessores. Os pacientes, os pacientes! Eles vão torturá-los, vão submetê-los a outros tratamentos. Oitocentos, que o adoram, que necessitam dele. Ele não tem o direito de abandoná-los. A demissão é impossível. De todos os lados agarram-se a ele. Você não deve ir embora, vamos acompanhá-lo, fique aqui, estamos totalmente sós; eles não entendem a nossa língua; você nos ouve, nos compreende, ri conosco, nos chama de seus belos e raros pássaros; são todos uns estranhos neste mundo; cada qual vem de uma terra diferente; ninguém entende o próximo; insultam-se mutuamente e não sabem sequer que o fazem. Ele não vai deixá-los desamparados, vive em prol deles, *há de ficar!* Deve-se encontrar uma solução para o caso de Peter. A desgraça dele é suportável. A vida de Peter pertencia a ideogramas chineses, a de Georges pertence a criaturas humanas. Peter deve ser guardado em algum sanatório. Passou demasiado tempo em abstinência. No contato com a primeira mulher, sua sensualidade deve ter tomado o freio nos dentes. Como poderia ele controlar essa alteração repentina?

A polícia há de soltá-lo. Talvez se consiga obter a transferência para Paris. A irresponsabilidade pode ser comprovada. De modo algum Georges se retirará de seu cargo de diretor da instituição.

Antes pelo contrário. Em vez de retirar-se, avança um passo, pega o chapéu do chão, limpa-o e bate à porta, cortês e, todavia, decididamente. Mal tem o chapéu na mão, torna a ser o médico seguro de si, conhecedor das coisas da vida.

– Minha cara senhora! – mente ele. – Minha caríssima senhora! – À maneira de um galã de teatro, repete essas palavras, suplicantemente, com um fervor que a ele próprio parece ridículo, como se estivesse sentado na plateia, em frente ao palco no qual representava. Ouve os preparativos da mulher. Talvez ela tenha um pequeno espelho, talvez esteja se maquiando, talvez queira acolher-me graciosamente. Ela abre a porta e sorri novamente.

– Eu gostaria de lhe pedir algumas informações. – Ele sente a decepção da mulher, que certamente aguardava o prosseguimento dos galanteios ou pelo menos mais um "Minha cara senhora". Sua boca conservava-se aberta, mas o cenho anuvia-se.

– Ora, só sei que ele é um assassino.

– Cale a boca! – ruge uma voz ferina. Aparecem dois punhos. Segue-os uma grande cabeça ruiva. – Não acredite em nada que lhe conta essa mulher! Ela não regula bem! No *meu* edifício não há assassinos! E não haverá, enquanto *eu* mandar aqui! Ele, se o senhor é seu irmão, devia-me quatro canários. Eram animais de puro-sangue, de minha criação particular. Mas pagou, e pagou bem. Logo ontem à noite. Pode ser que hoje eu lhe reabra meu olho mágico patenteado. O homem está louco. O senhor deseja vê-lo? Ele recebe comida à vontade. Tudo o que ele quiser. Trancafiei-o. Ele tem medo da mulher. Não a suporta. Ninguém a suporta. Basta vê-la. E o estado em que ela o deixou! Liquidou-o totalmente. Para mim ela não existe, é o que ele diz. Por isso prefere bancar o cego. E tem razão! Ela é uma merda! Se ele não tivesse casado com essa mulher, estaria tudo muito bem, sim, senhor, também na cabeça dele!

A mulher fez menção de falar, mas com um golpe lateral o homem empurrou-a para dentro do apartamento.

– Quem é o senhor? – perguntou Georges.

– Na minha pessoa o senhor vê o melhor amigo de seu prezado irmão. Minha graça é Benedikt Pfaff, alto funcionário aposentado. Meu apelido é o Gato Ruivo. Quem cuida do edifício sou *eu*. Modéstia à parte, tenho o olhar penetrante da Lei. Mas quem é o senhor? Quero dizer, qual é sua profissão?

Georges pediu que o deixasse ver o irmão. Todos os assassinatos, todos os temores, todas as perfídias acabavam de dissipar-se. O zelador lhe agradava. Ao ver a cabeça dele vinha-lhe à memória o sol nascente dessa madrugada. O homem era rude, mas refrescante, um sujeito de força indomável, tão imensa como só raras vezes se encontrava em cidades e casas civilizadas. A escada ribombava. Em vez de ser carregada por ele, a pobre da Terra era golpeada por esse Atlas. Suas poderosas coxas esmagavam o chão. Sapatos e pés eram de pedra. As paredes ecoavam as palavras dele. "Como é possível que os inquilinos o aguentem?", pensou Georges. Envergonhava-se um pouco de não ter logo percebido a cretinice da mulher. A simplicidade da estrutura das frases pronunciadas por ela convencera-o da verdade de suas afirmações tolas. Georges punha a culpa na viagem, na música de Mozart ouvida na véspera e que pela primeira vez depois de longos anos o afastara da rotina de suas meditações cotidianas. Também inculpava a expectativa de ter de lidar com um irmão enfermo e não com uma governanta demente. Que o austero Peter se tivesse ligado a essa velhota cômica parecia-lhe compreensível. Georges riu da cegueira e da inexperiência do irmão, que certamente lhe telegrafara por causa dessa mulher, e alegrou-se, prevendo que seria muito fácil reparar os danos. Uma pergunta que fez ao zelador confirmou suas conjecturas. Durante muitos anos, ela havia dirigido a casa de Peter. Aproveitara-se de sua função original para sub-repticiamente galgar outra mais respeitável. Georges enchia-se de sentimentos ternos em relação ao irmão, que lhe poupava complicações fatais. O telegrama singelo tinha um significado singelo. Talvez Georges pudesse já amanhã tomar o trem de retorno e logo no dia seguinte percorrer novamente suas salas.

Ao chegarem ao térreo, Atlas estacou no vestíbulo diante de uma porta. Abriu-a. "Vou entrar primeiro", murmurou, pondo sobre a boca um dedo gordo.

– Ó professor, meu amigo! – Georges ouviu a voz do homem que falava lá dentro. – Trago-lhe uma visita. O que é que me dá por esse serviço?

Georges entrou, fechou a porta e ficou pasmado ao ver o cubículo miserável. A janela estava revestida de tábuas. Uma luz escassa permitia que ele avistasse uma cama e um armário, mas não podia distinguir nada nitidamente. Um cheiro nojento de comida estragada pairava em redor. Involuntariamente Georges levou a mão ao nariz. Onde estava Peter? Havia por ali um ruído, como se algo raspasse o chão, como numa jaula de bichos. Às apalpadelas Georges encaminhou-se à parede. Realmente esta se encontrava ali onde ele supunha. Que coisa horrível, essa falta de espaço!

– Abra a janela – disse Georges energicamente.

– Isso não pode! – veio a resposta na voz de Atlas.

O mal de Peter era, portanto, a vista, e não apenas a mulher. Isso explicava a escuridão na qual vivia. Onde estava ele?

– Aqui! Aqui! – urrou Atlas, como um leão numa cova. – Ele está acocorado diante do meu buraco patenteado!

Georges deu dois passos ao longo da parede e esbarrou num monte. Peter? Inclinando-se, tocou num esqueleto humano. Levantou-o. O homem tremia. Ou será que uma aragem passava pelo recinto? Não, estava tudo fechado. Nesse instante alguém sussurrava em voz surda, fraquinha, como a de um moribundo, de um defunto, se defunto falasse:

– Quem é?

– Sou eu, Georges, seu irmão Georges. Não me ouve, Peter?

– Georges? – A voz adquiria vigor.

– Pois sim, Georges. Eu queria ver você. Vim para visitar você. Chego diretamente de Paris.

– É realmente Georges?

– Mas por que está duvidando?

– Não enxergo bem aqui por causa da escuridão.

– Reconheci você pela magreza.

De repente alguém ordenou, em tom tão áspero, tão severo que Georges se assustou um pouco:

– Saia daqui, Pfaff.

– Mas como?

– Por favor, deixe-nos a sós – acrescentou Georges.

– Imediatamente! – mandou Peter, o Peter de outrora.

Pfaff se foi. O cavalheiro recém-aparecido era por demais distinto para ele. Dava a impressão de ser presidente de alguma coisa. Certamente era presidente mesmo. Mais tarde ele, Pfaff, teria ainda muito tempo para retribuir devidamente a insolência do professor. Como pagamento por conta, bateu a porta com toda força, mas não a fechou a chave em consideração ao presidente.

Georges deitou Peter sobre a cama. Mal e mal percebia que já não o carregava em seus braços. Dirigiu-se à janela e se pôs a dar puxões nas tábuas.

– Logo mais vou correr a cortina outra vez – disse. – Mas você precisa de ar. Se os olhos doem, feche-os por enquanto.

– Os olhos não doem.

– Por que os poupa então? Pensei que você tivesse lido demais e quisesse descansar um pouco no escuro.

– Essas tábuas foram colocadas ontem.

– E você as pregou tão firmemente? Quase não consigo arrancá-las. Nunca teria imaginado que você tivesse tanta força.

– Foi o zelador, aquele lansquenete.

– Um lansquenete?

– Um brutalhão venal.

– Achei-o simpático. Comparando-o com outras pessoas de sua roda.

– Antigamente eu também simpatizava com ele.

– O que foi que ele lhe fez?

– Ele se comporta inconvenientemente. Trata-me por você.

– Parece-me que ele o faz para dar uma prova de sua amizade. Certamente você não está nesse quartinho há muito tempo.

– Desde anteontem ao meio-dia.

– E se sente melhor aqui? Refiro-me a seus olhos. Espero que não tenha trazido livros com você.

– Os livros estão lá em cima. Minha pequena biblioteca portátil me foi roubada.

– Que sorte! Não fosse assim, você teria tentado ler aqui também. Seria puro veneno para seus olhos tão fatigados. Tenho a impressão de que agora até você mesmo se preocupa com a sua vista. Em outra época pouco lhe importava o que aconteceria a seus olhos. Você abusou deles loucamente.

– Meus olhos estão perfeitamente sadios.

– Realmente? Não há nenhuma moléstia?

– Não.

As tábuas jaziam no chão. Uma luz forte inundava o cubículo. Pela janela aberta afluía o ar fresco em abundância. Georges aspirou-o profundamente, com visível contentamento. Por ora o exame decorria satisfatoriamente. O que Peter respondia às bem calculadas perguntas era coerente, claro, um pouco lacônico, à sua maneira. Todo o mal vinha da mulher, unicamente da mulher. De propósito Peter fingira não ouvir uma alusão a ela. Quanto aos olhos, não receava nada. O modo como reagia, sempre que o irmão indagava sobre seu estado, revelava indignação genuína. Georges virou-se. Na parede estavam suspensas duas gaiolas vazias. Na roupa de cama viam-se manchas vermelhas. Nos fundos, num canto, havia uma bacia cheia de água suja, igualmente avermelhada. Peter estava ainda mais macilento do que haviam suposto as mãos do irmão. Duas comissuras profundas entrecortavam-lhe as faces. O rosto parecia mais comprido, mais afilado, mais severo que anos antes. Quatro rugas impressionantes atravessavam a testa, como se os olhos estivessem constantemente arregalados. Dos lábios não se avistava coisa alguma. Apenas uma fenda recalcitrante traía o lugar onde eles se encontravam. Os olhos, míseros, de um azul aguado, examinavam o irmão com fingida indiferença. Nos cantos vibravam curiosidade e desconfiança. Peter escondia o braço esquerdo atrás das costas.

– O que é que você tem na mão? – Georges retirou-a das costas. Ela estava envolta num pano inteiramente empapado de sangue.

– Eu mesmo me feri.

– Como aconteceu isso?

– Enquanto eu comia, a faca me escorregou subitamente no dedo mindinho. Perdi as duas falanges superiores.

– Certamente você se cortou com muita força.

– Metade das falanges pendia do dedo, mas pensei que de qualquer jeito estavam perdidas e amputei-as totalmente. Para acabar de uma vez com a dor.

– Mas o que assustou tanto você?

– Você sabe muito bem o que me assustou.

– Como vou sabê-lo?

– O zelador lhe contou.

– Acho muito estranho que ele não me tenha falado de tudo isso.

– A culpa é dele. Eu não sabia que o homem criava canários. Mantinha as gaiolas escondidas embaixo da cama, sabe o diabo por quê. Durante toda a primeira tarde e ainda durante todo o dia seguinte, reinava nesse quartinho o mais completo silêncio. Mas ontem, quando eu jantava, justamente no momento em que cortava a carne, explodiu uma barulheira infernal. O sobressalto custou-me o dedo. Não se esqueça de que estou habituado a trabalhar num ambiente de calma total. Mas vinguei-me daquele sujeito miserável. Ele gosta dessas brincadeiras estúpidas. Acho que escondeu as gaiolas de propósito embaixo da cama. Por que não as deixou na parede onde estão agora?

– Como você se vingou?

– Soltei os passarinhos. Em face da dor que sofria, a vingança era branda. Provavelmente morreram. O homem ficou tão furioso que pregou essas tábuas na minha janela. Além disso, paguei-lhe o valor dos bichinhos. Ele afirma que eram valiosíssimos, uma vez que os amestrou durante longos anos. Claro que está mentindo. Você já leu em algum lugar que canários começam a cantar ou se calam por ordem do dono?

– Nunca.

– Dessa forma ele queria aumentar o preço. A gente pensa que só as mulheres cobiçam o dinheiro de seus maridos. É puro engano. Está vendo de que forma paguei a ele.

Às pressas Georges encaminhou-se à mais próxima farmácia, onde comprou iodo, atadura e mais algumas coisas que pudessem fortalecer Peter. A ferida não era perigosa. O que o preocupava era a grande perda de sangue, tratando-se de uma pessoa já bastante fraca. Teria sido necessário tratá-lo logo na véspera. Esse zelador era uma criatura desumana, que só se interessava por seus canários. A narrativa de Peter soava plausível. Mesmo assim seria inevitável indagar do culpado se ela era ou não verídica em todos os pormenores. O mais indicado seria subir diretamente ao apartamento, a fim de ouvir sua versão sobre as ocorrências da véspera tanto como sobre as anteriores. Georges não apreciava nada essa ideia. Já fora a segunda vez nesse dia que se enganara com relação a uma pessoa. Julgava-se – e os êxitos que obtivera como psiquiatra justificavam essa opinião – um grande conhecedor da natureza humana. Aquele ruivo não era apenas um vigoroso Atlas, mas também um indivíduo pérfido e perigoso. A brincadeira dos passarinhos escondidos embaixo da cama mostrava que na realidade pouco se importava com Peter, embora afirmasse ser seu melhor amigo. Tinha o topete de privar um enfermo de luz e ar, tapando a janela com tábuas. Não cuidara da ferida. Uma das primeiras frases que proferiu, logo depois que Georges travara conhecimento com ele, dizia que o irmão pagou – e pagou bem – os quatro canários que lhe devia. Dinheiro era a única coisa que o interessava.

Evidentemente estava em conluio com a mulher. Vivia no mesmo apartamento com ela. Esta obedecera ao empurrão brutal que ele lhe aplicara e suportara as invectivas ainda mais desaforadas que ele lhe dirigira. Acolhera tudo isso com raiva mesclada de prazer. Era, portanto, a amante do homem. Enquanto se encontrara lá em cima, Georges não tirara nenhuma dessas conclusões, tão grande fora seu alívio ao ver Peter absolvido da acusação de homicídio. A essa altura, porém, voltava a sentir vergonha de ter deixado a sua perspicácia em casa. Que coisa ridícula, dar fé a uma mulher dessa laia! Que tolice, tratar com tamanha gentileza um lansquenete, como Peter acertadamente o denominava! Com toda certeza aquele sujeito lhe riria na cara, sabendo que o lograra. O riso sarcástico era peculiaridade desses dois embusteiros, já que se sentiam seguros da vantagem e da vitória que levavam sobre Peter. Provavelmente tencionavam apossar-se do apartamento e da biblioteca, conservando Peter no antro escuro do térreo. Já quando abrira a porta, a mulher o cumprimentara com um sorriso irônico.

Georges resolveu pensar na mão de Peter antes de ir ter com o zelador. A ferida era mais importante que as informações. De todo modo não averiguaria muita coisa nova. Mais tarde seria fácil arrumar um pretexto qualquer a fim de abandonar o cubículo por meia hora.

O engenhoso Ulisses

–Vejo agora que nem sequer nos saudamos condignamente – disse Georges, enquanto entrava. – Mas sei que você detesta cenas sentimentais. Não tem água corrente por aí? Espere, lá fora, no corredor, há uma torneira.

Foi buscar água e pediu a Peter que se conservasse imóvel.

– É o que faço normalmente, sem que ninguém me diga – veio a resposta.

– Estou ansioso para ver sua biblioteca. Nos meus tempos de criança, não entendia seu amor pelos livros. Eu era muito menos inteligente que você e não tinha essa sua memória formidável. Que menino tolo, guloso, avoado era eu. Teria preferido fazer teatro dia e noite e beijar a mãe sem parar. Ao contrário de você, que desde o princípio nunca perdeu de vista sua meta. Jamais encontrei outro homem que se tenha desenvolvido tão conscientemente como você. Sei que não gosta de receber cumprimentos. Se fosse por você, ficaria calado e deixaria você em paz. Não leve a mal, mas não quero deixar você em paz! Há doze anos que não vejo você. Há oito anos leio seu nome somente em revistas. Você não me concedeu nenhuma carta de seu próprio punho, porque as considera preciosas demais. Parece-me provável que nos próximos oito anos você me tratará melhor. Não vai a Paris. Conheço suas opiniões quanto aos franceses e a viagens.

A mim me falta o tempo necessário para visitar você em breve outra vez. Ando sobrecarregado de trabalho. Talvez você tenha ouvido falar que dirijo uma clínica nas proximidades de Paris. Então me diga: quando poderei lhe agradecer, senão agora? E *tenho* de lhe agradecer. Você, na sua exagerada modéstia, nem imagina o quanto lhe devo: meu caráter, o pouco que tenho, meu amor à ciência, meu modo de ser, o fato de eu ter me livrado das mulheres, a seriedade com que encaro o sublime e a humildade com que enfrento as coisas pequenas, essa virtude que você possui em alto grau, ainda mais que o próprio Jakob Grimm. Em última análise, você é o responsável também pela minha conversão à psiquiatria. Você despertou meu interesse pelos problemas da linguagem, e eu dei o salto definitivo ao elaborar uma monografia sobre o idioma de um louco. A abnegação completa de trabalhar pelo trabalho e de cumprir o dever pelo dever, tal como você costuma fazer, a abnegação que Immanuel Kant exige e muito antes dele Confúcio, nunca hei de ter. Receio ser fraco demais para tanto. Sinto-me bem ao ser aplaudido; talvez necessite de aplausos. Você é digno de inveja. Mas deve admitir que pessoas dotadas de tamanha força de vontade são raras, muito raras, infelizmente. Como seria possível que duas delas surgissem numa mesma família? Li, aliás, seu ensaio sobre Kant e Confúcio com tanto interesse como nunca tinha lido as próprias obras de Kant ou os colóquios de Confúcio. Esse ensaio é arguto, exaustivo, implacável para com todos os que tenham outra opinião. A profundidade e a erudição universal depositada nele são simplesmente insuperáveis. Talvez tenha chegado às suas mãos uma apreciação de um crítico holandês que qualifica você de Jakob Burckhardt das culturas orientais. Acrescenta, porém, que você é menos superficial e trata a si mesmo com muito maior severidade. Pode ser que isso se explique parcialmente pelos conhecimentos bem mais vastos, possíveis só em nossa época, mas a maior parte deve ser atribuída à sua personalidade, à sua coragem de se manter sozinho. Burckhardt era professor de universidade e lecionava, um compromisso que não deixou de influir na formulação dos pensamentos dele. Acho grandiosa sua interpretação dos sofistas chineses. A partir de umas poucas frases, menos ainda do que chegou até nós dos filósofos gregos, você sabe construir o mundo, ou melhor, os mundos deles, pois que eles diferem entre si como só um pensador difere de outro. O que mais me agradou foi sua última monografia. Você diz que a escola de Aristóteles desempenhou no Ocidente o mesmo papel que a de Confúcio na China. Aristóteles, discípulo-neto de Sócrates, também acolhe em si todas as demais correntes da filosofia grega. Entre os seus adeptos medievais, os próprios cristãos merecem um lugar de destaque. E da mesma forma amalgamaram os confucianos posteriores tudo quanto se lhes afigurava aproveitável da escola de Mo-Ti, dos taoistas e até mesmo do budismo, e o que consideravam indispensável para a conservação de seu poder. Nem por isso podemos chamar os confucianos ou os aristotélicos de espíritos ecléticos. Como você demonstrou cabalmente, há entre ambos incríveis semelhanças no que tange à influência que uns exerceram, em nossa esfera, sobre a Idade Média cristã e os outros, no Oriente, sobre a mesma era, a partir da dinastia Sung. É escusado dizer que não entendo nada disso, já que não sei chinês, mas suas conclusões têm importância para todos os que queiram compreender suas próprias raízes, os mais profundos primórdios de seus conceitos, o mecanismo espiritual que neles funciona. Posso saber a que trabalho você se dedica atualmente?

Enquanto lavava e medicava a mão de Peter, observava obstinadamente, mas de modo nada perceptível, o efeito que suas palavras produziam na expressão fisionômica do irmão. Depois da última pergunta, fez uma pausa.

– Por que me olha ininterruptamente desse jeito? – perguntou Peter por sua vez. – Está me confundindo com seus pacientes. Minhas opiniões científicas você só as entende pela metade, porque lhe falta cultura. Não fale tanto assim. Você não me deve nada. Detesto adulações. Aristóteles, Confúcio e Kant são indiferentes a você. Qualquer mulher interessa mais a você. Se eu tivesse exercido a menor influência sobre você, você não seria agora diretor de um asilo de idiotas.

– Ora, Peter, você me trata...

– Trabalho em dez monografias simultaneamente. Quase todas são esmiuçamentos de letras, pois é assim que você, no seu íntimo, qualifica todo e qualquer trabalho de um filólogo. Você ri de conceitos. O trabalho e o dever são meros conceitos para você. Você crê unicamente em seres humanos, de preferência em fêmeas. O que quer de mim?

– O que você disse é injusto, Peter. Admiti que não entendo nenhuma palavra de chinês. *San* quer dizer três, e *wu*, cinco. É tudo o que sei. Preciso mesmo observar seu rosto. De que outro modo eu poderia notar se seu dedo dói ou não dói? Se dependesse só de você, nunca abriria a boca. Mas felizmente seu rosto é um pouco mais loquaz que sua língua.

– Então ande depressa! Seus olhares são arrogantes. Deixe minha ciência em paz! Não é preciso fingir que se interessa por ela. Fique com seus dementes! Tampouco farei perguntas sobre eles. Você fala demais, porque sempre passa seu tempo em companhia de outra gente.

– Está bem, está bem. Já estou quase terminando.

Georges sentiu, ao agarrar a mão de Peter, o quanto este teria gostado de levantar-se enquanto proferia essas palavras ásperas. Era tão fácil ressuscitar o orgulho do irmão. Decênios antes a altivez de Peter já se manifestava no seu hábito de ser do contra. Não fazia nem meia hora que ele estivera acocorado no chão, débil, encolhido, um monte de ossos, do qual ressoava a voz de um colegial surrado. A essa altura, porém, defendia-se, pronunciando frases concisas, maliciosas, e tinha ganas de usar a altura de seu corpo como arma.

– Tenho vontade de dar uma espiada em seus livros lá em cima – disse Georges, depois de concluir o curativo. – Vem comigo ou prefere aguardar aqui? Seria melhor se você hoje repousasse um pouco. A perda de sangue foi muito grande. Deite-se por uma hora. Venho buscar você em seguida.

– O que é que você tenciona fazer durante essa hora?

– Olhar sua biblioteca. O zelador está lá em cima, não está?

– Para olhar minha biblioteca você precisará de um dia inteiro. Numa hora não vai ver nada.

– Quero apenas formar uma ideia geral a respeito dela. Mais tarde nós dois a examinaremos detidamente.

– Fique aqui. Não suba! É uma advertência!

– Por quê?

– Há um fedor no apartamento.

– Um fedor? De quê?

– De mulher, para não usar termo mais forte.

– Agora você exagera.

– Você é mesmo um mulherengo.

– Mulherengo? Não, senhor!

– Caçador de saias, se prefere esse epíteto – replicou Peter com voz esganiçada.

– Compreendo seu ódio, Peter. Ela o merece. Merece ainda muito mais.

– Você não a conhece.

– Mas sei o quanto você sofreu.

– Você fala como um cego fala de cores! Você tem alucinações. Está contagiado por seus pacientes. O interior de sua cabeça se parece com um caleidoscópio. Embaralha à vontade formas e cores. Cores, todas as cores. Eu poderia citar cada uma delas pelo nome. Não fale de coisas que não conhece por experiência pessoal!

– Vou me calar. Queria apenas dizer que compreendo você, Peter. Passei por tudo isso, não sou mais o mesmo homem de antes. Foi por isso que naquela época mudei de especialidade. As mulheres são uma desgraça, um peso de chumbo no espírito da humanidade. Quem leva seus deveres a sério tem de se distanciar delas, caso contrário está perdido. Não necessito das alucinações de meus pacientes, porque meus olhos sadios, abertos, já enxergaram muito mais. Em doze anos aprendi algumas coisas. Você teve a boa sorte de saber desde o princípio o que eu fui obrigado a adquirir pelo preço de experiências cruéis.

A fim de convencer o irmão, Georges falava com menos ênfase do que poderia ter feito. Sua boca esboçou uma expressão de amargura transfigurada. A desconfiança e também a curiosidade de Peter intensificavam-se, como se percebia na crescente tensão dos cantinhos dos olhos.

– Você se veste com grande esmero – disse ele, em lugar de qualquer outra reação a tamanha resignação.

– É uma obrigação desagradável. Minha profissão exige. Enfermos de pouca educação impressionam-se muito quando um cavalheiro que lhes parece distinto os trata como seu confidente. Certos melancólicos sentem-se mais confortados pelos frisos das calças do que pelas palavras que lhes dirijo. Se não curar essas pessoas, permanecerão no seu estado bárbaro. Para lhes abrir o caminho à cultura, mesmo que tardia, é necessário que as cure primeiro.

– Desde quando você dá tanta importância à cultura?

– Desde que conheço um homem realmente culto. Desde que conheço a obra que ele realizou e continua realizando diariamente. Desde que conheço a segurança na qual vive o espírito dele.

– Você se refere a mim?

– A quem mais poderia me referir?

– Seus êxitos baseiam-se numa adulação despudorada. Agora entendo o estardalhaço que se faz a seu respeito. É um mentiroso consumado. A primeira palavra que você aprendeu a pronunciar já era uma mentira. Pelo prazer que lhe causa o ato de mentir, chegou a ser médico de loucos. Por que não se tornou ator? Deveria ter vergonha de seus pacientes. Para estes, a miséria deles é a mais amarga verdade. Lamentam-na quando ficam desnorteados. Posso imaginar o que acontece a um desses pobres-diabos quando sofre de alucinações causadas por uma determinada cor. "Sempre tenho o verde diante dos olhos!", lamuria-se ele. Pode ser que chore. Talvez tenha lutado meses a fio contra esse ridículo verde. E você, o que faz? Sei muito bem o que você faz. Bajula o homem, tenta pegá-lo no seu ponto mais vulnerável. Claro que ele tem um. Os homens todos não passam de um conglomerado de fraquezas. Você o trata de "prezado amigo" ou "meu caro". Ele fica maleável, primeiramente respeita você, depois respeita a si mesmo. Mesmo que ele seja o mais miserável de todos os coitadinhos do mundo, você o cumula de reverentes cumprimentos. Mal o paciente começa a se sentir codiretor de seu manicômio, de cuja chefia apenas uma sorte injusta o afastou, você lhe revela sua verdadeira opinião: "Meu caro amigo, a cor que você está vendo absolutamente não é verde. Na realidade é, digamos, azul!".

Essa última palavra foi proferida em voz vacilante. Mas Peter prosseguiu:

– Será que dessa forma você o curou? Nunca! Lá na casa dele a esposa há de torturá-lo, tal como antes fazia, até a morte. "Quando uma pessoa está doente e a ponto de falecer, muito se assemelha aos loucos", diz Wang-Chung, sábio muito sagaz, que viveu no primeiro século de nossa era, de 27 a 98, na China dos últimos descendentes da dinastia Han. Ele sabia mais de sono, demência e morte que vocês todos, com sua ciência pretensamente exata. Cure você o seu paciente da esposa! Isso você não pode fazer, porque não a tem à sua disposição. Se a tivesse, você a guardaria para você mesmo, uma vez que não passa de um caçador de saias. Encerre todas as mulheres na sua clínica; faça com elas o que lhe der na veneta; viva a seu bel-prazer, e morra, gasto e obtuso, aos quarenta – pelos menos assim você terá curado os homens enfermos e saberá então de que modo granjeou glória e honrarias.

Georges notava perfeitamente em que momentos a voz de Peter falhava. Bastava que os pensamentos do irmão voltassem à mulher que se encontrava lá em cima. Ele ainda não a mencionara, mas imediatamente se traía na voz um ódio estrídulo, berrante, incurável. Obviamente Peter esperava que Georges conseguisse afastá-la; missão essa que lhe parecia tão difícil e tão perigosa que de antemão o descompunha por causa do futuro malogro. Seria necessário forçá-lo a abrir mão da maior parte desse ódio. Ah, se ele simplesmente explicasse os acontecimentos tais como se haviam gravado em sua memória, numa narrativa de recuar até o início de tudo! Georges entendia da arte de fingir-se, por ocasião de retrospectivas dessa espécie, de borracha que apagasse todos os sinais traçados na folha sensível da recordação. Peter, porém, nunca lhe contaria nada a respeito de si. Suas experiências tinham lançado raízes profundas na esfera de sua erudição. Nesse campo seria mais fácil estimular-lhe a sensibilidade.

– Creio – disse Georges, arvorando ares de irritante compaixão (quem não a relacionaria consigo?) – que você superestima grandemente a importância das mulheres. Você as leva muito a sério e as toma por seres humanos iguais a nós. Vejo nas mulheres apenas um mal inevitável, porém transitório. A certos insetos já coube uma sorte melhor que a nossa. Uma única mãe ou umas poucas mães dão à luz a colmeia inteira. Todos os demais bichos ficam subdesenvolvidos. Será que se pode viver em mais estreita comunhão que a das térmitas? Que soma terrível de impulsos sexuais não haveria num formigueiro desses, se os bichinhos ainda tivessem sexo! Não o têm e só manifestam em escala muito fraca os instintos originados por ele. Mas têm medo até mesmo do pouco que lhes resta. Quando enxameiam e milhares e milhares delas morrem uma morte aparentemente absurda, ocorre, a meu ver, uma libertação da sexualidade acumulada na coletividade. Os animais sacrificam uma pequena parte de sua população, a fim de manterem a maioria isenta de perturbações amorosas. Esta pereceria se o amor lhe fosse permitido uma única vez. Não posso imaginar coisa mais grandiosa do que uma orgia num formigueiro. Os bichinhos esqueceriam, presos a uma reminiscência monstruosa, o que são, células cegas de um todo fanático. Cada qual deseja viver isolada. Isso começa em grupos de cem ou mil. A loucura espalha-se, *sua* loucura, uma loucura das massas. Os soldados abandonam as entradas. O povo das térmitas ferve de um amor insatisfeito. Elas não podem copular. Não têm sexo. A barulheira, a exaltação, ultrapassando tudo o que jamais se viu, provoca um assalto de formigas. Pelas portas indefesas irrompem os inimigos mortais. Qual dos guerreiros ainda pensa em reagir? Todos desejam amor. O povo, que normalmente talvez tivesse vivido por todas as eternidades, essas eternidades que nós almejamos, falece vitimado pelo amor, pelo impulso graças ao qual nós, a humanidade, prolongamos nossa existência. Uma repentina transformação de um estado de extrema lógica em outro totalmente absurdo. É como se... não, não é possível comparar isso com qualquer coisa existente... sim, é como se você, em pleno dia, gozando completa saúde de seus olhos e perfeita razão, pusesse fogo em você mesmo e em seus livros. Ninguém ameaça você; tem tanto dinheiro quanto necessita e deseja; seus trabalhos tornam-se dia a dia mais vastos e mais originais; livros antigos, muito raros, vêm parar em suas mãos; adquire manuscritos maravilhosos; nenhuma mulher passa por sua porta; sente-se livre e seguro, graças a seu trabalho, graças a seus livros... Eis que de súbito, sem nenhum motivo, e não obstante tal situação abençoada, inexaurível, você incendeia sua biblioteca e permite com toda calma que ela, e junto com ela você, pereça nas chamas. Seria um acontecimento vagamente semelhante àquilo que se daria na cova das térmitas, uma erupção do absurdo, apenas em dimensões menos imponentes. Será que poderemos um dia superar o sexo, assim como as térmitas fizeram? Creio na ciência, cada vez mais, e cada vez menos creio na insubstituibilidade do amor.

– Não há amor! O que não existe não pode ser substituível nem insubstituível. Quem me dera poder afirmar com a mesma certeza que não há mulheres. As térmitas não têm nenhuma importância para nós. Entre elas, quem sofre por causa das mulheres? *Hic mulier, hic salta!* Atenha-se aos seres humanos. O fato de as fêmeas aranhas arrancarem as cabeças dos machos, após terem abusado desses fracalhões, e o fato de somente mosquitos de sexo feminino chuparem sangue nada têm a ver com nosso caso. A matança dos zangões no reino das abelhas é pura barbárie. Se não necessitam dos zangões, por que os criam, e, se eles são úteis, por que os eliminam? É na aranha, o mais cruel e o mais feio de todos os animais, que me deparo com a feminilidade personificada. Ao sol, sua rede cintila, peçonhenta e azul.

– Mas você próprio só fala de animais.

– Porque sei demais a respeito dos homens. Prefiro nem começar a falar. Sobre minha própria pessoa, não digo nada. Sou um caso único. Conheço milhares piores. Para a vítima, cada caso é o pior. Os pensadores genuinamente grandes têm a firme convicção de desvalor da mulher. Procure nos colóquios de Confúcio, nos quais se encontram inúmeras opiniões e sentenças relativas a todas as coisas da vida cotidiana e mais que cotidiana, procure neles uma só frase que se refira às mulheres! Não achará nenhuma! O mestre do silêncio silencia sobre elas. O próprio luto pela morte de uma mulher, ele, que todavia atribui valor intrínseco aos aspectos formais de tudo, considera-o inconveniente e importuno. Sua esposa, com a qual se casou muito jovem segundo o costume do país, e não por convicção e ainda menos por amor, faleceu após longos anos de matrimônio. O filho rebenta em pranto, ao lado do féretro. Chora, agita-se, porque essa mulher casualmente foi sua mãe. Julga-a insubstituível. Eis que Confúcio, o pai, censura-o severamente por sua dor. *Voilà un homme!* Posteriormente, suas experiências justificaram sua atitude. Durante alguns anos, o príncipe do Estado de Lu empregou-o como seu ministro. Sob a administração de Confúcio o país floresceu. O povo se refez, respirou, apoiou com ânimo e confiança os homens que o lideravam. Os Estados vizinhos viam isso com inveja. Receavam uma perturbação do equilíbrio de forças, muito apreciado até mesmo nesses tempos tão remotos. E o que fizeram para se livrar de Confúcio? O mais astuto dentre eles, o príncipe de Tsi, enviou ao seu vizinho de Lu, a cujo serviço Confúcio se achava, oitenta mulheres relacionadas, dançarinas e flautistas. Elas enfeitiçaram o jovem potentado. Debilitaram-no. A política começou a entediá-lo, os conselhos do sábio tornaram-se incômodos para ele. A convivência com as mulheres lhe agradava mais. Devido a elas, a grande obra de Confúcio foi por água abaixo. Ele pegou no bastão de peregrino e percorreu, homem sem pátria, país após país, desesperado pelos sofrimentos dos povos, esperando obter nova influência, mas em vão. Em toda parte encontrava as posições de mando entregues às mulheres. Confúcio faleceu amargurado, mas seu espírito conservou-se por demais nobre para que se queixasse de sua triste sina. Senti que ela transparece em algumas de suas sentenças mais breves. Tampouco eu me queixo. Apenas generalizo e tiro conclusões irrefutáveis.

– Buda foi contemporâneo de Confúcio. Eram separados por enormes montanhas. Como poderia um saber da existência do outro? É até possível que ignorasse o nome do povo ao qual pertencia o outro. "Qual é o motivo, ó venerável", perguntou Ananda, discípulo predileto de Buda, a seu mestre, "qual é a razão por que as mulheres não têm assento nas assembleias públicas, não se dedicam ao comércio e não ganham seu pão por meio de uma profissão própria?"

– Ao que o mestre respondeu: "Ó Ananda, irascíveis são as mulheres; ciumentas, ó Ananda, são as mulheres; invejosas, ó Ananda, são as mulheres; estúpidas, ó Ananda, são as mulheres. Este, ó Ananda, é o motivo, essa é a razão por que as mulheres não têm assento em assembleias públicas, não se dedicam ao comércio e não ganham seu pão por meio de uma profissão própria".

– Muitas mulheres imploraram-lhe que as acolhesse na ordem. Alguns discípulos intercederam em favor delas. Por muito tempo Buda recusou-se a transigir. Decênios após, sucumbindo à sua brandura, à sua compaixão para com elas, fundou, em detrimento do bom-senso, uma ordem de monjas. Dentre as oito regras duríssimas que lhes impôs, reza a primeira: "Uma monja, ainda que cem anos tenham passado desde a sua ordenação, deve dirigir a qualquer monge, ainda que este tenha acabado de ser ordenado, uma saudação reverente, como também deve levantar-se diante dele, de mãos postas, e honrá-lo convenientemente. Cumpre-lhe respeitar essa regra, mantê-la em alto apreço, considerá-la sagrada, acatá-la e nunca na vida transgredi-la".

– E a sétima regra, à qual deve ser prestada a mesma reverência que cabe às coisas sagradas, reza: "De modo algum uma monja terá o direito de invectivar ou repreender um monge".

– E a oitava: "A partir de hoje, fica proibido às monjas falarem com quaisquer homens. Aos monges, porém, não fica proibido falarem com as monjas".

– Apesar dessas barreiras que o Sublime, nas suas oito regras, ergueu contra as mulheres, sentiu-se ele, depois de assim ter feito, acometido de profunda tristeza. Então disse a Ananda: "Se não se tivesse permitido às mulheres, ó Ananda, abandonar o mundo, de conformidade com a doutrina e a ordem promulgada pelo Perfeito, e escolher uma vida sem pátria, essa santa disciplina poderia manter-se por muito tempo. Mil anos perduraria a doutrina da Verdade. Mas, ó Ananda, desde que uma só mulher abandonou o mundo e escolheu a vida sem pátria, essa santa disciplina não se manterá por muito tempo. Apenas quinhentos anos durará a doutrina da Verdade. Assim, ó Ananda, como um fecundo arrozal pode ser atacado por uma praga que se chama míldio, e nesse caso o arrozal não durará muito tempo, assim também não durará muito tempo a santa disciplina, logo que uma doutrina e uma ordem permitirem às mulheres abandonarem o mundo e escolherem uma vida sem pátria. Assim, ó Ananda, como um fecundo canavial pode ser atacado por uma praga que se chama a peste *azul*, e nesse caso o canavial não durará muito tempo, assim também não durará muito tempo a santa disciplina, logo que uma doutrina e uma ordem permitirem às mulheres abandonar o mundo e escolher uma vida sem pátria".

– Na linguagem impessoal da fé percebo um grande, personalíssimo desespero, uma nota de dor, como em nenhum outro lugar, em nenhuma das inúmeras sentenças atribuídas a Buda:

Duro como uma árvore,
Sinuoso como um rio,
Mau como uma mulher,
Tão mau e tão tolo.

reza um dos mais antigos adágios indianos, usando à maneira da maioria dos provérbios uma formulação complacente, em comparação com a atrocidade do assunto. Contudo, assim mesmo é bastante significativo do sentimento popular dos hindus.

– O que você acaba de dizer – respondeu Georges – é novo para mim apenas em certos detalhes. Admiro sua memória. Da imensidão do material que chegou até nós, você cita o que se adapta a seus argumentos. Você me lembra os brâmanes antigos que transmitiam seus vedas, obra muito mais volumosa que os livros sagrados de qualquer outro povo, oralmente a seus discípulos, ainda antes que se inventasse a escrita. Você tem na cabeça os livros sagrados de todos os povos, não só os dos indianos. É verdade que você paga pela sua memória científica o preço de um defeito perigoso. Não toma nota do que ocorre a seu redor. No que toca a suas próprias experiências, você não tem nenhuma recordação. Se eu quisesse insistir com você, coisa que, por motivos óbvios, não vou fazer, se eu quisesse pedir que me conte a história de como você caiu nas mãos dessa mulher, como ela mentiu e enganou, explorou e transformou você, se eu rogasse que me relate pormenorizadamente as maldades e as tolices que a caracterizam, segundo seu adágio indiano, para que eu possa formar minha opinião, em vez de aceitar a sua indiscriminadamente, acho que você não seria capaz de fazê-lo. Talvez, para me agradar, você se empenhasse em sondar suas reminiscências, mas o faria em vão. Olhe, esse tipo de memória que lhe falta, eu o possuo e nesse ponto me julgo infinitamente superior a você. Nunca esqueço o que me disse em determinada ocasião um homem que queria me ferir ou me lisonjear. Meras afirmações, simples constatações que se refiram tanto a mim como a qualquer outro me escapam no decorrer do tempo. A memória de sentimentos, como eu gostaria de chamá-la, é peculiaridade dos artistas. As duas memórias juntas, a dos sentimentos e a do intelecto, e essa é a sua, tornam possível o homem universal. Pode ser que eu tenha dado excessivo valor a você. Se nós dois pudéssemos nos fundir num só homem, você e eu, nasceria um ser espiritualmente completo.

Peter levantou a sobrancelha esquerda.

– Memórias são desinteressantes. As mulheres, se é que leem alguma coisa, alimentam-se de memórias. Lembro-me muito bem de minhas experiências. Você é curioso, eu não. Você ouve todos os dias novas histórias, e você, para variar, queria ouvir a minha. Não preciso de histórias. Essa é a diferença entre nós dois. Você vive de seus loucos, eu vivo de meus livros. O que é mais honesto? Eu poderia vegetar numa cova, já que tenho meus livros na cabeça. Você necessita de todo o seu manicômio. Coitado! Tenho pena de você. No fundo você é uma mulher. Está constituído de sensações. Continua correndo de uma novidade a outra. Eu fico firme em meu lugar. Quando uma ideia me intriga, não consigo me livrar dela durante muitas semanas. Você se apressa em criar logo uma segunda. É o que considera intuição. Se eu sofresse de uma ilusão maluca, me orgulharia dela. Onde existe prova mais concludente de caráter e vigor? Faça uma tentativa com a mania da perseguição! Eu lhe darei minha biblioteca, se você tiver coragem para isso. Você é escorregadio como uma enguia. Esquiva-se de todo e qualquer pensamento sólido. Não é capaz de produzir uma ideia fixa. Eu tampouco, mas não me falta a condição necessária, que é o caráter. A você isso parece pura gabolice. Mas dei provas de meu caráter. Unicamente pela minha própria vontade, sem apoio de ninguém, sem sequer dispor de um confidente, livrei-me de uma opressão, de uma carga, de uma morte, da casca de um granito execrável. Onde estaria eu se tivesse esperado por você? Lá em cima! Saí à rua, abandonei os livros, você nem sabe que livros, vá conhecê-los primeiro! Pode ser que eu seja um criminoso. Do ponto de vista rigorosamente moral, sou um criminoso, mas assumo a plena responsabilidade. Não tenho medo. A morte desfaz os matrimônios. Terei eu menos direito que a morte? O que é a morte? Uma suspensão de funções, uma coisa negativa, um nada. E eu deverei aguardá-la? Depender dos caprichos de um corpo velho e tenaz? Quem aguarda, quando ameaçam seu trabalho, sua vida, seus livros? Odiei-a. Odeio-a ainda hoje, odeio-a além do túmulo. E meu ódio é perfeitamente justo. Vou provar para você que todas as mulheres merecem ódio, já que você pensa que só entendo do pensamento oriental. Você pensa no seu íntimo: "As provas de que precisa, ele as extrai dos campos de sua especialidade". Vou lhe apresentar o azul do céu, isto é, nenhuma mentira, somente verdades, belas, duras, pungentes verdades, verdades de todos os tamanhos e gêneros, verdades para o sentimento e verdades para o intelecto, ainda que em você apenas o sentimento esteja funcionando, mulher que você é, verdades, até que seus olhos nada enxerguem a não ser o azul, não o preto, azul, azul, azul, pois o azul é a cor da lealdade! Mas deixemos esse tema. Você me desviou de um diálogo sério. Descemos finalmente ao nível de analfabetos. Você me rebaixa. Eu deveria me conservar calado. Você me transforma numa megera resmungona, eu que tenho tantos argumentos!

Peter arfava. Sua boca crispava-se violentamente. Nela se via uma língua a executar movimentos desesperados, lembrando a de um homem prestes a afogar-se. As rugas da testa confundiam-se. Ele o percebeu, enquanto falava, e levou a mão até elas. Pôs três dedos nos sulcos e esfregou-os várias vezes da direita para a esquerda. O quarto sulco permanece vazio, pensou Georges. Que milagre que àquela fenda pertença uma boca! Ele tem lábios e uma língua como toda gente. Quem poderia imaginar isso? Ele não quer me contar nada. Por que desconfia de mim? Como é orgulhoso! Receia que no meu íntimo eu zombe dele porque se casou. Quando ainda era garoto, já investia contra o amor. Homem adulto, achava que nem valia a pena falar dele. "Se eu pudesse avistar Afrodite, daria um tiro nela." Por causa dessa sentença, Peter adorava Antístenes, o fundador da escola cínica. Eis que veio uma velhota feiosa e arrastou à desgraça o matador de Afrodite! Grande caráter! Como ele se mantinha firme em seu lugar! Georges sentia uma alegria maliciosa. Peter ofendia-o. Ele, Georges, estava habituado a ser ofendido, mas esses insultos o feriam. As palavras de Peter eram coerentes. Sem os seus pacientes, Georges realmente não poderia viver. Devia muito mais a eles do que apenas seu pão e sua glória. Os enfermos eram o substrato de sua existência espiritual e psíquica. O ardil de que se servira para induzir Peter a falar acabava de fracassar. Em vez de contar sua história, este invectivava Georges e acusava a si próprio de um delito. Fugira da mulher. Para não se envergonhar em demasia desse ato abjeto, tachava-se de criminoso. A consciência de um crime que não existia era perfeitamente suportável. Até homens de autêntico caráter usam desvios para comprovar sua integridade a si mesmos. Peter tinha motivos para considerar-se covarde. Não enxotava a mulher de seu apartamento e sim a si próprio. Da rua pela qual vagara por algum tempo, todo infeliz, um vulto comprido, ridículo, encaminhara-se ao quartinho do zelador. Ali, nessa prisão, expiava a pena que lhe foi imposta por seu crime. Mas, para que o tempo dela não se prolongasse excessivamente, telegrafou ao irmão antes de encarcerar-se. A este caberia, no conjunto do plano, uma incumbência especial. Ele devia expulsar e silenciar a mulher, cortar as asas ao zelador, persuadir o homem de autêntico caráter da inexistência de seu crime, para depois reconduzi-lo num cortejo triunfal à biblioteca libertada e purificada. Nesse caso Georges julgava ser uma parte importante de um mecanismo que outra pessoa pusera em movimento, no intuito de resguardar o seu amor-próprio ameaçado. Para essa comédia valia a pena sacrificar uma falange da mão esquerda. Georges compadecia-se ainda de Peter, mas esse procedimento de fingir uma perturbação mental, esse abuso da dignidade alheia, com o propósito de restaurar a sua, esse jogo no qual era envolvido ele, o psiquiatra habituado a brincar com outras pessoas, tudo isso o desgostava. Tinha vontade de manifestar que percebia o plano. Resolveu, porém, fazer com que Peter reencontrasse a tranquilidade de sua vida de pesquisador, agindo desinteressada e cautelosamente, assim como exigia sua profissão. Reservou para outra época a sua pequena vingança. Quando voltasse a visitar o irmão, e desde já se propunha a fazê-lo, lhe explanaria carinhosa mas implacavelmente o que na realidade se passara entre eles nesse quartinho ali.

– Você tem argumentos? Apresente-os então! Acho que suas frases sempre retornarão à China ou à Índia.

Escolheu o caminho mais longo, já que o mais curto estava obstruído. Uma vez que Peter lhe negava o simples relato, Georges precisava tirar conclusões de sentenças pretensamente científicas, com relação àquilo que Peter imputava à mulher. Como poderia ele retirar o espinho do pé do irmão, sem vê-lo antes? Como o acalmaria, sem conhecer todos os esconderijos de seu desassossego, nem a força que o impelia à intranquilidade, nem o que a causava, nem tampouco a opinião que ele formava com relação ao passado da raça humana, esse passado que Peter, numa troca monstruosa, colocava no lugar de seu próprio passado?

– Permanecerei na Europa – prometeu este. – Também aqui se pode dizer muita coisa acerca das mulheres. As grandes e representativas epopeias populares tanto dos alemães como dos gregos têm por assunto confusões originadas por mulheres. Absolutamente não se pode falar de influências recíprocas. Talvez você admire a vingança vil de Cremilda? Será que ela mesma se aventura a lutar e se expõe ao menor perigo? Limita-se a açular outras pessoas, a tecer intrigas, a cometer abusos, a atraiçoar. E no fim, quando já não receia perigo algum, decapita com as próprias mãos os algemados Gunther e Hagen. Por lealdade? Por amor a Siegfried, de cuja morte ela tem a culpa? Acossada pelas Fúrias? Sabendo que perecerá em virtude de sua vingança? Não, não e não! Nos impulsos que a movem não há nada de grandioso. O que lhe importa é o tesouro dos Nibelungos. Devido à sua loquacidade, perdeu suas joias, e por suas joias tira sua desforra. Em meio às joias havia também um homem. Perdeu-se junto com as joias, e junto com as joias é vingado. No último instante Cremilda ainda faz uma tentativa de levar Hagen a lhe dizer o lugar do tesouro. Credito ao autor da epopeia ou ao povo que lhe forneceu o material o mérito do fato de Cremilda também morrer assassinada.

"Isso significa que a mulher dele era gananciosa e constantemente lhe pedia dinheiro", pensou Georges.

– Os gregos têm-se mostrado menos justos. Perdoam tudo a Helena porque é linda. Eu, por mim, sempre tremo de indignação quando a reencontro em Esparta, ao lado de Menelau, encarando-o, toda alegre, com seus olhos de cadela. Como se nada tivesse acontecido: dez anos de guerra; o trespasse dos mais fortes, dos mais belos, dos melhores entre os gregos; Troia reduzida a cinzas; Páris, seu amante, morto também! Se pelo menos ela se conservasse calada! Desde então passaram-se anos, mas a mulher fala com desenvoltura daquele tempo "em que os heróis, vós, os aqueus, vos dirigistes a Ílion, por causa de meus olhos de cadela". Conta como Ulisses, fantasiado de mendigo, se infiltrou na assediada Troia e ali matou numerosos homens.

Houve ruidosas lamentações entre as mulheres de Troia,
Mas meu próprio coração rejubilou-se. Eu ansiava
Por voltar à casa e lastimava a paixão
Que Afrodite, obcecando-me, me impusera,
Quando me mandou afastar-me de minha filha
E minha pátria, abandonando vilmente meu lar
E meu marido, embora nenhum defeito houvesse nele,
Quer de espírito quer de corpo...

Ela conta essa história perante os convidados e, preste atenção!, perante Menelau. E no lugar dele é ela que tira a moral. Desse modo, adulando-o, consegue reencontrar o coração do marido e assim o consola do adultério cometido outrora. "Naquele tempo, achei Páris mais belo de corpo e espírito", eis o significado oculto das suas palavras, "mas hoje sei que tu és igualmente belo." Quem se lembra ainda de que Páris já deixou de viver? Para uma mulher, o homem vivo é mais belo que o defunto. O que ela possui é o que ela prefere. E ainda tira proveito dessa fraqueza de caráter, incensando o vivo.

"Disso se conclui que a mulher o increpou de seu físico miserável", pensa Georges, "e em seguida enganou-o com outro homem menos miserável. Quando este faleceu, ela voltou, proferindo palavras lisonjeiras."

– Ah, sim, Homero sabe mais a respeito das mulheres do que nós! É o cego que nos fornece ensinamentos, a nós, os que vêem! Recorde-se do adultério de Afrodite. Hefesto não a satisfaz porque é coxo. Com quem o engana então? Com Apolo, o poeta, que é um artista, tal e qual Hefesto, e teria toda aquela beleza que ela não encontra no ferreiro enegrecido pela fuligem? Com o sombrio e misterioso Hades, ao qual pertence o mundo dos infernos? Com Posseidon, o vigoroso, o iracundo, que envia procelas aos mares? Este seria o legítimo senhor para ela, que teve sua origem no mar que ele domina. Ou com Hermes, que entende de inúmeros ardis, inclusive os das mulheres, e cuja astúcia, cuja habilidade de comerciante deveriam seduzir a deusa do amor? Não, a todos Afrodite prefere Ares, cuja exuberância de músculos compensa a ausência de cérebro. Ares, um brutamontes ruivo, deus dos lansquenetes gregos, paladino dos punhos e não do intelecto, sem limitação apenas no que se refere à violência e sob todos os outros aspectos a obtusidade personificada!

"Com isso chegamos ao zelador", pensa Georges. "Foi o segundo que o tratou mal."

– Por pura burrice, prende-se na rede. Sempre que leio como Hefesto apanha os dois em sua rede, fecho o livro, extasiado, e fervorosamente beijo o nome de Homero, dez, vinte vezes. Mas tampouco deixo de saborear o fim da cena. Ares afasta-se furtiva e miseramente. É um asno, sem dúvida, mas ao menos é um homem, que tem ainda no coração um mínimo de vergonha. Afrodite, porém, safa-se, toda radiante, fugindo para Pafos, onde templos e altares estão preparados para ela. Ali, para refazer-se da ignomínia de ter sido ridicularizada por todos os deuses, quando se achava na rede, atavia-se com o maior esmero.

"Quando ele apanhou os dois em flagrante delito", pensa Georges, "o zelador, que naqueles dias ainda andava humilde, escapuliu-se envergonhado e diante do cientista rico esqueceu-se de fazer uso de seus punhos. Ela, porém, ostentou aquela fisionomia desaforada que é a única proteção dos flagrados e, levando suas roupas à peça vizinha, vestiu-se ali. Jean, onde está você?"

– Adivinho seus pensamentos. Você acha que a *Odisseia* me desmente. Nos seus olhos leio os nomes de Calipso, Nausícaa e Penélope. Logo vou mostrá-las a você em toda a sua beleza, beleza que um crítico copia de outro cegamente, três gatas compradas, dentro de um saco velho. Antes menciono, no entanto, que Circe, outra mulher, transforma todos os homens em porcos. Calipso mantém Ulisses, a quem adora de todo o corpo, a seu lado durante sete longos anos. De dia ele está sentado na praia, chorando, acossado de nostalgia e vergonha, mas à noite tem de dormir com ela, *deve* fazê-lo, noite por noite, queira ou não. Todavia não quer. Quer retornar ao seu lar. É um homem ativo, cheio de vigor, coragem e inteligência, uma personalidade formidável, o maior ator de todos os tempos e, apesar disso, um herói. Ela o vê chorar, sabe muito bem o que o entristece. Ocioso, separado das pessoas cujas palavras e atividades são o ar de que necessita para respirar, Ulisses desperdiça seus melhores anos. Ela nunca lhe permitiria que partisse. Eis que Hermes lhe transmite a ordem dos deuses, a ordem de conceder a liberdade a Ulisses. Ela tem de obedecer. Mas abusa das últimas horas que lhe restam para melhorar sua imagem aos olhos de Ulisses. "Por minha livre e espontânea vontade", diz-lhe, "deixo-te partir, porque te amo e tenho pena de ti." Ele percebe a mentira, mas permanece calado. Assim se comporta uma deusa imortal. Tem à sua frente eternidades intermináveis, cheias de homens e de amor. O que lhe importa o modo como ele, criatura mortal, gasta sua vida breve, exígua, já meio devorada pelo tempo?

"Ela não o deixou em paz", pensa Georges, "nem de noite nem nas horas de trabalho."

– Quanto a Nausícaa, sabemos pouca coisa. Era jovem demais. Mesmo assim é possível perceber suas inclinações. Ela diz que deseja ter um homem como Ulisses. Viu-o na praia. Isso já lhe basta. O homem é belo. Ela não tem nenhuma ideia de quem ele é. Faz a sua escolha à base das qualidades físicas. Com relação a Penélope, reza a lenda que aguardou vinte anos o retorno de Ulisses. O número de anos está certo, mas por que aguarda ela? Porque não consegue se decidir a favor de nenhum dos pretendentes. O vigor de Ulisses viciou-a. Depois dele, homem algum lhe agrada. Aqueles comilões não podem lhe prometer o genuíno prazer. Afirma que ama Ulisses. Pura fábula. O cão dele, um animal velho, fraco, cansadíssimo, reconhece-o, logo que o amo chega sob o disfarce de um mendigo, e morre de alegria. Penélope não o reconhece e prossegue vivendo tranquilamente. Só que, antes de adormecer, chora todas as noites. No começo tinha saudade dele, já que Ulisses era um homem fogoso, cheio de vigor. Mais tarde o pranto se tornou um hábito, um sedativo, que ela não queria dispensar. Em vez de recorrer a uma cebola, servia-se da recordação de seu querido Ulisses e, cheirando-a, chorava até dormir. A boa anciã Euricleia, governanta e solícita mãezinha, que tem o coração sensível e sempre anda atarefada, põe-se a se rejubilar ao ver os pretendentes trucidados e as criadas enforcadas. Ulisses, o vingador, o homem a quem eles injuriaram, é obrigado a lhe censurar essa atitude!

"Nas figuras de Penélope e Euricleia, ele detesta a mentalidade de donas de casa", pensa Georges. "Originalmente a mulher fora sua governanta."

– O mais precioso e mais pessoal legado de Homero são para mim as palavras que o espectro pálido e azul de Agamemnon assassinado pela esposa dirige a Ulisses:

Fica advertido agora tu mesmo, e jamais sejas
Bom demais para com tua mulher.
Jamais lhe digas o que pretendes fazer.
Podes dizer-lhe algo, mas reserva o resto
Para ti mesmo...
Às escondidas, faze aportar o navio
Na pátria, nunca às claras, para que ela
Não o saiba, pois nunca podemos confiar
Na lealdade das mulheres...

A crueldade é também um dos traços principais das deusas gregas. Os deuses são mais humanos. Será que já houve uma criatura que tenha sido mais implacavelmente torturada e perseguida por toda a vida do que Hera atormentou e acossou Hércules, que nenhum mal lhe fizera, a não ser o de nascer? Quando ele finalmente falece e se livra do terrível mulherio, que lhe transforma a própria morte numa fogueira infernal, ela ainda lhe estraga a imortalidade por meio de um truque pérfido. Os deuses desejam recompensá-lo de seus sofrimentos. Envergonham-se do ódio da desapiedada Hera. Como indenização adequada concedem-lhe a imortalidade. Eis que Hera contrabandeia uma mulher no presente que lhe entregam. Acasala-o à sua filha Hebe. Os deuses, sendo orgulhosos, acham que quem se casar com uma pessoa de sua estirpe deverá considerar-se afortunado. Hércules não pode se defender. Se Hebe fosse um leão, ele a derrubaria com sua clava. Mas trata-se de uma deusa. E ele agradece sorrindo. Após uma vida perigosa, transplantaram-no para onde? Para um matrimônio imortal! Um matrimônio imortal, no Olimpo, sob um céu azul, com a vista de um mar azul...

"Já se vê que o que ele mais teme é a indissolubilidade de seu casamento." Georges alegrava-se com a ideia do divórcio, desse presente que ele faria ao irmão. Peter calou-se e manteve os olhos fixos no chão à sua frente.

– Diga-me uma coisa – recomeçou ele hesitantemente. – Sofro de ilusões ópticas. Acabo de fazer uma tentativa de imaginar o mar Egeu. Ele me parece antes verde que azul. É grave isso? O que acha?

– Que bobagem! Você é um hipocondríaco. O mar assume as mais diversas cores. Você deve ter alguma recordação especialmente agradável das tonalidades verdes. A mim acontece quase a mesma coisa. Também adoro o verde insidioso, nos dias sombrios, antes de temporais.

– A mim o azul me parece muito mais insidioso que o verde.

– Segundo as experiências que fiz, a relação com cada cor difere de pessoa para pessoa. Geralmente o azul é considerado agradável. Pense no singelo e ingênuo azul dos quadros de Fra Angelico!

Novamente Peter conservou-se calado. De golpe, agarrou a manga de Georges e disse:

– Uma vez que falamos de quadros, que pensa de Michelangelo?

– De onde lhe vem a associação com Michelangelo?

– Bem no centro do teto da Capela Sistina, Eva é criada da costela de Adão. A apresentação desse ato, que converte o recém-iniciado melhor dos mundos no pior, tem dimensões menores que a Criação de Adão e o Pecado Original que a ladeiam. O que ali ocorre é um processo mesquinho e miserável, pelo qual se priva o homem de sua menos valiosa costela; é a cisão que produz dois sexos, dos quais o segundo só significa uma parcela do primeiro. E, no entanto, esse pequeno acontecimento acha-se no centro da Criação. Adão está dormindo. Se estivesse acordado, fecharia sua costela. Ai dele! O fugidio desejo de ter uma companheira tornou-se o seu destino. A benevolência de Deus esgotou-se na criação de Adão. A partir de então, Ele o tratou como um estranho e não como obra Sua. Fez com que pagasse por palavras e estados d'alma mais fugazes que nuvens e obrigou-o a suportar por toda a eternidade as consequências de um capricho. Dos caprichos de Adão originaram-se os instintos do gênero humano. Ele está dormindo. Deus, o bondoso pai, entregando-se com sarcástica brandura a esse trabalho, tira, num truque de mágica, Eva do corpo dele. Ela coloca apenas um pé no solo. O outro ainda se encontra no flanco de Adão. Antes de ser capaz de se ajoelhar, ela já junta as mãos. Sua boca murmura uma frase bajuladora. Bajulações endereçadas a Deus chamam-se rezas. O que ensinou a Eva a arte de rezar não foi a indulgência. Ela é prudente. Enquanto Adão dorme, a mulher acumula a toda a pressa um patrimônio de boas ações. Age instintivamente, notando a vaidade de Deus, tão gigantesca como só Ele mesmo. Por ocasião dos diversos atos da Criação, Deus veste-se diferentemente. Entre uma obra e outra, muda de roupagem. Contempla Eva, envolto num amplo manto a descer em formosas dobras. Não vê a beleza da mulher, porque em toda parte só enxerga a Si próprio, mas aceita a veneração que ela Lhe tributa. O gesto de Eva é ao mesmo tempo humilde e pecaminoso. Desde o primeiro momento da sua vida, a mulher se mostra calculadora. Está nua, mas não sente vergonha perante Deus, que traja aquele amplo manto. Só se envergonhará quando perceber que acaba de fracassar num pecado. Adão jaz ali, fatigado, como após uma cópula. Seu sonho é leve. O homem sonha com a tristeza que Deus lhe deu de presente. O primeiro sonho de um ser humano foi gerado pelo medo à mulher. Quando Adão acorda, Deus cruelmente deixa os dois sozinhos. Então a mulher há de se ajoelhar diante do homem, com as mãos juntas, tal como fez perante Deus, e de seus lábios brotarão as mesmíssimas frases bajuladoras. Ela as pronunciará com lealdade nos olhos e ambição de mando no coração. Para que ele nunca mais possa passar sem ela, Eva o levará à depravação. Adão é mais magnânimo do que Deus. Deus ama na Sua Criação unicamente a Si mesmo. Adão ama Eva, o segundo ente, o outro ser, o mal, a desgraça. Perdoa-lhe o fato de ela ser o que é, a saber, uma costela sua que cresceu. Esquece isso, e um só torna-se dois. Quanta miséria para os tempos futuros!

"Um capricho, um arroubo momentâneo, tem a culpa de seu matrimônio. Peter casou-se contra a vontade. É isso que não perdoa a si mesmo. Irrita-se por crer apenas no imperativo categórico e não na existência de Deus. Caso contrário, imputaria a culpa a este. Ergue os olhos ao teto da Capela Sistina, a fim de representar Deus de alguma forma na sua mente. Não há nas artes plásticas nenhum outro Deus bíblico de credibilidade comparável. Peter necessita d'Ele, a fim de ultrajá-lo." Em voz alta, Georges profere uma frase complacente, que fique o mais distante possível de seus pensamentos:

– Para os tempos futuros? Por quê? Há pouco falamos das térmitas, que conseguiram superar o sexo. Este não é, portanto, um mal inevitável, como tampouco é inextinguível.

– Sim, e um portento em tudo igual ao tumulto amoroso na cova das térmitas e ao incêndio da minha biblioteca, que é impossível, totalmente irrealizável, inconcebível, rematada loucura, uma traição sem paralelo a preciosidades tais como nunca ninguém reuniu em nenhum outro lugar, a mais consumada maldade, uma obscenidade, que você, na minha frente, jamais deveria pronunciar, nem de brincadeira, e ainda menos apresentar como hipótese, já que vê que não estou maluco, não estou nem sequer perturbado, passei por muita coisa, isso sim, mas estar exaltado não é nenhuma vergonha; por que você zomba de mim, minha memória continua intacta, sei tudo o que quero saber, domino-me, por quê? Porque me casei uma única vez, mas não tive nenhuma aventura amorosa. E você, quantos amores já teve? O amor é uma lepra, uma doença transmitida desde os protozoários até a nossa era, outros se casam duas ou três vezes, eu nunca tive relações com ela, você me ofende, não tinha o direito de fazer aquilo, loucos talvez sejam capazes de fazer uma coisa dessas, *eu* nunca porei fogo à minha biblioteca, vá embora, se é que insiste nessa ideia, volte para seu asilo de idiotas! Onde você tem a cabeça? A tudo que lhe digo, você responde: "Sim e amém!". Ainda não ouvi de sua boca nenhuma ideia pessoal, falastrão que você é. Você pensa que sabe tudo! Sinto o cheiro de seus pensamentos sarcásticos. Eles fedem! Você pensa: "Ele está maluco, porque xinga as mulheres". Não sou o único que faz isso! Vou lhe dar a prova! Retire seus pensamentos imundos! Ensinei você a ler, fedelho! Você ignora até mesmo o chinês. Pois então vou obter um divórcio póstumo. Preciso reabilitar minha honra. Para um divórcio não é necessário que haja uma mulher. Que ela se revolva na sepultura! E nem se acha na sepultura. Não merece sequer uma sepultura. Merece, isso sim, o inferno! Por que não existe o inferno? É preciso instalá-lo. Para mulheres e mulherengos como você! Falo a verdade! Sou um homem sério. Você partirá daqui a pouco e não se importará mais comigo. Vivo completamente sozinho. Mas tenho minha cabeça. Posso cuidar de mim. Não legarei os livros a você. Prefiro queimá-los. Você morrerá de qualquer jeito antes de mim, já que está gasto devido à sua vida sórdida. Basta ouvir como você fala, sem vigor, em longos períodos tortuosos. Sempre se conserva cortês, mulher que você é. Você é como Eva, mas eu não sou Deus. De mim não obterá nada dessa forma! Descanse da sua feminilidade! Talvez volte a ser humano. Criatura mísera, abjeta! Tenho pena de você. Se tivesse de trocar de lugar com você, quer saber o que faria? Não preciso, não, mas se precisasse, se não houvesse outra saída, se nenhuma lei natural se compadecesse de mim, saberia como me salvar. Incendiaria seu manicômio, até que as chamas se levantassem alto, devorando todos os pacientes, mas nunca, nunca minha biblioteca! Livros valem mais do que seres humanos. Isso você não entende, porque é um comediante que carece de aplausos. Livros são mudos, falam e todavia são mudos. Eis a grandiosa peculiaridade deles. Falam, e ouve-se a sua voz mais depressa do que se fosse preciso escutá-la com os ouvidos. Vou lhe mostrar meus livros, mas não agora. Só mais tarde. Você há de me pedir desculpa pela asquerosa comparação que usou. Se não, vou enxotar você já!

Georges não o interrompeu. Queria ouvir tudo até o fim. Peter falava tão apressada e excitadamente que nenhuma amabilidade poderia detê-lo. Pusera-se de pé. Sempre que se tratava de livros, seus gestos ponderados tornavam-se vastos e decididos. Georges arrependia-se da imagem da qual, por falta de outra, se servira para ilustrar as térmitas e sua afortunada assexualidade. Tencionara imprimir o rumo desejado à fantasia do irmão, mas infelizmente sua escolha não foi feliz. A mera ideia de que ele mesmo pudesse pôr fogo em seus livros doía-lhe com maior ardência que nenhuma chama. Tamanho amor tinha ele à sua biblioteca. Para ele, ela substituía os seres humanos. Teria sido melhor poupar-lhe essa mágoa, mas até mesmo ela não era improfícua. Através dela, Georges soube que havia um remédio contra a mulher, remédio mais garantido do que qualquer veneno, a saber, um amor excessivo com o qual se devia combater aquele ódio a fim de extingui-lo e aniquilá-lo. Uma pessoa que dessa forma protegesse seus livros contra um perigo apenas imaginário se manteria viva em prol deles. "Expulsarei a mulher rápida e silenciosamente", propunha-se Georges, "e o zelador junto com ela. Em seguida afastarei do apartamento tudo o que possa recordá-los. Examinarei a biblioteca para ver se está completa.

Porei a situação financeira de Peter em ordem, já que certamente ele tem pouco ou nenhum dinheiro. Hei de reconduzi-lo ao seio de seus livros. Durante todo um dia, atiçarei nele o velho amor pela biblioteca e o farei retomar trabalhos que em outra época pretendia executar. Então abandonarei a si mesmo esse peixe seco em seu triste elemento, já que ele o acha ameno. Daqui a seis meses tornarei a visitá-lo, porquanto lhe devo essas pequenas atenções, embora se trate de meu irmão e eu só sinta desdém por sua ridícula profissão. Com relação à história de seu matrimônio, já averiguei todo o necessário. Suas opiniões, que ele julga objetivas, são mais transparentes que água. Por ora preciso acalmá-lo. Ele se torna sereno cada vez que esconde seu ódio atrás de mulheres da mitologia ou da história. Atrás dessas muralhas erguidas ao redor de sua memória, sente-se seguro contra a mulher que se acha lá em cima. E esta não é capaz de discutir com ele nesse terreno. No fundo Peter é um homem estreito e de caráter mesquinho. Seu ódio lhe dá certo vigor. Pode ser que uma parcela disso sobre para seus futuros trabalhos."

– Você se interrompeu. Tinha ainda alguma coisa importante a me comunicar – disse Georges com toda calma, em voz branda, cheia de expectativa, cortando assim pela raiz os rudes desabafos de Peter. Tamanha seriedade e solicitude mitigavam a ira do irmão. Este voltou a sentar-se. Depois de perscrutar um instante a sua cabeça, reencontrou quase imediatamente o fio da meada requerido.

– Um portento igual ao tumulto amoroso na cova das térmitas e ao impossível incêndio de minha biblioteca teria sido a destruição do teto da Capela Sistina pelas mãos do próprio Michelangelo. Podia ser que ele, não obstante a faina de quatro anos, obedecesse à ordem de algum papa doido e caiasse ou destroçasse uma figura após outra. Mas Eva, *essa* Eva, ele a protegeria contra cem homens da Guarda Suíça. Ela é seu legado.

– Você tem um faro excelente com relação aos legados de grandes artistas. A história também lhe dá razão, não apenas Homero e a Bíblia. Deixemos então Eva, Dalila, Clitemnestra e a própria Penélope, cuja perfídia você me demonstrou. Elas são exemplos concludentes, ótimos paradigmas, mas quem sabe nunca viveram? A nós, os amantes da história, uma Cleópatra diz mil vezes mais.

– Pois sim. Não me esqueci dela. Ainda não tinha chegado a esse ponto. Muito bem, deixemos as demais que encontraríamos no caminho! Você é menos meticuloso que eu. Cleópatra manda assassinar sua irmã. Ora, todas as mulheres lutam contra todas as mulheres. Ela engana Antônio. Todas as mulheres enganam todos os homens. Ela se aproveita dele e das províncias asiáticas para viver no luxo. Todas as mulheres vivem e morrem pelo amor ao luxo. Ela atraiçoa Antônio no primeiro momento de perigo. Faz com que ele pense que se cremará viva. Em lugar dela é ele que se mata. Ela não se crema, mas tem à mão um vestido de luto, que lhe assenta bem e com o qual procura seduzir Otávio. Este mostra-se prudente o bastante para abaixar os olhos. Aposto como nunca a viu. O moço astuto tinha o corpo blindado de um arnês. Não fosse isso, ela teria experimentado o contato com sua pele, achegando-se a ele, no exato instante em que Antônio exalava o último suspiro. Que homem, esse Otávio, que homem maravilhoso! Protege sua pele pelo arnês e os olhos, abaixando-os. Afirma-se que não deu resposta ao canto de sereia da mulher. Suspeito que tapou os ouvidos do mesmo modo que Ulisses. Ora, só pelo nariz, ela não conseguiu cativá-lo. Provavelmente, o olfato dele não estava muito desenvolvido. Que homem, um homem do tipo que admiro! César sucumbiu a Cleópatra; Otávio, não. E, todavia, tornara-se ela nesse ínterim muito mais perigosa, quer dizer, mais importuna, devido à idade.

"Até da idade ele acusa a mulher, coisa que se compreende, afinal", pensou Georges. Prosseguiu escutando-o por bastante tempo ainda. Nenhum delito feminino, fosse comprovadamente histórico ou apenas lendário, ficou omitido na argumentação. Filósofos alicerçavam seu menosprezo. As citações de Peter mereciam confiança e gravavam-se profundamente na memória, uma vez que ele discursava à maneira de um mestre-escola. Certas frases já antigas, mas corrompidas por uma tradição errada, foram corrigidas. Sempre se pode aprender alguma coisa, até mesmo de um pedante. Muita coisa nova para Georges. "A mulher é uma erva daninha", dissera santo Tomás de Aquino, segundo a afirmação de Peter, "que cresce depressa. É um ser humano incompleto. Seu corpo amadurece mais rapidamente só porque seu valor é inferior e a natureza se preocupa menos com ele." E onde tratou Thomas More, o primeiro comunista moderno, das leis matrimoniais dos habitantes de sua *Utopia*? No capítulo da escravidão e dos crimes! Uma mulher, Honória, irmã do imperador romano, chamou Átila, o rei dos hunos, à sua própria terra, a Itália, cujas regiões mais lindas ele saqueou e destruiu. Poucos anos após, a viúva do mesmo imperador, Eudoia, casou-se, depois da morte do marido, com o assassino e sucessor dele, e em seguida provocou o assalto dos vândalos de Roma. A ela Roma devia o famigerado saque, assim como sua irmã tinha culpa da praga dos hunos.

Aos poucos diminuía o fervor de Peter. Sua fala ficava cada vez mais sossegada. Ele frisava apenas superficialmente alguns crimes horrendos. A matéria era mais vasta que o ódio. A fim de não descuidar-se absolutamente de nada, pois que a meticulosidade continuava sendo seu traço essencial, distribuía seu rancor equitativamente entre numerosos períodos, povos e pensadores. Assim, cabia relativamente pouco a cada um deles. Uma hora atrás Messalina teria ouvido coisas muito diferentes a seu respeito. Nesse momento, porém, saiu-se quase ilesa, com apenas umas poucas linhas de Juvenal. A própria mitologia de muitas tribos negras parecia imbuída de menosprezo às mulheres. Peter recorria a aliados onde quer que os encontrasse, perdoando a ignorância de analfabetos, desde que estes entendessem de mulheres.

Georges aproveitou um pequeno intervalo causado pela rememoração de alguns fatos para tomar a liberdade, respeitosamente e como sempre cheio de expectativa, de submeter uma sugestão que só se referia a uma refeição. Peter aceitou-a, dizendo que preferia mesmo comer fora de casa, já que estava farto do cubículo. Encaminharam-se ao restaurante mais próximo. Georges sentiu que olhares de esguelha o observavam cuidadosamente. Mal abriu a boca, Peter tornou a discorrer sobre suas hienas. Mas as frases não tardaram a perder-se num silêncio completo. Georges também se calou. Durante alguns minutos ambos descansaram de sua vigilância. No restaurante Peter sentou-se cerimoniosamente. Mexeu tanto tempo na sua cadeira que terminou por virar as costas a uma senhora presente no local. Logo após surgiu outra, ainda mais velha e mais disposta a trocar olhares. Contemplava até mesmo uma pessoa como Peter e, grata pela atenção dele que em breve tencionava despertar, não deu importância ao físico esquelético. O *maître*, um cavalheiro de aparência elegante, quedava-se perto de Georges, a quem tomava pelo benfeitor do vulto esfaimado, e anotava os pratos pedidos. Com um leve aceno de cabeça dirigido ao mendigo, recomendou dois tipos de pratos, os mais nutritivos para o pobretão e os mais refinados para o benfeitor. Peter, levantando-se inopinadamente, disse em tom áspero:

–Vamos sair daqui, e já! – O garçom expressou seu pesar. Georges sentia-se constrangido. Os irmãos se foram, sem mais explicações. Quando se encontraram fora do restaurante, Peter perguntou:

–Viu aquela bruxa?

–Vi.

– Ela me olhou. A mim! Não sou nenhum criminoso. Como pode essa mulher se atrever a me examinar? Posso justificar tudo o que fiz!

No segundo restaurante Georges ocupou um reservado. Enquanto comiam, Peter deu continuação à preleção interrompida, lenta e monotonamente, sempre a espreitar o irmão, para ver se o ouvia. Perdia-se em trivialidades e histórias para lá de conhecidas. Sua fala tornava-se arrastada. Entre uma e outra frase parecia dormir. Em breve chegaria a intercalar vários minutos entre as palavras. Georges pediu champanhe. "Falando mais depressa, Peter terminará mais cedo", pensou. "Além disso, hei de conhecer seus derradeiros segredos, se é que ele os tem." Peter recusou-se a beber. Alegou detestar bebidas alcoólicas. Mas em seguida bebeu, para que Georges não supusesse que ele quisesse ocultar-lhe algo.

– Não preciso esconder coisa alguma – afirmou. – Sou a verdade em pessoa. Minha desgraça tem sua raiz em meu amor à verdade! – Bebeu muito. Sua erudição transferiu-se para outra esfera. Mostrou conhecimentos espantosos em matéria de processos históricos contra assassinos. Ardorosamente defendeu o direito do homem de eliminar a esposa. Seu discurso converteu-se no de um advogado a explicar, perante o tribunal, por que seu cliente teve de matar a diabólica mulher, cujo caráter infernal se manifestara na vida impudica que ela teria gostado de levar, no seu modo provocante de vestir-se, no hábito de dissimular sua idade, nas palavras vulgares em que consistia seu vocabulário, e sobretudo nas sádicas agressividades que degeneravam em aplicações de terríveis surras. Que homem não assassinaria uma esposa dessa laia? Detida e insistentemente, Peter desenvolveu essa argumentação. Depois de concluir sua dedução, acariciou o queixo à maneira de um autêntico advogado de defesa. Em seguida defendeu a causa dos matadores de mulheres medíocres.

Georges não aprendeu pormenores novos com relação ao caso propriamente dito do irmão. Não obstante o efeito do álcool, a opinião que formara permanecia intacta. Danos ocorridos a cérebros pedantes podem facilmente ser reparados. Têm sua origem num excesso de lógica e é por meio da lógica que são curados. Esses casos são os únicos que aborrecem Georges. Não são casos genuínos. Um homem que, apesar de tocado, se mantém tão sóbrio como antes merece o pior conceito. Quanta falta de imaginação não existia nesse Peter devorando todo o resto! Um cérebro de chumbo, feito de tipos fundidos, frio, imóvel, pesado! Do ponto de vista da técnica, talvez fosse um prodígio. Mas será que ainda há prodígios na nossa era técnica? A ideia mais audaciosa que um filólogo é capaz de conceber é a de matar a própria esposa. Para isso, porém, é necessário que a mulher seja uma espécie de monstro vinte anos mais velho que o respectivo filólogo; que seja sua cópia fiel, maligna, suscetível de tratar criaturas vivas tal como o filólogo trata os textos de grandes poetas. Se ele pelo menos realizasse o homicídio, se levantasse a mão contra ela e não recuasse no último instante, se perecesse em virtude de seu crime, se sacrificasse à sua vingança as conjecturas, os manuscritos, a biblioteca, tudo quanto coubesse em seu magro coração – então, sim, seria possível honrar sua memória! Ele, porém, prefere liquidá-la de outra forma. Antes telegrafa ao irmão, pedindo-lhe que o ajude num caso de assassinato não cometido. Continuará vivo e ativo por mais trinta anos. Em certas revistas científicas prosseguirá brilhando por toda a eternidade terrena como um astro de primeira grandeza. Netos que folhearem anuários de sinologia – pois que netos dessa espécie certamente serão gerados – não poderão deixar de deparar-se com o nome dele. É o mesmo nome de Georges. Melhor seria mudá-lo. Daqui a cinquenta anos o governo nacional da China há de homenageá-lo, erguendo-lhe uma estátua. Crianças, seres graciosos, delicados, de olhos oblíquos e pele repuxada – quando riem, inclinam-se as mais sólidas casas –, brincam numa rua que tem esse nome. Aos olhos dessas crianças – crianças e tudo o que as rodeia são um feixe de enigmas –, as letras de um nome convertem-se num mistério, cujo portador tem sido toda a vida claro, transparente, ajuizado, compreendido e, se em algum momento chegasse a ser um enigma, a solução não tardaria a aparecer. Que sorte que na maioria das vezes os homens não saibam em homenagem a quem suas ruas receberam tal ou qual nome! Que sorte que quase sempre saibamos pouca coisa!

No começo da tarde Georges levou o filólogo ao seu hotel. Pediu-lhe que repousasse ali, enquanto ele cuidava de seus problemas domésticos.

– Sua intenção é limpar o apartamento – disse Peter.

– Pois é.

– Então não se espante com o fedor horrível que aguarda você lá.

Georges sorriu. Covardes gostam de usar circunlóquios.

– Taparia o nariz.

– Mas mantenha os olhos abertos! Pode ser que você veja fantasmas.

– Nunca vejo fantasmas.

– Talvez veja alguns. Então me conte.

– Como não! – As piadas de mau gosto que ele faz!

– Quer me fazer um favor?

– Qual?

– Não fale com o zelador! O homem é perigoso. Vai agredir você. Basta que diga uma palavra que lhe desagrade e logo começará a bater em você. Faço questão de que você não se prejudique por minha causa. Ele quebrará todos os seus ossos. Dia a dia expulsa mendigos do edifício, mas antes os maltrata. Você o conhece. Prometa que evitará qualquer contato com ele! Esse homem mente. Não acredite no que ele diz.

– Eu sei. Você já me advertiu antes.

– Promete?

– Claro.

– Mesmo que ele não lhe fizesse nenhum mal, zombaria de mim mais tarde.

"Ele já está com medo da época de voltar a viver completamente só", pensou Georges e disse:

– Esteja certo de que o mandarei embora.

– Realmente? – Peter riu pela primeira vez. Pôs a mão no bolso e estendeu a Georges um maço de notas amassadas. – Ele exigirá dinheiro.

– É toda a sua fortuna?

– Sim. O resto você encontrará lá em cima sob uma forma mais nobre.

Ao ouvir essa última frase, Georges quase sentiu náuseas. Metade da enorme herança paterna estava empatada em tomos mortos, e a outra, no manicômio. Qual das metades prestava melhor serviço? Julgara que Peter ainda tivesse uma parte do dinheiro. "Não fico triste", dizia para si mesmo, "por ter de sustentá-lo o resto da vida. Mas sua pobreza me incomoda porque com o mesmo dinheiro eu poderia auxiliar diversos enfermos."

Em seguida deixou-o sozinho. No corredor esfregou as mãos no lenço. Também o teria passado pela testa, já levantava a mão para fazê-lo, quando se lembrou daquele gesto semelhante de Peter. Baixou a mão depressa.

Quando se achava diante da porta do apartamento, ouviu uma gritaria violenta. Os dois brigavam lá dentro: tanto mais fácil seria lidar com eles. Tocou fortemente a campainha. A mulher abriu. Tinha os olhos cheios de lágrimas e ainda vestia a mesma saia ridícula com que se apresentara de manhã cedo.

– Por favor, senhor irmão! – gritou. – Ele está ficando insolente! Quem penhorou os livros foi ele. Será que tenho culpa disso? Agora ele quer me denunciar. Não é possível, digo eu. Sou uma mulher honesta.

Com a mais refinada cortesia, Georges conduziu-a a uma das salas. Ofereceu-lhe o braço. Pediu-lhe que tomasse assento diante da escrivaninha do irmão. Ele mesmo colocou a cadeira na posição mais confortável.

– Fique à vontade – disse. – Espero que se sinta bem aqui. Uma mulher como a senhora merece ser bem tratada de todas as formas. Infelizmente já sou casado. A senhora deveria administrar sua própria casa de comércio. Nasceu para dirigir um negócio. Ninguém nos incomodará aqui, não é? – Encaminhou-se à porta de ligação e sacudiu o trinco. – Está bem fechada. Ótimo. Tenha a bondade de fechar a outra porta também.

Ela obedeceu. Georges entendia da arte de transformar-se logo no proprietário e tratar os donos da casa como se fossem hóspedes.

– Meu irmão não é digno da senhora. Falei com ele. A senhora deve deixá-lo. Ele queria delatá-la por causa do duplo adultério. Sabe de tudo. Mas eu o impedi de fazê-lo. Qualquer mulher enganaria um homem como ele. Acho que, na verdade, ele nem é homem. Mesmo assim poderia conseguir com toda a facilidade que, num processo de divórcio, a culpa recaísse sobre a senhora. Nesse caso a senhora ficaria na mão, e de toda trabalheira que teve com esse indivíduo maldoso, e eu o conheço bem, não lhe sobraria um só vintém. A senhora teria de passar sua velhice na pobreza e no desamparo. Uma mulher honesta como a senhora, que pode viver no mínimo ainda uns trinta anos! Quantos anos tem a senhora? No máximo quarenta. Clandestinamente ele já instaurou um processo contra a senhora. Mas vou interceder a seu favor. A senhora me agrada. É preciso que saia imediatamente dessa casa. Quando meu irmão não a avistar mais, deixará de ameaçá-la. Vou comprar para a senhora uma leiteria no outro extremo da cidade. Empresto-lhe o capital necessário sob uma condição: a senhora nunca mais deve se encontrar com meu irmão. Caso contrário, o capital que ponho à sua disposição com essa finalidade voltará a ser meu. A senhora assinará um contrato nesses termos. É no seu próprio interesse. Ele quer mandar prender a senhora. Tem a Lei a seu lado. A Lei é injusta. Por causa de uns poucos livros extraviados, uma mulher como a senhora não deveria sofrer. Não aturo essas coisas. Ah, se eu não fosse um homem casado! Permita-me, madame, que eu, como seu cunhado, beije sua mão. Tenha a gentileza de me dizer exatamente quais são os livros que faltam. Assumi a obrigação de substituí-los. Sem isso ele não desistiria do processo. É um sujeito cruel. Vamos deixá-lo sozinho. Que ele veja então como se arranja. Ninguém vai cuidar dele. É o que ele merece. Se cometer novas besteiras, a culpa será dele. Agora ele tenta atribuí-la unicamente à senhora. Quanto ao zelador, vou providenciar para que o afastem do emprego. Ele se comportou para com a senhora de maneira muito desaforada. A partir de agora deverá cuidar de outro edifício. A senhora não tardará em casar-se de novo. Pode estar certa de que todo mundo vai ter inveja de seu negócio. Muitos homens gostarão de participar dele através do casamento. A senhora tem tudo o que uma mulher precisa ter. Não falta nada. Creia, sou um senhor distinto. Hoje em dia pouca gente dá tanta importância ao asseio como a senhora. Essa saia aí é uma preciosidade. E esses olhos! E a juventude! E a boquinha! Como já lhe disse: se não fosse um homem casado, ia seduzi-la a cometer um pecado. Mas respeito a esposa de meu irmão. Mais tarde, quando eu retornar, para ver como anda aquele bobalhão, tomarei a liberdade de visitá-la em sua leiteria. Então a senhora já não será a mulher dele. Então os nossos corações haverão de se expressar livremente.

Ele falou com fervor. Cada palavra obteve o efeito calculado. Ela corou. Depois de certas frases, Georges fez uma pausa. Nunca antes ousara recorrer a esse tom melodramático. Ela não disse nada. Mas ele compreendeu que sua presença a fizera emudecer. As coisas que lhe dizia eram tão lindas. Ela não queria perder uma só de suas palavras. Os olhos lhe saíam das órbitas, primeiro de medo, depois de amor. Embora não fosse uma cadela, a mulher levantava as orelhas. Da boca escorria-lhe baba. A cadeira na qual estava sentada rangia jubilosamente a melodia de uma canção popular. As mãos, formando uma taça, estendiam-se em direção a Georges. Ela bebia com os lábios e as mãos. Quando ele as beijou, desmanchou-se a taça e os lábios murmuravam:

– Mais, por favor! – Ele ouviu essas palavras e, vencendo o nojo, tornou a beijar-lhe as mãos. Ela estremecia! A emoção alcançou até os cabelos. Se Georges a abraçasse ela desmaiaria. Após a frase final sobre os corações, ele se conservou numa pose rígida, que devia coroar o discurso, colocando por cima do peito a mão e boa parte do antebraço num gesto conjurador. Ato contínuo, ela lhe comunicou que possuía uma caderneta de poupança e que não se extraviara nenhum livro, uma vez que as cautelas da casa de penhores estavam com ela. Desajeitadamente virou-se, com o pudor das impudicas, e da saia, que aparentemente continha um bolso, retirou um grande maço de cautelas. Perguntou se desejava a caderneta também, que lhe daria como prova de sua afeição. Georges agradeceu, dizendo que, precisamente por ter afeição a ela, não a queria. Enquanto, porém, ele ainda proferia a negativa, ela acrescentou:

– Olhe, nem sei se a merece. – Já se arrependia da oferta, antes de ele aceitá-la. Quis saber se Georges realmente a visitaria. Este, sim, era um homem. As poucas palavras que pronunciou fizeram com que se controlasse novamente. Mas, mal Georges voltou a abrir a boca, sentiu-se outra vez toda dele.

Meia hora depois Therese ajudou-o na ação contra o zelador:

– Parece que você não sabe quem sou! – gritou Georges na cara do homem. – Sou o chefe de polícia de Paris à paisana! Basta uma palavra de minha parte e meu colega, o chefe de polícia dessa cidade, manda prendê-lo imediatamente! Então você perderá sua aposentadoria. Estou a par de tudo o que você cometeu. Olhe só essas cautelas. Quanto ao resto, não vou falar por enquanto. Não diga nada! Conheço-o muito bem. Você tem duas caras. Costumo tratar com todo o rigor possível indivíduos dessa espécie. Vou pedir a meu amigo, o chefe de polícia dessa cidade, que ordene um expurgo nas suas fileiras. Você deve sair desse edifício. Amanhã de manhã não quero encontrá-lo aqui. Você é um sujeito ruim. Vá empacotar suas coisas. Por ora limito-me a adverti-lo. Mas não deixarei de liquidar você, criminoso que é! Você sabe o que fez, não sabe? Não é segredo para ninguém!

Benedikt Pfaff, o ruivo e robusto brutamontes, encolheu os músculos, ajoelhou-se de mãos postas e implorou ao senhor chefe de polícia que o perdoasse. A filha ficara doente, teria morrido de qualquer jeito. Humildemente sugeria que não o demitissem de seu emprego. Só tinha aquele olho mágico e nada mais. O que lhe sobraria? Que não o privassem de um ou outro mendigo! Já vinham tão poucos! No edifício todo mundo lhe queria bem. Ele não tinha sorte! Se apenas tivesse sabido de todas essas coisas! Quem visse o professor nunca diria que ele tinha por irmão um chefe de polícia. Se ele, Pfaff, tivesse conhecimento disso em tempo, teria ido à estação para recebê-lo com todas as honras. Até Deus se mostraria indulgente. De antemão grato, tomou a liberdade de levantar-se.

Sentia-se muito satisfeito com a homenagem prestada ao digníssimo cavalheiro. Ao ver-se de pé, piscou-lhe amistosamente um olho. Georges, porém, conservou-se duro e severo. Até certo ponto foi ao encontro dos desejos de Pfaff. Este devia obrigar-se a resgatar pessoalmente, logo na manhã seguinte, todos os livros penhorados. Também teria de renunciar ao edifício. Nos limites da cidade, ao lado da leiteria da mulher, receberia uma loja de animais. Ambos se prontificaram a morar juntos. A mulher fez questão de que Pfaff não a surrasse nem beliscasse. Além disso, exigiu o direito de receber, quando quisesse, as visitas do senhor irmão do professor. O zelador consentiu lisonjeado. Quanto à proibição de beliscá-la, fazia objeções. Disse que era apenas humano. Além do compromisso de amarem-se sempre, os dois teriam de fiscalizar-se reciprocamente. Se um dos consortes, por descuido, se aproximasse da Ehrlichstrasse, o outro deveria sem demora comunicar o fato a Paris. Nesse caso o culpado perderia definitivamente tanto a loja como a liberdade. À primeira notícia se seguiria um telegrama com uma ordem de prisão, ao passo que o denunciante poderia reivindicar uma gratificação.

Pfaff respondeu que a Ehrlichstrasse era uma boa merda e que ele ficaria muito contente em viver no meio de muitos canários.

Therese queixou-se:

– Está vendo? Novamente ele fala de merda! Diga-lhe que pare de usar essa palavra!

Georges persuadiu-o a servir-se do linguajar que convinha a um sólido negociante. Explicou-lhe que doravante já não seria um mísero funcionário aposentado, mas um homem realizado. Pfaff teria preferido ser dono de um botequim, ou, melhor ainda, diretor de um circo, com um número de atletismo, apresentado por ele mesmo, e com outro, de pássaros amestrados que cantassem e se calassem segundo as suas ordens. O chefe de polícia consentiu em que Pfaff – no caso de o negócio dar bastante lucro e ele conduzir-se leal e honestamente – abrisse um restaurante ou um circo. Therese não concordou, alegando que circo era coisa indecente. Um restaurante, sim. Ambos decidiram dividir o trabalho entre si. Ela administraria o restaurante e ele dirigiria o circo. Ele seria o homem e ela a mulher. O senhor chefe de polícia prometeu enviar fregueses de Paris.

Na mesma tarde, Therese pôs-se a limpar cuidadosamente o apartamento. Não contratou faxineira. Fez tudo sozinha a fim de poupar ao senhor irmão do professor despesas desnecessárias. Para a noite trocou os lençóis da cama do marido e ofereceu-a ao senhor irmão. Afirmou que os hotéis se tornavam cada dia mais caros e que ela não tinha medo. Georges esquivou-se, pretextando ter de cuidar de Peter. Pfaff retirou-se pela última vez ao seu cubículo, buscando ali o derradeiro sono e a mais fiel das recordações. Therese passou a noite esfregando o assoalho.

Três dias após, o proprietário celebrou seu ingresso no edifício. Seu primeiro olhar dirigiu-se ao cubículo. Ele estava vazio. No lugar da tampinha havia apenas um buraco feio na parede. Pfaff, o inventor, arrancara e emalara o olho mágico patenteado. No andar de cima Peter encontrou a biblioteca intacta. As portas de ligação estavam abertas de par em par. Diante da escrivaninha, Peter andava de cá para lá.

– Não há manchas nos tapetes – disse, sorrindo. – Se houvesse, eu ia queimá-las. Detesto manchas. – Das gavetas retirou alguns manuscritos e empilhou-os na mesa. Em voz alta lia os títulos para que Georges os ouvisse. – É trabalho para muitos anos, meu amigo! E agora lhe mostrarei os livros.

Entre numerosos "Aqui você vê..." e "o que pensa que é isto aqui?", intercalando olhares generosos e pacientes encorajamentos, pois nem todos dominam uma dúzia de línguas orientais, apresentou os volumes, que pouco antes ainda se achavam na casa de penhores, e explicou a peculiaridade de cada um ao mano, que obedientemente demonstrava sua admiração. Com espantosa rapidez mudava a atmosfera. Datas e números de páginas vibravam no ar. Letras recebiam significados revolucionários. Conjecturas perigosas eram retificadas. Filólogos levianos, tirando as máscaras, convertiam-se em monstros, que convinha expor em trajes azuis em praça pública como alvos do escárnio geral – o azul, a mais ridícula de todas as cores, a cor das pessoas desprovidas de senso crítico, dos ingênuos, dos crédulos. Verificou-se que um idioma recém-descoberto era conhecido havia muito e seu pretenso descobridor não passava de um burro. Ouviram-se iradas invectivas contra ele. Depois de ter passado no máximo três anos em determinado país, aquele indivíduo atrevera-se a publicar uma obra sobre a língua que ali se falava! Também nos domínios da ciência começava a predominar o topete dos arrivistas. A ciência deveria ter seus tribunais de inquisição aos quais ele pudesse entregar os hereges. Não seria necessário pensar logo na condenação ao holocausto. Mas a independência jurídica da casta dos sacerdotes medievais tinha lá suas vantagens. Quem dera que os sábios de nossos dias tivessem a boa sorte dos de outrora! Por causa de um crimezinho insignificante, talvez inevitável, um cientista, cujo trabalho era de inestimável valor, podia ser condenado por alguns leigos!

Georges começou a sentir-se pouco seguro. Não conhecia nem a décima parte dos livros discutidos. Desprezava essa sabedoria que o esmagava. Em Peter o desejo de trabalhar crescia poderosamente, despertando em Georges a saudade do lugar onde a sua soberania era tão absoluta como a do irmão na biblioteca. Por isso Georges se apressou a qualificá-lo de "novo Leibniz" e, para subtrair-se durante a tarde ao poder fraternal, pretextou alguns motivos verdadeiros. Cumpria contratar uma criada inofensiva. Seria preciso combinar no mais próximo restaurante o fornecimento regular das refeições. Seria feito um depósito numa conta bancária, do qual todos os meses se entregasse automaticamente determinada quantia no apartamento.

De tardezinha despediram-se um do outro.

– Por que você não acende a luz? – perguntou Georges. A biblioteca já estava às escuras. Peter riu com orgulho.

– Aqui encontro meu caminho mesmo em plena noite. – Desde que se achava em casa, transformara-se numa pessoa segura, quase jovial.

– Assim você prejudica seus olhos – replicou Georges enquanto acendia a luz. Peter agradeceu os serviços prestados. Com uma pedanteria agressiva, enumerou-os um a um, mas silenciou a respeito do mais importante, a saber, o afastamento da mulher.

– Não vou lhe escrever – disse por fim.

– Posso imaginar. Com todo o trabalho que você se propôs realizar.

– Não é essa a razão. Por princípio não escrevo a ninguém. Escrever cartas é tempo perdido.

– Como você quiser. Se precisar de mim, mande-me um telegrama! Daqui a uns seis meses venho visitar você de novo.

– Para quê? Não necessito de você! – A voz de Peter soava agastada. Talvez a despedida lhe causasse dor, que ele escondia atrás da rudeza.

No trem Georges continuou a seguir o fio de seus pensamentos. Acaso seria surpreendente se ele se apegasse um pouco mais a mim? Afinal de contas auxiliei-o. Agora ele tem tudo como quer. Nenhuma brisa pode incomodá-lo.

O fato de estar a salvo da biblioteca infernal encheu-o de alegria. Com impaciência aguardavam-no oitocentos fiéis. O trem avançava devagar demais.

O galo vermelho

Logo após a saída do irmão, Peter fechou a chave a porta do apartamento. Para sua maior segurança havia nela três fechaduras complicadas, além de largas e pesadas barras de ferro. Sacudiu-as. Não cediam nem um milímetro. A porta parecia uma só peça de aço. Atrás dela a gente se sentia realmente em casa. As chaves ainda entravam nos buracos. A madeira, de cor desbotada, mostrava muitos arranhões. A ferrugem nas barras escuras já era velha. Não se percebia onde a porta tinha sido consertada e, todavia, fora despedaçada pelo zelador, no dia em que este arrombara o apartamento. Um pontapé aplicado por ele bastara para que as barras entortassem como vigas de madeira. Fanfarrão miserável! Ele arremetia com os punhos e os pés. Esmagava o apartamento. Era um dia primeiro do mês, e o sr. Pfaff não recebera sua gratificação. "Alguma coisa deve ter acontecido com ele!" – o zelador gritava enfurecido e lançara-se para cima, em direção à fonte de dinheiro, que subitamente acabava de estancar. No caminho triturara a escada. As pedras gemiam sob seus punhos dentro das botas. Os homens apareciam nas entradas de suas covas, todos os súditos de seu palácio tapavam os narizes. "Que fedor!", queixavam-se. "Onde!", perguntara o zelador com ameaças na voz. "Vem da biblioteca", responderam. "Eu não fedo nada!", dissera ele. Nem sequer sabia expressar-se em sua própria língua materna. Tinha nariz grosso e enormes narinas, mas o bigode embaixo delas estava untado de pomada e se estendia pelas ventas adentro. Dessa forma, o sr. Pfaff percebia apenas o cheiro da pomada e nunca o do cadáver. O bigode era duro como gelo. O homem encerava-o todos os dias. Possuía milhares de bisnagas de pomada vermelha. Sob a cama, no seu cubículo, tinha toda uma coleção de potes de unguentos, todos os matizes de vermelho, vermelho, vermelho aqui, vermelho acolá. Até sua cabeça era vermelha como FOGO.

Kien apagou a luz no vestíbulo. Bastava dar meia-volta num interruptor e o ambiente ficava logo às escuras. Do gabinete de trabalho coava-se através das frestas um leve clarão, tocando-lhe carinhosamente as calças. Quantas calças não tinha visto! O olho mágico não existia mais. Aquele brutamontes arrancara-o da parede, que agora se erguia devastada. Amanhã chegaria outro Pfaff, que vedaria a ferida. Pena que não a tenham pensado imediatamente! O guardanapo se empapara de sangue. A água na bacia ficara rubra, como se tivesse havido uma batalha naval perto das Ilhas Canárias. Por que se escondiam eles sob as camas? Na parede sobrava lugar. Quatro gaiolas estavam preparadas. Eles, porém, na sua arrogância, olhavam com desprezo o povo vil. As marmitas estavam vazias. Eis que vieram bandos de codornas, e o povo de Israel teve o que comer. Todos os pássaros foram exterminados. As gargantas eram bem pequeninas sob as penas amarelas. É inacreditável, apesar da voz tão potente, como é difícil achar as gargantas! Uma vez encontrada, aperta-se a garganta. Fim do canto a quatro vozes! Em toda parte jorra sangue, sangue espesso, quente. Esses pássaros têm sempre febre, o sangue ARDE, as calças QUEIMAM.

Esfregando as calças, Kien afastou delas o sangue e o clarão. Em vez de encaminhar-se ao gabinete de trabalho, de onde a luz caíra sobre ele, passou pelo comprido e escuro corredor. Entrou na cozinha. Na mesa havia um prato com pãezinhos. A cadeira, à frente dela, estava deslocada, como se alguém a tivesse usado pouco antes. Kien arredou-a com um gesto mal-humorado. Agarrou os brioches fofos, amarelos, parecidos com corpos de passarinhos, e deitou-os na lata de pão. Esta lhe recordava um crematório. Escondeu-a no armário da cozinha. Na mesa restava apenas o prato, luzente num alvor deslumbrante, uma almofada. Em cima dela jaziam *As calças*. Therese abrira o livro. Parara na página vinte. Calçara luvas. "Leio cada página seis vezes." Tenta seduzi-lo a cometer atos obscenos. Ele quer somente um copo d'água. Ela vai buscá-lo. "Vou viajar amanhã por seis meses." "Perdão, isso não é possível!" "É necessário." "Não permito!" "Mas vou viajar de qualquer jeito!" "Então trancarei a porta do apartamento!" "Quem tem as chaves sou eu!" "Onde, me diga?" "Aqui!" "E se houvesse um INCÊNDIO?"

Kien acercou-se da pia e abriu a torneira inteiramente. O jato precipitava-se com tanta força na pesada concha que quase a rebentava. Em breve ela se encheu de água. A torrente escorria por sobre o chão da cozinha, apagando todo o perigo. Kien voltou a fechar a torneira. Escorregou nos ladrilhos. Furtivamente passou para o cubículo vizinho. Este estava vazio. Outrora houvera ali uma cama e na parede oposta uma mala. Na cama dormia a megera azul. Na mala achavam-se guardadas suas armas. Mais tarde a mulher mudou-se para os aposentos dele e levou os móveis consigo. As paredes empalideceram de tanta alegria. Desde então conservaram-se brancas. E o que encostou Therese nelas? Sacos de farinha, gordos sacos de farinha! Transformou o cubículo numa despensa para os malignos anos negros. Do teto pendiam presuntos defumados. O assoalho revestia-se de rígidos cones de açúcar. Volumosos pães rolavam, chocando-se com barris de manteiga. Jarros de leite fincavam-se vigorosamente no chão. Os sacos de farinha encostados nas paredes protegiam a cidade contra um assalto de inimigos. Tudo estava previsto para toda a eternidade. Tranquilamente a mulher admitiu ser encerrada. Fiava-se nas suas chaves. Um belo dia abriu a despensa. Na cozinha já não havia nenhuma migalha de pão, e o que se encontrava na despensa? Os sacos de farinha estavam reduzidos a meros buracos. No lugar dos presuntos pendiam apenas cordões do teto. O leite se tinha escoado dos jarros. Dos cones de açúcar sobrava somente papel azul. O assoalho engolira todo o pão e calafetara as fendas com manteiga. Quem fez isso? Quem? Ratos!

Ratos apareciam subitamente em casas onde nunca tinham sido vistos. Ninguém sabe de onde vêm, mas de repente estão ali. Devoram tudo, essas boas, essas abençoadas ratazanas, e para mulheres famintas deixam apenas um monte de jornais. Nada mais. Não gostam de jornais. As ratazanas detestam a celulose. Cavam no escuro, isto sim, mas não são cupins que comem madeira e livros. Tumulto amoroso na casa dos cupins. INCÊNDIO NA BIBLIOTECA.

Tão depressa quanto lhe obedecia o braço, Kien apanhou uma folha de jornal. Não era preciso que se abaixasse muito, já que a pilha se elevava acima de seus joelhos. Num movimento brusco, empurrou-a para o lado. Na frente da janela o chão estava ocupado em toda a largura por jornais. Há anos as folhas velhas eram amontoadas ali. Ele se inclinou para fora da janela. Lá embaixo no pátio a escuridão era total. Das estrelas penetrava luz até onde ele se achava, mas não o bastante para ler um jornal. Talvez o mantivesse muito longe dos olhos. Aproximou-o deles. Seu nariz tocou no papel e aspirou ávida e temerosamente o cheiro de querosene. O papel tremia e crepitava. Das narinas de Kien saía o vento que fazia com que a folha ondulasse. Suas unhas afundavam-se nela. Mas os olhos iam em busca de uma manchete suficientemente grande para que pudesse ser decifrada. Se ele chegasse a orientar-se por ela, leria toda a folha à luz das estrelas. A primeira letra que conseguiu distinguir era um a maiúsculo. Tratava-se, pois, de um assassínio. Realmente vinham logo depois dois s. Essa manchete, gorda e negra, enchia a sexta parte da folha. Tanto estardalhaço por causa de seu empreendimento! A essa altura tornava-se ele assunto de falatórios da cidade inteira, justamente ele que adorava sossego e solidão. E Georges teria um exemplar do jornal na mão, ainda antes de atravessar a fronteira. Nesse momento o mano já saberia do assassínio. Se existisse uma censura exercida por eruditos, metade dessa folha ficaria branca. Nesse caso o pessoal lá embaixo encontraria menos matéria azul. A segunda manchete começou com I e logo depois surgiu um N. INCÊNDIO. Assassínios e incêndios devastam os periódicos, o país e as cabeças das pessoas. Nada as fascina tanto. Quando o assassínio não vem acompanhado de um incêndio, falta-lhes parte do prazer. Até gostariam de atear fogo com as próprias mãos. Para cometerem um homicídio não têm coragem suficiente. São todos uns covardes. A gente não deveria ler jornais. Então estes morreriam sozinhos por causa do boicote geral.

Kien jogou a folha no monte. Convinha cancelar imediatamente a assinatura do jornal. Abandonou o abjeto cubículo.

– Mas já é de noite – disse em voz alta, enquanto andava pelo corredor. – Como poderei cancelá-la a essa hora?

Para prosseguir lendo tirou o relógio da algibeira. Este só lhe oferecia um mostrador. Não era possível reconhecer a hora. ASSASSÍNIO E INCÊNDIO mostravam-se menos recalcitrantes. Lá do outro lado, na biblioteca, a luz estava acesa. Kien ardia por saber a hora. Entrou no gabinete de trabalho.

Eram precisamente onze horas. Mas nenhum sino de igreja batia. Naquela outra ocasião, isso se dera em pleno dia. Defronte à igreja amarela. Na pracinha as pessoas andavam nervosamente de cá para lá. O anão corcunda se chamava Fischerle. Lamentava-se tão violentamente que poderia ter comovido até as pedras. As lajes da calçada saltitavam. O Theresianum estava cercado por policiais. Um major dirigia a operação. Tinha no bolso a ordem de prisão. O anão vira-o com os próprios olhos. Os inimigos haviam-se escondido na escadaria. Lá em cima reinava o porco. Livros indefesos entregues a feras inescrupulosas! O porco compilava um livro de cozinha com cento e três receitas. Segundo se dizia, sua barriga era angulosa. E Kien seria um criminoso? Por quê? Porque ajudava os mais pobres dentre os pobres. Pois a polícia já emitira uma ordem de prisão, ainda antes de ouvir falar do cadáver. Toda essa imensa reunião de forças se dirigia unicamente contra ele. Tropas a pé e a cavalo. Revólveres novinhos em folha, carabinas, metralhadoras, arame farpado e carros blindados. Mas contra ele tudo isso é inútil. Eles não o enforcarão, a não ser que consigam agarrá-lo! Por baixo das pernas, eles escapam roseiral adentro, Kien e seu leal nanico. E agora o acusam. Ele ouve arfadas e grunhidos. O sabujo quer saltar na sua garganta. Mas, ai dele, coisa pior está por acontecer. No sexto andar do Theresianum as feras celebram seus festins. Milhares de livros, dezenas de milhares, estão presos ali injustamente, contra a sua vontade, totalmente inocentes. Que culpa têm eles da existência de um porco? E assim vegetam, longe da terra firme, nas proximidades do sótão em BRASA, esfaimados, condenados, condenados a MORRER NAS CHAMAS.

Kien ouvia gritos de socorro. Desesperado, puxou a corda da claraboia encaixada no teto e de golpe abriram-se as janelas. Aguçou os ouvidos. Intensificavam-se os gritos de socorro, mas Kien não confiou neles. Correu à sala vizinha e lá também puxou a corda. Ali os gritos soavam mais fracos. A terceira peça ecoava-os estridentemente, ao passo que na quarta mal os ouvia. Às pressas percorreu o mesmo caminho de volta. Corria e escutava. Os gritos de socorro vinham em ondas, crescendo e diminuindo. Kien comprimiu os ouvidos com ambas as mãos e rapidamente os largou. Comprimia e largava. Os sons que chegavam de cima eram exatamente os mesmos. Ai dele, os ouvidos deixavam-no confuso. Com muito esforço, e sem se importar com o trilho emperrado, empurrou a escada até o centro do gabinete de trabalho. Galgando-a, manteve-se no degrau mais alto. Seu tronco ultrapassava o teto. Kien se agarrou nas vidraças. Eis que ouviu os gritos lancinantes. Eram livros que clamavam. Na direção do Theresianum via-se um clarão avermelhado a arrastar-se hesitantemente pelo céu negro e hiante. No nariz de Kien fixava-se um cheiro de querosene. Labaredas, clamor, fedor! FOGO no Theresianum!

Ofuscado, Kien fechou os olhos. Inclinou a cabeça esbraseada. Gotas caíam ruidosamente em sua nuca. Chovia. Atirando o crânio para trás, expôs o rosto à chuva. Como estava fria essa água estranha. As próprias nuvens tinham compaixão. Talvez apagassem o incêndio. Eis que um golpe glacial lhe feriu as pálpebras. Ele estava com frio. Alguém o beliscava. Desnudavam-no completamente. Revistaram-lhe os bolsos. Permitiam que ficasse com a camisa no corpo. Num pequeno espelho avistou a si mesmo. Era muito magro. Rubras figuras, grossas, túrgidas, cresciam a seu redor. Entre elas achava-se o zelador. O cadáver tentava falar. Ele não prestava atenção. Ela dizia sempre: "Ora, ora!". Kien tapou os ouvidos. Ela batia na saia azul. Ele virou-lhe as costas. À frente dele estava sentado um uniforme sem nariz. "Como se chama?" "Doutor Peter Kien." "De profissão?" "O maior sinólogo vivo." "Impossível." "Juro." "Então é perjúrio." "Não!" "É um criminoso!" "Estou perfeitamente lúcido. Confesso. Em plena consciência. Matei-a. Estou completamente normal. Meu irmão não sabe de nada. Respeite-o. Ele é uma celebridade. Menti para ele." "Onde está o dinheiro?" "O dinheiro?" "Sim, você roubou." "Não sou ladrão!" "Assassino e ladrão!" "Só assassino!" "Assassino e ladrão!" "Só assassino, só assassino!" "Você está preso, vai ficar aqui!" "Mas meu irmão há de chegar. Deixe-me em liberdade até lá. Ele não deve tomar conhecimento de tudo isso. Imploro ao senhor!" E o zelador dá um passo à frente. Por ora ainda é seu amigo. Obtém para ele alguns dias de liberdade. Leva-o para casa, vigia-o, não permite que saia do cubículo. Foi ali que Georges o encontrou na miséria, mas não como um delinquente. Agora o mano se acha novamente no trem. Por que não ficou aqui? Poderia vê-lo no tribunal. Um assassino deve apresentar-se voluntariamente. Mas ele não quer. Permanece aqui. Vela pelo Theresianum em chamas.

Lentamente Kien levantou as pálpebras. A chuva tinha diminuído. O clarão avermelhado tornara-se mais pálido. Os bombeiros acabavam de chegar, até que enfim! O céu já não proferia sons lamentosos. Kien descia da escada. Em todas as peças os gritos de socorro haviam emudecido. Para que não lhe escapassem, no caso de recomeçarem, deixou as claraboias abertas de par em par. No centro da sala a escada continuava preparada. Numa situação de extrema emergência o ajudaria a fugir. Para onde? Para o Theresianum! Lá o porco jazia carbonizado sob as vigas. Mas uma pessoa desconhecida, em meio à multidão, poderia fazer muita coisa. Saia de casa! Cuidado! Carros blindados andam pelas ruas. Homens, cavalos, veículos. Pensam que já o apanharam. O senhor há de castigá-los atrozmente, e ele, o assassino, vai escapar. Mas antes apagará os vestígios.

Ajoelha-se diante da escrivaninha. Passa a mão pelo tapete. Fora ali que o cadáver tinha ficado estendido. Será que ainda se veem restos de sangue? Não se vê coisa alguma. Kien enfia os dedos profundamente nas narinas. Sente apenas um leve cheiro de poeira, mas nada de sangue. É preciso olhar isso mais de perto. A luz não presta. O lustre fica muito alto. O fio da lâmpada de mesa é curto demais. Na escrivaninha há fósforos. Kien acende logo seis de uma vez, seis meses, e deita-se sobre o tapete. Bem de perto ilumina-o à procura de manchas de sangue. As listras vermelhas fazem parte do desenho. Sempre estiveram ali. Mas cumpre eliminá-las. A polícia vai tomá-las por sangue. Convém destruí-las pelo fogo. Kien fricciona os fósforos no tapete. Apagam-se. Acende mais seis. Suavemente os conduz por cima de uma listra vermelha, e com muita cautela aperta-os nela. O rastro que deixam é marrom. Pouco depois se apagam também. Kien ainda risca outros. Gasta toda a caixa. O tapete conserva-se frio. Mas há em toda a sua extensão marcas marrons. Restos de brasa persistem em alguns lugares. Agora já não existe nenhuma prova contra ele. Ai dele, por que confessou o crime? Perante treze testemunhas. Entre elas, o cadáver e o Gato Ruivo, que podia enxergar até à noite. O homicida com a mulher e a filha. Batem à porta. É a polícia que está diante dela. Batem.

Kien não abre. Faz-se de surdo. Esconde-se atrás de um livro que jaz na escrivaninha. Deseja lê-lo. As letras dançam em todas as direções. Não se pode decifrar palavra nenhuma. Silêncio, por favor! Diante de seus olhos, cintila, rubro, um clarão de brasa. É o resultado daquele susto terrível que lhe pregou o incêndio. Quem não se assustaria ao ver o Theresianum em chamas, que consomem inúmeros livros? Kien está de pé. Como se pode ler assim? O livro fica muito baixo. Sente-se! Já está sentado. Onde? Na cadeia? Não, em casa. Com a escrivaninha e a biblioteca. Aqui está tudo a seu lado. Por enquanto nada queimou. Ele tem o direito de ler quando quiser. Mas o livro ainda está fechado! Ele se esqueceu de abri-lo. Tamanha burrice merece uma sova. Abre o livro. Bate-o com a palma da mão. Batem onze horas. Agora apanhei você. Leia! Deixe! Não. Saia daí! Ai! Da primeira linha desprende-se uma vara que lhe golpeia a orelha. As letras são de chumbo. Isso dói. Golpe! Outro golpe! Mais um! Uma nota ao pé da página aplica-lhe um pontapé. Cada vez mais. Ele cambaleia. Linhas e páginas inteiras, tudo o acossa. Sacodem-no, surram-no, atormentam-no, jogam-no uns nos braços dos outros. Larguem-me! Maldita corja! Socorro! Georges! Socorro! Georges!

Mas Georges se foi. Peter levanta-se de um pulo. Com formidável vigor agarra o livro e fecha-o em seguida. Assim aprisionou as letras, todas elas, e certamente jamais as libertará. Nunca! Ele está livre. Está de pé. Está sozinho. Georges se foi. A este ele logrou. O que é que Georges sabe do assassínio? Um médico de loucos. Um bobalhão. Uma alma escancarada no mundo. Mas gosta de furtar livros. Se fosse por ele, eu morreria logo. Então ele ficaria com a biblioteca. Não a terá. Paciência! "Que quer fazer lá em cima?" "Lançar um olhar nos livros." "Lançar mão dos livros!" Pois é, isso agradaria a ele. Cada louco fique com seus loucos. Ele vai voltar. Então terá mais sorte. Um testamento? Não é necessário. O herdeiro universal apodera-se de tudo que lhe apetecer. Um trem especial para Paris. A Biblioteca Kien. Quem a colecionou? O psiquiatra Georges Kien, mais ninguém! E o irmão, o sinólogo? É um equívoco. Não era seu irmão. Apenas tinham o mesmo nome. Pura casualidade. Um assassino, um uxoricida! ASSASSÍNIO E INCÊNDIO. Em todos os jornais. Condenado à prisão perpétua... perpétua... morta e... dança dos mortos... herança milionária... bezerro de ouro... quem acha encaixa... chore... adeus... não... unidos... até que a morte nos separe... MORTE NAS CHAMAS... Voraz... devorado pelas CHAMAS... arde... DESEJO ARDENTE... FOGO, FOGO, FOGO!

Kien agarra o livro que está na mesa e com ele ameaça o irmão. Este quer roubá-lo. Todos têm testamentos em mira. Cada um conta com a morte do próximo. É para morrer que um irmão serve. O mundo é um antro de ladrões. Há homens que comem e roubam livros. Todos cobiçam alguma coisa, nenhum deles fica, ninguém quer esperar um pouquinho. Antigamente os bens eram queimados junto com o morto. Não existiam testamentos, e o que sobrava, o que sobrava eram os ossos. Dentro do livro matraqueiam as letras. Estão presas e não podem sair. Golpearam-no até que jorrasse o sangue. Ele as ameaça com a morte na fogueira. Assim se vingará de todos os seus inimigos. Trucidou a mulher. O porco jaz carbonizado. Georges não receberá nenhum livro. E a polícia não há de apanhá-lo. As letras martelam, impotentes. E lá fora a polícia bate na porta com toda a força. "Abra!" Nunca!" "Em nome da Lei!" "Bobagem!" "Abra já!" "Vá!" "Imediatamente!" "Mente!" "Nós o fuzilaremos!" "Veremos!" "Vai ficar sufocado pela fumaça!" "Isso passa!" Eles tentam esmagar sua porta. Não será fácil. A porta é forte. Bum! Bum! Bum! Os golpes tornam-se violentos. Ouve-se o barulho até no fundo do apartamento. Sua porta está blindada com chapas de ferro. E se a ferrugem as corroesse? Nenhum metal é onipotente. Bum! Bum! Em frente à porta encontram-se porcos e investem contra ela com suas barrigas angulosas. Certamente, a madeira se fará em lascas. Parece tão velha. Eles conquistaram os fortes do inimigo. Fortificar-se! Força! Bum! Repique de sinos! Às onze tocam os sinos. O Theresianum! O corcunda! Já vão embora frustrados. Não tenho razão? Força! Não tenho razão? Força!

Das estantes os livros precipitam-se ao chão. Ele os apanha com os braços compridos. Furtivamente, para que ninguém lá fora possa ouvi-lo, carrega pilha por pilha para o vestíbulo. Amontoa-os diante da porta de ferro. E, enquanto a espantosa barulheira ainda lhe fragmenta o cérebro, constrói uma poderosa barricada de livros. Tomos e mais tomos abarrotam o vestíbulo. Ele recorre à escada. Em breve chegará ao teto. Retorna ao gabinete. As estantes descerram bocarras vazias. Diante da escrivaninha o tapete está em chamas. Ele se encaminha para o cubículo ao lado da cozinha e retira dele todos os jornais velhos. Separa folha por folha, amassa todas, transforma-as em bolas e joga-as em todos os recantos. Recoloca a escada no centro da sala, no mesmo lugar de antes. Sobe até o sexto degrau, observa o fogo, espera. Quando as labaredas finalmente o alcançam, solta uma gargalhada tão estrondosa como nunca soltara em toda a sua vida.

Apêndice

O primeiro livro por Elias Canetti

Este título é enganoso, pois aquele que deveria ser o meu primeiro livro era, na verdade, um de um conjunto de oito livros planejados, todos eles esboçados simultaneamente ao longo de um ano, do outono de 1929 ao outono de 1930. O manuscrito do primeiro desses romances, sobre o qual me concentrei a partir de então, e que ficaria pronto alguns anos depois, trazia o título *Kant pega fogo*. Sob esse título, e como manuscrito, ele permaneceu comigo, intocado, por quatro anos, e só quando estava para ser publicado, em 1935, é que lhe dei o título que traz desde então: *Auto de fé*.[1]

A figura central desse livro, hoje conhecida como Kien, era designada, nos primeiros esboços, com um B., abreviatura para "Homem de Livros".[2] Pois era assim, enquanto "Homem de Livros", que eu o tinha diante dos olhos, e de tal forma que sua relação com os livros era muito mais importante que ele próprio. O fato de ser constituído de livros era, então, a sua única qualidade; provisoriamente, não possuía nenhuma outra. Quando enfim me pus a escrever ordenadamente a sua história, dei-lhe o nome de

1 O título *Auto de fé* é uma escolha posterior de Canetti. O título do original alemão é *Die Blendung*: literalmente, *O ofuscamento*. [N.T.]

2 Em alemão, *Buchermensch*. [N.T.]

Brand. O seu fim estava contido nesse nome: ele deveria terminar numa fogueira.[3] Ainda que eu não soubesse como o romance se desenrolaria em seus detalhes, uma coisa já era certa desde o início: ele queimaria a si próprio, juntocom seus livros, e arderia com sua biblioteca nesse fogo que ele mesmo ateara. Por isso se chamava Brand, e, assim, eram essas suas denominações iniciais, "Homem de Livros" e "Brand", a única coisa certa a seu respeito, desde o princípio.

Mas havia ainda uma outra coisa já certa, algo que, provavelmente, se deve qualificar como decisivo para o livro: a limitada governanta Therese, sua antagonista. O modelo para ela era tão real quanto era irreal o do "Homem de Livros". Em abril de 1927, eu alugara um quarto na Hagenberggasse, numa colina sobre Hacking, nos arredores de Viena. Eu já havia morado em alguns quartos de estudante na cidade, e queria, então, morar um pouco fora dela, para mudar de ares. O zoológico de Lainz, com suas velhas árvores, me atraía, e o anúncio de um quarto nas proximidades de seus muros me chamou a atenção. Fui ver o quarto; a dona da casa me recebeu e conduziu ao piso superior, onde nada mais havia além desse quarto. Ela mesma morava com sua família no rés-do-chão. Fiquei entusiasmado com a vista: para além de uma quadra de esportes, viam-se as árvores do grande jardim do arcebispado e, do lado oposto do vale, no alto da encosta, a cidade dos loucos, Steinhof, cercada por um muro. Minha decisão já estava tomada desde o primeiro instante: eu tinha de ficar com o quarto. Diante da janela aberta, tratei dos detalhes com a dona da casa. Seu vestido descia até o chão; ela mantinha a cabeça inclinada e a jogava às vezes para o lado oposto. O primeiro discurso que me endereçou encontra-se reproduzido literalmente no terceiro capítulo de *Auto de fé*: era sobre a juventude de hoje e as batatas, que já estavam custando o dobro. Foi um discurso bastante longo e me irritou tanto que o guardei imediatamente na cabeça. É verdade

3 Sobrenome comum em alemão, *Brand* significa também incêndio, fogueira. [N. T.]

que no decorrer dos anos seguintes voltaria a ouvi-lo várias vezes, com as mesmas palavras. Mas já a primeira vez bastara para que nunca mais pudesse esquecê-lo.

Durante essa primeira visita, impus a condição de que minha companheira pudesse vir me visitar. A dona da casa insistiu em que só poderia ser sempre a mesma *"Fräulein Braut"*.[4] A indignação com que lhe respondi que havia apenas uma única acalmou-a. Eu também possuía muitos livros. "Ora, por favor", disse ela, "na casa de um senhor estudante só pode ser assim." Tive mais dificuldades com minha última exigência: deveria poder pendurar na parede os quadros que sempre me acompanhavam. Ela disse: "Sim, as belas tapeçarias. Mas tem de ser com pregos?". Respondi, sem piedade, que sim. Tinha comigo, havia muitos anos, grandes reproduções dos afrescos da Capela Sistina, e sucumbira de tal maneira aos profetas e sibilas de Michelangelo que não os teria sacrificado nem mesmo por esse quarto. Ela viu minha determinação e cedeu a contragosto.

A esse quarto, onde vivi seis anos, não devo apenas a figura de Therese. A visão diária de Steinhof, onde viviam seis mil loucos, era o espinho que penetrava a carne. Tenho plena certeza de que sem esse quarto jamais teria escrito *Auto de fé*.

Mas levou um certo tempo para que as coisas chegassem a esse ponto: eu ainda era o estudante de química que ia todos os dias ao laboratório e só à noite se ocupava de escrever. Também não gostaria de dar a falsa impressão de que a figura de Therese – que só surgiu três anos e meio mais tarde – tenha mais em comum com a dona da casa do que o modo de falar e uma certa semelhança na aparência. Esta era uma funcionária aposentada dos correios, seu marido também trabalhara lá, e com eles viviam dois filhos já adultos. Só o primeiro discurso de Therese foi tirado da realidade: todo o resto é pura invenção.

4 "*Fräulein Braut*": literalmente, a "senhorita noiva". [N.T.]

Alguns meses depois de me mudar para esse novo quarto, aconteceu algo que exerceu a mais profunda influência tanto na minha vida posterior como na composição de *Auto de fé*. Foi um daqueles acontecimentos públicos que não ocorrem com frequência e que abalam tanto a uma cidade inteira que ela jamais volta a ser a mesma.

Na manhã do dia 15 de julho de 1927 eu não estava, como de costume, no Instituto de Química da Währingerstrasse, mas me encontrava em casa. Lia os jornais matutinos no café em Ober-St. Veit. Ainda posso sentir a indignação que me sobreveio quando peguei o *Reichpost* em minhas mãos. Lia-se ali a chamada enorme: "Uma sentença justa". Houvera disparos de Burgenland, e trabalhadores haviam sido mortos. O tribunal tinha absolvido os assassinos. Essa absolvição era caracterizada, ou melhor, alardeada, pelo órgão do partido do governo, como "sentença justa". Mais que a própria absolvição, esse escárnio para com o mínimo sentimento de justiça desencadeou uma enorme revolta no operariado de Viena. Trabalhadores de todos os bairros da cidade marcharam em passeata até a frente do Palácio de Justiça, que só por seu nome já personificava para eles a injustiça. Foi uma reação totalmente espontânea; senti a medida dessa espontaneidade em mim mesmo: com minha bicicleta, fui correndo para o centro da cidade e juntei-me a uma daquelas "passeatas".

Nesse dia, os trabalhadores – que, de resto, eram bem disciplinados, confiavam em seus líderes social-democratas e estavam satisfeitos com a maneira modelar com que a comunidade de Viena era por eles administrada – agiram *sem* os seus líderes. Enquanto ateavam fogo ao Palácio de Justiça, o prefeito Seitz, sobre um caminhão do corpo de bombeiros, mão direita estendida para o alto, procurava detê-los. Seus gestos foram em vão: o Palácio de Justiça incendiava-se. A polícia recebeu ordem de fogo: houve noventa mortes.

Já se passaram quarenta e seis anos, e ainda trago em mim a excitação daquele dia. Foi a coisa mais próxima de uma revolução que já vivenciei de corpo presente. Centenas de páginas não seriam suficientes para descrever o que vi com meus próprios olhos. Desde então, sei perfeitamente como ocorreu a queda da Bastilha, não precisaria ler uma palavra a respeito. Eu me transformara numa parte da massa, fora inteiramente absorvido por ela: não sentia em mim a menor resistência àquilo a que ela se propunha. Espanta-me que eu, em tal estado, tenha sido capaz de apreender todas essas cenas concretas que se desenrolavam, uma a uma, ante meus olhos. Gostaria de mencionar uma delas.

Numa rua lateral, não muito distante do palácio em chamas, mas de qualquer forma afastada, havia um homem que, destacando-se nitidamente da massa, braços lançados para o alto, batia desesperadamente as mãos por sobre a cabeça e, repetidamente, soltava um grito de lamento: "Os autos estão queimando! Todos os autos!". "Melhor do que se fossem homens!", eu lhe disse, mas isso não o interessou: ele só tinha os autos na cabeça. Ocorreu-me então que ele talvez tivesse algo a ver com aqueles autos, talvez fosse um funcionário do arquivo. Estava inconsolável; para mim, contudo, ainda que diante de uma tal situação, a cena era cômica. Ele me irritava, também: "Eles fuzilaram gente lá", disse encolerizado, "e o senhor fala de autos!". Ele me olhou, como se eu não estivesse ali, e repetiu o seu lamento: "Os autos estão queimando! Todos os autos!". Havia se posicionado a uma certa distância dos acontecimentos, mas ainda assim não deixava de ser perigoso: era impossível não ouvir-lhe os lamentos, eu mesmo os ouvira.

Poucos anos mais tarde, quando esboçava já a *Comédia humana para loucos*, dei a B., o "verme dos livros", o nome de Brand. Naquela época, ainda não tinha consciência de que seu nome e destino haviam nascido naquele 15 de julho: teria sido certamente penoso se houvesse percebido a relação, talvez tivesse até repudiado a ideia do romance como um todo. De qualquer forma, o nome Brand começou a me incomodar, à medida que o escrevia. Muita coisa se passava ali, e o final – que não deveria de modo algum deixar-se entrever – parecia estar já mais que evidente naquele nome. Rebatizei-o, então, com o nome Kant, e este ele carregou por muito tempo, sem ser incomodado. Em agosto de 1931, quatro anos depois do 15 de julho, Kant pôs fogo em sua biblioteca e sucumbiu com ela no incêndio.

Mas essa foi uma consequência tardia, imprevista, do 15 de julho. Tivesse alguém, naquela época, me advertido para essa sua consequência literária, eu o teria feito em pedaços. Isso porque imediatamente após o dia 15 – naqueles dias do mais profundo abatimento, em que não se podia pensar em mais nada, com os fatos de que se fora testemunha sempre voltando à mente, invadindo até o sono, noite após noite – um vínculo legítimo se estabeleceu entre aqueles acontecimentos e a literatura, e esse vínculo era Karl Kraus. Minha veneração idólatra por ele alcançou então seu grau mais elevado. A razão era a gratidão por um gesto público bem definido – não saberia dizer se alguma vez já fora tão grato a alguém por alguma coisa. Sob o impacto causado pelo massacre daquele dia, Karl Kraus fez pregar cartazes por todos os cantos de Viena, nos quais exigia que o chefe de polícia, Johann Schober – responsável pela ordem de abrir fogo e pelas noventa mortes – "se demitisse". Kraus fez isso sozinho, foi a única figura pública a fazê-lo: enquanto as outras celebridades – que, aliás, nunca faltaram a Viena – não queriam se expor ou, talvez, ser alvo de riso, ele sozinho reuniu coragem para manifestar sua revolta. Seus cartazes eram a única coisa que nos dava forças naqueles dias. Eu ia de um cartaz a outro, detinha-me diante de cada um deles, e, para mim, era como se toda a justiça deste mundo tivesse se alojado nas letras de seu nome.

O ano seguinte foi totalmente dominado por esse acontecimento. Até o verão de 1928, meus pensamentos não se voltaram para outra coisa. Mais do que nunca, eu estava decidido a descobrir o que seria, na verdade, a massa, a qual me dominara por dentro e por fora. Aparentemente, eu levava adiante meu estudo de química, e até comecei a trabalhar em minha dissertação, mas a tarefa que se me apresentava era tão desinteressante que nem sequer me arranhava o espírito. Eu empregava todo tempo livre no estudo dos assuntos que eram realmente importantes. Pelos caminhos mais diversos, e aparentemente mais distantes, procurava aproximar-me daquilo que vivenciara como massa. Eu a procurava na história, mas na história de *todas* as culturas. Cada vez mais, fascinavam-me a história e a antiga filosofia chinesas. Com os gregos, eu já me iniciara bem antes, na época de Frankfurt; agora me aprofundava nos antigos historiadores, sobretudo Tucídides, e na filosofia dos pré-socráticos. Era natural que estudasse as Revoluções – a Inglesa, a Francesa e a Russa –, mas comecei também a compreender o significado das massas nas religiões, e vem dessa época o desejo de conhecer todas as religiões, desejo que nunca mais me deixou. Li Darwin, na esperança de nele encontrar algo sobre a formação das massas entre os animais, e, exaustivamente, sobre a vida dos insetos em comunidades. Eu devia dormir pouco, pois passava noites inteiras lendo. Anotava algumas coisas e fiz algumas tentativas de ensaios. Tudo isso constituiu um trabalho preliminar, tateante, para o livro sobre a massa, mas vejo agora, contemplando-o da perspectiva do romance, que esses estudos apaixonados e multifacetados deixaram muitas marcas em *Auto de fé*, que surgiria poucos anos mais tarde.

No verão de 1928, fui pela primeira vez a Berlim, e esse foi o próximo acontecimento decisivo. Wieland Herzfelde, o fundador da editora Malik, estava procurando um jovem que pudesse ajudá-lo no seu trabalho em um livro e, por intermédio de uma amiga, soube de mim. Convidou-me a ir a Berlim durante as férias, para morar e trabalhar na sua casa. Recebeu-me com grande amabilidade, não permitindo que eu me desse conta de minha inexperiência e desconhecimento. Assim, vi-me, de súbito, num dos cruzamentos da vida intelectual de Berlim. Ele me levava para todos os lugares, conheci seus amigos e inúmeras outras pessoas – às vezes, na casa de Schlichter ou Schwanecke, por exemplo, uma dúzia delas de uma só vez. Cito apenas os três dos quais mais me ocupei: Georg Grosz era um deles, cujos desenhos eu admirava desde os tempos de escola em Frankfurt; Isaac Bábel, de quem lera havia pouco os dois livros, os quais, de todas as obras da moderna literatura russa, eram os que mais profundamente me haviam impressionado; e Brecht, de quem então só conhecia uns poucos poemas – mas se falava tanto dele que sua figura despertava curiosidade, tanto mais que ele era um dos pouquíssimos poetas jovens que tinham a aprovação de Karl Kraus. Grosz deu-me de presente sua *Ecce-Homo-Mappe*, que estava proibida; Bábel me levava a toda parte, particularmente quando ia até Aschinger, que era onde ele se sentia melhor. Ambos me impressionaram profundamente com sua franqueza, pois falavam comigo sobre tudo. Brecht, que logo descobriu minha ingenuidade e a quem minhas "nobres posturas" compreensivelmente enervavam, procurava melindrar-me com observações cínicas sobre sua pessoa. Eu jamais o encontrava sem que ele me dissesse sobre si algo que me perturbasse. Eu sentia que Bábel, a quem eu dificilmente teria algo para oferecer, gostava de mim justamente por essa inocência, que provocava em Brecht o cinismo. Grosz, que havia lido pouco, preferia interrogar-me sobre livros e, sem a menor cerimônia, deixava-se recomendar a leitura do que quer que fosse.

Haveria uma infinidade de coisas a dizer sobre esse período berlinense, mas na verdade não é disso que falarei agora. A única coisa que gostaria de mencionar diz respeito ao contraste entre Berlim e Viena. Em Viena, eu não conhecia poeta algum, vivia sozinho: tendo já Karl Kraus tudo desaprovado, eu mesmo não teria querido conhecer qualquer um deles. Naquela época, nada sabia sobre Musil e Broch. Muito ou mesmo a maior parte daquilo que gozava de prestígio em Viena era de pouco valor, e só hoje se sabe quantos trabalhos importantes surgiram ali nesse período, quase à margem do público, e até repelidos e desprezados por ele, como as obras de Berg e Webern.

Então, subitamente, vi-me em Berlim, onde tudo era feito em público, onde o novo e interessante era também o que gozava de fama. Eu me movia exclusivamente em meio a esses homens, que se conheciam todos uns aos outros. Levavam uma vida atribulada, intensa; frequentavam os mesmos lugares, falavam uns sobre os outros sem a menor timidez, amavam-se e odiavam-se publicamente – sua singularidade manifestava-se logo nas primeiras frases: era como se se lançassem aos golpes sobre alguém. Jamais vira tanta gente articulada junta, gente tão diferenciada e única. Era uma brincadeira de criança reconhecer de imediato quem tinha algo de importante a mostrar e, ao contrário de Viena, ali não havia escassez de tais pessoas. Eu estava no ápice do entusiasmo, mas ao mesmo tempo assustado. Absorvia tanta coisa que acabava por me confundir. Porém, decidira-me a não me deixar confundir, e essa recusa em ceder a uma confusão inevitável teve consequências penosas.

O mais difícil para um jovem puritano – e eu permanecera assim devido às circunstâncias especiais de minha infância – era a sexualidade mais crua. Eu via coisas que sempre repugnara. Tudo era exibido ininterruptamente; isso fazia parte do caráter da vida berlinense de então. Tudo era possível, tudo *acontecia*: comparada a isso, a Viena de Freud, da qual tanta coisa se falou, parecia ter apenas uma ofensividade loquaz. Jamais tivera antes a sensação de estar tão próximo de todo o mundo, simultaneamente em todas as suas partes, e esse mundo, que eu não pude dominar em três meses, parecia-me um mundo de loucos.

Ele me fascinava tanto que me senti infeliz quando tive de voltar a Viena, em outubro. Tudo permanecia indistinto e indomado: um enorme novelo. No inverno, concluí meus estudos e, na primavera, passei nas provas. Era um pouco como se eu não soubesse o que fazia, pois sublinhando tudo havia o novo caos, que não se deixava adormecer. Prometera a meus amigos que no verão de 1929 voltaria a Berlim. A segunda estada, que durou novamente cerca de três meses, foi um pouco menos febril. Morei sozinho e me obriguei a levar uma vida mais calma. Voltei a ver muitas pessoas, mas não todas. Fui a outros bairros de Berlim, ia sozinho aos bares e ali conheci uma outra espécie de homens, principalmente trabalhadores, mas também burgueses e pequenos-burgueses, que não eram intelectuais nem artistas. Dei tempo ao tempo e fiz muitas anotações.

Quando retornei a Viena, desta vez no outono, o novelo amorfo começou a se desenrolar. A química estava definitivamente descartada: escrever era só o que eu queria. Assegurara minha subsistência com alguns livros de Upton Sinclair, que deveria traduzir para a editora Malik. Era um homem livre e levava adiante os múltiplos estudos que tanto me apaixonavam, com os quais já havia começado antes de ir a Berlim – precisamente aqueles estudos preliminares para o livro sobre a massa. Mas o que mais me ocupou depois de meu regresso de Berlim, e que não mais me abandonou, foram aqueles homens extremados e obcecados que lá conhecera. Em Viena, continuava vivendo sozinho naquele quarto de que já falei. Quase não via ninguém, e diante de mim, no topo da colina à minha frente, tinha sempre a cidade dos loucos, Steinhof.

Um dia, ocorreu-me que o mundo não podia mais ser representado como nos romances antigos, do ponto de vista de um escritor, por assim dizer: o mundo estava *fragmentado*, e só a coragem de mostrá-lo em sua fragmentação tornaria ainda possível uma verdadeira representação dele. Isso não significava, todavia, que seria necessário escrever um livro caótico, no qual nada mais pudesse ser entendido; pelo contrário, era preciso inventar, de maneira consequente e com o máximo rigor, indivíduos extremos, tais como aqueles de que já era mesmo constituído o mundo, e colocar tais indivíduos – levados às últimas consequências – lado a lado, em toda a sua diversidade. Assim, concebi aquele plano de uma *Comédia humana para loucos* e esbocei oito romances, cada um deles com uma personagem à beira da loucura – e cada uma diferente de todas as outras até em sua linguagem e em seus pensamentos mais secretos. O que cada uma vivenciou era algo que nenhuma outra poderia ter vivenciado. Nada poderia ser permutável, nada se mesclaria. Eu dizia a mim mesmo que estava construindo oito holofotes cujos focos procurariam o mundo a partir de fora. Durante um ano, trabalhei nessas oito personagens, todas ao mesmo tempo, conforme a que mais me estimulasse num determinado momento. Havia entre elas um fanático religioso; um visionário com conhecimentos técnicos que só vivia no mundo de seus planos universais; um colecionador; um homem obcecado pela verdade; um perdulário; um inimigo da morte; e, finalmente, um puro homem de livros.

Ainda possuo parte desses esboços extravagantes, infelizmente apenas uma pequena parte. Lê-los, há pouco tempo, despertou em mim o *élan* daquela época, e compreendi por que mantive aquele ano em minha memória como o mais rico de minha vida. Pois no início do outono de 1930 ocorreu uma mudança. O "Homem de Livros" tornou-se subitamente tão importante para mim que pus de lado todos os outros esboços e me concentrei inteiramente nele. Ao ano em que eu me permitira tudo seguiu-se um outro da disciplina mais ascética. Todas as manhãs, sem deixar passar um único dia, eu prosseguia no trabalho com meu "Brand", que era como se chamava então. Não havia plano algum, mas eu me precavia contra o ímpeto do ano anterior. Para não me deixar arrastar para demasiado longe, lia repetidas vezes *O vermelho e o negro*, de Stendhal. Queria avançar passo a passo, e me dizia que deveria ser um livro severo, impiedoso tanto para comigo mesmo como para com o leitor. Estava, sobretudo, imune ao que poderia ser considerado agradável ou atraente, graças a uma profunda repugnância pela literatura dominante na Viena de então. O que havia de mais conceituado era de uma sentimentalidade operística, sem contar os deploráveis folhetinistas e contadores de casos. Não posso dizer que qualquer uma dessas pessoas significasse algo para mim: sua prosa me enchia de nojo.

Hoje, quando me pergunto de onde tirei o rigor de minha maneira de trabalhar, tenho de recorrer a influências as mais heterogêneas para respondê-lo. Já citei Stendhal: foi indubitavelmente quem me exortou à clareza. Eu já concluíra o oitavo capítulo de *Auto de fé*, que hoje se intitula "A morte", quando a *Metamorfose* de Kafka caiu-me nas mãos. Nada mais afortunado poderia ter acontecido comigo naquele momento. Ali encontrei, na mais elevada perfeição, a contrapartida para a leviandade literária que tanto odiava; ali estava o rigor pelo qual eu tanto ansiava. Ali já se atingira algo que eu, solitariamente, estava querendo encontrar para mim mesmo. Curvei-me ante este mais puro dos modelos, e, mesmo sabendo muito bem que era inatingível, ele me deu forças.

Creio que também a intimidade com a química – com seus processos e fórmulas – contribuiu para esse rigor. Nesse sentido, quando olho para trás, não posso de modo algum lamentar os quatro anos e meio que passei no laboratório, uma ocupação que naquela época considerava limitadora e desinteressante ao espírito. Esse tempo não foi perdido: mostrou ser uma disciplina apropriada para o escrever.

O ano dos esboços também não foi perdido. Como eu trabalhava em todos eles ao mesmo tempo, fui me acostumando a me ver movendo simultaneamente em mundos diversos, a saltar de um mundo para um outro que não tinha nada em comum com o primeiro, que dele se diferenciava até mesmo nos menores detalhes de linguagem. Isso veio beneficiar a consequente separação das personagens de *Auto de fé*. O que antes era separação de romance para romance transformou-se em separações no interior de um mesmo livro. Assim, embora a maior parte do material daqueles esboços não tenha sido utilizada, o método de *Auto de fé* se formou a partir deles. Mesmo aquilo que ficou por escrever nos oito romances – os humores secretos da *Comédia humana para loucos* – penetrou em *Auto de fé*.

Apesar da satisfação com a escrita que avançava diariamente – de que não me abandonava e de que não pararia de escrever –, sentia-me atormentado pela realidade concreta das frases que passava para o papel. A crueldade daquele que se obriga à verdade atormenta sobretudo a ele próprio: o que o escritor inflige a si próprio é cem vezes mais do que faz ao leitor. Houve momentos em que minha suscetibilidade pretendeu persuadir-me – opondo-me a uma visão mais racional da situação – a pôr logo um fim no romance. Que eu jamais tenha sucumbido a essa tentação, devo-o às heliogravuras do Altar de Isenheim, as quais haviam substituído os afrescos da Capela Sistina no meu quarto. Eu me envergonhava diante de Grunewald, que se lançara a algo terrivelmente difícil e se mantivera firme durante quatro anos. Hoje, isso me parece bombástico. Mas, quando se torna demasiado íntima, toda adoração de coisas realmente grandes tem um quê de petulância. Naquela época, esses detalhes de Grunewald, sempre ao meu redor, foram um estímulo imprescindível.

Em outubro de 1931, um ano depois, o romance estava terminado. Como é sabido, Brand mudou seu nome no decorrer do trabalho: agora se chamava Kant. Mas eu tinha dúvidas, por causa da homonímia com o filósofo, e sabia que não ficaria com esse nome. Assim, o próprio título do manuscrito era provisório: *Kant pega fogo*.

O romance conservou, em todos os detalhes, a mesma forma que tinha então. Afora o título e o nome do sinólogo, nada nele foi modificado. Mandei encadernar separadamente, em tela preta, as três partes de que se compunha a obra, enviando então três pesados volumes, num pacote enorme, para Thomas Mann. Logo ao abri-lo, ele deve ter tido a impressão de que se tratava de uma trilogia. Dei à carta que os acompanhava um tom altivo e solene. É quase inacreditável, mas eu era da opinião de que o honrava com essa encomenda. Tinha certeza de que Mann só precisava abrir um dos volumes para não mais conseguir parar de ler. Poucos dias depois, os três volumes estavam de volta, não lidos: ele se desculpava, alegando insuficiência de forças. Eu estava firmemente convencido de que havia escrito um livro singular, e para mim até hoje constitui um enigma saber de onde tirava essa certeza. Como reação à ignominiosa rejeição, decidi-me a esquecer o manuscrito e não tentar mais nada com ele.

Mantive-me firme durante um bom tempo. Aos poucos, então, comecei a fraquejar. Por meio de leituras públicas do manuscrito, ia deixando mais e mais o isolamento da minha vida em Viena. Li Musil e Broch, fiquei profundamente impressionado com suas obras, conheci-os pessoalmente. Sucederam-se outros encontros, que significaram muito pra mim: Alban Berg, Georg Merkel e Fritz Wotruba. Para eles, e muitos outros, meu livro já existia, antes de passar a existir para o público. Eu também só desejava realizar-me diante deles, dessas verdadeiras personagens de Viena, algumas das quais se tornaram grandes amigos. Eu não senti absolutamente como uma humilhação o fato de, durante quatro anos, não haver um editor sequer que ousasse publicar o romance. Vez por outra, com muita raridade, cedia à pressão de um amigo e apresentava-o a uma editora. Recebia cartas que me explicavam o risco de uma publicação, mas eram quase sempre cartas respeitosas. Só Peter Suhrkamp fez-me sentir claramente a sua profunda repulsa pelo romance. Cada recusa reforçava em mim a certeza de que este livro ganharia vida mais tarde. Quando, em 1935, o livro estava a ponto de ser publicado, Broch insistiu, com uma tenacidade incomum nele, que eu abandonasse o nome Kant. Sempre pretendera fazê-lo, mas agora isso finalmente acontecia. Ele passou a se chamar Kien: algo de sua combustibilidade ia-lhe de novo pelo nome.[5] Com Kant desapareceu também *Kant pega fogo*, e me decidi pelo título novo, definitivo: *Die Blendung*.

Talvez eu não devesse deixar de mencionar que, então, Thomas Mann leu imediatamente o livro. Escreveu-me que, ao lado do

5 Em alemão, *Kien* significa, literalmente, "linha resinosa". [N.T.]

Henrique IV, de seu irmão Heinrich, fora o livro que mais o ocupara durante o ano. Sua carta, na qual havia algumas observações sagazes e muitas outras lisonjeiras, tocou-me de modo contraditório: só ao lê-la compreendi quão sem sentido fora a ferida que sua recusa abrira em mim, quatro anos antes.

Ensaio extraído de A consciência das palavras (*São Paulo: Companhia das Letras, 1990*)

Tradução de Márcio Suzuki

Sugestões de leitura

A obra de Canetti está quase toda traduzida para o português. Além deste romance, pode-se ler o belíssimo ciclo de memórias, que começa com *A língua absolvida: História de uma juventude* (São Paulo: Companhia das Letras, 1987), continua com *Uma luz em meu ouvido: História de uma vida 1921-1931* (São Paulo: Companhia das Letras, 1988) e termina, se este é o termo, com *O jogo dos olhos: História de uma vida 1931-1937* (São Paulo: Companhia das Letras, 1990); os dois primeiros traduzidos por Kurt Jahn, e o terceiro por Sergio Tellaroli.

Dentro do registro autobiográfico, também foi publicado *Festa sob as bombas: Os anos ingleses* (São Paulo: Estação Liberdade, 2009), traduzido por Markus Lasch, que oferece uma visão da elite cultural inglesa no período da Segunda Guerra: Bertrand Russell, Herbert Read, Henry Moore, Iris Murdoch, entre outros; e o surpreendente relato da viagem de três semanas empreendida por Canetti, em março de 1954, *Vozes de Marrakech* (São Paulo: Cosac Naify, 2006), vertido por Samuel Titan Jr. Ainda assim, permanecem inéditos em português um vasto conjunto de diários e anotações, entre eles: *Die Provinz des Menschen: Aufzeichnungen 1942-1972* (Munique: Hanser, 1974), *Das Geheimherz der Uhr: Aufzeichnungen 1973-1985* (Munique: Hanser, 1987), *Die Fliegenpein: Aufzeichnungen* (Munique: Hanser, 1992).

Na linhagem ensaística, Canetti reuniu seus escritos – inclusive o célebre "O outro processo: Cartas de Kafka a Felice"–, em *A consciência das palavras* (São Paulo: Companhia das Letras, 1990), traduzidos por Herbert Caro e Márcio Suzuki. O ensaio incisivo sobre a humanidade no século XX, *Massa e poder* (São Paulo: Companhia das Letras, 1995), foi traduzido por Sergio Tellaroli. *Sobre os escritores* (Rio de Janeiro: José Olympio, 2009) reúne aforismos, notas de leitura e conferências, com apresentação de Ivo Barroso e tradução de Kristina Michahelles. Pode-se constatar o traço bem-humorado da obra de Canetti nos perfis de *O todo ouvidos* (Rio de Janeiro: Espaço e Tempo, 1989), também traduzido por Herbert Caro. Três peças de sua autoria estão reunidas em *O teatro terrível* (São Paulo: Perspectiva, 2000), que inclui *O casamento*, *Comédia da vaidade* e *Os que têm hora marcada*, vertidas para o português por Ruth Röhl.

A melhor maneira de travar contato com a história de Canetti é por meio de seus livros de memórias. No entanto, o leitor interessado encontrará um bom estudo biográfico em *Elias Canetti* (Munique: Hanser, 2005), de Sven Hanuschek. Para se conhecer um pouco mais sobre o escritor há também a fotobiografia *Elias Canetti: Bilder aus seinem Leben* (Munique: Hanser, 2005), organizada por Kristian Wachinger. *Wortmasken: Texte zu Leben und Werk von Elias Canetti* (Munique: Hanser, 1995), organizado por Ortrun Huber, reúne textos dispersos de Canetti e testemunhos sobre sua vida e obra.

Em português há o perfil tocante traçado por Susan Sontag em "A mente como paixão", no livro *Sob o signo de Saturno* (Porto Alegre: L&PM, 1986), bem como o prefácio de Roberto Romano a *O teatro terrível*, na edição citada. Mario Vargas Llosa traça suas impressões sobre *Auto de fé* no ensaio "Um pesadelo realista", em *A verdade das mentiras* (São Paulo: Arx, 2004). Finalmente, há o belo e original ensaio de Sebastião Uchoa Leite, "A mentira como linguagem: Notas sobre um personagem de Canetti", incluído em *Jogos e enganos* (Rio de Janeiro: Editora 34/ Editora UFRJ, 1996).

Vale ler também, em italiano, o ensaio de Claudio Magris, "Gli elettroni impazziti: Elias Canetti e l'*Auto da fé*", em *L'anello di Clarisse* (Turim: Einaudi, 1999). Em francês, há uma excelente introdução ao conjunto da obra em *Elias Canetti: Métamorphose et identité* (Paris: La Différence, 1990), de Youssef Ishaghpour. Em alemão, a bibliografia é enorme. Há o utilíssimo estudo crítico de Dagmar Barnouw, *Elias Canetti zur Einführung* (Hamburgo: Junius, 1996), que pode ser complementado por um livro sobre o autor como leitor: Gerhard Neumann (org.), *Canetti als Leser* (Freiburg im Breisgau: Rombach, 1996). Por fim, há duas importantes antologias de ensaios: a primeira, *Hüter der Verwandlung* (Frankfurt: Fischer, 1988), sobre a obra de Canetti e sua influência, com textos de Claudio Magris e Salman Rushdie, entre outros; e a segunda, organizada por Michael Krüger, *Einladung zur Verwandlung* (Munique: Hanser, 1995), sobre *Massa e poder*.

Coleção Prosa do Mundo
Conselho editorial Augusto Massi e Davi Arrigucci Jr.

Coordenação editorial Samuel Titan Jr.
Preparação Leny Cordeiro
Revisão Eugênio Vinci de Moraes, Maria Fernanda Alvares e Pedro Fandi
Projeto gráfico da coleção Fábio Miguez
Capa Luciana Facchini
Composição Rita da Costa Aguiar e Gustavo Marchetti
Produção gráfica Lilia Goes

2.ª edição, 2011

Nesta edição, respeitou-se o novo Acordo Ortográfico da Língua Portuguesa.

Dados Internacionais de Catalogação na Publicação (CIP)
(Câmara Brasileira do Livro, SP, Brasil)

Canetti, Elias [1905-94]
Auto de fé: Elias Canetti
Título original: *Die Blendung*
Tradução: Herbert Caro
São Paulo: Cosac Naify, 2011
672 pp.
[Coleção Prosa do Mundo; 18]

ISBN 978-85-7503-104-9 (obra completa)
ISBN 978-85-7503-357-9 (v. 18)

1. Romance Alemão I. Mayer, Hans. II. Título. III. Série.

11-5982 CDD-838.9

Índices Para Catálogo Sistemático:
1. Romances: Literatura Alemã 838.9

COSAC NAIFY
Rua General Jardim, 770, 2.º andar
01223-010 São Paulo SP
[55 11] 3218 1444
cosacnaify.com.br

Atendimento ao professor [55 11] 3218 1473

A tradução de "Elias Canetti: um contrapensador", de Hans Mayer, foi baseada em "Ein Gegendenker: Elias Canetti", in: Wolfgang Hofe e Hans Dieter Zimmermann (orgs.). *Hans Mayer. Augenblicke. Ein Lesebuch.* Frankfurt: Suhrkamp, 1987, pp. 150-63.

A tradução de "O primeiro livro", de Elias Canetti, é reproduzida com a permissão da editora Companhia das Letras.

Imagem de sobrecapa: Retrato de Li Po, anônimo. China, século XIX.

Foto do autor: Reproduzida de Kristian Wachinger (org.), *Elias Canetti – Bilder aus seinem Leben*, p. 75/2

FONTE Bembo
PAPEL Chamois fine dunas 80 g/m²
IMPRESSÃO RR Donnelley
TIRAGEM 3 000